Amy Tan

DIE FRAU DES FEUERGOTTES

Amy Tan

Die Frau des Feuergottes

Roman

Aus dem Amerikanischen
von Sabine Lohmann

Goldmann Verlag

Die amerikanische Originalausgabe erschien unter dem Titel
»The Kitchen God's Wife«
bei G. P. Putnam's Sons, New York

Mit Liebe und Ehrfurcht
meiner Mutter Daisy Tan
und ihren glücklichen Erinnerungen an
meinen Vater John (1914–1968)
und meinen Bruder Peter (1950–1967)
gewidmet

Der Goldmann Verlag
ist ein Unternehmen der Verlagsgruppe Bertelsmann

4. Auflage

Satz: IBV Satz- und Datentechnik GmbH, Berlin
Printed in Austria · Wiener Verlag
ISBN 3-442-30418-0

Pearl

Der Götterladen

Immer wenn sie mich anruft, beginnt meine Mutter das Gespräch, als wären wir schon mitten in einer Auseinandersetzung.

»Pearl-ah, wir müssen hingehen, uns bleibt keine andere Wahl«, sagte sie letzte Woche, kaum daß ich den Hörer abgehoben hatte. Nach ein paar Minuten erfuhr ich endlich, worum es ging: Tante Helen hatte die ganze Familie zur Verlobungsfeier meines Vetters Bao-bao eingeladen.

»Die ganze Familie« bedeutet die Kwongs und die Louies. Die Kwongs, das sind Tante Helen, Onkel Henry, Mary, Frank und Bao-bao. Und »die Louies« bezieht sich eigentlich nur noch auf meine Mutter und mich, seit mein Vater nicht mehr lebt und mein Bruder Samuel in New Jersey wohnt. Solange ich zurückdenken kann, bezeichnen wir uns schon als »die ganze Familie«, obwohl die Kwongs gar nicht richtig mit uns verwandt, sondern nur verschwägert sind; Tante Helens erster Mann war der Bruder meiner Mutter, der schon lange vor meiner Geburt gestorben ist.

Und dann gibt's da eben meinen Vetter Bao-bao, der eigentlich Roger heißt. Doch in der Familie hieß er von jeher nur Bao-bao, was nichts anderes bedeutet als »goldiges Baby«. Später nannten wir ihn weiter so, weil er ein verwöhnter Fratz war, der immer ein klägliches Geheul anstimmte, sobald meine Tante oder mein Onkel zur Tür hereinkamen, und sich beklagte, wir anderen Kinder hätten ihn gehänselt. Und obgleich er inzwischen einunddreißig ist, bleibt er für uns der kleine Bao-bao – und wir hänseln ihn wie eh und je.

»Bao-bao? Wieso macht er denn so ein großes Getue, bloß weil er sich mal wieder verlobt hat?« wunderte ich mich. »Das wird jetzt schon seine dritte Heirat!«

»Und *vierte* Verlobung!« versetzte meine Mutter bissig. »Letztes Mal wurde nichts draus, und dabei hatten wir schon Geschenke hingeschickt. Aber natürlich nennt Helen es nicht Verlobungsfeier. Sie sagt, es sei ein großes Familienfest wegen Marys Besuch.«

»Ach, Mary kommt auch?« fragte ich. Mit Mary verbindet mich mehr als nur die Tatsache, daß wir Kusinen sind. Sie ist mit Doug Cheu verheiratet, der mit meinem Mann, Phil Brandt, zusammen Medizin studiert hat, und durch sie habe ich Phil vor sechzehn Jahren kennengelernt.

»Ja, Mary kommt mit Mann und Kindern«, sagte meine Mutter. »Nächste Woche, mit dem Flugzeug von Los Angeles rüber. Sie hatten keine Zeit mehr, um einen Billigflug zu buchen. Zum *vollen* Preis, stell dir bloß mal vor!«

»Nächste Woche schon?« wiederholte ich, fieberhaft nach einer Ausrede suchend. »Das ist aber ein bißchen knapp bemessen, um unsere Pläne noch zu ändern. Wir haben schon...«

»Tante Helen rechnet fest mit euch. Es gibt ein großes Festessen im Water Dragon Restaurant – sie hat fünf Tische reserviert. Wenn ihr nicht kommt, platzt sie vor Ärger.«

Ich stelle mir vor, wie die kleine, dicke Tante Helen fauchend zu einem kugelrunden Ballon anschwillt. »Wer kommt sonst noch alles?«

»Lauter *wichtige* Leute«, erwiderte meine Mutter in einem Tonfall, als handelte es sich um lauter persönliche Feinde. »Und natürlich erzählt sie allen ganz nebenbei, daß Bao-bao mit seiner neuen Verlobten kommt. Dann fragen alle: ›Was, Bao-bao hat sich verlobt?‹, und Tante Helen tut dann ganz erschrocken: ›Ach, das hatte ich ja völlig vergessen, war als große Überraschung gedacht. Sagt's aber bitte nicht weiter.‹ «

Meine Mutter schniefte verächtlich. »Auf die Weise läßt sie's uns alle wissen. Und dann muß man natürlich wieder ein Geschenk abliefern, ebenfalls als Überraschung, versteht sich. Was hast du letztes Mal mitgebracht?«

»Als er dieses College-Girl heiraten wollte? Ich weiß nicht mehr, laß mich mal überlegen. Vielleicht eine Obstschale.«

»Hat er die zurückgeschickt, als dann nichts draus geworden ist?«

»Ich glaube nicht. Ich kann mich nicht erinnern.«

»Siehst du! So sind die Kwongs. Gib diesmal lieber nicht so viel aus.«

Zwei Tage vor dem Festessen rief meine Mutter mich wieder an.

»Jetzt kann man eh nichts mehr machen«, meinte sie vorwurfsvoll, als sei die ganze Sache meine Schuld, auch wenn ich keine Ahnung hatte, worauf sie anspielte. Und dann berichtete sie, daß Großtante Du gerade im Alter von siebenundneunzig Jahren gestorben war. Die Nachricht überraschte mich wirklich; irgendwie hatte ich gedacht, sie wäre schon seit Jahren tot.

»Sie hat dir ein paar schöne Sachen hinterlassen«, sagte meine Mutter. »Du kannst sie dir ja am Wochenende abholen kommen.«

Großtante Du war eigentlich Helens Tante, die Halbschwester ihres Vaters oder so ähnlich. Doch soweit ich mich erinnere, hat vor allem meine Mutter sich immer um sie gekümmert. Sie trug ihr jede Woche den Mülleimer hinaus. Sie hielt die alte Dame davon ab, auf Zeitschriftenwerbungen hereinzufallen, die ihr Lotteriegewinne in Millionenhöhe vorgaukelten. Sie versuchte immer wieder, die Kosten für Großtante Dus Kräutertropfen von der Krankenkasse ersetzen zu lassen.

Jahrelang hatte meine Mutter sich bei mir darüber beklagt, daß sie sich an Helens Stelle um all diese Dinge kümmern mußte. »Helen denkt gar nicht dran, mich mal zu entlasten«, jammerte sie ständig. Und eines Tages – das mag jetzt etwa zehn Jahre her sein – habe ich ihre Tiraden einfach unterbrochen: »Wieso beschwerst du dich eigentlich nicht gleich bei Tante Helen, statt immer nur an mich hinzujammern?« hielt ich ihr vor. Das hatte Phil mir geraten, als die vernünftigste Lösung, um meine Mutter endlich zum Aufmucken zu bringen.

Doch sie blickte mich nur starr und wortlos an. Von da an beklagte sie sich zwar nie wieder, wechselte allerdings auch zwei Monate lang kein Wort mehr mit mir. Und als wir endlich wieder miteinander sprachen, wurde Großtante Du nie mehr erwähnt. Deshalb hatte ich wohl den Eindruck, sie sei schon lange tot.

»Was war es denn?« fragte ich, um einen angemessen betroffenen Tonfall bemüht. »Ein Schlaganfall?«

»Ein Bus«, sagte meine Mutter.

Offenbar hatte Großtante Du sich noch bis zuletzt bester Gesundheit erfreut. Sie war gerade in einen Bus der Linie 1 gestiegen, als dieser im Anfahren plötzlich abbremste, um einen »heißen Ofen mit verrückten Halbstarken«, wie meine Mutter es nannte, vorbeizulassen, der bei Rot über die Ampel raste. Großtante Du war der Länge nach in den Gang gestürzt. Meine Mutter kam natürlich sofort zu ihr in die Klinik geeilt. Die Ärzte konnten nichts anderes als die üblichen Beulen und blauen Flecken feststellen, doch Großtante Du sagte, sie habe keine Zeit zu warten, bis die Ärzte herausfänden, was sie ohnehin wisse. So befahl sie meiner Mutter, ihr Testament für sie aufzusetzen, und bestimmte, wer ihr durchgesessenes altes Kanapee, ihren Schwarzweißfernseher und den restlichen Krempel erben sollte. Und noch in der gleichen Nacht starb sie an einer nicht diagnostizierten Gehirnerschütterung. Helen hatte vorgehabt, sie am nächsten Tag zu besuchen – zu spät.

»Bao-bao Roger meint, wir sollten eine Million Dollar Schadenersatz fordern«, berichtete meine Mutter weiter. »Stell dir das vor! Bei der Nachricht von Großtante Dus Tod keine Träne vergießen, und dann noch davon profitieren wollen! Hnh! Wieso sollte ich ihm überhaupt sagen, daß er zwei Lampen geerbt hat? Vielleicht vergesse ich's einfach.«

Meine Mutter schwieg einen Moment. »Sie war eine gute Frau. Schon vierzehn Kränze eingetroffen.« Dann fügte sie in vertraulichem Flüstern hinzu: »Natürlich geben wir allen zwanzig Prozent Preisnachlaß.«

Meine Mutter und Tante Helen führen gemeinsam den Ding Ho Blumenladen in Chinatown. Sie entschlossen sich vor fünfundzwanzig Jahren, ein Geschäft zu eröffnen, nachdem mein Vater gestorben war und Tante Helen gerade ihren Job verloren hatte. In gewissem Sinne war der Blumenladen wohl ihr Wunschtraum, der sie für all das Unglück entschädigen sollte.

Meine Mutter hatte das Geld darin investiert, das ihr die Erste Chinesische Baptistengemeinde gespendet hatte, wo mein Vater als Hilfspfarrer angestellt gewesen war. Und Tante Helen hatte sich ihr Startkapital von dem Gehalt an ihrem früheren Arbeitsplatz zusammengespart, einem anderen Blumengeschäft, wo ihr dann gekündigt worden war. Angeblich, weil sie »zu ehrlich« gewesen sei, wie Tante Helen immer beteuerte. Obwohl meine Mutter den Verdacht nicht los wurde, daß Tante Helen den Kunden stets zugeredet hatte, die billigsten Sträuße zu kaufen – um Geld zu sparen.

»Manchmal bereue ich es wirklich, in eine chinesische Familie eingeheiratet zu haben«, sagte Phil, als er hörte, daß wir am Wochenende nach San Francisco kommen sollten, was von unserem Wohnort in San José hin und zurück eine Fahrt von über hundert Meilen bedeutet, die der Ausflugsverkehr auch nicht gerade angenehmer macht. In den fünfzehn Jahren unserer Ehe hat er meine Mutter zwar nach und nach richtig ins Herz geschlossen, doch ihre kategorischen Forderungen gehen ihm noch immer auf die Nerven. Und ein Wochenende mit der Großfamilie ist nicht unbedingt das, was er sich unter entspannender Freizeitgestaltung vorstellt.

»Müssen wir da wirklich hin?« fragte er zerstreut, während er mit dem neuen Programm spielte, das er gerade in seinen Laptop geladen hatte. Er tippte auf eine Taste. »Na also!« lachte er triumphierend, den Blick auf den Monitor geheftet, und klatschte in die Hände. Phil ist dreiundvierzig und wirkt mit seinem würdevollen silbergrauen Haarschopf auf die meisten Leute eher reserviert. In diesem Augenblick aber strahlte er die kindliche Begeisterung eines kleinen Jungen aus, der mit einer neuen Modelleisenbahn spielt.

Ich tat, als sei ich ebenso beschäftigt, indem ich die Stellengesuche für Haushaltshilfen durchsah. Vor drei Monaten hatte ich eine Stelle als Logopädin bei der örtlichen Schulbehörde angetreten, und obgleich ich im wesentlichen mit meiner Arbeit zufrieden war, machte ich mir doch insgeheim Sorgen, ob ich damit nicht vielleicht eine bessere Gelegenheit verpaßt hatte. Meine Mutter hatte mir diese Zweifel in den Kopf gesetzt. Als ich ihr erzählte, daß ich unter drei Bewerbern für den Job ausgewählt worden war, sagte sie bloß: »Was? Nur zwei andere wollten den Job auch?«

Plötzlich sah Phil mit besorgter Miene von seinem Computer auf. Ich wußte, woran er dachte, nämlich an meinen »Gesundheitszustand«, wie wir es nennen, die Multiple Sklerose, die mich zwar noch in keiner Weise behindert, aber leicht ermüden läßt. »Das Wochenende wird voraussichtlich ganz schön anstrengend«, meinte er. »Und außerdem dachte ich, du kannst deinen Vetter

Bao-bao nicht ausstehen – ganz abgesehen von der Tatsache, daß Mary auch hinkommt. Mein Gott, die Frau ist wirklich der reinste Vampir!«

»Hm.«

»Du kommst also wirklich nicht drum rum?«

»Hm-hm.«

Er seufzte. Damit war die Diskussion beendet. In all den Jahren unserer Ehe haben wir allmählich eine Taktik entwickelt, den Streitpunkt »Familienpflichten« zu umgehen. Früher drehten sich unsere meisten Auseinandersetzungen darum. Als wir jung verheiratet waren, warf Phil mir immer vor, daß ich vor lauter blinder Ergebenheit schon einen ausgewachsenen Schuldkomplex hätte. Ich entgegnete dann, er solle gefälligst nicht so egoistisch sein, schließlich gebe es im Leben nun mal manches, das getan werden müsse, auch wenn es weder angenehm noch bequem sei. Und er erklärte darauf, wir müßten diese Besuche nur über uns ergehen lassen, weil ich mir hätte einreden lassen, keine Wahl zu haben, und daß ich nun mit demselben Trick zu manipulieren versuche. Doch als unsere erste Tochter, Tessa, zur Welt kam und ein Jahr später meine Krankheit diagnostiziert wurde, legten die Streitereien sich allmählich. Wir führten keine hitzigen Wortgefechte mehr über unterschiedliche Auffassungen hinsichtlich der freien Willensentfaltung, vor allem wohl deshalb, weil Phil ein ausgeprägtes Pflichtgefühl gegenüber dem Baby entwickelte, und vielleicht auch mir, zunächst aber meiner Krankheit gegenüber. So schränkte sich das hehre Konzept der freien Willensentfaltung nach und nach von selber ein, bis es schließlich ganz aufgegeben wurde, ebenso wie die Zigaretten, das Kalbfleisch und der Elfenbeinschmuck.

Heutzutage drehen unsere Auseinandersetzungen sich nur noch um ganz konkrete Dinge – ob ich zum Beispiel Tessas Betteln, eine halbe Stunde länger fernsehen zu dürfen, hätte standhalten sollen –, und nicht um unsere jeweiligen konträren Ansichten in Erziehungsfragen. Und zum Schluß sind wir uns meistens einig – vielleicht geben wir sogar zu schnell nach, weil wir ohnehin wissen, was bei den meisten Meinungsverschiedenheiten herauskommt.

Auf die Weise läuft alles viel glatter als früher, so harmonisch, daß es mich manchmal schon fast stört. Manchmal wünschte ich mir geradezu, es wäre wieder wie damals, als Phil mir alles mögliche an den Kopf warf und ich mich verteidigte und zumindest *mich* von der Richtigkeit meiner Ansichten überzeugte. Wogegen ich heutzutage gar nicht mehr so genau weiß, weshalb ich mich noch immer diesen Familienpflichten füge. Phil gegenüber würde ich es ja nie zugeben, aber eigentlich sind sie mir nur noch lästig. Ich habe absolut keine Lust, die Kwongs zu treffen, am allerwenigsten Mary. Und bei meiner Mutter habe ich ständig das Gefühl, mich vor Tretminen in acht nehmen zu müssen.

So mochte es denn an meinen Schuldgefühlen gegenüber Phil liegen oder an meinem Ärger auf mich selbst – jedenfalls wagte ich ihm erst am nächsten Tag zu gestehen, daß wir sogar dort würden übernachten müssen, um auch noch Großtante Dus Beerdigung beizuwohnen.

Um das gräßliche Wochenende zu entschärfen, hatten Phil und ich beschlossen, schon frühzeitig loszufahren, um uns in Ruhe im Hotel einzurichten und vielleicht noch mit den Mädchen in den Zoo zu gehen. Doch am Vortag hatte es bereits einen höflichen Wortwechsel mit meiner Mutter wegen unserer Übernachtungspläne gegeben.

»Das ist wirklich sehr lieb von dir, Winnie«, versuchte Phil sie am Telefon zu beschwichtigen, »aber wir haben schon die Hotelzimmer gebucht.« Ich hörte am anderen Apparat mit und war froh, ihm die Bürde der Entschuldigungen aufgehalst zu haben.

»Welches Hotel?« wollte sie wissen.

»Das Travelodge«, log Phil. Tatsächlich hatten wir im Hyatt reserviert.

»Ai, viel zu teuer!« erklärte sie prompt. »Wozu soviel Geld rauswerfen? Ihr könnt bei mir wohnen, Platz genug für alle.«

Und Phil hatte so taktvoll wie möglich abgelehnt: »Nein, nein, laß nur, das macht doch zuviel Umstände.«

»Umstände für wen?« fragte meine Mutter spitz.

Also quartiert Phil die Mädchen nun in dem Zimmer ein, das früher meinem jüngeren Bruder gehörte. Dort lassen wir sie auch immer, wenn wir auf einen medizinischen Kongreß gehen. Manchmal *behaupten* wir allerdings auch nur, wir müßten auf einen Kongreß, um dann sofort nach Hause zurückzufahren und all die Hausarbeit zu erledigen, zu der wir sonst nie kommen.

Phil hat bestimmt, daß die achtjährige Tessa in dem Doppelbett schlafen soll und die dreijährige Cleo auf dem Klappbett.

»Ich darf auch mal ins große Bett!« begehrt Cleo auf. »Hat Ha-bu gesagt!«

»Aber Cleo«, säuselt Tessa begütigend, »du *magst* das Klappbett doch so gern.«

»Ha-bu!« ruft Cleo meine Mutter zu Hilfe. »Ha-bu!«

Phil und ich werden in meinem alten Zimmer übernachten, in dem ich seit meiner Hochzeit nicht mehr geschlafen habe. Abgesehen davon, daß alles etwas zu sauber und ordentlich wirkt, sieht es noch genauso aus wie zu meiner Teenagerzeit: das Doppelbett mit seinem massiven Holzgestell, der Toilettentisch mit dem runden Klappspiegel und den Intarsien aus Esche, Eiche und Elfenbein. Komisch, daß ich den Tisch früher so scheußlich fand. Jetzt gefällt mir dieser Art-Deco-Stil recht gut. Ob meine Mutter ihn mir wohl überlassen würde?

Sie hat sogar meine alten chinesischen Pantoffeln unters Bett gestellt, die mit den durchlöcherten Zehenspitzen; nie wird irgend etwas weggeworfen, für den Fall, daß man es nach zwanzig Jahren noch mal brauchen könnte. Tessa und Cleo haben offenbar schon die Kartons mit altem Spielzeug und Krimskrams im Wandschrank durchwühlt und ein paar ihrer Fundstücke großzügig über den Boden verstreut: Puppenkleider, ein Rheinkieseldiadem und ein bonbonrosa Plastikkästchen mit den aufgemalten Worten »Meine geheimen Schätze«. Auch der kitschige Stern, den ich damals in der Schule gebastelt habe, mit meinem Namen – »Pearl« – in bunten Perlen verziert, hängt noch an seinem alten Platz hinter der Tür.

»Du liebe Güte«, meint Phil mit ironischer Bewunderung. »Da kann das Travelodge natürlich beim besten Willen nicht mithalten!« Ich versetze ihm einen Klaps auf den Schenkel. Er streicht mit den Fingerspitzen über die abgenutzten Gästehandtücher auf dem Bett. Die Handtücher haben uns die Kwongs zu Weihnachten geschenkt, als wir gerade von Chinatown nach Richmond gezogen waren; sie sind also mindestens schon dreißig Jahre alt.

Tessa und Cleo kommen unternehmungslustig ins Zimmer gestürmt und wollen nicht länger auf den versprochenen Zoo-Besuch warten. Phil bringt sie dorthin, während ich zum Aushelfen in den Ding Ho Blumenladen gehe. Meine Mutter hatte mich zwar nicht ausdrücklich darum gebeten, aber in mißbilligendem Tonfall berichtet, daß Tante Helen heute schon eher nach Hause wolle, um sich für das Festessen zurechtzumachen – obwohl es doch wegen der Beerdigung am nächsten Tag gerade besonders viel im Laden zu tun gab. Dann hatte sie mich noch daran erinnert, daß Großtante Du immer so stolz auf mich gewesen war – in unserer Familie steht »stolz« immer für ein Höchstmaß an Zuneigung, da das Wort »lieben« verpönt ist. Und zu guter Letzt hatte sie noch angedeutet, daß ich am besten so bald wie möglich im Laden vorbeischauen sollte, um mir einen schönen Kranz auszusuchen.

»Ich bin dann wohl so gegen halb sechs zurück«, sage ich zu Phil.

»Ich möchte afrikanische Elefanten sehen«, verkündet Tessa und läßt sich auf unser Bett plumpsen. Dann zählt sie an den Fingern auf: »Und Koalabären und Ameisenbären und einen Blauwal.« Ich habe mich schon immer gefragt, woher sie wohl diesen pedantischen Zug hat, alles aufzulisten – von Phil? von mir? vom Fernsehen?

»Ich möchte *bitte*, heißt das«, verbessert Phil streng. »Und außerdem glaube ich kaum, daß es im Zoo Wale gibt.«

Ich beuge mich zu Cleo hinab. Manchmal fürchte ich, daß sie im Schatten ihrer selbstbewußten älteren Schwester zu sehr in eine passive Rolle gedrängt wird. »Und was möchtest du sehen?« frage ich sie sanft. Sie schaut auf ihre Füße herunter und überlegt angestrengt.

»Vampire«, sagt sie schließlich.

Als ich in die Ross Alley einbiege, wird es auf einmal schattig und still um mich her. Die gleißende Nachmittagssonne und die wuselnde Geschäftigkeit von Chinatown sind wie ausgelöscht. In dem engen Gäßchen wirken alle Geräusche abgedämpft, und das Tageslicht scheint durch einen kühlen, grünlichen Dunstschleier herabzusickern.

Auf der rechten Straßenseite ist noch der gleiche alte Friseurladen, wo Al Fook wie eh und je seinen Kunden die Koteletten mit dem elektrischen Schermesser stutzt. Gegenüber gibt es noch die gleichen alten Familienbetriebe, sogar ein Geschäft, wo man Ahnentafeln gegen Gebühr zurück nach China schicken lassen kann. Und weiter hinten in der Straße komme ich am Schaufenster eines Wahrsagers vorbei. Eine handgeschriebene Notiz, die mit Klebestreifen an der Scheibe befestigt ist, verspricht »die besten Glückszahlen, die beste Glücksberatung«, doch auf dem Schild an der Tür steht: »Wegen Geschäftsaufgabe geschlossen.«

Hinter einer anderen Glastür schnurrt plötzlich eine gelbe Jalousie hoch, und ein kleines Mädchen kommt zum Vorschein, die Handflächen an die Scheibe gedrückt. Sie starrt mich finster an, ich winke ihr zu, doch sie winkt nicht zurück. Sie schaut mich an, als ob ich hier nicht hingehörte, und genauso fühle ich mich auch.

Jetzt stehe ich vor der Sam Fook Handelsgesellschaft, nur noch ein paar Häuser von dem Blumenladen entfernt. In den Regalen dort wimmelt es von Glücksbringern, Amuletten und Porzellan- und Holzfiguren von Glücksgöttern aller Art. Solange ich zurückdenken kann, war es für mich immer der Götterladen. Man bekommt dort auch allen möglichen Zubehör für ein buddhistisches Begräbnis – Geistergeld, Papierschmuck, Räucherstäbchen und so weiter.

»Hey, Pearl!« ruft Mr. Hong, der Inhaber, und winkt mich herein. Als ich ihn das erste Mal traf, dachte ich, er hieße Sam Fook, wie sein Laden. Später fand ich heraus, daß *sam fook* auf altkantonesisch »dreifacher Segen« bedeutet, was allerdings, meiner Mutter oder vielmehr ihren Kunden aus Hongkong zufolge, eher spöttisch gemeint ist, so wie bei den drei Affen, die sich die Augen, die Ohren und das Maul zuhalten.

»Ich hab' ihm geraten, den Namen zu ändern«, hatte meine Mutter gesagt. »Bringt mehr Glück. Aber er sagt, das Geschäft läuft schon zu gut.«

»Hey, Pearl«, ruft Mr. Hong mir entgegen, als ich in den Laden trete. »Ich hab' hier ein paar Sachen für deine Mutter, für die Beerdigung morgen. Du nimmst sie mit, o. k.?«

»O. k.« Er reicht mir ein weiches Stoffbündel.

Ich schließe daraus, daß Großtante Dus Begräbnis nach buddhistischem Ritual vollzogen werden soll. Obgleich sie etliche Jahre lang der Ersten Chinesischen Baptistengemeinde angehörten, besuchten weder sie noch meine Mutter nach dem Tod meines Vaters je wieder einen der Gottesdienste. Außerdem bin ich überzeugt, daß Großtante Du nie ihren ursprünglichen Glauben aufgegeben hatte, der wohl nicht im strengen Sinne buddhistisch war, sondern eher aus einem Sammelsurium abergläubischer Rituale bestand. Wenn ich sie als Kind in ihrer Wohnung besuchte, spielte ich immer mit ihrem Hausaltar, einem roten Miniaturtempel, der das eingerahmte Bild einer chinesischen Gottheit enthielt. Davor stand eine Messingurne voll abgebrannter Räucherstäbchen, und daneben allerlei Opfergaben: Orangen, Lucky-Strike-Zigaretten und eine Miniflasche Johnny Walker Red Label. Es wirkte wie die chinesische Version einer Weihnachtskrippe.

Und nun bin ich endlich bei dem Blumenladen angelangt. Er liegt im Erdgeschoß eines dreistöckigen Backsteinhauses und ist etwa so groß wie eine Garage, in die nur ein Wagen paßt. Die schäbige Tür mit ihrem abgeblätterten roten Anstrich und dem verrosteten, »einbruchssicheren« Drahtgitter vor der Scheibe bietet einen trübseligen, vertrauten Anblick. Auf dem Schaufenster steht »Ding Ho Blumenladen«, doch das ist leicht zu übersehen, weil der Laden in einem düsteren Winkel versteckt liegt und immer geschlossen scheint.

So wirkt der Standort, den meine Mutter und Tante Helen sich ausgesucht haben, nicht gerade vielversprechend. Und doch haben sie sich ganz wacker gehalten, was um so erstaunlicher ist, als sie in all den Jahren kaum etwas getan haben, um den Laden zu modernisieren oder wenigstens zu verschönern. Als ich die Tür öffne, bimmelt über mir eine Blechglocke, und sofort umfängt mich der schwere Duft von Gardenien, der mich seit jeher an Begräbnisinstitute erinnert. Der enge Raum liegt im Halbdunkel, nur über der Kasse hängt eine einzige Neonröhre – und dort steht auch meine Mutter auf einem Schemel, damit sie besser über die Theke schauen kann, mit ihrer altmodischen Lesebrille auf der Nase.

Sie redet in schnellem Chinesisch ins Telefon und bedeutet mir ungeduldig, hereinzukommen und zu warten. Ihre Haare sind straff nach hinten gezogen und zu einem Knoten festgesteckt, aus dem sich nie die kleinste Strähne löst. Heute hat sie den Knoten mit einem künstlichen Haarteil aufgepolstert, einem »Pferdeschwanz«, wie sie sagt, der nur zu besonderen Anlässen getragen wird.

Nach der Heftigkeit ihres Tonfalls und der Häufigkeit verneinender »Vuh-vuh-vuh«-Laute zu schließen, handelt es sich um ein Streitgespräch im Shanghaier Dialekt statt in dem üblichen Mandarin. Also geht es wohl um etwas Wichtiges. Wahrscheinlich Schwierigkeiten mit einem Lieferanten, da sie zwischendurch immer wieder hektisch auf ihrem Taschenrechner herumtippt und die Ergebnisse mit Stentorstimme verkündet, wie Auszüge aus dem Strafgesetzbuch. Dann läßt sie die Kasse aufspringen und holt eine zusammengefaltete Rechnung hervor, die sie mit routiniertem Griff entfaltet, um den Betrag ebenfalls vorzulesen.

»Vuh! Vuh! Vuh!« insistiert sie.

Die Kasse dient nur als Ablageplatz für allen möglichen Krimskrams und ist ansonsten längst nicht mehr zu gebrauchen. Als meine Mutter und Tante Helen den Laden übernahmen, mußten sie bald feststellen, daß die Kasse bei jeder Addition, die eine Neun enthielt, den Geist aufgab. Doch sie beschlossen, sie trotzdem zu behalten, »für Überfälle«, wie meine Mutter erklärte. Wenn sich jemals ein Räuber in den Laden verirren sollte, würde er für seine Mühe nur vier Dollar und einen Haufen Pennies ernten, denn das richtige Wechselgeld wird unter der Theke in einer alten Teekanne aufbewahrt, während der Teekessel auf einer Elektroplatte ohne Stecker steht; wahrscheinlich bilden sie sich ein, daß kalter Tee bereits ein Höchstmaß an Abschreckung bedeutet.

Früher habe ich mal versucht, ihnen klarzumachen, daß ein Kasseninhalt von vier Dollar sowieso nicht plausibel genug sei. Ich meinte, daß sie dafür mindestens zwanzig Dollar zurücklegen sollten. Aber meine Mutter war entschieden dagegen, einen solchen Betrag für einen Räuber zu opfern, und Tante Helen sagte, sie würde sich »totgrämen«, soviel Geld rausgeworfen zu haben – und was hätte der Trick dann noch für einen Sinn?

Damals habe ich schon mit dem Gedanken gespielt, ihnen die zwanzig Dollar selbst zu spendieren, um zu beweisen, daß ich recht hatte. Doch dann fragte ich mich, wozu der ganze Aufwand? Und wie ich mich jetzt in dem Laden umsehe, wird mir klar, daß selbst der Dümmste kaum auf den Gedanken käme, hier gäbe es mehr zu holen als das Geld für eine Busfahrkarte. Nein, der Laden ist allein durch seine Schäbigkeit schon bestens gesichert.

Der dunkelgraue Betonfußboden sieht noch genauso aus wie vor fünfundzwanzig Jahren, nur inzwischen auf Hochglanz poliert durch die Abnutzung. Die Theke ist noch mit demselben alten Papier bezogen, grün-weißes Bambusgitter an den Seiten und eine vorgetäuschte Holzmaserung auf der Platte. Selbst das Telefon ist immer noch das alte, ein vorsintflutliches schwarzes Gerät mit einer runden Wählscheibe und einem ausgefransten Stoffkabel. Im Lauf der Zeit sind die grünlich-gelben Wände verblichen und flekkig geworden, und seit dem Erdbeben im Jahre 1989 von unzähligen Rissen durchzogen.

»Hau, hau«, höre ich meine Mutter jetzt sagen. Anscheinend ist es doch noch zu einer Einigung mit dem Lieferanten gekommen. Schließlich knallt sie den Hörer auf die Gabel. Obgleich wir uns seit Weihnachten – also über einen Monat – nicht gesehen haben, geben wir uns keinen Begrüßungskuß, wie es bei Phils Eltern und Freunden üblich ist. Statt dessen kommt meine Mutter nur hinter der Theke vor und murmelt: »Stell dir mal vor, der Kerl versucht, mich zu betrügen! Wollte mir Zusatzgebühr für Eillieferung berechnen!« Sie zeigt auf einen Karton mit Drahtrollen, Zellophan und grünem Wachspapier. »Nicht meine Schuld, daß er letzte Woche nicht vorbeigekommen ist.«

»Wieviel hat er denn zusätzlich verlangt?« frage ich.

»Drei Dollar!« sagt sie empört. Ich kann mich nie genug darüber wundern, daß meine Mutter sich wegen ein paar lumpiger Dollar dermaßen aufregt.

»Wieso läßt du's nicht einfach gut sein? Wenn's doch bloß um drei Dollar geht...«

»Es geht mir gar nicht ums Geld!« ereifert sie sich. »Er bildet sich ein, er kann mich übers Ohr hauen! Letzten Monat hat er auch schon versucht, eine Zusatzgebühr zu fordern.« Doch als sie gerade ansetzt, mir in allen Einzelheiten von den Streitigkeiten des letzten Monats zu berichten, schauen zwei gutgekleidete, blonde Frauen zur Tür herein.

»Haben Sie geöffnet? Sprechen Sie englisch?« erkundigt sich eine von ihnen mit breitem texanischen Akzent.

Die Miene meiner Mutter hellt sich augenblicklich auf, und sie winkt die beiden Damen eifrig nickend herein.

»Ach, wir wollten Sie nicht weiter stören«, meint die andere. »Könnten Sie uns vielleicht sagen, wo es die Glücksplätzchen zu kaufen gibt?«

Noch ehe ich antworten kann, schüttelt meine Mutter abwehrend den Kopf und sagt: »Nix verstehen, nix sprechen englisch.«

»Was soll das?« frage ich sie, sobald die beiden den Laden verlassen haben. »Ich wußte gar nicht, daß du so touristenfeindlich bist.«

»Gar nicht touristenfeindlich«, entgegnet meine Mutter. »Aber die Frau in der Glücksplätzchenbäckerei, die war mal gemein zu mir. Warum soll ich ihr da zu einem guten Geschäft verhelfen?«

»Und wie läuft das Geschäft hier?« werfe ich eilig ein, um sie von der drohenden Tirade über die verhaßte Bäckerin abzulenken.

»Entsetzlich!« seufzt sie und deutet mit einer weiten Armbewegung auf ihr Inventar ringsumher. »So viel Arbeit – ich schufte mich noch zu Tode in dem Geschäft. Da schau, heute vormittag mußte ich all das hier ganz allein machen.«

Ich sehe mich um, kann aber keine aufwendigen Gestecke aus exotischen Blüten und Gräsern mit endlosen lateinischen Namen entdecken. Meine Mutter öffnet die Glastür eines Kühlfachs, das früher Bier- und Limonadeflaschen enthielt.

»Siehst du?« Sie zeigt auf ein Regal voll ordentlich zurechtgestutzter Anstecknelken, die pedantisch nach Farben sortiert in weißen, rosa und roten Reihen daliegen. Garantiert werden wir sie heute abend aufgenötigt bekommen.

»Und all die da auch«, sagt sie. Das mittlere Regal ist angefüllt mit Milchglasvasen, die jeweils eine Rosenknospe, einen mickrigen Farnzweig und einen Hauch Schleierkraut enthalten. Genau die Sorte von Blumenarrangement, die man Patienten mitbringt, deren Überlebenschancen noch nicht recht absehbar sind. Mein Vater bekam eine Menge davon, als er gerade in die Klinik eingeliefert worden war, und später dann wieder, kurz bevor er starb. »Sind sehr beliebt«, bemerkt meine Mutter.

»Die mußte ich auch alleine machen«, sagt sie und zeigt auf das untere Regal, wo ein halbes Dutzend kleiner Tischgestecke liegt. »Ein paar für heute abend, ein paar für großes Abschiedsessen«, erklärt sie und ergänzt dann, weil ich vielleicht nicht beeindruckt genug dreinschaue, »für Vizedirektor bei Wells Fargo.«

Sie führt mich herum, um mir das Ergebnis ihrer Bemühungen im übrigen Teil des Ladens zu zeigen. Entlang der Wände sind etliche große Trauerkränze auf Staffeleien aufgestellt. »Ah?« fragt meine Mutter erwartungsvoll. Ich habe Trauerkränze schon immer fürchterlich deprimierend gefunden, wie dekorative Rettungsringe, die zu spät ausgeworfen wurden.

»Sehr hübsch«, antworte ich pflichtgemäß.

Zum Schluß präsentiert sie mir noch das Werk, dem ihr ganz besonderer Stolz gilt. Vorne im Schaufenster, an dem einzigen Platz, wo ein wenig dämmeriges Tageslicht hereinfällt, stehen ihre »lange haltbaren Angebote«, wie sie es nennt – Philodendrons, Gummibäume, Sanseverias und Miniatur-Mandarinenbäumchen. All diese Topfpflanzen sind mit breiten roten Bändern geschmückt, die Gratulationssprüche zu dieser oder jener Gelegenheit tragen.

Meine Mutter war schon immer sehr stolz auf diese roten Glückwunschbanner. Sie beschriftet sie nicht etwa nur mit den herkömmlichen Redensarten wie »Viel Glück« oder »Gutes Gelingen und langes Leben«, sondern vermittelt in den sorgfältig aufgemalten goldenen chinesischen Zeichen ihre höchstpersönlichen Gedanken über Leben und Tod, Glück und Hoffnung: »Erstklassiges Leben für Ihr Erstgeborenes«, »Doppeltes Hochzeitsglück verdreifacht Familiensegen«, »Geld duftet süß in Ihrem neuen Restaurant«, »Gesundheit kehrt bald wieder, Hoffnung hält an«.

Meine Mutter ist überzeugt, daß sie diesen Bannern den beständigen Erfolg ihres Blumengeschäfts verdankt, wobei sie den Erfolg wohl vor allem in der Tatsache sieht, daß sie seit fünfundzwanzig Jahren eine feste Stammkundschaft hat. Doch mittlerweile besteht der Hauptanteil ihrer Kundschaft nicht mehr aus schüchternen Brautpaaren, sondern aus Kranken, Alten und Toten.

Mit einem schalkhaften Lächeln zupft sie mich am Ärmel: »Jetzt zeige ich dir den Kranz, den ich für dich gemacht habe.«

Ich zucke erschrocken zusammen, doch dann begreife ich, was sie damit meint. Sie öffnet eine Tür an der Rückseite des Ladens und führt mich in eine gruftartige, finstere Kammer, in der es betäubend nach Blumen riecht. Einen Moment lang tastet meine

Mutter im Dunkeln nach der Strippe, die als Lichtschalter dient, dann leuchtet plötzlich eine nackte, hoch oben an der Decke baumelnde Glühbirne auf. Unvermittelt bietet sich mir ein schauerlich schöner Anblick – lange Reihen schimmernder Trauerkränze aus weißen Gardenien und gelben Chrysanthemen, die mit ihren herabhängenden roten Schleifen wie ein einheitlich gewandeter Trupp himmlischer Heerscharen aussehen.

Mit Bestürzung wird mir bewußt, wieviel harte Arbeit in diesen Unmengen von Kränzen steckt. Ich stelle mir vor, wie sie sich mit ihren kleinen, schrumpeligen Händen daran abmüht, hastig die vorstehenden Stengel kappt, lose Blätter herauszieht, spitze Drahtenden umbiegt und jede Blume an ihrem Platz feststeckt.

»Dieser da.« Sie zeigt auf einen Kranz in der Mitte der ersten Reihe. Er unterscheidet sich in nichts von den anderen. »Dieser da ist deiner. Ich habe die Wünsche selbst geschrieben.«

»Und was steht da drauf?« will ich wissen.

Langsam fährt sie mit dem Zeigefinger das rote Band hinunter, während sie die Schriftzeichen in einem feierlichen Chinesisch vorliest, das ich nicht verstehe. Dann übersetzt sie es mir: »Lebwohl, Großtante, im Himmel wohnt das Glück. Von Deiner Lieblingsnichte Pearl Louie Brandt und Ehemann.«

»Ach, übrigens, das hätte ich fast vergessen.« Ich reiche ihr das Bündel vom Sam Fook Laden. »Das hat Mr. Hong mir für dich mitgegeben.«

Meine Muttter schneidet das Band durch und wickelt das Päckchen aus. Es enthält etwa ein Dutzend kleiner Beutel mit Geistergeld, das angeblich dazu dient, Großtante Du im chinesischen Himmel den Weg zu ebnen.

»Ich wußte gar nicht, daß du auch an so was glaubst«, sage ich.

»Was heißt schon glauben«, erwidert meine Mutter gereizt. »Das ist Respekt.« Und dann fügt sie in sanfterem Ton hinzu: »Ich habe hier hundert Millionen Dollar. Ai! Sie war eine gute Frau.«

*

»Auf in den Kampf«, sage ich und atme tief durch, während wir die Treppe zum Festsaal hochsteigen.

»Pearl! Phil! Da seid ihr ja!« Meine Kusine Mary kommt strahlend auf uns zugesteuert. Seit sie mit Doug vor zwei Jahren nach Los Angeles gezogen ist, habe ich sie nicht mehr gesehen. Wir bleiben stehen und warten, bis sie sich durch die Menge der versammelten Gäste zu uns durchgedrängt hat. Sie stürzt auf uns zu, gibt mir einen Kuß und verreibt lachend ihren Lippenstiftabdruck auf meiner Wange.

»Du siehst fabelhaft aus!« sagt sie zu mir und schaut dann Phil an. »Nein wirklich, alle beide, einfach großartig!«

Mary dürfte jetzt einundvierzig sein, ein Jahr älter als ich. Sie hat sich mit dickem Make-up und falschen Wimpern herausgeputzt, und ihr Haar ist zu einem bauschigen Lockenschopf hochtoupiert. Um den Hals trägt sie eine Silberfuchsstola, die ihr ständig von den Schultern rutscht. Während sie den Pelz zum dritten Mal zurechtrückt, bemerkt sie lässig: »Dies dumme Ding hat Doug mir zu Weihnachten geschenkt, schrecklich umständlich zu tragen.« Ich frage mich, wieso sie sich dann trotzdem den Umstand macht, obwohl das Restaurant doch gut geheizt ist. Aber das ist eben typisch Mary, die als älteste Tochter von zwei Familien immer besonderen Wert darauf legt, am erfolgreichsten auszusehen.

»Jennifer, Michael!« ruft sie mit einem herrischen Fingerschnippen. »Kommt her und sagt eurer Tante und eurem Onkel guten Tag.« Sie schiebt ihre beiden halbwüchsigen Sprößlinge vorwärts und gräbt ihnen die Finger in die Schultern: »Nun? Wird's bald?« Die beiden sehen uns mürrisch an und bedenken uns mit einem brummelnden Kopfnicken.

Jennifer hat sich zu einem Pummelchen entwickelt, und ihre kleinen, schwarz umrandeten Augen haben einen harten Blick. Die Haare am Oberkopf trägt sie zu einer stacheligen Igelfrisur hochgekämmt, während die hinteren Strähnen ihr dünn und schlaff den Rücken herunterhängen. Sie sieht aus, als wäre sie mit Elektroschocks traktiert worden. Michaels Züge scheinen sich allmählich nach allen Richtungen in die Länge auszuwachsen, und sein Kinn ist mit Pickeln übersät. Von kindlicher Niedlichkeit keine Spur mehr – ob das wohl auch mal Tessa und Cleo passieren wird? Ob sie mir dann auch so abstoßend vorkommen?

»Du siehst ja selbst, wie sie sind«, sagt Mary entschuldigend. »Jennifer hat gerade zu Weihnachten ihre ersten Nylonstrümpfe und Stöckelschuhe bekommen. Sie ist jetzt schon so selbstbewußt – gar nicht mehr Mamis kleines Mädchen.«

»Ach, Mutter!« faucht Jennifer, entwindet sich Marys Griff und verschwindet in der Menge. Michael heftet sich an ihre Fersen.

»Habt ihr gesehen, daß Michael schon fast so groß wie Doug ist?« sagt Mary stolz und folgt ihrem Sohn mit den Blicken. »Er spielt jetzt in der Juniormannschaft vom Baseballclub mit, und sein Trainer sagt, er ist der beste Läufer vom ganzen Team. Ich weiß gar nicht, wo er diese sportliche Begabung herhat – von mir jedenfalls nicht! Jedesmal wenn ich joggen gehe, komme ich als Krüppel zurück«, lacht sie. Doch als ihr bewußt wird, was sie da gerade gesagt hat, gefriert ihr das Lächeln im Gesicht, und sie schaut angestrengt in die Menge. »Oh, da sind ja Dougs Eltern! Ich muß sie mal schnell begrüßen gehen.«

Phil greift wortlos nach meiner Hand. Er weiß genau, wie sehr mich ihre Bosheiten jedesmal treffen. »Vergiß es doch einfach«, sagt er schließlich beschwichtigend.

»Nichts lieber als das«, zische ich zurück, »wenn *sie's* nur könnte! Aber so was macht sie ja *immer*!«

Als Phil und ich heirateten, waren Mary und Doug unsere Trauzeugen, da wir uns über sie kennengelernt hatten. Sie waren auch die ersten, die von meiner Schwangerschaft erfuhren, als ich Tessa erwartete. Und vor etwa sieben Jahren war es Mary, die mich zu Aerobic-Kursen überredete, weil ich mich über ständige Müdigkeit beklagte. Als dann noch unerklärliche Schwächesymptome in meinem linken Bein auftraten, schlug Phil mir vor, Doug zu konsultieren, der damals als Orthopäde in einer Unfallklinik arbeitete.

Einige Monate später sagte mir Doug, das Problem sei wohl nicht orthopädischer Natur, worauf ich sofort von Panik ergriffen wurde und dachte, er meine Knochenkrebs. Doch er versicherte, er habe nur sagen wollen, daß er sich in meinem Fall nicht kompetent genug fühle. Also überwies er mich an den besten Neurologen im städtischen Krankenhaus von San Francisco. Nach endlosen Tests – nachdem ich mir schon eingeredet hatte, die Müdigkeit käme vom Rauchen und die Schwäche im Bein vom Ischiasnerv – eröffnete mir der Studienfreund, ich hätte Multiple Sklerose.

Mary hatte zuerst hysterisch losgeheult und dann versucht, mich zu trösten, was alles nur noch schlimmer machte. Eine Zeitlang kam sie regelmäßig mit selbstgekochten Gerichten nach »sagenhaften Rezepten« an, auf die sie »ganz zufällig gestoßen« war, bis ich mir diese milden Gaben verbat. Und später verbreitete sie sich immer wieder darüber, daß mein Fall ja, Dougs Studienfreund zufolge, »noch sehr mild« sei – ganz so, als ob es ums Wetter ginge –, daß meine Lebenserwartung dadurch nicht herabgesetzt sei, daß ich selbst mit siebzig noch in der Lage sein würde, mit Bravour meinen Golfschläger zu schwingen, obwohl ich mich natürlich vor jedem vermeidbaren physischen und psychischen Streß in acht nehmen müsse.

»Also ist doch eigentlich alles genau wie früher«, betonte sie eine Spur zu munter. »Außer daß Phil jetzt natürlich viel netter zu dir sein muß. Und dagegen läßt sich ja nichts einwenden!«

»Ich spiele nicht Golf«, sagte ich darauf nur.

»Ich werd's dir schon beibringen!« meinte sie zuversichtlich.

Selbstverständlich versuchte Mary nur, sich mitfühlend zu zeigen. Ich gebe zu, daß unsere Entfremdung mehr von mir ausging. Ich habe ihr nie direkt gesagt, wie sehr ihre wohlmeinenden Gesten mich verletzten. Also konnte sie auch nicht wissen, daß ihre Trostversuche überflüssig waren. Ich wollte nicht mit selbstgekochten Leckerbissen verwöhnt werden. Freundlichkeit war doch nichts als Kompensation. Freundlichkeit brachte mir nichts als die ständige Erinnerung daran, daß mein Leben sich unwiderruflich geändert hatte und sich Tag für Tag weiter änderte, daß man von mir erwartete, das alles tapfer zu verkraften und innerlich gestärkt aus der Prüfung hervorzugehen. Damit wollte ich nichts zu tun haben. Ich wollte nur wieder dasselbe Alltagsleben führen wie die meisten anderen auch, mir die üblichen, trivialen Sorgen um die Ausbildung meiner Töchter machen, aber nicht darüber nachgrübeln, ob ich bei ihrem Schulabschluß überhaupt noch am Leben sein würde; ich wollte mich freuen können, wenn ich fünf Pfund abgenommen hatte, ohne befürchten zu müssen, schon an Muskelschwund zu leiden. Ich wollte nur, was inzwischen unmöglich war: das Ganze vergessen.

Ich nahm es Doug und seinem Studienfreund übel, daß sie Mary von meiner Krankheit erzählt hatten. Und da sie nun schon mal eingeweiht war, mußte sie eigentlich auch wissen, daß es bei diesem Leiden keine zuverlässige Prognose gibt. Die Remission konnte noch zehn, zwanzig, dreißig, sogar vierzig Jahre andauern, doch genausogut konnte die Krankheit von heute auf morgen zuschlagen und sich lawinenartig fortentwickeln, bis ich mich plötzlich im Rollstuhl wiederfand – oder noch schlimmer.

Ich wußte, daß sich Mary darüber im klaren war, denn ich fing oft einen prüfenden Seitenblick von ihr auf, wenn wir zufällig an einem Behinderten vorbeikamen. Einmal brach sie in nervöses Gekicher aus, als sie zu spät bemerkte, daß sie gerade in eine speziell gekennzeichnete Parklücke für Behinderte einschwenkte. »Hoppla!« rief sie und legte hastig den Rückwärtsgang ein. »Das brauchen wir ja nun wirklich nicht!«

Am Anfang hatten Phil und ich uns vorgenommen, so normal wie möglich weiterzuleben. »So normal wie möglich« – was für eine hohle Beschwörungsformel! Wenn ich aus Versehen über ein liegengelassenes Spielzeug stolperte, verbrachte ich anschließend zehn Minuten damit, mich bei Tessa für mein unbeherrschtes Brüllen zu entschuldigen, und dann noch eine geschlagene Stunde mit Überlegungen, ob eine »normale« Person auch so leicht gestolpert wäre. Und als wir mal einen Ausflug an den Strand machten, um uns ein bißchen abzulenken, litt ich statt dessen die ganze Zeit unter morbiden Visionen. Ich sah die Wellen Stück für Stück den Strand verschlingen und quälte Phil mit unsinnigen Überlegungen, ob ich eines Tage so schlaff wie ein Stück Seetang oder so steif wie eine angeschwemmte Krabbe enden würde.

Phil zog inzwischen seine alten Lehrbücher und jeden medizinischen Artikel zu Rate, den er zu dem Thema auftreiben konnte, nur um schließlich deprimiert festzustellen, daß auch sein ganzes Fachwissen ihm zu keiner besseren Einsicht in diese Krankheit verhalf, die nur als »ohne gesicherte Ätiologie«, »höchst verschiedenartig«, »unvorhersehbar« und »ohne spezifische Behandlungsmethode« gekennzeichnet war. Er nahm an Kongressen über neurologische Störungen teil. Er ging mit mir zu einer MS-Selbsthilfegruppe, doch beim Anblick der Rollstühle machten wir auf dem Absatz kehrt. Jede Woche unterzog er mich einer sogenannten »Sicherheitskontrolle«, bei der er meine Reflexe und die Funktionstüchtigkeit meiner Gliedmaßen überprüfte. Wir zogen sogar in ein Haus mit Swimmingpool um, damit ich täglich meine Muskeln trainieren konnte. Keiner von uns verlor ein Wort über die Tatsache, daß es sich um einen Bungalow mit wenig Stufen und breitem Flur handelte, der sich im Ernstfall als rollstuhlgerecht erweisen würde.

Wir gewöhnten uns eine spezielle Code-Sprache an, fast wie Mitglieder eines Geheimbundes, während wir unablässig nach einem Heilmittel forschten oder wenigstens nach Symptomen, die zuverlässige Rückschlüsse erlaubten – eben nach irgendeiner Rettung vor der ständigen, nagenden Sorge. Und schließlich ließen wir die Zukunft ganz aus dem Spiel und sprachen weder über die düsteren Perspektiven noch über unsere vagen Hoffnungen. Wir hielten uns auch nicht lange mit müßigen Spekulationen auf, ob die Krankheit wohl auf einen Virus oder auf Erbanlagen zurückzuführen sei. Wir konzentrierten uns nur noch auf das Hier und Jetzt, auf die kleinen Siege über die banalen Irritationen des Alltags – Tessa aus den Windeln zu kriegen, einen Fehler in der Kreditkartenabrechnung zu beheben, herauszufinden, warum der Motor jedesmal ins Stottern kam, wenn man den dritten Gang einlegte. Das waren die Konstanten, an die wir uns hielten, die wenigen Dinge, die wir zwischen all den Unwägbarkeiten noch selbst bestimmen konnten.

Also kann ich es Phil auch nicht übelnehmen, daß er so tut, als sei alles in Ordnung. Ich selbst hatte ja darauf bestanden. Und nun kann ich ihm nicht mehr sagen, wie mir tatsächlich zumute ist. Ich weiß nur, daß mich jeden Morgen beim Aufwachen von neuem die Angst überfällt, irgend etwas könnte sich über Nacht verschlimmert haben. An manchen Tagen verfalle ich in zwanghafte Zustände, wenn ich etwas verliere, einen Knopf zum Beispiel, und bilde mir ein, mein Leben würde erst wieder normal verlaufen, wenn ich ihn wiedergefunden hätte. An manchen Tagen kommt Phil mir wie der rücksichtsloseste Mensch der Welt vor, nur weil er vergessen hat, irgendeine Kleinigkeit einzukaufen. An manchen Tagen sortiere ich die Wäsche in der Kommodenschublade penibel nach Farben um, als ob das irgend etwas änderte. Das sind die schlechten Tage.

An guten Tagen erinnere ich mich daran, daß ich ja noch Glück habe – an einem neuen Maßstab gemessen. In den letzten sieben Jahren hatte ich nur einen größeren »Schub«, der bewirkt hat, daß ich seitdem leichter das Gleichgewicht verliere, besonders wenn ich aufgeregt oder in Eile bin. Aber ich kann immerhin noch laufen. Ich trage noch immer den Müll hinaus. Und manchmal *kann* ich sogar vergessen, ein paar Stunden, ja fast einen ganzen Tag lang. Natürlich ist es dann immer besonders schlimm, wenn ich mich – oft ganz unversehens – wieder darauf besinne, daß ich eigentlich in einer Vorhölle lebe, die Remission heißt.

Dieses labile Gleichgewicht droht jedesmal ins Kippen zu geraten, wenn ich meine Mutter treffe. Denn dann kommen auch noch die Selbstvorwürfe hinzu, darüber, daß ich ihr meine furchtbare Krankheit bisher verschwiegen habe.

Ich hatte ja vor, es ihr zu sagen. Mehrmals war ich schon drauf und dran, mit der Sprache rauszurücken. Gleich nach der Diagnose hatte ich den ersten Vorstoß gewagt: »Ma, ich hab' dir doch mal von den leichten Beschwerden mit meinem Bein erzählt. Zum Glück hat sich jetzt herausgestellt, daß es sich *nicht* um Krebs handelt, sondern …«

Doch schon hatte sie mich unterbrochen und von einem ihrer Kunden angefangen, der gerade an Krebs gestorben war: wie lange er hatte leiden müssen, wie viele Kränze die Familie bestellt hatte. »Vor langer Zeit hab' ich schon dunklen Fleck auf seinem Gesicht bemerkt«, meinte sie. »Geh zum Doktor, hab' ich gesagt. Kein Problem, sagt er, bloß Altersfleck – und hat nichts dagegen getan. Als er starb, waren Nase und Wange schon ganz zerfressen!« Und dann warnte sie mich streng: »Darum kannst du gar nicht vorsichtig genug sein!«

Als Cleo ohne jegliche Komplikationen geboren wurde, machte ich einen neuen Anlauf, es meiner Mutter zu sagen. Aber sie ließ mich wieder nicht zu Wort kommen und erging sich sofort in Klagen, wie schade es sei, daß mein Vater seine Enkelkinder nicht mehr erlebt habe, worauf der übliche, endlose Monolog über die Ungerechtigkeit des Schicksals folgte.

Mein Vater war an Magenkrebs gestorben, als ich vierzehn war. Jahrelang grübelte meine Mutter daraufhin über die Ursachen dieser Tragödie nach, als könnte sie das Geschehene damit rückgängig machen.

»Er war so ein guter Mensch!« lamentierte sie ständig. »Warum mußte er dann sterben?« Manchmal berief sie sich auch auf Gottes Willen, aber in einer recht eigenwilligen Interpretation: Sie behauptete, es könne nur daran gelegen haben, daß mein Vater Hilfspfarrer gewesen war. »Er mußte sich immer Sorgen von anderen Leuten anhören«, meinte sie. »Er hat all die Sorgen geschluckt, bis sie ihn krank gemacht haben. Ai! *Ying-gai* ihm anderen Job gefunden!«

Ying-gai sagte sie immer, wenn sie meinte »hätte ich doch«. *Ying-gai* bedeutete, daß sie das Schicksal hätte abwenden, das Unglück hätte vermeiden können. Für mich bedeutete *Ying-gai* vor allem, daß meine Mutter in ständiger Reue lebte, die von der Zeit nicht zu tilgen war.

Im Gegenteil, die Reue nahm womöglich noch zu, je mehr sie nach weiteren Ursachen für den Tod meines Vaters suchte. Einmal führte sie sogar ihre eigene Version umweltbedingter Einflüsse an – daß der Elektriker, der damals neue Kabel in unserer Küche legte, krank gewesen sei. »Er hat diese Krankheit in unser Haus eingebaut«, erklärte sie. »Ist wirklich wahr! Ich hab' gerade erfahren, daß der Elektriker gestorben ist – und zwar auch an Krebs! *Ying-gai* jemand anderen genommen!«

Außerdem hing sie einem Aberglauben an, den ich im stillen ihre Theorie der Neun Schicksalsschläge nannte. Sie habe einmal gehört, sagte sie, daß jeder Mensch unweigerlich sterben müsse, nachdem ihm acht Schicksalsschläge zugestoßen seien. Wenn man den achten nicht rechtzeitig kommen sehe und verhindern könne, sei der neunte immer fatal. Und dann zermarterte sie sich das Gehirn, was die acht vorhergehenden wohl gewesen sein mochten und wie es ihr hätte gelingen können, sie früh genug zu erkennen.

Es brachte mich immer auf die Palme, ihre verworrenen Hypothesen anzuhören, in denen die Religion, die Medizin und der Aberglaube sich mit ihren persönlichen Überzeugungen mischten. Vom Prinzip der Ursache und Wirkung hält sie nicht viel; in ihren Augen ist das nur eine billige Erklärung für alle möglichen Tragödien. Meiner Muttter zufolge geschieht *nichts* zufällig. Sie ist wie eine chinesische Version von Freud, nur noch schlimmer. Alles muß einen tieferen Grund haben. Alles hätte verhindert werden können. Das letzte Mal, als ich sie besuchte, warf ich zum Beispiel aus Versehen ein gerahmtes Foto meines Vaters um und zerbrach das Glas. Meine Mutter hob die Scherben auf und jammerte: »Warum ist das passiert?« Ich hielt es erst für eine rein rhetorische Frage, bis sie von mir wissen wollte: »Verstehst du das?«

»Es war ein Unfall, weiter nichts«, sagte ich. »Ich bin mit dem Ellbogen dagegen gestoßen.« Und natürlich brachte ihre Frage mich gleich dazu, besorgt zu überlegen, ob meine Ungeschicklichkeit nicht schon als Symptom einer Verschlechterung zu deuten sei.

»Warum gerade dieses Foto?« murmelte sie vor sich hin.

Also kam ich nie dazu, es ihr zu sagen. In erster Linie wollte ich mir wohl vor allem ihre Theorien über meine Krankheit ersparen, die langatmigen Spekulationen über mögliche Ursachen, und was sie alles hätte tun sollen, um das Übel zu verhindern. Ich wollte nicht ständig von ihr daran erinnert werden.

Und nachdem nun schon so viel Zeit verstrichen ist, scheint die Krankheit noch zehnmal schlimmer durch die Tatsache, daß ich es ihr noch immer nicht gesagt habe. Ich muß jedesmal daran denken, wenn ich sie sehe oder mit ihr telefoniere.

Mary weiß das ganz genau, und deshalb bin ich auch so sauer auf sie – nicht, weil sie es so ostentativ vermeidet, meine Krankheit zu erwähnen. Ich nehme es ihr übel, daß sie es *ihrer* Mutter gesagt hat, meiner Tante Helen.

»Ich mußte es ihr einfach sagen«, erklärte sie unbekümmert. »Ständig hat sie mir in den Ohren gelegen, sag Pearl, sie soll ihre Mutter öfter besuchen, es ist doch nur eine Stunde Fahrt. Sag Pearl, sie soll ihre Mutter zu sich nehmen, dann ist die arme Frau nicht mehr so einsam. Schließlich habe ich meiner Mutter gesagt, daß ich dir unmöglich mit solchen Vorschlägen kommen kann. Und sie wollte natürlich wissen, warum.« Mary zuckte die Achseln. »Du kennst ja meine Mutter. Der kann man nichts vormachen. Aber natürlich mußte sie mir hoch und heilig schwören, es deiner Mutter nicht weiterzusagen, da du es ihr zu gegebener Zeit selber sagen wolltest.«

»Ich kann jederzeit hinfahren«, gab ich zurück. »Aber das ist nicht der Grund, weshalb ich ihr nie vorgeschlagen habe, bei mir zu wohnen.« Dann warf ich ihr einen wütenden Blick zu: »Wie konntest du mir das antun!«

»Sie wird ganz sicher den Mund halten«, verteidigte sich Mary, »schließlich hat sie's ja versprochen. Und außerdem«, setzte sie ein wenig trotzig hinzu, »hättest du es deiner Mutter wirklich längst sagen sollen.«

Es kam zwar nicht zu einem richtigen Krach, aber dennoch kühlte sich unsere Freundschaft merklich ab. Mary wußte sehr wohl, daß sie mir kaum einen schlimmeren Bärendienst hätte erweisen können. Sie hat es nämlich schon einmal getan, vor neun Jahren, als ich ihr anvertraute, daß ich schwanger war. Meine erste Schwangerschaft hatte leider schon bald mit einer Fehlgeburt geendet, worauf meine Mutter mir prompt mit ihren unvermeidlichen Tiraden kam – ich solle nicht so viel Kaffee trinken, das Joggen sei schuld, und überhaupt solle Phil darauf achten, daß ich mehr äße. So beschloß ich beim nächsten Mal, lieber erst abzuwarten, bis ich im vierten Monat war, bevor ich es ihr sagte. Aber im dritten Monat machte ich den Fehler, es Mary anzuvertrauen, die nichts Eiligeres zu tun hatte, als ihre Mutter einzuweihen. Und Tante Helen erzählte es meiner Mutter zwar nicht direkt weiter, doch als meine Mutter den Kwongs stolz die große Neuigkeit verkündete, zeigte Tante Helen ihr sofort den kleinen gelben Pullover, den sie schon für das Baby gestrickt hatte.

Die Klagen, die ich darauf zu hören bekam, nahmen überhaupt kein Ende mehr, selbst nachdem Tessa schon geboren war. »Wie konntest du es nur den Kwongs sagen, und nicht deiner eigenen Mutter?« jammerte sie immer wieder. Je länger sie darüber brütete, desto mehr ärgerte sie sich und warf mir dann vor, sie absichtlich lächerlich gemacht zu haben: »Hnh! Tante Helen hat ja sooo überrascht, sooo unschuldig getan! ›Ach, der Pulli war eigentlich gar nicht für Pearls Baby gedacht‹, hat sie behauptet, ›ich hab' ihn nur so auf gut Glück gestrickt‹.«

Bisher hat Tante Helen die Nachricht von meiner Krankheit noch für sich behalten. Was sie allerdings nicht davon abhielt, mich wie einen Invaliden zu behandeln. Jedesmal wenn ich sie besuchte, nötigte sie mich sofort, mich hinzusetzen, und stopfte mir fürsorglich ein Kissen in den Rücken. Sie tätschelte mir den Arm, erkundigte sich nach meinem Befinden und versicherte mir, daß sie mich immer als eine Tochter angesehen habe. Und dann seufzte sie und erzählte mir irgendwelche schlechten Nachrichten, wie um das auszugleichen, was sie über mich wußte.

»Dein armer Onkel Henry, den hat's letzten Monat schwer gebeutelt«, sagte sie zum Beispiel. »So viele Sparmaßnahmen zur Zeit! Wer weiß, wo das noch hinführen soll? Aber sag's nicht deiner Mutter. Ich möchte nicht, daß sie sich Sorgen wegen uns macht.«

Worauf *ich* mir dann Sorgen machte, ob Tante Helen ihre kleinen Geständnisse womöglich als eine Art Abschlagszahlung verstand, die mich dafür entschädigen sollte, daß sie sich irgendwann meiner Mutter gegenüber verplappern würde: »Oje, Winnie, ich dachte, du wüßtest, was deine Tochter hat!«

So befürchtete ich ständig, daß meine Mutter mich eines Tages anrufen würde, um mir auf hundert verschiedene Weisen vorzuwerfen: »Wieso hat Tante Helen es schon gewußt? Warum hast du es mir nie gesagt? Warum hast du es mich nicht verhindern lassen?«

Und was könnte ich ihr darauf wohl antworten?

Bei dem Festessen sitzen wir am »Kindertisch«, nur daß die »Kinder« mittlerweile schon in den Dreißigern oder Vierzigern sind. Die richtigen Kinder – Tessa und Cleo – sitzen bei meiner Mutter.

Unter den Anwesenden ist Phil heute abend der einzige Nicht-Chinese. Bao-baos zwei frühere Ehefrauen waren auch »Amerikanerinnen«, was Tante Helen immer so betonte, als handele es sich dabei um eine bestimmte Rassenzugehörigkeit. Sie ist sicher hocherfreut, daß Bao-baos neue Auserwählte, Mimi Wong, nicht nur Chinesin ist, sondern obendrein aus einer wohlhabenden Familie stammt, die drei Reisebüros besitzt.

»Sie sieht irgendwie japanisch aus«, zischelte meine Mutter, nachdem wir Mimi vorgestellt worden waren. Ich weiß nicht recht, was sie damit meinte. Für mich sieht Mimi schlicht unheimlich aus, vor allem unheimlich jung. Sie kann nicht viel älter als zwanzig sein, schätze ich, was allerdings auch an ihren orangegefärbten Haaren und dem Ring in ihrem Nasenflügel liegen mag. Soviel ich gehört habe, ist sie Frisörlehrling in einem flippigen Salon. Meine Mutter behauptet allerdings, daß sie dort nicht viel mehr zu tun hat, als den Leuten die Haare zu waschen und den Boden zu fegen.

Bao-bao hat sich ein neues Styling zugelegt, seit ich ihn das letzte Mal gesehen habe. Sein Haar ist mit Pomade zurückgekämmt, und unter dem schillernden schwarzen Anzug trägt er ein schwarzes T-Shirt. Während er Mimi mit den übrigen Gästen bekannt macht, starre ich fasziniert auf ihren Nasenring. Wie kommt sie damit wohl zurecht, wenn sie einen Schnupfen hat?

»Na, wie geht's meinem Lieblingskusinchen?« fragt Bao-bao mich über den Tisch hinweg und prostet mir mit seinem Champagnerglas zu. »Gut schaust du aus. Gefällt mir, der Haarschnitt, schön kurz. Mimi, wie findest du Pearls Frisur? Gut, was?« Er versteht sich darauf, mit leichter Hand Komplimente zu verteilen. Ich frage mich manchmal, ob ich ihn besser leiden könnte, wenn ich nicht schon so viel über ihn wüßte.

»Hey, Phil, alter Junge«, ruft Bao-bao gutgelaunt, während er uns Champagner nachschenkt. »Wie ich sehe, hast du inzwischen ein paar Pfund zugenommen. Das gute Leben hinterläßt seine Spuren, wie? Vielleicht kannst du dir jetzt auch allmählich die neue Anlage leisten, die ich dir empfohlen habe – 'ne satte Menge Dezibel pro Dollar!« Bao-bao verkauft Stereoanlagen und Fernseher. Er ist sehr geschickt darin, den Leuten einzureden, daß sie das Qualitätsbewußtsein besitzen, zwischen einem Standardmodell und der fünfhundert Dollar teureren Luxusausführung zu unterscheiden. Wie Phil einmal sagte, wäre er sogar imstande, den Schiiten Bibeln aufzuschwatzen.

Hinter uns, am »Erwachsenentisch«, sitzt ein Mann namens Loy Fong, den wir »Onkel Loy« nennen. Er dreht sich zu uns herum und prostet uns mit Gingerale im Plastikbecher zu. »Ganz schön praktisch für Mimi«, meint er. »Sie braucht bloß ein *K* vor ihren Namen zu setzen, um einen Mann zu kriegen! Aus Wong mach Kwong, haha!« Er lacht selbst am lautesten über seinen Witz und wendet sich dann zurück, um ihn für die anderen an seinem Tisch zu wiederholen. Neben ihm sitzt seine Frau, Edna Fong. Diese Leute gehen seit Jahren in dieselbe Kirche wie die Kwongs und unsere Familie, ohne zum engeren Freundeskreis zu zählen. Wahrscheinlich sind sie nur eingeladen worden, weil Edna Fong die Altarblumen immer im Ding Ho Laden kauft, selbstverständlich mit zwanzig Prozent Rabatt.

Tante Helen sitzt am selben Tisch wie Loy und Edna Fong. Für den festlichen Anlaß hat sie sich in ein Kleid aus hellrosa Kunstseide gezwängt, das über ihrem rundlichen Bauch bereits Knitterfalten wirft. Jedesmal wenn sie den Arm nach der Teekanne ausstreckt, spannt der Stoff in den Achselhöhlen, und ich frage mich im stillen, welche Naht wohl als erste aufplatzen wird. Ihr dünnes Haar ist in eine frische Dauerwelle gelegt, wohl in der Hoffnung, es fülliger wirken zu lassen; tatsächlich sieht es aus wie eine Haube aus steifer Zuckerwatte, unter der die Kopfhaut durchschimmert.

Meine Mutter sitzt Tante Helen direkt gegenüber. Sie trägt ein neues blaues Kleid, das sie nicht nur selbst genäht, sondern auch selbst entworfen hat, und zwar »ohne Schnittbogen«, wie sie stolz betonte. Die schlichte A-Linie mit weiten Puffärmeln läßt ihre schmächtige Gestalt geradezu ausgemergelt erscheinen.

»Was für eine hübsche Seide«, sagt Edna Fong.

»Polyester«, verkündet meine Mutter strahlend. »Kann man in der Maschine waschen!« Cleo rutscht von ihrem Stuhl und klettert meiner Mutter auf den Schoß. »Ha-bu«, bettelt sie, »will auch mit Stäbchen essen.«

Meine Mutter tunkt ihre Stäbchen in eine Schale mit Hors d'oeuvres. »Das ist Tintenfisch«, erklärt sie und läßt ein glibberiges Stück Tentakel vor Cleos Mund baumeln. Wie ein junger Vogel sperrt meine Tochter den Schnabel auf und angelt sich den Happen.

»Schau, das magst du!« nickt meine Mutter anerkennend, während Cleo kaut und lächelt. »Als deine Mutter ein kleines Mädchen war, hat sie immer gesagt, schmeckt wie Radiergummi!«

»Jiiih!« quietscht Cleo und plärrt empört los, wobei der halbzerkaute Tintenfisch ihr aus dem Mund rinnt.

»Nicht weinen, nicht weinen«, versucht Tante Helen sie über den Tisch hinweg zu besänftigen. »Schau, da ist ein feines Stück Rindfleisch, mmmh! Schmeckt wie Hamburger von MacDonald's. Nimm nur, das magst du bestimmt.«

Mit einem letzten gekränkten Schluchzer greift Cleo nach dem Stück Fleisch und stopft es sich in den Mund. Meine Mutter sieht mit zusammengepreßten Lippen zur Seite.

Es tut mir so leid für sie, daß ihre Erinnerung und meine kindliche Vorliebe für gummiartige Sachen ihr wieder einmal übel mitgespielt haben. Ich muß plötzlich daran denken, wie oft Kinder es doch fertigbringen, ihre Mutter auf die unvorhersehbarste Weise zu verletzen.

Wie sich nach und nach herausstellt, verläuft der Abend noch viel schlimmer als erwartet. Während des ganzen Essens beobachte ich, wie meine Mutter und Tante Helen sich gegenseitig auf die Nerven gehen. Sie streiten sich auf chinesisch darüber, ob das Schweinefleisch zu salzig, das Huhn zu zäh, das Gemüse verkocht und das Muschelgericht zu knapp bemessen sei. Phil versucht höflich, sich mit meinem Vetter Frank zu unterhalten, der die ganze Zeit eine Zigarette nach der anderen raucht, was Phil auf den Tod nicht ausstehen kann. Alte Familienfreunde, die eigentlich keine richtigen Freunde sind, prosten einem Brautpaar zu, das in zwei Jahren sicher schon wieder geschieden sein wird. Mit starrem Lächeln höre ich mir an, was Mary und Doug an mich hin plappern, als wären wir immer noch die besten Freunde.

Doch die meiste Zeit schaue ich zu meiner Mutter am Nebentisch hinüber und fühle mich genauso einsam, wie sie mir dort vorkommt. Ich denke über die unüberbrückbare Distanz zwischen uns nach, die es uns verwehrt, uns die wichtigsten Dinge in unserem Leben mitzuteilen. Wie ist es nur so weit gekommen?

Auf einmal erscheint mir alles – die Blumenarrangements auf den Plastikdecken, die Erinnerungen meiner Mutter an meine Kindheit, die ganze versammelte Familie – völlig unwirklich, und gleichzeitig auch traurig und nur allzu wahr. All diese bedeutungslosen Gesten, diese alten Mißverständnisse, diese ängstlich gehüteten Geheimnisse – warum halten wir sie immer noch aufrecht? Ich habe das Gefühl zu ersticken und möchte am liebsten weglaufen.

Jemand tippt mir auf die Schulter. Es ist Tante Helen.

»Noch nicht zu müde?« flüstert sie.

Ich schüttele den Kopf.

»Dann komm mit und hilf mir Kuchen schneiden.« Natürlich frage ich mich sofort, was für ein Geheimnis sie mir diesmal wieder anvertrauen will.

In der Küche schneidet Tante Helen den weißen Kuchen auf einem großen, rechteckigen Blech und legt die Stücke auf Pappteller. Sie leckt sich die Schlagsahne von den Fingern und drückt eine herabgefallene Erdbeere in die weiche Biskuitmasse zurück.

»Bester Kuchen in San Francisco«, bemerkt sie wohlgefällig. »Mary hat ihn bei Sun Chee an der Clementina Street gekauft. Du weißt doch, welche Bäckerei ich meine?«

Ich schüttele den Kopf und verteile weiter Plastikgabeln auf den Kuchentellern.

»Vielleicht weißt du aber schon was«, fährt sie in strengem Ton fort, »über *meine* Krankheit?« Sie hält im Kuchenschneiden inne und blickt mich erwartungsvoll an. Ich wundere mich nur stumm über ihren veränderten Tonfall, da ich keine Ahnung habe, worauf sie hinauswill.

»Na, macht auch nichts«, sagt sie säuerlich und wendet sich wieder dem Kuchenblech zu. »Ich weiß es jedenfalls.«

Und dann erzählt sie mir hier in der Küche, daß sie vor zwei Monaten zum Arzt mußte, weil sie vor ihrer Haustür auf den regennassen Stufen ausgerutscht war und sich am Geländer den Kopf gestoßen hatte. Meine Mutter, die gerade bei ihr war, hatte sie in die Ambulanz gebracht. Die Röntgenaufnahmen ergaben: kein Schädelbruch, keine Gehirnerschütterung – zum Glück nicht wie bei Tante Du –, dafür aber einen verdächtigen dunklen Fleck im Schädel, der weitere Tests erforderte.

»So hab' ich's dann erfahren«, sagt sie und tippt sich triumphierend an den Kopf. »Gott hat seinen Finger hier aufgelegt und mir verkündet: Zeit zu gehen. Ich habe einen Gehirntumor.«

Ich japse entsetzt auf, und Tante Helen beeilt sich hinzuzufügen: »Aber die Tests haben dann ergeben, daß er *gutartig* ist.« Sie betont das Wort, als handele es sich um eine besondere Auszeichnung. »Kein Problem, haben die Ärzte gesagt, keine Operation nötig.«

Ich seufze erleichtert, und sie fährt fort: »Deine Mutter hat gesagt: Hast du aber Glück, alles in Ordnung. Meine Kinder, dein Onkel Henry, alle haben gesagt: Du wirst noch steinalt. Aber was meinst du, was sagen sie tatsächlich?«

Ich schüttle perplex den Kopf.

»Schau mal, warum sagt Bao-bao plötzlich, er will heiraten? Warum sagt Mary, sie will mit der ganzen Familie herkommen?

Feiern wir doch ein schönes Familienfest, sagt sie. Und Frank läßt sich die Haare schneiden, ohne daß ich lange bitten und schimpfen muß.« Sie lächelt. »Sogar deine Mutter! Heute sagte sie im Laden: Geh nur, geh, du hast noch so viel für die Party vorzubereiten. Ich kann die Kränze auch allein machen. Warum schüttelst du den Kopf? Das ist wahr!«

Ihre Miene wird plötzlich ernst. »Da hab' ich mir gesagt, was soll das, warum sind sie auf einmal alle so nett zu mir? Meine Kinder haben plötzlich Achtung vor mir, wieso? Sie kommen mich besuchen, wieso? Mary nennt mich wieder Mami. Deine Mutter will die ganze Arbeit alleine machen. Und weißt du, wieso? Weil sie wissen, daß ich todkrank bin. Sie wollen es nicht zugeben, aber ich glaube, es wird wohl nicht mehr lange dauern.«

Ich stelle die Teller auf ein Tablett. »Aber Tante Helen, ich bin sicher, daß du dir wirklich keine Sorgen zu machen brauchst. Wenn sie sagen, es ist gutartig, dann heißt das doch...«

Sie hält gebieterisch die Hand hoch. »Mir brauchst du nichts vorzumachen. Ich habe keine Angst. Ich bin keine junge Frau mehr. Immerhin fast dreiundsiebzig.«

»Ich will dir ja gar nichts vormachen«, beharre ich. »Du wirst sicher noch lange nicht sterben.«

»Gut, gut, alle wollen mir die schlechte Botschaft verheimlichen. Sie wollen mich unbedingt schonen, bevor ich sterbe, na gut. Ich kann ja auch so tun, als ob ich nichts wüßte.«

Ich weiß nicht recht, was ich davon halten soll. Ist Tante Helen wirklich krank, oder bildet sie sich nur etwas ein? Daß alle sich ihr gegenüber plötzlich so anders verhalten, stimmt mich allerdings bedenklich. Es sähe den Kwongs ähnlich, hinter vorgehaltener Hand ein Geheimnis herumzutratschen und dann so zu tun, als wüßten sie von nichts.

»Mach dir mal keine Sorgen um mich«, sagt sie und tätschelt mir die Hand. »Ich hab's dir nicht erzählt, um dich zu beunruhigen. Aber du mußt verstehen, daß ich dein Geheimnis jetzt nicht länger für mich behalten kann.«

»Welches Geheimnis denn?«

Sie seufzt tief auf. »Pearl, Kindchen, die Bürde ist zu schwer für mich. Ich kann den Gedanken nicht länger ertragen, daß deine

Mutter es nicht weiß. Wie kann ich zum Himmel hochfliegen, wenn das so auf mir lastet? Nein, du mußt es deiner Mutter endlich sagen, Pearl, das mit deiner Multiplen Neurose.«

Ich bin zu bestürzt, um zu lachen oder sie zu verbessern. »Das ist bestimmt das beste«, fügt Tante Helen im Brustton der Überzeugung hinzu. »Wenn du es ihr nicht sagen kannst, dann muß ich es tun – noch vor dem chinesischen Neujahr.« Sie blickt mich mit entschlossener Miene an.

Ich möchte sie am liebsten schütteln und sie anschreien, mit dem Spielchen aufzuhören.

»Tante Helen, du weißt doch, daß ich's meiner Mutter nicht sagen kann. Du weißt doch, wie sie ist!«

»Natürlich«, erwidert sie trocken. »Ich kenne deine Mutter seit fünfzig Jahren. Daher weiß ich auch, daß die Zeit jetzt gekommen ist, es ihr zu sagen.«

»Aber warum denn gerade jetzt? Sie wird sich doch nur ärgern, daß wir es ihr so lange verheimlicht haben.«

Sie runzelt die Stirn. »Und du denkst nur dran, dir selbst den Ärger zu ersparen. Tz, tz, so was Egoistisches!«

»Nein, ich meine nur, es gibt noch keinen Grund, es ihr jetzt zu sagen. Mir geht's doch gut.«

»Glaubst du vielleicht, du kannst es ihr bis zu ihrem Tod verschweigen? Und wenn sie hundert wird, was machst du dann, ha?«

»Darum geht's gar nicht. Ich möchte nur vermeiden, daß sie sich Sorgen macht.«

»Sie hat ein Recht, sich Sorgen zu machen«, sagt Tante Helen streng. »Sie ist deine Mutter.«

»Aber sie braucht sich doch nicht unnötig um etwas zu sorgen, das gar kein Problem ist.«

»Darum solltest du es ihr jetzt sagen. Dann ist es kein Problem mehr.«

»Aber dann fragt sie sich bestimmt, warum wir bisher so ein Geheimnis daraus gemacht haben. Sie wird glauben, es ist schlimmer, als es wirklich ist.«

»Vielleicht hat sie ja auch ihre Geheimnisse«, antwortet Tante Helen und schmunzelt vielsagend in sich hinein. »Deine Mutter, o ja, die hat jede Menge Geheimnisse!«

Ich habe das alptraumhafte Gefühl, mich vergeblich jemandem verständlich machen zu wollen, der mich nicht hören kann. Vielleicht hat Tante Helen ja recht, vielleicht hat sie tatsächlich einen Gehirntumor, der schon dabei ist, ihr Gehirn zu zerstören. »Also gut«, gebe ich mich schließlich geschlagen. »Aber du darfst es ihr auf keinen Fall sagen. Ich werd's tun.«

Tante Helen schaut mich mißtrauisch an. »Versprochen?«

»Ja, versprochen«, murmele ich und weiß selbst nicht genau, ob es gelogen ist.

Sie streichelt mir die Schulter und zupft an meinem grünen Wollkleid. »Die Farbe steht dir gut, Pearl. Anh! Genug davon. Gehen wir wieder rein.« Sie hebt ächzend das Kuchentablett hoch.

»Laß mich das tragen«, sage ich schroff. Sie zögert, im Begriff abzuwehren, doch dann überläßt sie mir das Tablett, vielleicht aus Rücksicht auf ihre eigene Krankheit.

Das Abendessen ist vorbei, wir sind wieder zurück im Haus meiner Mutter. Nach dem üblichen Ritual von Gekicher, Gezänk und Geknatsche sind die Mädchen endlich eingeschlafen. Ich war schon drauf und dran, meine Mutter nach Tante Helens Gehirntumor zu fragen, habe es mir dann aber anders überlegt; dies ist nicht der richtige Augenblick, eine längere Diskussion über Krankheiten vom Zaun zu brechen. Ich bin völlig erschöpft. Nachdem ich das Angebot meiner Mutter, uns noch Tee, Nescafé oder Orangensaft zu bringen, dankend abgelehnt habe, stehe ich gähnend auf: »Ich muß jetzt ins Bett.« Phil beugt sich zu meiner Mutter hinab, um ihr einen Gutenachtkuß zu geben, zu dem sie ihm mit starr zur Seite gerecktem Kopf die Wange hinhält. Schließlich ziehen wir uns aufatmend in unser Zimmer zurück.

»Habt ihr auch eure Zahnbürsten dabei?« ruft meine Mutter durch die geschlossene Tür. »Schon Zähne geputzt?«

»Haben wir, alles klar!« ruft Phil zurück.

»Genug Decken, genug Handtücher?«

»Jede Menge«, antwortet er mit einem Augenrollen in meine Richtung. »Gute Nacht!« Er knipst das Licht aus. Ungefähr fünf Sekunden bleibt es still.

»Zu kalt? Heizung kann man auch höher drehen.«

»Es ist wirklich alles bestens, Ma!« sage ich etwas zu gereizt. In sanfterem Ton füge ich hinzu: »Mach dir keine Sorgen. Geh ruhig schlafen.«

Ich halte den Atem an. Von draußen kommt kein Laut mehr. Schließlich höre ich ihre Pantoffeln langsam den Flur hinabschlurfen, und jeder dieser gedämpften Schritte bricht mir das Herz.

Großtante Dus Begräbnis

Meine Mutter ist vor zwei Stunden aus dem Haus gegangen, um mit Tante Helen zusammen die Aussegnungshalle zu schmücken. Und dank einer Streiterei zwischen Tessa und Cleo, bei der eine Portion Rührei schließlich auf Phils Hemdbrust und Schlips landete, werden wir noch zu spät zu Tante Dus Trauerfeier kommen. Während wir in der Clementina Street in aller Eile nach einem Ersatz suchten, schlug Phil vor, die Mädchen lieber nicht zur Beerdigung mitzunehmen.

»Sonst benehmen sie sich dort womöglich auch noch daneben«, meinte er. »Wer weiß, vielleicht können sie den Anblick einer T-O-T-E-N gar nicht ertragen.«

Tessa grinste frech und trällerte: »Daddy hat ein schlimmes Wort gesagt!«

»Ich könnte ja draußen im Auto mit ihnen warten«, erbot sich Phil.

»Ach was, das wird schon gutgehen«, versicherte ich. »Meine Mutter hat mir vorhin noch bestätigt, daß der Sarg bereits geschlossen ist. Und ich habe den beiden erklärt, daß es wie bei Steves und Joannes Hochzeit sein wird – eine Feier für Erwachsene. Stimmt's, ihr Mädchen?«

»Wir kriegen dann Kuchen«, krähte Cleo.

»Also gut«, sagte Phil. »Aber wenn die Trauerfeier vorbei ist, seilen wir uns gleich ab.«

»Aber sicher.«

Um zwanzig nach zwei treffen wir vier schließlich im Vorraum der Aussegnungshalle ein. Mein Vetter Frank händigt uns schwarze Armbinden aus. Während ich die meine überstreife, überkommt mich ein Anflug von schlechtem Gewissen angesichts dieser hohlen Trauergeste. Auf einmal wird mir bewußt, daß ich so gut wie nichts von Großtante Du weiß, außer daß sie nach Mottenkugeln roch und mir immer alte chinesische Bonbons aufdrängte, die sie aus einer angestaubten Dose auf dem Kühlschrank holte.

Bao-bao kommt uns mit einem breiten Begrüßungslächeln entgegen. »Hey, Leute, find' ich gut, daß ihr's doch noch rechtzeitig geschafft habt.« Er überreicht jedem von uns einen Schokoriegel in Silberpapier und einen kleinen roten Umschlag mit Glücksgeld.

»Was sollen wir damit machen?« flüstert Phil mir zu. »Ist das als Opfergabe für Großtante Du gedacht?«

»Woher soll ich das wissen?« zische ich zurück. »Ich war noch nie bei einem buddhistischen Begräbnis, oder wie man das hier nennt.«

»Meine Ma sagt, das soll so 'ne Art Versicherung sein, falls man hier schlechte *vibrations* aufschnappt«, erklärt Bao-bao. »Der Schokoriegel bringt einem Glück, und mit dem Geld kann man sich später noch mehr Glück kaufen.«

»Ich esse meinen jetzt gleich«, verkündet Tessa.

Cleo streckt mir ihren entgegen, um ihn auswickeln zu lassen. »Ich auch, ich auch, Mami!«

Phil späht in den Umschlag und bringt einen Vierteldollar zum Vorschein. »Glaubst du, daß mein Glück länger anhält, wenn ich mir dafür Kaugummi kaufe?«

Wir treten in die Halle, wo uns blendendes Scheinwerferlicht empfängt. Es ist nicht zu fassen – Onkel Henry steht mitten im Raum und nimmt die Trauerfeier mit der Videokamera auf! Wer will sich denn so was jemals wieder anschauen?

In dem Dunst der Räucherkerzen habe ich Mühe, meine Mutter zu entdecken. Sie winkt uns von der zweiten Reihe her zu, neben ihr Platz zu nehmen. Phil nimmt die Mädchen an die Hand, und während die Kamera weitersurrt, gehen wir eilig den Gang entlang, vorbei an einem runden Dutzend Trauergäste – Mary, Doug, ihre Kinder, ein paar Leute von der Kirchengemeinde, ausschließlich Chinesen. Darunter sind auch ein paar alte Weiblein, die ich noch nie zuvor gesehen habe. Nach ihren ungefärbten kurzen Haaren und altmodischen braunen Steppjacken zu schließen, müssen sie erst vor kurzem nach Amerika eingewandert sein.

Kaum haben wir unsere Plätze eingenommen, dreht sich Tante Helen in der ersten Bank zu uns herum. Sie drückt mir die Hand, und ich sehe, daß sie im Gegensatz zu meiner Mutter Tränen in den Augen hat. »Warum so spät?« fragt sie ärgerlich. »Ich mußte sie schon bitten, auf euch zu warten.«

Cleo fängt plötzlich an zu lachen und zeigt mit dem Finger nach vorn. »Daddy, da oben schläft eine Frau! Und ihr Essen brennt!« Auch Tessa starrt dorthin, mit großen Augen und offenem Mund.

Und dann gewahre ich – o Gott! – Großtante Du, die mit der Brille auf dem wachsbleichen Gesicht in ihrem Sarg liegt. Vor dem Sarg steht ein langer, niedriger Tisch voller Speisen – ein ganzes chinesisches Festmahl mit neun Gängen, und dazu noch ein merkwürdiges Sortiment von Mangos, Orangen und Wassermelonenscheiben. Das sollen wohl Großtante Dus Vorräte für die Reise ins Jenseits sein. Die Schwaden von einem Dutzend Räucherkerzen wallen über dem Sarg als ätherische Himmelsleiter empor.

Phil sieht mich mit hochgezogenen Augenbrauen an und wartet auf eine Erklärung. »Das muß ein Irrtum sein«, flüstere ich ihm zu und wende mich dann zu meiner Mutter hin, um sie so beherrscht wie möglich zu fragen: »Hast du nicht gesagt, daß der Sarg schon geschlossen sein wird?«

Sie nickt. »Gefällt's dir? Alles neue Kleider, hab' ich für sie ausgesucht. Den Sarg auch. Nicht das beste Holz, aber fast das beste. Bevor sie beerdigt wird, nehmen wir natürlich noch die Juwelen ab.«

»Aber ich dachte, du hast gesagt, der Sargdeckel wäre schon zu!«

Meine Mutter runzelt die Stirn. »Hab' ich nicht gesagt. Wie soll man sie dann sehen?«

»Aber...«

»Müssen wir hier essen?« erkundigt Tessa sich ängstlich. Sie rutscht tiefer in ihren Sitz. »Ich hab' keinen Hunger«, wispert sie. Ich greife nach ihrer Hand.

»Sag der Frau, sie soll aufwachen!« ruft Cleo aufgeregt. »Sag ihr, sie darf beim Essen nicht schlafen. Das tut man nicht!«

Tessa versetzt Cleo einen strafenden Klaps aufs Bein. »Sei still, Cleo, die schläft doch gar nicht. Die ist so tot wie Schneewittchen.«

Cleo zieht einen bedrohlichen Flunsch. »Sag so was nicht!« quengelt sie und trommelt mit den Fäusten gegen Tessas Arm. Bevor ich mir noch eine Beschwichtigung ausdenken kann, ist die Kabbelei schon in vollem Gange. Meine Mutter beobachtet die Szene mißbilligend und wartet ab, wie ich reagiere. Doch ich bin wie gelähmt, völlig hilflos, und weiß nicht, was ich tun soll.

Phil steht auf, um die Mädchen hinauszubringen. »Ich kaufe ihnen draußen ein Eis. In einer Stunde sind wir zurück.«

»Eine Dreiviertelstunde reicht schon«, flüstere ich zurück. »Ich treffe euch dann am Eingang.«

»Daddy, krieg ich'n Schokoladeneis mit Sahne?« fragt Cleo, augenblicklich besänftigt.

»Und mit Krokant drauf?« ergänzt Tessa.

Erleichtert sage ich mir, daß die ganze Sache wahrscheinlich nichts Traumatischeres als klebrige Finger oder einen verdorbenen Magen zur Folge haben wird. Von der anderen Seite des Ganges grinst Marys Sohn Michael schadenfroh herüber. Ich werfe ihm einen finsteren Blick zu, wobei mir auffällt, daß Onkel Henry peinlicherweise immer noch munter weiterfilmt.

Nachdem Phil und die Mädchen gegangen sind, bin ich erst einmal damit beschäftigt, meine Fassung wiederzugewinnen. Ich blicke starr geradeaus, um weder meine Mutter noch Onkel Henry wütend anzufunkeln. Es hat ja keinen Zweck, sich aufzuregen; damit läßt sich auch nichts mehr ändern.

Vor den Bänken ist ein Porträt von Großtante Du aufgestellt, das wie ein vergrößertes Paßbild von vor fünfzig Jahren aussieht. Sie wirkt darauf zwar nicht gerade jugendlich, aber wenigstens hatte sie damals wohl noch die meisten ihrer Zähne. Ich schaue zu ihr hinüber, wie sie dort in ihrem Sarg liegt. Ihr Mund wirkt eingefallen, ihr hageres Gesicht erinnert an einen verschrumpelten Vogelkopf. Sie liegt so still da, und doch kommt es mir vor, als warteten wir alle darauf, daß sie sich plötzlich verwandelt und als Geist manifestiert.

»Die *Jiao-zi* hab' ich selbst gemacht«, wispert meine Mutter mir jetzt zu. »Tante Du hat immer gesagt, ich mache die besten.« Ich nicke zustimmend und bewundere die Hefeklöße auf der festlich geschmückten Tischplatte. Schade, daß sie nur zum Ansehen da sind.

»Tante Helen hat das Paprikahuhn gemacht«, sagt sie und ergänzt auf mein schweigendes Kopfnicken hin: »Sieht reichlich trocken aus.« Im stillen frage ich mich, ob Großtante Du dieses kulinarische post mortem wohl zu schätzen weiß. Und während ich auch die anderen Köstlichkeiten eingehender betrachte, fällt mir auf, daß sogar der übriggebliebene Kuchen vom Vorabend nun auf dem Totenbuffet prangt.

Über dem Sarg hängt ein drei Meter langes Banner aus weißem Pergamentpapier an der Wand. Es ist mit großen schwarzen Schriftzeichen bemalt, die mit einem Ausrufezeichen enden, genau wie auf einem chinesischen Propagandaplakat.

»Was steht da drauf?« erkundige ich mich leise bei meiner Mutter.

»Wir hoffen, daß dein nächstes Leben lang und mit Wohlstand gesegnet ist. Nichts Besonderes«, antwortet sie. »Ich hab' es nicht geschrieben. Ist von irgendwelchen Leuten, die was mit den Kwongs zu tun haben. Vielleicht hat Tante Helen denen mal was geschenkt.«

Unter all den ringsum aufgestellten Kränzen versuche ich, den mir zugedachten auszumachen. Ich will meine Mutter gerade danach fragen, als Onkel Henry plötzlich den Scheinwerfer wieder aufdreht und anfängt, Großtante Du auf ihrem Podium zu filmen. Dann winkt er jemandem an der linken Bühnenseite zu.

Unvermittelt ertönt ein hohles, hölzernes Klopfen, gefolgt von einem insistierenden »Driiing-driiing-driiing«, als ob jemand ungeduldig nach einem Hotelpagen klingelte. Unter diese Geräusche mischen sich noch zwei Stimmen in einem monotonen Singsang, der aus immer den gleichen vier Noten und Silben zu bestehen scheint. Die Tonfolge wiederholt sich so gleichmäßig, daß ich den Eindruck habe, es könne sich nur um eine Schallplatte handeln, bei der die Nadel in einer Rille hängengeblieben ist.

Doch nun treten zwei buddhistische Mönche mit geschorenen Köpfen und safrangelben Gewändern aus der linken Seitennische hervor. Der ältere und größere der beiden zündet eine lange Räucherkerze an, verbeugt sich dreimal vor dem Leichnam, steckt die Räucherkerze in einen Halter und tritt unter weiteren Verbeugungen wieder zurück. Der jüngere begleitet die Zeremonie mit rhythmischem Klopfen auf dem Schlagholz. Dann schreiten die beiden feierlich den Mittelgang hinunter und singen dabei ihr eintöniges »Ami-, ami-, amitaba, amitaba«. Während der ältere Mönch an uns vorbeigeht, fällt mir auf, daß seine eine Wange ganz abgeflacht und die Ohrmuschel daneben seltsam verformt ist.

»Der hat wohl mal einen schrecklichen Unfall gehabt«, flüstere ich meiner Mutter zu.

»Kulturrevolution«, antwortet sie.

Jetzt erkenne ich erst, daß der jüngere der beiden gar kein Mönch, sondern eine Nonne ist, mit lauter kleinen Schorfflecken auf dem kahlen Schädel.

»Amitaba, amitaba«, leiern die beiden unentwegt. Und nun beginnen die alten Frauen in den Steppjacken laut zu wehklagen und die Arme hochzuwerfen, als wären sie von Schmerz und Trauer übermannt. Onkel Henry nimmt sie sofort mit der Kamera ins Visier.

»Sind das Großtante Dus Freundinnen?« will ich wissen.

Meine Mutter runzelt die Stirn. »Keine Freundinnen, vielleicht Chinesinnen aus Vietnam. Sind schon früh gekommen und haben gesehen, daß nicht viele Trauergäste da sind. Haben dann mit Tante Helen geredet und ein paar Dollar von ihr gekriegt. Jetzt machen sie Totenklage nach altem Brauch, jammern und heulen und tun so, als wollten sie nicht, daß die Tote so bald fortgeht. So zeigt man Respekt.«

Ich nicke. Soso. Respekt.

»Mit etwas Glück schaffen die Frauen zwei bis drei Beerdigungen pro Tag«, setzt meine Mutter hinzu, »und verdienen sich damit ein paar Dollar. Kein schlechtes Leben. Besser als putzen gehen.«

»Hm«, antworte ich unbestimmt. Ich bin mir nicht sicher, ob sie es herablassend meint oder nur als simple Tatsache feststellt.

Das Schlagholz und die Glocke ertönen von neuem, in immer schnellerem Rhythmus. Plötzlich löst sich das weiße Banner von der Wand, und die Glückwünsche für das nächste Leben gleiten auf den Sarg hinab und drapieren sich wie die Schärpe einer Schönheitskönigin über Großtante Dus Brust. Meine Mutter und einige der älteren Frauen springen erschrocken auf und schreien: »Ai-ya!«, Marys Sohn ruft: »Volltreffer!« und bricht in hysterisches Gelächter aus, doch die Mönche fahren ungerührt mit ihrem

Singsang fort. Meine Mutter ist außer sich. »Schlechtes Zeichen!« zischt sie wütend, steht auf und hastet hinaus.

Kurz darauf kommt sie mit einem jungen, blonden Mann im Schlepptau zurück. Er trägt einen schwarzen Anzug, gehört also wohl zum Beerdigungsinstitut. Offenbar überhäuft meine Mutter ihn mit einem Schwall von Vorwürfen, während sie auf das Unglücksbanner deutet. Die Trauergäste tuscheln aufgeregt miteinander, die alten Weiblein wehklagen noch immer um die Wette, der Mönch und die Nonne psalmodieren unverdrossen weiter.

Der blonde Mann geht zum Podium vor, dicht gefolgt von meiner Mutter. Er verneigt sich dreimal vor Großtante Du, bevor er den Sarg anschiebt, der auf seinen Rädern mühelos vorwärtsrollt. Nach einer weiteren Verbeugung nimmt er das Banner mit feierlicher Geste von Großtante Dus Brust und trägt es auf ausgestreckten Armen vor sich her wie ein geweihtes Meßgewand. Während er es wieder an der Wand befestigt, faucht meine Mutter zornig: »Mehr Klebstreifen an die Ecke da! Da drüben auch noch mehr! Wie kann man ihr Glück nur so leichtsinnig fallen lassen!«

Nach vollbrachtem Werk schiebt der Mann den Sarg an seinen Platz zurück, verbeugt sich noch dreimal vor dem Leichnam und einmal vor meiner Mutter, die nur verächtlich schnauft, und sucht schleunigst das Weite.

Inzwischen verteilt Frank schon angezündete Räucherstäbchen an uns alle. Ich blicke mich diskret um und versuche herauszufinden, was wir damit machen sollen. Nacheinander erheben sich alle und treten zu dem Mönch und der Nonne, wobei sie ebenfalls »Amitaba! Amitaba!« singen.

So umschreiten wir ungezählte Male im Gänsemarsch den Sarg. Ich komme mir ausgesprochen albern vor bei diesem Ritual, das für mich keinen Sinn ergibt. Ich muß daran zurückdenken, wie ich einmal mit ein paar Freunden bei einem Zen-Kreis war, wo ich nicht nur als einzige asiatisch aussah, sondern auch als einzige ungeduldig darauf wartete, daß die Predigt endlich anfing, bis mir dann nach zwanzig Minuten dämmerte, daß die anderen gar nicht warteten, sondern meditierten.

Nun verneigt sich meine Mutter vor Großtante Du. Sie stellt das Räucherstäbchen in den Kerzenhalter und murmelt leise »Ai! Ai!«

Die anderen tun es ihr gleich; manche weinen, die Vietnamesinnen heulen wie Schloßhunde. Jetzt ist es an mir, mich zu verneigen. Und ich fühle mich schuldig. Es ist nicht dasselbe Schuldgefühl, das ich von früher her kenne – als mein Vater mich taufte und ich nicht glaubte, daß ich für immer gerettet sei, als ich bei der Kommunion nicht glaubte, daß der Traubensaft das Blut Christi sei, als ich mit den anderen zusammen betete, daß mein Vater durch ein Wunder geheilt werden möge, obgleich es mir vorkam, als sei er längst gestorben.

Plötzlich fange ich an zu schluchzen, was alle überrascht, sogar mich. Erschrocken versuche ich, die Fassung zu wahren, doch es gelingt nicht. Wie ein Sturzbach bricht all der bittere Zorn aus mir hervor.

Meine Mutter lächelt mich mit tränenfeuchten Augen an. Sie weiß, daß ich nicht um Großtante Du trauere, sondern um meinen Vater; schon lange wartet sie darauf, daß ich endlich weine – seit dem Begräbnis meines Vaters vor fünfundzwanzig Jahren.

Ich war vierzehn, voller Groll und Zynismus. Meine Mutter, mein Bruder und ich saßen eine halbe Stunde vor dem Trauergottesdienst allein in einer Seitennische. Meine Mutter schalt mich, weil ich nicht an den Sarg treten wollte, um einen letzten Blick auf meinen Vater zu werfen. »Samuel hat auf Wiedersehen gesagt, Samuel weint«, hielt sie mir vor.

Ich wollte nicht um den Mann dort im Sarg trauern, diesen todkranken Fremden, der abgemagert und matt dagelegen und vor sich hin gestöhnt hatte, der schließlich so hilflos geworden war und meiner Mutter ständig mit ängstlichen Blicken folgte. Er war so ganz anders als der Mann, der mein Vater einst gewesen war: charmant und lebhaft, energisch, freundlich und immer gut gelaunt, nie um einen Ausweg verlegen, wenn es Probleme gab. In seinen Augen war ich die beste aller Töchter, ganz im Gegensatz zu dem ständigen Ärgernis, das ich für meine Mutter zu sein schien.

Meine Mutter putzte sich die Nase. »Was bist du für Tochter, daß du nicht um den eigenen Vater weinen kannst?«

»Der Mann da drin ist nicht mein Vater«, brummte ich mürrisch.

Sie sprang auf und gab mir eine Ohrfeige. »So schlecht!« schrie sie mich an. Ich war schockiert; bisher hatte sie mich noch nie geschlagen.

»Ai-ya! Wenn du nicht weinen kannst, werde ich dich dazu bringen!« Und damit ging ein wahrer Ohrfeigenhagel auf mich nieder. »Wein endlich! Wein endlich!« schrie sie wie von Sinnen. Doch ich saß nur stocksteif und versteinert da.

Als sie endlich merkte, was sie angerichtet hatte, biß sie sich in den Handrücken und murmelte irgendwas auf chinesisch. Dann nahm sie meinen Bruder bei der Hand und zog ihn mit sich fort.

Ich kochte natürlich vor Wut, fühlte mich aber auch als Sieger, nur wußte ich nicht recht, über wen. Vielleicht stand ich deshalb schließlich doch auf und ging hinüber zum Sarg. Ich atmete heftig und sagte mir immer wieder: »Ich habe recht, sie hat unrecht.« Vor lauter Entschlossenheit, nicht zu weinen, kam ich gar nicht auf den Gedanken, daß ich beim Anblick meines Vaters irgend etwas fühlen könnte.

Doch dann sah ich ihn da liegen, so bleich und ausgezehrt. Und er ruhte keineswegs in Frieden bei seinem Gott. Seine Miene wirkte streng und düster, als spiegelte sie noch immer seinen Todeskampf wider.

Mit schnellen, flachen Atemzügen versuchte ich, das aufsteigende Schluchzen zu unterdrücken, bis mir auf einmal schwindlig wurde. Keuchend rannte ich nach draußen an die frische Luft, immer weiter die Columbus Street hinab, ohne auf die Touristen zu achten, die mein wutverzerrtes, tränenüberströmtes Gesicht anstarrten. Und zum Schluß verpaßte ich die Beerdigung.

Im Grunde ist es zwischen meiner Mutter und mir seitdem immer so gelaufen. Wir sind beide Sieger und Verlierer, und ich weiß noch immer nicht, worum es in dem Kampf eigentlich geht. Meine Mutter spricht ständig von meinem Vater und seinem harten Schicksal, allerdings nie von seinem Begräbnis. Und bis zum heutigen Tage habe ich nie vor meiner Mutter geweint oder über meine Gefühle für meinen Vater geredet.

Statt dessen habe ich versucht, meine eigenen Erinnerungen an ihn zu bewahren – ein gewisses Lächeln, eine Jacke, die er mit Vorliebe trug, die Leidenschaft, mit der er auf der Kanzel predigte. Doch am Ende fällt mir immer wieder auf, daß ich nur alte Fotos im Gedächtnis behalten habe. Tatsächlich erinnere ich mich nämlich am deutlichsten an die Zeit seiner Krankheit. »Pearl«, rief er mir oft mit schwacher Stimme vom Bett aus zu, »soll ich dir bei den Hausaufgaben helfen?« Und ich schüttelte dann immer den Kopf. »Pearl«, rief er vom Sofa aus, »komm und hilf mir mal, mich aufzusetzen.« Und ich stellte mich dann taub.

Ich träume noch oft von meinem Vater. In meinen Träumen liegt er immer in irgendeinem Krankenhaus, wo ich durch lange Gänge irre und ihn in Hunderten von Zimmern voller Patienten suche. Ich muß jedes Gesicht, jede Krankheit anschauen, jedes grauenhafte Gebrechen, das einen Menschen befallen kann. Und jedesmal wenn ich feststelle, daß es nicht mein Vater ist, zittere ich vor Erleichterung.

Dieser Traum existiert in vielerlei Varianten. Erst neulich hatte ich wieder einen ähnlichen: Ich bin zu einer Untersuchung im Krankenhaus, um herauszufinden, ob die Multiple Sklerose schon weiter fortgeschritten ist. Ohne jede Erklärung steckt mich der Arzt in einen Raum mit todkranken Patienten. Ich schreie verzweifelt: »Das könnt ihr mit mir nicht machen! Ihr müßt es mir doch erklären!« Ich schreie und schreie, aber niemand nimmt von mir Notiz.

Und auf einmal sehe ich ihn. Er sitzt vor mir auf einem schmutzigen Bett, zwischen besudelten Laken. Er ist alt und entsetzlich mager, und sein Haar ist in all den Jahren des Wartens und der Vernachlässigung weiß und struppig geworden. Ich setze mich zu ihm und flüstere: »Daddy?« Er blickt mit diesen hilflosen, suchenden Augen auf, und als er mich sieht, schreit er vor Überraschung leise auf und fängt an zu weinen – weint vor Glück, daß ich endlich gekommen bin, um ihn nach Hause zu bringen.

Großtante Dus Trauerfeier ist endlich vorüber. Wir stehen alle draußen in dem kalten Wind, der von der Bucht heraufweht, durch unsere dünnen Jacken pfeift und uns die Röcke um die Beine peitscht. Meine Augen brennen, und ich fühle mich völlig ausgelaugt. Meine Mutter steht schweigend neben mir und sieht mich ab und zu forschend von der Seite an. Sicher möchte sie gern über das reden, was gerade geschehen ist, nicht über die Pannen bei der Feier, sondern über meinen Tränenausbruch.

»Alles in Ordnung?« fragt sie sanft.

»Aber ja«, antworte ich und versuche, eine unbeteiligte Miene aufzusetzen. »Phil und die Mädchen müssen auch gleich da sein.« Sie zieht ein zerknülltes Papiertaschentuch aus dem Ärmel, reicht es mir wortlos und deutet auf ihre Augen, um mir zu zeigen, daß meine Wimperntusche verlaufen ist.

Bao-bao kommt auf uns zu. »Mann, war das 'ne abartige Veranstaltung«, meint er. »Aber so'n Begräbnis hat die alte Dame sich wohl gewünscht. Sie war ja schon immer 'n bißchen plemplem.« Er tippt sich vielsagend an die Stirn.

Meine Mutter schaut verständnislos drein. »Was heißt das, plemplem?«

Bao-bao grinst betreten. »Ach, weißt du, halt irgendwie seltsam, ein bißchen ungewöhnlich – aber natürlich eine *großartige* Person!« Er sieht mich achselzuckend an. Dann ruft er plötzlich erleichtert: »He, da kommt ja Mimi mit dem Wagen! Ich muß los. Geht ihr noch zum Friedhof?«

Ich schüttle den Kopf. Meine Mutter wirft mir einen überraschten Blick zu.

Bao-bao steuert eilig auf einen glänzenden schwarzen Camaro zu, der am Straßenrand vorgefahren ist, und Mimi rutscht auf den Beifahrersitz. »Ich hab' keine Wahl. Mom hat mich als Sargträger abkommandiert.« Er winkelt den Arm ab. »Ein Glück, daß ich so viel mit Hanteln trainiert habe!« Er dreht das Autoradio laut auf und schwenkt den Arm im Takt der stampfenden Popmusik. »Na, war jedenfalls nett, dich mal wiederzusehen, Pearl. Bis nachher, Tantchen.« Der Motor heult auf, und der Wagen saust davon.

Hinter uns ruft Tante Helen »Pearl! Pearl!« Sie kommt herangewatschelt und betupft sich dabei die Augen mit dem Taschentuch. »Geht ihr noch mit zum Friedhof? Schönes Buffet danach, bei uns im Haus. Viele gute Sachen. Mary und Doug werden auch dasein. Ihr kommt doch?«

»Das geht leider nicht. Morgen ist ein Arbeitstag, und wir haben noch 'ne lange Fahrt vor uns.«

»Ach, ihr Kinder!« Sie wirft mit gespielter Entrüstung die Arme in die Höhe. »Immer zu beschäftigt! Na, dann komm mich aber bald besuchen. Keine Extraeinladung nötig. Dann können wir uns unterhalten.«

»O. k.«, lüge ich.

»Winnie-ah!« ruft Tante Helen nun meiner Mutter zu, obwohl sie nur zwei Meter auseinander stehen. »Du kommst aber mit uns zum Friedhof. Henry holt gerade den Wagen.«

»Nein, nein, Pearl bringt mich nach Hause«, wehrt meine Mutter ab. Ich stehe nur sprachlos da und frage mich, wie sie es jedesmal wieder schafft, mich festzunageln.

Mit besorgter Miene tritt Tante Helen dicht an meine Mutter heran und fragt sie in schnellem Chinesisch: »Du kommst nicht mit? Fühlst du dich nicht wohl?«

Den Wortwechsel auf mandarin bekomme ich nicht Wort für Wort mit, verstehe nur soviel, daß meine Mutter sie offenbar beschwichtigt, sie solle sich keine Sorgen machen, es sei nichts Schlimmes, nur eine kleine Beklemmung hier – sie deutet auf ihre Brust –, weil das herabgefallene Banner sie so aufgeregt habe. Seitdem fühle sie sich wie erschlagen.

Tante Helen reibt ihr fürsorglich die Schultern. Sie sagt, meine Mutter könnte Tante Du ja immer noch besuchen kommen, wenn es etwas ruhiger geworden sei, ohne die ganze Verwandtschaft. Sie versichert ihr lachend, Tante Du werde auf jeden Fall ihren Besuch abwarten können, sie habe jetzt ja keine Wahl mehr. Und meine Mutter erwidert kichernd, Tante Du sei vielleicht so erbost über das, was heute passiert ist, daß sie schon irgendwohin fortgeflogen sei, wo sie nichts mehr mit dieser ganzen verrückten Familie zu tun habe.

Sie krümmen sich jetzt beide vor Lachen, ringen keuchend nach Luft und wischen sich die Tränen aus den Augen. Meine Mutter hält sich die Hand vor den Mund und prustet wie ein Schulmädchen.

Onkel Henry kommt mit dem Wagen vorgefahren, und während Tante Helen einsteigt, rät sie meiner Mutter noch in strengem Ton, viel heißen Tee zu trinken. Dann brausen sie hupend davon.

»Fühlst du dich wirklich nicht wohl?« frage ich meine Mutter.

»Ah?«

»Du hast Tante Helen doch gerade gesagt, du kannst nicht mit zum Friedhof kommen, weil du krank bist.«

»Wieso krank? Ich habe nur gesagt, daß ich nicht hingehen will. Ich habe meine Pflicht getan. Ich habe Tante Du in den Himmel gesandt. Jetzt ist es Helens Pflicht, sie unter die Erde zu bringen.

Das haben sie eben aber nicht gesagt. Obwohl ich mir sicher bin, das meiste von ihrer Unterhaltung verstanden zu haben, gibt es anscheinend noch vieles, das ich über meine Mutter und Tante Helen nicht weiß.

Während wir quer durch die Stadt zum Haus meiner Mutter zurückfahren, fängt Phil schon mal an, mit dem Zaunpfahl zu winken: »Hoffentlich sind wir auf der Autobahn, bevor der übliche Wochenendstau einsetzt.«

Meine Mutter unterhält uns inzwischen mit Familientratsch. Sie erzählt, Bao-bao werde vielleicht bald seinen Job verlieren, was sie gestern abend von Onkel Loy gehört habe, der es wiederum von seinem Sohn wisse. Und Frank arbeite jetzt tagsüber als Wachmann, mache Tante Helen aber sonst viel Kummer, da er Abend für Abend sein Geld beim Billardspielen durchbringe.

Kurz bevor wir bei ihrem Haus angelangt sind, deutet sie auf einen Laden an der Clementina Street, Happy Super genannt, in dem sie immer ihre Einkäufe macht. Es ist einer der typischen asiatischen Läden in der Nachbarschaft, wo die Kunden sich das Obst und Gemüse selbst aus der Auslage nehmen und pralle Reissäcke wie riesige Backsteine vor dem Fenster aufgestapelt sind.

»Was zahlst du für Tofu?« erkundigt sie sich gespannt. Natürlich ist sie nur darauf aus, mit den zwanzig oder dreißig Cent aufzutrumpfen, die ich in ihrem Laden sparen würde.

Doch ich kann noch nicht mal mit einem auf gut Glück geschätzten Preis entgegenkommen. »Keine Ahnung. Ich hab' noch nie Tofu gekauft.«

»Oh«, sagt sie enttäuscht. Dann hellt sich ihre Miene wieder auf. »Und wieviel für vier Rollen Klopapier?«

»Einssechsundneunzig«, entgegne ich prompt.

»Siehst du!« strahlt sie. »Bei mir nur neunundneunzig Cent. Und gute Qualität! Nächstes Mal kaufe ich dir welches. Du kannst mir das Geld dann wiedergeben.«

Wir biegen in die Eighth Street ein. Tante Helen und Onkel Henry wohnen hier ganz in der Nähe, in der Ninth Avenue. Die einstöckigen Reihenhäuser in dieser Gegend sehen alle gleich aus, unterscheiden sich höchstens in der Farbe. Phil parkt den Wagen in der Einfahrt vor dem Haus meiner Mutter, das in einem grellen, fleckigen Rosa gestrichen ist. Doch obgleich sie sich sonst über alles und jedes beklagt, hat sie an der häßlichen Fassade noch nie etwas auszusetzen gehabt. Sie scheint ihr sogar zu gefallen.

»Wann sehe ich euch wieder?« fragt meine Mutter, während sie aus dem Wagen steigt.

»Ach, schon bald«, antworte ich.

»So bald wie Tante Helen?«

»Nein, *wirklich* bald. Bestimmt.«

Sie blickt mich zweifelnd an. »Na, auf jeden Fall sehe ich euch nächsten Monat auf Bao-baos Hochzeit.«

»Was? Die Hochzeit soll schon nächsten Monat sein? Davon hab' ich ja noch gar nichts gehört.«

»Ja, ziemlich eilig«, nickt meine Mutter. »Edna Fong hat es von ihrer Tochter gehört. Mimi wäscht ihr die Haare in diesem Schönheitssalon. Mimi hat ihr erzählt, sie wollen so schnell wie möglich heiraten. Edna Fong meint, vielleicht ist da schon was unterwegs. Aber Tante Helen weiß es noch nicht. Sag ihr lieber nichts davon.«

So löst sich Tante Helens Theorie in Luft auf, daß Bao-bao nur heiraten wolle, weil sie todkrank sei. Falls da etwas heranwächst, ist es jedenfalls kein Tumor in ihrem Kopf.

Meine Mutter schlägt die Wagentür zu und beugt sich zum Fenster hinab, um Tessa und Cleo die Wange zum Kuß hinzuhalten. Sie hat zwar nichts für Wangenküsse übrig, läßt sie aber über sich ergehen, um Phils Eltern in nichts nachzustehen.

»Wiedersehen, Ha-bu!« rufen die Mädchen. »Wir lieben dich!«

»Das nächste Mal, wenn ihr herkommt, mache ich Dampfnudeln«, verspricht sie den beiden. »Und zum chinesischen Neujahr gibt's Mondkuchen.« Sie holt ihr Papiertaschentuch aus dem Ärmel und putzt Cleo die Nase, dann tätschelt sie Tessa das Knie. »Einverstanden?«

»Einverstanden!« rufen die beiden im Chor.

Wir schauen ihr winkend nach, während sie auf die Haustür zugeht, aufschließt und von drinnen noch einmal aus dem Fenster späht. Dann fahren wir endlich los.

»Uff!« seufzt Phil. »Jetzt aber ab nach Hause.« Ich seufze ebenfalls erleichtert auf. Es war ein anstrengendes Wochenende, aber wir haben es überlebt.

»Mami?« sagt Tessa beim ersten Stoppschild.

»Ja, mein Schatz?«

»Mami, ich muß mal«, flüstert sie.

»Ich auch«, kräht Cleo prompt. »Ganz *dringend*!«

Meine Mutter steht draußen vor dem Haus, als wir zum zweiten Mal vorfahren.

»Ich wollte euch nachlaufen, aber ihr wart zu schnell«, sagt sie, sobald ich ausgestiegen bin. »Und dann dachte ich mir schon, ihr erinnert euch dran und kommt noch mal zurück.« Tessa und Cleo rennen bereits die Treppe hinauf.

»Erinnern uns woran?«

»Na, an Großtante Dus Abschiedsgeschenk! Vor zwei, drei Tagen hab' ich dir schon gesagt, vergiß es nicht, und gestern noch mal. Hast du's vergessen?«

»Natürlich nicht«, behaupte ich. »Wo ist es denn?«

»Drinnen, in der Waschküche. Ist aber sehr schwer. Besser, wenn dein Mann es rausträgt.« Ich kann mir schon vorstellen, was es ist: die alte Vinylcouch, auf der Großtante Du immer die Füße hochlegte, oder vielleicht auch ihr gräßliches Service aus angeblich unzerbrechlichem Porzellan. Während wir darauf warten, daß Phil mit den Mädchen wiederkommt, nötigt meine Mutter mir schnell noch eine Tasse Tee auf. »Ist schon fertig aufgebrüht. Wenn du ihn nicht trinkst, muß ich ihn wegschütten.«

Ich nehme ein paar hastige Schlucke. »Oh, der ist aber wirklich gut!« Ich meine es ehrlich. Noch nie habe ich so köstlichen, aromatischen Tee probiert.

»Der stammt von Großtante Du«, erklärt meine Mutter. »Sie hat ihn vor ein paar Jahren für sich gekauft. Das Pfund zu hundert Dollar.«

»Das gibt's doch gar nicht!« Ich nehme noch einen Schluck. Es schmeckt immer besser.

»Sie hat mir gesagt: ›Wenn ich mir billigen Tee kaufe, heißt das, mein ganzes Leben ist nichts Besseres wert.‹ Also hat sie beschlossen, sich den besten Tee zu leisten, und wenn sie ihn trank, fühlte sie sich ganz reich.«

Ich muß lachen, was meine Mutter offenbar ermuntert, fortzufahren. »Aber dann dachte sie sich: ›Wenn ich nur ein bißchen Tee kaufe, heißt das, mein Leben ist schon fast vorbei.‹ Also hat sie gleich so viel gekauft, daß es noch für ein zweites Leben reicht. Drei Pfund, stell dir das mal vor!«

»Das sind ja dreihundert Dollar!« staune ich. Großtante Du war die genügsamste Person, die ich je gekannt habe. »Weißt du noch, wie sie immer die Pralinenschachteln aufhob, die wir ihr zu Weihnachten schenkten? Sie fand immer, sie wären zu gut zum Essen! Und dann hat sie uns mal zu Thanksgiving eine davon zurückgeschenkt. Die war aber schon so alt...«

Meine Mutter nickt lachend.

»...daß die Pralinen ganz vergammelt waren!«

»Und mit Würmern drin!« ergänzt meine Mutter.

»Da hat sie dir jetzt also den Tee vererbt?« frage ich.

»Sie hat ihn mir schon vor ein paar Monaten geschenkt. Sie war sicher, sie würde bald sterben. Hat's zwar nicht direkt gesagt, aber immer mehr Sachen verschenkt, gute Sachen, nicht bloß alten Kram. Eines Tages, ich war mal wieder bei ihr zu Besuch und hab' gesagt ›Mhm, guter Tee!‹, wie immer, da ging sie in die Küche und kam mit dem Tee zurück. ›*Syau ning*‹, hat sie gesagt, ›nimm den Tee gleich mit.‹ So hat sie mich schon immer genannt, *syau ning*, ›kleine Person‹.

›Nein, nein‹, hab' ich sofort gesagt, ›das wollte ich damit nicht andeuten!‹ Aber sie hat gesagt: ›*Syau ning,* nimm ihn jetzt, damit ich sehen kann, wie du dich dran freust, solange ich noch am Leben bin. Manche Dinge können nicht warten, bis ich tot bin.‹ Wie konnte ich das ablehnen? Aber natürlich hab' ich ihr den Tee bei jedem Besuch wieder mitgebracht.«

Als Phil mit Tessa und Cleo zurückkommt, tut es mir richtig leid, daß wir schon gehen müssen.

»Jetzt sollten wir aber machen, daß wir loskommen!« drängt Phil zum Aufbruch. Ich setze die Teetasse ab.

»Vergiß nicht, Großtante Dus Geschenk ist noch in der Waschküche«, sagt meine Mutter, an Phil gewandt.

»Ein Geschenk?« ruft Cleo erfreut. »Für mich auch?« Phil wirft mir einen überraschten Blick zu.

»Du weißt schon«, lüge ich. »Ich hab's dir doch erzählt – Großtante Dus Erbstück.«

Er zuckt resigniert die Achseln, und wir folgen meiner Mutter in die Waschküche.

»Sind natürlich nur alte Sachen«, meint meine Mutter entschuldigend. Sie knipst das Licht an, und da sehe ich das Prachtstück schon auf dem Wäschetrockner stehen. Es ist der Schrein von Großtante Dus Glücksgott, die chinesische Krippe.

»Wow!« ruft Tessa entzückt. »Ein chinesisches Puppenhaus!«

»Ich seh' nichts! Ich seh' nichts!« jammert Cleo. Phil hebt den Schrein vom Wäschetrockner und trägt ihn in die Küche.

Der Kasten sieht aus wie eine aufrecht stehende Schublade aus rotem Lack und ähnelt einer Miniaturbühne für ein chinesisches Theaterstück. Die Vorderseite ist mit zwei zierlichen Säulen und zwei rotgoldenen elektrischen Plastikkerzen dekoriert, auf denen rote Christbaumkugeln stecken. Die beiden hölzernen Seitenflügel sind mit goldenen chinesischen Schriftzeichen bemalt.

»Was steht da drauf?« frage ich meine Mutter.

Sie fährt mit dem Zeigefinger erst den einen, dann den anderen Seitenflügel hinunter. »*Jye shiang vu yi.* Das erste Wort bedeutet Glück, dieses hier noch eine andere Art von Glück, und diese beiden: ›Alles, was man sich wünscht.‹ Alle Arten von Glück, alles, was man sich wünscht.«

»Und wer ist der Mann da drin in dem Rahmen?« Das Bild könnte fast aus einem Cartoon stammen. Es zeigt einen dicken Mann mit einem langen schwarzen Schnurrbart, der in königlicher Würde dasitzt und in der einen Hand eine Feder, in der anderen eine Schreibtafel hält.

»Den nennen wir den Küchengott. Keine besonders wichtige Gottheit. Nicht wie Buddha oder Kwan Yin, die Göttin der Barmherzigkeit – nicht so erhaben, nicht mal so erhaben wie der Gott des

Geldes. Ungefähr so wie ein Filialleiter, ziemlich hochgestellt, aber doch noch viele, viele Bosse über ihm.«

Phil schmunzelt über ihre amerikanische Deutungsweise der chinesischen Götterhierarchie. Ich frage mich, ob sie es tatsächlich selbst so sieht oder den Vergleich aus dem Alltagsleben nur unseretwegen heranzieht.

»Was ist ein Küchengott?« will Tessa wissen. »Kann ich auch einen haben?«

»Den gibt's nur im Märchen«, antwortet meine Mutter.

»O ja, ein Märchen, bitte, ein Märchen!« ruft Cleo.

Meine Mutter lächelt sie an und tätschelt ihr den Kopf. »Was, du willst schon wieder Märchen von Ha-bu hören? Hast du gestern abend noch nicht genug bekommen?«

»Warte, bis wir zu Hause sind«, sagt Phil. »Ha-bu ist jetzt zu müde zum Märchenerzählen.«

Doch meine Mutter tut, als hätte sie Phils Ausrede nicht gehört. »Das ist ein ganz einfaches Märchen«, sagt sie sanft zu Cleo gewandt. »Wie er zum Küchengott wurde. Und das kam so.«

Während meine Mutter zu erzählen anfängt, überkommt mich allmählich ein altvertrautes Gefühl, als wäre ich selbst nicht älter als Cleo und noch immer bereit, alles zu glauben, was meine Mutter zu sagen hat.

»In China«, beginnt meine Mutter, »lebte vor langer Zeit ein reicher Bauer namens Zhang, der sehr viel Glück hatte. Fische sprangen in seinem Fluß, Schweine weideten auf seinem Land, Scharen von Enten flatterten in seinem Hof. Und das alles, weil er mit einer fleißigen Frau gesegnet war, die Guo hieß. Sie fing seine Fische und hütete seine Schweine. Sie mästete seine Enten und mehrte seinen Reichtum Jahr um Jahr. Zhang hatte alles, was er sich nur wünschen konnte, alles, was Erde, Wasser und Himmel hergaben.

Doch Zhang war nicht zufrieden. Er wollte sich mit einer hübschen, leichtsinnigen Frau vergnügen, die Lady Li hieß. Eines Tages brachte er diese hübsche Person mit nach Hause, und seine gute Ehefrau mußte für sie kochen. Als Lady Li seine Frau dann später aus dem Haus jagte, lief er nicht hinterher und rief: ›Komm zurück, meine gute Frau, komm zurück.‹

Nun konnte er mit Lady Li in Saus und Braus leben. Sie warfen das Geld zum Fenster hinaus wie Spülwasser. Sie schlachteten Dutzende von Enten, nur um ihre Zungen zu essen. Und nach zwei Jahren war Zhangs Hof leer, und sein Herz ebenso. Sein Geld war weg, und Lady Li war mit einem anderen Mann verschwunden.

So wurde Zhang zum Bettler, so arm, daß er mehr Flicken an der Hose hatte als ganzes Tuch. Er kroch von einem Haustor zum nächsten und wimmerte: ›Gebt mir euer verschimmeltes Korn!‹

Eines Tages fiel er um und schaute zum Himmel hoch, bereit zu sterben. Er schlief ein und träumte davon, die Winterwolken zu essen, die über ihm dahinzogen. Als er die Augen wieder aufschlug, sah er, daß die Wolken sich in Rauch verwandelt hatten. Zuerst hatte er Angst, an einem grausigen Ort tief unter der Erde gelandet zu sein. Doch als er sich aufsetzte, merkte er, daß er sich in einer Küche befand, neben einem warmen Kamin. Ein Mädchen, das gerade Holz aufs Feuer legte, erklärte ihm, daß die Frau des Hauses ihn aus Mitleid aufgenommen hatte – das tat sie mit allen, die arm, alt, krank oder hilflos waren.

›Welch eine gute Frau!‹ rief Zhang. ›Wo ist sie, damit ich ihr danken kann?‹ Das Mädchen deutete zum Fenster, und er sah eine Frau den Gartenweg heraufkommen. Ai-ya! Es war niemand anderer als seine gute Ehefrau Guo!

Zhang begann, kopflos in der Küche umherzulaufen, um ein Versteck zu finden, und sprang schließlich in den Kamin, als seine Frau die Küche betrat.

Die gute Frau Guo vergoß viele Tränen, um das Feuer zu löschen. Doch umsonst! Zhang brannte vor Scham, und natürlich auch, weil das Feuer unter ihm loderte. Sie sah zu, wie die Asche ihres Mannes in drei Rauchwolken zum Himmel aufflog. Wah!

Im Himmel hörte der Jadekaiser die ganze Geschichte von seinem neuen Untertan. ›Weil du den Mut hattest, deine Schuld einzugestehen‹, erklärte er, ›mache ich dich zum Gott des Herdfeuers, zum Küchengott, damit du mir die Leute im Auge behältst und mich jedes Jahr wissen läßt, wer Glück und wer Pech verdient hat.‹

Von da an wußten die Leute in China, daß der Küchengott sie beobachtete. Aus seiner Ecke in jedem Haus und jedem Laden verfolgte er all die guten und schlechten Gewohnheiten: Großzügigkeit oder Raffgier, verträgliche oder zänkische Naturen. Und einmal im Jahr, sieben Tage vor Neujahr, flog der Gott des Herdfeuers wieder den Kamin hinauf, um zu berichten, wessen Schicksal eine Änderung zum Guten oder zum Bösen verdiente.«

»Ende!« ruft Cleo, vollkommen zufrieden.

»Klingt ja ähnlich wie der Nikolaus«, meint Phil jovial.

»Hnh!« schnauft meine Mutter abfällig. »Der ist kein Nikolaus. Eher ein Spion – FBI-Agent, CIA, Mafia, einer von der Sorte. Der bringt einem keine Geschenke, dem muß man welche machen. Das ganze Jahr lang muß man ihm Respekt erweisen – ihm Tee und Orangen geben. Und vor dem chinesischen Neujahr muß er besonders gute Sachen bekommen – Whiskey, Zigaretten, Süßigkeiten und so. Man hofft die ganze Zeit, daß er milde gestimmt und vielleicht ein bißchen angeheitert ist, wenn er den großen Boss trifft, damit er nur Gutes über einen berichtet. Diese Familie war brav, soll er sagen. Bitte schenk ihr viel Glück im nächsten Jahr.«

»Na, auf die Weise kommt einen das Glück wenigstens nicht so teuer zu stehen«, bemerke ich. »Immer noch billiger als beim Lotto.«

»O nein!« versetzt meine Mutter so heftig, daß wir zusammenzucken. »Das kann man nie wissen. Manchmal ist er schlecht gelaunt. Manchmal sagt er, ich mag diese Familie nicht, laß sie Pech haben. Dann geht's einem schlecht, und man kann nichts dagegen machen. Warum sollte ich mich von so einem beurteilen lassen, einem Kerl, der seine Frau betrogen hat? Seine Frau war anständig, nicht er.«

»Wieso hat Großtante Du ihn dann behalten?« frage ich.

Meine Mutter runzelt nachdenklich die Stirn. »Ich glaube, wenn man erst mal angefangen hat, traut man sich nicht mehr aufzuhören. Die Großtante hat ihn schon verehrt, seit sie ein kleines Mädchen war. Ihre Familie hat schon vor vielen Generationen in China damit angefangen.«

»Na fabelhaft!« meint Phil. »Und jetzt vererbt sie den Fluch an uns weiter. Vielen Dank, liebe Großtante, aber das können wir nicht annehmen.« Er blickt auf die Uhr, um uns zum Aufbruch zu mahnen.

»Es ist Großtante Dus Abschiedsgeschenk an dich«, sagt meine

Mutter und sieht mich traurig an. »Wie sollte sie wissen, daß es keine gute Idee war? Sie wollte dir nur was Besonderes hinterlassen, ihr bestes Stück.«

»Vielleicht können die Mädchen es ja als Puppenhaus verwenden«, schlage ich vor. Tessa nickt, und Cleo folgt ihrem Beispiel. Meine Mutter starrt versonnen auf den Schrein.

»Ich glaube, ich weiß eine Lösung«, verkündet sie schließlich. »Nimm den Schrein ruhig mit. Ich suche einen anderen Glücksgott für dich aus, den du da reintun kannst, nicht den hier.« Sie nimmt das Bild heraus. »Den hier behalte ich. Großtante Du wird's schon verstehen. Diese Art von Glück ist nichts für dich. Dann brauchst du dir keine Sorgen zu machen.«

»Gut«, sagt Phil eilig. »Packen wir ihn ein.«

Doch ich habe noch Bedenken. »Bist du sicher?« frage ich meine Mutter. Sie stopft die Kerzenhalter bereits in eine gebrauchte Papiertüte. Es ist ja nicht, daß ich direkt abergläubisch wäre. Die Kettenbriefe, die Mary mir früher dauernd weiterschickte, habe ich immer gehaßt, doch obgleich ich sie nie weiterschickte, habe ich sie andererseits auch nie weggeworfen.

Phil trägt den Schrein zum Wagen, Tessa die Tüte mit den Kerzenhaltern. Meine Mutter ist noch mal mit Cleo nach oben gegangen, um einen Plastikarmreifen zu holen, den sie im Bad vergessen hat. Als sie wiederkommt, reicht sie mir eine schwere Einkaufstüte, das übliche Care-Paket, wohl mit Orangen, chinesischen Süßigkeiten und ähnlichem gefüllt.

»Von Großtante Dus Tee hab' ich dir auch was eingepackt«, sagt meine Mutter. »Brauchst nicht viel davon nehmen. Gieß einfach mehr Wasser zu. Das Aroma kommt immer wieder.«

Eine Viertelstunde nach unserer Abfahrt sind die Mädchen schon eingeschlafen. Phil hat sich für die etwas längere Strecke entschieden, auf der es weniger Verkehr gibt. Wir haben noch fünfunddreißig Meilen vor uns.

»Das Ding wollen wir doch nicht behalten?« meint Phil. Es ist mehr eine Feststellung als eine Frage.

»Hm.«

»Es ist ja wirklich grottenhäßlich«, setzt er hinzu. »Aber natürlich können wir die Mädchen auch eine Weile damit spielen lassen, bis sie es satt haben.«

»Hm.« Ich blicke aus dem Fenster und frage mich, was für einen Glücksgott meine Mutter mir wohl aussuchen wird. Wir brausen an Autobahnschildern und Sonntagsfahrern vorbei; der Tacho zeigt fast hundert Meilen an.

»Warum so eilig?« frage ich.

Phil drosselt das Tempo ein wenig. »Haben wir eigentlich irgendwas zu essen dabei?«

Ich schaue in die Einkaufstüte, die zu meinen Füßen steht: ein paar Mandarinen, eine Rolle Klopapier, eine Teedose – und das Foto meines Vaters, das ich im letzten Monat aus Versehen zerbrochen hatte. Das Glas ist inzwischen ersetzt worden.

Hastig reiche ich Phil eine Mandarine und wende mich wieder zum Fenster hin, um meine Tränen zu verbergen. Ich betrachte die vorüberziehende Landschaft – das Wasserreservoir, die Hügelketten, die Häuser, an denen ich schon x-mal vorbeigefahren bin, ohne mich je zu fragen, wer wohl darin wohnt. Meile für Meile, alles altvertraut und trotzdem fremd auf dieser Strecke – diesem Abstand, der mich von meiner Mutter trennt.

Winnie

Wenn Fische drei Tage alt sind

Helen bildet sich ein, daß ihre Entscheidungen immer richtig sind, aber eigentlich hat sie nur Glück. Über fünfzig Jahre lang habe ich nun schon miterlebt, wie ihre Dummheiten sich in Glück verwandeln. So war es auch gestern. »Winnie-ah«, sagte sie, »iß noch etwas Huhn.« Ich habe ihr gesagt, ich hätte es satt, die Reste vom Leichenschmaus zu essen – fünf Tage seien wirklich genug. Also hat sie gestern im Happy Super neue Sachen zum Abendessen besorgt.

Sie hat einen flachen Fisch eingekauft, einen Pom-pom-Fisch, wie sie sagte, zu einsneunundsechzig das Pfund, im Sonderangebot.

Und ich sagte: »Da hast du aber keinen guten Fang gemacht. Schau mal das Auge an, ganz eingefallen und trübe. Der Fisch ist bestimmt schon drei Tage alt.«

Doch Helen behauptete eigensinnig, er sei noch ganz in Ordnung. Darauf hob ich den Fisch hoch und fühlte, wie glitschig er war, als er mir aus den Fingern rutschte, so wie er schon längst aus dem Leben geschlüpft war. Helen hielt das für ein gutes Zeichen – ein besonders zarter, saftiger Fisch!

Also roch ich an dem Fisch und sagte ihr, sein feines Aroma sei schon durch die Haut gedrungen und habe sich an der Luft in einen säuerlichen Gestank verwandelt. Sie hielt sich den Fisch an die Nase und meinte: »So muß ein guter Pom-pom doch riechen!«

Und gestern abend setzte sie uns dann den drei Tage alten Fisch vor. Ihr Mann pickte sich das eine Bäckchen heraus, steckte es in den Mund und lobte den Geschmack, worauf ihr Sohn Frank sich gleich das andere Bäckchen schnappte. Helen probierte von dem hinteren Ende und erklärte genüßlich schmatzend, er sei genau richtig gedünstet, nicht zu weich. Dann warf sie einen Blick auf meine Schüssel, die nichts als Reis enthielt. Mit ihren Stäbchen angelte sie ein dickes Stück aus dem Bauchteil des Fisches heraus und legte es mit in die Schüssel.

»Winnie-ah, sei doch nicht so höflich!« sagte sie streng. Und aus Höflichkeit mußte ich ihren Fisch wohl oder übel essen.

Also, über diesen Fisch hätte ich mich schwarz ärgern können. Er war tatsächlich zart und saftig – zu nur einsneunundsechzig das Pfund! Ich hatte Helen schon im Verdacht, den Fisch noch mal heimlich umgetauscht zu haben, doch dann sagte ich mir, so schlau ist sie nicht. Und dabei fiel es mir plötzlich wieder ein: Obwohl Helen alles andere als schlau ist, obwohl sie aus einer armen Familie stammt, obwohl sie niemals hübsch gewesen ist, hatte sie doch immer eine glückliche Hand, sogar bei diesem drei Tage alten Fisch.

Bei mir ist das anders. Ich wurde unter einem Glücksstern geboren. Doch im Lauf der Jahre ist mein Glück ebenso dahingewelkt wie meine Schönheit und hat mir Falten ins Gesicht gegraben, damit ich es nicht vergesse.

Ich kann nicht genau erklären, wie es zu dieser Veränderung kam. Wenn ich versuche, mein Leben zu schildern, sehe ich es nicht von Anfang bis Ende dahinziehen wie ein Fluß, der vom See bis zum Meer seinem Lauf folgt. Könnte ich auf eine so gleichmäßige Verkettung von Ereignissen zurückblicken, wüßte ich genau, was das Leben mir für Lektionen erteilt hat: das Schicksal, das mir in die Wiege gelegt wurde, die Entscheidungen, die ich traf, die Fehler, die ich gemacht habe. Und vielleicht hätte ich dann noch Zeit, alles zum Guten zu wenden.

Helen fragt mich immer: »Warum denkst du ständig an diese alten Sachen? Bedauern nützt doch nichts. Du kannst die Vergangenheit nicht mehr ändern.« Doch sie vergißt, daß sie und ich die Vergangenheit schon oft geändert haben, aus den verschiedensten Gründen. Und manchmal ändert Helen sie noch immer für mich, ohne es überhaupt zu merken.

Wie auch mit diesem Pom-pom-Fisch, den sie gestern gekauft hat und der nun den Fluß meiner Erinnerung hinabschwimmt. Denn vor vielen Jahren habe ich so einen besonderen Fisch auch mal für meinen Mann Jimmy Louie gekauft. Oh, wie gut er mir gefiel! Ich entdeckte ihn in einem Fischtank, gerade erst frisch aus dem

Ozean gefangen und noch ganz aufgebracht. Sein Schuppenkleid leuchtete orangerot, und jedesmal wenn er mit einem Aufblitzen der Schwanzflosse in dem engen Tank die Richtung wechselte, schimmerte es blaßgold. Ich bat den Händler, mir den Fisch lebend einzuwickeln, und zwar nicht in eine alte Zeitung, sondern in sauberes, weißes Papier. Und auf der Heimfahrt im Bus, mit dem zappelnden Fisch im Arm, stellte ich mir voller Stolz vor, wie gut er meinem Mann schmecken und wie Jimmy gleich merken würde, daß es ein Glücksfisch war, mit dem ich ihm eine gute Nachricht ankündigen wollte.

Aber dieser Mordskerl wehrte sich wie wild dagegen, in der Pfanne zu landen. Er blies die Kiemen auf und spuckte Blasen aus dem Maul, damit ich glauben sollte, er sei giftig. Selbst als ich ihn schon ausgenommen hatte, wand er sich noch mal aus der Pfanne und sprang auf dem Küchenboden umher, bis ich ihn mit dem Hammer erwischte. Und sogar nach dem Braten wehrte er sich noch weiter. Kaum hatte Jimmy den ersten Happen gegessen, blieb ihm eine Gräte im Hals stecken, so daß er jedesmal beim Schlucken einen scharfen Biß zu spüren bekam, die ganze Nacht lang.

Schließlich mußte die Gräte im Krankenhaus herausoperiert werden. Und obgleich Jimmy nicht sprechen konnte, sah ich an seiner besorgten Miene, daß die Kosten der Operation und des Klinikaufenthalts ihm keine Ruhe ließen. Da fiel mir meine gute Nachricht wieder ein, wegen der ich den teuren Fisch gekauft hatte. Ich erzählte ihm, ich hätte Arbeit gefunden: Dampfnudeln machen für die Hang Ah-Bäckerei. Mit dem Geld, das ich nun dazuverdiente, würden wir die Krankenhauskosten in weniger als einem Jahr abzahlen können. Jimmy kniff die Augen zusammen, und ein paar Tränen rollten ihm über die Wangen. Er versuchte, etwas zu sagen, und obwohl keine Worte aus seiner verletzten Kehle kamen, verstand ich doch, daß er erleichtert rufen wollte: »Was für ein Glück! Was für ein Glück!«

Mein Glück ist also nicht mit dem von Helen zu vergleichen. Auch nicht mit dem von anderen Leuten, die immer damit prahlen, wie sich ihr Pech in Glück verwandelt hat. Wie zum Beispiel bei dem Mädchen aus Shanghai, das dort auf die gleiche christliche Schule ging wie ich. Sie stammte ebenfalls aus einer wohlhabenden Familie, und sie war fast so hübsch wie ich. Etwa zu der Zeit, als ich meinen ersten Mann heiratete, war sie mit dem Sohn eines reichen Bankdirektors verlobt. Doch am Ende des Sommers war ihr Gesicht von Pockennarben entstellt, und der Heiratsvertrag wurde aufgelöst. Das Mädchen tat mir damals leid, weil sie ihr Gesicht gleich doppelt verloren hatte.

Viele Jahre später traf ich sie wieder, als Jimmy und ich nach Fresno zogen. Sie war mit einem reichen, amerikanischen Chinesen verheiratet, einem Ladenbesitzer, der seine Limonade, Kartoffelchips und Zigaretten für teures Geld verkaufte. Ich wollte gerade mein Eis am Stiel bezahlen, als ich sie an der Kasse sitzen sah. »Schwester, Schwester!« rief sie, »erinnerst du dich an mich?« Aber sie gab mir keinen Rabatt. Sie erzählte mir, was für einen netten, ehrlichen Mann sie geheiratet habe, und ließ dabei die vielen Jadereifen an ihrem Arm klimpern. Ihr Lächeln war so breit, daß die Pockennarben in ihrem Gesicht wie lustige Grübchen wirkten.

Doch dann wurde ihre Miene plötzlich ernst, und sie flüsterte mir zu: »Erinnerst du dich noch an den Bankierssohn aus Shanghai?« Und sie erzählte mir ohne Schadenfreude – so gut hatte das Leben sie behandelt –, die Familie habe all ihren Besitz verloren, als die Kommunisten die Macht übernahmen. Der Sohn sei dann später von einem Hochhaus am Huangpu-Fluß gesprungen, das der Familie einst gehört hatte, und seine Frau – die hübsche Person, die er geheiratet hatte – habe sich nicht getraut, seine Leiche heimzuholen. »Ein Glück, daß er mich nicht geheiratet hat«, sagte meine Freundin.

Diese Art von Glück habe ich nie gehabt. Statt dessen weigerte ich mich, einen guten Mann namens Lin in erster Ehe zu heiraten, und entschied mich für den falschen, Wen genannt. Beide stammten von der gleichen Insel, auf der ich seit meinem sechsten Lebensjahr wohnte. Der Ort lag in der tiefsten Provinz, ringsum von Wasser umgeben, so daß neumodische Ideen dort nicht leicht Fuß faßten.

Der Mann, den ich hätte heiraten sollen, war nicht sehr wohlhabend, aber gebildet und gut erzogen. Als ich sechzehn war, hatte ich das Heiratsangebot seiner Familie ausgeschlagen, ohne ihren

Sohn überhaupt je zu treffen. Ich hatte nämlich nur auf den Tonfall gehört, in dem Alte Tante uns beim Abendessen das Angebot der Familie mitteilte, in Anwesenheit der Neuen Tante, des Onkels, der Vettern, der Kusine und einiger Freunde.

»Diese Familie Lin«, begann sie und schnaufte verächtlich. »Hnh! Die wollen sich doch nur unter Weilis Brautschleier in unsere Familie einschleichen.« Bei diesen Worten stellte ich mir den Jungen, den ich noch nie gesehen hatte, wie eine dicke, scheußliche Eidechse vor, die im Dunkeln an meinem Bein hochkrabbelte. Und dann wandte Alte Tante sich mir zu und fragte: »Weiwei-ah, willst du in diese Familie einheiraten?«

Es klang, als fragte sie mich: »Willst du dich in den Fluß stürzen?« Damit drohte Alte Tante nämlich immer, wenn sie sich über ihren Mann ärgerte. »Lieber stürze ich mich mit diesen beiden Füßen in den Fluß!« zeterte sie. »Lieber hänge ich mich mit diesen beiden Händen auf!« Um den Onkel dann noch schriller anzuschreien: »Was von beidem soll ich tun? Entscheide du!«

Schließlich war es aber doch der Onkel, der seine Hände und Füße zu Hilfe nahm, um sich umzubringen. Als 1949 die Kommunisten ans Ruder kamen, hatte er so viel Angst, daß er weder weglaufen noch dableiben konnte. Er war so verwirrt, daß er zu Fuß den ganzen Weg bis zu dem Hafen im Nordwesten der Insel zurücklegte, und dort setzte er sich hin, um über sein Dilemma nachzudenken. Zwei Fischer, die mit einem Lastwagen voller Krabben die dunkle Hafenstraße entlangkamen, berichteten später, daß sie den Onkel aufstehen und winkend ins Scheinwerferlicht treten sahen: Zurück, zurück!

So seltsam, meinten die Fischer; als ob er sich allmächtig fühlte, als ob er tatsächlich glaubte, den Lastwagen anhalten zu können, bevor er ihn überrollte. Nach seinem Tod bildete Alte Tante sich ein, der abgestorbene Baum in unserem Garten sei ihr Mann, nach wie vor zu träge, sich aufzuraffen und ihr aus ihren unzähligen Schwierigkeiten zu helfen.

Das waren also meine Verwandten. Was hätten sie mir schon für einen Rat geben können? Wenn ich meine Mutter nicht so jung verloren hätte, hätte ich nie auf Alte Tante gehört. Dann hätte ich Lin vielleicht geheiratet. Vielleicht hätte ich ihn nach der Hochzeit noch lieben gelernt. Vielleicht hätten wir auch Probleme im Leben gehabt, wie die meisten Leute, aber nicht solche, daß ich mich schließlich selber haßte und mein eigenes Herz für meinen ärgsten Feind hielt.

Zwanzig Jahre später traf ich diesen Lin dann zum ersten Mal, als ich schon seit fünf Jahren in Amerika lebte. Ich hieß mittlerweile Winnie Louie und war mit Jimmy Louie verheiratet. Pearl war schon über vier Jahre alt, Samuel fast drei. Und obgleich wir arm waren, schien mein Leben mir reich und erfüllt, genau so, wie eine christliche Dame es mir einmal erklärt hatte: »Eine gut gefüllte Reisschale ist alles, was man erwarten darf.«

Ich hielt das für richtig. Warum auch nicht? Jimmy war der Pfarrer unserer Gemeinde in Fresno, die ihm fünfzig Dollar die Woche zahlte und uns ein kleines Haus zur Verfügung stellte. Mehr konnte ich wirklich nicht verlangen. Das glaubte ich, bis eines Tages ein Mann namens Lin in unserer Kirche auftauchte und mir das Leben rettete.

Natürlich gab es viele Lins in China, sogar in unserer Gemeinde, deshalb kam ich zuerst gar nicht auf den Gedanken, daß es der Junge sein könnte, den ich damals abgelehnt hatte. Er war gerade erst in der Nachbarschaft eingezogen, und die Leute tuschelten sich zu: »Er ist ein Doktor, wohnt in Tulare, in einem Haus mit Schwimmbad. Er hat eine Generalstochter geheiratet, die feinstes Chinesisch mit Pekinger Akzent spricht, wie ein Opernstar.«

An jenem Sonntag, als er mit seiner Frau in unsere Kirche kam, standen wir alle draußen in der warmen Morgensonne. Alle waren neugierig auf den Doktor und seine vornehme Frau. Jimmy und ich standen unten auf den Kirchenstufen, um die Gemeindemitglieder zu begrüßen. Mein Mann sprach englisch, unsere gemeinsame Umgangssprache wegen all der verschiedenen chinesischen Dialekte. »Schön, Sie zu sehen, schön, daß Sie da sind, kommen Sie nächsten Sonntag wieder.« Er wiederholte ständig die gleichen Worte, die ich abends immer übte, aber noch nicht aussprechen konnte. So nickte ich nur schüchtern und lächelte freundlich. Jeden Sonntag war es die gleiche Zeremonie. Nur war es an jenem Sonntag sehr heiß, und ich konnte meinen Pullover nicht ausziehen, weil mein Kleid an der rechten Schulter ein kleines Mottenloch hatte.

Ich nickte dem Doktor und seiner Frau zu. Und als sie weitergegangen waren, beobachtete ich, wie die anderen auf sie zutraten, um sich vorzustellen: »Gladys Wong«, »Mavis Chew«, »George Po«, »Murray Yang«, »Irene Wing« – alle sagten nur schnell ihren Namen, wohl zu schüchtern, dachte ich, um so einen bedeutenden Mann mit mehr als zwei Worten zu behelligen.

Diese Kleinigkeiten gingen mir fast unbewußt durch den Kopf, denn die Hitze machte mich schläfrig. Als ich mir gedankenverloren die Wange kratzte, nickte der Doktor mir lachend zu, legte die Hand an seine Wange und sagte: *»Ding-ngin.«* Es juckt.

Ich glaubte zu träumen. Wie merkwürdig, dachte ich, daß er den Inseldialekt aus meiner Kindheit kennt. Und dann erinnerte ich mich plötzlich an die Gelegenheit, bei der ich den Ausdruck zum ersten Mal gehört hatte.

Es war der erste Sommer, nachdem mein Vater mich auf die Insel geschickt hatte. Ich war damals sechs. Tag und Nacht zwickten mich kleine, unsichtbare Flöhe in die zarten Schenkel. Es war unerträglich: Ständig mußte ich mich kratzen, ohne einen Augenblick aufhören zu können. Mit beiden Händen fuhr ich mir unablässig die Beine hinauf und hinunter und jammerte: *»Yangsele!«*, was auf mandarin so viel heißt wie: »Das juckt mich noch zu Tode!«

Alle brüllten vor Lachen, und Alte Tante gab mir einen Klaps auf die Finger. »Untersteh dich, so was zu sagen!« Am nächsten Tag erklärte mir meine ältere Kusine, im Inseldialekt sage man *ding-ngin*, um auszudrücken, daß es einen irgendwo juckt, während *yangsele* etwas ganz anderes bedeute. Wie anders, erfuhr ich erst zehn Jahre später, am Abend vor meiner Hochzeit mit dem falschen Mann. Da hörte ich, wie meine Vettern sich zuflüsterten: *»Yangsele!* Es juckt sie nach Sex. Ihr Hintern kann's kaum noch erwarten, von einem Mann gestochen zu werden.«

Als ich an jenem heißen Vormittag vor der Kirche in Fresno plötzlich wieder den Ausdruck *ding-ngin* hörte, mußte ich daran denken, wie unschuldig ich einmal gewesen war. Und ich spürte, wie mein Gesicht vor Scham glühte, oder vielleicht auch vor Zorn. Je mehr ich an diese Erinnerung dachte, desto heißer wurde mir.

Dr. Lin faßte nach meinem Ellbogen und fragte: »Fühlen Sie sich nicht wohl?«

Ich konnte nicht antworten, nur wortlos in sein Gesicht starren: wie er besorgt die Augenbrauen hochzog und kurz mit dem Kinn zuckte – den Ausdruck kannte ich noch von seinem Vater her, er war allen in der Familie eigen. Alte Tante beschrieb ihn immer als »das typische lange Lin-Gesicht, wie ein Pferd, das einen anstupst, weil es was zu fressen will«.

Als ich das gleiche Gesicht jetzt bei Lin sah, kam es mir vor, als fließe alles zusammen – meine Vergangenheit, mein jetziges Leben, mein erster Mann, mein zweiter Mann, Lin. So verwirrt war ich. Ich weiß nicht mehr, wer schließlich ausrief: »Hitzschlag! Zuviel Sonne abgekriegt!« Ich wußte nicht, warum sie mir den Pullover auszogen und mich in die Kirche trugen.

Mein Mann erzählte mir später, als ich mit feuchtem Kopf in seinen Armen lag, das erste Mal habe er mich getauft, um meine Seele zu retten. Und jetzt, sagte er und lachte unter Tränen, habe der Doktor mich noch mal getauft, um mein Leben zu retten. Ich war noch so durcheinander, daß ich nur eine schwache Ausrede murmeln konnte: »Ich dachte, ich hätte einen Geist gesehen.«

Dann merkte ich plötzlich, daß wir nicht allein waren. Lin, seine Frau, die anderen aus der Gemeinde – alle standen sie um uns herum und beobachteten mich! Augenblicklich war ich wieder bei Sinnen. Ich schämte mich, weil alle das Loch in meinem Kleid gesehen hatten.

Ich habe Jimmy nie erzählt: »Dieser Lin war derjenige, den ich hätte heiraten können, statt zuerst den anderen zu heiraten, und dann dich.« Ich habe ihm nur von jenem kitzligen Wort erzählt, dem Dialekt, den Lin und ich von früher her kannten. Und Jimmy hatte natürlich nichts Eiligeres zu tun, als Lin am nächsten Sonntag stolz zu berichten, daß wir beide aus demselben Ort in China kämen, einem Dorf auf der Tsungming-Insel, das wir den Mund des Flusses nannten. Am liebsten hätte ich Jimmys Worte zurückgenommen und erklärt, daß ich mich vielleicht irrte, daß es auch eine andere Insel sein könnte. Ich fürchtete nämlich, Lin würde vor aller Ohren rufen: »He, bist du nicht das Mädchen, das sich zu gut für meine Familie war?«

Doch er lächelte nur und sagte: »Das ist schon 'ne ganze Weile her, was, kleine Schwester?«

Vielleicht war er nur höflich. Er hatte ja sehr gute Manieren. Oder vielleicht hatte er mich damals auch nicht haben wollen. Seine Frau war sehr schön. Vielleicht war er am Ende gar nicht der Lin-Sohn, den ich hätte heiraten sollen, sondern nur ein Bruder. Ich habe es nie herausgefunden. Ich wollte es lieber nicht wissen. Was hätte es mir auch gebracht?

Also stellte ich keine weiteren Fragen. Und doch begann ich von jenem Tag an, alles in meinem Leben auf zwei Arten zu betrachten: So, wie es geschah, und so, wie es nicht geschah.

Nachts, wenn mein Mann und die Kinder schon schliefen, sagte ich mir: Nein, ich bereue es nicht, daß ich Jimmy Louie geheiratet habe. Ich liebe meinen Mann. Ich habe fünf Jahre darauf gewartet, ihn zu heiraten. Ich bin in dieses Land gekommen, um hier mit ihm zu leben. Und ich habe es gern, mehr als gern getan. Es war wahre Liebe, nicht bloß die Anhänglichkeit, die man empfindet, wenn man sich um einen Mann kümmert und seine Kinder aufzieht. Ich dachte nicht an Lin, an die schönen Kleider seiner Frau, an ihr Schwimmbad. Was sollte ich denn schon damit anfangen? sagte ich mir.

Andererseits, überlegte ich weiter, tat es mir eigentlich doch leid, daß ich Lin nicht geheiratet hatte. Denn dann hätte ich jenen anderen Mann nicht geheiratet und wäre nie zu der Sorte von Ehefrau geworden, die betete, daß die Japaner ihren Mann töten würden. Ich wäre nie zu der Sorte von Mutter geworden, die nicht trauerte, als ihre Kinder starben. Ich hätte mir nicht den Kopf zermartern müssen, wie ich aus meiner Ehe herauskommen könnte, nur um mir jeden Tag von neuem vorzuwerfen, daß ich noch immer nicht fortgelaufen war. Und ich hätte nicht bereuen müssen, daß mir so wenig für meinen zweiten Mann geblieben war und daß ich jetzt nur noch dankbar sein konnte, aber niemals mehr vollkommen glücklich.

Nach Jimmys Tod mußte ich dann wiederum denken: Hätte ich Lin geheiratet, dann hätte ich Jimmy Louie nicht getroffen und würde ihn jetzt nicht jeden Tag vermissen. Meine Augen und Ohren würden nicht immer nach Jimmy suchen, immer umsonst suchen, meine Haut würde nicht darauf warten, von niemandem berührt zu werden. Ich würde nicht diesen Schmerz empfinden, für den es keine Heilung gibt. Hätte ich Lin geheiratet, würde ich Jimmy gar nicht kennen. Und dann würde ich nicht ständig jemanden vermissen, von dem ich nicht einmal den Namen weiß.

Vor kurzem habe ich wieder einmal daran gedacht. Hätte ich Lin geheiratet, wäre ich jetzt immer noch mit Lin verheiratet. Helen würde meine schlimmsten Geheimnisse nicht kennen. Und ich hätte keinen Grund, mich von ihr herumkommandieren zu lassen. Gestern abend beim Fischessen erzählte sie mir, daß ein gewisser Lin, ein Witwer aus Fresno, neuerdings zu unserer Gemeinde in San Francisco gehöre.

»Er ist ein Doktor«, sagte sie, »aber er hat trotzdem nur fünf Dollar in den Klingelbeutel getan.«

Und als sie meine verblüffte Miene sah, setzte sie hinzu: »Unglaublich, nicht? Was das wohl für einer ist!«

Ich sagte ihr nicht: ›Den hätte ich heiraten können, es ist ein guter Mann.‹ Ich sagte nicht: ›War es Schicksal, daß ich es nicht tat? Oder war es, weil ich nicht wußte, daß ich die Wahl hatte?‹ Ich gestand ihr nicht: ›Vielleicht hab' ich einen Fehler gemacht, so einen simplen Fehler, zum einen nein, zum anderen ja zu sagen – als suchte man sich einen Fisch im Laden aus. Wie kann man wissen, welcher gut ist, welcher schlecht, bevor man ihn probiert hat?‹

Selbst wenn ich es ihr sagte, würde sie mich nicht verstehen. Unsere Denkweise ist zu verschieden. Sie hat ihren Kopf in China gelassen. Als sie zum Beispiel diesen Pom-pom-Fisch gekauft hat, fragte ich sie: »Ai, weißt du, was passiert, wenn Fische drei Tage alt sind?«

Und sie antwortete: »Sie schwimmen hinaus ins Meer.«

*

Seit fast vierzig Jahren erzähle ich allen, daß Helen meine Schwägerin ist. Das stimmt aber gar nicht.

Ich behaupte immer, sie sei die Frau meines Bruders, Kun, der im Krieg gefallen ist. Doch das ist nicht wahr.

Ich will die Leute damit nicht hinters Licht führen, aber die Wahrheit ist einfach zu kompliziert. Auch wenn ich das alles erklären könnte, würde es niemand verstehen.

Dieser Bruder, der angeblich im Krieg gefallen ist? Eigentlich war er nur mein Halbbruder – und genaugenommen gar nicht mit mir verwandt. Er war der Sohn der zweiten Frau meines Vaters, die starb, bevor meine Mutter dann ihren Platz einnahm. Mit diesem Zweig der Familie hatten wir also nie viel zu tun.

Und im Krieg ist er auch nicht gefallen. Er kam schon vor dem Krieg um, in Changsha, wo man ihm den Kopf abschlug, weil er den Aufständischen ein paar Ballen Tuch verkauft hatte. Nach dem chinesischen Kalender war das im Jahr 4638, in einem Jahr des Pferdes, als alle der Hafer stach. Nach der westlichen Zeitrechnung mag das etwa 1929, vielleicht auch 1930 oder 1931 gewesen sein, jedenfalls noch bevor ich Helen kennenlernte.

Doch wenn ich erst mal davon anfinge, müßte ich auch erklären, daß mein Halbbruder eigentlich gar nicht zu den Aufständischen gehörte. Bis zuletzt hatte er beteuert – erst mit zornigem Aufstampfen, dann kläglich auf den Knien –, er habe nicht gewußt, daß seine nächtlichen Kunden Aufständische waren. Er brüstete sich sogar noch damit, ihnen minderwertiges Tuch zu einem viel zu hohen Preis angedreht zu haben. Die Kuomintang-Leute töteten ihn trotzdem, als abschreckendes Beispiel für die anderen.

Wie hätte ich das je zugeben können – daß ein Mitglied meiner Familie seine Kunden betrog? Nein, ich konnte nur sagen, daß jede Menge Leute zu der Zeit ums Leben kamen. Keiner braucht zu wissen, daß wir alle die Gefahr schon voraussahen, daß mein Halbbruder sich durch seine dumme Raffgier ins Verderben stürzte.

Sogar seine Frau war dieser Ansicht. Sie hatte ohnehin nie nach Changsha ziehen wollen. Wenn man mich fragte, wo sie jetzt ist, könnte ich es nicht sagen. Nach dem Tod ihres Mannes schrieb sie uns noch, was passiert war. Doch dann hörten wie nie wieder etwas von ihr, nur von einer großen Überschwemmung in ihrem Heimatort, wo so viele Wasserleichen angetrieben wurden, daß die Leute vor dem Gestank ins Inland flüchten mußten. Vielleicht ist meine Schwägerin damals ertrunken und den Fluß hinunter ins Meer gespült worden. Vielleicht ist sie auch Kommunistin geworden und lebt heute noch unter einem anderen Namen irgendwo in China.

Wenn ich all das erzählte, würden die Leute wohl glauben, die

Geschichte meines Halbbruders wäre damit zu Ende. Doch ich würde lügen, wenn ich bloß sagte: Er ist tot. Seine Frau ist verschwunden. Das ist alles. Kein überraschendes Happy-End. Nun, ein paar Jahre lang blieb es ja auch dabei.

Früher erzählten wir uns in der Familie oft die Geschichte von dem Ochsen, der zur Mondsichel hinaufbrüllt, weil er sie für sein eigenes Horn hält. Und alle wußten, wer damit gemeint war: Ein Dummkopf, der zu hoch hinaus will und glaubt, er könnte sich einen Stern vom Himmel holen, um schließlich abzustürzen und sein Leben dabei zu lassen. Kuns Namen erwähnten wir nie. Es war gefährlich, auch nur jemanden zu kennen, der mit den Marxisten in Berührung gekommen war. Und es spielte keine Rolle, daß Kun schon tot war und gar nicht zu den Aufständischen gehört hatte.

Aber mein Halbbruder wurde dann noch mehrmals ins Leben zurückgerufen. Als die Japaner 1937 in Shanghai einmarschierten, hieß mein Onkel sie in seinem Tuchgeschäft mit den Worten willkommen: »Mein eigener Neffe wurde in Japan ausgebildet und ist jetzt in Changsha mit einer Japanerin verheiratet.« Und als die Japaner 1945 den Krieg verloren und die Kuomintang-Leute zurückkamen, behauptete mein Onkel: »Mein armer Neffe, Kun, war ein Kuomintang-Held. Er ist in Changsha gefallen.«

Kaum waren die Kommunisten dann schließlich 1949 an der Macht, kam die ursprüngliche Version der Geschichte wieder zum Vorschein. Mein Onkel war inzwischen gestorben, und so übernahm Alte Tante es, meinen Halbbruder Kun als großen Revolutionär hinzustellen: »Hat den Studentenführern immer bestes Tuch geschenkt – und sein Leben dabei geopfert.«

Als ich in dieses neue Land kam, hoffte ich, diesen Halbbruder Kun, der so oft auf verschiedene Weise gestorben war, endlich zu vergessen. Es war zu verwirrend, immer wieder erklären zu müssen: wer mit wem verwandt war, welcher Halbbruder aus welcher Ehe, in welchem Jahr es geschah, je nach chinesischer oder westlicher Zeitrechnung, was aus jener Schwägerin wurde oder warum wir unter den Japanern, Kuomintang und Kommunisten so oft unsere Meinung änderten.

Wie sollte ich das den Leuten von der Einwanderungsbehörde

klarmachen? Die hätten es doch nie begriffen! Die kannten nur *eine* Art von Regierung. Ich mußte ohnehin schon genug verwirrende Fragen beantworten: »Warum ist hier 1918 als Ihr Geburtsjahr angegeben und da 1919?« – »Warum haben Sie keine Papiere für die Heirat und keine für die Scheidung?« – »Haben Sie in China oder irgendeinem anderen Land Würmer bekommen?«

Als ich in dieses Land kam, habe ich mir gesagt: Jetzt kann ich endlich umdenken, meine ganzen Tragödien vergessen, meine Geheimnisse hinter einer Tür verstecken, die sich nie mehr öffnen wird. Ich dachte, meine Vergangenheit sei für immer abgeschlossen und ich müßte mich nur noch daran erinnern, Formosa »China« zu nennen, ganz China auf eine kleine Insel zu beschränken, die ich nie im Leben gesehen hatte.

Ich dachte, hier würde mich niemand mehr verfolgen. Hier würde ich meine Fehler, meine Reue, meine Trauer verbergen können. Hier würde ich mein Schicksal ändern.

Und ich war nicht die einzige, die alles Frühere hinter sich lassen wollte, um sich den neuen Umständen anzupassen. Die Leute aus unserer Gemeinde, die Schulfreundin mit den Pockennarben, Lin und seine Frau, selbst Helen – alle haben sie etwas zurückgelassen. Alte Schulden und falsche Anfänge. Betagte Mütter und kranke Väter, erste Frauen aus arrangierten Ehen und daraus hervorgegangene Kinder, abergläubische Überlieferungen und chinesische Weissagungen.

Auch ich hatte Angst, daß mein früheres Leben mich noch mal einholen könnte. Doch dann drehte China das Licht ab, schlug die Tür zu und befahl allen, sich still zu verhalten. All die Leute dort wurden für uns wie Geister. Wir konnten sie nicht mehr sehen. Wir konnten sie nicht mehr hören. Also meinte ich, endgültig alles vergessen zu können. Niemand konnte mehr unversehens auftauchen, um mich an die Vergangenheit zu erinnern.

Doch dann wollte Helen aus Formosa herkommen, und ich mußte mich ihrem Willen beugen. Sie sagte, ich hätte noch eine alte Schuld bei ihr gutzumachen. Also erzählte ich im Jahr 1953 den Leuten von der Einwanderungsbehörde, Helen sei meine Schwester, das Kind einer der vier Nebenfrauen meines Vaters. Und als sie dann hier war, konnte ich unseren Freunden aus der Gemeinde nicht sagen, daß mein Vater fünf Ehefrauen hatte. Ich war ja schließlich die Frau des Pfarrers.

Also behauptete ich statt dessen, Helen sei meine Schwägerin, die frühere Frau meines Bruders Kun, eines großen Kuomintang-Helden, der leider im Krieg gefallen sei.

Den wirklichen Grund, weshalb ich für Helens Einwanderung bürgen mußte, konnte ich erst recht nicht verraten. *Die* Geschichte war noch viel komplizierter.

Daß Helen mit meinem Bruder verheiratet war, habe ich bereits so oft erzählt, daß Helen es jetzt schon selber glaubt. Sie erzählt den Leuten, die sie nach den alten Zeiten fragen: »Ach, wir hatten eine großartige Hochzeit im westlichen Stil. Winnie war meine Brautjungfer. Zu schade, daß er so jung sterben mußte.« Sie behauptet das nach wie vor, obwohl sie längst in Amerika eingebürgert ist und nicht mehr zurückgeschickt werden kann.

Helen hat auch manche Dinge so oft über mich erzählt, daß ich sie manchmal selbst für wahr halte: daß Jimmy mein erster und einziger Mann gewesen sei; daß sie mich in Shanghai mit ihm bekannt gemacht habe; daß sie Trauzeugin bei unserer prachtvollen chinesischen Hochzeit gewesen sei.

Jetzt würde mir keiner mehr glauben, wenn ich plötzlich sagte, Helen sei gar nicht meine Schwägerin. In Wirklichkeit ist sie weder mit mir verwandt, noch hätte ich sie mir freiwillig als Freundin ausgesucht. Manchmal geht sie mir schrecklich auf die Nerven. Ich habe ganz andere Ansichten als sie, und ihr Charakter gefällt mir nicht besonders. Und trotzdem stehen wir uns fast näher als Schwestern – schicksalsverwandt, durch Schulden verbunden. Ich habe ihre Geheimnisse bewahrt und sie meine. Daraus ist eine Art von Zusammenhalt entstanden, für den es in diesem Land keinen Ausdruck gibt.

So kann man sich meinen Ärger vorstellen, als Helen mir gleich nach dem Fischessen in ihrer Küche verkündete, sie habe beschlossen, all meine Geheimnisse preiszugeben.

Weit, weit weg

Nach dem Essen war Henry ins Wohnzimmer gegangen, um fernzusehen. Helen stand in der Küche und brühte Teewasser auf, während ich im Eßzimmer saß. Eigentlich ist es ja kein richtiges Eßzimmer, sondern nur ein Teil der Küche, durch einen dünnen Plastikwandschirm abgetrennt. Doch da sie mich nicht sehen konnte, redete sie so laut, als säße ich weit weg. Sie prahlte damit, daß Bao-bao in drei Wochen heiraten würde.

»Bao-bao dies« und »Bao-bao das«, so ging es die ganze Zeit. Wie bei diesen Showmastern im Fernsehen, die einem dauernd in den Ohren liegen: »Gewinnen Sie dies, gewinnen Sie das«, jede Woche dasselbe.

Obwohl ihr Sohn schon einunddreißig ist, nennt sie ihn immer noch Baby. Aber vielleicht hat sie damit recht. Ihr Bao-bao ist wirklich noch ein Baby, so verwöhnt und ungeduldig, daß er noch nicht mal auf den Bus warten kann. Einmal war sein Wagen in der Werkstatt, und da rief er mich an, ganz zuckersüß: »Ach, Tantchen, ich hab' dich ja so lange nicht gesehen. Wie geht's dir denn, Tantchen? Gut, gut. Übrigens, liebes Tantchen, könnte ich deinen Wagen für ein wichtiges Vorstellungsgespräch ausleihen?«

Als er ihn mir drei Tage später zurückbrachte, trug der Wagen außen wie innen den Stempel seines schlampigen Charakters – eine Beule an der Stoßstange, Coca-Cola-Dosen auf dem Boden, kein Benzin im Tank. Und aus dem Job wurde natürlich auch nichts.

Also hörte ich gar nicht hin, als Helen mir schon wieder von ihrem Bao-bao vorschwärmte. Ich mußte noch immer daran denken, wie ärgerlich ich über meinen lädierten Wagen gewesen war. Und weil ich mich nicht darüber beschwert hatte, ärgerte ich mich nachträglich noch mehr. Zum Glück ist *mein* Sohn nicht so, dachte ich. Samuel schmeichelt sich nicht mit höflichen Worten ein, wenn er etwas von einem will. Und er braucht sich Helens Wagen auch nicht auszuleihen. Er hat nämlich schon einen guten Job, bei einer Krankenkasse in New Jersey, wo er Krankengeldanträge prüft und entscheidet, wer wirklich krank ist und wer nur so tut.

Helen kam mit dem Tee herein und redete immer noch so laut, als ob ich weit weg säße. Inzwischen ging es um Mary. »Hab' ich dir das schon erzählt? Mary hat mich neulich angerufen und gesagt, daß sie und Doug nach Hawaii fliegen wollen – denk dir, schon wieder! Das ist schon das vierte Mal. ›Aber das kennt ihr doch längst‹, hab' ich gesagt. ›Da müßt ihr doch nicht noch mal hin.‹ Und sie meinte: ›Man fährt nicht nach Hawaii, weil man hin *muß*, sondern genau, weil man *nicht* hin muß.‹« Helen reichte mir meinen Tee. »›Was ist denn das für eine Einstellung?‹ hab' ich meiner Tochter vorgehalten. ›Ich muß nicht nach Hawaii, also fahr' ich nicht hin. Ich möchte nach China, und da fahr' ich auch nicht hin!‹« Sie lachte in sich hinein. »Meine Tochter, das ist vielleicht eine!« meinte sie kopfschüttelnd. »Ach, hab' ich dir das schon erzählt? Gestern abend hat sie mich wieder angerufen, ganz spät, schon nach zehn.« Helen ruderte vor Entrüstung mit den Armen. »Hat mich fast zu Tode erschreckt! ›Was ist los, hab' ich gefragt, ist jemand krank? Ein Unfall? Hat Doug etwa seinen Job verloren?‹ Und sie sagte: ›Nein, nein, ich wollte dich einfach nur anrufen.‹« Helen strahlte mich an. »Was glaubst du, warum sie angerufen hat?«

»Sie ist eben eine gute Tochter«, sagte ich.

»Ja, aber diesmal hat sie gesagt, sie ruft einfach nur so an! Ohne Grund! Das ist doch kein Grund anzurufen!«

Helen schenkte uns Tee nach. »So ganz von selbst ist sie natürlich nicht draufgekommen. Sie hat einen Werbespot für eine Telefongesellschaft gesehen, wo eine Tochter ihre Mutter ohne Grund anruft. Ich sagte zu meiner Tochter: ›Was, und deswegen rufst du von so weit weg an? Dann mach's aber nicht zu lang, das wird zu teuer.‹ Und sie sagte: ›Ist schon o. k., ab acht ist es billiger.‹

»Laß dir das bloß nicht einreden‹, hab' ich ihr gesagt. ›Die lügen dir im Fernsehen das Blaue vom Himmel runter. Vielleicht ist es nur billiger, wenn du schneller redest. Wer weiß, wie die das meinen.‹

Und sie sagte: ›Ach, Mami, Geld spielt doch keine Rolle.‹

›Wah!‹ hab' ich gesagt, ›Geld spielt keine Rolle? Wie kannst du nur so was sagen! Wenn du unbedingt zehn Dollar rauswerfen willst, dann wirf sie nicht der Telefongesellschaft in den Rachen. Gib sie lieber mir.‹ «

Ich konnte mir gut vorstellen, wie Helen ihre Tochter am Telefon ermahnte, das Geld zu sparen, das sie gleichzeitig mit jedem Wort verschwendete. Helen hat eben keinen Verstand.

Sie seufzte. »Schließlich hab' ich Mary doch überzeugt, und sie hat eingehängt.« Dann lächelte sie mich selbstgefällig an. »Siehst du, sie hört noch immer auf mich. Sie weiß, daß ihre Mutter recht hat.« Sie schlürfte ihren Tee. »Und? Hast du diese Woche was von Pearl gehört? Verschwendet sie auch ihr Geld mit Ferngesprächen?«

Ich merkte natürlich gleich, wie die Frage gemeint war. Helen weiß sehr wohl, daß meine Tochter und ich nicht sehr oft miteinander telefonieren. Pearl ruft mich nie ohne Grund an. Sie ruft mich an, wenn sie mir Tessa und Cleo zum Babysitten bringen will, oder um mich zu fragen: ›Kannst du zu Thanksgiving die chinesische Truthahnfüllung mitbringen?‹ Und manchmal ruft sie mich auch an, um mich zu warnen. Letzte Woche wollte sie mir zum Beispiel sagen, sie könne nicht mit ihrer Familie bei mir übernachten. Da hat allerdings nicht sie angerufen, sondern ihr Mann, aber ich wußte genau, daß sie ihn vorgeschickt hatte und am anderen Apparat mithörte.

»Pearl wohnt ja nicht so weit weg«, erinnerte ich Helen.

»Nach San José ist es trotzdem schon ein Ferngespräch«, widersprach sie. »Fünfzig Meilen – und eine andere Vorwahl!«

»Na ja, aber richtig weit, weit weg ist es doch nicht«, sagte ich.

Helen wollte nicht aufgeben. »Weit genug! Immerhin muß man jede Minute was draufzahlen. So viel kann man da nicht reden.«

»Vielleicht sollten wir lieber auch nicht so viel reden«, meinte ich. »Henry ist eingeschlafen.« Ich deutete auf ihren erschöpften Mann, der mit offenem Mund auf dem Sofa lag. »Vielleicht sollte ich jetzt lieber gehen.«

»Steh auf, Henry!« rief Helen und rüttelte ihn an der Schulter, bis er aufwachte und in Richtung Bett davonschlurfte.

Als Henry draußen war, sagte Helen lächelnd: »Also vielleicht habe ich jetzt eine gute Nachricht für dich.«

»Was für eine gute Nachricht?«

Sie lächelte vielsagend, schlürfte ihren Tee, zog ein Taschentuch aus dem Ärmel und putzte sich die Nase, nahm noch einen Schluck Tee und lächelte wieder. Warum muß sie nur aus allem ein buddhistisches Ritual machen?

»Jetzt brauchst du dich nicht länger zu verstecken«, sagte sie schließlich.

»Ich verstecke mich doch gar nicht. Ich sitze hier.«

»Nein, nein, du hast dich dein ganzes Leben lang versteckt. Aber jetzt kannst du endlich wieder hervorkommen.« Sie sprang auf, holte ihre geräumige Handtasche und kramte hektisch darin. Offenbar hatte sie es eilig, mir etwas zu zeigen. Sie förderte eine Orange zutage und legte sie auf den Tisch, dann zwei Tütchen Erdnüsse, eingewickelte Zahnstocher aus einem Restaurant und eine leere Geldbörse, die zum Austricksen von Handtaschendieben gedacht ist. Dann stülpte sie die Tasche um und schüttete den ganzen übrigen Kram aus, den sie immer bei sich trägt, falls plötzlich Krieg ausbricht und wir wie früher weglaufen müssen: zwei Kerzenstummel, ihre amerikanischen Einbürgerungspapiere in einer Plastikhülle, ihren alten chinesischen Paß, eine kleine Hotelseife, ein Waschlappen, ein Paar nagelneue Nylonkniestrümpfe und Unterhosen. Und zum Schluß zog sie noch ihre Po-chai-Magentabletten hervor, ihren Hustensaft, ihre Tigerknochenplättchen gegen Schmerzen und ihr Glücksamulett, das als letzte Rettung dient, wenn alle anderen Mittel versagen.

«Wo hab' ich's denn nur?« brummte sie, wühlte noch einmal alles durch und zog schließlich aus einem Seitenfach das, wonach sie die ganze Zeit in den Tiefen ihrer Tasche gefahndet hatte. Es war ein Brief, von der Sorte, die wie ein Blatt Papier aussieht, aber zusammengefaltet einen Umschlag ergibt, mit Marke und Stempel drauf. Sie schwenkte ihn triumphierend.

»Da ist er drin«, verkündete sie mit wichtiger Miene, »dieser Kerl!«

Ich begann, mir Sorgen um Helen zu machen. In letzter Zeit führt sie sich immer seniler auf. Immer öfter vergißt sie irgendwas, immer öfter redet sie Unsinn. Vielleicht liegt es an ihrem Sturz von der Treppe, seit dem sie sich einbildet, daß sie bald sterben muß.

»Wie soll denn ein Kerl in einen Briefumschlag passen?« fragte ich sie vorsichtig.

»Was?«

»Du hast gesagt, da ist ein Kerl drin.«

»Anh! So hab' ich das doch nicht gemeint. Ich wollte sagen, meine gute Nachricht ist hier drin, paß auf: Dieser Kerl ist tot. Betty Wan aus Hongkong hat es mir in diesem Brief geschrieben. Sie war vor kurzem in Shanghai. Du erinnerst dich doch an sie. Die schöne Betty, haben wir sie im Krieg immer genannt. Obwohl sie jetzt vielleicht nicht mehr so schön ist«, lachte Helen. »Erinnerst du dich noch an die Nähmaschine, die ich ihr geschenkt habe? Damit hat sie sich dann ein gutes Geschäft aufgebaut, jetzt hat sie einen Schneiderladen in Kowloon.«

In letzter Zeit hat Helen wirklich nur noch Holzwolle im Kopf.

»Das war doch kein Schneiderladen, den Betty in Kowloon aufgemacht hat, sondern ein Schmuckgeschäft, in der Ladenpassage vom Hotel Ambassador«, erinnerte ich sie.

Helen schüttelte den Kopf. »Nein, ein Schneiderladen«, behauptete sie störrisch. »Damenbekleidung zu kleinen Preisen.« Ich widersprach ihr nicht weiter. Ich sagte ihr nicht, daß sie sich ständig falsch erinnert, immer so, wie es ihr gerade paßt: So weiß sie noch nicht mal mehr, daß ich es war, die Betty die Nähmaschine geschenkt hat.

»Wer ist denn nun eigentlich gestorben?« fragte ich schließlich und zeigte auf den Brief.

Helen seufzte über meine Begriffstutzigkeit. »Na, dieser Kerl, du weißt schon, *dieser Mann*. Wieso kommst du denn nicht drauf?« Dann beugte sie sich vor und flüsterte: »Dieser *schlechte* Mann.«

Mir stockte der Atem. Plötzlich sah ich ihn vor mir, diesen schlechten Mann, Wen Fu, meinen ersten Ehemann. Ich hatte Helen damals beschworen: »Erwähne nie seinen Namen, sag nie etwas über ihn, zu keiner Menschenseele.«

Ich sah seine buschigen Haare, seine spöttischen Brauen, sein glattes Heuchlergesicht, den schlauen Zug um den Mund. Seit über vierzig Jahren hatte ich ihn nicht gesehen. Und nun, da Helen ihn erwähnte, spürte ich plötzlich seinen Atem im Genick, hörte, wie er mir lachend zuwisperte, er habe mich endlich gefunden, um mich gnadenlos zurückzuschleifen.

»Du brauchst keine Angst zu haben. Er ist wirklich tot«, sagte Helen. »Lies es doch selbst.«

Ich nahm den Brief und las ihn durch. Und sieh da: Nach vierzig Jahren lachte Wen Fu mir noch immer ins Gesicht. In dem Brief stand nämlich nicht etwa, er sei vor vierzig, dreißig oder zwanzig Jahren gestorben; nein, letzten Monat, zu Weihnachten.

Ich warf den Brief auf den Tisch. »Kannst du dir das vorstellen?« sagte ich zu Helen. »Selbst zum Schluß hat er noch einen Weg gefunden, mich zu peinigen! Ausgerechnet Weihnachten zu sterben!«

»Was macht das schon, wann er gestorben ist?« meinte Helen gleichmütig. Sie hatte einen Zahnstocher im Mund und schob sich damit die Lippe hoch, so daß es aussah, als ob sie mich schief anlächelte. »Hauptsache, er ist tot und kann dich nie mehr holen kommen.«

»Hat mich ja schon geholt!« rief ich. »Hat sich ja schon in meinem Kopf festgesetzt! Jetzt werde ich zu Weihnachten immer an ihn denken müssen. Wie kann ich da noch ›Stille Nacht, heilige Nacht‹ singen, wenn ich am liebsten rufen würde: ›Hurra, er ist tot!‹ – Falscher Gedanke, falscher Tag.«

»Dann solltest du dein Haus putzen und ihn dabei aus deinem Gedächtnis fegen«, meinte Helen mit einer wegwerfenden Handbewegung – als ob das so einfach wäre!

Ich wußte, daß sie das chinesische Neujahr meinte, das bald anbrechen würde, und den alten Spruch: Feg den Staub des letzten Jahres fort und damit alle unguten Gefühle.

Was versteht Helen schon vom Fegen? Auf ihrem Küchenboden ballen sich die Staubflocken zu Wollmäusen, in jeder Ecke klebt der Dreck von zwanzig Jahren und all die Enttäuschungen, die sie vor mir zu verbergen glaubt.

»Ich hab' mir nämlich überlegt«, fuhr Helen fort, »daß es langsam Zeit wird, all die Lügen aus unserem Leben zu fegen, allen zu erzählen, wie wir uns tatsächlich kennengelernt haben.«

»Was sagst du da?«

»Warum sollte ich mit all den Lügen ins Grab steigen? Daß ich deine Schwägerin sei, mit deinem Halbbruder verheiratet, den ich nie im Leben getroffen habe. Und mein Geburtsdatum ist auch falsch. Du hast mich ein Jahr jünger gemacht. Wenn ich jetzt sterbe, ist mein langes Leben um ein Jahr verkürzt.«

»Was redest du da für einen Unsinn?«

»Ich sage, daß ich jetzt, wo Wen Fu tot ist, alles wieder gutmachen will, bevor es zu spät ist. Keine Geheimnisse mehr, Schluß mit den Lügen.«

Mir drehte sich fast der Magen um. Was war denn bloß in sie gefahren? Sie wollte plötzlich alles aufdecken! Meine Vergangenheit, meine Ehe mit Wen Fu, alles, was ich mit so viel Mühe verdrängt hatte. »Wie kannst du nur so was denken?« schalt ich sie. »Einfach meine Geheimnisse ausplaudern? Wir haben uns doch geschworen, nie etwas zu verraten!«

»Aber das ist schon lange her«, meinte Helen. »Damals konnten wir natürlich nichts erzählen. Du hattest Angst, daß Wen Fu dich noch immer verfolgen würde. Und wir mußten beide zusehen, daß man uns in dieses Land einwandern ließ. Da hatte das alles ja seinen Sinn. Aber jetzt...«

»Das ist und bleibt ein Geheimnis!«

»Was spielt das jetzt noch für eine Rolle? Wen Fu ist tot!« sagte Helen achselzuckend. »Er kann dir nichts mehr tun. Wir können nicht mehr ausgewiesen werden. Jetzt ist es wichtiger, die Wahrheit zu sagen, um nicht mit so vielen Lügen in die nächste Welt einzugehen. Wie kann ich meinem ersten Mann im Himmel unter die Augen treten, wenn ich bis zuletzt immer behauptet habe, ich wäre mit deinem Bruder verheiratet gewesen? Wie kann ich unter einem Grabstein liegen, auf dem steht, daß ich 1918 geboren bin? Alle werden noch hinter meinem toten Rücken über mich lachen! Die war so alt, werden sie sagen, daß sie nicht mal mehr wußte, wie alt sie genau war!«

»Na gut, dann erzählst du eben alles über dich, aber nichts über mich!«

Helen runzelte die Stirn. »Wie stellst du dir das vor? Dann muß ich ja wieder lügen, wie wir uns getroffen haben, woher wir uns kennen. Nein, wenn du nichts sagst, muß ich es tun – und zwar noch vor dem neuen Jahr.«

»Du verlangst von mir, daß ich mein ganzes Leben auf den Kopf stelle. Wenn du es deinen Kindern erzählst, dann wissen meine Kinder es auch gleich.«

»Dann solltest du es ihnen eben selbst sagen«, meinte Helen. »Die sind ja jetzt erwachsen, keine Kinder mehr. Die werden es schon verstehen. Vielleicht sind sie sogar froh, etwas über die Vergangenheit ihrer Mutter zu erfahren. Das harte Leben in China ist heutzutage doch ein beliebtes Thema, keine Schande mehr.«

»Du weißt überhaupt nicht, was Schande ist!« sagte ich.

So argumentierten wir hin und her, hin und her. Doch nach einer Weile gab ich es auf. Es war wie mit ihrem Pom-pom-Fisch und ihrer Telefongebühr. Helen glaubt einfach, daß sie immer recht hat. Wozu mich mit jemand streiten, der nichts als Unsinn schwätzt? Ich bebte vor Zorn.

Sie machte Anstalten, neues Teewasser aufzusetzen, aber ich sagte, es sei schon zu spät. Ich nahm die paar Sachen, die ich am Nachmittag im Happy Super eingekauft hatte, und zog den Mantel an.

»Warte«, sagte Helen, »Henry kann dich doch fahren. So ist es sicherer.«

Das sagt sie jedesmal, wenn ich sie besuche. Doch ich weiß, was sie wirklich meint. Vor vierundzwanzig Jahren sind Jimmy und ich aus Chinatown in unser Haus an der Eighth Street gezogen. Und zwei Jahre lang hat Helen dann ständig wiederholt: »Dieser Stadtteil – da würde ich mich nicht sicher fühlen. Nein, dieser Stadtteil – da würden wir nie hinziehen.« Aber nach Jimmys Tod – wer hätte das gedacht? – kauften sie und Henry sich ein noch größeres Haus ganz in der Nähe, an der Ninth Street. »Jetzt können wir uns um dich kümmern«, meinte sie. »So ist es sicherer.« Aber in Wirklichkeit war das natürlich nur eine Ausrede.

Und wie üblich antwortete ich auch gestern wieder: »Laß nur, ich gehe lieber zu Fuß. Die Bewegung wird mir guttun.«

»Zu gefährlich«, beharrte sie. Doch ich wußte, daß sie es nicht ernst meinte. Sie sprach im Flüsterton, um ihren Mann nicht zu wecken. »Du solltest wirklich vorsichtiger sein.«

»Wah, glaubst du vielleicht, jemand wird mich wegen ein paar Mandarinen und einer Büchse Bambussprossen überfallen?«

Sie nahm mir die Plastiktüte aus der Hand. »Dann helfe ich dir wenigstens tragen«, sagte sie. »Das ist zu schwer für dich.«

Ich schnappte mir meine Tüte zurück. »Laß doch das höfliche Getue!«

»Du bist zu alt, um das allein zu tragen«, meinte sie und griff wieder nach der Tüte.

»Vergiß nicht, du bist genauso alt. Neuerdings sogar ein Jahr älter.«

Da ließ sie mich endlich mit meiner Tüte gehen.

Die ganze Nacht lang putzte ich mein Haus, um zu vergessen. Ich schüttelte die Gardinen aus, klopfte das Sofa, wischte den Staub von den Tischen, dem Treppengeländer, dem Fernseher, dem Fotorahmen, und während ich das Glas abwischte, sah ich mir das Bild an: Jimmy, ewig gleich jung.

Ich ging in mein Schlafzimmer und bezog das Bett frisch, das Bett, das noch den Abdruck von Jimmys Körper trug.

Dann ging ich in Samuels Zimmer. Ich staubte seine Modellflugzeuge ab, die japanischen und amerikanischen Bomber, und die Zinnsoldaten auf seinem Schreibtisch. In der Kommodenschublade fand ich ein Playboy-Magazin. Ai! Es traf mich wie ein Schlag aus alten Zeiten. Damals hatte ich Samuel befohlen, die Zeitschrift wegzuwerfen: 1964, in dem Jahr, als Jimmy starb und alle aufhörten, mir zu gehorchen.

Ich ging in Pearls Zimmer. Wie oft hatten wir uns hier früher gestritten! Um die Barbie-Puppe, die sie unbedingt haben wollte, um das Parfum, das ich ihr zu tragen verbot, weil es so ordinär roch. Um den Toilettentisch mit dem runden Spiegel und den silbernen Griffen, den ich so schön fand, den sie aber verabscheute. »Den hast du mir nur reingestellt, um mich zu quälen!« schrie sie mich an.

Daran mußte ich wieder denken, während ich ihn abstaubte. Plötzlich entdeckte ich ein paar eingeritzte Worte auf der Platte: »Ich liebe RD.«

Wer ist dieser RD? Wen liebt meine Tochter so sehr, daß sie es in diesen verhaßten Tisch graviert? Ist er Amerikaner oder Chinese? Und dann wurde ich zornig: Was fiel ihr ein, meine schönen Möbel zu ruinieren!

Natürlich beruhigte ich mich bald wieder bei dem Gedanken, daß Pearl es ja nicht erst neulich getan hat; das muß gut fünfundzwanzig Jahre her sein. Denn Pearl ist inzwischen über vierzig, und diesen RD liebt sie längst nicht mehr. Sie ist mit Phil Brandt verheiratet, der zwar kein Chinese ist, aber trotzdem ein netter Mensch, ein Doktor, wenn auch nicht gerade einer von der besten Sorte.

Als Pearl ihn mir damals vorstellte, versuchte ich, etwas Freundliches zu sagen: »Oh, ein Doktor! Na, dann werde ich ab sofort all meine Freunde zu ihnen schicken.« Da lachte er und erklärte mir, was für eine Art von Doktor er ist – ein Pathologe! Einer, der die Leute erst untersucht, wenn es zu spät ist, nachdem sie schon gestorben sind. Wie könnte ich meine Freunde zu so einem Doktor schicken?

Aber Pearl hat einen guten Job, sie ist Sprachtherapeutin für behinderte Kinder, obwohl ich das nicht so sagen darf. Vor ein paar Jahren belehrte sie mich mal: »Wir nennen sie nicht mehr behinderte oder zurückgebliebene Kinder. Wir sagen statt dessen: Kinder mit verzögerter Entwicklung. Die *Kinder* stehen an erster Stelle, nicht die Behinderung. Und ich mache auch nicht bloß Sprechtherapie. Als Logopädin arbeite ich vor allem mit Kindern, die mittlere bis schwere Kommunikationsstörungen haben. ›Behindert‹ ist also nicht das richtige Wort.«

Ich bat sie, das noch mal langsamer zu wiederholen, und sie schrieb es mir auf: »Logopädin für Kinder mit mittleren bis schweren Kommunikationsstörungen.« Den Satz habe ich dann mühsam auswendig gelernt, und den Zettel trage ich noch heute in meinem Geldbeutel herum.

Pearls Töchter haben natürlich keine Sprachprobleme. Als die ältere zwei Jahre alt war, kam sie mir an der Haustür entgegengelaufen und rief: »Ha-bu! Ha-bu! Ha-bu ist da!« Was für ein aufgewecktes Kind, dachte ich. Sie kann sogar schon ›Großmutter‹ im Shanghai-Dialekt sagen. Und dann setzte meine Enkelin auf englisch hinzu: »Was hast du mir für Geschenke mitgebracht? Wie viele? Wo sind sie?«

»Ist das nicht erstaunlich?« meinte Pearl. »Sie kann schon in ganzen Sätzen sprechen. Das ist ganz schön früh für ihr Alter. Sie ist wirklich blitzgescheit.«

Ich sagte bloß: »Und was kommt dabei raus? Du solltest ihr lieber Manieren beibringen, damit sie nicht so viel bettelt, wie ich es dich gelehrt habe.«

Meine Tochter lächelte mich stirnrunzelnd an. »Oh, Ma«, war alles, was sie sagte. »Oh, Ma«, mehr nicht. Kein weiterer Kommentar.

Das ging mir durch den Kopf, während ich ihr Zimmer putzte. So ist sie. Und so bin ich. Immer darauf bedacht, höflich zu sein, nicht aneinanderzugeraten, wie zwei Fremde.

Plötzlich stieß ich mit dem Besen an etwas unter dem Bett. Mußten die Mädchen da hingetan haben. Ich zog es hervor. Es war ein rosa Plastikkästchen, das abgeschlossen war. »Meine geheimen Schätze« stand obendrauf.

Ach ja, jetzt erinnerte ich mich wieder: Ich hatte Pearl das Kästchen zum zehnten Geburtstag geschenkt. Damals hatte sie es gleich aufgemacht und hineingeschaut.

»Das ist ja leer«, hatte sie gesagt. Sie blickte erwartungsvoll zu mir auf, als ob ich das ändern könnte.

»Natürlich, jetzt ist es noch leer. Später kannst du dann alle möglichen Sachen hineintun«, sagte ich zu ihr. Vielleicht fand sie das Kästchen aber zu altmodisch, wie den Toilettentisch. Ich fand es jedenfalls sehr hübsch und hatte gedacht, es würde ihr gefallen.

»Was denn für Sachen?« wollte sie wissen.

»Na, deine privaten Geheimnisse. Amerikanischen Krimskrams.«

Sie blickte wortlos auf den Deckel. Ein Mädchen mit einem hellblonden Pferdeschwanz war darauf zu sehen, das die Füße an der Wand abstützte und telefonierte. Darüber gab es auch oft Streit, über Pearls endloses Telefonieren.

Doch jetzt sah ich, daß der blonde Pferdeschwanz schwarz angemalt war. Und das Kästchen, das sie damals so enttäuscht hatte, weil es leer war, schien nun gut gefüllt. Ich zog eine Haarnadel aus dem Haar und steckte sie in das Schloß.

In dem Kästchen fand ich zwei kleine Lippenstifte, der eine rosa, der andere weiß, ein silbernes Kettchen mit einem Kreuz und einen Ring mit einem falschen Rubin. Darunter kam noch allerlei Kleinkram zum Vorschein, auch schreckliche Sachen – wie Tampons, vor denen ich sie ausdrücklich gewarnt hatte, und blauer Lidschatten, den ich ihr ebenfalls verboten hatte. Unter einer albernen Einladungskarte zum »Tanztee« bei einer gewissen Sadie Hawkins lagen noch ein paar Briefe von ihrer Freundin Jeanette. Ich erinnere mich noch an dieses Mädchen, das von seiner Mutter nicht ordentlich im Zaum gehalten wurde.

»Warum darf ich nicht auch einen Jungen zu Sadies Party mitnehmen? Jeanettes Mutter erlaubt es ihr doch auch!« hatte Pearl mich angeschrien.

»Du willst einem Mädchen ohne Verstand folgen? Du willst lieber auf *ihre* Mutter hören? Die kümmert sich ja nicht mal um ihre eigene Tochter!«

Ich sah dies alles vor mir, als sei es erst gestern gewesen. Ich öffnete einen von Jeanettes Briefen. Was war denn das? »Hey, dingdong. Er steht auf dich. Laß ihn japsen. Mach mit andern rum.«

Ich hatte es doch gewußt! Das Mädchen hatte nichts als Unsinn im Kopf.

Doch dann sah ich noch etwas anderes. Ich hielt vor Schreck die Luft an. Es war ein Kärtchen mit einem Jesusbild. Auf der Rückseite stand: »In liebevollem Gedenken, James Y. Louie.« Dazu sein Geburtsdatum, 14. April 1914 – doch sieh da! Sein Sterbedatum war mit zornigen schwarzen Krakeln ausgestrichen.

Ich war gleichzeitig traurig und froh, wie einem zumute ist, wenn man alte Lieder hört, die man fast vergessen hatte. Man möchte am liebsten weinen, weil jeder Ton schon verklingt, kaum daß man ihn gehört hat, noch ehe man sagen kann: »Wie wahr! So war es!«

Denn plötzlich wurde mir klar, daß ich mich geirrt hatte. Ich war darauf und dran, Pearl anzurufen, um ihr zu sagen: »Jetzt weiß ich es. Du warst traurig. Du hast geweint, auch wenn man es nicht sah. Du hast deinen Daddy geliebt.«

Doch dann fiel mir wieder ein, wie Helen mir am Abend gesagt hatte, daß sie Pearl all meine Geheimnisse, meine Lügen offenbaren würde. Warum sollte meine Tochter mir danach jemals wieder etwas glauben?

Ich holte den Staubsauger vor, um all den Staub einzufangen, den ich mit diesen Sorgen aufgewirbelt hatte. Ich ging in den Flur und staubsaugte den Plastikschoner über dem Läufer und die beiden Kanten, an denen der Teppich hervorschaute. Dann hob ich den Schoner hoch, um auch darunter zu staubsaugen, wo der Teppich noch wie neu wirkte, wie schimmernder Goldbrokat. Doch an den Kanten war er alt und abgestoßen, da half alles Staubsaugen nichts. An den Kanten würde er immer schmutzig aussehen. Wie dieser dunkle Fleck in meinem Leben. Den würde ich nie mehr wegputzen können.

Ich ging nach unten und setzte mich aufs Sofa. Und als es hell wurde, saß ich immer noch da, immer noch wach, mit Bettys Brief in der Hand. Ich dachte an all die Gelegenheiten, bei denen Wen Fu hätte sterben können und sollen: im Krieg, wo so viele Flieger umkamen; als er den Unfall mit dem Jeep hatte, wo jemand anderer getötet wurde; als die Kommunisten an die Macht kamen und die Kuomintang-Leute umbrachten; während der Kulturrevolution. So viele andere Leute starben bei diesen Gelegenheiten, nur er nicht.

Und nun dieser Brief, in dem die schöne Betty Helen schilderte, wie er friedlich im Bett gestorben war, im Kreise seiner Familie: seine zweite Frau und die Kinder aus dieser Ehe, sein Bruder und die Frau seines Bruders, seine alten Fliegerkumpane, alle um ihn versammelt.

Ich konnte sie mir leicht vorstellen – wie sie ihre Tränen auf Wen Fus Gesicht fallen ließen, wie sie ihm das Haar glattstrichen, wie sie ihm warme Ziegelsteine ins Bett schoben, wie sie ihn beruhigten, ihn trösteten, ihm zuriefen: »Geh noch nicht von uns!«

Er sei an Herzversagen gestorben, hieß es in dem Brief, im Alter von achtundsiebzig Jahren.

Ich schlug mir den Brief so heftig aufs Knie, daß er entzweiriß. Es war sein böses, hartes Herz, das ihn so lange am Leben gehalten hatte! Ich saß auf meinem Sofa und weinte vor Zorn, daß ich nicht mit an seinem Sterbebett gestanden hatte. Dann hätte ich mich nämlich über ihn gebeugt und ihn beim Namen gerufen, ihn gezwungen, mich anzusehen, und gesagt: »Wen Fu, jetzt bin ich zurückgekommen.« Und dann hätte ich ihm mitten ins Gesicht gespuckt.

Was hatte er noch im Tod für Unheil angerichtet! Selbst als Toter suchte er mich noch heim. Und da sagte Helen: »Was macht das schon?« Was würde sie ihnen erzählen? Wieviel würde sie ihnen erzählen?

Sicher, ich könnte es meinen Kindern auch als erste erzählen: ›Ich war früher mit jemand anderem verheiratet. Es war eine sehr schlechte Ehe. Ich habe einen Fehler gemacht. Aber der Mann ist jetzt gestorben.‹

Ich könnte ihnen sagen: ›Ich hatte noch andere Kinder aus dieser ersten Ehe, aber ich habe sie leider verloren, es war eben Krieg, das ist alles schon lange her.‹

Ich könnte ihnen sagen: ›Ich gab vor, schon mit eurem Vater verheiratet zu sein, damit ich in dieses Land hineingelassen wurde. Ich mußte hierherkommen, die Kommunisten hatten die Macht übernommen. Und Helen hat für mich gelogen, deshalb mußte ich dann später auch für sie lügen.‹

Und dann würde ich Pearls Miene sehen, die immer so mißtrauisch ist. ›Nein, nein, würde ich sagen, so schlimm, wie du denkst, ist es auch wieder nicht. Ich habe euren Vater tatsächlich geheiratet, gleich nachdem ich hier angekommen war. Dann bekam ich euch, zuerst dich im Jahr 1950, und 1952 dann Samuel. Und alles wäre gut ausgegangen, wenn nur euer Vater nicht gestorben wäre.‹

Doch selbst wenn ich es ihnen so erzählte, würde Pearl merken, daß es nicht die ganze Wahrheit ist. Sie würde es mir an dem starren Blick anmerken, an den reglosen Händen, an der zitternden Stimme. Sie würde nichts sagen, aber alles durchschauen.

Und dann wüßte sie das Schlimmste von allem – was Helen nicht weiß, was Jimmy nicht wußte, was ich seit vierzig Jahren vergessen möchte. Wen Fu, dieser schlechte Mensch, war Pearls Vater.

Ich habe versucht, mir zu überlegen, wie ich es meiner Tochter sagen könnte. Doch jedesmal höre ich sofort ihre verletzte Antwort: »Ich wußte es doch. Du hast Samuel immer mehr geliebt als mich.« Und sie würde mir niemals glauben.

Aber vielleicht könnte ich ihr sagen: ›Das ist nicht wahr. Ich habe dich am meisten geliebt, mehr als Samuel, mehr als alle anderen Kinder. Du hast es nur nicht gemerkt. Und vielleicht glaubst du es auch nicht. Aber ich weiß, daß es wahr ist, du kannst es an meinem

Herzen fühlen. Weil du mir das Herz von allen am meisten gebrochen hast, und vielleicht habe ich deins genauso gebrochen.

Ich werde sie anrufen, mag sie auch noch so weit, weit weg sein. ›Geld spielt keine Rolle‹, werde ich sagen. ›Ich muß dir etwas erzählen, kann nicht länger damit warten.‹ Und dann werde ich ihr nicht nur erzählen, was geschehen ist, sondern auch, *warum* es geschehen ist, warum es nicht anders geschehen konnte.

Zehntausend Dinge

Als erstes sagte ich meiner Tochter, ich hätte jetzt keine Herzschmerzen mehr; aus dem Grund hatte ich sie nämlich so schnell herkommen lassen.

Sie musterte mich mit besorgter Miene: »Vielleicht sollten wir aber trotzdem noch zum Arzt gehen, um ganz sicher zu sein.«

»Ich *bin* ganz sicher«, sagte ich. »Mir geht's schon viel besser. Zieh ruhig deinen Mantel aus.«

»Ich finde, es wäre trotzdem besser, zum Arzt zu gehen.«

»Iß erst mal einen Teller Nudelsuppe. Schau mal, ich hab' extra die gekocht, die du als Kind so gern mochtest. Mit viel eingelegten Rüben und etwas Schweinefleisch für ein kräftiges Aroma. Das hat dir an kalten Tagen immer so geschmeckt!« Ich hoffte, daß sie sich daran erinnern würde, wie friedlich meine Suppe sie immer gestimmt hatte. Sie zog ihren Mantel aus und setzte sich an den Tisch.

»Wie hat sich der Schmerz denn angefühlt?« fragte sie, während sie den ersten Löffel Suppe zum Mund führte.

»Zu heiß?« erkundigte ich mich.

»Nein, nicht zu heiß.«

»Nicht heiß genug?«

»Nein, nein, gerade richtig.«

Ich schöpfte ihr noch mehr auf den Teller. Ich sah ihr zu, wie sie meine Suppe aß. Und dann erzählte ich es ihr.

*

Es ist derselbe Schmerz, den ich schon so viele Jahre in mir trage. Er kommt daher, daß ich immer alles für mich behalte und so lange warte, bis es zu spät ist.

Ich glaube, diesen Fehler habe ich von meiner Mutter. Sie verließ mich, ohne mir zu sagen, warum sie davonging. Sie wollte es mir wohl noch sagen, aber im letzten Moment konnte sie es dann doch nicht. Und so warte ich bis zum heutigen Tage darauf, daß sie wiederkommt und mir erklärt, warum es so sein mußte.

Habe ich dir noch nie von meiner Mutter erzählt? Daß sie mich verließ? Tja, ich habe es selbst nie recht glauben wollen. Vielleicht habe ich es deshalb immer verschwiegen.

Das heißt natürlich nicht, daß ich nie an sie gedacht hätte. Ich habe sie sehr geliebt. Früher habe ich sogar noch über Jahre ihren Haarzopf in einer Blechdose aufbewahrt, fast einen Meter war er lang. Ich hab' ihn all die Jahre für sie aufgehoben, weil ich hoffte, sie würde eines Tages wiederkommen. Dann hätte ich ihr den Zopf wie ein Geschenk überreicht. Später, als ich dann glaubte, sie sei gestorben, habe ich ihr Haar trotzdem weiter aufgehoben. Ich dachte, ich würde es ihr vielleicht einmal ins Grab legen können, damit sie in der anderen Welt ihr Haar wieder lang tragen könnte.

Denn so habe ich sie in Erinnerung behalten, wie sie manchmal den Zopf auflöste und mich über ihr langes Haar streichen ließ.

Woran ich mich sonst noch erinnere? Nicht viel. Ich war ja erst sechs, als sie verschwand. Aber manches habe ich noch deutlich im Gedächtnis: wie schwer ihr Haar sich anfühlte, wie fest sie mich hielt, wenn sie mich an die Hand nahm, wie sie einen Apfel an einem Stück schälen konnte, so daß die Schale sich dann wie eine flache gelbe Schlange in meiner Hand kringelte. Weißt du noch? So hab' ich die Äpfel dann auch für dich geschält.

Andere Dinge aus meiner Erinnerung sind dagegen eher verwirrend. Ich habe einmal ein Bild von ihr gesehen, als sie schon fort war. Und ich konnte mich nicht an diesen starren, harten Zug um den Mund erinnern, an diesen traurigen, verlorenen Blick. In der Frau auf dem Bild erkannte ich meine Mutter nicht wieder. Und doch wollte ich glauben, daß es meine Mutter war, weil ich sonst nichts von ihr zurückbehalten hatte.

Ich hielt das Bild oft im Schoß und betrachtete ihr Gesicht, doch es schaute immer in eine andere Richtung, nie auf mich, und zeigte keinerlei Ausdruck. Ich konnte nicht sehen, was sie dachte, als das Bild gemalt wurde. Ich konnte ihr all die Fragen nicht stellen, die ich an sie hatte, bevor sie fortging: warum sie so zornig mit meinem Vater redete und trotzdem dabei lächelte; warum sie abends mit ihrem Spiegelbild sprach, als ob das Gesicht im Spiegel jemand anderem gehörte; warum sie mir sagte, daß sie mich nicht mehr tragen könne, daß ich jetzt selber laufen müsse.

Eines Tages, als ich etwa zehn war – sie war schon seit ein paar Jahren fort –, schaute ich mir wieder mal ihr Bild an. Da entdeckte ich einen kleinen Stockfleck auf ihrer blassen gemalten Wange. Ich nahm einen weichen Lappen und tunkte ihn in Wasser, um ihr Gesicht zu waschen. Doch ihre Wange wurde nur noch dunkler. Ich rieb und rieb, bis ich auf einmal merkte, was ich angerichtet hatte: Ich hatte ihr das halbe Gesicht weggewischt! Ich weinte so verzweifelt, als ob ich sie getötet hätte. Und danach konnte ich das Gemälde nie mehr ansehen, ohne schrecklich traurig zu werden. Von da an blieb mir ja nicht mal mehr ein Bild von ihr.

Über all die Jahre versuchte ich, mich an ihr Gesicht zu erinnern, an ihre Worte, an die Dinge, die wir zusammen gemacht hatten. Ich erinnerte mich auf zehntausend verschiedene Arten an sie. So sagt man das in China, *yi wan,* zehntausend dies oder das, natürlich ist das immer übertrieben. Aber ich denke jetzt schon fast siebzig Jahre lang an meine Mutter zurück, das macht sicher an die zehntausend Mal. Und jedesmal erinnere ich mich wieder anders an sie. Vielleicht habe ich sie inzwischen schon ganz falsch in Erinnerung.

Das ist das Traurigste daran, wenn man einen geliebten Menschen verliert – er verwandelt sich ständig im Gedächtnis. Und nach einiger Zeit fragt man sich dann: Ist es noch derselbe Mensch, den ich verloren habe? Vielleicht hat man in Wirklichkeit mehr verloren, vielleicht weniger – zehntausend verschiedene Dinge, aber wie soll man wissen, ob sie aus der Erinnerung stammen oder aus der Einbildung, was wahr ist, und was falsch.

Aber manches weiß ich doch ganz sicher, zum Beispiel, warum meine Beine so dünn geblieben sind. Schau her, keine Muskeln an den Waden! Meine Mutter hat mich immer nur getragen, selbst als ich schon sechs war, so verwöhnt war ich. Ich wollte keine zehn Schritte selber gehen. Und nicht etwa, weil ich schwach oder kränklich war. Nein, ich wollte die Welt immer genauso sehen wie sie, aus der gleichen Höhe.

Deswegen erinnere ich mich auch kaum noch an die ersten Jahre in unserem schönen Haus in Shanghai. Ich habe das Haus und die Leute, die darin wohnten, nie so gut kennengelernt wie ein Kind, das alleine umherstreift und alle Winkel auskundschaftet. Immer wenn ich an diese frühen Jahre zurückdenke, erinnere ich mich nur an das Zimmer meiner Mutter, das ich mit ihr teilte, und an die lange Treppe, die nach unten in die Diele mit dem Marmorboden führte.

Ich sehe immer noch diese steile Treppenflucht vor mir, die sich Stockwerk um Stockwerk in die Tiefe schraubte, und wie meine Mutter sich mit mir im Arm über das Geländer beugte, um dorthin hinabzuschauen, wo die anderen Verwandten wohnten. Ich glaube, die anderen Frauen meines Vaters wohnten in dem Stockwerk unter uns, aber so genau weiß ich das nicht mehr. Meine Mutter ermahnte mich, ganz still zu sein, nicht zu lachen oder Fragen zu stellen. Ich hielt den Atem an und versuchte zu gehorchen, obwohl der Abgrund unter uns mir solche Angst machte, daß ich am liebsten geschrien hätte. Dann hörten wir unten Stimmen von Dienstboten, und sie lehnte sich zurück. Wir atmeten beide tief auf, und ich klammerte mich an sie, froh, daß wir nicht hinabgestürzt waren.

Immer wenn ich an diese Treppe denke, erinnere ich mich auch an das Zimmer, und dann immer deutlicher an jenen letzten Tag, bevor sie fortging. Vielleicht haben sich aber auch nur all meine Erinnerungen und Phantasien im Lauf der Zeit auf einen Tag verdichtet.

*

Nachdem wir den Treppenschacht hinabgeschaut hatten, kehrten wir in unser Zimmer zurück. Es war noch früh am Morgen, und die anderen Verwandten schliefen wohl noch. Ich weiß nicht, weshalb wir schon auf waren, mochte mir die Frage auch nie stellen. Nach der Farbe des Himmels zu schließen, war es vielleicht noch eine Stunde hin, bis das Dienstmädchen uns das Frühstück brachte.

Meine Mutter spielte mit flachen roten und schwarzen Steinen auf einem Brett. Sie sagte, das sei ein ausländisches Spiel namens *chiu ke,* »Gefängnis und Handschellen«.

Jetzt, wo ich gerade daran denke, komme ich überhaupt erst drauf, daß es ein Dame-Spiel gewesen sein muß. Sie schob die Steine über das Brett und sagte, die verschiedenen Farben seien feindliche Truppen, die versuchten, sich gegenseitig gefangenzunehmen. Doch als sie anfing, mir die Regeln zu erklären, wurde es für meinen kindlichen Verstand zu verwirrend. Das konnte ich natürlich noch nicht in Worten ausdrücken, also quengelte ich stattdessen, ich hätte Hunger.

Das durfte ich bei meiner Mutter, quengeln und fordern. Sie war nie streng mit mir, so wie andere Mütter es sein können. Sie war vielleicht sogar noch nachsichtiger, als ich es mit dir gewesen bin. Kannst du dir das vorstellen? Wenn ich etwas wollte, konnte ich fast sicher sein, es zu bekommen, ohne etwas dafür zurückgeben zu müssen. Siehst du, obwohl ich meine Mutter nur so kurze Zeit kannte, habe ich dies von ihr gelernt, ein ganz ungetrübtes Vertrauen.

Als ich an jenem Tag sagte, ich hätte Hunger, wußte ich schon, daß meine Mutter eine Büchse mit englischen Keksen auf ihrem Schrank aufbewahrte. Sie holte die Büchse gleich herunter. Es waren ihre Lieblingskekse, und meine auch – nicht zu süß, nicht zu weich. Meine Mutter hatte viele Lieblingssachen aus anderen Ländern. Sie mochte nicht nur englische Kekse, sondern auch englische Polstermöbel, italienische Autos, französische Handschuhe und Schuhe, russische Suppe und Liebeslieder, amerikanische Ragtime-Musik und Hamilton-Uhren. Obst mochte sie aus jedem Land. Alles andere aber mußte chinesisch sein, sonst war es »unsinnig«.

Mein Vater besaß einige Tuchfabriken, und einer seiner ausländischen Kunden hatte meiner Mutter mal ein französisches Parfum geschenkt. Sie hatte gelächelt und gesagt, sie fühlte sich geehrt, ein so schönes Geschenk von einem wichtigen, bedeutenden Kunden zu erhalten. Wenn du meine Mutter gekannt hättest, wäre dir sofort aufgefallen, daß sie den Mann nicht leiden konnte, allein schon an der Art, wie sie ihn einen »wichtigen, bedeutenden Kunden« nannte.

Später ließ sie mich an der Flasche riechen. Sie sagte, es stinke nach Urin, und genau das roch ich auch. »Warum zahlen diese Ausländer nur so viel Geld, um sich derartig einzustänkern?« meinte sie. »Warum waschen sie sich statt dessen nicht öfter? Das wäre doch vernünftiger.« Sie goß das Parfum in den Nachttopf und schenkte mir das runde, blaue Kristallflakon. Wenn ich die Flasche vors Fenster hielt und schüttelte, warf sie tanzende Farbtupfen durch das Zimmer.

An jenem Morgen aß ich also meinen englischen Keks, spielte zufrieden mit meiner französischen Flasche und hörte den Morgengeräuschen zu. Meine Mutter hatte mich gelehrt, auf Geräusche zu achten. Sie spitzte immer die Ohren, wenn sie etwas hörte, und brachte mir bei, Geräusche nach ihrer Wichtigkeit einzuschätzen. War es ein wichtiges Geräusch, blieben ihre Ohren gespitzt; war es unwichtig, fuhr sie mit ihrer Beschäftigung fort. Ich tat es ihr gleich.

Zusammen hörten wir die Dienstboten durch den Flur gehen, um die Nachttöpfe abzuholen, die sie jedesmal mit einem leisen Grunzen hochhoben. Wir hörten jemand eine Kiste die Treppe herabschleifen und jemand anderen laut wispern: »Bist du nicht mehr ganz dicht?« Draußen wurde ein Eimer Wasser von hoch oben in den Hof gegossen, so daß es – pwah! – wie aufzischendes heißes Öl klang. Und lange danach hörten wir endlich das »Ting-ting-ting« von hölzernen Stäbchen in Porzellanschalen, das die Dienstboten mit dem Frühstück ankündigte.

Das waren all die üblichen Geräusche, die wir jeden Morgen hörten. Doch heute schien meine Mutter besonders aufmerksam darauf zu achten. Ihre Ohren blieben die ganze Zeit gespitzt, und meine auch. Und ich frage mich heute noch, ob sie das hörte, was sie erwartete, ob sie enttäuscht oder erleichtert war.

Noch ehe ich mein Frühstück beendet hatte, verließ meine Mutter eilig das Zimmer. Sie blieb lange weg, obwohl es vielleicht nur ein paar Minuten waren. Du weißt ja, wie Kinder sind, ob eine Stunde oder eine Minute, das spielt keine Rolle, sie werden ungeduldig. Du warst genauso.

Als ich das Warten nicht mehr aushielt, öffnete ich die Tür und spähte hinaus. Am Flurende sah ich meine Mutter und meinen Vater miteinander streiten.

»Das geht dich nichts an«, sagte mein Vater entschieden. »Halt den Mund, kein Wort mehr davon!«

»Ich habe den Mund schon aufgemacht«, sagte meine Mutter schnell. »Die Worte sind schon heraus.«

Es war nicht das erste Mal, daß ich sie streiten sah. Meine Mutter war nicht wie die anderen Frauen meines Vaters, die sich immer so künstlich freundlich gaben, als wollten sie sich alle gegenseitig ausstechen.

Meine Mutter benahm sich dagegen immer ganz natürlich. Sie konnte sehr sanft sein, aber sie konnte es sich auch nicht verkneifen, ihre ehrliche Meinung zu sagen. Alle hielten das für einen Fehler. Wenn sie wütend war, platzte sie damit heraus, auch wenn es ihr nur noch mehr Ärger einbrachte.

Darum wurde mir gleich angst und bange, als ich meine Mutter und meinen Vater an jenem Morgen streiten sah. Sie schrien sich nicht an, doch ich konnte sehen, wie aufgebracht sie waren. Die Stimme meines Vaters klang so hart, daß ich mich am liebsten hinter der Tür versteckt hätte, und die Stimme meiner Mutter – es ist schwierig, es so zu beschreiben, wie ich es als kleines Mädchen empfand; ich kann nur sagen, daß sie irgendwie zerfetzt klang, wie ein guter Stoff, der schon zu zerrissen ist, um noch mal geflickt zu werden.

Mein Vater wandte sich ab, um die Treppe hinunterzusteigen. Da hörte ich meine Mutter das Wort »Doppelzweite« zischen, und es klang wie ein Fluch. Mein Vater drehte sich nicht um. »Du kannst ja doch nichts daran ändern«, sagte er im Gehen. »Ach, du glaubst, ich kann nichts daran ändern?« rief sie ihm zornig hinterher.

Damals wußte ich nicht, was mit dem Wort »Doppelzweite« gemeint war. Ich wußte nur, daß es ein garstiges Wort war, die schlimmste Beleidigung, die man meiner Mutter zufügen konnte; deshalb brachte sie oft so viele Stunden vor ihrem Spiegel damit zu, die ›Doppelzweite‹ zu beschimpfen, die ihr daraus entgegenblickte.

Schließlich wandte meine Mutter sich um. Sie hatte ein seltsames Lächeln aufgesetzt, das ich noch nie zuvor gesehen hatte. Und dann erblickte sie mich. »Immer noch Hunger«, beklagte ich mich sofort mit weinerlicher Stimme.

»Ich komme schon«, sagte sie sanft. Und gleich darauf kam auch wieder das freundliche Lächeln zum Vorschein, das ich an ihr kannte – obwohl ich mich noch immer fragte: »Warum lächelt sie, wenn sie doch so wütend ist?«

Im Zimmer sagte sie mir dann, ich solle mich schnell anziehen. »Ordentliche Sachen«, sagte sie. »Wir gehen aus.«

»Wer kommt noch mit?«

»Nur wir beide«, sagte sie. Das war höchst ungewöhnlich. Aber ich stellte keine Fragen. Ich freute mich über diese seltene Gelegenheit. Dann brauchte sie noch lange, um sich selbst herzurichten. Ich sah ihr dabei zu. Ich sah meiner Mutter immer gern beim Anziehen zu. Sie zog ein westliches Kleid an, musterte sich im Spiegel und zog es wieder aus. Sie zog ein chinesisches Kleid an, zog es wieder aus, zog ein anderes an und runzelte die Stirn. So ging es noch eine ganze Weile weiter, bis sie schließlich das erste wieder anzog, ein jadegrünes Kleid mit kurzen Ärmeln und einem langen, geraden Faltenrock, der ihr bis an die Knöchel reichte.

Ich wartete darauf, daß sie mich hochhob, damit wir endlich gehen konnten.

Doch statt dessen tätschelte sie mir nur den Kopf. *»Syin ke«,* sagte sie, »du bist doch schon so ein großes Mädchen.« Sie nannte mich immer *syin ke,* was »Herz Leber« bedeutet – klingt nicht sehr appetitlich, aber auf chinesisch ist es ein Kosename. Ich hab' dich auch so genannt, als du klein warst, weißt du das nicht mehr?

»Syin ke«, sagte meine Mutter, »heute will ich dich in wichtige Geheimnisse einweihen. Aber zuerst mußt du lernen, allein zu gehen.« Und noch ehe ich protestieren konnte, ging sie schon zur Tür und rief aufmunternd: »Los, los, auf geht's!« Also stolperte ich hinter ihr her, und kurz darauf saßen wir schon in einer der neuen Fahrradrikschas, die viel schneller als die altmodischen Rikschas durch die Stadt flitzten.

Es war zu Beginn des Sommers, also war es morgens noch kühl, während die Nachmittage schon heiß und schwül wurden. Je weiter wir uns von unserem Haus entfernten, desto mehr Geräusche hörte ich von allen Seiten: die Rufe von fliegenden Händlern, klingelnde Straßenbahnen, hupende Autos, und überall eifriges Hämmern – überall wurden alte Häuser abgerissen und neue aufgebaut. Ich war so froh über all die aufregenden Straßengeräusche, und meine Mutter schien sich auch zu freuen. Sie wirkte ganz verwandelt, lachte und neckte mich, zeigte mit dem Finger auf dies und das und redete laut und unbekümmert, wie eine gewöhnliche Frau.

»*Syin ke,* sieh mal!« Sie deutete auf ein Schaufenster voller Damenhandschuhe aus Kalbsleder. Wir stiegen aus der Rikscha, um die Auslage zu betrachten. »So viele dünne Hände, die in die Luft greifen, um Kunden zu fangen«, sagte meine Mutter. Ich schlängelte mit den Händen durch die Luft, und wir stiegen lachend zurück in die Rikscha.

»Schau, da!« rief ich nach einer Weile. Ich zeigte auf einen Mann, der einen langen Strahl Sojabohnenpaste in einen Topf mit kochendem Wasser spuckte. Ich war stolz, daß ich auch etwas Interessantes für sie gefunden hatte. »Der sieht wie ein Fisch aus«, rief ich, »ein Fisch in einem Brunnen!« Ich stand auf, um ihn besser zu sehen. Die Paste hatte sich im Topf zu Teigschlingen geformt.

»Er benützt seinen Mund wie ein Kochgerät«, erklärte meine Mutter.

An jenem Tag kamen wir an so vielen interessanten Dingen vorbei! Es war, als wollte meine Mutter mir alles genau einprägen. Obwohl mir das vielleicht nur nachträglich so scheint. Vielleicht war das gar nicht ihre Absicht. Und vielleicht haben wir das alles auch gar nicht so gesehen, wie ich es beschreibe, und haben nicht all die Orte besucht, an die ich mich jetzt erinnere. Wie hätten wir auch so viel an einem einzigen Tag unternehmen können? Aber so ist es mir eben im Gedächtnis geblieben.

An jenem Tag fuhren wir überall hin, wo es die besten Sachen der Welt gab. In die Zhejiang Road, wo man, wie sie sagte, die besten Lederschuhe nach französischer Machart kaufen konnte; doch sie kaufte keine. Zum Chenghuang Miao, wo es, wie sie sagte, eine Schönheitscreme aus zerstoßenen Perlen zu kaufen gab. Ich durfte mir etwas davon auf die Wangen reiben, aber auch hier kaufte sie nichts. In die Bubbling Well Road, wo sie mir das beste amerikanische Eis kaufte; doch sie nahm keins, sie sagte, es sei ihr »zu süß, zu klebrig«. Zur Foochow Road, wo man, wie sie sagte, alle Arten von Büchern und Zeitungen kaufen konnte, chinesische und ausländische. Und dort kaufte sie sich endlich etwas, eine Zeitung – doch was für eine, weiß ich nicht, da ich noch nicht lesen konnte.

Und dann fuhren wir zum Little East Gate, wo die besten Fischhändler ihre Stände hatten. Sie sagte, sie wolle mir einen Leckerbissen zeigen, den sie schon seit Jahren nicht mehr gegessen habe. Es sei ein seltener kleiner Fisch, *wahwah-yu* genannt, weil er wie ein Baby schreien und mit den Armen und Beinen strampeln konnte. Und als wir den Fisch dann fanden, schrie er tatsächlich und strampelte genau so, wie sie es mir beschrieben hatte.

»Früher mochte ich diesen Fisch am liebsten«, sagte sie. »Er schmeckt so fein, so köstlich! Selbst die Schuppen sind so zart wie junge Blätter. Aber jetzt tut er mir zu leid zum Essen. Ich habe keinen Appetit mehr drauf.«

Ich gab mir Mühe, mir alles genau zu merken, was sie mir zeigte. Ich weiß noch, wie ich dachte: Das ist wichtig. Paß gut auf. So viele Wünsche, an die ich mich erinnern sollte, so viele Orte, wo ich sie mir erfüllen konnte. Ich dachte, das sei das Geheimnis, in das meine Mutter mich einweihen wollte – daß mein Glück davon abhing, auf jeden Wunsch sofort eine Antwort zu haben.

An jenem Nachmittag gingen wir auch ins Kino. Draußen war es bereits sehr schwül, die Sonne brannte vom Himmel, und mir war heiß. Ich freute mich schon auf den kühlen Saal. Aber natürlich hatte ich mich zu früh gefreut. Das letzte Mal war ich wohl im Winter im Kino gewesen. Diesmal herrschte dort eine Bruthitze, und es war stockfinster. Als wir hereinkamen, lief der Film schon – irgendeine Geschichte über ein kleines blondes Mädchen. Und dazu hämmerte jemand auf dem Klavier herum.

»Ich seh' nichts, ich seh' nichts«, jammerte ich und blieb vor Angst wie angewurzelt stehen.

»Warte noch ein bißchen«, sagte meine Mutter. Und als meine Augen sich an die Dunkelheit gewöhnten, sah ich lange Reihen von Leuten, die alle mit Papierfächern wedelten. Meine Mutter zählte die Reihen ab – »sechs, sieben, acht.« Ich verstand nicht, warum sie das tat, und hörte ihr nur aufmerksam beim Zählen zu, weil ich das selber gerade erst lernte. Dann standen wir endlich an der achten Reihe und schoben uns zur Mitte durch, bis meine Mutter einen leeren Sitz fand. Sie flüsterte jemandem neben ihr etwas zu. Damals dachte ich, sie sagte nur: »Entschuldigen Sie.« Erst viel später kam ich darauf, daß es etwas anderes gewesen sein könnte.

Ich hatte schon viele Filme mit meiner Mutter gesehen, lauter

Stummfilme: Charlie Chaplin, Dick und Doof, Polizisten und Feuerwehrautos, Cowboys, die auf ihren Pferden im Kreis galoppierten. An jenem Nachmittag war es ein Tonfilm über ein Waisenkind, das im Schnee stand und Streichhölzer verkaufte. Das kleine Mädchen zitterte vor Kälte. Eine Frau vor mir weinte und putzte sich die Nase, aber ich fand, das Mädchen sei eher zu beneiden, es an so einem heißen Tag schön kühl zu haben. Das war mein letzter Gedanke, bevor ich in dem dunklen Kino einschlief.

Als ich aufwachte, war das Licht schon an, und meine Mutter redete leise und ernst auf den Mann neben ihr ein. Ich erschrak. Ich fand es sehr waghalsig von ihr, so einfach mit einem Fremden zu reden. Also jammerte ich ein bißchen und zog sie am Ärmel zu mir hin. Der Mann lehnte sich zu mir herüber und lächelte mich an. Er sah recht kultiviert aus. Seine Haut war glatt und hell, nicht wie bei einem gewöhnlichen Arbeiter. Und doch trug er eine schlichte blaue Bauernjacke, die allerdings ganz sauber war. Meine Mutter bedankte sich bei ihm, und dann standen wir auf und gingen.

Auf der Heimfahrt schlief ich wieder ein, so erschöpft war ich von all den Aufregungen des Tages. Zwischendurch schreckte ich nur einmal kurz auf, als der Rikschafahrer laut über einen langsamen Karren vor ihm schimpfte. Ich hatte den Kopf an die Schulter meiner Mutter gelehnt und betrachtete ihr Haar. Es hatte eine ganz andere Schattierung als meines oder das irgendwelcher anderer Frauen; nicht einfach braunschwarz oder schwarzbraun, sondern so tiefschwarz, daß es sich kaum mit Worten bescheiben ließ.

Es war eine Farbe, die man mehr fühlte als sah, so schwarz und schimmernd wie das Wasser in einem tiefen Brunnen. Und durch ihren dicken Haarknoten zogen sich zwei feine silberne Strähnen, wie glitzernde Kräuselwellen, als hätte man kleine Kieselsteine ins Wasser fallen lassen.

Ich erinnere mich nur noch an wenig mehr von ihr. Am Abend war ich sehr müde. Wir aßen ein leichtes Nachtmahl in ihrem Zimmer, und dann zeigte meine Mutter mir ein neues Stickmuster, das sie sich selbst ausgedacht hatte, wie sie sagte. Ich machte es ihr sehr ungeschickt nach, aber sie lobte mich geduldig. Danach half sie mir beim Ausziehen und brachte mir gleichzeitig bei, meine Finger und Zehen abzuzählen. »Wie willst du sonst wissen, ob sie morgens alle noch da sind?« sagte sie. »Sechs, sieben, acht, neun, zehn.«

Siehst du, wie klug und gebildet meine Mutter war? Sie fand immer einen Grund, weshalb ich etwas lernen sollte. Sie hatte mir mal erzählt, daß sie gern Lehrerin geworden wäre, wie die Missionarinnen, bei denen sie zur Schule gegangen war.

Schließlich setzte sie sich an ihren Frisiertisch, und ich sah ihr zu, wie sie sich auszog und den Schmuck ablegte. Sie streifte ihren goldenen Armreifen und ihre Jadeohrringe ab, und als sie im Spiegel sah, wie ich sie betrachtete, drehte sie sich zu mir um und hielt die Ohrringe hoch.

»Die werden eines Tages dir gehören«, sagte sie mit trauriger Stimme. Ich nickte.

»Und das alles hier auch.« Sie klopfte auf ihren Schmuckkasten. Ich nickte wieder.

»Wenn du sie trägst, werden die Leute glauben, daß deine Worte mehr wert sind.« Ich nickte noch einmal.

»Aber du darfst so was nie glauben, niemals«, sagte sie. Ich schüttelte sofort den Kopf.

Sie stieg in das Bett, in dem wir gemeinsam schliefen, und strich mir das Haar aus dem Gesicht. Und während ich zu ihr aufblickte, sang sie mir ein kleines Schlaflied vor – von einer Maus, die das Lampenöl gestohlen hatte. Das habe ich dir auch immer vorgesungen. Doch an jenem Abend schlief ich schon ein, bevor das Lied zu Ende war.

Ich träumte von all den Dingen, die ich an dem Tag gesehen hatte. Von einem Fisch, der weinte und ein Lied über eine kleine Maus sang. Von einem blonden Mädchen, das elegante französische Schuhe anprobierte. Von dem Haar meiner Mutter, das sich unter meinen Fingern in feine Stickerei und Juwelen verwandelte. Von meiner Mutter, die sich an ihrem Frisiertisch kämmte und ihr Spiegelbild anfauchte: »Doppelzweite! Doppelzweite!« Obwohl das letzte vielleicht gar kein Traum mehr war.

Als ich am nächsten Morgen aufwachte, war sie nicht da. Ich dachte, sie sei vielleicht leise aus dem Bett geschlüpft und zum Treppengeländer gegangen, wie am Vortag. Ich öffnete die Tür und schaute hinaus. Doch ich sah nur die Dienstboten mit den

Nachttöpfen. Ich ging zurück ins Zimmer und setzte mich hin, um ihre Rückkehr abzuwarten. Aber dann kamen die Dienstboten schon – »ting! ting! ting!« – mit zwei dampfenden Schalen *syen do jang*. Du weißt schon, die salzige Sojamilchsuppe, die es hier am Wochenende im Fountain Court gibt. Letztes Mal hat Cleo eine ganze Schüssel davon gegessen, ohne zu kleckern.

Doch an jenem Morgen hatte ich keinen Appetit auf *do jang*. »Wo ist meine Mutter?« fragte ich das Dienstmädchen.

Sie antwortete mir nicht und sah sich nur verwundert im Zimmer um. Dann setzte sie die beiden Schalen auf dem Tisch ab.

»Iß schnell auf, bevor es kalt ist«, ermahnte sie mich und ging eilig aus dem Zimmer. Ich ließ meine Suppe kalt werden. Ich wartete und wartete, und schließlich fing ich an, leise vor mich hin zu wimmern. Ich hatte einen Kloß im Hals und wartete auf die Rückkehr meiner Mutter, um ihn endlich herauszulassen, ihr laut entgegenzujammern, wie lange ich hatte warten müssen. Ich nahm mir vor, ihr vorwurfsvoll meine kalte Suppenschale zu zeigen und zum Trost mindestens drei englische Kekse zu fordern. Ich wartete weiter, und schließlich stieß ich meine Schüssel um und verschüttete die ganze Suppe. Ich stieg auf einen Stuhl und angelte mir die Keksdose vom Schrank. Und meine Mutter kam noch immer nicht zurück.

Das Dienstmädchen tauchte wieder auf, um unsere Schüsseln zu holen. Sie schaute auf die verschüttete Suppe. Sie blickte im Zimmer umher. »Was hast du denn da für eine Schweinerei veranstaltet!« schalt sie mich, dann eilte sie hinaus. Kaum war die Tür hinter ihr zugefallen, öffnete ich sie wieder. Ich sah das Dienstmädchen mit der Haushälterin sprechen. Sie liefen hastig die Treppe hinunter, und ich stellte mich ans Geländer, um ihnen nachzublicken. Dann hörte ich unten laute Stimmen, eilige Schritte und Türenschlagen. Ich sah *Nai-nai,* meine Großmutter, langsam die Treppe heraufkommen, während das Dienstmädchen neben ihr auf sie einredete. Nai-nai war keine liebe Oma, die einem den Kopf tätschelt und Komplimente macht. Sie hatte das Sagen über alle anderen Damen des Hauses, und wenn sie mich überhaupt beachtete, dann nur, um etwas an mir auszusetzen. Ich lief schnell in das Zimmer zurück und kauerte mich ängstlich aufs Bett. Daß die Großmutter sich zu mir heraufbequemte, verhieß nichts Gutes.

Kaum standen sie in der Tür, brach ich in lautes Schluchzen aus. »Wo ist deine Mutter?« fragte Nai-nai mich immer wieder. »Wann ist sie weggegangen? Hat jemand sie abgeholt?«

Was konnte ein kleines Mädchen, das nichts wußte, darauf antworten? Ich schüttelte weinend den Kopf: »Sie ist nicht weggegangen! Sie ist doch noch hier!«

Plötzlich kam noch eine Frau ins Zimmer gestürzt. Ich weiß nicht mehr, wer es war, ich hatte nur Augen für das, was sie in der Hand hielt. Es war das Haar meiner Mutter, das wie ein abgeschnittener Pferdeschwanz herunterhing! Ich fing an zu schreien. Natürlich schrie ich da! Es war, als hätte man mir ihren abgeschnittenen Kopf gezeigt.

An den Rest erinnere ich mich nur noch nebelhaft. Ich weiß nur noch, daß alle sehr hektisch waren und sich fortwährend Geheimnisse zutuschelten. Und mein Vater war sehr zornig. Er kam ins Zimmer meiner Mutter und durchsuchte ihre Schubladen, ihren Schrank, ihren Schmuckkasten – doch es fehlte nichts. Dann setzte er sich wortlos hin. Er sah mich an, als sei das alles meine Schuld.

»Wo ist sie hingegangen?« fragte er mich schließlich. Ich versuchte, es ihm recht zu machen, es für ihn zu erraten. Also zählte ich auf: »Zur Zhejiang Road, oder vielleicht ins Chenghuang Miao, oder zum Fischmarkt am Little East Gate, vielleicht auch ins Kino.«

Drei Tage lang blieb ich im Zimmer sitzen und wartete auf meine Mutter. Niemand hatte mir das befohlen, aber es kam auch niemand herauf, um mich zu holen. Das Dienstmädchen, das mir mein Essen brachte, sagte kein Wort, und ich stellte ihr auch keine Fragen. Am vierten Tag ging ich dann von selbst hinunter. Ich habe dir ja schon erzählt, daß meine Mutter mich immer nur getragen hatte. So waren meine Beine immer recht schwach, doch an jenem Tag zitterten sie so, daß ich mich kaum aufrecht halten konnte. Vielleicht aber auch deshalb, weil ich Angst hatte vor dem, was ich zu sehen bekommen würde.

Ich kann dir versichern, es war noch viel schlimmer, als ich befürchtet hatte. Ich sah Trauerbanner an der Eingangstür hängen. Ich brauchte nicht erst zu fragen, um zu begreifen, was das bedeutete. Doch ich wollte es nicht glauben. Also ging ich zu dem Dienstmädchen, das die Wäsche wusch, und fragte sie, wer gestorben sei. »Wie kannst du so was noch fragen!« fuhr das Mädchen mich an. Dann ging ich zur Alten Tante, die an dem Tag gerade angekommen war, und sie sagte: »Kein Wort mehr davon.«

Etwa eine Woche später wurde ich zur Tsungming-Insel geschickt, zu dem jüngeren Bruder meines Vaters und seinen beiden Frauen, Alte Tante und Neue Tante. Die Insel lag an der Mündung des Huangpu, von Shanghai aus in zwei Stunden mit dem Motorboot zu erreichen. Dort stammte die Familie meines Vaters her. Auf der Karte würde man die Insel nur als kleinen Punkt mitten im Wasser sehen, von allem und jedem abgeschnitten, ödeste Provinz.

Jedenfalls war mir schlecht, als ich dort ankam, teils von der Bootsfahrt, teils vor Kummer. Ich weinte bitterlich, mochte die Alte Tante auch noch so schimpfen. »Ich will zu meiner Mutter«, schrie ich, »ich will bei meiner Mutter bleiben! Sag ihr, wo ich bin, dann kommt sie mich holen!«

Darauf zischte Alte Tante mich an: »Sch! Sie ist ja schon da, hier auf der Insel begraben.«

*

Wenn du mich heute fragst, was wirklich mit meiner Mutter geschah, könnte ich's dir nicht genau sagen, sondern nur das, was die anderen mir erzählt haben. Und das war sicher nicht die Wahrheit, nur lauter Klatsch und Tratsch.

Eins wußte ich aber: Was meine Mutter getan hatte, war eine große Schande für die Familie. Darum behaupteten alle, sie sei gestorben, um den Skandal zu begraben. Darum wurde sie in Gegenwart meines Vaters nie mehr erwähnt. Und deshalb wurde ich weggeschickt, um ihn nicht an sie zu erinnern.

Aber heimlich redeten alle über sie – Alte Tante, Neue Tante, der Onkel, deren Freunde –, beim Tee, nach dem Essen, nach dem Mittagsschlaf. Jahrelang war meine Mutter für sie ein Quell witziger und boshafter Geschichten, schrecklicher Geheimnisse und romantischer Legenden. Es war, als holten sie sie immer wieder aus dem Grab, um sie nur noch tiefer hineinzustoßen, um immer mehr Unrat auf ihr anzuhäufen. Kannst du dir vorstellen, was in einem kleinen Mädchen vorgeht, das sich so etwas über die eigene Mutter anhören muß?

Doch das Zuhören konnte ich mir trotzdem nicht verkneifen. Ich brannte darauf, zu erfahren, warum sie mich verlassen hatte, ohne mir etwas zu sagen.

So wurde mir meine Mutter allmählich zum Rätsel, und jede Tratschgeschichte brachte neue Fragen mit sich. Wenn sie tot war, wieso gab es dann keine Beerdigung? Wenn sie noch lebte, wieso kam sie mich dann nicht holen? Wenn sie weggelaufen war, wo konnte sie dann hin sein?

Manchmal versuchte ich, mir aus dem ganzen Tratsch eine plausible Geschichte zusammenzureimen, doch es ging nicht, es ergab nichts als Widersprüche. Also überlegte ich mir lieber, was ich noch von meiner Mutter wußte, die guten Dinge und die schlechten. Ich versuchte, all die Gründe herauszufinden, weshalb ihr Leben so oder so gelaufen war. Und ich glaube, ich weiß jetzt ungefähr, was passiert ist – wie meine Mutter die zweite Frau meines Vaters wurde und warum sie später verschwunden ist.

Meine Mutter war nicht so, wie die Amerikaner sich chinesische Mädchen vorstellen, sie lief nicht zierlich lispelnd auf winzigen, eingebundenen Füßen herum. Sie war ein modernes, fortschrittliches Mädchen, wie viele in Shanghai. Als meine Mutter acht Jahre alt war, trug sie die Füße schon nicht mehr eingebunden, und viele sagten, daß sie deshalb auch so ein Trotzkopf wurde.

Sie stammte aus einer reichen, kultivierten Shanghaier Familie, in der sie das einzige Kind war. Ihr Vater kam ursprünglich aus Ningpo und ihre Mutter aus Soochow, einer Stadt, in der die Frauen für ihre sanften Stimmen berühmt sind; selbst ein Shanghaier würde dir bestätigen, daß der Soochow-Akzent der beste ist. Und die Leute in Ningpo sind so geschäftstüchtig, daß sie sogar noch weiterhandeln, nachdem sie bereits einen guten Preis erzielt haben. Wie du siehst, wurde meine Mutter also schon mit einem zwiespältigen Charakter geboren, in dem die Gegensätze miteinander stritten.

Ich glaube, meine Mutter war eine klassische Schönheit, eine von der Art, über die andere Mädchen in Büchern lesen und vor Neid weinen. Meine Mutter hat mir einmal so eine Geschichte vorgelesen, über ein schönes, aber einsames Mädchen: Eines Tages blickte sie in einen Teich und dachte, sie hätte endlich eine Freundin gefunden, die sie nicht beneidete. Sie wußte nicht, daß sie nur ihr Spiegelbild anlächelte. Am Ende der Geschichte sagte meine Mutter: »So ein Unsinn! Wer würde denn nicht sein eigenes Spiegelbild erkennen!«

Meine Mutter schaute jedenfalls nicht in einen Teich, sondern lieber gleich in den Spiegel, und zwar jeden Abend. Wenn ich ganz ehrlich bin, muß ich zugeben, daß sie wohl ein wenig eitel war.

Natürlich hatte sie auch jeden Grund dazu. Ihre Haut schimmerte wie weiße Jade und war so samtig wie ein Pfirsich. Aber vielleicht verwechselte ich das auch mit den Beschreibungen aus anderen klassischen Geschichten, in denen die Damen immer Stimmen so süß wie Lautenklang und Haut so weiß wie Jade haben und die gelassene Grazie von ruhig dahinziehenden Flüssen. Warum haben wir die Frauen immer so beschrieben und uns vorgegaukelt, wir müßten auch so sein?

Vielleicht war meine Mutter auch gar nicht hübsch, und ich möchte es nur gerne glauben. Aber warum hätte mein Vater sie sonst wohl geheiratet? Er war ein wichtiger Mann. Er hätte alle möglichen Frauen heiraten können – was er auch tat. Zu jener Zeit nahm man sich eine zweite, dritte oder vierte Ehefrau meist nur, um durch ihre Schönheit sein eigenes Prestige zu erhöhen. Also war meine Mutter wohl doch sehr hübsch. Es kann nicht nur an den kitschigen alten Geschichten liegen, daß es mir so vorkommt. Es gab auch einen Grund, weshalb sie hübsch sein *mußte*.

Sie war außerdem auch sehr gescheit, und schlagfertig. Ich hab' dir ja schon erzählt, daß sie gebildet war. Sie ging in die Shanghaier Missionsschule, die erste chinesische Schule, die Mädchen aufnahm. Denn ihr Vater, mein *gung-gung,* war selbst sehr gebildet, ein hoher Verwaltungsbeamter, der mit der Reform der Auslandsbeziehungen beauftragt war. Viele Staatsbeamte schickten ihre Töchter damals zur Ausbildung ins Ausland. Das galt als fortschrittlich – seine Kinder besser auszubilden, um zu beweisen, wie modern man dachte. Aber Gung-gung wollte seine Tochter nicht nach Frankreich, England oder Amerika schicken, so wie andere reiche Väter. All diese Mädchen kamen mit kurzen Haaren und dunklen Gesichtern zurück, vom vielen Tennisspielen in der

Sonne. Wozu seine Tochter ausbilden lassen, wenn sie sich dabei zu ihrem Nachteil veränderte? Also schickte er sie im Jahr 1897 lieber in die neue Missionsschule.

Angeblich soll meine Mutter dort sogar Englisch gelernt haben, obwohl ich sie außer »biscuit« nie ein englisches Wort sagen hörte. Neue Tante, die auch in der Missionsschule war, behauptete, meine Mutter sei keine gute Schülerin gewesen; vielleicht habe ich das von ihr geerbt, genau wie ihr aufmüpfiges Temperament. Sie war nicht zu bändigen, genauso wenig wie ich.

Meine Tante erzählte mir, daß eine alte Nonne beim gemeinsamen Schulgebet mal aus Versehen einen Furz ließ, worauf meine Mutter lachte und laut sagte: »Gott hat das auch gehört!«

»Ich weiß nicht, warum die Nonnen sie so gern mochten«, meinte Neue Tante. »Sie sagten zu ihr: ›Wir beten alle für dich, Kleine, damit du Christin wirst und nach deinem Tod in den Himmel kommst.‹ Und deine Mutter antwortete frech: ›Wenn ich mal tot bin, will ich nicht in einer himmlischen Ausländerkolonie wohnen.‹ Und weißt du, wie die Nonnen reagierten? Sie lachten nur!«

Neue Tante war ja so neidisch. Sie sagte immer: »Ich war nie so ungezogen wie deine Mutter. Warum haben die Nonnen dann nicht auch für mich gebetet?«

Alte Tante dagegen war nicht auf der Missionsschule, sie war überhaupt nicht zur Schule gegangen. In ihrer Familie galten noch die alten Feudaltraditionen: Mädchen sollten die Augen nie zum Lesen, sondern nur zum Nähen gebrauchen, und die Ohren nicht zum Anhören neumodischer Ideen, sondern nur zum Befolgen von Geboten. Mädchen hatten grundsätzlich den Mund zu halten und durften höchstens Zustimmung äußern. Wegen der traditionellen Erziehung lehnte Alte Tante nur noch starrsinniger alles Neue ab.

»Schuld an dem ganzen Debakel war nur ihre Ausbildung«, behauptete Alte Tante immer. »Die haben ihr chinesisches Hirn mit westlichen Gedanken vollgepumpt, bis alles zu gären anfing. Genau wie bei ausländischem Essen – verdorbener Magen, verdorbener Geist. Die fremden Lehrer legen es nur darauf an, die ganze Weltordnung auf den Kopf zu stellen. Konfuzius ist schlecht, Jesus ist gut! Mädchen dürfen Lehrerin werden, Mädchen brauchen nicht zu heiraten. Wozu verbreiten die so was? All diese Verrücktheiten –

die haben deine Mutter schließlich ins Verderben gestürzt.« Und dann pflegte Alte Tante mich mit erhobenem Zeigefinger zu warnen: »Weiwei-ah, hör nicht zu sehr auf deine Lehrer. Du siehst ja, was mit deiner Mutter passiert ist.«

Wenn du mich fragst, lag das aber nicht an ihrer falschen Ausbildung, sondern an ihrem Schicksal. Ihre Ausbildung brachte sie nur dazu, sich gegen ihr Schicksal aufzulehnen – denn wie sehr sie ihr Leben auch änderte, konnte sie doch nichts an der Welt um sie herum verändern.

Onkel meinte immer, all das wäre nicht passiert, wenn sie kein Einzelkind gewesen wäre. So fiel der ganze Durchsetzungswille und Eigensinn, der einem Sohn zugestanden hätte, statt dessen ihr zu. Und das alles wurde dadurch noch schlimmer, daß ihre Eltern sie zu lange im Haus behielten. Sie dachten, sie könnten sich mit der Suche nach einem Ehemann für ihre einzige Tochter noch Zeit lassen, bis sie etwa zweiundzwanzig war.

Doch ehe es soweit war, kamen die Aufständischen und warfen die Manchus hinaus. Das geschah im Jahr 1911, als meine Mutter gerade einundzwanzig geworden war. Aus war es mit der Ching-Dynastie, und aus war es auch mit Gung-gungs Verwaltungsposten.

Ein Dienstbote brachte Gung-gung die schlechte Nachricht, als er beim Mittagessen saß. Er kaute gerade ein Stück gedünstetes Sehnenfleisch. Plötzlich brüllte Gung-gung wie ein wildes Tier und biß sich die Zunge durch. Oder vielleicht biß er sich auch zuerst die Zunge durch und brüllte dann. Jedenfalls fiel er, vom Schlag getroffen, mit dem Stuhl hintenüber. Und zugleich stürzte auch die Familie meiner Mutter ins Bodenlose.

Die Mutter meiner Mutter, meine ha-bu, war nun Witwe und gar nicht mehr so reich. Doch sie hatte es noch immer nicht eilig, ihre Tochter zu verheiraten. Sie wollte sie als Stütze ihres Alters bei sich behalten, wie Konfuzius es vorschrieb. Ich weiß nicht, warum Konfuzius als so gut und weise angesehen war. Er brachte alle dazu, aufeinander herabzusehen, und Frauen galten am wenigsten!

Meine Mutter hatte mit einundzwanzig aber längst ihre eigenen Vorstellungen, und sie war nicht dazu erzogen worden, sich nach Konfuzius zu richten. Vielleicht wollte sie gerne heiraten, vielleicht auch nicht. Wer weiß? Auf jeden Fall wollte sie es selbst entscheiden. Wie Onkel immer sagte: »Es war der Eigensinn, der sie in ihr Unglück rennen ließ.«

Neue Tante war da anderer Ansicht. Das Unglück, meinte sie, sei daher gekommen, daß meine Mutter unbedingt aus Liebe heiraten wollte. Sie hatte einen Studenten von der Fudan-Universität kennengelernt, einen Journalisten. Er war etwas älter, vielleicht neunundzwanzig, hatte also spät mit der Ausbildung begonnen. Meine Mutter war damals schon sechsundzwanzig.

Dieser Student, Lu hieß er, war Marxist – also genau das, was Gung-gung am meisten haßte. Neue Tante behauptete, alles über ihn zu wissen, denn als meine Mutter verschwunden war, hatte Neue Tante ihre Sachen durchsucht und einen Zeitungsausschnitt gefunden, in dem von einem Studenten namens Lu die Rede war. Das müsse der Student gewesen sein, den sie liebte, meinte Neue Tante. Warum hätte meine Mutter den Artikel sonst aufgehoben?

Es sei ein schlechter Artikel gewesen, sagte sie, eine schwülstige Heldensaga, mehr Pathos als Tatsachen – jedenfalls aber eine sehr romantische Geschichte aus den frühen Tagen der Revolution.

Lu stammte aus Shandong, dem Ort im Norden von Shanghai, wo die besten Meeresfrüchte herkommen. Als Fischersohn gab es für ihn höchstens die Löcher in den Netzen seines Vaters zu erben, die er jeden Tag flicken mußte. Er hatte keine Schulbildung, kein Geld, keine Möglichkeit, sein Leben zu ändern. So ging es natürlich den meisten Leuten, außer den Gebildeten, den Ausländern und den Gaunern. Doch eines Tages sprach ein guter Marxist ihn an und zeigte ihm ein Blatt Papier.

»Kannst du mir das mal vorlesen?« fragte der Mann. Und Lu sagte: »Tut mir leid, ich bin als Dummkopf zur Welt gekommen.«

Da antwortete der Mann: »Und wenn ich dir jetzt sagen würde, Genosse, daß ich dir in zehn Tagen beibringen kann, das hier und alles, was du nur willst, zu lesen? Komm zu unserer Versammlung und überzeuge dich selbst.« Dieser gute Mann erzählte Lu von einer neuen Methode, mit der man den Arbeitern und Bauern beibrachte, wie sie sich aus ihrer Knechtschaft befreien konnten. Sie hieß »Tausend Schriftzeichen in zehn Tagen«.

Auf der Versammlung erklärten die Marxisten, daß jeder, der fleißig genug sei, pro Tag hundert Schriftzeichen lesen und schreiben lernen könnte. Und im Handumdrehen würde er gebildet genug sein, um Zeitung zu lesen, Briefe zu schreiben, ein Geschäft zu führen und sich aus dem armseligen Leben zu befreien, das ihm beschieden war!

Als sie Lu aufforderten, der Partei beizutreten, sagte er: »Das einzige, was ich habe, ist harte Arbeit und wenig Glück.«

Also arbeitete Lu mit großem Eifer daran, sein Schicksal zu ändern. Doch er gab sich nicht mit tausend Schriftzeichen zufrieden. Er lernte so fleißig, daß er bald zweitausend, viertausend, ja schließlich zehntausend Schriftzeichen beherrschte. Er lernte so viel, daß er sogar die Aufnahmeprüfung zum Studium an der Fudan-Universität bestand. Und weil er so dankbar war, daß er die Chance bekommen hatte, sein Leben zu ändern, nahm er sich vor, eines Tages über das harte Los der Arbeiter und Bauern zu schreiben, ihr Sprachrohr zu werden, ihre Geschichte zu erzählen und ihnen zu zeigen, wie sie ihr Schicksal ändern können – durch revolutionäre Ideen!

Jetzt siehst du also, warum Neue Tante meinte, meine Mutter sei wegen einer Romanze in ihr Unglück gerannt. Sie konnte ja gar nicht anders, als sich in einen solchen Mann zu verlieben!

Sicher sah dieser fabelhafte Lu auch noch gut aus. Vielleicht hatte er die gleichen Merkmale, die sie an sich selbst so bewunderte: große Augen, einen hellen Teint, das Gesicht weder zu breit noch zu schmal, einen kleinen Mund, tiefschwarze Haare. Jedenfalls war er auch sonst sehr modern eingestellt, denn er wollte sie auf der Stelle heiraten, ohne die Erlaubnis ihrer Eltern abzuwarten oder gar eine Heiratsvermittlerin vorzuschicken. Meine Mutter muß das sehr aufregend gefunden haben – eine revolutionäre Hochzeit! Sie sagte sofort ja, und dann ging sie heim zu ihrer Mutter, um ihr die Neuigkeit mitzuteilen.

Ha-bu schrie sie an: »Wie kannst du so was überhaupt denken! Wie kannst du mit so einem Kerl überhaupt reden! So was konnte auch nur passieren, weil unser Kaiser nicht mehr da ist.«

Meine Mutter drohte, sie würde Gold schlucken, wenn sie Lu

nicht heiraten dürfe. Noch am selben Nachmittag schmolz sie ein halbes Goldarmband ein, um ihrer Mutter zu zeigen, wie ernst es ihr mit der Drohung war. »Ein halbes Goldarmband!« wiederholte Neue Tante immer, wenn sie das erzählte. »So einen eisernen Willen hatte sie!«

Natürlich hat meine Mutter ihr Armband nicht geschluckt, sonst wäre sie ja gestorben. Sie tat nur so, indem sie sich ein wenig Gold auf die Lippe tupfte und reglos auf ihrem Bett liegenblieb. Inzwischen kniete Ha-bu vor dem Familienaltar und betete vor dem Schrein ihres toten Mannes. Sie bat ihn um Verzeihung, weil sie ihre Tochter so schlecht beaufsichtigt hatte. Und mitten im Gebet hörte sie ihren toten Ehemann sagen: »Geh zu meinem alten Freund Jiang Sao-yen.«

Also ging Ha-bu dorthin und erzählte Jiang von meiner Mutter, wie störrisch sie geworden war, wie sie gedroht hatte, sich umzubringen – aus Liebe zu einem Revolutionär! Dann bat sie Gunggungs alten Freund um Rat.

An jenem Nachmittag schlossen Ha-bu und Jiang Sao-yen einen Vertrag, in dem Jiang sich bereit erklärte, die mißratene Tochter seines alten verstorbenen Freundes zu seiner zweiten Frau zu machen.

Jedesmal wenn ich an diesen Teil der Geschichte denke, frage ich mich: Warum hat Ha-bu da nicht protestiert? Warum sagte sie nicht zu Jiang: »Was, nur zweite Frau soll sie werden? Wieso nicht die erste?« Immerhin war die erste ja schon tot.

Aber vielleicht war Ha-bu nur erleichtert, ihr Problem gelöst zu sehen, und willigte daher in alles ein. Und so erhielt Jiang ein bildschönes Mädchen als zweite Ehefrau, nicht irgendeinen Bauerntrampel, sondern eine gebildete junge Dame aus guter Familie.

Als meine Mutter am nächsten Tag den Vertrag zu sehen bekam, lief sie sofort zu Lu und fragte ihn, was sie tun solle. Vielleicht küßten sie sich auch. Vielleicht lagen sie sich weinend in den Armen. Ich glaube immer noch, daß meine Mutter sehr romantisch war.

Und Lu sagte: »Du mußt Widerstand leisten. Nur so kann man die alten Ehetraditionen abschaffen.« Und dann erzählte er ihr von einer Genossin, die genau das getan hatte.

Es war eine junge, schöne Bauerntochter, die einen alten Mann heiraten sollte, den sie noch nicht einmal kannte. Sie sagte zu ihren Eltern: »Ich will mir meinen Ehemann selbst aussuchen oder lieber gar nicht heiraten.« Ihr Vater war so zornig, daß er das Mädchen im Schweinestall einsperrte. Jeden Tag rief sie von neuem, daß sie den alten Mann nicht heiraten wollte. Sie wehrte sich bis zu ihrem Hochzeitstag. Als sie aus dem Schweinestall hervorkam, war sie ganz still, und auch sehr schmutzig, wie du dir denken kannst.

Ihre Mutter und ihre Tanten schrubbten sie ab, putzten sie fein heraus und setzten sie in eine abgeschlossene Hochzeitssänfte. Sechs gemietete Träger trugen sie den weiten Weg bis ins Nachbardorf, wo der alte Mann wohnte. Als sie dort ankamen, war die Feier schon in vollem Gange – die Musik spielte, die Gäste lachten und brüllten Glückwünsche, und dann öffneten sie die Sänftentür, um die Braut willkommen zu heißen. Willkommen! Willkommen!

Ai! – Sie war tot. Sie hatte sich mit ihrem eigenen Zopf an den Holzleisten des Sänftendachs erhängt.

»Siehst du«, sagte Lu zu meiner Mutter, »so mußt du auch Widerstand leisten – nicht nur aus Liebe zu mir, sondern auch zu deinem Vaterland.«

Aber meine arme Mutter konnte nur noch an das Mädchen denken, das sich an den eigenen Haaren erhängt hatte. Sie dachte, das habe Lu gemeint, als er sagte: »Du mußt Widerstand leisten.« Sie ging nach Hause und fragte sich, ob sie die Kraft haben würde, dem Schicksal zu trotzen, oder den Mut, aus Liebe zu sterben. Zwei Tage später wurde sie Jiangs zweite Frau.

Ja, sie heiratete ihn tatsächlich, diesen Jiang, meinen Vater, deinen Großvater, der schon ein alter Mann war, bevor ich geboren wurde.

Schlimmer noch, als meine Mutter in sein Haus kam, mußte sie feststellen, daß es schon eine dritte, vierte, ja sogar fünfte Frau gab. Die Dienstboten erzählten ihr, daß die erste Frau an Tuberkulose gestorben war und daß die zweite sich umgebracht hatte, als Jiang sie nicht an den Platz der ersten aufrücken ließ. Und jetzt sagten alle, meine Mutter sei gekommen, um an ihrer Stelle diesen Unglücksplatz einzunehmen – als Ersatz für die tote zweite Frau.

So wurde meine Mutter zur Doppelzweiten. Und obgleich die anderen Frauen ihren Unglücksplatz gar nicht haben wollten, beneideten sie sie doch um ihren höheren Rang und versuchten, es ihr mit Verachtung heimzuzahlen. »Hnh! Du bist ja gar nicht wirklich die zweite Frau«, sagten sie zu ihr, »bloß die Doppelzweite, nur die Hälfte wert.«

Manchmal glaube ich, daß meine Mutter letztlich von diesen anderen Frauen aus dem Haus geekelt wurde. Sie hänselten sie, wo sie nur konnten, beschwerten sich über ihre Sonderwünsche, machten sich über ihre geliebten französischen Schuhe lustig, verspotteten sie, weil sie Zeitungen las, denn die anderen drei Frauen waren ungebildet. Sie beneideten sie um ihre tiefschwarzen Haare und behaupteten immer, mein Vater habe sie nur deswegen geheiratet.

Vielleicht hat sie sich auch deshalb das Haar abgeschnitten. Sie hinterließ es den anderen Frauen, damit sie sich darüber streiten konnten.

Doch im Grunde war meine Mutter ja willensstark genug, um den anderen Frauen die Stirn zu bieten. Es war auch gar nichts Besonderes, in allen Familien zankten die verschiedenen Ehefrauen sich dauernd über Kleinigkeiten und nörgelten aneinander herum. Und ich kannte die drei Frauen ja, San Ma, Sz Ma und Wu Ma – so nannte ich sie, Dritte Mutter, Vierte Mutter und Fünfte Mutter. So schlimm waren sie gar nicht. San Ma hatte zum Beispiel die typische Shanghaier Angewohnheit, ständig alles und jeden zu kritisieren, so daß man überhaupt nicht mehr wußte, was sie nun eigentlich mochte oder ablehnte.

Also ist meine Mutter vielleicht doch nur weggelaufen, um zu Lu zurückzukehren. Schließlich liebte sie ihn ja von Anfang an. Und der Mann im Kino, an dem Tag, bevor sie verschwand? Das war doch sicher Lu. Da hatten sie bestimmt einen Treffpunkt verabredet und besprochen, wann und wie sie am besten weglaufen sollte. Ja, so muß es gewesen sein.

Vielleicht hatte sie sich auch die revolutionären Gedanken angeeignet. Darum hatte sie mich noch in die Stadt mitgenommen, um mir all die imperialistischen Übel in Shanghai zu zeigen, um mir beizubringen, was sie von Lu gelernt hatte – welche Sachen zu süß, zu selten, zu traurig waren. Und darum hatte sie sich auch das Haar abgeschnitten, um zu zeigen, daß sie endlich frei war, wie das Mädchen, das sich in der Sänfte erhängt hatte.

Doch dann sage ich mir wieder – wenn sie mit Lu verschwunden wäre, dann hätte sie ja weitergelebt und mich irgendwann zu sich geholt. Ich war doch ihr *syin ke!* Sie hätte versucht, mich in der Schule zu besuchen, derselben Schule, in die auch sie gegangen war. Sie wäre heimlich mit einem Boot zu der Insel gefahren und wäre dann ganz plötzlich hinter einem Busch aufgetaucht, um mir zu sagen: »Ich bin dich abholen gekommen. Und hier ist mein neuer Mann.«

Also muß sie wohl doch weggelaufen sein, weil sie zu traurig war, um in dieser Welt zu bleiben. Vielleicht hatte sie erfahren, daß Lu gestorben war, hatte es in der Zeitung gelesen, die sie in der Foochow Road kaufte. Vielleicht hatte sie die Zeitung auch früher gekauft, als ich es in Erinnerung habe. Und da las sie dann, daß er erschossen worden war, getötet, während er den Bauern das Lesen beibrachte. Viele Revolutionäre kamen so um. Und ihre plötzliche Trauer erinnerte sie an ihre frühere Liebe. Als ich in dem dunklen Kino eingeschlafen war, dachte sie daran zurück und weinte über das, was sie verloren hatte. Als wir vor dem *wah-wah yu* standen, wurde sie von Schuldgefühlen übermannt, weil sie ihrem Appetit auf diesen Fisch ebensowenig widerstanden hatte wie ihrer erzwungenen Ehe. Als ich auf dem Heimweg in der Rikscha schlief, schämte sie sich, daß sie sich diesen imperialistischen Lebensstil angewöhnt hatte – all das, was Lu verabscheute und bekämpfte. Und als sie in jener Nacht ihr Spiegelbild anstarrte, haßte sie sich selbst und beschloß, sich sofort von allem Ballast zu trennen.

So schnitt sie sich die Haare ab, ein sicheres Zeichen, daß sie nie mehr zurückkehren konnte. Sie ging in den revolutionären Untergrund, und ihre Anführer befahlen ihr, alle Brücken zu ihrer Vergangenheit abzubrechen. Sie gehorchte ohne Widerrede – deshalb kam sie auch nicht zurück, um mich zu holen.

Doch dann sage ich mir: Es sah meiner Mutter aber gar nicht ähnlich, ohne Widerrede zu gehorchen. Sie folgte nur ihrem eigenen Kopf. Vielleicht folgte sie ihrem eigenen Kopf, bis sie verlorenging. Sie lief wie von Sinnen aus der Tür, ohne zu wissen, wo sie hinwollte.

Manchmal glaube ich auch, meine Mutter habe ihre Haare abgeschnitten, um Nonne zu werden. Die Nonnen an ihrer Schule waren schuld, die gebetet hatten, sie möge dem Willen Gottes folgen. Und das ist dann auch passiert. Danach hatte sie keinen eigenen Willen mehr.

Vielleicht war aber auch die tote zweite Frau schuld, die so eifersüchtig auf meine Mutter war, daß sie als Geist zurückkam und sie holte.

Und manchmal glaube ich sogar das, was alle behaupteten. Sie wurde plötzlich krank, starb noch in derselben Nacht und liegt nun auf der Tsungming-Insel begraben.

*

Inzwischen weiß ich nicht mehr, welche von den Geschichten die wahre ist – weshalb sie wirklich fortging. Sie sind alle gleich, alle wahr, alle falsch. In jeder von ihnen steckt so viel Schmerz. Ich habe versucht, mir zu sagen: Das alles ist doch längst vorbei, da ist nichts mehr zu machen, vergiß es einfach.

Aber so kann ich nicht denken. Wie kann ich die Haarfarbe meiner Mutter vergessen? Warum sollte ich aufhören zu hoffen, sie einmal wiederzusehen?

Natürlich weiß ich genau, daß sie nie wiederkommen wird. Und trotzdem erinnere ich mich immer weiter, immer wieder, mein ganzes Leben lang. Und zwar so:

In meinem Herzen ist eine kleine Kammer, und in der Kammer sitzt ein kleines Mädchen, immer noch sechs Jahre alt. Sie wartet die ganze Zeit und hofft und hofft, auch wenn es noch so unsinnig ist. Aber sie ist sicher, daß die Tür bald, ganz bald aufspringen wird. Und plötzlich ist es soweit, ihre Mutter kommt hereingelaufen. Auf einmal ist der ganze Schmerz vergessen, weil ihre Mutter sie hoch in die Luft hebt und lacht und weint, weint und lacht: »*Syin ke, syin ke!* Da bist du ja!«

Peanuts Schicksal

Du siehst, ich hatte also keine Mutter, die mir raten konnte, wen ich heiraten sollte und wen nicht. Nicht so wie du. Obwohl selbst eine Mutter ihrer Tochter nicht immer helfen kann, so sehr sie sich auch bemüht.

Erinnerst du dich noch an den Jungen, den du früher so angehimmelt hast? Wie hieß er doch gleich? Ach ja, Randy. Weißt du nicht mehr? Er war der erste Junge, der sich für dich interessiert hat. Du hast ihn mal zum Essen mit nach Hause gebracht.

Ich habe damals beobachtet, wie du jedesmal gelächelt hast, wenn er was sagte, und wie er kaum zuhörte, wenn du was sagtest. »Hier, bedien dich«, hast du gesagt. Und er hat nicht gesagt: »Nein, nimm du dir zuerst«, sondern: »Habt ihr'n Bier da?« Und du warst so verlegen! »Tut mir leid«, hast du gesagt, »tut mir echt leid.«

Später habe ich dich dann gewarnt: »Sei vorsichtig, nimm dich in acht!« Und du hast gesagt: »Was soll das, was meinst du damit?« Ich sagte: »Dieser Kerl denkt zuerst an sich, du kommst bloß an zweiter Stelle, und später vielleicht an dritter oder vierter, und schließlich an gar keiner mehr.« Aber du wolltest mir nicht glauben. Also sagte ich noch: »Wenn du ihm jetzt schon ständig sagst, daß es dir leid tut, wird es dir später erst recht leid tun.«

Und weißt du, was du da geantwortet hast? »Ma, warum bist du nur immer so negativ?« Aber ich war gar nicht negativ! Ich habe nur versucht, meine Tochter vor einer Dummheit zu bewahren.

Später hast du seinen Namen nie mehr erwähnt. Aber ich wußte ja, wie es in dir aussah, wie verzweifelt du warst, auch wenn du es vor mir verbergen wolltest. Ich sagte nichts. Du sagtest nichts.

Ich wollte dir nicht sagen: »Ich hab's ja kommen sehen.« Aber du hast mir so leid getan. Ich weiß ja, wie es ist, ein gutes, unschuldiges Herz zu haben. Als ich jung war, ging es mir genauso. Ich war nicht fähig, mir bei einem Menschen wie Wen Fu zu sagen: Dieser Mann führt nichts Gutes im Schilde. Dieser Mann wird mir die Unschuld rauben. Dieser Mann wird mich so weit bringen, daß ich meiner Tochter später immer wieder sagen werde: »Sei vorsichtig, nimm dich in acht.«

*

Als ich Wen Fu kennenlernte, war er schon in meine Kusine Huasheng verliebt. Sie war die Tochter der Neuen Tante, und wir nannten sie *huasheng,* »Peanut«, weil sie so klein und rundlich wie eine Erdnuß war. Du siehst, eigentlich hätte *sie* ihn heiraten sollen. Und jetzt will ich dir erzählen, wieso es dann ganz anders kam.

Seit fast zwölf Jahren wohnte ich bei meinen Verwandten auf der Tsungming-Insel. In all den Jahren hatte ich meinen Vater nie wiedergesehen, selbst als ich nach Shanghai aufs Internat geschickt wurde. Und jedesmal wenn ich ins Haus meines Onkels zurückkehrte, mußte ich mich wie ein Gast benehmen. Nie durfte ich um etwas bitten; ich mußte immer warten, bis irgendwem von selbst auffiel, was ich brauchte.

Brauchte ich zum Beispiel dringend ein neues Paar Schuhe, so wartete ich, bis Besuch kam. Dann saßen wir alle im Wohnzimmer und tranken Tee, und Alte Tante und Neue Tante machten höflich Konversation. Ich saß still dabei und wippte wie unabsichtlich mit dem Fuß – was Alte Tante nicht leiden konnte – und wartete, daß sie vor Verlegenheit rot anlaufen würde, wenn die ganze Familie und die Gäste das Loch in meinem Schuh zu sehen bekamen, aus dem mein großer Zeh hervorlugte.

Ich hatte nie das Gefühl, zu dieser Familie zu gehören, und doch war es die einzige Familie, die ich hatte. Sie waren nicht wirklich gemein zu mir, aber sie ließen mich spüren, daß sie nicht soviel für mich übrig hatten wie für Peanut und meine Vettern. Beim Abendessen sagten Alte Tante oder Neue Tante oft zu Peanut: »Schau mal, dein Leibgericht«, und zu den kleinen Jungen: »Ihr müßt tüchtig essen, damit der Wind euch nicht fortbläst.« Zu mir sagten sie so was nie. An mir nörgelten sie nur herum, meinten, ich würde zu hastig essen oder zu langsam. Es gab auch noch andere Unterschiede. Wenn Peanut und ich aus dem Internat heimkamen, hatte der Onkel für Peanut immer ein Geschenk bereit – kandierte Pflaumen, Geld, eine Pfauenfeder. Mir gab er nur einen flüchtigen Klaps auf den Kopf: »Weiwei, da bist du ja wieder.« Das war alles. Der Bruder meines eigenen Vaters – mehr fiel ihm zu mir nicht ein.

Natürlich war ich verletzt. Ich bin noch immer verletzt, wenn ich heute daran zurückdenke. Aber wie hätte ich mich wehren sollen? Ich hatte dankbar zu sein. Sie hatten mich immerhin bei sich aufgenommen, nachdem meine Mutter Schande über die Familie gebracht hatte. Aus ihrer Sicht waren sie gut zu mir. Sie verletzten mich nicht mit Absicht, aber das war ja gerade das Schlimme – sie beachteten mich einfach nicht. Sie dachten nicht daran, daß ich keine Mutter mehr hatte, die mir hätte sagen können, was ich wirklich empfand, was ich wirklich wollte, die mich bei meinen Wünschen hätte beraten können. In dieser Familie lernte ich nur, nichts zu erwarten und alles zu vermissen.

Doch das änderte sich eines Tages, in meinem achtzehnten Lebensjahr. Es war kurz vor dem großen Neujahrsfest, an dem alle ein Jahr älter werden, also vielleicht im Jahr 1937 nach westlicher Zeitrechnung – jedenfalls noch vor dem Krieg.

Das Neujahrsfest war immer der Moment, in dem neues Glück winkte. Wir hatten allerdings keinen Küchengott wie Tante Du, so altmodisch waren wir nun auch wieder nicht – vielleicht hatten die Dienstboten einen aufgestellt, aber das weiß ich nicht mehr. Doch wir hatten viele andere Glücksbringer, und an jenem Tag träumte auch ich von einem besseren Leben, ohne recht zu wissen, wie das aussehen sollte. Ich träumte nicht davon, eine Million Dollar zu gewinnen, wie man das hier beim Lottospielen tut. Ich hatte nur eine vage Hoffnung, daß sich im neuen Jahr etwas ändern würde. Vielleicht wünschte ich mir bloß, etwas weniger einsam zu sein. Siehst du, vielleicht traf ich deshalb dann Wen Fu.

Unsere Neujahrsfeier war nicht so wie hier in Amerika – bunte Paraden und Feuerwerk und gute Laune. Nein, bei uns war es eher eine besinnliche Angelegenheit. Wenn das neue Jahr begann, durfte kein Stäubchen mehr vom alten Jahr übrig sein. Alle Schulden mußten bis auf den letzten Groschen bezahlt sein. Und drei Tage lang durfte kein böses Wort mehr fallen. Darum mochte ich die Neujahrstage so gern, weil Alte Tante mich dann nicht mehr schelten konnte. Aber kurz vorher – da hättest du sie mal hören sollen!

Noch ehe die Sonne an jenem letzten kalten Morgen vor dem Neujahrsfest aufging, konnten Peanut und ich ihre Mutter schon die Dienstboten herumkommandieren hören: »Putzt dies, putzt das, doch nicht so, ihr Dummköpfe, so!«

Peanut und ich schliefen im selben Bett, aber natürlich hatten wir jede unsere eigene Steppdecke. Keine Laken und Decken wie hier, die flach aufliegen, sondern mollig warme Rollen, wie dicke Kokons. An dem Morgen zog Peanut sich gerade noch mal die Decke über die Ohren, als wir Neue Tante schon rufen hörten: »Peanut, du faules Stück, wo bist du?«

Siehst du, wie sie nur Peanut rief und nicht mich? Nicht etwa aus lauter Rücksicht, damit ich noch weiterschlafen konnte. Sie wollte, daß ihre Tochter aufstand und lernte, wie man Ordnung ins Haus brachte, um später mal eine gute Ehefrau zu werden. Neue Tante hielt es nicht für nötig, daß ich das ebenfalls lernte. Aber ich hielt die Augen offen und lernte es trotzdem, ohne daß jemand es mir beibrachte.

Ich sah, wie man die Baumwollfüllung der Decken herausziehen und ausklopfen mußte. Ich sah, wie die Tischbeine mit Öl poliert werden mußten, bis das Holz einen warmen Schimmer annahm, ohne fettig zu glänzen. Ich sah, wie alle Schränke und Kommoden von den Wänden abgerückt werden mußten, damit man dahinter den Staub, die Spinnweben und den Mäusedreck wegfegen konnte. Und ich hörte, wie man mit Dienstboten umspringen muß, wenn Neue Tante schimpfte: »Das soll sauber sein? Das starrt ja noch vor Dreck!«

Später beobachtete ich Alte Tante in der Küche, wie sie die Köchin anwies, noch mehr Fleisch und Gemüse zu hacken. Und dann überprüfte sie sämtliche Vorräte. Sie hob die Deckel von den Töpfen mit Erdnußöl, Sojasoße und Essig und schnupperte an jedem Gefäß. Sie zählte die Fische in dem Holzzuber und die Hühner und Enten im Hof. Sie stach in die klebrigen Reiskuchen mit Dattelfüllung, um zu sehen, ob sie gar waren. Sie schalt das eine Küchenmädchen, weil zu viele Fettaugen auf der Hühnerbrühe schwammen, und das andere, weil sie die Tintenfischstreifen falsch abschnitt: »Du dummes Ding! Die Streifen müssen sich im Topf doch zu Glücksbällchen zusammenrollen! So wie du sie schneidest, werden sie nur wie alte Tuchfetzen aussehen. Das bringt Unglück!«

Ich merkte mir all diese Lektionen für die Zukunft. Später hab' ich auch versucht, sie dir beizubringen, aber du wolltest ja nichts davon hören. Du hast immer gesagt: »Das ist mir zu langweilig. Zuviel Aufwand. Da esse ich lieber Hamburger.« Doch, das hast du gesagt! Siehst du, wie eifrig ich dagegen alles lernen wollte? Als ich jung war, wußte ich schon, daß alles gut aussehen, gut schmekken und gut gemeint sein muß. Auf die Weise hält es länger und befriedigt nicht nur den Appetit, sondern bleibt einem auch noch lange in Erinnerung.

Was sonst noch an dem Tag passierte? Ach ja, ich weiß noch, jeder mußte eine Aufgabe übernehmen, nicht nur die Dienstboten. Ich mußte die Flickarbeiten fertigmachen – eine ganze Woche saß ich schon dran, um alles Schadhafte zu reparieren, was Unglück bringen konnte –, aufgegangene Säume, kleine Löcher, fehlende Haken oder Knöpfe. An jenem Morgen hatte ich es sehr eilig, damit fertigzuwerden, damit Peanut und ich zum Markt gehen konnten.

Am Vorabend hatte Neue Tante uns Geld für die Neujahrsgeschenke gegeben, die es auf dem Markt an Extraständen zu kaufen gab. Obwohl ich ein Jahr älter war als Peanut, zählte Neue Tante nur ihrer Tochter das Geld in die Hand. Natürlich sollte sie es dann mit mir teilen, das brauchte Neue Tante ihr gar nicht erst zu sagen. Aber ich wußte, was geschehen würde, Peanut würde das Geld ganz schnell für ihre eigenen Wünsche ausgeben und es fest umklammern, bis ich sie schließlich verlegen an meinen Anteil erinnern mußte.

»Macht eure Arbeit schnell fertig, dann dürft ihr gehen«, hatte Neue Tante gesagt. »Aber geht sparsam damit um!« Das hieß, wir sollten die Preise herunterhandeln. »Und paßt auf, daß eure Brüder sich nicht mit Süßigkeiten vollstopfen!« Das hieß, wir sollten die kleinen Nervensägen Gong und Gao mitnehmen, die zehn und elf waren.

Ich trug meinen Flickkorb nach draußen, um mich auf die Bank vor dem Haus zu setzen und beim Nähen und Stopfen weiter von meinen geheimen Wünschen zu träumen. Doch Lao Gu, der Hausverwalter, hatte sich schon auf den Rasen postiert, wo er den bestellten Arbeitern zeigte, was zu tun war. Er deutete auf den dunklen Bambuszaun, der unser Haus wie die Verschalung eines Fischkutters umgab. Einer der Arbeiter schüttelte den Kopf. Er steckte die Hand durch das große Loch, das Klein-Gong vor zwei Wochen mit seinem neuen Fahrrad in den Zaun gerissen hatte.

Und dann zeigte Lao Gu noch auf verschiedene Ecken des Hauses und sagte: »Im Alten Osten muß das da repariert werden, im Neuen Westen jenes dort.« Damit meinte er die beiden verschiedenen Hälften des Hauses.

Alter Osten war der Wohntrakt, wo geschlafen und gekocht wurde, wo die Babys zur Welt kamen und die Alten starben. Es war ein großes chinesisches Haus, nur ein Stockwerk hoch, dessen Fenster und Türen alle auf einen quadratischen Innenhof hinausgingen. Die wichtigsten Räume lagen nach Osten: die Küche am einen Ende, Onkels Zimmer und das Wohnzimmer am anderen.

Neuer Westen war später angebaut worden, etwa fünfzig Jahre zuvor, als unsere Familie durch ausländisches Geld zu Wohlstand gekommen war, im Handel mit Seidengarn zur Herstellung von Samt, Vorhängen und Teppichen. Wie der Name schon sagt, lag der neue Flügel an der Westseite, zwei Stockwerke hoch, mit drei Schornsteinen auf dem Dach. Er war im Stil eines vornehmen englischen Landhauses erbaut, wie Alte Tante mir einmal erklärte. Doch im Lauf der Jahre wurden noch so viel Erweiterungen angefügt, daß die ursprüngliche Fassade gar nicht mehr zu erkennen war. Inzwischen wirkte der Neue Westen wie die Rückseite eines alten Bauernhauses.

Dahin verzog ich mich mit meinem Flickkorb und stieg die Holzstufen zur Veranda hoch, um dort ungestört zu arbeiten. Onkel hatte die Veranda in dem Jahr angebaut, als die Familie auf die Insel zog, und im nächsten Sommer hatte Alte Tante den Anbau ringsum mit Fliegengitter umspannt, um die Insekten abzuhalten. Ein paar zwängten sich allerdings immer wieder durch, die sie dann prompt mit ihrer Schuhsohle erschlug. Hier und da klebten noch die Überreste von Stechmücken und Libellen am Gitter, und die geknickten Flügel flatterten wie zerrissenes Reispapier im Wind. Alles war verrostet, die Verandatür quietschte unablässig in den Angeln – yii-yii! – yii-yii! –, und ich fühlte mich wie in einem Grillenkäfig eingesperrt. Kein guter Ort, um von meiner Zukunft zu träumen.

Also verließ ich die Veranda wieder und zog mich schließlich ins Gewächshaus zurück, wo ich mich als Kind oft versteckt hatte. Doch zuerst wischte ich noch ganz vorsichtig ein Guckloch in die schmutzige Glaswand. Ja, es war leer, wie schon seit vielen Jahren.

Das Gewächshaus hatte der Onkel an der Südseite des Westflügels errichten lassen, da, wo am meisten Sonne hinschien. Es sah aus wie eine achtlos herausgezogene Schublade. Onkel prahlte immer gern damit, daß englische Gentlemen so etwas als »Hobby« pflegten, um darin Rosen, Orchideen oder andere Luxusgewächse zu züchten, jedenfalls lauter Sachen ohne bleibenden Wert. Er nannte es auch immer sein »Hobby«, ganz wie die Engländer, denn für etwas, das nur der Zeit- und Geldverschwendung diente, gab es kein chinesisches Wort. Ich weiß nicht, warum alles Ausländische ihm so imponierte, ihm so viel besser vorkam als alles Chinesische. Jedes Jahr bildete er sich ein neues Hobby ein. Alte Tante schimpfte dann immer wie ein Rohrspatz und nannte seine Hobbys *ha pi*, »Hirnfürze«.

Nachdem Onkel sein Gewächshaus satt hatte, begann er sich für englisches Hunderennen zu interessieren und schaffte sich Windhunde an, die er absichtlich hungern ließ, damit sie noch schneller liefen. Als die Hunde eingingen, kaufte er sich Gewehre und verlegte sich aufs Taubenschießen, echte Tauben allerdings, da die Tontauben zu teuer waren. Danach fing er an Pfeife zu rauchen, wovon ihm regelmäßig schlecht wurde. Danach kamen ledergebundene englische Bücher an die Reihe, die er nie las, und später eine aufwendige Insektensammlung. Das hätte er auf der Veranda bequemer haben können.

Nachdem er das Gewächshaus aufgegeben hatte, wurde es als Rumpelkammer benutzt. Als Alte Tante einmal auf einem Stuhl Platz nahm, der unter ihr zusammenbrach – ab ins Gewächshaus damit. Als der Onkel seine Gewehre und Insekten satt hatte – ab ins Gewächshaus damit. Als Alte Tante sich beschwerte, der Onkel würde zu viele Gemälde von unbekannten Vorfahren aufheben – ab ins Gewächshaus damit. Dort landete alles, was sonst keinen Platz mehr hatte. Als ich klein war, setzte ich mich dort immer auf die kaputten Stühle, strich vorsichtig über die ausrangierten Gewehre und stellte mir vor, wie sie beim Abfeuern krachten. Ich tat so, als würde ich mit meinen unbekannten Vorfahren Tee trinken. Jedes Jahr kamen neue Sachen hinzu, die keiner mehr haben wollte, und ich schaute sie mir alle sehr genau an.

Eines Tages, ich war damals wohl neun oder zehn, entdeckte ich dort ein Bild von einer hübschen Frau in einem schlichten blauen Kleid. Sie blickte starr vor sich hin, und ihre Miene war so düster, daß ich sie kaum wiedererkannte. »Mama?« rief ich und erwartete tatsächlich, sie würde zu mir hinschauen. Ich stellte mir vor, sie würde – so flach wie ihr Bild – aus dem Rahmen steigen und mich fragen: »Weiwei, mein Schatz, was ist denn das für ein komischer Raum, mit so vielen Fenstern?« Und ich erkannte, daß dies der einzige Platz war, wo meine Mutter und ich hingehörten – dort, wo die weggeworfenen Dinge landeten. Selbst als ich älter wurde, schien es mir noch so. Jedenfalls ließ ich mich an jenem Neujahrstag dort nieder, um meine Flickarbeit zu beenden.

Ich hatte mir gerade die Sachen meiner Vettern vorgenommen, schreckliche Jungen, die immer absichtlich hinfielen. Lauter Löcher und Risse an den Knien und Ellbogen, und alles voller Flecken! Ich beschloß, daß es sich nicht mehr lohnte, den Schaden zu reparieren, und überlegte, ob ich die Sachen lieber gleich den Kindern der Dienstboten geben sollte. Falls Alte Tante mich später dafür schalt, würde ich einfach sagen, ich hätte nur vermeiden wollen, daß meine Vettern sich so ärmlich wie Betteljungen auf der Straße zeigten. Und ich lachte still vor mich hin, weil ich in einer von Alte Tantes Jackentaschen ein kleines Loch ungestopft gelassen hatte. Vielleicht würde dann etwas von ihrer Macht dort hinaussickern.

Was lachst du da? Du hast wohl gedacht, deine Mutter war immer nur brav und artig? Glaubst du, ich hätte niemals kleine Geheimnisse gehabt? Wie hätte ich denn sonst deine durchschauen sollen? Wie damals, als du dieses unanständige Buch, *Lady Chatterbox,* vor mir versteckt hast. Ich wußte genau, daß du nicht gerade die Bibel gelesen hast.

Ich hab' in dem Alter nämlich dasselbe gemacht, ein Buch in meinem Flickkorb versteckt. Es war ein Liebesroman, der *Chin Ping Mei* hieß, und Schwester Momo hatte uns im Internat streng verboten, das Buch zu lesen. Also hatte ich es mir von einer Klassenkameradin namens Yu ausgeliehen, die grundsätzlich alles tat, was man nicht durfte. Sie sagte, in dem Buch ginge es nur um Sex: was der Ehemann mag, was die Ehefrau mag, was der Ehemann mehr als die Ehefrau mag, wie oft der Mann seine Ehepflichten erfüllen muß, und wie oft die Frau dies wünscht. Sie sagte auch, das Buch sei voller Geheimwörter – der Jadepavillon, das Flötenspiel, Wolken und Regen –, aber die Bedeutungen wollte sie mir nicht verraten. ›Lies es doch selbst‹, sagte sie.

Also las ich es an jenem Vormittag im Glashaus und versuchte herauszufinden, was die Geheimwörter bedeuteten. Doch nach zehn Seiten hatte ich noch immer nichts Schlimmes gelesen, nur die üblichen Sachen, die man mir auch beigebracht hatte – wieviel Geschenke man den Leuten je nach ihrer Wichtigkeit zu machen hatte, daß man seinen Verwandten gefällig sein mußte und nicht nur an sich selbst und an die schnöden Dinge dieser Welt denken sollte. Doch dann dachte ich mir, vielleicht ist das ja alles doppeldeutig, und ich bin nur zu unschuldig, um es zu verstehen. Vielleicht war diese Beschreibung schöner hochgewachsener Tannen so ein Geheimwort, das ich nur nicht kannte. Und was hatte es mit diesem Mann auf sich, der von der Frau eines anderen Mannes zwei Teekuchen geschenkt bekam? Das klang immerhin schon ziemlich anstößig. Warum gleich zwei? Warum nicht nur einen? Und wenn sie ihm statt dessen zwei Orangen geschenkt hätte?

Doch bevor ich weiter darüber nachgrübeln konnte, hörte ich Peanut draußen rufen: »Weiwei-ah! Wo steckst du denn, du dummes Ding?« Und beinah hätte ich ihr nicht geantwortet, wie damals als kleines Mädchen. Aber dann fiel mir wieder ein, was wir vorhatten. So verbarg ich mein Buch schnell hinter ein paar Blumentöpfen und eilte mit meinem Flickkorb hinaus.

Als wir auf unser Zimmer gingen, um uns umzuziehen, zählte Peanut noch mal die Verkaufsstände auf, die wir zuerst ansteuern wollten und was für Sachen wir dort kaufen würden. Vielleicht Papiermarionetten oder Laternen in Tiergestalten für ihre Brüder.

Guten Tee für die Erwachsenen. Kleine Geldbeutel für unsere Kusinen, die Töchter der Alten Tante, die mit ihren Familien irgendwann nach Neujahr zu Besuch kommen würden. Und zwei hübsche Haarspangen mit künstlichen Blumen für uns selbst. Und natürlich wollten wir auch eine Wahrsagerin aufsuchen, um herauszufinden, was uns im nächsten Jahr erwartete.

»Wir sollten aber nicht mehr zu der alten Frau mit den schiefen Zähnen gehen«, meinte Peanut. »Letztes Jahr hat sie mir nur Unglück vorausgesagt, nichts als Warnungen, wie sich die schlechten Seiten meines Charakters mit den schlechten Aspekten des neuen Jahres mischen würden.«

Ich wußte noch ganz genau, was die Wahrsagerin ihr letztes Jahr erzählt hatte: daß sie als Schaf immer versuche, sich hinter ihrem dicken Fell zu verbergen. Im Jahr der Ratte, hatte die Wahrsagerin gesagt, könnte aber jemand ihr dickes Fell durchnagen und ihre Fehler aufdecken, wenn sie nicht auf der Hut sei. Peanut hatte sich so darüber geärgert, daß sie ihr Geld wiederhaben wollte. Und als die Frau sich weigerte, schrie Peanut so laut, daß alle es hören konnten: »Diese Frau hat mich betrogen, sie hat mich schlecht beraten. Hier ist kein Glück zu finden, geht lieber woanders hin!« Ich genierte mich schrecklich, aber gleichzeitig dachte ich auch: Woher weiß die Wahrsagerin so gut über meine Kusine Bescheid?

»Dieses Jahr«, meinte Peanut, »will ich was über meinen zukünftigen Mann und seine Familie erfahren.«

Und dann begann Peanut, sich Gedanken über ihre Aufmachung für den Ausflug zum Markt zu machen. Sie steckte ihre gewellten Haare alle auf einer Seite zusammen. »Das hab' ich neulich in einer ausländischen Modezeitschrift gesehen«, erklärte sie. Ich kniff skeptisch die Lippen zusammen, um ihr zu zeigen, daß die Frisur ihr nicht stand, aber wie üblich beachtete sie mich gar nicht. Dann überlegte sie noch lange, was für ein Kleid sie anziehen sollte, und welchen Mantel.

Als Liebling der Familie besaß sie viele schöne Kleider, meist englischer oder französischer Herkunft und in teuren Shanghaier Läden erstanden. Einer ihrer Mäntel war aus weichem schwarzem Persianerfell, knöchellang, mit einem steifen, eingerollten Kragen und einem gesteppten Brokatschal. Er wurde vorne mit kleinen

Haken geschlossen und war so schmal geschnitten, daß sie darin kaum gehen konnte, nur mit winzigen Tippelschritten. Lächerlich! Aber genau diesen Mantel wollte Peanut anziehen, und dazu ein Paar neuer Stöckelschuhe. In der luxuriösen Aufmachung würde sie den Leuten auf dem Markt bestimmt nur unangenehm auffallen, doch zur Neujahrszeit mußte man eben zeigen, was man hatte.

Wir waren die reichste Familie in unserem kleinen Dorf, das »Mund des Flusses« genannt wurde – es war nur eine halbe Meile lang und eine Viertelmeile breit. In einem so kleinen Ort gab es immer nur ein herrschaftliches Haus und nur eine Handvoll wohlhabender Leute. Die restlichen Anwohner waren arm.

Ich will damit nicht sagen, daß ich das richtig finde – nur eine reiche Familie, und so viele Arme. Aber zu jener Zeit war das normal, und keiner stellte es in Frage. Es war eben das Schicksal, mit dem man geboren wurde. So war das in China.

Viele dieser ärmeren Leute arbeiteten in der Textilfabrik meiner Familie und brauchten daher nicht zu hungern. Sie wohnten in kleinen Torfhütten, die sie von unserer Familie gemietet hatten, besaßen also kein eigenes Land, sondern höchstens den Schmutz auf ihrem Boden. Aber jedes Jahr kamen sie am dritten Neujahrstag zu dem großen Fest in unserem Haus an der Flußmündung. Wenigstens darauf konnten sie sich freuen.

An diese Dinge dachte ich natürlich nicht, während ich mich für unseren Marktbesuch zurechtmachte. Wie Peanut gab ich mir Mühe, mich hübsch anzuziehen: einen festlichen langen Rock mit leuchtend roter Borte, und dazu meine beste Steppjacke. Meinen Zopf steckte ich zu einem Knoten hoch, um erwachsener auszusehen. Dann sah ich Peanut auf Zehenspitzen auf die überdachte Außengalerie treten. Sie horchte auf die Geräusche im Hof, hörte die Stimme ihrer Mutter von der anderen Seite des Hauses, wo sie noch immer die Dienstboten antrieb. Peanut kam zurück ins Zimmer, zog eine Schublade auf und holte ein Päckchen heraus, das in weißes Seidenpapier eingeschlagen und mit einem roten Band umwickelt war. Sie löste die Schleife, nahm drei runde Dosen von verschiedener Größe aus dem Papier und setzte sich damit vor ihren Spiegel. Reispuder! Im Handumdrehen hatte sie ihr rundes Gesicht und ihre kleine Nase mit einer feinen weißen Puderschicht bedeckt.

»Du siehst aus wie ein fremder Geist«, sagte ich zaghaft. Ich fürchtete mich für sie, aber auch für mich. Ich war ja die ältere, und Neue Tante würde mir sicher Vorwürfe machen, daß ich nicht besser auf Peanut achtgegeben hatte. Doch wenn ich Peanut ausschimpfte, würde Alte Tante wieder sagen: »Was mischst du dich da ein? Kümmer dich lieber um deine eigenen Fehler!«

Also hielt ich den Mund und sah zu, wie Peanut nach der nächsten Dose griff, die einen Emaildeckel hatte, und sich die Lippen zinnoberrot anmalte.

»Wah, jetzt sieht dein Mund aus wie ein Affenhintern«, neckte ich sie, in der Hoffnung, sie zu entmutigen.

Sie öffnete wortlos die kleinste der drei Dosen und schlug dann ihre ausländische Zeitschrift auf. Und nach dem Vorbild irgendeines lächelnden Filmstars schmierte sie sich zwei schwarze Striche an die Lidränder und zog die Augenbrauen in einer dicken Linie nach, wie zwei dunkle Grillenbeine, die zum Sprung ansetzten. Sie sah wirklich zum Fürchten aus. Wenn sie die Augen senkte, starrten mich die schwarzen Balken auf den Lidern wie der leibhaftige böse Blick an.

Zum Glück gelang es ihr aber, die ganze Bescherung hinter ihrem steifen Mantelkragen zu verbergen, so daß niemand ihr neues Gesicht bemerkte, als sie zur Hintertür hinaushuschte. Ich holte inzwischen Gong und Gao. Als sie ihre Schwester sahen, fingen die beiden an zu kichern und zu prusten, bis Peanut ihnen zwei schallende Ohrfeigen verpaßte. Da rannten sie schreiend die Straße hinauf, um sich in sicherer Entfernung wieder umzudrehen und grimassenschneidend mit den Fingern auf sie zu zeigen.

Für den Weg zum Markt brauchten wir sonst immer zehn Minuten, aber diesmal waren wir fast vierzig Minuten unterwegs. Für jeden meiner Schritte machte Peanut in ihren Stöckelschuhen drei. Die Dorfleute, die uns entgegenkamen, blieben mit offenem Mund stehen und verbeugten sich dann spöttisch, bevor sie lachend weitergingen. Oje! Du hättest Peanut sehen sollen! Wie sie beleidigt schnaufte – hnh! hnh! hnh! – und so wütend aussah wie eine Königin, der die Dienstboten mit der Sänfte durchgebrannt sind. Ob sie unter der weißen Puderschicht rot anlief, war allerdings nicht zu erkennen.

Schau dir meine Haut an, wie glatt sie immer noch ist. Als ich jung war, hab' ich mich nie geschminkt. Das hatte ich gar nicht nötig – ich hatte keine schwarzen Flecken, keine Pickel oder Narben im Gesicht. Die Leute sagten mir oft, mein Gesicht würde mir Glück bringen, wieso hätte ich es also verbergen sollen?

Jetzt laß uns mal in die Küche gehen und Tee kochen. Dann erzähle ich dir, wie Peanut mir mein Neujahrsglück vermurkst hat.

*

Um elf Uhr vormittags war der Markt schon rege besucht, und alle machten gute Geschäfte. Die ganze Betriebsamkeit steigerte meine Aufregung noch mehr. Selbst die Frau, die vor ihrer Türschwelle Suppe verkaufte, mußte heute nicht lange rufen: »Won ton! Probiert meine gute Won ton!« An beiden Tischen saßen Leute, die sich mit frostroten Backen über die dampfenden Schüsseln beugten, und ein weiteres Dutzend hockte am Boden, die Suppenschüsseln zwischen die Knie geklemmt.

Wir kamen an den üblichen Verkaufsständen vorbei, wo Obst und Gemüse, Eier und lebende Hühner feilgeboten wurden. Aber heute wirkten die Früchte größer und die Hühner lebhafter als sonst. Überall prangten rote Banner. Knallfrösche krachten auf Schritt und Tritt, und Babys schrien um die Wette, während ihre Mütter prüfend die Birnen und Orangen, Pomelos und Dattelpflaumen betasteten. Gong und Gao sahen einem Affen beim Tanzen zu. Am Ende der Vorstellung warfen sie zwei Münzen auf den Boden, und der Affe hob sie auf, biß hinein, um sie auf ihre Echtheit zu prüfen, lüpfte seinen Hut vor den Jungen und überreichte die Münzen seinem Herrn, von dem er zwei getrocknete Eidechsen erhielt, die er sofort vertilgte. Wir klatschten alle Beifall.

Und dann fand Peanut eine ihr genehme Wahrsagerin, eine dicke Frau, die mit breitem Lächeln behauptete, alles zu wissen – über Liebe, Heirat und Wohlstand. Ein Schild an ihrem Stand verkündete, sie habe die besten Glücksstäbchen, kenne alle Glücksnummern sowie alle glückverheißenden Heiratskombinationen und könne das größte Pech in das unvorstellbarste Glück verwandeln.

»Kleine Schwestern, ah«, begrüßte sie uns und klopfte sich auf den Bauch. »Seht ihr, wie reich und dick ich geworden bin, weil ich immer meinen eigenen Rat befolge? Für meinen Lebensunterhalt habe ich das gar nicht nötig, ich tue es nur der Göttin der Barmherzigkeit zuliebe, um in der nächsten Welt voranzukommen. So bringen meine Vorhersagen nicht nur euch, sondern auch mir Glück. Seht her, die besten Chancen, ich kann's euch beweisen.«

Dann setzte die Wahrsagerin uns wirklich in Erstaunen. Sie sagte zu Peanut: »Deine Glücksnummer ist die Acht, nicht wahr?«

Und Peanut erinnerte sich, daß sie im achten Monat geboren war, daß ihr achtes Lebensjahr besonders glücklich gewesen war und daß sie achtzehn sein würde, sobald das neue Jahr anbrach. Also gab sie augenblicklich die Hälfte des Geldes, das Neue Tante ihr gegeben hatte, für das Versprechen aus, sie werde im nächsten Jahr einen Mann heiraten, der genau dem Wunsch ihrer Eltern entspreche. Ihre zukünftige Schwiegermutter sei fast zu gut, um wahr zu sein, und ihr Haushalt so reich bestückt, daß sie sich nie wieder etwas zu wünschen bräuchte. Und natürlich werde sie viele, viele Kinder bekommen, eins nach dem anderen.

»Wie wird mein Ehemann aussehen? Hoffentlich nicht zu alt«, sagte Peanut in einem nörgelnden Tonfall. »Und wo wohnt seine Familie? Muß ich für den Rest meines Lebens in diesem Dorf versauern?«

Die Wahrsagerin griff nach einem anderen Glücksstäbchen und runzelte verwundert die Stirn. Noch ein Glücksstäbchen, erneutes Stirnrunzeln, und dann noch eins. »Hm«, meinte sie. »Dein Mann scheint jung genug zu sein, nur ein paar Jahre älter als du. Aber deine spätere Familie lebt ganz in der Nähe, so sehe ich das hier. Das ist zwar nicht so schlimm, aber vielleicht kann ich es für dich ändern.«

Nachdem sie noch eine Zusatzgebühr eingestrichen hatte, schrieb die Frau Peanuts Namen auf einen roten Zettel, dazu ihr Geburtsdatum und das Datum der Wahrsagung. Dann legte sie noch einen anderen Zettel dazu, auf dem ein kurzer Vers stand, der in etwa folgendermaßen lautete: »Das Glück ist nah, es reicht so weit wie das östliche Meer.«

»Was heißt das?« wollte Peanut wissen.

»Ah«, sagte die Frau und hielt sich den Zettel dicht vor die Augen. Schließlich zeigte sie auf die Worte »nahes Glück« und erklärte:

»Siehst du? Das ist der Mann aus der Nachbarschaft, den du heiraten solltest, aber den habe ich jetzt weggescheucht und jemand anderem geschickt.« Dann zeigte sie auf die Worte »östliches Meer«: »Und das bedeutet, daß dein neuer Mann weit weg von hier wohnt – natürlich nicht gerade in einer anderen Provinz, aber jedenfalls nicht hier auf der Insel. Vielleicht so weit im Norden wie Yangchow.«

Peanut machte ein finsteres Gesicht.

»Vielleicht auch so nah wie Shanghai«, sagte die Frau eilig. Und als sie Peanut lächeln sah, setzte sie hinzu: »So sehe ich das hier. Auch unvorstellbaren Reichtum. Fünf Söhne, alle wohlgeraten. Und keine anderen Ehefrauen, du bleibst die einzige.«

Die Frau legte die Zettel und das Geld auf ein goldenes Tablett, das sie vor einer Statue der Göttin der Barmherzigkeit abstellte.

»Jetzt hast du keine Sorgen mehr im Leben«, sagte die Frau zu Peanut. Dann lächelte sie mir zu: »Und was ist mit dir, kleine Schwester? Ich habe das Gefühl, in deiner Zukunft taucht auch bald ein Ehemann auf.«

Sie beugte sich zu mir vor und spähte mir ins Gesicht: »Ai-ya! Was haben wir denn da, ein kleines Problem, jetzt seh' ich es erst! Dieser Leberfleck da, über deinem Auge! Der könnte alles, was du siehst, noch pechschwarz färben.«

Sie zeigte auf das kleine Muttermal hier unter meiner Augenbraue. »Na, das kriegen wir schon hin«, setzte sie schnell hinzu. »Es ist allerdings nicht ganz einfach, einen Bannspruch gegen das Unglück zu finden. Aber ich kann das noch vor dem neuen Jahr für dich in Ordnung bringen.« Sie schrieb eine Zahl auf, den Betrag, den ich ihr zahlen sollte.

Doch Peanut zupfte mich schon ungeduldig am Ärmel, denn sie wollte weiter zu einem Stand, wo es ausländische Süßigkeiten gab, die wie alle zwölf Tiere des Horoskops geformt waren. Natürlich brannte ich darauf, zu erfahren, wie mein böses Schicksal von mir abzuwenden war. Aber wie hätte ich das in aller Öffentlichkeit sagen können?

Vielleicht hätte die Wahrsagerin mein Schicksal auch gar nicht ändern können. Vielleicht wandte sie ja nur die gewöhnlichsten Tricks an, um ihren Kunden etwas vorzugaukeln. Doch in meinem

Fall hatte sie tatsächlich ins Schwarze getroffen: Das Unglück kam schon auf mich zu, und ich tat nichts, um es zu verhindern. Und was Peanut anging, sollte sie auch recht behalten: Peanut heiratete tatsächlich nicht den einheimischen Jungen, der ihr ursprünglich bestimmt war, sondern einen Mann aus Shanghai. Und der Junge, den sie mit dem Bannspruch fortgescheucht hatte? Der fiel dann mir zu.

Nein, das ist kein Aberglaube. So ist es wirklich passiert. Und wie kannst du behaupten, Glück und Zufall sei ein und dasselbe? Aus Zufall macht man nur den ersten Schritt, der dann ins Glück führt, oder auch nicht. Deine Art von Zufall ergibt doch gar keinen Sinn, das ist nur eine Ausrede, um sich keine Vorwürfe machen zu müssen. Wenn du dir den Zufall nicht zunutze machst, wird jemand anderer die Gelegenheit ergreifen, sein Unglück auf dich abzuwälzen. Und wenn es erst soweit ist, brauchst du wieder einen glücklichen Zufall, um dein Pech loszuwerden. So hängt alles zusammen, das ist doch klar.

Woher ich das weiß? Na, du siehst es ja selbst – die Vorhersagen gingen alle in Erfüllung. Wir hatten Gong und Gao aus den Augen verloren, und dann trafen wir Wen Fu. Ich hab' damals nichts getan, um das Schicksal abzuwenden – also, hör zu, wie es weiterging.

Wir gingen eilig über den Markt und hielten Ausschau nach Gong und Gao. Peanut schimpfte vor sich hin: »Ihr Lausejungen, nichts als Ärger hat man mit euch. Warum könnt ihr nicht auf eure große Schwester hören?« Wir gingen von einem Stand zum andern, drängten uns durch die Menge und suchten überall nach den beiden Jungen, ohne auch nur einen Blick auf all die interessanten Sachen in den Auslagen werfen zu können.

Endlich entdeckten wir sie. Sie standen ganz vorne in einer Zuschauerschar, die auf den Beginn einer Aufführung wartete. Der Platz, wo das Publikum stand, war mit Seilen vom übrigen Markt abgegrenzt. Über der Bühne hing ein großes Schild, auf dem stand: »Ein Neujahrsstück zu Ehren unseres Dorfgottes. Alle Schuldner willkommen.«

»Schau, genau wie letztes Jahr«, sagte ich zu Peanut, »weißt du noch?« Wir beschlossen, bei den Jungen zu bleiben und uns das Stück noch mal anzusehen. Es war die wohlbekannte Posse, die nach alter Tradition an jedem letzten Tag des Jahres von den Dorfleuten aufgeführt wurde. Wenn einem früher jemand Geld schuldete, konnte man sich an seine Fersen heften und ihn zum Zahlen zwingen. Aber nur so lange, bis das neue Jahr anbrach. Danach war nichts mehr zu machen. Also machten die Hauswirte und Händler am letzten Tag des Jahres immer Jagd auf ihre säumigen Schuldner, bis es dunkel wurde. Und der einzige Platz, wo diese armen Kerle in Sicherheit waren, war die Zuschauermenge bei diesem Theaterstück, das dem Dorfgott gewidmet war. Solange man sich innerhalb der Absperrung befand, konnten einem die Gläubiger nichts anhaben.

Natürlich hatte man eigentlich die Pflicht, seine Schulden vor Jahresende zu begleichen. Das war Ehrensache. Inzwischen wurde die Dorfposse nur noch zum Spaß aufgeführt, und die Leute in der Zuschauermenge hatten gar keine unbezahlten Schulden mehr. Sie waren nur in die Absperrung gedrängt worden, um selbst zu einem Teil des Theaterstücks zu werden.

Ich sehe es immer noch vor mir. Zum Klang von Zimbeln und Trommeln kamen Schauspieler in schäbigen Kostümen auf die Bühne. Eine alte Frau schob einen Strohbesen vor sich her und jammerte über ihren verlorenen Sohn, den Banditen. Im Hintergrund erhob sich ein Drache aus dem Meer, der mit seinem mächtigen Schuppenschwanz die Wellen aufpeitschte. Der Drache brüllte seinen Hunger nach den Schiffen gieriger Menschensöhne heraus. Da hatten sie zwei verschiedene Opern einfach zusammengewürfelt, grauenhaft.

Plötzlich sprang ein Bettler in zerrissener Jacke aus den Zuschauerreihen auf die Bühne. Er schnappte nach dem Besen der alten Frau und klammerte sich dann an den Drachenschwanz. »Ich hab' kein Geld, ich schwör's!« rief er über die Schulter zurück.

Dann kam ein Mann mit hoch erhobener Laterne auf die Bühne gesprungen. »Ah!« raunte die Menge. »Der böse Hauswirt!« Er hetzte den Bettler über die Bretter und hätte ihn dreimal fast erwischt – an den Haaren, am Ohr, am Jackenzipfel –, doch immer wieder gelang es dem Bettler, mit knapper Not zu entkommen. Die Zuschauer kreischten jedesmal vor Vergnügen auf.

Die Schauspielerin in der Rolle der alten Frau tat entrüstet: »Ruhe! Schluß mit dem Unsinn! Wir führen hier ein wichtiges Stück auf«, schrie sie die beiden an und warf mit dem Besen nach ihnen, verfehlte sie aber und traf statt dessen – ponk! – den Drachenschwanz. Schallendes Gelächter! Da schaute der Mann, der den Drachenschwanz hochhielt, darunter hervor und rieb sich den Kopf. »Wo bin ich?« fragte er verwirrt. Die Zuschauer lachten noch lauter.

»Vorsicht! Alles zurücktreten!« tönte es plötzlich aus der vorderen Reihe, wo zwei Männer die Zuschauer zurückdrängten. Dann rannte der Bettler von der Bühne, tauchte hinter der Absperrung wieder auf, sprang in den Handstand, wirbelte mit drei Saltos über das Seil hinweg und landete in der sicheren Zufluchtsstätte des Zuschauerraums. Die Menge klatschte begeistert. Der Hauswirt mit der Laterne stand nun jenseits der Absperrung und stampfte vor Ärger mit den Füßen, und alle lachten ihn aus.

Gong und Gao konnten sich an dem Schauspiel nicht satt sehen, bis die ganze Szene noch einmal abgelaufen war, mit verschiedenen Akrobaten, die den Bettler spielten, und demselben Schauspieler als Hauswirt. Am Ende war der Hauswirt so wütend, daß er seine Laterne zerbrach und verkündete, er würde jetzt nach Hause gehen. »Dann scheiß doch auf die Schulden!« brüllte er. Alle brachen in Siegesgeheul aus, als ob sie selbst gewonnen hätten. Doch bevor der Hauswirt sich zum Gehen wandte, rief er der Menge noch zu: »Ja, ich geh' jetzt nach Hause, aber ihr schuldet unseren großartigen Schauspielern alle noch etwas, als Zeichen eurer Freigebigkeit im neuen Jahr!«

Darauf sprangen die Schauspieler mit Bettelschalen in den Händen zwischen die Zuschauer. Der Mann unter dem Drachenschwanz stupste Peanut an, und wie sich später herausstellte, war es Wen Fu. Er musterte ihre feine Aufmachung und redete sie mit »großzügige Dame« an.

Also, dieser Wen Fu sah keineswegs so aus, daß man sich sofort sagte: »Oh, ist das aber ein schöner Mann, den sollte ich heiraten.« Nicht so wie dein Vater. Aber er hatte so etwas Forsches, Selbstsicheres an sich, daß man ihm unwillkürlich mit den Augen folgen mußte. Als er »großzügige Dame« sagte, klang es ganz arglos, aber gleichzeitig sah er uns verschmitzt an: mit einem trägen Blinzeln seiner Schildkrötenaugen, die nie den Blick abwandten, und einem breiten Grinsen. Er war eben – wie sagt man hier? – ein Charmeur.

Ich bemerkte noch andere Dinge an ihm – und Peanut sagte mir später, daß sie ihr auch aufgefallen waren –, gewisse Anzeichen, daß er aus einer guten Familie stammte, daß er ein Mensch war, auf den man nicht herabsehen mußte. Die Sachen, die er anhatte, saßen perfekt und hatten genau die richtige Länge, alles im westlichen Stil: ein Hemd mit einem breiten Kragen, den er offen trug, maßgeschneiderte Hosen mit einem schmalen Gürtel und eleganten Aufschlägen. Seine Haare waren gut geschnitten, nicht strähnig oder strubbelig wie bei einem Bauern. Und seine Augenbrauen – die gefielen uns ganz besonders: Sie waren dick und fein geschwungen, wie zwei Pinselenden. Außerdem hatte er gerade, gesunde Zähne, ohne sichtbare Lücken.

Er streckte uns eine kleine Geldschale entgegen. »Nicht für mich«, erklärte er, wieder in diesem ehrlichen, gewinnenden Tonfall. »Für das Krankenhaus, das wir am südlichen Ende der Insel bauen.« Er hob fragend die Augenbrauen und schaute erst Peanut, dann mich an. Ich war natürlich sehr verlegen, weil ich kein Geld für ihn hatte, und sah ihn deshalb nur stumm und abweisend an.

Aber Peanut lächelte zuckersüß. »Es ist sicher sehr anstrengend, ein Drache zu sein«, meinte sie. Dann gab sie ihm ein paar Münzen. Doch als wir gerade weitergehen wollten, rief Wen Fu den beiden Jungen zu: »He, kleine Brüder, hier hab' ich ein bißchen Glücksgeld für euch!« Er zog zwei rote Umschläge aus der Tasche und warf sie Gong und Gao zu, die sie sofort aufrissen und goldene Schokoladentaler darin entdeckten. »Sind die echt?« rief Gao, hielt einen davon hoch und ließ ihn in der Sonne funkeln. Dann schoben die beiden Jungen die Taler mit großem Respekt in ihre Umschläge zurück.

»Danke, Onkel«, sagten sie.

»Habt ihr gesehen, wie geschickt ich den Drachenschwanz bewegt habe?« fragte Wen Fu die beiden. Sie nickten schüchtern und lächelten ihn an. »Möchtet ihr vielleicht mal den ganzen Drachen sehen?« Da vergaßen sie ihre Schüchternheit und hüpften begeistert zur Bühne vor. Wen Fu sah erst Peanut, dann mich an und zuckte die Achseln, als bliebe ihm keine andere Wahl.

Den ganzen Nachmittag wich Wen Fu uns nicht von der Seite. Das heißt, er zeigte den beiden Jungen noch alles mögliche – einen Hahnenkampf, einen Stand, wo man mit Sandbomben Holzschiffchen versenken konnte, einen Stand, wo es angeblich echte Tigerzähne gab –, und wir mußten ihnen wohl oder übel folgen. Natürlich protestierten wir zuerst: »Das genügt jetzt aber! Sie sollten sich nicht soviel Umstände machen!« Aber ich glaube, insgeheim fanden wir ihn beide sehr anziehend. Wir seufzten, als bliebe uns nichts anderes übrig, als mitzugehen, und kicherten albern, weil wir unsere Aufregung nicht anders auszudrücken wußten.

Er trug uns die Päckchen und spendierte den Jungen noch dies und das von seinem eigenen Geld. Dann wollte er auch uns etwas kaufen, Luxusartikel, die er uns bewundern sah – einen Papierdrachen an einer Schnur und ein Schokoladenschaf, nach dem Peanut begehrlich schielte. »Das ist aber wirklich nicht nötig!« protestierten wir jedesmal. Aber eigentlich protestierte nur ich. Peanut lächelte bloß.

Du siehst, ich habe also nie Geschenke von Wen Fu angenommen. Peanut wohl. Sie meinte, sie würde ihrer Mutter einfach sagen, sie habe sie selbst gekauft, lauter gute Schnäppchen. Doch ich wußte, daß das nicht richtig war – es war nicht richtig zu lügen, und es war nicht richtig, von einem Mann Geschenke anzunehmen. Dazu gab es im Volksmund allerlei Redensarten: Nimm nur ein einziges Bonbon an, und du wirst es dein Leben lang bitter bereuen. Wer verbotene Süßigkeiten nascht, dem zerreißt es den Magen.

Und ich konnte sehen, wie recht der Volksmund damit hatte. Das Unheil war schon im Anzug. Immer wieder zwinkerte Wen Fu Peanut mit lustig tanzenden Augenbrauen zu. So ging es den ganzen Nachmittag.

Ihr habt hier einen treffenden Ausdruck für das, was Wen Fu mit Peanut machte: »Er hat sie umgehauen.« Genau das hat er getan. Als Peanut schließlich klagte, ihre Füße fühlten sich an wie glühende Kohlen, überredete Wen Fu einen Bauern, ihm für ein paar Münzen seine Schubkarre zu überlassen. Dann breitete er seine eigene Jacke in der staubigen Karre aus und forderte meine kichernde Kusine auf, ihre neue Sänfte zu besteigen. Während er sie nach Hause schob, sang er ihr heitere und traurige Lieder vor, von verborgenen Gärten und dunklen Pavillons. Und ich überlegte die ganze Zeit: Sind das nicht solche Worte wie im *Chin Ping Mei?*

Inzwischen war das meiste von Peanuts weißem Puder auf ihrem Mantelkragen verwischt, und ich konnte sehen, daß ihre Wangen genauso glühten wie die meinen. Sie war glücklich. Und ich muß gestehen, daß mir vor Eifersucht richtig übel war.

Siehst du, was das für einer war? Immer mußte er sich in Pose werfen, wie vorher auf der Bühne. Ein Charmeur, weiter nichts!

Ein Mann, der wußte, was sich gehörte, hätte eine Rikscha für uns aufgetrieben, heimlich den Fahrer bezahlt und uns nach Hause geschickt. Allerhöchstens hätte er seine Fürsorglichkeit dadurch bewiesen, daß er das Mädchen und ihre Kusine zu einer kleinen Erfrischung in ein Teehaus einlud. Er hätte jedenfalls keine unpassenden Bemerkungen über ihre Füße gemacht, wie klein und zierlich sie doch seien, kein Wunder, daß sie leicht ermüdeten. Ein anständiger Mann hätte die beiden Mädchen nicht gegeneinander ausgespielt und die eine mit Stolz, die andere mit Eifersucht erfüllt. Und vor allem hätte er für sein Interesse keine Gegenleistung erwartet.

Nicht so Wen Fu. Als er unser großes Haus und die leuchtenden Festbanner über der Tür sah, lud er sich selbst für den dritten Tag des neuen Jahres zu uns ein, um Peanut und ihren Eltern einen förmlichen Besuch abzustatten – und mir natürlich auch.

Am Neujahrstag taten alle glücklich und froh und riefen sich gegenseitig zu: »Zehntausend Generationen!« – »Langes Leben!« – »Höchste Stellung!« – »Größter Wohlstand!« und ähnlichen wohlklingenden Unsinn.

Die Dienstboten waren besonders froh, da sie an dem Tag nicht zu arbeiten brauchten. Alles war schon vorgekocht, und jetzt durfte man kein Messer mehr anfassen und keinen scharfen Ton mehr anschlagen. Wir aßen Kuchen und feine Leckerbissen von kalten Platten.

Peanut und ich tuschelten natürlich über Wen Fu: Ob er sich in drei Tagen wirklich blicken lassen würde? In was für einem Haus er wohl am anderen Ende der Insel wohnte? Ob seine Mutter tatsächlich zu gut war, um wahr zu sein? Ich erinnerte Peanut nicht daran, daß sie den einheimischen Ehemann, der ihr zugedacht war, ja schon mit dem Bannvers verscheucht hatte.

Am nächsten Tag wachte Peanut schluchzend auf. Sie meinte, sie könne Wen Fu nie wiedersehen! Unmöglich! Er habe sie doch als Schönheit kennengelernt, in ihrer besten Aufmachung, mit Puder und Lippenstift geschminkt. Wie könne sie ihm jetzt mit ihrem Alltagsgesicht entgegentreten? Ich versuchte, ihr zu erklären, daß sie Wen Fu ungeschminkt sicher noch besser gefallen würde. Das sagte ich nicht aus Freundlichkeit. Es stimmte ja. Wenn sie ihm schon in der lächerlichen Aufmachung gefallen hatte, warum dann nicht erst recht, wenn sie normal aussah?

Doch ich konnte Peanut nicht mehr rechtzeitig davon überzeugen. Als Wen Fu zu Besuch kam, versteckte sie sich. Natürlich blieb sie die ganze Zeit in der Nähe und beobachtete ihn heimlich: oben am Treppengeländer, hinter einer angelehnten Tür, durch die Gewächshausfenster.

Als Wen Fu Alte Tante und Neue Tante traf, nannte er sie in seinem ungezwungenen Tonfall gleich »Tantchen«, als freute er sich ehrlich über das Wiedersehen. Zuerst waren sie ganz verwirrt, denn sie konnten sich nicht an ihn erinnern. Dann überreichte er ihnen einen teuren Früchtekorb und bestellte Grüße von seinen Eltern, besonders von seiner Mutter, die angeblich eine alte Freundin der Alten Tante war. Schließlich kam es Alte Tante selbst schon so vor. Sie zermarterte sich das Gehirn, bis sie auf eine passende Erinnerung stieß. »Ah, du bist der Sohn von Frau Wen! Ich glaube, als ich dich das letzte Mal sah, warst du noch ein Baby.«

Ich lachte mir ins Fäustchen. Ich bewunderte Wen Fu. Wenn ich ihn jemals gemocht habe, dann in diesem Moment, und vielleicht noch in ein paar ähnlichen. Er war ja so unbekümmert, so schlau, so witzig und waghalsig! Siehst du, sogar jetzt fallen mir noch ein paar gute Dinge zu ihm ein.

Zum Glück für Wen Fu war das Haus bald voller Gäste – all die Leute aus dem Dorf, die gekommen waren, um *nian gao* zu essen, die klebrigen Reiskuchen, die es immer zu Neujahr gab. So fiel es gar nicht weiter auf, daß Alte Tante und Neue Tante Wen Fu nicht recht einordnen konnten. Von dem Gewühl ringsum wurde man sowieso schon ganz wirr im Kopf.

Ich schöpfte gerade die Hefeklöße in Schüsseln, als Wen Fu neben mich trat. »Wo ist sie?«

»Sie ist schüchtern«, sagte ich.

»Wieso, mag sie mich nicht?« Er runzelte die Augenbrauen und lächelte spöttisch.

»Sie ist nur schüchtern«, wiederholte ich. Es schien mir nicht anständig, ihm zu gestehen, daß Peanut ihn mochte.

»Wieso denn plötzlich so schüchtern?« lachte er. »Vielleicht, weil sie mich gern hat?« Dann drehte er sich zu mir um. »Aber du bist nicht schüchtern, wie? Das heißt wohl, daß du mich nicht magst. Na? Hab' ich recht?« Dabei sah er mich herausfordernd an.

Ich brachte es kaum fertig, ihm zu antworten. »So bin ich nicht – ich meine, nicht schüchtern.«

»Aha, dann hast du mich vielleicht auch gern«, schloß er prompt.

»Schüchtern sein ist doch nicht dasselbe wie mögen oder *nicht* mögen«, gab ich zurück.

In diesem Stil ging es noch lange weiter, bis mir der Kopf schmerzte vor lauter Anstrengung, höflich zu bleiben und seinen kitzligen Fragen auszuweichen. Schließlich zog er einen Briefumschlag aus der Tasche.

»Bitte gib ihr das, kleine Schwester, und sag ihr, sie soll mir morgen antworten.« Und dann ging er fort.

Peanut hatte uns die ganze Zeit beobachtet. Kaum war Wen Fu weg, schoß sie hinter der Küchentür hervor und forderte den Brief von mir.

»Was steht da drin?« wollte ich wissen. Ich fand, ich hatte genausoviel Anrecht auf den Brief wie sie. Schließlich hatte ich mir so viel Mühe für sie gegeben! Peanut beugte sich schützend über den Brief wie eine Entenmutter über ihre Jungen. Sie kicherte, biß sich in die Fingerknöchel, nestelte an einer Haarsträhne.

»Sag doch, was steht da drin?« fragte ich noch mal.

Peanut sah mich an. »Er braucht morgen schon eine Antwort«, sagte sie. »Aber ich hab' noch keine für ihn. Sag ihm, er soll warten.« Dann rauschte sie davon.

So half ich Peanut und Wen Fu: Ich beförderte ihre Liebesbriefe hin und her, brachte sie zum Marktplatz oder bis zur Straßenecke. Ich half ihnen. Nie habe ich daran gedacht, ihr Wen Fu wegzunehmen. Das schwöre ich. Und ich beschönige nicht meine Erinnerung, nur um mir nichts vorwerfen zu müssen.

Jedesmal wenn ich Wen Fu einen ihrer Briefe brachte, versuchte ich, ihm durch meine Worte ein Bild von ihr mitzugeben. Ich erzählte ihm, was für ein Kleid sie trug, ein rosafarbenes, so rosa wie ihre Wangen. Ich berichtete, daß sie sich eine Drachenspange ins Haar gesteckt und dabei an ihn gedacht hatte. Ich deutete sogar an, daß sie nichts mehr essen konnte und immer dünner wurde.

Das war natürlich frei erfunden. Es gefiel mir nur, von all den romantischen Albernheiten zu schwatzen, die einem Backfisch mit Liebeskummer so einfielen.

Wie kam es dann dazu, daß *ich* ihn heiratete? Manchmal möchte ich das Peanut fragen. Wenn sie heute noch in China am Leben ist, wird sie mir sicher zustimmen. Ich habe nichts getan, um Wen Fus Augen auf mich zu richten, absolut nichts. Wen Fu hat seine Ansicht von selbst geändert.

Ich hatte ein gutes Herz, gerade so wie du. Ich war unschuldig, so wie du. Vielleicht kannst du also verstehen, wie deine Mutter einmal war: einsam, ohne Erwartungen, voller Sehnsucht. Und auf einmal klopfte jemand an meine Tür – und er war so charmant, ein guter Grund, von einem besseren Leben zu träumen.

Was konnte ich da tun? Ich ließ ihn herein.

Mitgift und Aussteuer

Du weißt doch, wie Helen immer herumerzählt, sie sei meine Brautjungfer gewesen und daß es eine prächtige chinesische Hochzeit war.

Das mit der prächtigen Hochzeit stimmt, nur war nicht Helen meine Brautjungfer, sondern Peanut, mit ihrem weißgepuderten Gesicht und ihrem roten Affenhintern-Mund. Sie trug ein breites Lächeln zur Schau, als ob sie sich ehrlich für mich freute.

Aber du hättest sie mal in den Wochen vor meiner Hochzeit sehen sollen – sie war so wütend auf mich, daß sie mich gar nicht ansehen wollte. Sie meinte, es sei meine Schuld, daß *ich* Wen Fu heiratete und nicht sie. Und wenn ich sie daran erinnerte, wie ich ihr und Wen Fu geholfen hatte, stellte sie sich taub.

Aber es stimmte! Ständig hatte ich ihre Briefe hin- und hergetragen, die sie mich nicht lesen ließ. Und später hatte ich einen verborgenen Winkel im Gewächshaus gefunden, wo Peanut sich heimlich schminken konnte. Ich richtete Wen Fu aus, wann er sie treffen konnte, wo er sein Fahrrad verstecken sollte. Ich brachte ihn zu Peanut, damit sie sich in Ruhe unterhalten konnten, wenn alle anderen Mittagsschlaf hielten. Ich stand an der Tür und hielt Wache, wenn sie sich küßten.

Die Knutscherei sah ich natürlich nicht mit an. Aber ich wußte, daß sie sich benahmen wie von allen guten Geistern verlassen – denn später, wenn sie hinter den Stapeln von angeschlagenen Töpfen hervorkamen, waren Peanuts Gesicht und Hals voller roter Flecken. Und Wen Fus Mund war mit ihrem Lippenstift beschmiert, und seine Wangen weiß bestäubt von ihrem Puder. Er sah aus wie ein Opernsänger. Ich blickte ihm nach, wie er dann zufrieden grinsend davonradelte.

Und danach mußte ich Peanut in aller Eile helfen, die Kußspuren und die restliche Schminke abzuwischen. Ich schalt sie immer: »Was mußt du dich auch küssen lassen? Warum begnügt ihr euch nicht mit Reden und Händchenhalten?«

Es war ein schlimmer Fehler, seinen Mund einem fremden Jungen zu geben. Obwohl natürlich nicht ganz so schlimm, wie ihm auch noch andere Körperteile zu überlassen.

»Es gefällt mir eben«, sagte Peanut. Und wie schamlos sie dabei lächelte!

»Was, es gefällt dir, den guten Namen deiner Familie in die Gosse zu werfen, um deine eigenen Wünsche zu befriedigen? Ihr benehmt euch wie zwei dumme Hunde, die sich ohne Sinn und Verstand bespringen!«

Doch während ich ihr Gesicht abschrubbte, träumte sie noch immer von Wen Fu und schwärmte mir vor, wie er ihre weichen Wangen und zierlichen Hände bewundert hatte. »Ai!« quäkte sie empört. »Du kratzt mir ja die ganze Haut ab!«

»Selber schuld«, sagte ich. »Der Knutschfleck hier ist nicht wegzukriegen. Er hat dich wie eine Spinne in den Hals gebissen. Und die Familie wacht auch bald auf. Ai, das gibt Ärger.«

Peanut griff bloß kichernd nach ihrem Spiegel: »Laß mal sehen. Ayo! Was hat er denn da gemacht!« Sie zog ihren Kragen hoch und kicherte noch alberner.

Es war ihr egal, was für ein Risiko ich einging, indem ich ihr half. Sie wußte sehr wohl, daß ich mehr Ärger bekommen würde als sie, wenn ihre Mutter uns auf die Schliche kam. Und ich hatte Angst davor, wie Alte Tante und Neue Tante es mich büßen lassen würden.

Du wirst wahrscheinlich kaum verstehen können, wieso ich solche Angst hatte, wegen Peanut bestraft zu werden. Aber in China war es damals immer so, daß man für jemand anderen verantwortlich war. Es war nicht wie hier in Amerika – Freiheit, Unabhängigkeit, mach, was du willst, sei ruhig ungehorsam. Das war undenkbar. Keiner sagte je zu mir: »Sei schön brav, dann kriegst du auch Schokolade.« Fürs Bravsein wurde man nicht extra belohnt, das war einfach selbstverständlich. Doch wenn man *nicht* brav war, gab es harte Strafen, ohne lange Begründung.

Ich erinnere mich noch an die Drohungen: »Willst du aus dem Haus gejagt werden und betteln gehen, wie deine Mutter?« sagte Alte Tante oft. »Willst du eine schreckliche Krankheit bekommen, die dir das halbe Gesicht zerfrißt, wie deine Mutter?« Von Anfang an bekam ich solche Sachen von Alte Tante zu hören, egal, wie unsinnig sie auch waren. Und da ich ja nicht wußte, was wirklich mit meiner Mutter geschehen war – ob sie nur ihrem Mann davongelaufen war, wie Peanut meinte, ob sie an einer plötzlichen Krankheit gestorben war, wie mein Vater verbreitet hatte, oder ob sie fortgeschickt worden war, weil sie meinen Vater irgendwie geärgert hatte, wie die Leute sich zutuschelten –, darum brach ich als Kind immer schon in Tränen aus, wenn Alte Tante meine Mutter nur erwähnte.

Später weinte ich nicht mehr. Ich versuchte, nicht mehr so oft an meine Mutter zu denken oder an meine früheren Hoffnungen, daß sie mich eines Tages holen kommen würde. Also dachte Alte Tante sich neue Drohungen aus, um mir Angst einzujagen. Einmal nahm sie mich und Peanut zu einer Familie in Shanghai mit. Dort zeigte sie auf ein Dienstmädchen, das den Hof fegte.

»Seht euch dieses arme Mädchen an«, hatte Alte Tante in mitleidigem Ton gesagt. Das Mädchen trug zerschlissene Hosen, die ihr um die dünnen Waden schlotterten. Ihr Blick war stumpf und teilnahmslos. Und dann erzählte uns Alte Tante, die Arme sei von ihrem Vater als Sklavin verkauft worden, weil sie ihm nach dem Tod ihrer Mutter nicht gehorchen wollte.

Es gab auch noch andere Drohungen. Wenn Alte Tante fand, daß ich mich nicht demütig genug benahm – wenn ich mich nicht schnell genug niederbeugte und um Verzeihung bat –, dann gab sie mir eine Ohrfeige. »So trotzig, so widerspenstig! Welche Familie wird dich je als Frau für ihren Sohn wollen? Vielleicht sollte man dich lieber gleich mit dem alten Stinkeschuh verheiraten!«

Sie meinte den alten Flickschuster, der so gräßlich stank wie die alten Schuhe, mit denen er an den Türen hausieren ging. Wahrscheinlich drohten alle Mütter im Dorf ihren Töchtern, sie mit dem alten Stinkeschuh zu verheiraten. Und die Töchter gehorchten wohl lieber, denn sonst hätte der alte Stinkeschuh mindestens zwanzig Frauen gehabt!

Ich glaube nicht, daß Alte Tante mir mit solchen Sachen drohte, um mich absichtlich schlecht zu behandeln. Und das sage ich nicht aus Gutmütigkeit. In Familien wie der unseren war es eben üblich, Kinder mit Drohungen zu erziehen. Alte Tantes Mutter hatte dasselbe wahrscheinlich schon mit ihr gemacht – und ihr auch immer andere Kinder als leuchtendes Beispiel vor Augen gehalten, die geradezu unwahrscheinlich brav waren. So brachte man den Kindern Benehmen bei. So vertrieb man die eigensüchtigen Gedanken aus ihren dummen Köpfen. So zeigte man ihnen, daß man nur das Beste für ihre Zukunft im Sinn hatte. So lernten sie, später auch ihre eigenen Familien in Ordnung zu halten.

Aber darum fürchtete ich damals in dem Gewächshaus auch zu Recht, daß es mir wegen Peanuts schlechtem Benehmen an den Kragen gehen könnte. Es hätte mich meine eigene Zukunft kosten können. Und deshalb weigerte ich mich auch, als Peanut mich das nächste Mal bat, Wen Fu einen Brief von ihr zu bringen.

»Bring ihn doch selber hin«, sagte ich. »Ich will nicht mehr den Kurier für euch spielen.« Peanut weinte und bettelte, und dann fing sie an, mich zu beschimpfen. Den ganzen Tag redete sie kein Wort mehr mit mir. Und ich dachte, ich hätte mir fortan eine Menge Ärger erspart. Wie hätte ich denn wissen sollen, daß ich mir damit nur noch weit Schlimmeres einbrockte?

Ich erfuhr erst später, was ich mit meiner Weigerung angerichtet hatte: Wen Fu ärgerte sich sehr, als er stundenlang umsonst auf Peanuts Brief warten mußte. Und als ich auch am nächsten und übernächsten Tag nicht erschien, beschloß er, nicht länger zu warten. Er fand einen besseren Boten – eine Frau, die nicht nur Briefe, sondern auch Heiratsanträge überbringen konnte.

Wen Fu hatte nämlich inzwischen gemerkt, daß er Peanut gar nicht zur Frau wollte – jedenfalls nicht aus wahrer Liebe, sondern nur, um in ihre Familie einzuheiraten. Und das war ja damals keineswegs unüblich. Die meisten Männer nahmen sich eine Ehefrau, wie man ein Haus kauft. Wenn man hier ein Haus sieht, das einem gefällt, geht man zum Makler. Wenn man damals in China eine reiche Familie mit einer Tochter sah, ging man zur Heiratsvermittlerin, um das Geschäft perfekt zu machen.

Die Heiratsvermittlerin, an die er sich wandte, war eine alte

Frau, die wir Tante Miao nannten. Sie war berühmt für ihr Geschick, die passenden Partner zusammenzuführen, so daß die Verbindung möglichst viele Söhne hervorbrachte. Vor ein paar Jahren hatte sie auch schon die Ehen von Alte Tantes beiden Töchtern arrangiert. Gerade fällt mir wieder ein, daß Tante Miao der Alten Tante auch geholfen hatte, einen Jungen namens Lin von unserer Familie fernzuhalten, den ich hätte heiraten sollen. Doch ehe ich noch darauf hoffen konnte, war die Chance schon verflogen.

»Die Verbindung bringt nichts ein«, hatte Tante Miao der Alten Tante erklärt. »Gut, der Vater ist ein gebildeter Mann, aber was hat er davon? Er ist ja noch nicht mal Beamter. Und sieh dir seine Frau an – die war schon fast vierzig, als sie ihr letztes Kind bekam. Eine Schande ist das!«

Doch das war nicht der wahre Grund, weshalb Tante Miao die Lins nicht mochte. Es hatte mit einer alten Beleidigung zu tun, die schon viele Jahre zurücklag. Peanut hatte zufällig aufgeschnappt, wie der Onkel sagte, die Lins hätten früher schon mal einen Heiratsvertrag mit einer Familie im Dorf abgeschlossen. »Doch ein paar Monate vor der Hochzeit«, erzählte Peanut mir weiter, »ist der Lin-Sohn weggelaufen und hat statt dessen ein Mädchen aus Shanghai geheiratet – einfach so, aus Liebe! Natürlich hätte die Familie das Mädchen aus Shanghai zwingen können, seine Konkubine zu werden, und dann hätte er das andere Mädchen doch noch heiraten können. Aber wie hätte das ausgesehen? Ein Mann, der seine zukünftige Ehefrau so verabscheut, daß er sich schon vorher eine Konkubine nimmt!« Peanut lachte. »Weißt du, wer das Mädchen aus dem Dorf war? Tante Miao. Sie war ja so gekränkt, so wütend – sie mußte noch drei Jahre warten, bis irgend jemand sie überhaupt wieder als Schwiegertochter in Betracht zog.«

Diese Tante Miao kam oft zu uns zum Tee, um mit Alte Tante und Neue Tante zu bekakeln, wer gerade krank war, wer Post von Verwandten aus Übersee bekommen hatte und wessen ungeratener Sohn zu den Kommunisten übergelaufen war.

Peanut und ich sprachen sie immer höflich mit »Tante Miao« an, aber hinter ihrem Rücken nannten wir sie Miau-miau, weil sie genau wie eine Katze war. Ständig lauerte sie mit gespitzten Ohren auf neue Geheimnisse.

Sicher hatte Tante Miao Wen Fu auch alles mögliche über unsere Familie weitererzählt: Daß der Onkel ein guter Geschäftsmann sei, aber vor kurzem viele Aufträge verloren habe. Daß Neue Tante seine zweite Frau sei, die ihm zu Diensten stehe, und Alte Tante seine erste Frau, der man alles recht machen müsse. Daß Peanut die jüngste Tochter sei, der Liebling der Familie, und ich Peanuts Kusine, deren Mutter verschwunden sei – ob unter die Räuber gefallen, im Meer ertrunken oder vom Erdboden verschluckt, sei ungewiß. Daß mein Vater außerdem so reich sei, daß er es sich leisten könne, seinem jüngeren Bruder eine ganze Fabrik zu schenken und dazu noch das schönste Haus auf der Insel, weil er selbst in Shanghai noch viel mehr besitze. Na, und das hatte Wen Fu sicher zu denken gegeben.

Kurz nachdem ich mich geweigert hatte, weiter den Kurier zu spielen, kam Tante Miao mit Wen Fus Eltern zum Tee. Peanut war so aufgeregt, daß sie beim Einschenken fast die Teekanne fallen ließ. Sie kicherte unbeherrscht vor sich hin, und Neue Tante mußte sie zweimal ermahnen, dem Onkel Tee nachzuschenken. Doch ich sah, daß Wen Fus Mutter Peanuts Albernheit überhaupt nicht beachtete. Sie schaute mich die ganze Zeit prüfend an.

Sie wollte wissen, ob das Kleid, das ich trug, selbst genäht sei. Sie betrachtete die Stickerei an den Ärmelrändern und meinte, ich sei wohl recht geschickt, doch etwas mehr Übung könne nicht schaden. Sie erkundigte sich nach meiner Blässe – ob das meine angeborene Hautfarbe sei oder ob ich etwa kürzlich krank gewesen sei? Warum ich denn so still sei? Ob ich oft huste? Ob ich leicht ermüde?

Am nächsten Tag besuchten Alte Tante und Neue Tante die Wen Fus in ihrem Haus auf der anderen Seite der Insel. Peanut war schon eifrig dabei, sich in den Modezeitschriften ihr Hochzeitskleid auszusuchen. Und am Tag darauf verkündete Alte Tante, die Familie Wen habe einen Heiratsantrag gemacht – nur galt er nicht Peanut, sondern mir.

Ich sagte nicht ja. Ich sagte nicht nein. Keiner fragte mich nach meiner Meinung, da ich sowieso keine Wahl hatte.

Natürlich klatschte ich nicht gerade vor Freude in die Hände und dankte meinen Tanten, daß sie so eine gute Zukunft für mich geplant hatten. Aber ich lief auch nicht in mein Zimmer und verweigerte mein Essen oder drohte mit Selbstmord, wie manche Mädchen, die mit der Wahl ihrer Familie nicht einverstanden waren.

Wenn du mich fragst, wie ich die Neuigkeit aufnahm, kann ich nur sagen: Mir war, als hätte ich einen großen Preis gewonnen. Und gleichzeitig war mir, als hätte ich gerade erfahren, daß ich geköpft werden sollte. Gemischte Gefühle, wie man so schön sagt.

Nach dieser Eröffnung blieb ich mit ausdrucksloser Miene am Tisch sitzen, zu verwirrt, um irgend etwas dazu zu sagen. Peanut schmollte. »Warum muß Wei-wei denn heiraten?« fragte sie.

Neue Tante mißverstand ihren Vorwurf als Bedauern, daß ich nun fortgehen würde. »Sei doch nicht so selbstsüchtig! Sie kann dich ja trotzdem oft besuchen kommen. Aber jetzt muß sie erst mal heiraten und uns verlassen. Sie ist die Älteste, genau im richtigen Alter, fünf Jahre jünger als ihr Mann. Später darfst du sie dann im Haus ihrer neuen Familie besuchen.«

Ich saß stumm dabei und versuchte mir Wen Fu als meinen Ehemann vorzustellen. Ich sah mich auf der Straße auf ihn zulaufen, wie Peanut es immer getan hatte. Doch jetzt küßte er mich, nicht sie. Er lachte übers ganze Gesicht. Er machte mir Komplimente; er gab mir einen Liebesbrief. Ich fühlte schon, wie mir das Herz im Hals klopfte vor Aufregung, den Brief zu lesen.

Ich blickte Peanut an, die immer noch schmollte und vor Wut durch die Nase schnaufte. Hnh! Hnh! Wie ein Drache, dem man auf den Schwanz getreten hat. Sie konnte ihre Gefühle nicht so gut verbergen wie ich. Erst da fiel mir auf, daß ich meine Gefühle so lange und so gut verborgen hatte, daß sie mir selbst fremd waren – bis zu diesem Augenblick. All die Male, die ich so ärgerlich auf Peanut gewesen war, weil sie sich von Wen Fu küssen ließ – jetzt verstand ich es erst. Ich hatte ihn für mich selbst haben wollen.

Nein, mit Liebe hatte das nichts zu tun! Das will ich damit nicht sagen. Es war nur eine stumme, schüchterne Hoffnung. Ich lernte endlich, etwas für mich zu erhoffen.

Du glaubst mir nicht? Hat Tante Helen dir die Geschichte etwa schon erzählt? Das hatte sie nämlich vor. Ich hab's ihr verboten. Ich wußte, sie würde alles ganz falsch darstellen. »Es war Liebe auf den ersten Blick. So romantisch!«

Aber du weißt ja, wie sie ist. Was falsch ist, hält sie für wahr. Was wahr ist, hält sie für falsch. Genau wie mit ihrem Gehirntumor – sie hat überhaupt keinen Gehirntumor. Das hab' ich ihr gesagt, aber sie wollte es mir nicht glauben. Sie dachte, ich wollte sie nur schonen. »Warum sollte ich dich denn schonen?« hab' ich sie gefragt. »Weil ich bald sterben muß«, hat sie gesagt. Wie soll man so jemandem irgendwas klarmachen?

Deshalb erzähle *ich* dir jetzt die Geschichte, nicht Tante Helen. Und du mußt mir glauben, weil ich deine Mutter bin. Ich habe Wen Fu nicht geliebt, noch nicht mal am Anfang. Ich war natürlich froh, aber nur über diese neue Chance. Obwohl ich meine Freude darüber vielleicht ein wenig mit Liebe verwechselte.

Ein paar Tage nach der großen Ankündigung hörte ich meinen Tanten mit respektvoll gesenktem Kopf zu, wie sie mir von meinem Glück erzählten, in eine so gute Familie einzuheiraten. Alte Tante erklärte, daß meine Schwiegereltern mich trotz der Schande meiner Mutter akzeptierten. Neue Tante sagte, die Wens machten erfolgreiche Geschäfte mit dem Ausland und Wen Fu könnte meinem Vater und Onkel dann helfen, unsere Seide und Baumwolle nach Übersee zu verkaufen. Das habe er schon versprochen. Sie sagten, Wen Fus Mutter sei eine begabte Schneiderin und Landschaftsmalerin, eine gute Köchin und Hausfrau. Sie würde mir noch viel beibringen können. Und das Haus erst – natürlich nicht ganz so prächtig wie unseres, aber doch sehr schön, mit vielen Dienstboten. Die Wens besäßen sogar ein Automobil!

Je mehr ich darüber hörte, desto mehr wollte ich ihnen glauben. Ich stellte mir vor, wie Wen Fu in dem Automobil vorgefahren kam, um mich abzuholen – wie wenig ich mein früheres Leben vermissen würde! Ich träumte davon, in einem fröhlichen Haushalt zu leben, wo niemand schimpfte und nörgelte. Ich dachte an eine Schwiegermutter, die zu gut war, um wahr zu sein, die mich immer nur lobte. Ich konnte schon die Dienstboten sehen, wie sie mir die Teetasse füllten, bevor ich überhaupt merkte, daß ich durstig war. Und eine ganze Schar von Kindern, alle gleich groß, die nach meinem Rockzipfel haschten und mich zum Lachen brachten. Als meine Tanten mir sagten, daß ich Wen Fus Frau werden sollte, stellte ich mir all das vor, was die Wahrsagerin Peanut erzählt hatte.

Angesichts dieser guten Dinge, die da auf mich zukamen, tat Peanut mir natürlich leid. Doch dann fing sie an, mich zu beschuldigen, ich hätte sie betrogen. In der Zeit vor der Hochzeit mußten wir ja immer noch im selben Bett schlafen. Wenn ich ins Zimmer kam, spuckte sie auf den Boden. Nachts trat sie mir gegen die Beine, schubste mich mit meiner Decke auf die Seite und wisperte, ich sei ekliger als die Würmer, die tote Tiere fressen. »Du hast doch selbst gehört, was deine Mutter gesagt hat«, verteidigte ich mich. »Ich bin die Ältere. Ich muß ihr gehorchen. Wenn du was dagegen hast, dann beschwer dich gefälligst bei deiner Mutter.«

Wenn ich mir das alles genauer überlegt hätte, wäre mir klargeworden: Es ging meinen Tanten gar nicht darum, daß ich die Ältere war und Peanut die Jüngere. Peanut war das Lieblingskind. Sie bekam immer die besseren Sachen: bessere Kleider, mehr Lob, mehr Taschengeld, bessere Glücksamulette, bessere Medizin, wenn sie krank war. Wie ich schon sagte, haben sie mich nicht wirklich schlecht behandelt. Aber Peanut behandelten sie eben besser. Wie konnte ich nur so dumm sein? Ich hätte es doch wissen müssen – wenn sie mich mit Wen Fu verheirateten, dann konnte es eigentlich gar keine so gute Sache sein.

Und dann geschah etwas, das mich schon fürchten ließ, all meine Hoffnungen würden zerplatzen wie eine Seifenblase. Meine Tanten sagten, sie wollten mich nach Shanghai mitnehmen, um bei meinem Vater die Erlaubnis für meine Heirat einzuholen. Sie zeigten mir seinen Brief, in dem nur stand, daß wir ihn besuchen sollten, ohne jeden Glückwunsch. Wir hatten damals auf der Insel keine Telefonverbindung nach Shanghai, und der Brief war mit einem Boten gekommen, nicht mit der üblichen Post, was die Einladung noch mehr wie einen Befehl erscheinen ließ.

Kannst du dir vorstellen, was ich empfand? Ich hatte meinen Vater seit fast zwölf Jahren nicht gesehen, seit dem Tag, als er mich auf die Insel geschickt hatte. Wenn wir nach Shanghai fuhren, hatten meine Tanten mich nie zu ihm gebracht. Er hatte mir nie geschrieben und mich auch nie besucht. Also hatte ich keine Ahnung, ob er sich über das Wiedersehen mit mir ärgern oder freuen würde, und ich wußte auch nicht, ob ich mich freuen oder fürchten sollte.

An jenem Morgen badeten Alte Tante, Neue Tante und ich in aller Frühe und zogen unsere besten Sachen an, leuchtende Seidenkleider und Satinjacken. Wir kauften Fahrkarten erster Klasse für die zweistündige Bootsfahrt flußabwärts nach Shanghai. Als wir dort ankamen, wurden wir schon von einem langen schwarzen Automobil mit Chauffeur erwartet, der uns zum Haus meines Vaters in der Julu-Straße brachte. Ich kam mir vor wie im Märchen.

Doch als wir dann auf das Haus zugingen, merkte ich, daß wir einen schweren Fehler gemacht hatten. Wir waren viel zu bunt herausgeputzt und unterstrichen damit nur zu deutlich unsere Unwichtigkeit. Die Haustür schwang auf, und ich stand in einer großen Eingangshalle, an die ich mich nicht mehr erinnern konnte.

Das Haus war zehnmal größer und schöner als unseres am Mund des Flusses. Eigentlich war es gar nicht mit unserem zu vergleichen. Alles, was man sah, hätte man am liebsten angefaßt, aber gleichzeitig traute man sich kaum, auch nur einen Schritt vorwärts zu tun, aus Angst, etwas umzustoßen. Gleich neben mir standen zwei halbhohe Podeste mit Statuen: auf der einen Seite ein Jäger, der ein Reh erlegte, auf der anderen zwei Mädchen in englischen Kleidern. Ein Niesen, ein zu lautes Wort, und sicher wären diese feinen Statuen in tausend Stücke zerbrochen.

Ich schaute auf meine Füße nieder und wünschte, ich könnte mich bücken und den Staub von meinen neuen Schuhen wischen. Dabei fiel mir der weiße Marmorboden auf.

Plötzlich erinnerte ich mich wieder an sein Muster – meine Mutter hatte mir einmal gesagt, es seien lauter Juwelen, die der Fluß auf den Marmorfelsen angespült habe. Und vor mir auf dem Boden sah ich vielfarbige Lichter tanzen – Schatten der bunten Flußfische, hatte meine Mutter sie genannt.

Ich blickte hinauf, um zu sehen, wo die bunten Lichter herkamen – es war das große farbige Fenster am Treppenabsatz zum ersten Stock, all die Blumen, Bäume und Wolken in dem Glas. Während ich angestrengt versuchte, mich daran zu erinnern, fiel mein Blick auf die breite Wendeltreppe, und ich bemühte mich, mir das glatte dunkle Holz des Geländers ins Gedächtnis zu rufen, das Gefühl, mit der Hand darauf entlangzustreichen.

Und da sah ich meinen Vater die Treppe herunterkommen, ganz

langsam, Stufe für Stufe, wie ein Gott, der aus dem Himmel herabsteigt.

Ich erinnerte mich an diese Eigenart von ihm, nie die geringste Hast zu zeigen. Ich erinnerte mich an das Gefühl, immer ängstlich abzuwarten, was wohl als nächstes passieren würde.

Doch nun stand er auf der letzten Stufe und starrte mich mit bleichem Gesicht an, und ich war sicher genauso bleich. Als ob sich zwei Geister begegneten! Vielleicht sah er meine Mutter in meinem Gesicht und haßte mich dafür. Ich senkte den Kopf.

»Tochter«, sagte er plötzlich. »Du solltest unsere Gäste bitten, Platz zu nehmen.«

Ich drehte den Kopf zur Seite, um zu sehen, mit wem er sprach. Aber Alte Tante stubste mich an, und da zeigte ich schnell auf einen Salon zu meiner Rechten und sagte: »Setzt euch doch, kommt herein und setzt euch. Seid nicht höflich, setzt euch«, als hätte ich meine Tanten schon immer in einem Haus willkommen geheißen, in dem ich selber gar nicht wohnte.

Wir saßen alle sehr still auf Sofas mit Daunenpolstern, die so tief einsanken, daß ich mich darin wie festgenagelt fühlte. Alte Tante nickte meinem Vater nervös zu: »Wie geht es dir, Großer Bruder? Du bist hoffentlich bei guter Gesundheit.« Neue Tante folgte ihrem Beispiel und wiederholte: »Wie geht es dir? Wie geht es dir?«

Mein Vater lächelte, schlug in aller Ruhe die Beine übereinander und sagte: »Nicht schlecht, aber auch nicht allzu gut. Ihr wißt ja, wie das ist, wenn man das Alter in den Knochen spürt.«

»Ai, wie wahr!« pflichtete Alte Tante ihm eifrig bei. »Mir geht es genauso. Ich habe ja so oft Magenschmerzen nach dem Essen, und meine Därme...«

Mein Vater zog eine Augenbraue hoch, und dann schwiegen wir alle wieder. Im Nebenzimmer schlug der Gong einer Uhr, und meine Tanten taten so, als hörten sie hingerissen zu, um dann einstimmig zu beteuern, das sei der schönste Klang, den sie je vernommen hätten.

Ich saß nur stumm da und schaute meinen Vater an. Er sah aus wie eine ältere, schlankere Version meines Onkels. Sein Gesicht wirkte strenger, und auch intelligenter. Er trug eine Brille mit schmalem goldenem Rahmen, einen dunklen westlichen Anzug und darunter eine chinesische Weste. Er war nicht sehr groß, obwohl er trotzdem sehr würdevoll wirkte, wie er langsam den Kopf nach einem Dienstboten umwandte und ihn dann mit einer gemessenen Handbewegung herbeiwinkte. Doch statt ihm selbst etwas aufzutragen, sah er mich an.

»Tochter, du sollst das entscheiden. Wollen wir lieber einen chinesischen Imbiß oder englische Kekse zum Tee bestellen? Was ziehst du vor?« Ich kam mir vor wie von zwei Pferden in verschiedene Richtungen gezerrt. Wofür sollte ich mich entscheiden? Welches war die richtige Antwort?

»Irgend etwas Einfaches«, murmelte ich schließlich.

Er lächelte. »Natürlich, das hast du ja schon immer vorgezogen.« Er winkte dem Diener noch mal und trug ihm auf, englische Kekse, chinesische Birnen und belgische Pralinen zu bringen.

Ich dachte über seine Antwort nach. Seine eleganten Manieren waren mir so fremd, und doch schien er mich so gut zu kennen. Hätte ich ehrlich gesagt, was ich am liebsten wollte, hätte ich genau diese Dinge aufgezählt.

Beim Tee, der sich nicht sehr lange hinzog, erzählte Alte Tante meinem Vater von den Wens – wie gut sie zu seiner Tochter paßten und wie gut sie sich ins Familiengeschäft einfügen würden. Ich hielt den Blick auf meine gefalteten Hände gesenkt und schaute hin und wieder zu meinem Vater hoch, um seine Reaktion zu beobachten. Und wir hörten alle zu, wie Alte Tante einen kleinen Zipfel Wahrheit nach allen Richtungen ausdehnte.

Das Exportgeschäft der Wens wurde zu einem internationalen Transportunternehmen. Wen Fus Kenntnisse im Außenhandel wurden zu persönlichen Freundschaften mit den Chefs der wichtigsten Handelsfirmen in England und Amerika. Und Wen Fus Mutter wurde zum Inbegriff aller Tugenden und Begabungen – wenn man Alte Tante so hörte, glaubte man fast, Frau Wen könnte sogar einen dürren Baum über Nacht zum Blühen bringen!

Mein Vater war aber nicht so dumm. Er hörte ruhig zu und nippte an seiner Teetasse. Und jedesmal wenn Alte Tante sich zu sehr in ihre Übertreibungen verstieg, sah er sie nur schweigend und ausdruckslos an, bis sie nervös wurde und ihre Einschätzung der Wens ein klein wenig herunterschraubte.

»Nun ja, an deinem Maßstab gemessen sind sie natürlich nicht sooo erfolgreich, kein Vergleich mit deiner Position. Aber sie sind sehr wohlhabend und sehr angesehen. Und das ist doch das Wichtigste für deine Tochter, dachte ich, eine angesehene Familie.«

Und damit hatte Alte Tante ihren Vorrat an Lobeshymnen auf die Wens erschöpft. Doch mein Vater sagte noch immer nichts.

»Ein braver Junge, eine angesehene Familie«, flötete Neue Tante bekräftigend.

Mein Vater sah mich an. Ich versuchte, meine Verwirrung zu verbergen. Vielleicht war er gegen die Heirat. Vielleicht war er noch immer zornig auf meine Mutter, zornig auf mich.

»Ich kenne diese Familie«, sagte er schließlich. »Ich habe schon Nachforschungen über ihr Geschäft anstellen lassen und ihre Verhältnisse überprüft.« Er wedelte träge mit der Hand, als ob er eine Mücke fortscheuchte. »Aber ich wollte auch hören, was meine eigene Familie davon hält.«

Diese Eröffnung erstaunte Alte Tante und Neue Tante nicht wenig. Sie ließen schuldbewußt die Köpfe hängen und warteten ab, was mein Vater ihnen als nächstes eröffnen würde – was er wohl seinerseits über die Wens herausgefunden hatte.

»Tochter, wie denkst du darüber?« fragte er mit leiser, ein wenig rauher Stimme. »Ist es das, was du willst?«

Ich biß mir auf die Lippen. Ich kniff die Finger zusammen. Ich zupfte an meinem Kleid herum und wußte nicht, was ich antworten sollte.

Mein Vater wedelte wieder mit der Hand. »Offenbar ist es das, was sie will«, sagte er zu meinen Tanten und seufzte. »Was können wir schon dagegen tun?«

Meine Tanten lachten höflich, als könne er das nur als Witz gemeint haben. Aber ich hatte etwas anderes herausgehört. Sein Tonfall klang traurig. Doch ehe ich noch weiter darüber nachdenken konnte, begann mein Vater, sich nach geschäftlichen Dingen zu erkundigen. Also hatte ich mich vielleicht doch geirrt.

»Was bieten die Wens als Gegengabe an?«

Alte Tante reichte ihm einen Umschlag. Mein Vater zählte schnell die viertausend *yuan* darin ab und nickte. Ich war erleichtert. Es war eine beträchtliche Summe, ein respektabler Betrag, soviel wie etwa zweitausend US-Dollar, also heute vielleicht vierzig- oder fünfzigtausend wert. Ein gewöhnlicher Chinese würde mehr als zehn Jahre dafür arbeiten müssen. Aber das hieß nicht, daß die Wens meinem Vater das Geld tatsächlich schenkten. Er hatte es ihnen am Hochzeitstag mit den Worten zurückzugeben: »Ihr werdet ein Leben lang den Wohlstand eurer Familie mit meiner Tochter teilen. Das ist schon genug.«

Und dann wurde von meinem Vater erwartet, mir eine Mitgift zu geben, die sich auf die gleiche Summe belief, und mir zu sagen: »Dies ist als Rücklage gedacht, damit du deiner neuen Familie nicht zu sehr zur Last fällst.« Das Geld würde dann mir gehören und unter meinem Namen auf ein Bankkonto eingezahlt werden. Ich brauchte nichts davon abzugeben. Niemand konnte es mir wegnehmen. Doch für den Rest meines Lebens würde es das einzige Geld sein, über das ich verfügen konnte.

»Was für eine Mitgift erwarten die Wens sonst noch?« fragte mein Vater.

Alte Tante mußte ihre Antwort genau abwägen. Wenn sie sagte, die Wens erwarteten wenig, würde es so aussehen, als sei die Familie nicht viel wert. Sagte sie aber, sie erwarteten sehr viel, würde es so klingen, als sei ich ihrer nicht würdig. Doch Alte Tante besaß genügend Erfahrung, da sie ja schon zwei Töchter verheiratet hatte, und sagte daher schlicht: »Die Möbel für das Zimmer, das sie und ihr Mann bewohnen werden« – womit natürlich unser gemeinsames Zimmer im Haus der Familie Wen gemeint war. Diese Antwort ließ die Wens nicht zu habgierig erscheinen. Es war wie eine Ansage beim Pokern. Jetzt war mein Vater an der Reihe, seine Großzügigkeit zu zeigen. »Bis auf das Bett«, setzte Alte Tante hinzu, »das wird natürlich von der Familie des Ehemanns bezahlt.« Sie spielte damit auf die altehrwürdige Tradition an, nach der alle Generationen von Söhnen aus dem Bett des Ehemanns stammen mußten.

»Noch Tee?« fragte mein Vater. Und da er uns die Frage stellte, statt den Diener gleich anzuweisen, noch mehr Tee auszuschenken, war dies ein Wink an uns, den Besuch als beendet zu betrachten. Meine Tanten und ich sprangen sofort auf.

»Nein, nein, wir müssen jetzt gehen«, sagte Alte Tante.

»So bald schon?« sagte mein Vater.

»Wir sind schon spät dran«, meinte Neue Tante, was natürlich nicht stimmte. Wir hatten für den Nachmittag nichts weiter vor; unser Boot fuhr erst am Abend. Wir schickten uns an hinauszugehen.

Doch dann rief mein Vater mich zurück. Er sagte nicht mehr »Tochter«, sondern nannte mich bei meinem Namen. »Wei-wei-ah«, sagte er, »verabschiede dich bei deinen Tanten. Und dann kommst du in mein Arbeitszimmer, damit wir über deine Mitgift reden können.«

Wie wenig Hoffnungen hatte ich in diesen Besuch gesetzt! Und wieviel heimliche Wünsche wollten jetzt mit einem Freudenschrei aus meiner Kehle hervorbrechen! Er behandelte mich wie eine richtige Tochter, als seien all die langen Jahre dazwischen vollkommen vergessen.

Natürlich umarmte und küßte er mich nicht, nicht so wie ihr Amerikaner, wenn ihr euch mal fünf Minuten nicht gesehen habt. Wir unterhielten uns noch nicht mal sehr lange, nachdem meine Tanten gegangen waren. Doch das, was er mir sagte, hat bewirkt, daß ich mich bis zum heutigen Tage frage: Meinte er wirklich, mich in eine gute Ehe zu entlassen? Oder sah er es nur als eine günstige Gelegenheit, mich für immer loszuwerden, damit ich ihn nie mehr an seine eigene unglückliche Ehe erinnern konnte?

Und so erinnere ich mich noch sehr genau an die paar Dinge, die er an jenem Nachmittag zu mir sagte. Ich glaube auch nicht, daß ich seine Worte nachträglich verfälscht habe, um sie meinen Wünschen anzupassen.

Seine Miene war ernst, fast feierlich, sein Gesichtsausdruck offen und ehrlich. Er versuchte gar nicht erst, sich für unsere zwölfjährige Trennung zu rechtfertigen. »Nun, da du heiraten wirst«, sagte er, »wirst du deine wahre Stellung im Leben kennenlernen.« Und damit deutete er auf ein altes Gemälde, das die ganze Wand bedeckte. Es zeigte hundert verschiedene Menschen, Männer, Frauen und Kinder, die lauter verschiedene Tätigkeiten ausführten: arbeiten, essen, schlafen – all die flüchtigen Momente im Leben, für immer festgehalten.

»Als du ein kleines Kind warst«, sagte mein Vater, »bist du oft in dieses Zimmer gekommen und hast dir das Bild hier immer wieder angesehen. Erinnerst du dich noch dran?«

Ich starrte lange auf das Bild und versuchte, es mir ins Gedächtnis zu rufen. Und schließlich erkannte ich eine kleine Figur in der oberen Ecke wieder. Es war eine Dame, die sich über ein Balkongeländer beugte. Ich nickte.

»Als ich dich mal fragte, ob es dir gefiel, hast du gesagt, es sei ein sehr schlechtes Bild. Weißt du noch?«

Ich konnte mir gar nicht vorstellen, so etwas zu meinem Vater gesagt zu haben, nicht mal als kleines Kind. »Tut mir leid, aber das weiß ich nicht mehr«, meinte ich. »Und es tut mir noch mehr leid, daß du mich als so ungezogen in Erinnerung hast.«

»Du hast damals gemeint, das Bild sei zu verwirrend: Du könntest nicht erkennen, ob die Frau mit der Laute ein lustiges oder trauriges Lied singt, ob die Frau mit der schweren Last auf dem Kopf gerade losgeht oder schon fast am Ziel ist. Und ob die Dame auf dem Balkon voller Hoffnung wartet oder ängstlich Ausschau hält.«

Ich schlug die Hand vor den Mund und lachte. »Was für ein seltsames Kind ich war!«

Mein Vater redete weiter, als hätte er mich nicht gehört. »Das hat mir immer an dir gefallen, daß du keine Angst hattest, zu sagen, was du dachtest.« Und dann sah er mich mit undurchdringlicher Miene an.

»Also, sag mir, was hältst du jetzt von dem Bild?« fragte er.

Ich suchte fieberhaft nach einer Antwort, die ihm gefallen würde, die ihm zeigen würde, daß ich immer noch so ehrlich war.

»Diesen Teil hier finde ich sehr gelungen«, sagte ich und deutete auf einen Mann, der sich vor einem Richter verteidigte. »Die Proportionen sind gut, die Details sind sehr schön ausgeführt. Und dieser Teil hier unten gefällt mir gar nicht. Siehst du, er ist zu dunkel, zu schwerfällig, alles wirkt irgendwie so flach...«

Mein Vater war inzwischen ans Fenster getreten. Er nickte, obwohl er, glaube ich, nicht einverstanden war.

Er wandte sich zu mir um. »Von jetzt an«, sagte er mit einem strengen Blick, »mußt du dich immer nach den Ansichten deines Mannes richten. Deine sind nicht mehr so wichtig. Hast du mich verstanden?«

Ich nickte eifrig, froh um diese wertvolle Lektion, die mein Vater mir auf so subtile Weise erteilt hatte. Und dann sagte er, ich dürfe die nächste Woche in seinem Haus bleiben, um alles mögliche für meine Aussteuer einzukaufen.

»Weißt du, was du brauchst?« fragte er.

Ich senkte die Augen, immer noch schüchtern. »Etwas Einfaches.«

»Natürlich«, meinte er. »Etwas Einfaches, was sonst.« Er lächelte, und ich war froh, das Richtige getroffen zu haben.

Doch dann war das Lächeln plötzlich wie weggewischt. »Genau wie deine Mutter«, sagte er, »immer wollte sie etwas Einfaches.« Seine Augen verengten sich, als sehe er sie noch in weiter Entfernugn. »Immer wollte sie etwas anderes.« Er sah mich scharf an. »Bist du genauso?«

Ich wußte nie, wie seine Fragen gemeint waren – es war wie mit dem Bild. Und ich kam mir vor wie die Dame auf dem Balkon, hin- und hergerissen zwischen Angst und Hoffnung. Wieder war ich um die richtige Antwort verlegen, und so sagte ich spontan, was mir das Herz eingab: »Genauso«, sagte ich.

An jenem Nachmittag führte mich ein Dienstmädchen in das Zimmer, das ich einst mit meiner Mutter geteilt hatte, und ließ mich allein, damit ich mich vor dem Abendessen ausruhen konnte. Kaum war die Tür ins Schloß gefallen, sah ich mich mit klopfendem Herzen im Zimmer um.

Die Bettdecken waren nicht mehr die gleichen. Die Bilder und Vorhänge, die sie ausgesucht hatte, waren nicht mehr da. Ihre Kleider, Kamm und Bürste, die Lavendelseife, all ihre Düfte – spurlos verschwunden. Aber die Möbel waren noch die alten: das Bett, der hohe Schrank, der Frisiertisch mit dem Hocker davor, der Spiegel, in den sie so oft geschaut hatte. Ich weinte vor Freude, endlich wieder zu Hause zu sein, und dann immer verzweifelter, wie ein kleines Kind, das seine Mutter vermißt.

Später erfuhr ich, daß niemand das Zimmer haben wollte, das früher meiner Mutter gehört hatte. Es galt als Unglückszimmer. Deswegen hatte es all die Jahre leergestanden, obwohl das Haus voller Leute war. San Ma und Wu Ma wohnten noch dort – du weißt schon, die anderen Frauen meines Vaters. Sz Ma war schon vor einigen Jahren gestorben. Auch die Söhne meines Vaters lebten dort mit ihren Familien, und natürlich die Dienstboten mit ihren Kindern. Insgesamt beherbergte das Haus wohl an die dreißig Personen.

Doch trotz dieser vielen Bewohner wirkte es seltsam still. Als ich zum Abendessen herunterkam, unterhielten sich die Leute im Eßzimmer mit gedämpften Stimmen. Sie begrüßten mich höflich, und natürlich verlor niemand ein Wort über den Grund meiner jahrelangen Abwesenheit. Ich glaube, sie wußten nicht recht, wie sie sich mir gegenüber verhalten sollten.

Dann wurde das Essen gebracht. Ich wollte mich neben die Frau meines Halbbruders setzen, aber mein Vater winkte mir, neben ihm Platz zu nehmen. Alle beobachteten mich neugierig. Mein Vater stand auf und verkündete: »Meine Tochter Jiang Weili wird nächsten Monat heiraten.« Und dann warteten wir endlos, bis der Diener uns allen einen speziellen Schnaps in fingerhutgroße Jadebecher eingeschenkt hatte.

Schließlich brachte mein Vater einen schlichten Trinkspruch mir zu Ehren aus: »Mögest du in deiner Ehe all das finden, was du dir wünschst. *Ganbei!*« Prost! Er legte den Kopf zurück und leerte seinen Becher in einem Zug. Wir taten es ihm gleich. Und bald gratulierten mir alle und redeten laut durcheinander, wie es in einer glücklichen Familie üblich ist. Der Schnaps brannte mir auf der Zunge, und in meinen Augen brannten Freudentränen.

Wie sich herausstellte, hatte mein Vater San Ma beauftragt, mir beim Einkaufen der Aussteuer zu helfen. Sie war die älteste der Ehefrauen und verwaltete das Haushaltsgeld. Und natürlich wußte sie auch genau, was ein Mädchen für die Heirat brauchte. Sie hatte schon Sz Mas drei Töchter vor deren Hochzeit beraten, wie sie mir im Auto erzählte, auf der Fahrt zum *Yung An Gungsi,* dem erstklassigen Kaufhaus an der Nanking Road.

»Sz Mas Töchter«, sagte sie, »hatten sämtliche Fehler ihrer Mutter geerbt. Tz, tz! Die erste war so geizig, daß sie keine Kupfermünze für einen Bettler übrig hatte. Die zweite war so hartherzig, daß sie ihm lieber Dreck in die Bettelschale geworfen hätte. Und die dritte war so habgierig, daß sie ihm noch die dreckige Bettelschale gestohlen hätte! Also habe ich ihnen auch nicht viele Sachen für ihre Mitgift gekauft. Wozu auch? Sie waren es nicht wert!«

Ich verhielt mich San Ma gegenüber sehr vorsichtig. Ich erinnerte mich noch, daß sie immer am eifersüchtigsten auf meine Mutter gewesen war, neidisch auf ihr Haar, ihre Stellung, ihre Bildung. Ich wollte ihr keinen Anlaß geben, meinem Vater zu erzählen, ich sei habgierig.

Als ich mir einen Stuhl aussuchen sollte, zeigte ich darum auf einen ganz einfachen, ohne Schnitzereien. Und als ich einen Teetisch auswählen sollte, zeigte ich auf den schlichtesten von allen. Sie nickte und ging zu dem Verkäufer hinüber, der darauf wartete, uns zu bedienen. Aber sie bestellte nicht die Stücke, die ich ausgesucht hatte; sie kaufte mir welche, die dreimal so gut waren!

Ich bedankte mich überschwenglich. Und dann dachte ich, daß wir die Einkäufe damit beendet hätten und wieder nach Hause fahren würden. Ich glaubte wirklich, wir würden nur einen Stuhl und einen Teetisch kaufen. Doch San Ma ermunterte mich sanft, zu überlegen, was eine ordentliche Ehefrau denn sonst noch brauchte. »Was für Schränke möchtest du?« fragte sie.

Kannst du dir vorstellen, wie ich mich fühlte? Erinnerst du dich, wie ich auf ein besseres Leben gehofft hatte? Und nun waren auf einmal alle so nett zu mir. Ich war nicht mehr einsam. Ich hatte alles, was ich nur verlangen konnte. Ich brauchte mir nie mehr etwas zu wünschen, genau, wie die Wahrsagerin es vorausgesagt hatte.

Den ganzen Tag lang kauften San Ma und ich ein. Es war wie in der Fernsehshow, wo die Frau nur eine Minute Zeit hat, sich etwas von dem Ladenregal auszusuchen. Sie kommt gar nicht dazu, sich zu entscheiden – sie muß das erste nehmen, was ihr auffällt. So machte ich es auch, nur hatte ich eine ganze Woche Zeit dafür. Du kannst dir wohl denken, wie viele Sachen wir kauften und wie die Träume von meinem zukünftigen Leben immer bunter wurden.

An jenem Tag fanden wir noch einen dreitürigen Schrank und eine sehr hübsche, geräumige Kommode. Und dies war mein Lieblingsstück: ein moderner Frisiertisch mit einem großen runden Spiegel, der in einen Silberrahmen gefaßt war. An beiden Seiten hatte er zwei Schubladen, eine lange und eine kurze, mit einem Intarsienmuster aus Mahagoni, Eiche und Perlmutt, das wie ein offener Fächer aussah. Die Schubladen waren innen mit Zedernholz verkleidet, so daß ein wunderbarer Duft aufstieg, wenn man sie herauszog. Der Mittelteil des Tisches war leicht abgesenkt und ebenfalls mit Intarsien ausgelegt. Und darunter stand eine kleine geschwungene Bank mit einem grünen Brokatbezug. Ich sah mich schon an dem Frisiertisch sitzen und genau wie meine Mutter in den Spiegel schauen.

Siehst du, es war derselbe Stil wie bei dem Frisiertisch, den ich für dich gekauft habe. Ich hatte so lange danach Ausschau gehalten! Und ganz bestimmt nicht, um dich damit zu quälen. Es war schon immer mein Lieblingsstück.

Am zweiten Tag half San Ma mir, ein paar Dinge zum Zeitvertreib auszusuchen: ein Radio, eine Nähmaschine, ein RCA-Grammophon, das die Platten automatisch wechseln konnte, ein Porzellanaquarium, so groß, daß ich selbst hineinpaßte! Wen Fu und ich würden viele Möglichkeiten haben, uns ein schönes Leben zu machen.

Am dritten und vierten Tag kauften San Ma und ich die Sachen, die man als verheiratete Frau benötigte. Ich war ja so verlegen! Ich konnte immer nur kichern, wenn sie erklärte, was ich brauchte und wozu. Zuerst fanden wir eine Waschkommode, ein wirklich hübsches Möbel – mit einer grünen Marmorplatte und geschnitzten Holztüren. San Ma zeigte mir die Fächer hinter den Türen, wo ich meine weiblichen Toilettenartikel verbergen konnte. Wir benutzten damals Baumwolltücher als Binden, genau wie Windeln.

Danach kauften wir eine große Holzwanne für mein Morgenbad und eine Waschschüssel aus Porzellan, die nur für »untenrum« und für die Füße bestimmt war. San Ma sagte: »Bevor du dich abends zu deinem Mann legst, mußt du dich immer untenrum waschen. Dann wird er dich stets in seinem Bett willkommen heißen.« Das leuchtete mir ein. Ich erinnerte mich an gewisse Zeiten, in denen ich Peanut am liebsten aus unserem Bett geschubst hätte.

Aber dann setzte San Ma noch hinzu: »Später am Abend solltest du dich aber nochmals kurz waschen.« Weshalb, das erklärte sie mir allerdings nicht. Allmählich fing ich an zu glauben, daß Männer es mit der Reinlichkeit sehr viel genauer nahmen als Frauen und daß Frauen bestimmt von Natur aus schmutziger waren.

Schließlich mußte ich mir noch drei Nachttöpfe aussuchen. Mein Gesicht brannte vor Scham bei dem Gedanken, daß Wen Fu und ich sie bald gemeinsam benutzen würden. Die Töpfe hatten hölzerne Deckel und waren innen rot gestrichen und mit einem stark duftenden Öl versiegelt.

Am fünften Tag kaufte San Ma mir ein paar große Lederkoffer und zwei Truhen aus Zedernholz. Wir füllten die Truhen mit Kissen und Bettdecken – doch auf einmal schien San Ma förmlich durchzudrehen! Sie wollte, daß ich noch viel mehr Decken kaufte, gleich zwanzig Stück!

»Aber natürlich brauchst du so viele«, sagte sie. »Wie willst du denn sonst all deine zukünftigen Kinder warm halten?« Also suchte ich mir gute, dicke Steppdecken aus – einheimische Ware, die Nähte mit fein gewobenen Bändern eingefaßt, und innen mit bester Baumwolle gefüllt. Dazu wählte ich lauter schöne Seidenbezüge, alle mit verschiedenen Blumenmustern bestickt.

Am sechsten Tag kauften wir all die Dinge, die nötig waren, um Besucher stilgerecht zu empfangen und die Vorfahren zu ehren: Sofas und Sessel, ein Altarpodest, vier Hocker und einen runden, niedrigen Tisch. Er war aus sehr solidem, dunkel glänzendem Holz, mit geschnitzten Füßen und rings um den Rand mit den Schriftzeichen für langes Leben verziert. Unter dem Tisch gab es noch vier kleinere Tische, die hervorgezogen werden konnten, falls besonders viele Gäste zu Besuch kamen.

Am siebten und letzten Tag kauften wir schließlich noch das Geschirr und Silberbesteck ein. Mittlerweile hielt ich mich schon lange genug im Haus meines Vaters auf, um zu wissen, was ich brauchte: nämlich alles in doppelter Ausführung!

Ich bekam ein Service für Festtage und eins für den Alltagsgebrauch, pro Service von jedem Teil zehn Stück. Alles war vom Feinsten, aus Silber und Elfenbein! Kannst du dir das vorstellen? Und zwar chinesisches Silber, echtes, schweres Silber, so wertvoll wie geprägte Geldmünzen.

In dem Geschäft gab es einen langen Tisch, auf dem wir die ganzen Sachen ausbreiteten. Ich tanzte durch den Laden und suchte mir dies und das aus, als hätte ich mein Leben lang nichts anderes getan, und ich brauchte keinen Gedanken daran zu verschwenden, was das alles kostete. Ich wählte Silberschalen für die Sojasoße, Silbertassen für den Tee, Silberbecher für den Wein und kleine Silberteller, die nur dazu dienten, den Suppenlöffel darauf abzulegen. Und es waren so viel verschiedene Löffel nötig: ein Satz Löffel für die klare Fleischbrühe, einer für den Nachtisch – zum Beispiel für die Liliensamensuppe, die ich so gern mochte –, und dann noch zwei andere Sorten von kleinen und großen Löffeln, an deren Verwendungszweck ich mich nicht mehr genau erinnern kann. Dazu passend gab es jeweils vier Suppenschalen verschiedener Größe, die nur deshalb nicht aus Silber waren, weil sie dann zu heiß zum Festhalten gewesen wären. Aber sie waren immerhin aus sehr gutem Porzellan mit Goldrand. An Tellern gab es nur zwei Sorten, die eine klein, die andere noch kleiner, denn – wie San Ma erklärte – »wenn man zu große Teller nimmt, sieht es so aus, als würde man nie wieder was zu essen kriegen.«

Meine Eßstäbchen waren natürlich ebenfalls sehr edel, nämlich aus Silber, jedes Paar mit einer kleinen Kette verbunden, damit man sie nicht verlieren konnte. Und gerade, als ich dachte, ich hätte nun alles beisammen, zeigte der Verkäufer mir noch einen kleinen, silbernen Fisch. Ich erkannte sofort, daß ich den auch noch haben mußte, denn er eignete sich wunderbar dazu, beim Essen die Stäbchen abzulegen, um einen Moment innezuhalten und den Tisch zu bewundern, die Gäste anzuschauen und sich zu sagen: »Was für ein Glück ich doch habe!«

Denn genau das dachte ich an diesem siebten Einkaufstag, nur noch ein paar Wochen vor meiner Hochzeit. Ich hatte nichts als glückliche Gedanken im Kopf. Ich war überzeugt, daß mein Schicksal sich zum Guten gewandelt hatte, ja Tag für Tag besser wurde, und daß mein Glück nicht mehr enden würde. Nun würde ich jeden Tag zu den Göttern beten müssen, um ihnen meinen unendlichen Dank für all diese unendlichen Segensgaben abzustatten.

Kannst du dir vorstellen, wie ich strahlte, als ich an jenem Ladentisch vor meinen Schätzen saß? Ich probierte mein neues Glück gleich aus, während San Ma und der Verkäufer mir zusahen. Ich nahm meine silbernen Stäbchen und tat so, als angelte ich mir einen Leckerbissen von einem der Silberteller. Ich wandte mich zur Seite, als wollte ich zu meinem Mann sagen: »Hier, das ist für dich, das zarteste Stück von dem besten Fisch. Nein, nicht für mich, für dich, nimm du es.«

So träumte ich damals davon, wie ich meinem Mann meinen Respekt zeigen würde. Ich gebe zu, daß ich mir dabei auch ausmalte, wie ich meinen Reichtum zur Schau stellen würde – indem ich glanzvolle Bankette gab. Eins für meinen Vater, den ich nun so sehr achtete. Eins für San Ma als meine ehrenamtliche Mutter. Eins für meine zukünftigen Schwiegereltern, die ich sicher ebenso achten würde. Eins, um meinen ersten Sohn willkommen zu heißen, wenn er beliebte, zur Welt zu kommen. Eins zu Ehren der Alten Tante und der Neuen Tante, weil sie mich hatten gehen lassen. Und vielleicht sogar eins für Peanut, falls ich beschließen sollte, ihr zu verzeihen.

Später fand ich heraus, daß Sz Mas Töchter eine fünfmal so reiche Aussteuer bekommen hatten. Und ich erfuhr, daß mein Vater von vornherein gewußt hatte, was von den Wens zu halten war – und daß er auch nicht viel von mir halten konnte, wenn er mir erlaubte, in eine solche Familie einzuheiraten.

Aber sicher hat selbst er sich nicht vorstellen können, wie schlimm die Wens tatsächlich waren. Die ganzen Möbel, die ich mir in jenen sieben Tagen ausgesucht hatte? Wen Fus Familie raffte alles an sich, jedes einzelne Stück, und verkaufte die Sachen als Exportware nach Amerika.

Die Steppdecken und die Seidenbezüge? Wen Fus Schwestern und die Frauen seiner Brüder nahmen sie mir alle weg. Und die Hochzeitsgeschenke von Freunden und Verwandten – die feinen Silberrahmen, die schwere silberne Haarbürste und der runde Spiegel, die hübschen englischen Schüsseln und die bemalten Waschkrüge –, die beschlagnahmte Wen Fus Mutter für ihr eigenes Zimmer.

Das einzige, was sie von meiner Aussteuer nicht an sich rissen – das hatte schon jemand anderer gestohlen. Es geschah an dem Tag, als eines der Dienstmädchen fortging, um ihre kranke Mutter zu pflegen, die weit weg im Süden wohnte. Und Wen Fus Mutter, die dem Dienstmädchen nie recht getraut hatte, kam bald zu einer ärgerlichen Schlußfolgerung. Während sie noch die diebische Elster verfluchte, die mit den zehn silbernen Eßstäbchen auf und davon war, versteckte ich die Stäbchen in fliegender Hast unter dem Futterstoff meines Koffers.

Noch Jahre später, wenn es mir besonders schlecht ging, zog ich manchmal ein Paar dieser Silberstäbchen aus ihrem Versteck und wog sie in der Hand – so solide und dauerhaft fühlten sie sich an, genau wie meine unverwüstlichen Hoffnungen. Ich spielte mit dem Kettchen, das jedes Paar untrennbar verband, so daß ein einzelnes nie verlorengehen konnte, und griff mit den Stäbchen in die Luft, ins Leere.

Kannst du dir vorstellen, wie unschuldig ich war, wie starrköpfig in meiner Unschuld? Ich wartete noch immer auf den Tag, an dem ich diese Silberstäbchen endlich würde hervorholen können, ich träumte noch immer von den Festessen, die ich geben würde, von dem Glück, das mich sicher in der Zukunft erwartete.

Zuviel Yin

Jetzt siehst du, wie ich einmal war. Ich war nicht immer so negativ eingestellt, wie ihr behauptet, du und Helen. Als ich jung war, wollte ich nur an das Gute glauben. Und als das Gute dann mehr und mehr verschwand, wollte ich es immer noch festhalten.

Jetzt bin ich da vorsichtiger. Ich verstehe nicht, wieso Helen mich deswegen kritisiert. Sie sollte lieber sich selbst kritisieren! Du weißt doch, wie sie ist. Wenn ihr etwas Gutes widerfährt – wenn ihre Kinder mal nett zu ihr sind –, wittert sie gleich etwas Böses dahinter. Also, wenn *das* keine negative Einstellung ist – zu glauben, daß man bald sterben muß, weil alle einen so gut behandeln. Auf chinesisch nennen wir so etwas *daomei,* nur ist das vielleicht noch schlimmer. Wenn man *daomei* denkt, wird *daomei* auch passieren. Wenn Helen meint, daß sie bald sterben muß – na, so was sollte sie nicht einmal denken und erst recht nicht aussprechen.

Was ich damit sagen will: Ich weiß, wie es ist, üble Geschichten erzählt zu bekommen und sie für bare Münze zu nehmen. Du kannst froh sein, daß dir das noch nie passiert ist. So ging es mir nämlich in meiner Ehe – und zwar gleich von Anfang an. Natürlich hatte meine Ehe wohl ohnehin keine großen Chancen. Wenn man einen schlechten Mann heiratet, wird es eine schlechte Ehe, da ist nichts zu machen. Aber ohne die Zweifel, die Peanut mir in den Kopf gesetzt hatte, hätte ich vielleicht doch noch ein paar glückliche Momente erlebt, bevor die ganze Wahrheit ans Licht kam.

Drei Tage vor meiner Hochzeit tat Peanut etwas sehr Böses: Sie fütterte mich mit Neuigkeiten über die Familie Wen, die mir dann schwer im Magen lagen. Und am nächsten Tag erzählte sie mir noch im Vertrauen, warum es gefährlich sei, Wen Fu zu sehr zu lieben. Als ich am Tag darauf nach Shanghai fuhr, um mich auf die Hochzeit vorzubereiten, hatte ich schon das Gefühl, daß meine Ehe nicht gutgehen würde.

Damals glaubte ich nicht, daß Peanut mir das alles nur erzählte, um sich dafür zu rächen, daß ich Wen Fu heiratete. Als ich nach der Woche in Shanghai nach Hause zurückkehrte, hatte sie begonnen, mich wieder freundlicher zu behandeln. Sie zeigte mir eine amerikanische Zeitschrift mit Bildern von Bräuten und meinte, ein Brautkleid aus weißem Satin mit einer drei Meter langen Schleppe sei genau das richtige für mich. Und sie zeigte mir auch das Kleid, das sie tragen wollte, obwohl ich sie noch nicht gebeten hatte, meine Brautjungfer zu sein.

Ich sagte, Alte Tante habe mir schon mein Hochzeitskleid ausgesucht: einen langen roten *chipao* mit einer bestickten Jacke. Peanut rümpfte die Nase. »Wie für eine Bauernhochzeit!« meinte sie und schnaufte abfällig. »Du mußt unbedingt ein westliches Kleid tragen. Kein Shanghaier Mädchen, das auf sich hält, heiratet heutzutage noch in chinesischer Tracht. Viel zu altmodisch! Schau dir mal lieber diese Zeitschrift an.« Peanut lehnte sich immer gern gegen die alten Bräuche auf.

»Ob altmodisch oder nicht«, sagte ich, »Alte Tante wird ein weißes Brautkleid auf keinen Fall zulassen.«

»Nur ungebildete Leute halten Weiß für eine Trauerfarbe«, meinte Peanut. »Wenn du ihr alle Entscheidungen überläßt, wird sie dich am Ende noch in einer roten Sänfte zur Hochzeit schicken – mit sämtlichen Dorftrotteln als Geleitzug! Und all die wichtigen Freunde deines Vaters steigen dann aus ihren Autos und lachen sich schief.« Peanut wieherte wie ein Pferd, um mir eine Kostprobe davon zu geben, was ich an meinem Hochzeitstag zu hören bekommen würde.

Daran hatte ich noch nie gedacht.

»He, nun schau nicht so verbiestert drein«, sagte sie. »Ich werde gleich mal mit meiner Mutter darüber reden. Und ich werde ihr auch klarmachen, daß wir unbedingt geschminkt auftreten müssen. Die Töchter aus den besten Familien tragen heutzutage Make-up, nicht bloß Schauspielerinnen und Straßenmädchen. Schau dir doch die Soong-Schwestern an.«

Nun, da Peanut mir ihre Unterstützung zugesagt hatte, ließ ich allmählich ein wenig von meiner Vorfreude auf die Hochzeit heraus. Ich erzählte ihr von den zwei Festessen, die geplant waren, das eine in einem guten Restaurant, das Freunden der Familie Wen gehörte, und das andere im YMCA-Haus, einem hochmodernen Shanghaier Gebäude, jedenfalls damals im Jahr 1937. Heute klingt das ja eher bescheiden, aber zu jener Zeit war es ein sehr begehrter Ort für ein Festmahl.

Ich erzählte Peanut auch von den Möbeln, die mein Vater mir für meine Aussteuer gekauft hatte – all das, was ich dir schon beschrieben habe –, vor allem von dem Frisiertisch mit den Intarsien. Ich berichtete stolz von den viertausend *yuan,* die Wen Fus Familie als Geldgabe übersandt hatte. »Da siehst du, wie großzügig sie sind, wie viel ich ihnen wert bin!« sagte ich. Es machte mir Spaß, vor Peanut ein bißchen damit anzugeben.

»Ich erwarte von meiner zukünftigen Familie, daß sie mindestens vierzigtausend für mich zahlt«, entgegnete Peanut mit selbstgefälliger Miene.

Ihre Bemerkung traf mich wie ein Schlag ins Gesicht. Ich starrte sie wortlos an.

»Du weißt ja, was die Wahrsagerin mir vorausgesagt hat«, setzte Peanut hinzu. »Ich werde in eine reiche Shanghaier Familie einheiraten, die viel mehr besitzt als die erste Partie, die ich verschmäht habe.«

Da verstand ich es endlich: Sie wollte mir damit sagen, daß sie Wen Fu ja längst freiwillig aufgegeben hatte, bevor er mir einen Heiratsantrag machte. So ermöglichte sie uns beiden, das Gesicht zu wahren – weder hatte sie Wen Fu verloren, noch hatte ich ihn ihr weggenommen.

Ich fand das sehr großzügig von ihr – so eine gute Ausrede zu finden, um das, was nun mal passiert war, akzeptieren zu können. Und so verstanden wir uns bald wieder so gut wie Schwestern und nannten uns bis zu meinem Hochzeitstag nur noch *tang jie,* »Zuckerschwester«, was der übliche Kosename für Kusinen war.

Doch mit den üblen Dingen, die sie mir später erzählte, hatten diese Geldgeschichten nichts zu tun. Die ließen mich nur glauben, daß Peanut es ehrlich mit mir meinte.

Drei Tage vor der Hochzeit war unser Haus schon voll mit Verwandten, die von weither angereist waren – all die Geschwister, Kinder und Kindeskinder, Vettern und Kusinen aus den weitverzweigten Familien meiner Tanten. Mit so vielen Leuten im Haus war an einen Mittagsschlaf nicht zu denken. Also machten Peanut und ich statt dessen einen Spaziergang, und dann begann ich, meine Kleider einzupacken und meinen Schmuck in weiche Tücher zu wickeln.

Ein paar Tage zuvor hatte ich bei einem festlichen Abendessen von der ganzen Familie Geschenke bekommen: einen ovalen Jadering von der Mutter meines Vaters, eine goldene Kette von meinem Vater, zwei goldene Armreifen von den beiden Tanten. In einem unbeobachteten Moment gab Alte Tante mir dann noch etwas ganz Besonderes: die Ohrringe aus kaiserlicher Jade, die einst meiner Mutter gehört hatten.

Ich probierte sie gerade an und erinnerte mich dabei an die Ermahnung meiner Mutter – über den Wert der Ohrringe und den Wert meiner Worte –, als Peanut eilig ins Zimmer gelaufen kam. Sie flüsterte mir zu, sie habe mir etwas Wichtiges zu sagen, ich solle sofort mit ihr ins Gewächshaus kommen. Die Geheimnisse, die wir im Gewächshaus austauschten, waren immer die spannendsten und gefährlichsten – und zwar gefährlich für die, um die es dabei ging. Wir zwängten uns zwischen den Stapeln angeschlagener Töpfe durch und hockten uns auf die zerbrochenen Gartenstühle im hintersten Winkel, wo wir uns schon als Kinder so oft versteckt hatten.

Peanut erzählte mir, sie habe vorhin auf den Stufen vor dem Neuen Westen gesessen und das Gespräch der Onkel und Vettern auf der Veranda belauscht. Alte Tante hatte die Männer kurzerhand aus dem Salon gescheucht, weil sie dort Zigarren rauchten und manche von ihnen sich sogar erdreisteten, auf den Boden zu spukken. Also hatten sie sich auf die Veranda verzogen, wo sie nach Herzenslust qualmen und spucken konnten.

Peanut sagte, zuerst sei es nur um die üblichen langweiligen Männerangelegenheiten gegangen: der neue japanische Premierminister, Fabrikunfälle und Streiks – aber dann sei plötzlich ein neues Thema zur Sprache gekommen, *la-sa,* »Abfall«-Handel.

»Einer der Onkel erzählte, die Leute in Shanghai seien ganz wild darauf, mit ausländischem *la-sa* Geld zu verdienen. Die Amerikaner, Briten und Franzosen – die schmeißen unglaublich viel weg, alles, was sie nicht gebrauchen können, sogar Essensreste. Sie transportieren ihre Waren in Holzkisten, und wenn sie die Sachen auspacken, werfen sie die Kisten weg. Selbst ihre alten Möbel lassen sie zurück, wenn sie ins Ausland zurückkehren.

Der Onkel meinte, es sei ein Kinderspiel, sich an Ausländern zu bereichern. Das schaffe auch der Dümmste noch. Man brauche ihnen nur zu sagen: ›Gegen geringe Gebühr kann ich Ihren Abfall fortschaffen – alte Kleider, Holzreste, ausrangierte Möbel.‹ Und kaum habe man sein Geld in der Tasche, verkaufe man das ganze Zeug an jemand anderen weiter. Auf diese Weise bringe man es fast über Nacht zu einem Wohlstand, den man sonst erst in drei Generationen anhäufe.«

»Wieso erzählst du mir das alles?« wollte ich wissen. An diesem faden Geschäftsgerede war doch nichts Geheimnisvolles!

»Warte, es kommt noch besser«, sagte Peanut. »Das war erst der Anfang. Dann meinte nämlich ein anderer Onkel, diese Art Abfallwirtschaft sei jedenfalls nicht so unehrenhaft wie gewisse andere Geschäfte.«

»Was für andere Geschäfte?« Ich dachte, sie meinte die »Missionarsfrauen« – jene armen Straßenmädchen, die immer die Ausländer anbettelten: »Ich heute nacht deine Missionarsfrau sein? Bitte du mich retten.«

Doch Peanut erklärte statt dessen: »Er meinte die Geschäfte der Familie Wen. Die machen's nämlich umgekehrt, die verkaufen den Ausländern *chinesischen* Abfall.«

Mir wurde sofort flau. »Was für Abfall denn?«

»Sie verscheuern alles, was kaputt, bizarr oder verboten ist«, sagte Peanut. »Die kaputten Sachen nennen sie Ming, die bizarren Ching und die verbotenen – die verkaufen sich ohnehin am besten, die brauchen kein spezielles Etikett.«

»Was für verbotene Sachen?«

»Der Onkel hat erzählt, daß der alte Wen immer die Dörfer in den Gegenden absucht, wo es gerade eine große Dürre, eine Überschwemmung oder eine Heuschreckenplage gibt. Dort erkundigt er sich, welche Familien ihre Miete nicht bezahlen können und welche Familien ihr letztes Stück Land verkaufen müssen, um nicht zu verhungern. Und zu einem Spottpreis kauft er ihnen dann die Bilder ihrer Vorfahren ab. Doch, das ist wahr! Ich lüge dir nichts vor. Diese Leute sind so verzweifelt, daß sie sogar noch die Schreine ihrer eigenen Verwandten verhökern würden. Stell dir das mal vor! All diese Vorfahren, die gegen ihren Willen nach Amerika auswandern müssen. Und wenn sie eines schönen Tages aufwachen – ai-ya! –, dann hängen sie irgendwo an einer fremden Wand und hören die Leute dort in einer Sprache streiten, die sie nicht verstehen!«

Peanut prustete vor Lachen.

Das war ein furchtbarer Gedanke. Sofort fiel mir das Bild meiner Mutter wieder ein.

Wo war es überhaupt?

»Das kann nicht wahr sein«, sagte ich. »Die Wens handeln nur mit Waren von bester Qualität. Das hat Tante Miao uns doch versichert!«

»Miau-miaus Mann war auch dabei«, gab Peanut zurück. »Und selbst er war der Meinung, daß die Wens unsaubere Geschäfte machen. Gut, sie verdienen einen Haufen Geld damit, sagte er. Die Ausländer sind ja ganz verrückt nach solchen Bildern. Aber es ist ein Schandgeld, weil sie vom Unglück der anderen profitieren. Und das schlimmste Unglück dabei ist, daß die Wens nach ihrem Tod all jene verkauften Vorfahren am Tor zur anderen Welt wiedertreffen werden, wo sie schon bereitstehen, um sie zurückzuweisen.«

Ich sprang auf und wischte mir hastig den Staub vom Rocksaum. »Das glaube ich dir nicht! Diese Leute sind doch bloß neidisch. Du weißt doch, wie die immer lügen, Miau-miaus Mann und all die anderen.«

»Ich hab' dir erzählt, was ich gehört habe. Wieso bist du jetzt sauer auf mich? Vielleicht stimmt es alles gar nicht. Und wenn schon! Immerhin verdienen sie gut dabei. Sie tun ja nichts Illegales. Das ist eben die moderne Art, mit den Ausländern Handel zu treiben.«

»Aber es gehört sich nicht, solche Sachen über die Familie meines

Mannes zu verbreiten«, sagte ich und drohte ihr mit dem Finger: »Erzähl diese Lüge ja nicht weiter!«

Den ganzen Rest des Tages und die ganze Nacht grübelte ich über die schrecklichen Dinge nach, die ich von Peanut erfahren hatte. Immer wieder sagte ich mir: Das kann einfach nicht wahr sein. Doch mein Magen wußte es besser. Mir wurde übel.

Natürlich hatte ich ohnehin Grund genug, nervös zu sein, allein schon beim Gedanken an meine Hochzeit, an all die vielen Leute, die dabei sein würden – mein Vater, seine wichtigen Freunde, meine Halbschwestern samt Ehemännern und Kindern. Als ich der Alten Tante sagte, daß mir übel sei, meinte sie nur: »Kein Wunder, daß dir schlecht ist. Schließlich verläßt du ja bald deine Familie und fängst ein neues Leben an.« Sie brachte mich ins Bett und flößte mir eine heiße, bittere Suppe ein. So freundlich und fürsorglich hatte ich sie noch nie erlebt.

Am nächsten Nachmittag, als ich noch im Bett lag, kam Peanut zu mir ins Zimmer. Sie sagte, sie hätte wieder auf den Verandastufen gesessen und eine neue Geschichte gehört.

»Ich hab' genug von deinen Geschichten«, wehrte ich ab.

»Keine Angst, die Wens kommen diesmal nicht drin vor«, sagte sie beschwichtigend. »Überhaupt nichts Geschäftliches. Es ist wirklich eine gute Geschichte.« Sie beugte sich vor und flüsterte mir zu: »Es geht um Sex.«

Da spitzte ich natürlich die Ohren! Gespannt setzte ich mich auf, um ihr zuzuhören.

Ich war damals unglaublich naiv, sogar noch naiver als die meisten chinesischen Mädchen. Nicht so wie du! Du hast ja schon in der Schule Aufklärungsfilme gesehen, dich mit Jungen verabredet und dich gleich in deinem ersten College-Jahr verliebt, in diesen Randy, so hieß er doch? Du hast mit ihm herumpoussiert, stimmt's? Siehst du, selbst heute willst du's noch nicht zugeben. Aber ich hab's dir damals schon am Gesicht angesehen, genau wie jetzt, so verlegen, wie du dreinschaust. So naiv ist deine Mutter nun auch wieder nicht. Aber vor meiner Hochzeit war das natürlich anders.

Sex war für mich etwas sehr Geheimnisvolles. Ich hatte nur sehr verschwommene Vorstellungen davon.

Trotzdem waren auch ein paar Tatsachen bis zu mir vorgedrungen – durch Geschichten, die ich von Peanut hörte, die wir uns dann gemeinsam ausmalten. Ich wußte, daß Sex etwas Verbotenes war, wenn auch auf andere Weise verboten als das Weiterverkaufen von Ahnenbildern. Ich wußte, daß der Mann die Frau an verborgenen Stellen berührte, an den Füßen zum Beispiel. Ich wußte, daß die Frau sich manchmal nackt ausziehen mußte. Und daß der Mann ein komisches Männerding hatte – keiner hatte mir je das richtige Wort dafür beigebracht, nur das für kleine Jungen, denn die *ji-jis* meiner kleinen Vettern hatte ich schon gesehen. Also wußte ich, wie so ein Männerding ausah: ein rundlicher, rosa Zipfel, nicht viel größer als mein großer Zeh. Und wenn der Mann nachts auf den Topf mußte und keine Lust hatte, extra aufzustehen, konnte er seinen *ji-ji* der Frau einfach zwischen die Beine stecken.

Das war alles, was ich über Sex wußte, und ich erinnere mich, wie Peanut und ich über diese Geschichten Tränen lachten. Das war doch unerhört! Ein Mann, der in eine Frau *shu-shu* macht und sie überschwemmt wie einen Nachttopf! Siehst du, wie unschuldig ich noch war?

Damals fanden wir das rasend komisch – allein die Vorstellung, daß so etwas der Alten Tante und der Neuen Tante passiert war! Doch kurz vor meiner Hochzeit wurde mir ganz mulmig bei dem Gedanken, daß das nun auch mir passieren sollte. Deshalb hatte ich vorsichtshalber gleich drei Nachttöpfe besorgt, um einen davon dicht neben dem Bett aufzustellen.

So kannst du dir denken, wie gespannt ich auf Peanuts neueste Sex-Geschichte war, zumal ich ja am übernächsten Tag heiraten sollte.

»Heute nachmittag«, begann Peanut kichernd, »hat einer unserer Onkel den anderen eine witzige Geschichte über ein jungverheiratetes Ehepaar erzählt.«

»Welcher Onkel war das?«

»Alte Tantes Vetter aus Ningpo, du weißt schon, wen ich meine.«

»Der Schildkrötenonkel!« rief ich. So nannten wir ihn immer, seit Klein-Gong ihm mal eine lebende Schildkröte in die Suppe geschmuggelt hatte und er sich darauf bei der Alten Tante beschwerte, daß die Suppe nicht lange genug gekocht habe. »Schildkröte« war außerdem ein Spottname für dumme Männer, die nicht merkten, daß ihre Frauen sie an der Nase herumführten.

Peanut fuhr fort, mir zu berichten, was dieser Schildkrötenonkel auf der Veranda erzählt hatte.

»Er war vor kurzem einem alten Schulfreund begegnet«, sagte Peanut, »und dieser Schulfreund meinte: ›Du erinnerst dich doch an Yau, meinen Vetter mütterlicherseits.‹ Und der Schildkrötenonkel antwortete: ›Aber sicher, der schmächtige junge Mann, der vor drei Jahren mit uns beim Pferderennen war und auf diesen lahmen Gaul gesetzt hat, der dann noch nicht mal durchs Ziel kam. Wie geht's ihm denn? Hoffentlich hat er das Wetten inzwischen aufgegeben.‹

Da wurde der Schulfreund auf einmal ganz ernst und berichtete, daß jener Yau letztes Jahr ein Mädchen geheiratet hatte, das seine Eltern ablehnten. Ihre Familie war nicht sehr angesehen, irgendwelche kleinen Geschäftsleute, die mit japanischer Sojasoße handelten, jedenfalls von viel niedrigerem Stand als Yaus Familie. Und sie war nicht mal eine besondere Schönheit. Also mußte sie Yau wohl mit anderen Mitteln den Kopf verdreht haben, bis ihm nichts anderes übrigblieb, als sich gegen seine Familie aufzulehnen und sie auch ohne den Segen seiner Eltern zu heiraten.«

Peanut beugte sich noch näher zu mir vor. »Dann hat der Schildkrötenonkel den anderen zugeflüstert, was das Mädchen seiner Meinung nach mit Yau angestellt hatte.« Sie lehnte sich wieder zurück. »Doch da alle vor Lachen brüllten, konnte ich es nicht richtig verstehen, nur die Worte ›Hühnerliebe‹, ›Kuhmelken‹ und ›Nachtgartentricks‹.«

»Was soll das wohl bedeuten?«

Peanut runzelte angestrengt die Stirn. »Ich glaube, das sind irgendwelche Zaubertricks, die Frauen mit ihrem Körper ausführen. Wahrscheinlich hatte sie das von einer Ausländerin gelernt. Jedenfalls waren Yaus Eltern sehr aufgebracht darüber. Sie sagten, das Mädchen hätte schlechte Manieren und sei zu aufsässig, zu stark für ihn. Sie drohten, sie würden ihn aus dem Haus jagen, wenn er das Mädchen heiratete.

Doch Yau war so in das Mädchen verschossen, daß er sich nicht mehr zu helfen wußte. Und schließlich gaben seine Eltern nach, weil er ihr einziger Sohn war – was konnten sie schon dagegen tun? Und so heiratete er sie tatsächlich und wohnte mit ihr im Haus seiner Eltern. Zuerst schien alles gutzugehen. Das Mädchen und ihre Schwiegereltern stritten sich nach und nach immer weniger. Und Yau war immer noch ganz vernarrt in sie, obgleich sie schon seine Frau war.«

Peanut holte tief Luft, setzte sich auf und atmete mit einem breiten Lächeln aus, als sei die Geschichte damit glücklich zu Ende gegangen. Doch plötzlich atmete sie noch mal tief ein und sagte: »Rate mal, was dann passiert ist!«

Ich schüttelte den Kopf und beugte mich vor.

»Als Yau und seine Braut erst drei Monate verheiratet waren, peng – die Katastrophe! Mitten in der Nacht wachte die Mutter plötzlich auf und hörte die beiden fürchterlich streiten. Yau fluchte, und das Mädchen heulte und bettelte. Und die Mutter dachte, gut so, endlich bringt er ihr Manieren bei. Aber dann – merkwürdig – hörte der Sohn auf zu schimpfen, und das Mädchen bettelte weiter, und nach ein paar Minuten fing sie auf einmal an, wie ein Tier zu brüllen. Sie brüllte und brüllte und hörte überhaupt nicht wieder auf.

Die Mutter und der Rest der Familie stürzten in das Zimmer des Sohnes – ai, was mußten sie da sehen? Das splitternackte Paar, Yau oben und das kreischende Mädchen unter ihm, das sich vergebens bemühte, ihren Mann herunterzuschieben. Aber Yau rührte sich nicht von der Stelle. Er war so still und starr wie eine hölzerne Statue. Und das Mädchen schrie: ›Wir stecken fest! Helft mir! Helft mir!‹ Und es stimmte wirklich, sie waren zusammen steckengeblieben, genau wie Hunde.«

»So was gibt's doch gar nicht!« rief ich.

»Doch, es ist wahr! Die Mutter versuchte, sie auseinanderzuzerren und klatschte ihrem Sohn auf den Rücken, um ihn aufzuwekken. Sie zog und zerrte, bis die beiden schließlich auf die Seite rollten. Da sah sie sein bleiches Gesicht, die im Schmerz zusammengekniffenen Augen und den weit offenstehenden Mund. Die Mutter fing an zu weinen und schlug auf die Schwiegertochter ein. ›Laß ihn los! Laß ihn los, du Teufelin!‹ kreischte sie.

Jetzt war es an dem Vater, seinen Sohn zu retten. Er schob die Mutter aus dem Zimmer. Er wies einen Dienstboten an, ihm schnell ein paar Eimer kaltes Wasser zu bringen. Dann schüttete er die Eimer über dem Paar auf dem Bett aus, weil er wußte, daß dies bei Hunden meistens wirkte. Ein Eimer, noch ein Eimer, noch einen und noch einen, bis er das arme Mädchen fast ertränkte. Doch schließlich gab er es auf und ließ den Kräuterdoktor rufen.

Der Doktor kam und stellte fest, daß der Sohn schon kalt und steif war.

Um die Eltern nicht noch mehr aufzuregen, die das Mädchen schon töten wollten, damit sie ihren Sohn endlich freigab, trug er dem Diener leise auf, ihm eine Bahre zu bringen. Dann mischte er schnell eine Paste aus Moxablättern, getrocknetem Alaun und warmem Essig und versuchte, sie an der Stelle zu verreiben, wo Yau und das Mädchen feststeckten. Als das nichts nützte, gab er dem Mädchen eine Menge *mao-tai* zu trinken, bis sie sturzbesoffen war. So wurde sie schließlich auf der Bahre hinausgetragen, gleichzeitig lachend und weinend, noch immer unter ihrem toten Mann festgenagelt.

Der Schildkrötenonkel erzählte, daß man die beiden im Krankenhaus dann endlich auseinanderbrachte. Und die anderen Onkel fingen an zu raten, was denn wohl zum Schluß geholfen hatte: ›Man hat sie so lange auf einem Eisbett liegen lassen, bis sie ihn herausgeniest hat.‹ – ›Vielleicht hat man sie mit heißem Öl eingerieben, bis sie auseinandergerutscht sind.‹ Dann hörte ich den Schildkrötenonkel sagen, er wolle es lieber nicht genau erklären – aber sei es nicht furchtbar, daß sein alter Freund Yau als Eunuch in die nächste Welt eingehen mußte? Wah! Und dann lachten sie alle schallend und spuckten auf den Verandaboden.

Kannst du dir so was Herzloses vorstellen? Einfach zu lachen, ohne jedes Mitleid für den armen Mann und seine Braut! Doch dann gebot der Schildkrötenonkel ihnen zu schweigen. Er sagte, es sei eine wahre Geschichte. Sein Schulfreund war auf der Beerdigung, und so hatte er erfahren, was passiert war. Und obwohl die Familie versuchte, den Skandal zu vertuschen, wußte bald jedermann, daß die Eltern schließlich recht behalten hatten. Das Mädchen war zu stark für Yau gewesen. Sie hatte zuviel *yin*, zuviel weibliche Essenz. Sie hatte ihren Ehemann mit solcher Kraft geliebt, daß sie ihn wie in einem Schraubstock festhielt und ihm den ganzen Samen herauszog, bis nichts mehr davon übrig war und er sterben mußte.«

»Was bedeutet dieses Wort ›Samen‹?« fragte ich.

»Anh! Du weißt aber auch gar nichts!« meinte Peanut. »Das ist die männliche Essenz, sein *yang*. Das bewahren die Männer in ihrem Körper auf – schau, hier drin.« Peanut fuhr sich mit dem Finger in einer geraden Linie vom Scheitel bis zwischen die Beine. »Das sind die zehntausend Generationen von Vorfahren in jedem Mann, die stets vom Vater auf den Sohn weitergegeben werden. Das *yang* macht den Mann erst zum Mann.«

»Was will dann eine Frau mit dem *yang?*«

»Das braucht sie, weil...« Peanut zögerte und runzelte die Stirn.

»Komm, sag schon!«

»Also, wenn Frauen genug *yang* in sich aufnehmen, dann können sie Söhne bekommen. Wenn nicht, dann kriegen sie nur Töchter. Na, und wenn eine Frau zuviel *yin* hat, dann muß sie versuchen, ihrem Mann möglichst viel *yang* zu entziehen. Und dieses Mädchen hat ihrem Mann seine ganze Essenz genommen, nicht nur sein jetziges Leben, sondern auch all seine späteren Generationen.«

»Und was ist aus dem Mädchen geworden?«

»Die Eltern hassen sie jetzt natürlich erst recht, aber sie haben sie nicht hinausgeworfen. Und sie ist auch nicht fortgegangen. Wo hätte sie auch hin sollen? Sie konnte sich ja nicht wieder verheiraten – wer würde so eine Frau noch nehmen? Also lebt sie noch immer im Haus ihres toten Ehemanns. Die Schwiegermutter behandelt sie so schlecht, wie es nur geht. Sie sagt ihr immer, daß sie nur geduldet wird, damit sie nach ihrem Tod, der hoffentlich nicht lange auf sich warten läßt, neben dem Sohn begraben werden kann. Denn auf die Weise wird er endlich sein *yang* zurückerhalten, das jetzt in ihrem Körper herumschwimmt.«

Peanut gab mir einen Klaps aufs Bein. »Schau mich doch nicht so an! Das ist die reine Wahrheit. Der Schildkrötenonkel kennt diese Leute. Wahrscheinlich weiß er sogar, wo das Mädchen wohnt, irgendwo in Shanghai. Vielleicht können wir es herausfinden. Vielleicht können wir eines Tages mal hingehen und durch ein Fenster spähen. Wie die wohl aussehen mag – eine Frau, die ihren Mann so liebte, daß sie ihm den ganzen Lebenssaft herausgepreßt hat. Was schaust du mich denn so an?«

»Ist das eine wahre Geschichte?« flüsterte ich.

»Ja, das ist eine wahre Geschichte«, sagte Peanut.

Zwei Tage später, in meiner Hochzeitsnacht, hatte ich große Angst. Als mein Mann sich auszog, fing ich an zu schreien. Würdest du vielleicht nicht schreien, wenn du plötzlich sehen müßtest, daß der *ji-ji* deines Ehemanns ganz und gar nicht wie der deiner kleinen Vettern aussieht? Würdest du da nicht denken, daß sein ganzes *yang* gleich in Strömen hervorschießen wollte?

Ja, ich gebe es zu, ich hatte von vornherein Angst, meinen Mann zu lieben. Natürlich war ich damals noch ein unwissendes junges Ding. Ich glaubte Peanut, die zuviel dummen Stolz besaß. Aber wenn ich unwissend war, dann war Peanut es auch. Denn sie hatte dem Schildkrötenonkel geglaubt, der nicht mehr Verstand besaß als das Tier, das in seiner Suppe herumpaddelte. Der Schildkrötenonkel war dumm, weil er seinem Schulfreund glaubte, der ihn später während der Kulturrevolution verriet. Und wer weiß, wem der Schulfreund glaubte?

Warum erzählen die Leute solche Sachen? Wie kann man überhaupt wissen, wem man glauben soll? Und warum glauben wir immer zuerst das Schlechte?

*

Neulich habe ich mir mal überlegt, was aus jenem Mädchen geworden sein könnte. Und ich habe mir vorgestellt, wie ich es Peanut in einem Brief berichten würde.

Peanut, würde ich sagen, erinnerst du dich noch an das Mädchen von damals, vor mehr als fünfzig Jahren, die angeblich ihren Mann ausgesogen hatte? Gestern habe ich sie wiedergesehen. Jawohl, hier in Amerika. Ihre Schwiegereltern sind im Krieg an Typhus gestorben. Und dann ist sie in dieses Land gekommen und hat wieder geheiratet, natürlich einen Chinesen.

Sie ist jetzt schon viel älter, aber man kann immer noch sehen, daß sie als junge Frau sehr hübsch gewesen ist, viel hübscher, als der

Schildkrötenonkel sie beschrieb. Sie und ihr zweiter Mann sind sehr glücklich miteinander – jawohl, selbst nach vierzig Ehejahren.

Sie wohnen in einem Haus in San Francisco, das groß genug ist für alle ihre Enkelkinder, wenn sie zu Besuch kommen. Und ihre Enkelkinder besuchen sie ständig, vier sind es – zwei Enkelinnen, die sie von ihrer Tochter hat, und zwei Enkel, die von ihrem Sohn stammen. Ja, da staunst du – Töchter *und* Söhne von der Frau, die zuviel *yin* hatte!

Natürlich ist es eine wahre Geschichte. Ich habe die Frau kürzlich selbst gesehen. Ich fand heraus, wo sie wohnt. Ich ging an ihrem Haus vorbei. Und sie hat mir vom Fenster aus zugewunken.

Die beste Zeit des Jahres

Helen habe ich erst nach meiner Hochzeit kennengelernt. Und ich sage dir, wir sind nicht mehr die gleichen Menschen wie damals. Sie war so unvernünftig, und ich so arglos. Später wurde sie dann zwar nicht vernünftiger, aber dafür immer starrsinniger. Und ich verlor meine Arglosigkeit und habe dies immer bereut. Und weil ich so viel verlor, habe ich auch so viel in Erinnerung behalten. Aber Helen – die bildet sich doch nur ein, sich zu erinnern.

Wenn Helen über die Vergangenheit redet, sagt sie immer: »Weißt du noch, wie jung und hübsch wir mal waren? Und jetzt – schau nur, wie dick ich geworden bin!« Sie lacht und seufzt, als sei ihre schlanke Taille ihr gerade erst abhanden gekommen. Und dann strickt sie weiter, lächelt kopfschüttelnd vor sich hin und denkt sich: Wie schön es doch ist, sich zu erinnern!

Aber so war es gar nicht. Denn ich erinnere mich noch ganz genau, wie Helen aussah, als ich sie kennenlernte.

*

Es war im Frühling 1937, in Hangchow, wo Helen und ich etwa fünf Monate wohnten, während unsere Ehemänner ihre Fliegerausbildung in einem Trainingscamp der Luftwaffe beendeten. Ich war damals erst neunzehn und glaubte immer noch, ich könnte auf jeden Wunsch eine Antwort finden. Und da ich erst seit einem Monat mit Wen Fu verheiratet war, fühlte ich mich noch immer vom Glück begünstigt und war stolz darauf, einen zukünftigen Helden zum Mann zu haben. Damals, vor dem Krieg, wurden wir darum beneidet, mit Fliegern verheiratet zu sein, von denen es in ganz China nur drei- bis vierhundert gab.

Bei meiner Hochzeit wußte ich noch nicht, daß ich jemanden heiratete, der sich gerade zur Armee gemeldet hatte. Keiner hatte daran gedacht, es mir zu sagen. Jedenfalls erfuhr ich es dann zwei oder drei Wochen später. Wen Fu eröffnete mir, er wolle Flieger bei der Luftwaffe werden. Die Flieger, sagte er, würden nur aus den besten Familien, aus den besten Schulen ausgewählt. Und nun war die Ankündigung gekommen: Er solle sich zur Ausbildung nach Hangchow begeben, mit freundlichen Grüßen von Madame Chiang im Namen ihres Mannes, des Generals. Wen Fu sagte, er müsse schon in ein paar Tagen abreisen. Was konnte ich schon dagegen einwenden? Ich ging selbstverständlich mit.

Als wir in Hangchow eintrafen, gab es ein großes Bankett zu Ehren der Flieger, gestiftet von dem berühmten amerikanischen General mit dem Frauennamen, Claire Chennault. Natürlich war er damals noch nicht berühmt, und General war er auch noch nicht. Aber ich erinnere mich, daß die Flieger ihm einen wohlklingenden chinesischen Namen gaben, *shan nao*, der sich so ähnlich wie Chennault anhörte: *shan*, »der Blitz«, und *nao*, »laut«. Lauter Blitz, das klang wie die Düsenjäger, die durch den Himmel schossen – zah! Und deshalb war Shan Nao auch nach China gekommen, um den Luftwaffenpiloten das Fliegen beizubringen.

Ich war auch bei dem Bankett, wo der Laute Blitz eine Rede hielt, nach der die amerikanischen Kursleiter wie Cowboys johlten und ihre Mützen in die Luft warfen. Die chinesischen Flieger klatschten höflich lächelnd Beifall und warteten, bis der Lärm sich gelegt hatte und der Übersetzer ihnen erklärte: »Shan Nao hat gesagt, wir sollten den Japanern ein neues Gebiet schenken.«

Die Flieger fingen natürlich sofort an, aufgeregt zu beratschlagen, was Shan Nao damit gemeint haben könnte – was für ein neues Gebiet denn? Das war doch wohl nicht sein Ernst! Nach etlichen Mißverständnissen und weiteren Übersetzungen stellte sich schließlich heraus, was Shan Nao wirklich gesagt hatte: »Mit eurer Hilfe werden wir die Japaner nicht etwa zurück nach Japan, sondern geradewegs ins Jenseits befördern.« Alle lachten und riefen durcheinander: »Das heißt, wir werden sie alle töten! Mit ›Jenseits‹ ist die nächste Welt gemeint!«

Ich erinnere mich an viele solcher Debatten: Die Amerikaner

sagten irgend etwas, das wir ganz anders auffaßten, so daß es ständig Anlaß zum Streiten gab. So war es auch gleich am Anfang, als wir in dem Trainingscamp bei Hangchow ankamen und feststellten, daß für uns kein Quartier mehr frei war. Die Piloten des Vorkurses hausten mit ihren Familien noch immer in den Bungalows, liefen aufgeregt umher und machten in hitzigen Diskussionen ihrem Ärger Luft. Später erfuhren wir dann, woran es lag: Die Amerikaner hatten ihren Vorgesetzten berichtet, daß die chinesischen Piloten noch immer nicht qualifiziert genug seien – sie hätten die Abschlußprüfung nicht bestanden.

Für die Piloten des ersten Jahrgangs war das ein solcher Schlag, als wären sie nicht nur bei der Prüfung, sondern vor ganz China durchgefallen. Eine entsetzliche Blamage! Die meisten von ihnen stammten aus sehr bedeutenden chinesischen Familien, und so beschwerten sie sich umgehend bei *ihren* Vorgesetzten: Das Ganze sei nur passiert, weil die Amerikaner auf die unwichtigsten Dinge Wert legten – ob die Schuhe blank geputzt waren, ob Schlips und Kappe gerade saßen. Außerdem taugten die ausländischen Flugzeuge nichts – wie sollte man dann ordentlich damit fliegen? Und die Piloten des nächsten Kurses, zu denen mein Mann gehörte, fingen an zu drängeln: »Schluß mit der Zeitverschwendung! Wir müssen auch ausgebildet werden – um China zu retten!« Schließlich willigten die Amerikaner ein, die erste Klasse noch weiter auszubilden und gleichzeitig mit dem Training für die zweite Klasse zu beginnen. Die Beschwerden gingen aber trotzdem weiter, weil wir noch immer kein Quartier bekamen.

So lief das damals in China – die Leute stritten sich immer nur untereinander, statt zusammen zu kämpfen. Nicht nur die Amerikaner und Chinesen – die alten Revolutionäre, die neuen Revolutionäre, die Kuomintang-Leute und die Kommunisten, die Feldherren, die Banditen, die Studenten – gwah! gwah! gwah! –, ein ständiges Gezänk und Gezeter, wie lauter alte Gockel, die den gleichen Sonnenaufgang für sich beanspruchen. Und wir übrigen – die Frauen und Kinder, die Alten und die Armen –, wir ließen uns wie verängstigte Hennen von einer Ecke zur anderen scheuchen. So ergriffen die Japaner natürlich die Gelegenheit, sich wie ein Fuchs hereinzustehlen und den ganzen Hühnerstall auszuräubern.

Die Flieger der zweiten Klasse und ihre Frauen wurden schließlich in Hangchow in einem alten Kloster untergebracht, das an einem Berghang lag, wo die Mönche Drachenbrunnentee anpflanzten, den besten Tee in ganz China. Die Mönche hatten das Kloster für die Luftwaffe geräumt, um damit einen Beitrag zur Rettung Chinas zu leisten. Alle Chinesen waren fest überzeugt, daß wir die Japaner bald endgültig aus China vertreiben würden.

Die meisten Flieger schliefen in einem großen Gemeinschaftsraum. Nur die Ehepaare und die Amerikaner hatten Einzelzimmer mit einem schmalen Bett. Die Küche hinten im Haus benutzten alle gemeinsam, ebenso wie das ungeheizte Badehaus, in dem fünf kleine Holzwannen standen. Sogar einige der Amerikaner nahmen dort manchmal ein Bad, aber zum Glück immer nur am Samstagabend.

Unser Quartier war also alles andere als komfortabel. Trotzdem beklagten wir uns nicht, vielleicht, weil die Mönche uns so diplomatisch empfangen hatten. Wir waren spät im Frühling angekommen, als der Duft der Teesträucher schon über den Hügeln lag. Und die Mönche sagten, wir wären genau im richtigen Moment gekommen – genau diese Frühlingswoche sei die beste Zeit, um die zartesten Blätter des aromatischsten aller Tees zu ernten. Dies sei die Zeit, wo der schönste See unter der Sonne am besten zur Geltung komme, wo das Wetter so mild wie ein täglicher Segen sei. Die Piloten waren von dieser Begrüßung natürlich sehr angetan und fühlten sich gleich wie Sieger.

Oft gingen ein paar von uns in der Dämmerung am See entlang, und dann sagte immer jemand: »In dieser Jahreszeit ist der See am klarsten.« Und der nächste setzte hinzu: »Schaut mal, die Sonne, über dem See und im Wasser – zwei, nein, drei Sonnenuntergänge auf einmal!« Und jemand seufzte dann und murmelte: »So einen Sonnenuntergang möchte ich am liebsten den ganzen Tag anschauen.«

Wie du siehst, dachte keiner von uns daran, daß dieses kleine bißchen Glück – zur richtigen Zeit angekommen zu sein – bald vergehen würde und daß danach vielleicht etwas weniger Angenehmes folgen würde.

Ich ging oft allein um den See, und dabei dachte ich weder an mein früheres Unglück noch an mein zukünftiges Leben an der Seite meines Mannes. Ich beobachtete nur die Vögel, die über dem See schwebten und so elegant auf dem Wasser landeten, daß es sich nicht im geringsten kräuselte. Nur der Augenblick zählte. Oder ich bewunderte ein Spinnennetz zwischen zwei Büschen, in dem die Tautropfen wie Juwelen glitzerten.

Doch dann erhoben die Vögel plötzlich ein klagendes Geschrei, oder die Spinne fühlte meinen Atem auf dem Netz und huschte schnell davon. Und ich dachte wieder an meine Ängste, an die Zweifel, die sich schon in mir regten.

Als wir heirateten, kannte ich Wen Fu erst kurz. Und nach der Hochzeit hatten wir einen Monat im Haus seiner Eltern auf der Insel gewohnt. So kannte ich seine Mutter eigentlich besser als ihn. Sie lehrte mich, ihrem jüngsten Sohn eine gute Ehefrau zu sein. Die Mutter, die ihn so verwöhnt hatte – die brachte mir dann bei, diesem schrecklichen Menschen treu und ergeben zu folgen. Und ich hörte ihr aufmerksam zu, weil ich ja keine eigene Mutter hatte, nur die Alte Tante und die Neue Tante, die mich beide auf verschiedene Art das Fürchten gelehrt hatten.

Meine Schwiegermutter schärfte mir ein, meinen Mann zu beschützen, damit auch er mich beschützte. Ihn zu fürchten und diese Furcht für Respekt zu halten. Ihm eine gute heiße Suppe zu kochen, die erst dann gut genug war, wenn ich mir daran den Finger verbrühte.

»Das tut doch nicht weh!« sagte meine Schwiegermutter bloß, wenn ich vor Schmerz aufschrie. »So ein kleines Opfer für den eigenen Mann tut niemals weh.«

Ich dachte, sie meinte damit, daß diese Art von Schmerz ein Zeichen wahrer Liebe sei, so wie ich es auch aus chinesischen und amerikanischen Filmen kannte. Frauen mußten immer Schmerzen erdulden, mußten weinen und leiden, ehe sie Liebe empfinden konnten. Und in jener kleinen Klosterzelle in Hangchow hatte ich unter Wen Fu eine Menge zu leiden. Ich glaubte daher, daß meine Liebe zu ihm wohl täglich zunehmen müsse. Ich dachte, nur so könnte ich zu einer besseren Ehefrau werden.

Jetzt bin ich an dem Punkt angelangt, wo ich ehrlich sein muß, auch wenn es mir schwerfällt. Ich habe es bisher immer vermieden, mit dir über so was zu reden, über Sex. Aber wenn ich es dir nicht erzählte, würdest du nicht verstehen, warum ich mich geändert habe und wie er sich geändert hat. Also will ich es dir nun berichten, wenn auch vielleicht nicht alles. Vielleicht versagen mir irgendwann die Worte. Wenn das passiert, mußt du es dir eben selber vorstellen. Und dann solltest du es dir gleich noch mal vorstellen – nur zehnmal so schlimm.

*

Wen Fu wollte mich jede Nacht. Aber es war nicht mehr so wie zu der Zeit, als wir noch bei seinen Eltern wohnten. Damals war ich sehr schüchtern, und er behandelte mich sanft, ermutigte mich, beschwichtigte mich, hörte auf, wenn ich zuviel Angst hatte, ehe ich zu laut schrie. Doch nun sagte er plötzlich, es sei jetzt an der Zeit, daß ich lernte, mich wie eine richtige Ehefrau zu benehmen.

Ich dachte, ich sollte etwas lernen, das mir ein wenig die Angst nehmen würde. Ich war natürlich immer noch sehr ängstlich, aber bereit zu lernen.

Am ersten Abend in unserer Klosterzelle lagen wir also zusammen auf dem schmalen Bett. Ich hatte mein Nachthemd an, und er nur seine Hose. Er küßte mir die Nase, die Wangen und die Schultern, sagte mir, wie schön ich sei, wie glücklich ich ihn machte. Und dann flüsterte er mir zu, ich solle schmutzige Worte sagen, Ausdrücke für weibliche Körperteile, wie eine Hure aus dem Hafenviertel, die sich an ausländische Matrosen verkauft. Die Ohren taten mir weh, so etwas anhören zu müssen. Ich rückte ein wenig von ihm ab.

»Ich kann solche Worte nicht sagen«, murmelte ich schließlich.

»Warum denn nicht?« fragte er sanft, mit besorgter Miene.

»Frauen dürfen so etwas nicht sagen«, antwortete ich und lachte ein wenig, um ihm zu zeigen, wie verlegen es mich machte, auch nur daran zu denken.

Plötzlich war sein Lächeln wie weggewischt. Er setzte sich auf, das Gesicht zu einer häßlichen, zornigen Fratze verzogen. Ich bekam Angst. Hastig setzte ich mich auch auf und streichelte ihm die Schulter, um ihn zu beruhigen.

»Los, sag es!« brüllte er mich an. Er wiederholte die Worte, drei oder vier unanständige Ausdrücke, und brüllte noch mal: »Wirst du es wohl sagen!«

Ich schüttelte den Kopf und fing an zu weinen. Da wurde er plötzlich wieder sanft, wischte mir die Augen und versicherte mir, wie gern er mich habe, rieb mir den Nacken und den Rücken, bis ich glaubte, vor Freude und Erleichterung ohnmächtig zu werden. Natürlich hatte er mich nur necken wollen, dachte ich glücklich, wie dumm von mir! Dann half er mir, vom Bett aufzustehen. Er zog mir das Nachthemd über den Kopf, und als ich nackt vor ihm stand, faßte er mich bei den Händen und blickte mich offen und ehrlich an.

»Also los, raus damit«, sagte er ruhig. Vor Entsetzen, daß er schon wieder damit anfing, gaben die Beine unter mir nach, doch er zerrte mich wieder hoch und schleifte mich wie einen Sack Reis zur Tür. Er öffnete die Tür und schob mich nach draußen auf den Flur, wo jeder, der zufällig vorbeiging, mich hätte sehen können, so nackt wie ich war.

Was konnte ich schon tun? Ich konnte nicht schreien. Dann wäre sicher jemand aufgewacht, hätte hinausgeschaut und mich dort vor der Tür entdeckt. Also flehte ich ihn leise durch die Tür an: »Mach auf! Bitte mach die Tür auf!« Und er reagierte nicht, bis ich nach ein paar Minuten schließlich flüsterte: »Ich werde es sagen.«

So ging es dann jede Nacht. Hier mußt du dir noch mehr vorstellen, hier mußt du es dir noch viel schlimmer ausmalen.

Manchmal zwang er mich, die Kleider auszuziehen, mich nackt auf den Boden zu kauern und um ein schönes »Zusammenstecken« zu betteln, als könnte ich es kaum noch erwarten. Er verweigerte mir dann seine Gunst, sagte, er sei müde oder ich sei ihm nicht hübsch genug oder ich sei an dem Tag eine schlechte Ehefrau gewesen. Und ich mußte immer weiter betteln, mit klappernden Zähnen, bis ich ihn ernsthaft anflehte, damit ich endlich von dem kalten Boden aufstehen konnte. In anderen Nächten mußte ich mich nackt und zitternd vor Kälte im Zimmer aufstellen, und wenn er einen Körperteil nannte, mußte ich ihm dasselbe unanständige Wort nachsprechen und den Finger auf die jeweilige Stelle legen, mich da und dort berühren – während er mir lachend dabei zusah.

Trotzdem warf er mir morgens oft vor, ich sei keine gute Ehefrau, ich sei nicht leidenschaftlich genug, nicht so wie andere Frauen, die er kannte. Und mir tat von Kopf bis Fuß alles weh, wenn ich mir anhören mußte, wie er mir von dieser und jener Frau erzählte, wie gut sie sei und wie willig. Ich war nicht etwa ärgerlich. Ich wußte gar nicht, daß ich mich darüber hätte ärgern sollen. So war es eben in China. Eine Frau hatte kein Recht, ärgerlich zu sein. Aber ich war unglücklich, weil mein Mann noch immer nicht mit mir zufrieden war und weil ich darum noch mehr erleiden mußte, um ihm zu zeigen, daß ich eine gute Ehefrau war.

In diesem ersten Monat fand ich auch noch etwas anderes über ihn heraus. Die anderen Piloten nannten ihn immer nur Wen Chen. Das kam mir seltsam vor, da ich ja wußte, daß mein Mann Wen Fu hieß. Wen Chen war der Name von einem seiner älteren Brüder, der allerdings schon 1935 an Tuberkulose gestorben war. Die Familie redete noch oft von ihm: wie klug er gewesen sei und wie brav – aber immer krank, und zuletzt habe er immer Blut gespuckt. Ich dachte, die anderen Piloten irrten sich nur und hätten Wen Fu vielleicht mit ihm verwechselt, nachdem er ihnen von seinem Bruder erzählt hatte. Ich glaubte, mein Mann verzichte nur aus Höflichkeit darauf, sie zu verbessern.

Aber eines Tages hörte ich, wie er sich jemandem vorstellte, und – merkwürdig – er sagte, sein Name sei Wen Chen. Als ich ihn dann später fragte, warum er das getan hatte, behauptete er, ich hätte mich verhört. Wieso sollte er denn nicht seinen richtigen Namen nennen? Doch kurz darauf hörte ich wieder, wie er sich als Wen Chen ausgab. Diesmal erklärte er mir, er sei bei der Luftwaffe aus Versehen unter dem falschen Namen eingetragen worden. Sollte er deswegen etwa einen Aufstand machen?

Das leuchtete mir ein. Doch als ich später mal ein paar Kisten aufräumte, fand ich ein Diplom und einen Aufnahmeantrag für die Luftwaffe. Diese Papiere gehörten Wen Chen, dem Bruder meines Mannes, der seine Ausbildung bei der Handelsmarine mit hervorragenden Noten abgeschlossen hatte. Da wußte ich es endlich: Mein Mann war nicht klug genug, um in die Luftwaffe aufgenommen zu werden, nur schlau genug, um sich unter dem Namen seines toten Bruders hineinzuschmuggeln.

Von da an kam es mir vor, als habe mein Mann sich in zwei Menschen aufgespalten, der eine tot, der andere lebendig. Der eine ehrlich, der andere falsch. Ich begann, ihn mit anderen Augen zu sehen, ihn beim Lügen zu beobachten – so gelassen, so glatt, wie die Vögel, die so elegant auf dem Wasser landeten.

Doch da ich mir Mühe gab, eine gute Ehefrau zu sein, versuchte ich die Hälfte von ihm zu lieben, die nicht ganz so schlecht war.

Helen traf ich etwa zwei Wochen nach unserer Ankunft in Hangchow. Sie war auch noch sehr jung, vielleicht achtzehn, und ebenfalls jung verheiratet – aber nicht mit meinem Bruder. Doch darauf komme ich später noch zurück.

Ich hatte sie schon vorher öfter gesehen – im Speisesaal, beim Spazierengehen im Klostergelände oder unten in der Stadt, wo wir an den Marktständen Fleisch und Gemüse kauften. Wir liefen uns immer wieder über den Weg, da wir insgesamt nur sechs Frauen in dem Kloster waren. Die meisten Flieger waren noch sehr jung, daher waren nur wenige schon verheiratet. Und die Amerikaner dort hatten ihre Frauen oder Freundinnen nicht dabei, obwohl sie sich manchmal eine einheimische Schlampe mit aufs Zimmer nahmen. Es war immer dieselbe, wie sich später herausstellte, denn fünf von ihnen steckten sich bei ihr mit Filzläusen an, die jetzt angeblich im Badehaus herumwimmelten.

Wegen dieses Mädchens und ihrer Läuse lernte ich dann Helen kennen. Keine der Frauen wollte das Badehaus mehr betreten, auch wenn die Mönche behaupteten, es sei inzwischen desinfiziert worden. Wir hatten nämlich gehört, daß es gar kein Mittel gegen diese Läuse gab. Wenn eine Frau sich damit ansteckte, war sie nicht mehr von einer Prostituierten zu unterscheiden. Dann würde sie sich ständig zwischen den Beinen kratzen müssen, und das einzige, was ihr Erleichterung verschaffen konnte, war ein Mann, der sie noch ein bißchen tiefer kratzte.

Ich dachte schaudernd daran, daß ich meinen Mann dann wohl ernstlich anflehen müßte. Und natürlich erinnerte ich mich auch daran, wie ich als Kind von Flöhen gepeinigt wurde und unter heftigem Kratzen verzweifelt gerufen hatte: »*Yangsele!*« Eine Frau, die sich kratzte, als ob sie vor Gier nach Sex schier umkäme, war nicht besser als eine Hure, die sich mit allen und jedem einließ – Chinesen, Amerikanern, Leprakranken, ganz egal. Das war allgemein bekannt, und wir glaubten es natürlich auch. Wer hätte uns denn etwas anderes erklären können? Meinst du vielleicht, nur ich war so dumm?

Also beschlossen wir – die fünf Frauen und ich –, das Badehaus fortan zu meiden. Statt dessen fand eine der Frauen – eine hochnäsige Person, die ständig an allem herummäkelte – einen anderen kleinen Raum, in dem früher nach der Ernte die Teeblätter gelagert wurden. Der Boden war noch immer mit alten Blättern bedeckt, und in der Ecke stand ein Holzofen, der zum Trocknen der Teeblätter gedient hatte. Wir beschlossen sofort, den Ofen anzuheizen. An den Seilen, die von der Decke hingen, befestigten wir Leintücher, um den Raum abzuteilen.

Dann holten wir abwechselnd heißes Wasser: Während die eine es auf dem Herd erhitzte, liefen zwei von uns zwischen dem Tee-Raum und der Küche am anderen Ende des Hauses mit Eimern und heißen Waschlappen hin und her. Die anderen drei saßen inzwischen auf Schemeln hinter den Tücherwänden, tunkten die Lappen in die Waschzuber und rieben sich damit ab. Das Wasser tropfte auf die Teeblätter, der Dampf stieg aus den abgestellten Eimern auf, und bald duftete der ganze Raum nach Drachenbrunnentee. Wir atmeten alle tief ein und seufzten, atmeten tief und ließen den duftenden Tau auf unsere Gesichter fallen.

Also brauchten wir das Badehaus gar nicht mehr. Sogar das hochnäsige Mädchen lachte und meinte, sie sei froh, daß die Amerikaner sich Läuse geholt hätten. Und jeden Abend hatte ich jetzt das Gefühl, eine wichtige Aufgabe zu erfüllen, wenn ich die Eimer aus der Küche herbeischleppte, zusammen mit einem Mädchen namens Hulan.

So hieß Helen nämlich damals: Hulan.

Du siehst, Helen ist gar nicht meine Schwägerin. Sie ist nicht deine richtige Tante. Aber wie hätte ich dir das erzählen können – daß ich sie während des Krieges in China getroffen hatte? Als du noch klein warst, wußtest du gar nicht, daß auch in China Krieg war! Du dachtest, der Zweite Weltkrieg hätte in Hawaii angefangen, an einem Ort, der denselben Namen hatte wie du, Pearl Harbor. Ich habe versucht, es dir zu erklären, aber du wußtest es ja immer besser. Du sagtest: »Ach, Mommy, hör doch mit dem ollen chinesischen Kram auf. Das hier ist *amerikanische* Geschichte.« Doch, das hast du wirklich gesagt. Wenn ich dir erzählt hätte, daß Tante Helen eigentlich gar nicht deine Tante ist, hättest du mich vielleicht auch wieder verbessert! Siehst du, du versuchst es ja sogar heute noch.

Na, das ist jedenfalls die Wahrheit. Ich lernte Helen in jenem Baderaum kennen. Und sie hieß Hulan. Die ersten paar Abende habe ich nicht viel mit ihr geredet, höchstens ab und zu gefragt: »Ist das Wasser schon heiß genug?«

Sie war die Frau von Wen Fus Vorgesetztem. Darum hütete ich mich zuerst vor zu großer Nähe – weder beklagte ich mich über unsere Unterkunft, noch schwärmte ich ihr vor, ich wolle am liebsten immer in Hangchow bleiben. Dann hätte sie vielleicht gedacht, ich legte keinen Wert darauf, daß unsere Flieger ihre Ausbildung erfolgreich beendeten.

Doch sie behandelte mich gleich von Anfang an sehr freundlich und trompetete sogar laut heraus, was für Schmutzfinke die Mönche seien, sie habe nämlich abgeschnittene Zehennägel und Haarbüschel hinter ihrem Bett gefunden. Ich sagte nichts dazu, obwohl auch ich schmutzige Sachen hinter meinem Bett entdeckt hatte.

Dann erzählte sie mir, daß ihr Mann, der Long Jiaguo hieß, mit dem Fliegertraining noch immer nicht zufrieden sei. Sie sagte, es gebe dauernd Ärger zwischen den Amerikanern und den chinesischen Befehlshabern. Es sei neuerdings schon die Rede davon, alle Kursteilnehmer in ein italienisches Trainingscamp nach Loyang zu verlegen. Das wäre furchtbar, meinte sie, denn Loyang sei ein trostloser Ort, wo es nur zwei Jahreszeiten gab: Überschwemmungen und Sandstürme. Früher sei die Stadt zwar für ihre hunderttausend Buddha-Statuen berühmt gewesen, doch in den letzten Jahren hätten die meisten Buddhas ihre Köpfe verloren. Und ein Ort voller verstümmelter Buddhas könnte der Luftwaffe doch nichts als Unglück bringen.

Ich fragte mich, woher sie so gut über Loyang Bescheid wußte – ob sie vielleicht aus einem Dorf in der Nähe stammte? Sie redete immer ziemlich laut und langsam, mit einem ländlichen Akzent, den ich nicht recht einordnen konnte. Ihre Bewegungen waren plump und behäbig, alles andere als anmutig. Wenn sie eine Haarnadel fallen ließ, bückte sie sich mit herausgestrecktem Hintern, hob sie auf und steckte sie sich achtlos ins Haar zurück, egal wohin. Beim Gehen machte sie große Schritte und schwang dabei die Arme, so als hätte sie ihr Leben lang nichts anderes getan, als für andere Leute Wassereimer hin- und herzuschleppen.

Sie wirkte eigentlich wie ein Bauerntrampel, und ich wunderte mich, wie sie es wohl geschafft hatte, einen Unteroffizier zu heiraten, einen gebildeten und gutaussehenden Mann, der offensichtlich aus einer kultivierten Familie stammte. Ich kannte zwar auch andere Mädchen, die aus armen Verhältnissen kamen und sich gut verheiratet hatten – aber die waren wenigstens alle sehr hübsch, und ihre Schwiegermütter hatten ihnen sehr bald ordentliche Manieren beigebracht.

Selbst nach altmodischen Maßstäben konnte Hulan beim besten Willen nicht als hübsch gelten. Sie war rundlich, aber nicht in der klassischen Weise, nicht so prall und rosig wie ein reifer Pfirsich – eher wie ein unförmiger Hefekloß, dem hier und da schon die Füllung herausquillt. Sie hatte grobe Knöchel, große Hände, und Füße so flach und breit wie Bootspaddel. Die halblangen Haare trug sie nach westlicher Mode frisiert – mit Seitenscheitel glatt zurückgekämmt und untenherum in Wellen gelegt –, doch so ungeschickt, daß es einerseits zu kraus, andererseits zu platt wirkte. Und von Modebewußtsein natürlich keine Spur. Einmal sah ich sie in einem buntgeblümten Kleid in westlichem Stil mit einem gelben chinesischen Kleid darunter, das wie ein zu langer Unterrock hervorschaute. Obendrüber trug sie noch einen selbstgestrickten Pullover, bei dem ihr die Ärmel zu kurz geraten waren. Und das alles schlabberte so zipfelig an ihr herunter wie Wäsche, die auf der Leine zum Trocknen hängt.

Du mußt nicht glauben, daß ich sie so kritisch beschreibe, nur weil ich jetzt gerade sauer auf sie bin. Weshalb ich mich über sie ärgere? Weil sie dir meine Geschichte erzählen wollte, alles noch schnell herausplappern, bevor sie sterben muß, wie sie meint. Natürlich hatte ich vor, es dir irgendwann mal selbst zu erzählen. Ich habe nur den richtigen Moment abgewartet. Siehst du, und jetzt bist du hier, und ich erzähle dir alles genau so, wie es war.

Doch obwohl ich mich oft über sie ärgern muß, kann ich mich auch an viele gute Seiten an ihr erinnern. Sie hatte zum Beispiel so einen offenen, freundlichen Blick. Ihre Wangen waren weich und rund, ihr Mund klein und lieblich, und ihr Kinn war hübsch geformt, nicht zu groß, aber auch nicht zu schwach ausgeprägt. Aber vor allem war sie ehrlich, sagte immer, was sie dachte, und versuchte nie, ihre Gefühle zu verbergen.

Vielleicht tat sie das auch nicht so sehr aus Ehrlichkeit, sondern aus Dummheit, vielleicht aus mangelndem Schamgefühl. Nach dem Motto: So bin ich eben, na und?

Ja, so war sie. Wenn wir uns abends gemeinsam wuschen, saß sie ganz ungeniert mit gespreizten Beinen auf ihrem Hocker und schrubbte sich von oben bis unten kräftig ab – die Brüste, die Achselhöhlen, die Beine, zwischen den Beinen, den Rücken, den Po –, bis sie über und über krebsrot gestreift war. Und dann kauerte sie sich auf Händen und Knien vor den Waschzuber nieder wie ein Hund und tauchte die Haare in das heiße, wolkige Seifenwasser, das von dem Bad noch übrig war.

Ich schämte mich für sie – und auch für mich, bei dem Gedanken, daß mein Mann mich jede Nacht so zu sehen bekam. Ich versuchte, nicht hinzuschauen. Ich tat so, als sei ich ganz und gar damit beschäftigt, mich selbst zu waschen. Ich hielt die mageren Arme vor der Brust gekreuzt und wusch mich möglichst diskret unter dem Badelappen, den ich mir über den Schoß gebreitet hatte. Doch ich konnte mir nicht verkneifen, immer wieder zu Hulan hinüberzuschielen. Wie häßlich sie in dieser Haltung aussah! Und so beobachtete ich, wie sie den Kopf heftig in dem Zuber hin und her schwenkte und die Haare dann mit ihren kräftigen Händen wie einen Mop auswrang. Dann stand sie auf, putzte sich mit einem Handtuchzipfel die Ohren, wischte sich die Nase und rubbelte sich von Kopf bis Fuß ab, wobei sie mich gutmütig auslachte: »Bist du aber umständlich! Wenn du so weitertrödelst, wird dein ganzes Wasser noch verdunsten, bevor du fertig bist!«

Bald nachdem wir uns in dem Baderaum kennengelernt hatten, begannen Hulan und ich gemeinsame Spaziergänge zu unternehmen. Hulan war immer darauf aus, die merkwürdigsten Orte zu besichtigen. Sie sprach jeden an – die anderen Frauen im Kloster, die Leute auf dem Markt, sogar die Flieger –, um sich nach neuen Sehenswürdigkeiten zu erkundigen. Eines Tages erzählte sie mir von einer Zauberquelle, die ihr jemand beschrieben hatte.

»Das Wasser in dieser Quelle«, sagte sie, »ist so dunkel wie Gold und so süß wie Honig, aber glasklar. Wenn du dich darüberbeugst, kannst du dein Gesicht wie in einem Spiegel sehen. Und wenn du schräg hineinschaust, kannst du bis auf den Grund sehen, der mit schwarzen Steinen bedeckt ist. Wenn man eine Schale bis an den Rand mit diesem Wasser füllt und einen der schwarzen Steine hineinfallen läßt, damit es überfließt, rinnt nicht ein einziger Tropfen heraus, so dick und schwer ist das Wasser! Das hat mir einer von den Mönchen erzählt.«

Doch als wir zu der Quelle kamen, gab es dort nur ein Teehaus, wo man einen Haufen Geld für ein Getränk mit einem merkwürdigen Aroma zahlen mußte. Hulan probierte den Tee und behauptete, es sei tatsächlich ein Zaubertrank. Er sei ihr sofort durch die Adern bis ins Herz und in die Leber geflossen und habe in ihr ein Gefühl von beglückender Schwere und Ruhe hinterlassen. Aber ich glaube, sie war nur schläfrig, weil ihr der übliche Mittagsschlaf fehlte.

Ein anderes Mal erzählte sie mir von einem Restaurant unten im Ort, in dem man angeblich eine Nudelsuppe bekam, die »Katzenohrensuppe« hieß, und im Schaufenster, sagte sie, säßen ein halbes Dutzend Katzen mit abgeschnittenen Ohren – als Beweis, daß man nur die besten Zutaten verwende. Doch das Restaurant war nirgends zu finden, und später erfuhr ich dann, daß »Katzenohrensuppe« nur ein einheimischer Ausdruck für *won ton* war.

Langsam dämmerte es mir, daß die Leute sich einen Spaß daraus machten, Hulan zum Narren zu halten, zu sehen, wie sie Mund und Nase aufsperrte, wenn sie ihr die haarsträubendsten Lügen auftischten, um dann hinter ihrem Rücken über sie zu lachen. Sie tat mir so leid, daß ich es nicht übers Herz brachte, ihr zu sagen, daß alle sich nur über sie lustig machten. Doch später ging mir ihre

Leichtgläubigkeit immer mehr auf die Nerven, als sie auch auf so absurde Vorschläge hereinfiel wie: »Schau dir mal die weiße Schlange mit der Frauenfigur an! Schau dir mal die Höhle mit den singenden Steinflöten an!« Und wenn sie mich dann zu diesen Sehenwürdigkeiten mitnehmen wollte, erfand ich irgendwelche Ausreden: daß ich zu müde sei, daß ich mich nicht wohl fühlte, daß meine Füße gerade zu geschwollen seien, um so weit zu gehen. Ich benutzte so oft dieselben Ausreden, daß sie schließlich wahr wurden. *Dao mei*! Man sollte eben nichts beschreien.

So war es zwischen Hulan und mir. Aus dem blühendsten Unsinn erwuchs ihr eine reiche Saat von Hoffnungen – während in mir dank all meiner Ausreden allmählich ein Baby heranwuchs, obwohl ich das damals noch nicht wußte.

Loyang-Glück

Dann begann der Krieg, und auch das wußte ich nicht. Jetzt hältst du deine Mutter sicher für sehr dumm – noch nicht einmal zu merken, daß ein Krieg ausbricht!

Aber da war ich nicht die einzige, so ging es vielen Leuten – und sie waren nicht dumm, nur unwissend. Damals erfuhr man einfach nichts. Und man wußte auch nicht, an wen man sich wenden sollte, um etwas zu erfahren. Unsere Männer erzählten uns nichts. Wir konnten höchstens zufällig etwas aufschnappen.

Was man in der Zeitung lesen konnte, war auch nicht sehr verläßlich. Die Zeitungen berichteten nur, was offiziell genehmigt war, also nur Gutes über die eine Seite und nur Schlechtes über die andere. Ich rede nicht davon, wie es heute in China zugeht. So war es auch schon im Krieg und sogar noch davor. Vielleicht war es überhaupt schon immer so – als sei es von jeher Sitte gewesen, die Leute im unklaren zu lassen, obwohl das natürlich niemand zugibt.

So erfuhren wir das meiste vom Hörensagen. Von den Kampfhandlungen wurde sowieso nicht viel geredet. Wir interessierten uns mehr für das, was uns direkt betraf, nicht anders als ihr hier – ob die Aktien fallen oder steigen, ob die Preise steigen oder sinken, was für Sachen es nicht mehr zu kaufen gibt.

Im Rückblick weiß ich jetzt natürlich, wodurch der Weltkrieg ausgelöst wurde. Hast du etwa gedacht, er hätte in Europa angefangen? Siehst du, vielleicht weißt du doch nicht so viel, wie du glaubst. Er fing in China an, mit einer nächtlichen Schießerei dort oben in Peking, ein paar Leute kamen dabei um, aber die Japaner wurden zurückgeschlagen.

Das wußtest du nicht? Das hab' ja sogar ich gewußt. Doch als ich zum ersten Mal davon hörte, habe ich mir natürlich nicht viel dabei gedacht. Diese Art von Unruhen hatte es in China ja schon seit Jahren gegeben. So schien es kaum einen Unterschied zu machen, nicht mehr als der Wechsel von frühsommerlicher Wärme zu hochsommerlicher Hitze – wir begannen uns alle nur schon etwas früher als am Vortag über die drückende Schwüle zu beklagen. So erinnere ich mich nicht an den Kriegsausbruch, sondern nur an das schwüle Wetter, das einen ganz matt und schwerfällig machte.

In jenen Tagen konnten Hulan und ich an nichts anderes mehr denken, als uns irgendwie Kühlung zu verschaffen. Wir waren die ganze Zeit damit beschäftigt, uns Luft zuzufächeln und die Stechfliegen mit einer Quaste wegzuscheuchen. Tagsüber tranken wir nur heißen Tee, nahmen kalte Bäder und dösten vor uns hin, oder wir saßen auf der Veranda und rückten mit unseren Stühlen immer dem Schatten nach.

Mir war oft übel, ich war nervös, reizbar und wortkarg, doch Hulan schnatterte unbekümmert auf mich ein. Sie behauptete, sie wüßte genau, warum ich mich nicht wohl fühlte: »Das liegt an dem scheußlichen Essen, das man hier vorgesetzt kriegt, nichts ist frisch, alles schmeckt so säuerlich und abgestanden.«

Und als ich nicht antwortete, jammerte sie munter weiter: »Da unten«, sagte sie und zeigte zur Stadt hin, »da ist es noch viel schlimmer, so dreckig und dampfig wie in einem verlausten Badehaus. Da unten kann der Gestank aus den Kanälen einem glatt die Nasenlöcher verätzen.« Diese Art von Geschwätz half meinem Magen auch nicht sonderlich.

Abends kamen die Piloten und die Kursleiter zum Essen ins Kloster zurück. Wir aßen alle in dem gleichen Speisesaal, nur bekamen die Amerikaner ihr eigenes Essen, und der Schweiß tropfte ihnen auf die Teller. »Das liegt alles viel zu schwer im Magen«, tuschelten wir uns immer zu, »bei dieser Hitze!« Mir wurde schon vom Zuschauen übel.

Hulan und Jiaguo saßen beim Essen mit Wen Fu und mir zusammen. Ich weiß noch, daß mir bei diesen Mahlzeiten immer wieder auffiel, wie verschieden Hulans Mann von meinem war. Und überhaupt schien das Verhältnis zwischen Hulan und Jiaguo ganz anders als das zwischen Wen Fu und mir.

Eines Abends hörten wir zum Beispiel, wie Hulan mit Jiaguo schimpfte, er dürfe doch dieses oder jenes nicht essen, weil er es nicht vertragen könne. Ein anderes Mal verkündete sie, sie habe das Buch wiedergefunden, das er aus lauter Schusseligkeit verloren habe. Und an einem anderen Abend sagte sie, sie habe heute seine schmutzigen Hosen gewaschen, aber der Dreck sei nicht herausgegangen.

Wen Fu und ich schauten Jiaguo dann immer gespannt an und warteten auf ein Donnerwetter. Wen Fu hatte mir nämlich erzählt, daß Jiaguo sehr jähzornig sei und einmal sogar einen Stuhl nach einem anderen Piloten geworfen und ihn nur um Haaresbreite verfehlt habe. Doch jedesmal wenn Hulan mit ihm schimpfte, wirkte Jiaguo weder zornig noch verlegen. Er schien sie einfach nicht zu beachten. Während Hulan eine Frechheit nach der anderen losließ, brummte er nur: »Anh, anh, anh« und aß ruhig weiter.

Hätte Wen Fu mir den Umgang mit Hulan verbieten können, dann hätte er es sicher getan. Doch er konnte ja schließlich nicht seinen Vorgesetzten brüskieren. Also redete er statt dessen oft abfällig über sie, wenn wir allein waren. »So ein Weibsstück«, sagte er, »ist eine Hure und eine Hexe. Eine tote Frau wär' mir lieber als so eine!«

Ich sagte natürlich nichts dazu, aber insgeheim beneidete ich Hulan, so einen nachsichtigen Mann zu haben, obwohl sie keine sehr gute Ehefrau war. Trotzdem bewunderte ich Jiaguo nicht für seine Nachsicht. Er tat mir leid, wenn er so in aller Öffentlichkeit bloßgestellt wurde. Allerdings wußte ich damals noch nichts über die Geschichte ihrer Ehe, kannte den Grund nicht, weshalb er sich soviel von ihr gefallen lassen mußte.

Nach dem Essen blieben die Männer, sowohl die Amerikaner als auch die Chinesen, im Speisesaal sitzen und spielten Karten. Wenn wir Frauen hinausgingen, um uns an der Abendluft abzukühlen, stürzten die Moskitos sich sofort mit Freudenschreien auf uns – zzzs! zzzs! – und trieben uns wieder zurück ins Haus. Also blieben wir meistens gleich drinnen und sahen den Männern beim Kartenspielen zu, in den Dunstschwaden von Zigaretten- und Zigarrenrauch, ausländischem Schweiß und einheimischem Whiskey.

Dabei fiel mir auf, daß mein Mann bei seinen Kameraden sehr beliebt war. Einer von ihnen hielt ihm immer einen Stuhl an dem

Tisch in der Nähe des Ventilators frei. Irgendein anderer bot ihm immer etwas zu trinken oder eine Zigarette an. Und Wen Fu lohnte es ihnen, indem er so laut und ansteckend lachte und mit der Handfläche auf den Tisch schlug, bis alle anderen auch lachten und vergnügt auf den Tisch schlugen.

Einmal sah ich ihn aufspringen: »Wollt ihr mal sehen, was der amerikanische Ausbilder mir heute beigebracht hat?« Zwei der anderen Männer johlten beifällig und lachten dann Tränen, als er die Brust vorwölbte, die Hände in die Hüften stützte, irgendwelchen Unsinn bellte und dabei auf den Fußballen hin- und herwippte.

Ich sah, wie sehr er die anderen mit seiner Unverschämtheit und seinem Übermut beeindruckte. Er gab an, als wäre er schon ein Held, unbesiegbar, allen Gefahren gewachsen. Und die anderen glaubten wohl, daß sie sich in seiner Gesellschaft, wenn sie nur genauso laut und unbekümmert lachten, ebenso heldenhaft fühlen konnten.

Aber er machte ihnen auch angst und ließ sie seine Gefährlichkeit spüren. Das habe ich auch beobachtet. Einmal sprang er so wütend vom Tisch auf, daß alle erschraken. Er schrie den jungen Mann an, der ihm gegenübersaß, und schlug heftig auf dessen Karten, die schon offen auf dem Tisch lagen: »Glaubst du etwa, du kannst mich beschummeln? Sind das wirklich deine Karten?« Und der junge Mann – wie alle anderen am Tisch – wagte sich nicht mehr zu rühren, während Wen Fu weiter auf ihn einbrüllte. Und dann, während er noch so dastand, die Hände auf den Tisch gestützt, lächelte er plötzlich.

»Also gut.« Er warf seine Karten auf den Tisch – »Wah!« – und hatte gewonnen. Die anderen starrten sich ungläubig an und brachen dann in schallendes Gelächter aus, schlugen dem jungen Mann auf die Schulter und beglückwünschten meinen Mann zu seinem guten Witz.

Hulan, Jiaguo, die anderen – alle fanden sie Wen Fu so geistreich, so lustig, so charmant. Ich lachte ebenfalls mit, aber mehr aus Angst. Wie ich sah, trieb Wen Fu seine Spielchen nicht nur mit mir, sondern auch mit seinen Freunden. Und ich sah allmählich auch, daß diese Spielchen böse und grausam waren, was sonst aber keinem aufzufallen schien.

Vielleicht war ich also doch nicht ganz so unwissend. Die anderen Flieger – lauter kluge, nette Leute – konnten doch nicht sehen, was ich sah: wie er einen beschuldigte und quälte, wie er einen erniedrigte und bedrohte. Und immer dann, wenn er einen bis in die äußerste Ecke gedrängt hatte, wurde er plötzlich wieder freundlich und sanft, als könnte er kein Wässerlein trüben.

Natürlich waren wir von dieser Taktik so geblendet, daß wir uns immer um sein Wohlwollen bemühten. Und wenn er es uns entzog, versuchten wir verzweifelt, seine gute Stimmung zurückzugewinnen, ohne die wir uns verloren glaubten.

Nachmittags überzog sich der Himmel oft mit Gewitterwolken. Sobald wir das erste Donnergrollen hörten, packten Hulan und ich eilig ein paar Vorräte und unser Stick- oder Nähzeug in einen Korb. Es war wie ein Abenteuer!

Wir liefen dann schnell den Weg hinter dem Kloster hinauf, bis wir zu einem kleinen Pavillon kamen, der auf einer Anhöhe vor den feuchtgrünen Hügelkuppen stand, mit einem weiten Blick auf den See und die Stadt dahinter. Von diesem himmlischen Platz aus sahen wir dem Wolkenbruch zu, der die Welt unter uns reinwusch, bis die Stadt und die Hügel hinter dem dichten grauen Regenvorhang verschwanden, der uns völlig umschloß.

Der Pavillon erinnerte mich an unser Gewächshaus auf der Insel. Ich bekam dort immer Heimweh – allerdings nicht nach dem Haus, in dem der Onkel, Alte Tante und Neue Tante wohnten. Ich sehnte mich nach dem Platz, wo ich mich so oft versteckt hatte und mir dann vorstellte, ich hätte mich verlaufen und jemand würde mich suchen kommen. Ich erinnerte mich an meine ärmlichen kleinen Schätze: das Bild meiner Mutter, ein paar Schmetterlingsflügel, die zu Staub zerfielen, eine vertrocknete Blumenzwiebel, die ich eine Zeitlang täglich begoß, in der Hoffnung, daß ihr eine Elfe als Spielkameradin für mich entsprießen würde.

Diese kindischen Vorstellungen vertraute ich Hulan natürlich nicht an. Wir saßen nur still und gesittet da, wie es sich für verheiratete Frauen gehörte. Doch ich glaube, auch sie schöpfte aus ihren Erinnerungen und dachte wehmütig an ihre so schnell vergangene Mädchenzeit zurück.

Ich erinnere mich besonders an einen Nachmittag in dieser kleinen, abgeschlossenen Welt, als das Gewitter so heftig um uns tobte, als wollte es nie wieder aufhören. Es schien fast unnatürlich, daß ein solcher Wolkenbruch so lange anhalten konnte. Nach zwei Stunden wurden wir langsam unruhig, obwohl wir versuchten, uns nichts anmerken zu lassen.

»Wir müssen bald zurück«, sagte Hulan, »selbst wenn der Regen nicht aufhört.«

»Und wie stellst du dir das vor? Nur weil wir uns hier Sorgen machen, hört der Regen jedenfalls nicht auf, soviel ist sicher.«

»Wer hat denn was von Sorgen gesagt? Du siehst hier jemand, der von Kind auf mit Überschwemmungen leben mußte. Das Wasser mußte mir schon bis zum Bauch stehen, bevor ich überhaupt daran dachte, meine Teetasse vom Tisch zu räumen.«

Während wir darauf warteten, daß der Regen nachließ, blätterte ich eine alte Shanghaier Zeitung durch, die ich vor ein paar Tagen im Speisesaal gefunden hatte. So viele interessante Geschichten: Eine berühmte Schauspielerin war in einen gewaltigen Skandal verwickelt. Ein russisch-jüdischer Sänger war gerade aus Manchukuo eingetroffen, um in einer Benefizveranstaltung aufzutreten. Jemand hatte eine Bank überfallen, die vor zwei Wochen schon einmal beraubt worden war. Ein britisches Pferd namens »Go The Extra Mile« hatte letzte Woche das Rennen gewonnen. Eine Anzeige für eine Medizin, »Yellow« genannt, die angeblich gegen Verwirrtheit, Niedergeschlagenheit, Sorgen und Denkfaulheit half. Alte Tante hatte dem Onkel mal eine Flasche davon gekauft.

Über irgendwelche Kampfhandlungen wurde so gut wie nichts berichtet. Es gab nur eine groß aufgemachte Ankündigung von Chiang Kai-shek, daß China vor den Japanern nicht einen Zentimeter zurückweichen würde.

Beim Lesen griff ich immer wieder in unseren Vorratskorb, der am Anfang gut gefüllt gewesen war. Vielleicht lag es an meiner Nervosität wegen des bevorstehenden Krieges, daß mein Appetit so durcheinander war. Oft wußte ich nicht, ob ich überhaupt etwas hinunterbringen würde, und dann verspürte ich plötzlich Heißhunger auf irgend etwas, was ich im nächsten Moment schon nicht mehr mochte, um kurz darauf wieder etwas ganz anderes essen zu wollen. Also hatte ich von allem ein bißchen eingepackt, und ich aß auch von allem ein bißchen, je nachdem, worauf ich gerade Lust hatte. Ein Stück salzigen Pökelfisch, ein Würfelchen Aspik, süßsauer eingelegtes Gemüse, sogar scharf gewürzten Kohl, der mir auf der Zunge brannte und mir die Tränen in die Augen trieb. Lauter kleine Snacks, wie man hier sagen würde.

Als ich danach immer noch nicht genug hatte, fragte ich Hulan, was sie zu essen mitgenommen hatte, ob irgendwas Scharfes oder Salziges dabei war. Da erklärte sie mir, daß ich bestimmt schwanger sei. »Das kenne ich«, sagte sie, als ob sie schon hundert Babys zur Welt gebracht hätte. »Ein sicheres Zeichen, daß etwas in dir nach all den Aromen des Lebens hungert. Wahrscheinlich ein Junge, nach deinem unersättlichen Appetit zu schließen.«

Ich glaubte ihr kein Wort. Schließlich war ich erst neunzehn und selber kaum erwachsen, und Hulan war sogar noch jünger als ich, woher wollte sie das alles denn so genau wissen? Ich sprang auf und zog mir das Kleid über dem Bauch straff: Nein, kein Babykopf drückte von innen gegen den Nabel, um da hinauszukommen. Und doch konnte ich irgend etwas spüren, eine Gier nach Leben, die mich fast zu verschlingen drohte.

Aber dann sagte ich mir – Unsinn, das ist nur mein eigenes Unglück, daß ich immer noch mehr will, nie mit meinem Leben zufrieden bin. Alte Tante hatte mir einmal gesagt, daß meine Mutter genauso war, bevor sie starb: »Zu stark hier drinnen«, und dabei hatte sie auf ihren Magen gedeutet. »Nie zufrieden, immer wollte sie noch eine Birne, wenn sie schon zehn Pflaumen zur Auswahl hatte.«

»Ach was, das ist nur mein nervöser Magen«, sagte ich zu Hulan. »Diese ganze Warterei, daß irgendwas Schlimmes passiert.«

»Wenn ich's dir doch sage, es ist ein Baby!« beharrte Hulan.

Ich schüttelte den Kopf.

»Ein Baby«, wiederholte sie und nickte.

»Ai, glaubst du, ich weiß nicht über meinen eigenen Körper Bescheid?«

»Dann sag mir doch mal«, gab sie zurück, »wann war deine letzte Blutung?«

Ich fühlte, wie mir das Blut in den Kopf stieg. So etwas einfach laut auszusprechen, als ginge es um einen Schnupfen, ein bißchen Kopfweh oder ein Staubkorn im Auge!

»Was hat denn das mit einem Baby zu tun!« sagte ich ärgerlich, und Hulan biß sich auf die Lippen, um nicht zu lachen.

»Hat deine Mutter dir denn gar nichts erzählt?«

Ich versuchte, mich daran zu erinnern, was Alte Tante mir an dem Morgen erklärt hatte, als ich mein erstes Blut sah.

Ich war mit einem merkwürdig klebrigen Gefühl aufgewacht, hatte mein Nachthemd hochgezogen und auf meine Beine geschaut. »Jemand hat mich zerhackt«, murmelte ich Peanut zu, im Glauben, es sei noch ein Traum.

Peanut sah das Blut an meinen Beinen und schrie auf. Sie sprang aus dem Bett und rannte in den Hof hinaus: »Kommt alle her, schnell!« rief sie. »Wei-wei ist umgebracht worden, genau wie ihre Mutter! Sie ist schon tot! Hilfe! Hilfe!«

Alte Tante kam in unser Zimmer gestürzt, und hinter ihr Neue Tante, zwei Dienstmädchen, meine kleinen Vettern, und zum Schluß noch das Küchenmädchen, das ein Fleischmesser schwang. Alte Tante beugte sich über mich und warf einen Blick auf meine Beine, sah aber keineswegs sehr besorgt aus. Sie drehte sich um und scheuchte alle anderen aus dem Raum.

»Hör auf zu heulen«, sagte sie streng, sobald wir allein waren. Neue Tante kam mit Peanut zurück, die mich mit großen Augen anstarrte.

»Siehst du, sie ist gar nicht tot«, sagte Neue Tante. Sie reichte mir ein paar gefaltete Tücher.

»Hört mir gut zu, ihr beiden«, sagte Alte Tante. »Dieses Blut ist ein Zeichen. Wenn ein Mädchen anfängt, unsaubere Gedanken zu haben, muß ihr Körper sich auf diese Weise reinigen. Darum kommt soviel Blut heraus. Aber wenn sie später in die richtige Familie einheiratet, die man für sie ausgesucht hat, und wenn sie eine gute Ehefrau wird, die ihren Mann liebt, dann hört das von selbst auf.« Genau das hatte Alte Tante mir erklärt. Und tatsächlich, es stimmte, sobald ich eine gute Ehefrau geworden war, hatte die Blutung aufgehört.

»Pah!« sagte Hulan nur, als ich ihr dies berichtete, und dann spuckte sie auf den Boden. »Hirnloses Geschwätz.«

Während der Regen weiter um uns niederrauschte, erzählte Hulan mir seltsame Dinge, die ich ihr nicht glaubte. Warum auch? Schließlich fiel *sie* doch auf jeden Quark herein! Sie behauptete, der Körper einer Frau baue sich jeden Monat sein eigenes Nest. Unmöglich! Sie sagte, die Babys würden da herauskommen, wo das Männerding hineinging. So ein Unsinn!

Und dann sagte sie mir auch noch, woher sie das wußte: Sie habe einmal einem Mädchen bei der Geburt beigestanden. »Das ist wirklich wahr«, versicherte Hulan. »Ich hab' gesehen, wo das Baby herauskam. Erst letztes Jahr.«

Das Mädchen, sagte sie, hatte sich in einen Piloten verliebt – in Loyang, ganz in der Nähe des Dorfes, wo Hulans Familie wohnte.

»Die Arme hat nur nach einer Chance gesucht, ihr Glück zu machen«, sagte Hulan. »So machten es viele Mädchen, in der Hoffnung, einen Mann zu kriegen, der sie von da fortbringen würde. Sie war wie alle anderen Mädchen im Dorf, nicht besonders hübsch, und dazu bestimmt, irgendeinen alten Bauern zu heiraten oder den einäugigen Kesselflicker am Ort, mit der Aussicht auf ein hartes, arbeitsreiches Leben, weiter nichts. Als sie dann diesen Piloten traf, hat sie ihm deshalb ihren eigenen Körper gegeben – um der Chance willen, auch wenn sie noch so gering war, daß er sie bei sich behalten würde.« Hulan sah, daß ich ihr nicht glaubte. »Ich weiß, das kannst du dir nicht vorstellen«, meinte sie. »Deine Situation ist ja auch nicht damit zu vergleichen. Du hast immer gewußt, daß du dich eines Tages gut verheiraten würdest, du hattest nie solche Sorgen.« Das klang so vorwurfsvoll, daß ich mir sofort dachte: Vielleicht hat sie das ja mit Jiaguo auch so gemacht, aber zum Glück ist die Sache gut für sie ausgegangen.

»Als das Mädchen dann ihr Baby bekommen sollte«, fuhr Hulan fort, »bat sie mich, sie zu dem Piloten zu begleiten. Sie hatte schon solche Schmerzen, daß wir unterwegs oft anhalten mußten. Endlich kamen wir zu dem Quartier, wo die Flieger untergebracht waren. Der Pilot war alles andere als erbaut, sie zu sehen. Er schickte die anderen Männer ärgerlich hinaus. Ich blieb vor der Tür stehen, aber ich hörte jedes Wort.

»Sie flehte ihn an, sie zu heiraten. Er wollte es nicht. Sie versprach ihm, sein Baby würde sicher ein Sohn. Er sagte, das sei ihm egal. Sie flehte ihn an, sie wenigstens als Konkubine bei sich zu behalten. Auch das lehnte er ab. Dann fing sie an zu weinen und ihn zu beschimpfen – sie hatte ja nichts mehr zu verlieren. Sie habe jetzt keine Chancen mehr im Leben, heulte sie, sie könne sich jetzt nie mehr verheiraten. Alle im Dorf wüßten ja, daß sie nichts tauge. Ihre Familie werde sie auf die Straße setzen. Und ihr Baby werde auch keine Chancen im Leben haben, von vorneherein ohne Zukunft zur Welt kommen.

Sie schrie und heulte immer lauter, bis ich es nicht mehr aushielt und ins Zimmer stürzte. Sie stand dicht vor ihm, die Arme um ihren Bauch gelegt, und brüllte ihn an: ›Dann bring uns doch gleich beide um! Immer noch besser, als langsam zu verhungern. Aber wenn wir tot sind, werden wir dich bald wiedersehen, wir werden dich mit vereinten Kräften vom Himmel herabziehen!‹

Außer sich vor Zorn über diese Verwünschung holte der Pilot aus und versetzte ihr einen Schlag, so daß sie stolperte. Im Fallen stieß sie mit dem Bauch gegen eine Stuhllehne und rollte auf den Boden. Der Schlag hat sie nicht getötet. Der Aufprall an der Stuhllehne hat sie nicht getötet. Doch kaum lag sie auf dem Boden, kam das Baby schon. Sie schrie und stöhnte und versuchte noch, wie eine Krabbe rückwärts zu kriechen. Sie rief dem Baby zu: ›Komm nicht raus! Kein Grund, rauszukommen!‹

Der Pilot und ich liefen zu ihr hin. Ich zog ihr den Rock hoch und sah den Kopf des Babys hervorkommen, mit einer Art Strick um den Hals. Es sah aus wie mit Reismehl bestäubt. Das Gesicht war blau angelaufen, die Augen zugekniffen. Ich versuchte, das Baby herauszuziehen, den Strick von seinem Hals wegzuziehen. Ich zog mit aller Kraft, doch das Mädchen warf sich zu heftig auf dem Boden hin und her. ›Lieg still!‹ brüllte der Pilot sie an. Sie krallte sich an seinen Haaren fest und ließ ihn nicht wieder los.

Jetzt schrien wir alle drei wie besessen. Das Baby zerrte an ihren Eingeweiden. Ich zerrte an dem Baby. Sie zerrte an den Haaren des Piloten. Und gerade als es schien, als könnten wir es keinen Augenblick länger ertragen, sank sie plötzlich nach hinten zurück und begann krampfhaft zu zucken. Sie rollte hin und her und rang nach Luft, atmete tief ein, als könne sie gar nicht genug Luft bekommen, atmete aus und wieder ein, und dann – nichts mehr, es kam kein

Atem mehr heraus. Wie schrecklich! Noch ehe das eine Leben beginnen konnte, war das andere schon vorbei. Und das Baby, das mit seinem blauen Kopf herausragte, lief immer dunkler an und starb auch.«

Hulan schwieg. Sie zerknüllte ihren Rocksaum zwischen den Fingern und biß sich auf die Lippen. Ich dachte, die Geschichte sei damit zu Ende. Doch Hulan war noch nicht fertig. Sie fing an zu weinen. »Ich weiß nicht, ob es ein Junge oder ein Mädchen war«, sagte sie. »Meine Mutter wollte sie nicht aufschneiden, um es herauszufinden. Sie wollte ihre Tochter nicht mit offenem Bauch in die nächste Welt schicken. Und sie wollte ihr erstes Enkelkind auch nicht ohne Kopf dahin schicken. Also begruben meine Eltern sie so, wie sie waren, mit dem Baby halb drinnen und halb draußen.« Hulan sah mich an. »Jawohl«, sagte sie schluchzend. »Das Mädchen war meine Schwester. Und der Pilot war Jiaguo. Der Fluch meiner Schwester hatte ihm solche Angst eingejagt, daß er mich an ihrer Stelle heiratete.«

Ich konnte sie nur wortlos anstarren. Schließlich sagte sie, schon etwas gefaßter: »Ich wußte, daß er mich nur heiratete, damit sie nicht zurückkam und sein Flugzeug zum Abstürzen brachte. Aber ich hab' ihn trotzdem geheiratet, um meine Schwester zu rächen. Meine Eltern waren natürlich fuchsteufelswild. Ich versicherte ihnen immer wieder, daß ich ihn nur heiraten wolle, um ihm den Rest seines Lebens zur Hölle zu machen und ihn ständig an meine Schwester zu erinnern, die durch seine Schuld umgekommen war.

Wie hätte ich denn ahnen können, daß Jiaguo sich als ein so guter, braver Mann erweisen würde? Du kennst ihn, du weißt ja selbst, wie er ist. Es tat ihm alles so leid. Und er war immer sehr nett zu mir, hat mir schöne Kleider gekauft und mir bessere Manieren beigebracht, nie hat er mich ausgelacht. Wie konnte ich wissen, daß er so gut zu mir sein würde?«

Hulan blickte in den Regen hinaus. »Manchmal bin ich immer noch wütend auf ihn«, sagte sie leise. »Aber dann sage ich mir: Er hat sie ja nicht mit Absicht getötet. Sie hätte die Geburt sowieso nicht überlebt, ob verheiratet oder nicht. Und manchmal glaube ich, daß meine Schwester es mir nicht verzeihen kann, daß ich den Mann geheiratet habe, der für sie bestimmt war.«

So fingen Hulan und ich an, uns gegenseitig unsere Geheimnisse anzuvertrauen. Ich hatte ihr zuerst von meiner Unwissenheit über meinen eigenen Körper erzählt. Und sie gestand mir nun, wie sie sich nach Rache sehnte und dabei auf ihr Glück stieß. Danach erzählte ich ihr noch von Peanut und daß sie diejenige war, die eigentlich Wen Fu hätte heiraten sollen.

»Also hat sich bei uns beiden das Schicksal gerade noch rechtzeitig zum Guten gewendet! Ein Glück für uns!« rief Hulan. Ich schwieg. Ich hatte ihr nur die Hälfte von meinem Geheimnis verraten, denn ich wußte nicht mehr, ob ich mich wirklich so glücklich schätzen konnte.

Ich wartete, bis wir ins Bett gingen, um Wen Fu die Neuigkeit zu berichten. Er wollte gerade nach mir greifen.

»Wir müssen jetzt vorsichtig sein«, sagte ich. »Ich bekomme ein Baby.«

Er sah mich stirnrunzelnd an. Genau wie ich wollte er es zuerst nicht glauben. Also erzählte ich ihm von meinem ungewöhnlichen Appetit, von meinen Übelkeitsanfällen und daß dies alles Zeichen für ein neues Leben seien. Er sagte immer noch nichts.

Vielleicht konnte er sein Gefühl nicht in Worte fassen. Jedenfalls ließ er sich nicht anmerken, was er dachte. Die meisten Männer wären vielleicht wie die Gockel herumstolziert und hätten es gleich allen vorgekräht. Doch Wen Fu sagte nur: »Dann stimmt es also, was?« Und dann fing er an, sich auszuziehen.

Plötzlich beugte er sich vor und umarmte mich, küßte mich auf die Stirn und drückte mich an sich. Ich glaubte, er wolle mir damit sagen, wie glücklich er über das Baby sei. Ich hatte das Gefühl, ihn endlich zufriedengestellt zu haben, und war glücklich, nun das Nest seiner zukünftigen Kinder zu sein.

Aber das Gefühl hielt nicht lange an. Wen Fu ließ die Hände über meinen Körper gleiten und begann, mir den Rock hochzuschieben. Wie konnte er jetzt noch an so etwas denken? Ich sträubte mich, was ihn aber nur noch mehr anspornte. Er versuchte, mir die Beine auseinanderzuschieben.

»Das können wir jetzt nicht mehr tun«, protestierte ich, »denk doch an das Baby!«

Das sagte ich natürlich nur, weil ich es nicht besser wußte. Doch er brachte keinerlei Verständnis für mich auf. Er lachte nur und nannte mich eine dumme Landpomeranze.

»Ich will nur dafür sorgen, daß es auch wirklich ein Junge wird«, sagte er. Und dann schubste er mich auf das Bett und warf sich über mich.

»Hör auf!« sagte ich und wiederholte immer lauter: »Hör auf! Hör auf!« Wen Fu hielt inne und sah mich drohend an. Ich hatte meinen Mann bisher noch nie so angeschrien. Vielleicht lag es an dem Baby in mir, das ich schützen wollte. Vielleicht fand ich deshalb auf einmal den Mut, mich gegen ihn zu wehren. Doch schließlich konnte ich seinem furchtbaren Blick nicht länger standhalten und murmelte: »Entschuldige.« Und ohne ein weiteres Wort beendete er, was ich ihn gebeten hatte zu unterlassen.

Am nächsten Tag vertraute ich mich noch einmal Hulan an. Ich dachte, sie würde mir vielleicht einen freundschaftlichen Rat geben können. Also beklagte ich mich bei ihr, mein Mann plage mich mit »unnatürlichen Gelüsten« und einem »Übermaß an Männlichkeit«. Jede Nacht müsse ich das ertragen, sogar nachdem ich ihm gesagt hätte, daß ich ein Baby erwartete.

Hulan sah mich eine Weile ausdruckslos an. Vielleicht hatten meine ehrlichen Worte sie schockiert. Doch schließlich sagte sie: »Hnh! Das ist doch kein Problem. Du solltest dich lieber freuen. So bist du ja schließlich zu deinem Baby gekommen, oder?« Ihre Stimme klang spöttisch. »Diese Art von Gelüsten schaden dem Baby nichts. Und für dich ist es nur eine kleine Unannehmlichkeit. Warum solltest du das nicht für deinen Ehemann ertragen? Sei lieber froh, daß er dich noch mag! Und wenn er das Interesse an dir verliert, wird er sich anderweitig umsehen. Dann weißt du erst, was es heißt, wirklich unglücklich mit deinem Mann zu sein.«

Jetzt war ich an der Reihe, schockiert zu sein. Ich hatte Verständnis von ihr erwartet, und statt dessen hielt sie mir eine Standpauke. »Wieso hältst du etwas Gutes für schlecht?« schalt sie mich weiter. »Ja, wenn du natürlich von vorneherein meinst, daß dir irgendwas nicht schmecken wird, dann kann es dir auch gar nicht schmecken, wenn du es probierst.«

Hast du diese Seite an Tante Helen noch nie bemerkt? Na, jetzt weißt du's, die kann auch ganz schön bissig sein. Ich weiß nicht, warum sie sich ihre Gemeinheiten nur für mich aufhebt. Vielleicht bin ich die einzige, der sie diese Seite ihres Wesens zeigen kann.

Weißt du, was ich glaube? Ich glaube, sie tut so was nur, wenn etwas anderes ihr Kummer macht und sie nicht damit rausrücken kann. Das versucht sie dann zu verbergen, indem sie einen von oben herab behandelt. Als sie mich damals so zusammenstauchte, war ich natürlich sehr betroffen. Ich kam mir vor wie ein Nichts. Und ich erfuhr erst Jahre danach, warum sie so reagiert hatte: daß sie tief drinnen ein schmerzliches Geheimnis verbarg und nur ihrem Ärger Luft machte. Aber das erzähle ich dir später.

In dem kleinen Pavillon erfuhr ich etwa eine Woche später auch, daß der Krieg ausgebrochen war.

Hulan hatte sich nach dem Essen zum Mittagsschlaf hingelegt. Als ein Gewitter heraufzog, beschloß ich, allein zu dem Pavillon zu gehen, um Peanut einen Brief zu schreiben. Ich schilderte ihr lauter angenehme Dinge: die interessanten Sehenswürdigkeiten der Umgebung, die Boote auf dem See, die Tempel, die ich besichtigt hatte. Ich schrieb ihr, daß wir vielleicht bald nach Hause kommen würden, vielleicht schon in ein paar Monaten. Und daß ich hoffte, bis zum neuen Jahr wieder in Shanghai zu sein und ihnen allen dann einen kleinen Sohn zeigen zu können.

Da sah ich, wie Hulan den Weg zum Pavillon hinaufgerannt kam, in klatschnassen Kleidern, die ihren rundlichen Körper in schamloser Weise abzeichneten.

»Sie fliegen los! Sie verlassen uns schon!« keuchte sie mir entgegen. Chennault war bereits am Luftwaffenstützpunkt, andere chinesische Befehlshaber waren aus dem Norden und Süden eingetroffen, alle Piloten waren zusammengerufen worden. Und alle sagten das gleiche: Keine Zeit mehr zu verlieren. Es geht los.

Hulan und ich eilten ins Kloster zurück und begannen, die Sachen unserer Männer einzupacken. Sorgfältig legte ich Wen Fus saubere Hemden und Hosen, seine Socken und eine gute neue Decke in einen Koffer. Meine Hände zitterten, und das Herz klopfte mir bis zum Hals. Jetzt gab es Krieg in China. Wen Fu konnte dabei umkommen. Vielleicht würde ich ihn nie wiedersehen. Ich fragte mich, ob ich Wen Fu nicht doch liebte und es erst jetzt gemerkt hatte.

Draußen hörte man einen Lastwagen hupen. Es war höchste Zeit, zum Flugplatz aufzubrechen. Ich lief in Hulans Zimmer, um sie zu holen, und sah, daß sie noch nicht fertig war. Sie wühlte in einer Schreibtischschublade, fuhr sich verwirrt mit der Hand durch die Haare und murmelte weinend vor sich hin: »Welches Bild von mir als hübscher Ehefrau? Welches Glücksamulett? Wo ist das Buch, das er immer vergißt?«

Am Flugplatz wollte uns keiner sagen, wohin unsere Männer aufbrachen. Und doch konnten wir es durch den Regen schon sehen: den blauen Himmel, die weißen Wolken. Wir waren ganz aufgeregt, und auch stolz. Dann brachte uns jemand in einen kleinen feuchten Warteraum mit einem zerbrochenen Fenster, durch das alles, was man draußen sah, klein und gefährlich wirkte. Der Regen peitschte über ein schmales Rollfeld. Die Piloten standen zusammengedrängt unter den Tragflächen. Jemand zeigte auf einen Propeller. Ein anderer rannte mit einem Werkzeugkasten vorbei. Jiaguo ging von einem Flugzeug zum anderen, eine aufgefaltete Karte in der Hand, die im Wind flatterte.

Dann sahen wir, wie die Propellerflügel sich zu drehen begannen, und hörten die Flugzeugmotoren aufheulen. Ich beherrschte mich mit aller Kraft, um die anderen nicht anzuschauen und nicht mit den falschen Worten herauszuplatzen, die womöglich Unglück gebracht hätten. Ich glaube, so ging es uns allen. Wir standen nur still und starr da, auf einmal sehr unsicher.

Doch als die Flugzeuge sich langsam von uns entfernten, fing Hulan an zu winken. Durch den Regenschleier und die Dunstschwaden sah es aus, als ob die Maschinen in einen wirren, verschwommenen Traum fortglitten. Hulan winkte immer heftiger, mit tränenüberströmtem Gesicht. Die Flugzeuge rollten schneller und schneller davon. Und nun winkte Hulan wie wild, wie ein verwundeter Vogel, als könnte sie ihnen damit ihre Glückwünsche und Hoffnungen nachschicken – sie alle nacheinander sicher abheben lassen, dem Sieg entgegen.

Am nächsten Morgen hörten wir dann allerdings, was in Wirklichkeit geschah.

Vier Sprünge, fünf Risse

Erinnerst du dich an das hochnäsige Mädchen, das mit Hulan und mir den Baderaum teilte? Von ihr erfuhren wir nämlich, was in Shanghai passierte, wohin die Luftwaffe aufgebrochen war, um ganz China zu retten.

Sie kam in den Speisesaal, als wir gerade vor dem Radio saßen. Wir hatten schon gehört, daß unsere Männer noch am Leben waren, und lauschten gespannt den Siegesnachrichten, mucksmäuschenstill, um nur ja kein Wort von den guten Neuigkeiten zu verpassen.

»Was ihr euch da anhört«, sagte sie in bitterem Ton, »ist nichts als hohles Gewäsch.« Wir drehten uns verblüfft nach ihr um. Sie stand da und blitzte uns aus rotgeränderten Augen an wie ein böser Geist.

Und dann erzählte sie es uns. Der Mann, der Wen Fu immer einen Stuhl am Ventilator freigehalten hatte, war umgekommen. Ebenso der Junge, den mein Mann beim Kartenspielen angebrüllt hatte. Und der Mann des hochnäsigen Mädchens war auch tot.

»Jetzt glaubt ihr wohl, ihr habt noch mal Glück gehabt, daß eure Männer heil davongekommen sind, was? Von wegen!« sagte sie bissig.

Und dann beschrieb sie uns, wie die Flieger nachts den Shanghaier Hafen angesteuert hatten, der voller japanischer Schiffe war. Sie hatten einen Überraschungsangriff geplant. Doch noch ehe sie dort anlangten, wurden sie ihrerseits von japanischen Flugzeugen angegriffen, die sie schon erwartet hatten. So wurden nicht die Japaner überrascht, sondern nur unsere Piloten, die vor Schreck eiligst ihre Bomben fallen ließen. Sie konnten sie gar nicht schnell genug loswerden, und vom Himmel bis zum Boden war es nicht weit. Also gingen die Bomben in jener Nacht auf Shanghai nieder, auf Häuser und Läden, auf Straßenbahnen, auf Hunderte von Menschen, ausschließlich Chinesen. Und die japanische Kriegsmarine lag immer noch ungeschoren im Hafen.

»Eure Männer sind keine Helden, o nein! Und diese vielen Leute, die anderen Piloten, mein Mann – die sind alle für nichts und wieder nichts gestorben«, sagte das Mädchen und ging aus dem Zimmer. Wir schwiegen betroffen.

Hulan brach das Schweigen als erste. »Woher weiß die denn schon, was passiert ist und was nicht?« brummte sie ärgerlich. Und dann sagte sie noch, sie sei jedenfalls trotzdem froh, weil ihrem Jiaguo nichts passiert war. Das sei wenigstens sicher, meinte sie.

Stell dir das vor! Einfach so vor uns anderen mit ihrer Erleichterung herauszuplatzen! Wie konnte sie nur so selbstsüchtig sein – und das auch noch offen zugeben?

Doch ich schalt sie nicht wegen ihrer schlechten Manieren. Stattdessen versuchte ich, sie auf schwesterliche Art zu ermahnen: »Wenn das stimmt, was das Mädchen da sagt, sollten wir lieber an diese entsetzliche Tragödie denken, und nicht an unser eigenes kleines Glück.«

Hulan machte sofort ein ernstes Gesicht und dachte mit offenem Mund angestrengt nach. Gut so, dachte ich, sie mag ungebildet sein, aber wenigstens ist sie nicht begriffsstutzig.

Aber dann zog sie die Brauen zusammen, und ihre Miene verfinsterte sich. »Was du da sagst – das verstehe ich einfach nicht«, meinte sie.

Also erklärte ich es ihr noch einmal: »Wir müssen doch die ganze Situation bedenken, nicht nur das Schicksal unserer Männer. Schließlich könnte ja noch etwas Schlimmeres passieren.«

»Ai-ya! *Daomei*!« schrie sie und schlug die Hand vor den Mund. »Was fällt dir ein, willst du das Unglück heraufbeschwören und unsere ganze Zukunft vergiften?«

»Ich beschwöre nichts herauf«, sagte ich. »Das ist nichts als gesunder Menschenverstand. Wir haben Krieg. Also müssen wir zwar mit unserem Herzen fühlen, aber auch unseren Kopf zum Denken benutzen. Wenn wir so tun, als gäbe es keine Gefahren, wie können wir sie dann vermeiden?«

Doch sie hörte gar nicht zu, sie zeterte immer weiter, wie eine Verrückte. Jetzt, wo ich daran zurückdenke, wird es mir klar – das war der Moment, in dem unsere Freundschaft vier Sprünge und fünf Risse abbekommen hat. Hulan hat selbst dran schuld, sie hat die Harmonie zwischen uns zerstört. Ich sage dir, an dem Tag hat Hulan mir ihren wahren Charakter offenbart. Sie war nicht die gutmütige, treue Seele, für die sie sich immer ausgab. Die Frau konnte mit scharfen Worten um sich werfen, die einem wie Messer um die Ohren pfiffen.

»Du hast gesagt, das Unglück wird auch uns erreichen! Du hast gesagt, unsere Männer können immer noch umkommen!« schrie sie mich an. »Warum kannst du nicht mit dem zufrieden sein, was du jetzt noch hast?«

Stell dir das vor! Mich so vor den anderen zu beschuldigen! Mir einfach das Wort im Mund zu verdrehen, als hätte ich etwas Schlechtes gesagt, und nicht sie!

»Das habe ich überhaupt nicht gesagt!« wehrte ich mich.

»Du wünschst immer nur das Schlimmste herbei.«

Schon wieder diese Lügen!

»Stimmt doch gar nicht«, sagte ich. »Gesunder Menschenverstand bringt doch kein Unglück!«

»Wenn man etwas auf fünf verschiedene Arten sehen kann«, meinte sie, streckte vier Finger aus und bog dann den Daumen zurück wie eine faule Rübe, »suchst du dir immer die schlimmste davon aus.«

»Überhaupt nicht wahr. Ich habe nur gesagt, daß es im Krieg nicht genügt, nur an unser eigenes Glück zu denken. Das spielt doch gar keine Rolle, das kann den Krieg auch nicht beenden.« Ich war so gereizt, daß ich selbst nicht mehr richtig verstand, was ich sagte.

»Chiang Kai-shek hat gesagt, daß er den Krieg beenden kann!« brüllte sie. »Willst du etwa behaupten, du weißt es besser als Chiang Kai-shek?«

Hulan und die anderen Frauen starrten mich an. Keine der beiden anderen versuchte, in unseren sinnlosen Streit einzugreifen. Sie sagten nicht: »Schwestern, beruhigt euch doch, ihr habt beide recht. Ihr redet nur aneinander vorbei.« Im Gegenteil, Hulans heftige Worte hatten sie bereits so beeinflußt, daß sie nicht sehen konnten, wie lächerlich ihre Argumente eigentlich waren.

Also sagte ich nur achselzuckend: »*Suanle!* Vergiß es!« Und dann stand ich auf, um in mein Zimmer zu gehen.

Wenn ich jetzt daran zurückdenke, ärgere ich mich immer noch darüber. Und zwar deshalb, weil sie sich überhaupt nicht verändert hat. Sie verdreht alles so, wie es ihr in den Kram paßt. Wenn etwas schlecht ist, stellt sie es so hin, als wäre es gut. Wenn etwas gut ist, stellt sie es so hin, als wäre es schlecht. Sie widerspricht mir andauernd, als ob ich immer im Unrecht wäre. Bis ich schließlich selbst kaum noch weiß, was eigentlich wahr ist!

Nach diesem ersten Streit war ich jedenfalls so aufgewühlt, daß ich nur noch auf meinem Bett sitzen und über ihre verletzenden Worte nachdenken konnte. Ich sagte mir: Sie war es doch, die immer so viel Dummheiten von sich gab. Sie war es, die ständig von allen ausgelacht wurde. Um mich von der Grübelei abzulenken, zog ich eine Schublade auf und holte einen Stoffballen hervor, den mir Neue Tante mitgegeben hatte, einen Baumwollstoff aus der Tuchfabrik unserer Familie.

Der Stoff war hellgrün, über und über mit kleinen goldenen Tupfen bedeckt und hauchdünn, gerade richtig für ein leichtes Sommerkleid. Ich hatte mir schon einen Schnitt dafür ausgedacht, nach dem Muster eines Kleides, das ich in Shanghai an einem hübschen, unbekümmerten Mädchen gesehen hatte.

Mit diesem Muster im Kopf begann ich, den Stoff zurechtzuschneiden. Ich stellte mir dabei vor, wie jenes Mädchen in dem wehenden grünen Kleid dahinzuschweben und von allen für meine Eleganz und Anmut bewundert zu werden. Nur Hulan trompetete mit ihrer lauten Stimme dazwischen: »So was Feines trägt man nicht, wenn man gerade seinen Mann verloren hat.«

Und schon hatte ich mich verschnitten – ein Ärmelloch war zu groß geraten –, weil ich vor lauter Ärger auf Hulan nicht richtig bei der Sache war. Und sie hatte mir nicht nur die Konzentration geraubt, sie hatte mir auch noch die Gedanken so verdreht, daß mir plötzlich ein ganz böser Einfall durch den Kopf schoß.

Auf so etwas Übles wäre ich von selbst nie gekommen, niemals.

Aber jetzt war es plötzlich aufgetaucht und ließ sich nicht mehr abweisen. Ich stellte mir vor, wie Hulan mir eines nicht allzu fernen Tages sagen würde: »Dein Mann ist leider mit dem Flugzeug abgestürzt, schreckliches Pech.«

»O nein«, sagte ich mir hastig. »Göttin der Barmherzigkeit, laß ihn bitte nicht sterben.«

Doch je mehr ich den Gedanken wegzudrängen versuchte, desto mehr setzte er sich fest. »Er ist tot«, würde Hulan verkünden, wahrscheinlich mit einem breiten Lächeln. Und ich würde zornig werden und schimpfen, wie das hochnäsige Mädchen, das gerade seinen Ehemann verloren hatte.

Und dann dachte ich: Vielleicht würde ich aber auch weinen und wehklagen, daß mein Kind nun keinen Vater mehr hatte. Ja, das wäre schicklicher.

Doch schon liefen meine Gedanken in eine andere Richtung: Würde ich dann auf die Insel zu meinen Tanten zurückkehren müssen? Vielleicht auch nicht, wenn ich jemand anderen heiratete. Und ich nahm mir vor: Das nächste Mal werde ich mir meinen Ehemann selbst aussuchen.

Ich ließ die Nähnadel sinken. Was dachte ich da eigentlich? Auf einmal wurde mir klar, daß ich tatsächlich wünschte, Wen Fu möge sterben. Aber nicht, weil ich ihn schon haßte. Das kam erst später, als er noch viel schlimmer wurde.

Doch an jenem Abend, allein in meinem Zimmer, argumentierte ich im stillen mit Hulan, mit mir selbst: Es kann doch vorkommen, daß ein Mädchen einen Fehler macht. Manchmal kann man den Fehler wiedergutmachen. Der Krieg könnte alles ändern, und niemand wäre daran schuld – ein Unglück würde durch ein anderes ausgetauscht. Das konnte leicht passieren.

Und so nähte ich mein neues Kleid fertig. Ich schnitt die losen Fäden ab und zog es über den Kopf. Doch mittlerweile war mein Bauch schon viel dicker als früher, und kaum hatte ich einen Arm durch das Ärmelloch gesteckt, saß ich auch schon fest.

Ach, das findest du wohl komisch? Daß ich in meinem Kleid festsaß und nicht mehr vor noch zurück konnte, genau wie in meiner Ehe und in meiner Freundschaft mit Hulan? Manchmal frage ich mich, warum wir eigentlich immer noch befreundet sind, wie wir überhaupt ein Geschäft zusammen führen können.

Vielleicht liegt es daran, daß wir uns damals in der ersten Zeit so viel gestritten haben. Vielleicht auch, weil wir sonst niemanden hatten. Also mußten wir immer wieder einen Grund finden, unsere Freundschaft zu erhalten. Und vielleicht gelten diese Gründe noch heute.

Wie auch immer, jetzt will ich dir jedenfalls erzählen, wie es nach unserem ersten großen Streit weiterging.

Ein paar Tage später erfuhren wir, daß wir bald nach Yangchow geschickt werden sollten, um dort unsere Männer wiederzutreffen.

Als uns diese Neuigkeit beim Frühstück mitgeteilt wurde, waren wir gleich mißtrauisch. Wir dachten uns, daß die Bomben wahrscheinlich bald über dem Kloster niedergehen würden.

»Die wollen uns bestimmt in Sicherheit bringen, weil hier zuviel Gefahr droht«, meinte ich.

Eine der anderen Frauen, Lijun, sagte: »Dann sollten sie uns aber sofort wegbringen. Wozu noch zwei Tage länger warten?«

Und die andere, Meili, sagte: »Warum ausgerechnet Yangchow? Da können doch auch Bomben fallen.«

»Wahrscheinlich ist Yangchow so ein mieses Nest«, überlegte ich laut, »daß die Japaner kein Interesse dran haben, deshalb ist es da am sichersten.« Siehst du, wie logisch das gedacht war? Ich hatte nicht gesagt, daß ich Yangchow nicht mochte. Wieso auch? Ich kannte es ja gar nicht.

Doch Hulan widersprach mir sofort: »Ich habe gehört, Yangchow soll ein sehr hübscher Ort sein«, warf sie ein. »Berühmt für seine schönen Frauen und die guten Nudeln, die es da gibt.«

Und schon wußte ich, daß ich dort weder schöne Frauen sehen noch gute Nudeln essen würde. »Ich behaupte ja gar nicht, daß es kein guter Ort für *uns* ist«, erklärte ich geduldig, »aber vielleicht nicht für die Japaner. Was die Japaner gut finden und was die Chinesen gut finden, ist nicht dasselbe.«

Also zogen wir gegen Ende des Sommers nach Yangchow um. Es war erst ein paar Wochen nach Kriegsbeginn. Wir mußten das Boot nehmen, weil viele Straßen und Bahnstrecken schon blockiert waren. Und als wir dort ankamen, sah ich sofort, daß Yangchow genauso war, wie ich es mir vorgestellt hatte – ein Drecknest, das die Japaner niemals wollen würden.

Es lag nur eine halbe Tagesreise nördlich von Shanghai, der besten Stadt der Welt, und doch war es vollkommen anders – ein altmodischer Ort ohne hohe Gebäude, die meisten Häuser nur ein Stockwerk hoch, die größeren höchstens zwei. Wer weiß, was Du Fu und die alten Dichter daran fanden! Ich sah nichts als Lehm und Dreck, wohin ich auch schaute: Straßen, Höfe, Böden aus festgestampftem Lehm, Häuser und Hütten aus Lehmziegeln.

Natürlich sah auch das Haus, das wir zugeteilt bekamen, nicht anders aus: Dreck und Lehm, in vier Quartiere unterteilt, für jedes Paar zwei Zimmer und eine gemeinsame Küche mit vier alten Kohleherden. Zuerst waren wir alle entsetzt.

»Was kann man da machen, es ist eben Krieg«, sagte ich schließlich zu den anderen. »Wir müssen alle Opfer bringen.« Lijun und Meili nickten zustimmend. Hulan wandte das Gesicht ab.

Dann begann sie, alles genau in Augenschein zu nehmen und daran herumzumäkeln. Sie bohrte den Finger in eine bröckelige Stelle an der Wand. »Ai!« Sie zeigte auf eine andere Wand, wo man Ungeziefer durch einen Sonnenstrahl krabbeln sah. »Ai!« Sie stampfte mit dem Fuß auf. »Wah! Schaut her, wie hier bei jedem Schritt Staub hochwirbelt.«

Ich schaute ihr zu. Wir schauten ihr alle zu. Ich hätte am liebsten gerufen: »Na bitte, da seht ihr, wie sie ist! Sie meckert an allem herum, nicht ich.« Doch ich merkte, daß ich mir die Worte sparen konnte. Meili und Lijun hatten es schon begriffen.

Am Nachmittag bekamen wir noch ein Küchenmädchen und einen Diener geschickt, die uns bei der Hausarbeit helfen sollten. Das Küchenmädchen war noch sehr jung und hatte ein lustiges Mondgesicht. Sie hatte die Aufgabe, die Kohleherde zu bestimmten Tageszeiten anzuheizen, das Gemüse zu putzen und zu schneiden, die Hühner zu schlachten und die Fische auszunehmen, alles abzuwaschen und die Küchenabfälle zu entfernen, bevor sie anfingen zu stinken.

Der Diener gehörte der Luftwaffe an. Er war ein Mann in mittlerem Alter, den wir *chin wubing* nannten, was die gängige Bezeichnung für einen einfachen Soldaten war – die Sorte, die nur mit dem Besen kämpfte und nur gegen Fliegen. Er war klein und schmächtig und sah aus, als würde er unter jeder Last sofort zusammenbrechen. Außerdem war er auch nicht ganz richtig im Kopf. Bei der Arbeit hielt er manchmal Selbstgespräche, wobei er sich offenbar einbildete, ein hoher Offizier zu sein, der unsinnige Befehle ausführen mußte: »Klopf diese Bettdecke aus! Wasch diesen Fleck aus!«

So hörte ich auch, daß Hulan dem *chin wubing* befohlen hatte, sechs Eiweiß in einen Eimer Lehmerde zu rühren.

»Was soll denn das für ein blödes Rezept sein«, hörte ich ihn vor sich hin brummeln. »Den Brei soll ich bei ihr auf den Boden schmieren, hat sie gesagt. Die hat ja einen Furz im Hirn! Will die etwa ihren Boden essen? Die hält das wohl für einen leckeren Pfannkuchen. Ha!«

Ich erzählte Lijun und Meili, was der *chin wubing* gesagt hatte. Ich mußte es tun. Was, wenn Hulan plötzlich so verrückt geworden war, daß sie beschloß, das Haus anzuzünden? Die anderen Frauen teilten mir in den nächsten Tagen noch andere merkwürdige Dinge mit, die sie bei Hulan beobachtet hatten. Sie hatte dem *chin wubing* befohlen, diesen Eiweißbrei drei Tage hintereinander auf ihren Boden zu streichen. Und als der Brei trocken war, mußte er immer noch mehr davon aufstreichen. Schlimmer noch, als nächstes mußte er ihr eine dicke Suppe aus Reis und Lehm kochen.

»Und die hat sie dann an ihre Wand geworfen! Sie hat gesagt, so sei die Suppe genau richtig!« Wir schüttelten ratlos die Köpfe. Arme Hulan.

Doch ein paar Tage später sagte der *chin wubing* nichts mehr, erledigte still seine Arbeit und beschwerte sich nur noch über einen Händler, der ihn betrogen hatte. Er hatte ihm eine gegrillte Ente angedreht, die so aufgeblasen war, daß sie beim ersten Einschnitt auf die Hälfte ihrer Größe zusammenschnurrte.

»Das macht doch nichts«, beruhigte ich ihn, »du kannst ja nichts dafür.« Und da ich meine Neugier nicht länger für mich behalten konnte, setzte ich hinzu: »Immer noch besser als Lehmsuppe, ha?«

Der *chin wubing* sah mich stirnrunzelnd an. »Entschuldigung, Tai-tai«, antwortete er zögernd. »Ich höre heute nicht gut.«

Ich nickte zu Hulans Hausseite hinüber. »Diese Lehmsuppe von ihr da«, sagte ich, »die schmeckt wohl nicht besonders, hanh?«

»Entschuldigung, Tai-tai!« wiederholte er. »Meine Ohren sind heute wirklich ganz verstopft.«

Also mußte ich eine Ausrede finden, um selber nachzusehen, wie verrückt Hulan geworden war. Ich holte meine beste Sticknadel aus dem Nähkorb.

»Ist das vielleicht deine Nadel?« fragte ich sie an der Tür. »Ich habe sie bei mir auf dem Boden gefunden und weiß nicht genau, ob es meine ist.« Während Hulan sich die Nadel anschaute, sah ich, was sie mit dem Eiermatsch und der Lehmsuppe gemacht hatte. Ihre Böden waren mit einem glatten Belag überzogen, hart und glänzend wie Porzellan, so daß nirgends mehr Staub aufwirbelte. Und ihre Wände, die vorher genauso wie unsere bröckelten, waren jetzt mit einer frischen, sauberen Lehmschicht bedeckt, auf der kein einziges Insekt krabbelte.

Während ich diese Veränderung noch fassungslos betrachtete, verkündete Hulan: »Du hast recht. Das ist meine Nadel. Ich hab' sie schon seit Tagen vermißt.«

Später am selben Nachmittag half Hulan mir, auch meine Böden und Wände so herzurichten. Und ich ließ sie auf diese Weise die eine Sache mit der anderen wiedergutmachen. Denn sie hatte mir meine Nadel weggenommen, obwohl wir beide wußten, daß sie mir gehörte.

Ich weiß auch nicht, warum ich soviel von Helen rede. Das ist keine Geschichte über sie, obwohl sie mich dazu veranlaßt hat, dir meine Geschichte zu erzählen. Wenn sie dir das alles erzählte, würde sie bestimmt sagen, ich hätte mich nicht genug um eine gute Ehe bemüht. Aber ich sage dir, ich habe wahrhaftig getan, was ich konnte.

Wie zum Beispiel damals in Yangchow. Ein oder zwei Wochen nach unserer Ankunft kamen unsere Männer zurück, und ich bereitete Wen Fu zum Empfang ein großes Festessen. Und nicht nur ihm, sondern auch seinen Kameraden, fünf oder sechs Fliegern aus der zweiten und dritten Klasse.

Diesen Männern imponierte Wen Fu besonders mit seiner Großzügigkeit, mit der Art, wie er sagte: »Kommt mit zu mir! Eßt, soviel ihr wollt!« Und Jiaguo lud er ebenfalls ein. Also lud ich natürlich auch Hulan ein und Lijun und Meili mit ihren Ehemännern. Schließlich kochte ich dann ein Festmahl für vierzehn Leute. Hulan bot mir an, mir beim Einkaufen und Kochen zu helfen. Und da es wirklich viel Arbeit war, wehrte ich nur ganz kurz ab, bevor ich zugab, daß ihre Hilfe mir sehr gelegen kam.

Das Essen kaufte ich mit dem Geld aus meiner Mitgift, das mein Vater mir an meinem Hochzeitstag geschenkt hatte. Nein, das hatte Wen Fus Familie mir noch nicht gestohlen. Mein Vater war nämlich so klug, die viertausend *yuan* unter meinem Namen auf ein Bankkonto in Shanghai einzuzahlen. Nach der Hochzeit hatte ich zweihundert davon abgehoben, und in Yangchow hatte ich davon noch etwa hundert übrig.

Wen Fu verdiente siebzig *yuan* im Monat. Das war ein recht gutes Gehalt, ungefähr doppelt soviel, wie ein Lehrer verdiente. Aber Wen Fu verplemperte das Geld nur für Dummheiten – Whiskey, Mah-Jongg oder Wetten über das Wetter.

Also kaufte ich von meinem Geld die Möbel, die wir uns für die verschiedenen Quartiere anschafften. Ich mußte es nicht tun, doch ich tat es freiwillig. Und ich gab mein Geld auch dafür aus, bessere Lebensmittel einzukaufen als den Proviant, den wir von der Luftwaffe bekamen. Auch das tat ich freiwillig. Für das große Festessen kaufte ich gutes Schweinefleisch, frische Gewürznelken für die Klöße, viele Krüge süßen Wein, was mich alles in allem über fünfzig *yuan* kostete.

Doch es reute mich nicht, soviel Geld dafür auszugeben. Während ich all diese guten Sachen einkaufte, dachte ich an die Piloten, auch an Wen Fu. Wenn ihr Glück sie im Stich ließ, würden sie das nächste Mal vielleicht nicht mehr zurückkehren. Und dieser traurige Gedanke spornte mich gleich dazu an, ein noch dickeres Stück Fleisch auszusuchen, reichlich mit gutem, nahrhaften Fett durchsetzt.

Und dann beschloß ich noch, zusätzlich ein paar Sachen aufzutischen, die Glück verhießen, solche, wie Alte Tante sie uns immer zu Neujahr gekocht hatte – sonnengetrocknete Austern für Reichtum und Wohlstand, zarte Krabben für Freude und Heiterkeit, *fatsai*, getrocknete Morcheln, die das Glück in sich aufsaugen, und eine Menge Tintenfisch, den man so schön knusprig backen konnte.

Hulan sah mir zu, wie ich all meine feinen Zutaten aussuchte, und das Wasser lief ihr im Mund zusammen. Ich glaube, so was Gutes hatte sie noch nie gegessen.

Zu Hause trug ich dem Küchenmädchen auf, viele Wasserkessel aufzusetzen und genug Schweinefleisch und Gemüse für tausend Klöße kleinzuschneiden und dazu eine Tunke aus frischem Ingwer, guter Sojasoße und mildem Essig anzurühren. Hulan half mir, den Teig zu kneten und zu kleinen Kreisen auszurollen.

Ich muß gestehen, daß ich anfangs von ihren Talenten als Köchin beeindruckt war. Sie arbeitete schnell und geschickt. In derselben Zeit, die ich für zwei Knödel brauchte, hatte sie schon drei ausgerollt. Und sie setzte auch immer genau die richtige Menge Fleischfüllung auf ihre Teigkreise, nie mußte sie etwas mehr dazugeben oder wieder etwas wegnehmen. Im Handumdrehen hatte sie den Knödel dann zusammengedrückt.

Ich gebe auch zu, daß ich an jenem Nachmittag ihre Gesellschaft genoß. Wir waren beide glücklich. Die Flieger waren wieder da. Alle waren aufgeregt und gutgelaunt. Keiner beklagte sich über den anderen. Wir mußten uns beim Reden nicht extra vorsehen, um höflich zu bleiben. Wir brauchten nichts anderes zu tun, als unserer guten Stimmung freien Lauf zu lassen.

Ich sagte zu Hulan: »Schau nur, wie schnell du arbeitest! Mit deinen geschickten Händen könnten wir glatt zehntausend Klöße machen, mühelos.« Natürlich fand ich dann später heraus, daß sie nur die handwerkliche Seite des Kochens so gut beherrschte: kneten, ausrollen, füllen, zusammendrücken. Doch was ihren Geschmackssinn angeht – na ja, darüber spricht man besser nicht.

Oder was meinst du? Sag mal ehrlich, wer von uns kocht besser? Na siehst du! Ich will ja nicht angeben, aber es stimmt. Ich weiß, wieviel Sojasoße in ein Fleischgericht gehört, damit es genug gesalzen ist, ohne salzig zu schmecken. Und ich gebe nie mehr als eine Prise Zucker dazu, sonst könnte man ja gleich kantonesisch essen. Ich kann jedes Gericht so zubereiten, daß es würzig schmeckt und trotzdem sein eigenes Aroma behält – nicht alles gleich fade oder so scharf, daß man sich vorkommt wie ein Feuerschlucker.

Und andere könnten dir das auch bestätigen, wenn sie heute hier wären. Die Flieger zum Beispiel, sogar Hulans Mann, die haben an dem Abend alle meine Kochkünste gelobt und Wen Fu gesagt, was für ein Glückspilz er sei. Sie meinten, es sei unmöglich, eine Frau zu finden, die gleichzeitig hübsch sei und gut kochen könne – und doch bekundeten ihre Augen und ihre Zunge das Gegenteil. Ich beobachtete sie beim Essen, ermunterte sie, ordentlich zuzulangen, und sagte scherzhaft, ich würde Ärger mit meinem Mann bekommen, wenn mehr als zehn Klöße übrigblieben. Und zum Schluß waren tatsächlich nur noch vier übrig! Was für ein gelungenes Festmahl das war!

Ich kochte noch viele solcher Festessen. Jedesmal wenn Wen Fu und die anderen Flieger nach langer Abwesenheit wiederkamen, wollten sie zuerst meine Klöße essen – ob in Wasser gekocht oder in Öl ausgebacken, sie fanden sie immer köstlich.

Damals in China spielte es keine Rolle, aus welcher Gegend des Landes man stammte. Beim Essen und Spielen verstanden sich alle fabelhaft. Jede Ausrede war uns recht, um das Leben in vollen Zügen zu genießen. Und zu jener Zeit versuchte ich noch, Wen Fu zu gefallen, ihm eine gute Ehefrau zu sein und dabei auch mein eigenes Glück zu finden. Ich war immer dazu bereit, eine gute Mahlzeit zu kochen, obwohl die Männer oft nach Hause kamen, ohne sich vorher anzukündigen – und manchmal waren es dann leider auch ein paar weniger.

Ach, das war immer sehr traurig. Jiaguo mußte dann die Sachen der gefallenen Flieger zusammenpacken. Er wickelte sie sorgfältig in ein Bündel und schrieb dazu jedesmal einen langen Begleitbrief, in dem er den Angehörigen erklärte, daß dieser Sohn oder jener Ehemann einen echten Heldentod gestorben sei. Wenn ich solche Bündel unten auf dem Tisch liegen sah, mußte ich immer daran denken, wessen Hände sie wohl freudig aufschnüren würden, im Glauben, es sei ein Geschenk, und wessen Augen dann heiße Tränen weinen würden, wenn sich herausstellte, was sie enthielten.

So nahm die Zahl der Gäste bei unseren Festessen immer mehr ab. Und vielleicht bildete ich mir das ja nur ein, aber mir schien, daß jedesmal wenn wieder einer gefallen war, ein anderer dessen

Appetit mit übernahm. Diese Flieger aßen, als würden sie nie im Leben wieder so etwas Gutes vorgesetzt bekommen.

Ich erinnere mich noch an einen dieser Abende, wo jeder der Männer dreißig Klöße aß, dann seufzend den Gürtel lockerte und nochmals dreißig wegputzte. Ich lief ständig hin und her und schaffte immer neue Schüsseln herbei, auch für Hulan, die ebenfalls kein Kostverächter war. Sie aßen, lachten und redeten, lockerten ihre Gürtel noch mehr – bis einer schließlich sagte: »Um der Köchin noch mehr Ehre zu erweisen, müßte ich die Hose fallen lassen!«

Der Mann, der den Witz gemacht hatte, war ein langer, hagerer Bursche namens Gan. Er war immer lustig und trotzdem zurückhaltend. Was er gesagt hatte, war zwar etwas gewagt, aber ich war deshalb weder ärgerlich noch verlegen. Seine Witze gingen nie auf Kosten anderer. Er brachte uns immer nur dazu, über ihn selbst zu lachen.

Irgendwie erinnerte er mich an einen amerikanischen Filmschauspieler – aber nicht so einen großmächtigen Heldentyp wie John Wayne. Eher wie Danny Kaye, ein stiller Mann, den alle gut leiden konnten, einer, der die Leute aufheiterte, ohne anzugeben.

So war Gan auch. Wenn er lächelte, zog sein Mund sich mehr in die Breite als bei den meisten Leuten, und man sah seine Augenzähne leicht hervorstehen. Er hatte einen schlaksigen Gang, wie ein Junge, der zu schnell gewachsen ist. Und wenn er hastig vorstürzen wollte, um mir etwas tragen zu helfen oder einen Stuhl beiseite zu rücken, stolperte er meist über die eigenen Füße.

Wenn er nicht mit den anderen lachte und redete, kam er mir immer ein wenig schüchtern vor. Ich merkte oft, wie er mich beobachtete, als wüßte er nicht recht, was er sagen sollte. Einmal saß er lange schweigend da und sagte dann plötzlich zu mir: »Dieses Essen – selbst meine Mutter hätte das nicht besser gekocht.«

»Wie kannst du nur so etwas über deine eigene Mutter sagen«, schalt ich ihn. Er wurde rot. »Schwester«, sagte er hastig, »entschuldige bitte meine schlechten Manieren.« Dann aß er noch zwei Klöße und murmelte vor sich hin: »Sind aber wirklich besser als bei meiner eigenen Mutter.«

Ich weiß noch, wie Wen Fu laut auflachte, als er das sagte, und ihm spöttisch zurief: »Bist du deshalb so dürr wie ein Bambusrohr?« Ich wußte nicht recht, ob das eine Beleidigung für Gans Mutter oder für mich sein sollte. Ich fragte mich im stillen: Warum konnte mein Mann denn nicht etwas mehr wie Gan sein? Und das brachte mich auf einen anderen Gedanken: Ich hätte auch einen guten Mann heiraten können. Sie waren nicht alle wie Wen Fu. Warum hatte ich nicht gewußt, daß ich die Wahl hatte?

Ich sah, daß die anderen Flieger im Gegensatz zu ihm alle nett und anständig waren. Sie behandelten mich zuvorkommend. Sie erwähnten mit keinem Wort, daß ich ein Baby erwartete, obwohl sie es natürlich wußten. Sie beeilten sich immer, mir die Einkäufe tragen zu helfen, und einer bot mir sogar an, mich im Lastwagen überall hinzufahren, damit ich nicht so weit gehen mußte. Und Gan, der schüchterne Mann, der meine Klöße so zu schätzen wußte, spielte Federball mit mir, während Wen Fu und die anderen abends Karten oder Mah-Jongg spielten.

Ich erinnere mich noch gut an diese Abende. Wir spielten bei Mondlicht in der Nähe des erleuchteten Fensters, schlugen den Federball übers Netz und lachten, wenn wir uns gegenseitig mit dem Ball trafen. Wenn ich ihn verfehlte, bestand Gan darauf, sich nach dem Ball zu bücken, um mir die Mühe zu ersparen. Und manchmal, wenn Wen Fu nicht da war, lud Gan mich zu einer Nudelsuppe ein, in irgendeinem billigen Lokal, nichts Aufwendiges. Und dann begleitete er mich in aller Form nach Hause, wie ein alter Freund der Familie oder ein Bruder, und entschuldigte sich jedesmal, wenn er mich aus Versehen am Ellbogen anstieß.

Einmal sah Hulan uns am Küchentisch miteinander plaudern. Und als Gan nach Hause gegangen war, neckte sie mich: »Oyo! Sei lieber vorsichtig!«

»Wie meinst du das?« wollte ich wissen.

»Ich meine gar nichts«, sagte Hulan. »Ich rate dir nur, dich vorzusehen, damit keiner auf falsche Gedanken kommt.«

»Was für ein Unsinn«, antwortete ich bloß, und sie lachte.

Es ist so merkwürdig, sich nach all der Zeit daran zu erinnern. Seit über fünfzig Jahren habe ich nicht mehr an diesen Gan gedacht. So kommt es mir jetzt auf einmal vor, als hätte ich einen verborgenen Winkel meines Herzens wiederentdeckt, die Freude, die ich niemandem zeigen konnte, und den Kummer, den ich später niemandem mitteilen konnte. Wie hätte ich es Hulan erzählen können? Ich hatte ihr ja selbst gepredigt, in Kriegszeiten dürften wir nicht so viel Wert auf unser eigenes Glück legen. Aber da wußte ich noch nicht, was Glück überhaupt sein konnte.

Also kann ich es jetzt vielleicht *dir* gestehen. Gan bedeutete mir sehr viel. Wir kannten uns nicht lange, und doch kannte ich sein Herz besser als das meines eigenen Mannes. Und das machte mir meine Einsamkeit ein wenig leichter.

Einmal erzählte er mir, wie gern er am Abend mit mir spazierenging. Und ehe ich noch fragen konnte, warum, sagte er es mir schon: Er sei im Dunkeln nicht gern allein. Und wieder setzte er gleich hinzu, als ich ihn gerade nach dem Grund dafür fragen wollte: »Weißt du, bei Nacht sieht man Dinge, die man am Tag nicht sehen kann.« Ich nickte und sagte ihm, daß es mir genauso ging.

Und dann erzählte er mir, woher er diese Furcht vor der Dunkelheit hatte. »Ich habe noch nie mit jemand anderem darüber gesprochen«, begann er, »was ich damals als Junge erlebte, das vorige Mal, daß es ein Jahr des Tigers war. Da habe ich im Dunkeln einen Geist gesehen.«

Und ich erzählte Gan, daß ich als Kind auch manchmal Geister gesehen hatte. Einen Geist zum Beispiel, der dann aber nur der Mond im Fenster war. Oder einen Geist, der sich dann als die Alte Tante entpuppte, die mitten in der Nacht aufgestanden war, um sich ein Mittel gegen ihre Magenschmerzen zu holen. Oder einen Geist, der nichts weiter als eine vertrocknete Ranke am Gewächshausfenster war.

»Solche Geister habe ich auch oft gesehen«, meinte Gan. »Aber dieser Geist war ganz anders. Dieser Geist sagte mir nämlich, daß er wiederkommen und mich holen würde, bevor das nächste Jahr des Tigers anbrechen würde – bevor ich vierundzwanzig Jahre alt sein würde.«

»Was träumt man nicht alles für Unsinn zusammen«, warf ich ein. Doch Gan redete weiter, als sei er noch immer in jenem bösen Traum befangen.

»›Du brauchst dir keine Sorgen zu machen‹, sagte der Geist.

›Dein Tod wird schmerzlos sein, du wirst nicht leiden müssen. Aber wenn du mich das nächste Mal im Dunkeln nach dir rufen siehst, dann mußt du mitkommen, ohne ein Wort der Widerrede.‹ Natürlich glaubte ich ihm nicht und schrie ihn an: ›Du bist nur ein böser Traum, geh weg!‹ «

»Und dann bist du aufgewacht«, sagte ich schnell, um ihn zu beruhigen, oder vielleicht auch mich selbst. »Doch der Geistertraum hat dir so einen Schrecken eingejagt, daß du ihn bis heute nicht vergessen hast.«

»Viel schlimmer«, erwiderte Gan trocken. »Ich bin aufgewacht, das ist richtig. Ich stand sogar auf, um sicher zu sein, daß ich wirklich wach war. Aber als ich an der Tür stand, war der Geist immer noch da. Er sagte: ›Du willst nicht glauben, daß dies dein Schicksal ist? Ich kann es dir beweisen.‹ Und dann zählte er neun schlimme Dinge auf, die mir zustoßen würden, bevor meine Zeit abgelaufen war. Neun, die Zahl der Vollendung. Als der Geist verschwand, stand ich noch immer an der Tür.«

»Ai, Gan, das ist ja eine furchtbare Geschichte!« sagte ich.

»In diesen letzten elf Jahren habe ich immer wieder versucht, den Traum zu vergessen. Doch nun sind acht dieser schlimmen Vorhersagen schon eingetroffen, und zwar genau so, wie der Geist sie angekündigt hatte. Und ich fürchte, die neunte ist auch nicht mehr weit.« Er lachte nervös auf. »So viel Leiden, nur um auf einen schmerzlosen Tod zu warten!«

Als Gan mir die Geschichte erzählt hatte, zitterte er am ganzen Leibe, als sei es schon eiskalter Winter und nicht eine feuchtwarme Augustnacht. Ich konnte sehen, daß er an die Geistergeschichte glaubte. Selbst ich fürchtete mich. Ich wagte noch nicht mal, ihn zu fragen, was denn die acht anderen schlimmen Dinge waren. So lachte ich nur verlegen und sagte: »Was für einen bösen Angsttraum du als Junge gehabt hast!«

Ich wußte damals selber nicht, warum ich das sagte. Es war nicht das, was ich fühlte, ganz im Gegenteil. Am liebsten hätte ich ihn weinend an mein Herz gedrückt und gesagt: Ach, mein Junge, mein armer kleiner Junge! Bist du auch sicher, daß die acht schlimmen Dinge wirklich schon passiert sind? Was waren es denn für Dinge? Und was ist das neunte? Komm, erzähl's mir schnell!

Doch jetzt, wo ich mich wieder an meine Gefühle für ihn erinnere, weiß ich auch, warum ich ihm das nicht gesagt habe. Ich hatte Angst, aber nicht vor dem Geist. Ich war eine verheiratete Frau, und doch hatte ich noch niemals Liebe zu einem Mann empfunden. Aber an jenem Abend war ich nahe dran, mich zu verlieben. Ich ahnte die Gefahr, ich fühlte, daß es mit Liebe zu tun haben mußte, wenn der eine seine Angst eingestand und der andere versuchte, ihn durch seine Zuwendung zu trösten. Nach und nach würde dann immer mehr hervorbrechen, alles, was sich im verborgenen angesammelt hatte – Kummer, Scham, Einsamkeit, all die alten Seelenqualen würden herausgelassen, bis man vor Freude und Erleichterung hätte aufjauchzen mögen, bis es zu spät war, sein Herz vor dieser neuen Freude zu verschließen.

Doch ich hielt mich zurück, drängte meine Gefühle zurück. Ich gab vor, seinen Geistertraum nicht ernst zu nehmen, um die Gefahr von ihm und mir abzuwenden, um uns beide zu beschwichtigen. Und vielleicht tat ich seinen Traum auch so schnell ab, weil wir alle schon ahnten, daß uns etwas Schlimmes bevorstand. Nur redeten wir nicht so offen darüber wie Gan.

Wenn einer der Flieger witzelte: »Das ist jetzt aber das letzte Mal, daß ich beim Kartenspielen meinen ganzen Sold auf den Kopf haue«, riefen die anderen gleich: »Wah! Sag nicht ›das letzte Mal‹, das bringt Unglück! Jetzt mußt du erst recht weiterspielen, um zu beweisen, daß du es nicht so gemeint hast.«

Diese Piloten wußten sehr wohl, daß ihre Flugzeuge kaum schnell genug waren, um vom Boden abzuheben. Sie wußten, daß sie schlecht ausgebildet waren und gegen die besser ausgerüsteten japanischen Flieger keine Chance hatten. Vor dem Start stellten sie sich immer in einem großen Kreis auf, brüllten markige Sprüche und spuckten um die Wette nach einem Stein. So versuchten sie, ihren sicheren Heldentod auf die leichte Schulter zu nehmen, so machten sie sich Mut. Aber so merkten wir auch, daß sie Angst hatten. Wie konnten sie auch echte Helden sein, wo sie doch keine Wahl hatten? Aber wie konnten sie *keine* Helden sein, wo sie doch wußten, daß sie gar keine Chance hatten?

Zwei Monate nach unserem ersten Festessen war die Hälfte der Flieger schon tot. Nach dem, was wir hörten, waren sie alle als Helden gestorben, alle in ihren Flugzeugen erschossen worden. Aber die Art, wie sie abstürzten – das war grauenhaft! In den Wracks fand man nicht mal mehr eine Leiche, die man hätte beerdigen können.

Einer der Piloten, die ich kannte, krachte mit seinem Flugzeug mitten in das Stadttor von Henan. Meilis Mann raste mit seinem Flugzeug gegen einen Berg. Und der Flieger, der mich immer in seinem Lastwagen mitnahm, verbrannte in seinem Flugzeug, noch ehe es am Boden zerschellte.

Wen Fu dagegen wurde noch nicht mal verwundet. Und weißt du auch, warum? Er war ein Feigling! Jedesmal, wenn sie unter Beschuß gerieten, kehrte Wen Fu um und flog in die andere Richtung davon. »Ach, weißt du«, erklärte er Jiaguo danach, »ich war hinter einem japanischen Jagdflieger her, der sich verdrücken wollte. Zu schade, daß ich ihn nicht erwischt habe.« Hulan erzählte mir, daß Jiaguo sich schon mit dem Gedanken trug, meinen Mann vors Kriegsgericht zu bringen. Glaubst du, sie hätte sich die Gelegenheit entgehen lassen, mir so etwas weiterzusagen?

Das erfuhr ich etwa zur gleichen Zeit, als ich auch hörte, daß Gans Maschine bei Nanking abgeschossen worden war. Er lebte noch und lag dort im Lazarett. Wir eilten sofort hin, um ihn zu besuchen, Wen Fu, Jiaguo, Hulan und auch die anderen Flieger, die noch am Leben waren.

Ach, was sah ich da!

Gan lag auf dem Rücken, die Augen starr zur Decke gerichtet, lachte und weinte und rief immer wieder: »Geist, wo bleibst du denn? Ich weigere mich nicht zu sterben!«

»Er ist verrückt geworden«, meinte Wen Fu. »Sein Verstand hat ihn schon verlassen. Ein Glück für ihn, so fühlt er wenigstens den Schmerz nicht mehr.«

Ich erinnere mich an den Schmerz, den ich fühlte, als ich Gan da liegen sah. Ich konnte nichts sagen. Ich konnte ihm nicht die Hand auf die Stirn legen. Dabei hätte ich am liebsten laut herausgeschrien: Er ist nicht verrückt! Der Geist hat ihm versprochen: »Dein Tod wird schmerzlos sein. Du mußt nur mitkommen, wenn ich dich rufe.«

Aber der Geist hatte gelogen. Gan ging elend zugrunde, an einem Bauchschuß, der ihm die Gedärme herausgerissen hatte. Zwei ganze Tage und Nächte mußte er sich quälen, bis er endlich erlöst wurde und hinter diesem betrügerischen Geist herjagen konnte.

Ich trauerte so sehr um ihn, aber ich durfte meine Trauer nicht zeigen. Das Herz war mir so schwer wie damals, als ich meine Mutter verlor. Nur sehnte ich mich diesmal nicht nach der Liebe, die ich verloren hatte, sondern reuevoll nach der, die ich nie besessen hatte.

So konnte ich Gans Liebe erst annehmen, als er schon tot war. Er wurde zu meinem Geistergeliebten. Immer wenn Wen Fu mich beschimpfte, dachte ich an das letzte Mal zurück, als Gan zum Essen bei uns war. Er hatte mich den ganzen Abend beobachtet und gesehen, wie Wen Fu mich behandelte. Und als mein Mann aus dem Zimmer gegangen war, blickte er mich an und sagte ruhig: »Du siehst dich selbst nur im Spiegel. Aber ich sehe dich so, wie du dich selbst nie sehen kannst, all die reinen Dinge in dir, die weder gut noch schlecht sind.«

Diese Worte rief ich mir oft ins Gedächtnis zurück. Und wenn Wen Fu sich auf mir erschöpft hatte und eingeschlafen war, stand ich vorsichtig auf und schaute in den Spiegel. Ich wandte mein Gesicht hin und her und versuchte, mir vorzustellen, wie Gans Augen mich anblickten, und weinte leise vor mich hin: »Was hat er gesehen? Was hat er gesehen?«

Manchmal, wenn ich besonders viel ertragen mußte, wenn ich mich fragte, womit ich so ein schreckliches Leben nur verdient hatte – dann erinnerte ich mich an unsere abendlichen Spaziergänge, an die Geschichte, die Gan mir erzählt hatte. Und obwohl ich nie erfahren hatte, was die anderen acht Schicksalsschläge waren, kannte ich den neunten nur zu gut. Ich war der neunte.

Taonan-Geld

Bis der Winter kam, waren kaum noch Flugzeuge übrig. So fiel jetzt nur Regen vom Himmel. Und dann wurde es eines Tages so kalt, daß es schneite.

In jener Woche zogen wir von Yangchow nach Nanking um, das nur wenige Fahrtstunden entfernt lag. Als wir mit dem Lastwagen dort ankamen, sah ich zum ersten Mal im Leben Schnee fallen. Es erinnerte mich an die kleinen Federn, die durch die Luft wirbelten, wenn Gan und ich Federball spielten.

In Nanking bekamen wir einen anderen Hausdiener von der Luftwaffe gestellt, der nicht so verrückt war wie unser alter *chin wubing* in Yangchow. Er sagte zu uns: »Keine Sorge, meine Damen, das taut bald wieder weg. Der Schnee in Nanking ist wie ein hoher Funktionär – er kommt nicht oft und bleibt nicht lange.«

Hulan und ich standen an einem Fenster im ersten Stock unseres neuen Quartiers und schauten dem Schneetreiben zu. Das große Haus hatte früher einem ausländischen Geschäftsmann gehört und diente nun allen möglichen Leuten als vorübergehende Unterkunft. Es war zwei Stockwerke hoch, mit großen Fenstern und vier mächtigen Säulen an der Vorderseite. Ringsum war es von Bäumen umgeben, die aus Frankreich stammten, wie der Hausdiener uns erklärte. Doch da sie gerade winterlich kahl waren, konnte man den Unterschied zu chinesischen Bäumen nicht erkennen. Das Haus lag in einem guten Stadtteil, in der Nähe der alten Westmauer, nur einen kurzen Fußweg von einem See entfernt, der »Kummerfrei« genannt wurde.

Doch im Haus selbst sah es nicht so gut aus. Sobald man hereinkam, mußte man feststellen, daß die Sofas schäbig und durchgesessen, die Teppiche alt und abgenutzt, die Tapeten rissig und an vielen Stellen schon abgeblättert waren. In der Küche sickerte das Wasser an zwei Ecken aus den Rohren. Man erkannte auf den ersten Blick, daß das Haus wie ein Waisenkind war, das von niemandem mehr geliebt wurde.

Am selben Nachmittag, als ich den ersten Schnee sah, zeigte ich dem Hausdiener, wie er den Kohleherd auskehren mußte, damit er das nächste Mal nicht mehr so qualmte. Doch dann kam Wen Fu nach Hause und sagte: »Wenn du dir die Mühe machst, den Herd zu putzen, kommt es nur jemand anderem zugute.« Er kündigte uns an, daß wir schon bald woandershin verlegt werden sollten, vielleicht schon in weniger als zwei Wochen.

»Aber wir sind ja noch nicht mal seit einer Woche hier!« wollte ich gerade protestieren, als ich Wen Fus ernste Miene sah und begriff: Die Japaner waren im Anmarsch.

Ich eilte gleich zum Postbüro der Luftwaffe und gab zwei Telegramme nach Shanghai auf – das eine an meine Bank, um vierhundert *yuan* abzuheben, die Wen Fus Schwester ausgehändigt werden sollten, und das andere an Wen Fus Schwester, um ihr mitzuteilen, wo sie das Geld hinschicken sollte. Die Telegrafistin half mir, die Botschaft möglichst knapp und prägnant abzufassen, und am Ende fügte ich noch die Worte hinzu: »Höchste Eile. Sind bald *taonan*.«

Das Wort *taonan* wählte ich ganz bewußt, um meiner Schwägerin den Ernst der Lage klarzumachen, obwohl ich damit vielleicht ein wenig übertrieb. Auf jeden Fall war es aber ein Wort, das jedem sofort in die Knochen fuhr.

Was *taonan* bedeutet? Ach, hier in Amerika findet man eigentlich keinen entsprechenden Ausdruck dafür. Doch auf chinesisch gibt es viele Worte, die alle möglichen Arten von Unheil bezeichnen. Nein, »Flüchtling« ist nicht ganz zutreffend. Ein Flüchtling wird man erst, nachdem man *taonan* war und noch am Leben ist. Und wenn man noch am Leben ist, würde man niemals darüber sprechen wollen, wie man *taonan* wurde.

Du hast Glück, daß du so etwas nie erleben mußtest. Es bedeutet, daß eine furchtbare Gefahr im Anzug ist, die nicht nur dich bedroht, sondern alle um dich herum, so daß jeder nur darauf aus ist, seine eigene Haut zu retten. Es ist eine rasende Todesangst, die dich beutelt wie ein Fieberwahn. Du kannst nichts anderes mehr denken als: »Fliehen! Fliehen!« – ununterbrochen, Tag und Nacht. Die Haare stehen dir zu Berge, weil du das Messer schon an der Kehle spürst und den verhaßten Atem des Feindes im Nacken. Es reicht schon, daß du einen Schrei hörst oder jemanden erschreckt die Augen aufreißen siehst, damit dir ein eiskalter Schauer den Rücken herunterläuft und du Hals über Kopf davonrennst.

Sei froh, daß du nicht weißt, was das bedeutet. Aber ich will dir erzählen, wie einem dabei zumute ist, wie es mir beinah selbst passierte.

Als wir das Telegramm aufgesetzt hatten, fragte mich das Mädchen am Schalter: »Glaubst du wirklich, daß wir bald *taonan* sein werden?«

Ich wollte sie nicht unnötig ängstigen, deshalb antwortete ich: »Das habe ich nur so geschrieben, weil meine Schwägerin so zerstreut ist. Dann beeilt sie sich wenigstens, das Geld zu schicken, bevor sie's vergißt.«

Das Mädchen meinte lachend, das sei aber schlau von mir. Ich fand sie sehr sympathisch. Ihren chinesischen Namen kannte ich nicht, ich wußte nur, daß alle sie Wan Betty, »Schöne Betty«, nannten, weil sie dem beliebten Filmstar Bette Davis ähnlich sah. Sie trug ihre schwarzen Haare genauso zurückgekämmt, ihre Stimme war genauso heiser, und sie hatte auch so große, leicht hervorstehende Augen – obwohl ich ja glaube, daß das wohl eher mit einem Schilddrüsen- oder Nierenschaden zusammenhing.

Wie so viele Mädchen in Nanking hatte sie eine »Blitzheirat« gemacht – hatte sich in irgendeinen Flieger verschossen und ihn auf der Stelle geheiratet. Es war einer aus Wen Fus Pilotenklasse, den ich aber nicht näher kannte. Er war schon zwei oder drei Wochen nach der Hochzeit gefallen, doch er hatte noch genug Zeit gehabt, einen Nachkommen zu zeugen.

Vier Tage später ging ich wieder zur Postdienststelle. Meine Schwägerin, dieses Biest, hatte das Geld zwar sofort überwiesen, aber nicht an mich, sondern an Wen Fu! Das teilte Wan Betty mir mit. Wen Fu hatte es schon abgeholt, und wie hätte sie das verhindern können? Der Scheck war auf seinen Namen ausgestellt.

»Das war aber mein Geld, das Geld aus meiner Mitgift!« beschwerte ich mich bei Wan Betty. »Ich wollte es extra für die Flucht zurücklegen, für den Fall, daß wir es bräuchten, um unser Leben zu retten.«

Betty bot mir Tee aus ihrer Thermoskanne an. »Ai, das ist ja furchtbar. So was passiert uns Frauen immer wieder. Obwohl ich allerdings keine Mitgift hatte, nicht so wie du. Vierhundert *yuan*, das ist wirklich ein Haufen Geld.«

»Viertausend waren es ingesamt«, erklärte ich, und sie sperrte vor Staunen Mund und Nase auf. »Und außerdem viele Möbel aus massivem Holz und noch eine Menge anderer Sachen – aber das gehört jetzt alles seiner Familie. Sie haben die ganze Aussteuer für sich beansprucht.«

»Genau das ist mir auch passiert«, sagte sie kopfschüttelnd. »Als mein Mann gefallen ist, hat seine Familie die gesamte Abfindungssumme eingestrichen! Ich habe nicht einen Heller davon gesehen. Du siehst ja, womit ich jetzt meinen Lebensunterhalt verdienen muß.« Sie tippte auf den Stapel Briefe, den sie gerade sortierte. »Und jetzt wollen seine Eltern, daß ich zu ihnen nach Nanchang komme, um das Baby zu bekommen und ihnen ihr Enkelkind zu überlassen. Danach, sagen sie, kann ich wieder gehen – was aus mir wird, ist ihnen egal. Ich frage dich, warum sollte ich mir so eine Behandlung gefallen lassen? Halten die mich vielleicht für eine Ente, die ihnen die Eier ins Nest legt?«

Ich mußte lachen. So war Wan Betty immer, sie redete, wie ihr der Schnabel gewachsen war, und sagte genau, was sie dachte. Und bald fühlte ich mich ermutigt, ihr gegenüber genauso freimütig zu sein.

»Ich werde das Geld von ihm zurückfordern«, sagte ich.

»Sehr richtig«, meinte sie. »Du mußt ihm klarmachen, daß es dir gehört und daß es für *taonan* bestimmt ist.«

»Das Geld gehört mir und ist für *taonan* bestimmt.«

»Genau. Und keine Ausreden gelten lassen!«

»Nein, keine Ausreden gelten lassen.«

Nichts als leere Worte. Ich ging nach Hause zurück, um Wen Fu das Geld abzuverlangen. »Wir brauchen es für *taonan*«, sagte ich. »Man kann nie wissen, was noch alles passiert.«

»Wer sagt denn, daß wir *taonan* sind?« entgegnete er gelassen, mit dem Zahnstocher im Mund.

»Ob *taonan* oder nicht, jedenfalls stammt das Geld aus meiner Mitgift«, sagte ich entschieden.

Wen Fu warf mir einen finsteren Blick zu. »Und was willst du mit soviel Geld anfangen? Vielleicht eine reiche Witwe werden?«

»Sag so was nicht!« rief ich entsetzt.

»Dann sag du so was auch nicht!« brüllte er zurück. Und schon lösten sich meine mutigen Vorsätze in Luft auf. Es war, als könnte er meine übelsten Gedanken lesen. Natürlich hatte ich nicht bewußt damit gerechnet, daß er bald umkommen könnte. Doch kaum waren die Worte ausgesprochen, fielen meine geheimen Hoffnungen mir wieder ein, und meine schwarze Seele verriet sich in meinem feuerroten Gesicht.

Noch am selben Abend fand ich heraus, daß ich mir die Mühe sowieso hätte sparen können. Wen Fu hatte das ganze Geld schon ausgegeben. Ein kantonesischer Flieger hatte sein Auto am Flugplatz stehenlassen und war kurz darauf mit seinem Flugzeug abgestürzt. Jetzt gehörte der Wagen Wen Fu.

Oh, was für ein böses Vorzeichen! Wie konnte Wen Fu nur etwas kaufen, das einem Toten gehörte! Gerade so, als führte er die zwielichtigen Geschäfte seiner Familie weiter, indem er wieder mal aus dem Unglück eines anderen seinen Vorteil zog.

»Wenn es wirklich dazu kommen sollte, daß wir *taonan* sind«, meinte er, »dann können wir den Wagen für die Flucht benutzen. Siehst du, was du für einen schlauen Mann hast?« Ich erwiderte natürlich nichts darauf. »Das ist nämlich ein sehr schneller Wagen«, setzte er selbstgefällig hinzu.

»Aber wenn sie uns ins Inland schicken?« meinte ich. »Dann müssen wir doch mit den anderen fahren, im Lastwagen oder im Boot.«

»Red doch keinen Unsinn. Wenn wir nicht den Wagen nehmen können, dann verkaufen wir ihn eben – und zwar doppelt so teuer, und für Gold, nicht bloß Papiergeld.«

Ich begann zu glauben, daß er vielleicht doch recht haben könnte. Vielleicht war es gar keine so schlechte Idee, mit dem eigenen Wagen zu fliehen.

»Das ist wohl ein sehr guter Wagen«, bemerkte ich versöhnlich.

»Hnh! Natürlich ist er sehr gut«, sagte er. »Was glaubst du denn? Meinst du, ich weiß nicht, wie man gute Geschäfte macht?«

Doch am Nachmittag sah ich dann, womit er da angerumpelt kam: ein alter, offener Sportwagen, ein Fiat, glaube ich. Es war eine richtige Klapperkiste, dreckig, verbeult und ohne Dach, um den Regen, Schnee und Wind abzuhalten. Und die Beifahrertür ließ sich gar nicht öffnen. Natürlich war jedes Auto damals im Krieg ein seltener Luxus, und so machte es Wen Fu auch nichts aus, daß er der Familie des toten Fliegers das Zehnfache von dem bezahlt hatte, was der Wagen wert war. Er hupte und lachte mir triumphierend entgegen: »Hanh? Was sagst du jetzt?«

Ich lächelte zurück und ließ ihn in dem Glauben, ich sei stolz darauf, daß er so ein glänzendes Geschäft mit einem toten Mann gemacht hatte. Dann forderte er mich auf, über die kaputte Tür auf den Beifahrersitz zu klettern. Stell dir das vor! Ich war immerhin schon im sechsten Monat und wegen der Kälte außerdem noch dick eingemummelt. Also hatte ich die größte Mühe, mich mit dem einen Bein über die Tür zu stemmen. Wen Fu sah mir grinsend zu und hupte ungeduldig.

»Auf geht's, Faulpelz!« rief er und ließ den Motor aufheulen. Ich befürchtete schon, er würde losbrausen, noch ehe ich das andere Bein nachgezogen hatte.

Schließlich brummten wir dann die Hauptstraße entlang, durch das westliche Stadttor hinaus, über schmale, vereiste Brücken und lange, holprige Landstraßen bis an den Fuß der lila-goldenen Berge. Meine Haare peitschten mir um die Wangen, die eisige Luft pfiff mir um die Ohren und benebelte mir den Kopf.

»Paß mal auf!« rief Wen Fu und fuhr noch schneller. Und gerade als ich aufschrie und die Augen schloß, schlitterte der Wagen um die Kurve und hinterließ breite Reifenspuren, wo die Räder ins Schleudern geraten waren.

»Wirklich ein sehr guter Wagen!« rief Wen Fu begeistert.

Er riß das Lenkrad hin und her, schlingerte hier an einem tiefen Schlagloch vorbei, dort an einem langsamen Eselskarren. Er hupte im Vorbeibrausen einen Jungen an, der vor Schreck in den Wassergraben fiel. Er überfuhr sechs junge Entchen, die noch zu neu auf der Welt waren, um sich zu fürchten. Und jedesmal wenn ich ihn auf eine viel zu schnell entgegenkommende Gefahr oder eine unmittelbar bevorstehende Katastrophe hinwies, wenn ich aufschrie oder die Hände vor die Augen schlug, lachte Wen Fu aus vollem Hals. Ich glaube, so viel Spaß hatte er noch nie mit mir gehabt.

Am nächsten Tag sagte ich ihm, ich sei zu müde, um noch mal auf eine Spazierfahrt mitzukommen. So lud er statt dessen Jiaguo dazu ein, und sie fuhren los wie zwei übermütige kleine Jungen. Erst spät abends kam er nach Hause zurück, mit verdrossenem Gesicht.

»War es wieder so lustig?« fragte ich ihn. Keine Antwort. Ich fragte ihn, weshalb er so ärgerlich sei. Er sagte noch immer nichts. Er zündete sich eine Zigarette an und goß sich einen Whiskey ein.

Und dann kam es mir auf einmal seltsam vor, daß ich den Wagen draußen gar nicht knattern gehört hatte. Ich spähte aus dem Fenster, ging dann zur Tür und schaute auf die Straße hinaus: nichts.

»Wo ist denn das neue Auto?« wollte ich wissen.

Ich setzte mich zu ihm an den Tisch und sah ihm zu, wie er einen Whiskey nach dem anderen kippte, eine Zigarette nach der anderen rauchte. Schließlich verkündete er: »Der Wagen taugt nichts« und fluchte dann: »Soll doch ein toter Teufel damit zur Hölle fahren!«

Am nächsten Morgen erzählte mir dann Hulan, was Jiaguo ihr berichtet hatte.

Diesmal waren sie durch das südliche Stadttor aufs Land hinausgefahren, über einen kleinen Hügel, eine lange, schmale Straße hinab und schließlich querfeldein über offenes Gelände, das Wen Fu für einen Acker hielt. Er jagte hinter einem Hasen her und tat so, als sei der Hase ein japanischer Flieger. Aber der Hase war schneller. Er entwischte über eine Anhöhe, der Wagen holperte hinterher – und landete krachend auf einem Haufen flacher Steine, die wie Schildkröten übereinandergestapelt waren.

Wen Fu versuchte, den Wagen wieder in Gang zu bringen. Jiaguo stieg aus, um ihn anzuschieben. Wen Fu trat das Gaspedal ganz hinunter, die Räder drehten sich schneller und schneller, der Motor röhrte lauter und lauter, bis auf einmal – wah! – schwarzer Rauch unter der Kühlerhaube hervorquoll und Flammen emporschlugen.

Die beiden Männer sprangen zurück und sahen hilflos zu, wie der Wagen auf dem Steinhaufen brannte. Das Feuer griff immer mehr um sich, so daß sie noch weiter zurückweichen mußten. Und wie sie nach irgendeiner Möglichkeit suchten, das Feuer zu löschen, merkten sie, daß das ganze Feld mit solchen flachen Steinhaufen übersät war – Hunderte von gestrandeten Schildkröten in einem ausgetrockneten Meer.

Noch ehe Hulan weiterredete, wußte ich schon, was passiert war – Wen Fu hatte den Wagen auf einen Armenfriedhof gefahren!

Hulan verschränkte die Arme vor der Brust. »Ich habe Jiaguo natürlich schwere Vorwürfe gemacht, daß er deinen Mann nicht besser angeleitet hat.«

Eigentlich hätte ich ja in Tränen ausbrechen sollen, weil Wen Fu den Wagen zu Schrott gefahren hatte. Ich hätte vor Wut toben sollen, weil er mein Geld so sinnlos verschwendet hatte.

Statt dessen lachte ich Tränen. Hulan dachte, ich sei verrückt geworden. Ich lachte und lachte und rang nach Luft, unfähig, ein Wort herauszubringen.

So konnte ich es ihr auch nicht erklären: daß ich das verblüffte Gesicht meines Mannes vor mir sah, wie er auf dem Friedhof stand und auf einmal merkte, wo er sich befand. Daß der kleine Wagen da auf dem Steinhaufen genau wie die Opfergaben brannte, die trauernde Hinterbliebene ihren Toten senden. Und daß ich mich für den toten kantonesischen Piloten freute, der mit seinem zurückerstatteten Wagen jetzt in den Himmel brausen konnte.

An jenem Vormittag gingen Hulan und ich in die Stadt. Ich zog meinen langen grünen Mantel und feste Schuhe an, da es bis zur Innenstadt drei oder vier *li* waren. Wieviel ein *li* ist? Na, nicht ganz ein Kilometer. Und die mußte ich zu Fuß gehen. Nicht so wie du, einfach mal eben die paar Meter bis zum nächsten Laden fahren!

Unterwegs machte ich am Postbüro halt, um noch ein Telegramm abzuschicken, diesmal an Peanut, die inzwischen in Shanghai mit einem reichen Kaufmann verheiratet war – dem, den die Wahrsagerin ihr verschafft hatte. Ich bat Wan Betty, die gleichen Worte zu schreiben wie beim letzten Telegramm: »Sind bald *tao-nan*.« Diesmal fügte ich jedoch ausdrücklich hinzu: »Schick vierhundert *yuan* auf den Namen Jiang Weili.« Betty fragte mich nicht, was mit den anderen vierhundert passiert war. Sie konnte es sich wohl denken.

Nachdem ich das Telegramm abgeschickt hatte, gingen Hulan und ich zum Markt. Es war sehr kalt an jenem Tag, und ich weiß noch, wie ich in den grauen Himmel schaute und meinte: »Vielleicht schneit es bald wieder.«

Hulan schaute ebenfalls hoch. »Nicht genug Wolken. Und außerdem soll es hier den ganzen Winter über nur ein- oder zweimal schneien, hab' ich mir sagen lassen.«

Als wir auf dem Markt ankamen, war es etwa zehn Uhr. Die Verkäufer hatten ihre Stände schon im Morgengrauen aufgestellt und waren jetzt gern bereit, ein wenig mit den Kunden zu feilschen, um sich aufzuwärmen. Rund um den Marktplatz saßen kleine Jungen vor ordentlich aufgeschichteten Stapeln von Gemüse. Und auf dem Marktplatz selbst standen lange Reihen von Tischen mit Waagen, Tofuschüsseln, süßen Kartoffeln und weißen Rüben, Körben voll getrockneter Pilze, Behältern mit lebenden Fischen, Süßwasserkrebsen aus dem Süden und Weizen-, Eier- und Reisnudeln.

Zwischen den Ständen schob sich schon eine endlose Schlange von Leuten durch, über der unzählige weiße Atemwölkchen aufstiegen. Zu dieser frühen Vormittagsstunde waren alle noch fröhlich und ausgeruht und eifrig damit beschäftigt, die Zutaten fürs Abendessen auszusuchen.

Hulan und ich waren dem süßen Duft gerösteter Kastanien gefolgt und standen nun vor einem Straßenverkäufer, der in einem Korb voll dunkelbrauner Klumpen rührte. Seit dem Frühstück waren schon drei Stunden vergangen, so daß Hulan und ich uns einig waren: Eine Handvoll heißer Kastanien wäre jetzt genau das richtige, um uns die Hände zu wärmen.

»Ihr seid zur richtigen Zeit gekommen«, sagte der Verkäufer. »Vor einer halben Stunde hab ich den Honig dazugegeben, als die Schalen gerade aufgeplatzt waren.« Er schüttelte jeweils sechs dampfende Kastanien in zwei Tüten aus eingerolltem Zeitungspapier.

Kaum hatte ich die erste geschält und wollte sie in den Mund stecken – da gellte plötzlich ein Schrei durch die Straße: »Japanische

Flugzeuge!« Und schon konnten wir sie auch hören, ein fernes Brummen, wie anrollender Donner.

Sofort entstand ein fürchterliches Getümmel, alles schob und drängte durcheinander, jeder rannte um sein Leben. Der Kastanienkorb kippte um. Die Hühner gackerten und schlugen in ihren Käfigen mit den Flügeln. Hulan griff nach meiner Hand, und auch wir rannten los, als könnten wir schneller sein als die herannahenden Flugzeuge. Das Brummen wurde lauter und lauter und schließlich ohrenbetäubend, als sie direkt über uns waren. Der Bombenhagel mußte jede Sekunde einsetzen. Und dann sanken die Leute um uns alle gleichzeitig zu Boden, wie ein Weizenfeld, durch das ein Windstoß fährt. Hulan riß mich mit sich um, doch weil mein Bauch schon so dick war, konnte ich nur auf der Seite liegen. »Jetzt müssen wir sterben!« schrie Hulan mir ins Ohr.

Ich drückte das Gesicht an den Boden und vergrub den Kopf in den Armen. Wir konnten nicht mehr hören, ob die Leute schrien – die Flugzeuge über uns donnerten noch lauter. Hulans Hände zitterten auf meinen Schultern. Vielleicht war es auch mein eigenes Zittern, das sich auf ihre Hände übertrug.

Dann schien der Flugzeuglärm allmählich abzuklingen. Ich konnte fühlen, wie das Herz mir in der Brust pochte, also mußte ich wohl noch am Leben sein. Ich hob ein wenig den Kopf und sah die anderen auch ihre Köpfe heben. Ich fühlte mich so erleichtert, so dankbar! Ich konnte die Leute rufen hören: »Danke, Göttin der Barmherzigkeit, danke!« Doch dann hörten wir die Flugzeuge zurückkommen. Und all die Stoßgebete wurden zu Verwünschungen. Wir zogen wieder die Köpfe ein, und ich dachte, diese Flüche würden meine letzte Erinnerung sein. Die Flugzeuge flogen über uns hin und her, hin und her, und die Köpfe der Leute gingen auf und nieder, auf und nieder, gerade so, als ob wir uns alle vor diesen japanischen Flugzeugen verneigten.

Ich war so zornig. Ich hatte solche Angst. Ich wollte aufspringen und weglaufen. Aber ich war viel zu benommen, um aufstehen zu können. Und obwohl ich von verzweifeltem Lebenswillen erfüllt war, dachte ich nur an den Tod, vielleicht, weil die Leute um mich her jetzt weinten und »Amitaba, Amitaba« sangen – sich schon Buddhas Führung in die nächste Welt anvertrauten.

Ich dachte: Sind wir denn schon tot? Wie können wir das wissen? Mir schien, als hätte mein Atem aufgehört, doch meine Gedanken rasten weiter im Kreis, und unter den Händen spürte ich den kalten, harten Boden. Ich konnte auch noch den Flugzeuglärm hören, der sich allmählich immer mehr zu entfernen schien.

Der Gesang erstarb. Doch wir blieben alle noch liegen, ganz still, ohne uns zu rühren. Nach vielen langen Minuten hörte ich jemanden flüstern. Ich fühlte, wie die Leute um mich her sich langsam streckten und aufrichteten. Irgend jemand stöhnte, und ein Baby weinte. Ich wollte nicht aufschauen, ich wollte nicht sehen, was passiert war. Hulan rüttelte mich an der Schulter. »Bist zu verletzt? Steh auf!« Ich konnte mich nicht bewegen. Ich konnte dem Eindruck meiner Sinne nicht trauen.

»Steh doch auf!« rief Hulan. »Was ist denn mit dir passiert?«

Hulan half mir, auf die Beine zu kommen. Wir standen alle langsam auf, das gleiche Weizenfeld, das sich wieder aufrichtete. Und alle flüsterten dasselbe. »Kein Blut.« Dann rief Hulan plötzlich: »Kein Blut! Nur Schnee!« So schien es ihr nämlich zuerst. Und weil sie es sagte, schien es mir auch so. Große Schneeflocken bedeckten die Straße und lagen auf den Rücken der Leute, die noch am Boden kauerten.

Als ich aufschaute, sah ich den Schnee vom Himmel fallen, und jede Flocke war so groß wie ein Papierzettel. Ein Rikschafahrer vor uns hob eine dieser Flocken auf, und es war tatsächlich ein Stück dünnes Papier, das er mir reichte: »Was soll das heißen?«

Auf dem Zettel war eine fröhliche Zeichnung von einem japanischen Soldaten mit einem kleinen chinesischen Mädchen auf den Schultern zu sehen. »Von der japanischen Regierung«, sagte ich. »Wenn wir uns nicht wehren, haben wir nichts zu befürchten. Wenn wir uns wehren, geht es uns allen an den Kragen.«

Plötzlich schrie ein chinesischer Soldat in der Nähe wie ein Verrückter los und wirbelte den Papierschnee mit Fußtritten auf. »Lügen! Lügen!« brüllte er. »Das haben sie in Shanghai auch versprochen. Und was haben sie dann mit uns gemacht? Was ist von unserer Armee noch übrig? Nur ein paar lumpige Fetzen, um Chinas Blut damit aufzuwischen!«

Eine alte Frau mischte sich ein und begann zu schimpfen: »Sei still! Benimm dich! Wenn du nicht ruhig bist, müssen wir es alle büßen.« Doch der Soldat brüllte immer noch weiter. Die alte Frau spuckte ihm auf die Füße, griff nach ihren Einkaufstaschen und hastete davon. Nun fingen alle an, durcheinanderzureden und zu schreien, und bald hallte die ganze Straße von angstvollen Stimmen wider.

Ich sage dir, an dem Tag, als diese Angstseuche sich wie ein Lauffeuer ausbreitete, wurde jeder schlagartig ein anderer Mensch. Man weiß gar nicht, daß so ein anderer in einem verborgen ist, bis man *taonan* wird. Ich sah, wie die Leute die Marktstände plünderten, wie die Straßenverkäufer ihre dampfenden Kessel im Stich ließen und davonliefen. Ich sah überall Streitereien und Handgreiflichkeiten ausbrechen, heulende Kinder, die ihre Eltern verloren hatten, Menschentrauben, die sich in einen Bus drängten, nur um gleich wieder herauszuquellen, weil der Bus in den verstopften Straßen nicht mehr vorwärtskam.

Hulan bat den Rikschafahrer, uns nach Hause zu bringen. Doch kaum war er abgestiegen, um uns beim Einsteigen zu helfen, stieß ein größerer Mann ihn zur Seite, sprang auf den Sattel und strampelte davon. Und ehe ich noch, »wie schrecklich« sagen konnte, kam schon ein Betteljunge angerannt und versuchte, mir den Geldbeutel aus der Hand zu reißen. Hulan trieb ihn mit ein paar Hieben davon.

Plötzlich schrie jemand: »Lauft! Lauft!« Und alles stürzte vorwärts, die ganze Menschenmenge kam wie eine mächtige Woge auf uns zugeschwappt. Ein Faß mit Eis und Fischen wurde wie eine leichte Vase umgestoßen. Eine Frau fiel hin und schrie – ein entsetzlicher Schrei, der so lange anhielt, bis er von Hunderten von Füßen erstickt wurde. Hulan zerrte mich am Arm herum und schubste mich in derselben Richtung wie die Menge vorwärts. Und schon wurden wir von der anstürmenden Flut erfaßt, zwischen den Schultern der Leute eingeklemmt und weitergeschoben. Ellbogen und Knie stießen mir heftig in den Rücken und in den dicken Bauch. Der Druck nahm immer mehr zu, bis wir alle so zusammengepreßt waren, daß wir wie ein einziger gemeinsamer Atem vorströmten.

Hulan hatte die eine Hand in meine Schulter gekrallt und stieß mich unsanft weiter und weiter. »Lauf los, lauf los«, murmelte sie beschwörend hinter meinem Rücken. »Lauf los, lauf los«, wiederholte sie bei jedem Schritt. Und dann stob die Menge plötzlich in eine breite Allee hinaus und fächerte sich nach allen Seiten auf. Der Druck ließ nach.

»Hier lang, hier lang«, drängte Hulan. Ich spürte, wie ihre Hand mir von der Schulter glitt.

»Wo lang?« rief ich zurück. »Hulan!«

Keine Antwort.

»Hulan! Hulan!« schrie ich. Ich drehte mich um, die Leute rannten an mir vorbei, aber Hulan war nirgends zu sehen. Ich wandte mich wieder nach vorn. Da war sie auch nicht.

Und als ich mich auf einmal allein in der Menge wiederfand, stiegen all die Ängste in mir hoch, die ich bisher zurückgehalten hatte. Ich begann, in wilder Hast gegen die Menge anzurudern und nach allen Seiten Ausschau zu halten. Doch Hulan blieb verschwunden.

»Ma! Ma!« schluchzte ich vor mich hin. Ich war selbst ganz erstaunt über das, was da plötzlich aus mir hervorbrach. »Ma! Ma!« – Als ob meine Mutter mich retten könnte, die mich vor so langer Zeit verlassen hatte.

Ich verhielt mich wirklich sehr dumm an jenem Tag. Ich hätte leicht von all den Leuten umgeworfen und zertrampelt werden können. Das Baby hätte mir glatt aus dem Bauch gestampft werden können. Und doch drängte ich verzweifelt gegen die Menschenmenge an, rief nach meiner Mutter und suchte nach Hulan.

Wenn du mich fragst, wie viele Minuten oder Stunden vergingen, bevor ich schließlich gefunden wurde – ich könnte es dir nicht sagen. Als ich meine fünf Sinne wieder beisammen hatte, wußte ich nur: Ich saß auf einer Bank und starrte auf die Kastanie in meiner Hand. Ich hatte sie die ganze Zeit festgehalten, dieselbe Kastanie, die ich gerade geschält hatte, als die Flugzeuge kamen. Mir war gleichzeitig zum Lachen und zum Weinen zumute bei dem Gedanken, daß ich mich daran also festgeklammert hatte, als ich beinah gestorben wäre. Und ich wollte sie schon wegwerfen, als mir einfiel, daß ich sie vielleicht lieber als Glückspfand behalten sollte. Ja, solche lächerlichen Gedanken gehen dir durch den Kopf, während die Welt um dich her sich plötzlich verwandelt. Die ganze Stadt im

Aufruhr, Hulan verschwunden – sollte man eine kalte Kastanie behalten oder wegwerfen?

»He, Schwester! Hoffentlich hast du mir auch eine aufgehoben!« Es war, als weckte die Stimme mich aus einem bösen Traum.

Ich sah Hulan mit einer Rikscha vor mir anhalten. Stell dir das vor! Sie machte noch Witze nach all dem Schrecken, lachte mich an, wo ich schon gedacht hatte, sie sei tot! Mit einem Freudenschrei lief ich auf sie zu.

»Schnell, steig ein«, sagte sie und streckte den Arm aus, um mir hinaufzuhelfen. Ich warf die Kastanie fort und kletterte auf die schmale Rückbank. Hulan strampelte los. Sie reichte mir einen dikken Stock nach hinten, ein abgebrochenes Stuhlbein.

»Falls irgendwer uns die Rikscha streitig macht, schlag ihn damit in die Flucht!« rief sie. »Das mußt du unbedingt tun, verstehst du? Hau drauf!«

»Hau drauf«, wiederholte ich. Das Herz klopfte mir zum Zerspringen. Ich spähte mit erhobenem Stock nach allen Seiten, auch nach hinten, und drohte damit einem Mann, der mir einen scheelen Blick zuwarf.

Erst als wir schon fast zu Hause waren, kam ich darauf, sie zu fragen, wo sie die Rikscha eigentlich herhatte.

»Eine schlechte Welt ist das«, sagte sie. »Als wir in die breitere Straße rausgedrängt wurden, konnte ich endlich wieder richtig atmen und sehen – und das erste, was ich sah, war der Kerl, der uns die Rikscha weggeschnappt hatte. Er fuhr gerade dicht an mir vorbei. Da hab' ich nicht lange überlegt, ich bin einfach hin und hab' ihn vom Sattel gestoßen, bin aufgesprungen und losgesaust, um dich einzuholen. Ich sah noch deinen grünen Mantel und wie du nach mir Ausschau gehalten hast. Doch als ich dich gerade rufen wollte, wah! Da kam einer auf mich zugelaufen und schwenkte einen Stock, um mir damit eins überzuziehen und mir die Rikscha wegzunehmen, genau wie ich es gemacht hatte und der Mann vor mir auch schon. Aber ich war drauf vorbereitet. Als er ausholte, hab' ich ihm den Stock entrissen und ihn selbst damit weggeprügelt.«

Sie schwenkte triumphierend die Hand hin und her. Einer ihrer Finger sah aus, als sei er gebrochen. »Da siehst du, wie schlecht die Welt geworden ist«, meinte sie. »Und ich bin jetzt auch so.«

Noch am selben Tag verließen wir Nanking.

Wie du siehst, habe ich manchmal auch Glück gehabt im Leben. Ich war nie wirklich *taonan,* nur beinahe.

Aber in der ganzen Aufregung habe ich dann natürlich das Telegramm vergessen, das ich Peanut geschickt hatte. Meine vierhundert *yuan* fielen mir erst wieder ein, als es längst zu spät war.

Der Atem des Himmels

Vor ein paar Jahren habe ich mal mit Helen darüber geredet, was damals in Nanking passiert war. Sie beklagte sich über ihren Finger, und so mußte ich auf einmal wieder daran denken.

»Erinnerst du dich noch, wie du die Rikscha gestohlen hast, an dem Tag, als die japanischen Zettel vom Himmel schneiten?« fragte ich sie. Ich hatte ihr nämlich noch nie dafür gedankt, daß sie mir damals das Leben rettete. In der ganzen Abfahrtshektik blieb uns keine Zeit für Höflichkeiten. Inzwischen waren fünfzig Jahre vergangen, und ich hatte mich bei ihr noch immer nicht bedankt. Darum wollte ich es jetzt nachholen.

»Davon weiß ich ja gar nichts mehr«, lachte Helen. »Ich soll was gestohlen haben? Ich hab' in meinem ganzen Leben noch nie etwas gestohlen!«

»Aber das war doch im Krieg«, meinte ich. »Du hast einen Mann mit einem Stock abgewehrt und dir dabei den Finger gebrochen, du weißt schon, den Finger, wo du jetzt deine Arthritis hast. Und dann hast du mich gefunden und mich nach Hause gebracht. Ich war im sechsten Monat schwanger.«

Aber Helen erinnerte sich noch immer nicht. Das einzige, woran sie sich aus der Zeit in Nanking noch erinnert, sind die Entennieren, die sie dort mal probiert und seitdem nie wieder bekommen hat, und ein Tisch, den sie schweren Herzens zurücklassen mußte. Und natürlich erinnert sie sich auch noch an Wan Betty. Sie bildet sich ein, Wan Betty sei *ihre* Freundin gewesen.

Merkwürdig, nicht? Wir waren zur gleichen Zeit am selben Ort. Für mich war es einer der schlimmsten Momente meines Lebens. Ich weiß alles noch ganz genau. Und Helen hat nichts weiter als die Entennieren in Erinnerung behalten!

Wie das wohl kommt? Die schönsten und die schlimmsten Momente in meinem Leben – und außer mir erinnert sich niemand daran. Da fühlt man sich doch irgendwie sehr einsam.

Na, auf jeden Fall, als Helen sich neulich mal wieder über ihre Arthritis beklagte, hab' ich ihr angeboten, die restlichen Kränze allein fertigzumachen. Ich hab' ihr nicht gesagt, daß ich es zum Dank dafür tun wollte, daß sie mir damals in Nanking das Leben gerettet hat. Sie hätte es sowieso nicht verstanden. Aber ich wußte, was ich tat.

Und nun will ich dir erzählen, wie wir aus Nanking flohen und gerade noch mit dem Leben davonkamen, ohne es überhaupt zu wissen.

Jeder durfte nur einen einzigen Koffer mitnehmen. Und wir hatten nur eine Stunde Zeit zum Packen. So mußten wir in aller Eile entscheiden, was wir zum Überleben brauchten und wovon wir uns auf keinen Fall trennen mochten. Es blieb keine Zeit mehr, irgend etwas zu verkaufen. Die ganze Stadt war vom *taonan*-Fieber erfaßt. Auch ich hatte große Angst.

Wen Fu war mir da auch kein Trost. Als ich ihm erzählen wollte, was auf dem Markt passiert war, winkte er nur unwirsch ab.

»Hast du keine Augen im Kopf?« schnauzte er mich an. »Ich habe jetzt Wichtigeres zu tun, als mit dir über deine Einkäufe zu schwatzen.« Dann ging er zum Lastwagen hinüber, um mit dem Fahrer zu sprechen. Er zündete sich eine Zigarette an, paffte zwei Züge, schaute auf die Uhr, trat die Zigarette am Boden aus und zündete sich sofort eine neue an. So sah ich, daß er ebenfalls Angst hatte.

Jiaguo hatte Hulan und mir gesagt, daß wir nicht mehr als einen Koffer mitnehmen durften. »Und mein neuer Tisch? Und meine schönen Stühle?« jammerte Hulan. Kurz nachdem wir in Nanking angekommen waren, hatten wir uns beide ein paar neue Möbel angeschafft, weil wir dachten, wir würden sicher etwas länger in der Hauptstadt bleiben können. Hulans Tisch und Stühle waren zwar billig und von schlechter Qualität, aber wohl immer noch feiner als alles, was sie je besessen hatte.

»Mach dir keine Sorgen um die Sachen«, sagte Jiaguo, und dann nahm er sie beiseite und flüsterte ihr etwas ins Ohr. Ich konnte nichts hören, doch ich sah, daß Hulans schmollende Miene sich wie bei einem kleinen Mädchen sofort in ein strahlendes Lächeln verwandelte.

»Beeil dich«, sagte Hulan zu mir, in dem gebieterischen Ton, den sie neuerdings gern anschlug. »Wir haben keine Zeit, noch länger rumzusitzen und uns selbst zu bemitleiden.«

»*Ich* hab' mich auch gar nicht beklagt«, hätte ich am liebsten geantwortet, aber zum Streiten war die Zeit nun wirklich zu knapp.

Der Hausdiener half uns, die Sachen herauszusuchen, die wir einpacken wollten: Wen Fus zweite Uniform; mein Nähkorb, aus dem ich nur die Nadeln mitnahm; zwei Schüsseln und zwei Paar Stäbchen für Wen Fu und mich.

Er schwatzte dabei unaufhörlich auf uns ein. »Nach dem, was man im Radio hört und in den Zeitungen liest, würde man niemals meinen, daß die Japaner kommen«, meinte er. »Aber man braucht nur die Gesichter der Leute in der Stadt zu sehen, dann weiß man, was los ist.«

Je mehr er redete, desto mehr beeilten wir uns mit dem Packen. Er sagte, die flüchtenden Soldaten raubten die Leute aus und brächten sie sogar um, nur um ihnen die Sachen zu stehlen und sich als Zivilisten zu verkleiden. Alle, die Geld oder Verbindungen hatten, verließen Hals über Kopf die Stadt. Selbst der Bürgermeister – eigens von Chiang Kai-shek eingesetzt, weil er versprochen hatte, Nanking niemals aufzugeben –, selbst der lief jetzt davon, und zwar mit einem Haufen Geld.

»Wir laufen nicht davon«, belehrte Hulan den Hausdiener in scharfem Ton. »Die zweite und dritte Klasse werden nach Kunming verlegt, wo sie ein wichtiger Auftrag erwartet. Nur deshalb müssen wir jetzt fort.«

Ob sie das wohl tatsächlich glaubte? Hatte Jiaguo ihr das weisgemacht? Und was für ein wichtiger Auftrag sollte das denn sein? Früher war Kunming ein Ort, wo man die Beamten hinschickte, die in Ungnade gefallen waren. Wer nicht den Kopf abgeschlagen bekam, der landete in Kunming, ganz am Rande von China, praktisch am Ende der Welt. Das war zwar inzwischen nicht mehr so, aber trotzdem mußte ich gleich an eine Redensart denken, die ich früher mal von dem Onkel gehört hatte: *kunjing kunming* – »In einen

Engpaß geraten, als wäre man nach Kunming verbannt.« Also kam Kunming mir jetzt vor wie das sicherste Versteck, wo uns bestimmt keiner finden würde. Ich war sehr froh, daß wir dorthin aufbrachen.

Nachdem ich Wen Fus Sachen verstaut hatte, begann ich meinen eigenen Koffer zu packen. Am Boden, unter dem Futter, lagen noch immer die zehn Paar silbernen Stäbchen aus meiner Mitgift. Darauf legte ich eine kleine Keksdose, die all meinen Schmuck enthielt, und eine blaue Parfumflasche, die ich vor langer Zeit von meiner Mutter bekommen hatte. Darüber faltete ich ein paar praktische, warme Kleider – bis mir plötzlich auffiel, daß ich nur Wintersachen eingepackt hatte, als würde ich die nächste Jahreszeit schon nicht mehr erleben. Was für ein Unglücksgedanke! Also nahm ich im letzten Moment schnell wieder einen Pullover heraus und packte statt dessen zwei Sommerkleider ein.

Das Küchengerät und die alten Schuhe bekamen die Köchin und ihre Tochter. Und wem ich den Rest schenken sollte, wußte ich sofort, als ich zufällig einen Blick aus dem Fenster warf. Wan Betty ging gerade am Haus vorbei, und ich rief ihr zu, für einen Augenblick hereinzukommen.

»Wo wirst du denn hingehen?« fragte ich sie. »Zurück nach Nanchang, zu deinen Schwiegereltern?«

Sie schüttelte heftig den Kopf. »Die wollen mich nicht, also will ich sie auch nicht«, sagte sie entschieden. »Ich bleibe hier.«

»Dann hilf mir mal, ein paar Sachen zu tragen«, bat ich sie. Ich wies den Hausdiener an, meine übrigen Kleider, Wen Fus Radio und meine kleine schwarze Nähmaschine in die Rikscha zu schaffen, die noch immer vor dem Haus stand.

»Nimm du die Sachen mit nach Hause«, sagte ich zu Wan Betty. Und ich sah, wie Hulan sich auf die Lippen biß, als die Nähmaschine hinausgetragen wurde. Sie hätte sie nur allzu gerne für sich selbst behalten, obwohl wir doch gar keinen Platz mehr dafür hatten.

Wan Bettys höflichen Protest wehrte ich schnell ab: »Wir haben jetzt keine Zeit mehr für so was.«

»Na gut«, meinte sie lächelnd. »Mit der Nähmaschine werde ich dann genug Geld für mich und mein Baby verdienen können.« Sie drückte mir beide Hände. »Selbst wenn ich es dir zehntausend Mal zurückzahlen kann, werde ich trotzdem mein Leben lang in deiner Schuld bleiben.«

Damit wollte sie mir ihre Zuversicht bekunden, daß wir beide überleben würden, um uns später einmal wiederzusehen. Dann griff sie noch schnell in ihre Tasche und zog ein Foto heraus, auf dem sie als Braut zu sehen war. Sie trug ein langes, verknittertes weißes Satinkleid und ihr Mann eine schwarze Hose, eine weiße Jacke und eine schiefsitzende Fliege. Diese Sachen liehen sich alle Brautpaare von dem Fotografen aus, der die Hochzeitsfotos nach westlichem Muster machte.

Ich dankte ihr für das Foto. Ich fand es sehr mutig von ihr, freiwillig dazubleiben, wo sie als Fliegerwitwe doch bestimmt bei der Luftwaffe hätte erreichen können, daß man sie auch auf die Flucht mitnahm.

Aber nun rief Jiaguo von draußen: »Wir fahren!« Wen Fu rief noch mal das gleiche, und die Dienstboten eilten mit unseren Koffern hinaus. Plötzlich klopfte mir das Herz bis zum Hals vor Angst, daß es vielleicht schon zu spät war, daß die Japaner gerade in dem Moment unseres Aufbruchs ankommen würden. Den anderen schien es genauso zu gehen.

»Los, los, wir fahren!« riefen alle durcheinander. »Steigt ein, beeilt euch. Wir haben keine Zeit mehr zu verlieren!«

Bald hockten neun Personen dicht zusammengedrängt auf der Ladefläche des Lastwagens. Hulan und ich waren die einzigen Frauen. Außer uns und unseren Männern waren noch zwei andere Piloten aus der dritten Klasse dabei, außerdem noch zwei Beamte, von denen der eine sich besonders wichtig tat, und ein alter Mann, der viel Geld für seinen Platz im Wagen bezahlt hatte, und natürlich noch der Fahrer, den wir respektvoll »der alte Herr Ma« nannten, obwohl er eigentlich noch gar nicht so alt war. Er hatte den Auftrag, uns den ganzen langen Weg bis nach Kunming zu bringen.

Der alte Herr Ma stieß einen heiseren Fluch aus, der Lastwagen fuhr laut knatternd an, und schon rumpelten wir die Straße entlang, an anderen großen Häusern vorbei, die genauso heruntergekommen waren wie unseres. Wir bogen um die Ecke, brummten eine andere Straße hinab und dann durch das Westtor aus der Innenstadt heraus.

Weiter und weiter ging es, um viele scharfe Kurven, die kleinen, von hohen Bäumen gesäumten Straßen entlang. Am Stadtrand kamen wir am Kummerfrei-See vorbei, der selbst jetzt im Winter noch schön war. Still und friedlich lag er da, mit riesigen alten Trauerweiden am Ufer, die so aussahen, als stünden sie dort schon seit der Zeit des ersten Kaisers. Es tat mir leid, daß ich nie an dem See spazierengegangen war, um etwas von dieser unendlichen Gelassenheit in mich aufzunehmen.

Dann sah ich plötzlich einen kleinen Jungen am Ufer. Er stand sehr weit von uns entfernt, doch wir konnten ihn winken sehen. Er hüpfte hin und her und rief irgend etwas. Wir dachten, er hätte die Fliegeruniformen gesehen und winkte wohl aus Begeisterung. Doch dann begann er, auf uns zuzurennen, und schwenkte beide Arme über dem Kopf. Offenbar wollte er, daß wir anhielten, was natürlich ausgeschlossen war. Als wir an ihm vorbeifuhren, stampfte er mit den Füßen auf. Dann bückte er sich, sammelte ein paar Steine auf und schleuderte sie in den stillen See, der in kleinen Kräuselwellen erschauerte. »Peng!« schrie der Junge und riß die Arme hoch. »Peng! Peng!« Und dann hob der freche Kerl noch einen Stein auf und warf ihn auf unseren Lastwagen. Er traf uns zwar nicht, aber dafür konnten wir jetzt hören, was er uns nachschrie: »Angsthasen! Feiglinge!«

Wir fuhren zum Yangtse-Hafen, der nicht weit vor der Stadt lag. Man hatte uns gesagt, daß wir von dort aus mit dem Boot bis Hankow-Wuchang gelangen würden, unserer Zwischenstation in der Mitte des Landes. Im Volksmund wurde der Ort »Höllenofen« genannt – wegen der Hitze, die dort so unerträglich sein konnte, daß die Einwohner sogar ein Bad in siedendem Öl noch als Abkühlung empfanden, wie man scherzhaft behauptete. Doch davon würden wir jetzt natürlich nichts merken; es war ja mitten im Winter, und jetzt im Krieg war niemand mehr zum Scherzen aufgelegt.

Die Schiffsreise dauerte mehrere Tage, vielleicht sogar eine Woche. Ich weiß nicht mehr genau, wie lange, denn seitdem habe ich noch viele andere Schiffsreisen gemacht, und manchmal bringe ich sie alle durcheinander.

Jedenfalls stiegen wir dann in Hankow-Wuchang aus und übernachteten im Hotel. Am nächsten Morgen hatte der alte Herr Ma unsere Koffer schon in einem anderen Armeelastwagen verstaut, der dem aus Nanking zum Verwechseln ähnlich sah, nur daß an diesen hier noch ein Tankwagen angehängt war. Anders war es damals gar nicht möglich, nach Kunming zu kommen. Es gab ja nicht alle zehn Meilen eine Tankstelle. Und wir fuhren auch nicht auf breiten Schnellstraßen. Von Hankow aus ging es auf ungeteerten Landstraßen weiter, die oft nur eine Fahrspur hatten. So holperten wir im Zwanzig-Meilen-Tempo dahin, und wenn unterwegs irgendwelche Japaner aufgetaucht wären, hätten sie uns ohne Mühe aus dem fahrenden Wagen zerren können.

Am ersten Tag machte ich mir noch große Sorgen, daß die Flucht zu langsam voranging. Am zweiten Tag war ich nur noch ein bißchen besorgt, und danach vergaß ich meine Ängste ganz. Ich langweilte mich. Wir fuhren immer weiter ins Landesinnere, immer weiter weg vom Kriegsschauplatz. Es war, als ob man sich rückwärts bewegte, zurück in die Vergangenheit, in eine andere Welt aus der Zeit vor dem Krieg. Und wir waren froh drum, denn so würden wir bald in Sicherheit sein.

Auf dem Weg nach Changsha fuhren wir in westlicher Richtung am Fluß entlang durch viele kleine Dörfer, die von schmalen Kanälen durchzogen waren. In einem dieser Orte sahen wir das Wasser von Fischen förmlich überquellen – Hulan meinte, es sehe aus wie eine leckere, dicke Suppe.

In diesen ärmlichen, abgelegenen Dörfern hätte man gar nicht glauben mögen, daß China sich im Krieg mit dem Ausland befand. Die Leute dort bekamen keine Zeitungen. Sie konnten nicht lesen. Außerdem dauerte der Krieg ja erst knapp ein halbes Jahr, und die Leute auf dem Land konnten sich nicht vorstellen, daß ihr kümmerliches bißchen Land es wert war, daß darum gekämpft wurde. Sie hatten gar nicht die Zeit, sich um etwas anderes zu sorgen als um die Kornpreise auf dem Markt und die Kosten des Saatguts für die nächste Ernte.

Auf dem Weg kamen uns keine Japaner in die Quere, nur hier und da ein umgestürzter Baum, der die Straße blockierte, und manchmal wurden wir auch durch Reifenpannen aufgehalten.

Einmal stand ein Schwein mitten auf der Straße und wollte sich nicht vertreiben lassen. Ma hupte und hupte, fuhr ganz langsam heran und versuchte, es mit der Stoßstange wegzuschieben. Aber das Tier drehte sich nur um und rammte den Lastwagen mit dem Kopf, als ob es ein anderes Schwein vor sich hätte. Wah! Wir lachten Tränen. Doch dann sagte Wen Fu, er wüßte schon, wie das Problem zu lösen sei. Er sprang von der Ladefläche und zog seine Pistole aus dem Halfter.

»Bitte, erschieß es nicht!« rief ich. »Das geht bestimmt gleich von selber weg.« Doch Wen Fu hörte gar nicht hin. Er ging auf das Tier zu, das mittlerweile an den Lastwagenreifen herumschnüffelte. Hulan schloß die Augen. Jiaguo sagte: »Er macht doch nur Spaß.« Und dann zielte Wen Fu mit der Pistole auf das Schwein. Wir saßen alle wie erstarrt. Auch das Schwein stand ganz still, mit zuckenden Ohren und steil hochgestrecktem Schwanz, und schaute Wen Fu argwöhnisch an.

Plötzlich kam ein alter Mann angerannt und rief: »Da bist du ja, du altes Mistvieh!« Wen Fu wandte sich nach ihm um. Der Alte schwenkte eine Stoffquaste wie eine Peitsche durch die Luft. »Komm her, du böses Schwein«, versuchte er, das Tier fortzulokken, »na los, komm schon.«

Ich war ja so erleichtert! Wir fingen alle wieder an zu lachen. Doch dann drehte Wen Fu sich um und schoß das Tier in den Bauch. Das Blut strömte hervor, das arme Tier quiekte erbärmlich, taumelte zur Seite und fiel in den Straßengraben, die Beine starr in die Luft gereckt.

Der alte Mann stand mit offenem Mund da und blickte fassungslos auf sein totes Schwein. Dann begann er wüst zu fluchen, schlug seine Quaste auf den Boden und schüttelte sie in ohnmächtiger Wut Wen Fu entgegen. »Was fällt dir ein, bist du von allen Teufeln besessen?« brüllte er ihn an. Wen Fu runzelte drohend die Stirn und richtete die Pistole auf den Alten, der entsetzt die Augen aufriß.

Diesmal sprang Jiaguo auf und rief: »Laß das!«

Wen Fu ließ die Pistole sinken und lächelte Jiaguo an. »Ich hab' doch nur Spaß gemacht«, sagte er. Er steckte die Pistole wieder ein und kletterte schnell zurück in den Lastwagen. Doch ich konnte die ängstlichen Blicke der anderen sehen. Den Rest des Tages waren wir alle sehr still.

Nachdem wir Changsha hinter uns gelassen hatten, fuhren wir durch eine Hügellandschaft mit terrassenförmigen Reisfeldern – das China, das ihr Amerikaner aus Filmen kennt: die kargen ländlichen Gegenden, wo die Leute sich mit großen runden Strohhüten vor der Sonne schützen. Nein, ich habe nie so einen Hut getragen! Ich war ja aus Shanghai. Das ist, als meinte man, jemand aus San Francisco müsse mit einem Cowboyhut herumlaufen und ständig ein Lasso schwingen. Lächerlich!

Die Leute in dieser Gegend waren jedenfalls nicht nur arm und einfach, sondern auch freundlich und ehrlich. Wenn wir tagsüber in kleinen Dörfern haltmachten, versammelte sich immer gleich eine Schar von Kindern um uns, die uns nur neugierig anstarrten, ohne Fragen zu stellen oder irgend etwas anzufassen. Unser Fahrer holte uns dann an den Marktständen etwas zu essen, meist schon fertig gekochte, schlichte einheimische Gerichte: eine Schüssel scharfgewürzter *dan-dan*-Nudeln oder fettes Schweinefleisch mit Kohl. Einmal brachte er uns einen mit Chilischoten gebackenen Sojabohnenauflauf – oh, der schmeckte wunderbar, das Beste, was wir auf einer Strecke von zweihundert Meilen zu essen bekamen.

Wenn es dunkel wurde, mußten wir uns beeilen, eine Unterkunft zu finden. Die Straßen waren nachts stockfinster, und ein schläfriger Fahrer hätte leicht vom Weg abkommen und in ein Feld rumpeln können – wie Wen Fu damals, als er mit seinem Sportwagen auf dem Friedhof steckenblieb. Darum hielten wir lieber an, sobald die Sonne unterging. Und so erfuhren wir dann schließlich auch, was für ein Glück wir hatten.

Einmal stiegen wir in einem netten, schlichten Gasthof ab, wo es saubere Betten und sogar ein Badezimmer gab. Doch manchmal mußten wir uns damit begnügen, in einer Schule Unterschlupf zu finden oder in einem kleinen Krankenhaus, das in einen Hügel gegraben war. Und eines Abends fanden wir nur eine schmale Holzpritsche in einem Schweinekoben, wo die Tiere die ganze Nacht lang draußen vor der Tür grunzten und versuchten, wieder in ihren Stall zu kommen.

Aber wir beklagten uns nicht zu sehr. Chinesen können sich an fast alles anpassen, egal, ob sie aus armen oder reichen Verhältnissen stammen. Wir wußten ja, daß unsere Lage sich jederzeit ändern konnte. Du kannst froh sein, daß du hier geboren bist. So hast du nie lernen müssen, immer auf das Schlimmste gefaßt zu sein.

Unterwegs kamen wir auch durch viele sehr primitive Dörfer, wo die Leute buchstäblich im Dreck hausten. Sobald wir anhielten, rannten sie auf den Wagen zu und versuchten, uns alles mögliche zu verkaufen, Zigaretten und Streichhölzer, Becher aus alten Blechbüchsen und ähnliches Zeug. Und wenn sie uns ihre besten Speisen vorsetzten, konnte man nur angewidert auf zwei ausgetrocknete Fleischstücke auf wäßrigem Reis starren und sich fragen, von was für einem Tier die wohl stammten.

Ich erinnere mich, wie wir dann endlich in einer größeren Stadt ankamen, in Kweiyang. Wir wollten dort ein paar Tage bleiben, um den Lastwagen reparieren zu lassen und den Benzinvorrat aufzufüllen, bevor der letzte und beschwerlichste Teil der Wegstrecke nach Kunming begann. Wen Fu kannte ein Sprichwort über Kweiyang, das etwa so ging: »Das Wetter bleibt keine drei Tage lang schön, der Boden bleibt keine drei Zoll lang eben.« Es regnete dort nämlich fast ständig, und das Gelände war sehr uneben, die Straßen so gewellt wie ein Drachenrücken. Und hinter der Stadt ragten steile, felsige Hügelkuppen auf, wie eine Gruppe uralter Männer, die zu steif geworden waren, um sich zu bewegen.

Erschöpft von der langen Fahrt stiegen wir aus dem Lastwagen. Der alte Herr Ma zeigte auf ein Restaurant auf der anderen Straßenseite und schlug uns vor, dort essen zu gehen, während er uns eine Bleibe suchte. Also gingen wir über die Straße auf das Restaurant zu, vor dem ein riesiger hölzerner Zuber stand. Und in dem Zuber sahen wir lauter weiße Aale umherschwimmen – ein seltener Leckerbissen für jemanden aus Shanghai, aber hier in der Gegend in solchen Mengen zu finden, daß man sie zu jeder Mahlzeit bestellen konnte – morgens, mittags und abends.

Der Koch tauchte ein Netz in den Zuber, zog ein paar von den schlüpfrigen Aalen heraus und rief: »Seht her, ganz frisch!« Und an jenem Abend aßen wir so viel davon, wie wir nur konnten, große Platten voll fingerdicker, frischer Aale, die unzerteilt gekocht waren. Wir waren uns alle einig, daß es das Beste war, was wir je gegessen hatten. Und als der Fahrer dann mit der Nachricht wiederkam, daß er uns ein Quartier im besten Hotel der Stadt besorgt hatte, schwebten wir geradezu auf Wolken und erwarteten, einen Palast vorzufinden!

Aber ich sage dir, es war fürchterlich – primitiv, dreckig, einfach ekelhaft. Als ich nach der Toilette fragte, sagten sie nur: »Draußen.« Ich ging also raus, doch da war kein Bad, kein Klo, nicht einmal ein Vorhang. Es war nichts weiter als – eben draußen, eine stinkende Stelle auf dem Boden, wo jeder hinmachte. Jetzt kann ich ja drüber lachen, aber damals sagte ich mir, dann verzichte ich lieber. Ich ging zurück in mein Zimmer und quälte mich dort, bis mir der Schweiß und die Tränen übers Gesicht liefen. Wirklich, ich wartete so lange, bis ich fast geplatzt wäre. Erst dann zwang ich mich, noch mal nach »draußen« zu gehen.

Und drinnen war es auch nicht viel besser. Die Matratzen waren nichts weiter als alte Strohsäcke, und die Matratzenbezüge waren so dünn und zerschlissen, daß die Wanzen in aller Ruhe rein- und rausspazieren konnten. Nachts kamen sie dann aus dem Stroh und taten sich an unserem Blut gütlich. Doch, das ist wahr, ich habe sie selbst auf Wen Fus Rücken gesehen.

»He, was ist denn das?« sagte ich. »Da, und da – lauter kleine rote Punkte!«

Er griff sich über die Schulter und fuhr schreiend hoch: »Ai! Ai!« Er hüpfte von einem Bein aufs andere, schlug sich auf den Rücken und versuchte, sie abzuschütteln. Ich verbiß mir mit Mühe das Lachen. Als er sich schließlich beruhigte, half ich ihm, sie abzusammeln, und überall, wo eine Wanze gesessen hatte, sah man jetzt einen roten Fleck. Plötzlich rief Wen Fu, ich hätte auch eine – auf dem Nacken! Da fing ich genauso an, herumzuhüpfen und zu schreien. Er lachte und zeigte mir, was er mir abgenommen hatte, dann zerdrückte er das Biest mit dem Fingernagel. Pfui, was für ein ekliger Geruch! Stinkwanzen!

Beim Frühstück stellte sich heraus, daß alle das gleiche Wanzenproblem hatten. Als wir uns gerade scherzhaft bei dem alten Herrn Ma darüber beklagten, kam Jiaguo herein und teilte uns mit, daß die Japaner die Hauptstadt eingenommen hätten: Nanking sei vollständig abgeriegelt. Er konnte uns nicht sagen, ob die Leute verschont wurden, wie man es ihnen versprochen hatte. Noch wußte niemand, was dort geschehen war.

Ich mußte an Wan Betty denken, an ihre zuversichtlichen Worte, ihre Tapferkeit. Ob sie sich nun wohl vor den Japanern beugte? Sicher machten die anderen sich ähnliche Gedanken, obwohl wir nicht darüber sprachen. Wir schwiegen bedrückt. Und wir beklagten uns nicht mehr über die Verhältnisse in Kweiyang, noch nicht einmal im Scherz.

Nachdem wir Kweiyang verlassen hatten, fuhren wir höher und höher in die Hügelgegend hinein und schließlich in die Berge. Hulan und ich starrten wortlos über die Rampe des Lastwagens in den Abgrund. Allein beim Anblick der steilen Felsen hatte man schon das Gefühl, kopfüber hinabzustürzen. Die Straße wurde immer enger. Jedesmal wenn der Wagen über eine Bodenwelle rumpelte, schrien wir auf – wah! –, kicherten dann verlegen und schlugen die Hand vor den Mund. Wir saßen alle hinten auf unseren Koffern und wurden arg durchgeschüttelt. Jeder versuchte, sich irgendwo festzuklammern, um nicht herunterzurutschen oder sich die Sitzfläche völlig aufzuscheuern.

Manchmal ließ der alte Herr Ma mich auch vorne sitzen, weil ich schwanger war. Das gab er allerdings nicht als Grund an. Er gab nie irgendwelche Gründe an. Jeden Morgen vor der Abfahrt schaute er uns alle an, und dann nickte er demjenigen zu, der an dem Tag bei ihm vorne sitzen durfte.

Unterwegs war der alte Herr Ma zum mächtigsten Mann in unserer Gruppe geworden, praktisch wie ein Kaiser. Unser Leben lag ganz in seiner Hand. Und der Beifahrersitz war für uns wie ein Thron. Dort saß man auf einem Kissen, konnte bequem die Beine ausstrecken, den Kopf zurücklehnen und einschlafen. Auf der Ladefläche dagegen stritt man sich um jeden Zentimeter Platz und hatte ständig die spitzen Knie der anderen im Kreuz. Alles, was wir auf dieser Bergstraße noch besaßen, war unser nacktes Leben und eine Chance auf den Beifahrersitz; alles andere, sogar die Sachen in unseren Koffern, war dort oben nichts mehr wert.

Natürlich hatte jeder einen guten Grund, vorne zu sitzen. Wir redeten immer beim Essen darüber, wenn wir wußten, daß der alte Herr Ma zuhörte. Der eine hatte Arthritis, der andere hatte sich in Kweiyang irgendein Leiden zugezogen, das angeblich nicht anstekkend war, ihn aber doch sehr schwächte. Ein dritter pochte immer wieder auf seinen sozialen Rang. Jiaguo gab zu bedenken, er sei immerhin vor kurzem zum Hauptmann befördert worden. Hulan versuchte, sich beim alten Herrn Ma mit Komplimenten über seine Fahrkünste einzuschmeicheln. Und Wen Fu schenkte ihm oft Zigaretten oder forderte ihn zu einem Kartenspiel heraus, bei dem der alte Herr Ma wie zufällig stets gewann.

Tagsüber herrschte auf der Bergstraße ein reges Treiben, allerdings kein Gegenverkehr. Dort gab es keine Autos, nur Kinder mit schweren Reissäcken auf dem Rücken, Männer, die neben ihren Ochsenkarren hergingen, oder auch Leute mit Verkaufsständen. Wenn sie uns kommen sahen, drückten sie sich an die Felswand, um uns vorbeizulassen, starrten uns entgeistert an und blickten dann in die Richtung zurück, aus der wir gekommen waren.

»Die Japaner werden auch bald hier sein«, zog Wen Fu sie auf, und die armen Burschen erschraken natürlich sehr.

»Wie weit sind sie denn noch zurück?« wollte ein alter Mann wissen.

»Keine Angst!« rief Jiaguo schnell. »Das sagt er nur zum Spaß! Niemand folgt uns!« Doch der Alte schien nicht recht überzeugt und spähte weiter besorgt die Straße hinab.

Und dann hielt der alte Herr Ma eines Abends am Straßenrand, sprang aus dem Wagen und teilte uns mit, das nächste Dorf sei noch viele Stunden weit entfernt. »Wir müssen hier übernachten«, sagte er, ging wieder nach vorn und legte sich auf die Sitzbank. Für ihn war der Fall damit erledigt.

Es war schon so dunkel, daß man nicht mehr sehen konnte, wo die Straße endete und der Abgrund begann. Niemand wagte sich zu weit von dem Wagen fort. Die Männer stapelten sofort mehrere Koffer zu einem Tisch und fingen an, beim Schein eines Windlichts Karten zu spielen.

Das Baby nahm nun schon so viel Platz in meinem Bauch ein, daß es mir oft sehr auf die Blase drückte. »Ich muß mal«, sagte ich zu Hulan. »Du auch?« Sie nickte. Und dann dachte ich mir eine schlaue Lösung aus. Ich faßte Hulan bei der Hand und tastete mich mit der anderen Hand an der Felswand vorwärts. Und so gingen wir ein Stück von den Männern weg, bis wir an eine Kurve kamen.

Da hockten wir uns dann hin. Ich hatte mich sehr verändert, seit ich Hulan kennenlernte – inzwischen genierte ich mich nicht mehr wegen jeder Kleinigkeit, wie damals in dem Baderaum in Hangchow.

Danach merkte ich erst, wie müde ich war. Ich mochte noch nicht gleich zurückgehen. So lehnten wir uns eine Weile gegen die Felswand und blickten schweigend in den sternklaren Himmel.

Schließlich sagte Hulan: »Früher hat meine Mutter mir die Muster der Götter und Göttinnen am Nachthimmel gezeigt. Sie sagte, sie würden immer anders aussehen, je nach Jahreszeit. Manchmal kann man sie von vorne sehen, und manchmal von hinten.«

Davon hatte ich noch nie was gehört. Aber vielleicht war es in der Provinz, wo sie herstammte, ja allgemein bekannt, deshalb fragte ich nur: »Was für Muster denn?«

»Ach, das hab' ich schon längst vergessen«, sagte sie traurig. Dann schwieg sie wieder. Doch nach ein paar Minuten murmelte sie nachdenklich: »Ich glaube, das eine hieß das Schlangenmädchen. Schau, dort, sieht das nicht aus wie eine Schlange mit zwei funkelnden Augen? Und das da, mit dem großen wolkigen Streifen, das muß das Himmlische Hirtenmädchen sein.«

Doch, die alte Geschichte hatte ich auch schon mal gehört. »Er war der Hirte, und sie war die Weberin«, verbesserte ich sie. »Eine der sieben Töchter des Küchengottes.«

»Ja, das mag sein, oder vielleicht hab' ich auch an die Schwester des Hirten gedacht«, sagte sie. Na, und wenn schon. Mir war es egal, ob Hulan sich richtig oder falsch erinnerte. Ich war zu müde zum Streiten. Verträumt und schläfrig ließ ich die Gedanken schweifen und bildete mir ebenfalls ein, irgendwelche Muster im Sternenhimmel zu sehen. Eines nannte ich das getrennte Gänsepärchen, ein anderes die ertrunkene Frau mit offenem Haar. Und dann dachten wir uns beide Geschichten dazu aus, die immer mit »es war einmal« begannen und an den Orten unserer Tagträume aus der Kinderzeit spielten: »Im Königreich der Dame mit dem Pferdekopf« oder »Im Auge des Götterbergs«.

Ich kann mich nicht mehr genau an die Geschichten erinnern. Sie waren sehr albern, besonders die von Hulan. Ihre Geschichten endeten immer mit irgendeinem Helden, der am Schluß ein häßliches Vieh heiratet, das sich plötzlich als schöne Prinzessin entpuppt. Ich glaube, in meinen Geschichten ging es um Dinge, die man zu spät gelernt hat – nicht zu viel zu essen, nicht zu laut zu reden, nicht nachts allein herumzulaufen –, um Leute, die von der Erde herunter in den Himmel fielen, weil sie zu eigensinnig waren. Und obgleich ich diese schimmernden Muster nicht mehr im Gedächtnis habe, erinnere ich mich noch gut an das warme, freundschaftliche Gefühl zwischen uns, als wir so zusammen in den Himmel schauten.

Wir klammerten uns alle an solche kleinen Rettungsanker – eine erfundene Geschichte, ein ferner Stern, der uns auf einmal etwas bedeutete. So suchten wir auf unserem Weg immer nach Anzeichen von Wohlwollen in der Welt, nach einem Frieden, der sich niemals ändern würde. Wonach hätten wir sonst Ausschau halten können? Einmal sahen wir einen Vogel auf dem Rücken einer grasenden Kuh sitzen. Und wir stellten uns vor, sie wären schon seit eh und je die besten Freunde. Einmal winkte uns ein magerer Junge am Wegrand mit einem strahlenden Lächeln zu, ganz anders als der freche Bengel an dem See in Nanking. Wir redeten noch den ganzen Tag über diesen netten Jungen, wie hübsch er war und sicher auch klug – wie sehr er uns an unsere kleinen Vettern erinnerte, die uns in der Erinnerung ganz unwahrscheinlich lieb und artig vorkamen.

Und eines Tages erlebten wir etwas so Beglückendes, daß es uns für den Rest des Weges alles vergessen ließ, was wir schon hatten ertragen müssen, und auch all die Sorgen über das, was noch auf uns zukommen würde.

Wir hatten in einem Dorf übernachtet, das »Vierundzwanzig Kurven« hieß, weil dort die Paßstraße begann. Jemand im Dorf riet uns, den Paß lieber heute als morgen zu überqueren, da am nächsten Tag ein Armeelastwagen aus der anderen Richtung herabkommen würde, von dem Dorf auf der Paßhöhe aus, das »Der Atem des Himmels« genannt wurde. Falls wir dem anderen Wagen auf halbem Wege begegneten, müßten wir sicher ein langes Stück rückwärts fahren, bis wir eine Stelle fänden, wo er an uns vorbeikäme. Das sei gefährlich, denn schon beim geringsten Fehler unseres Fahrers würden wir im Abgrund landen!

»Wieviel *li* sind es denn, bis wir diese vierundzwanzig Kurven hinter uns haben?« fragte ich den Mann.

Er lachte. »Das sind nicht bloß vierundzwanzig Kurven, junges Fräulein«, sagte er. »Vielleicht vierundzwanzig pro *li*. Oho! Danach muß man noch achtundvierzig *li* zurücklegen, bis sich Kopf und Magen nicht mehr wie ein Kreisel drehen. Aber hütet euch da oben vor der Weißen Dame. Sie lockt die Leute gern von der Straße, damit sie ihr Gesellschaft leisten und zehntausend Runden Tee mit ihr trinken. Den Tee der Unsterblichkeit nennen wir es hier. Wenn man einen Schluck davon trinkt, will man ihr Wolkenheim nie wieder verlassen. Vielleicht vergeßt ihr dann zurückzukommen!« Was für einen schrecklichen Humor der Mann hatte! Solche üblen Witze zu machen, die das Unglück anziehen konnten! Ich wußte nicht, wieso die anderen da lachten, selbst Hulan.

Als wir losfuhren, konnten wir sehen, wie die Wolken sich oben am Paß zusammenballten. Wir wickelten uns fest in Decken ein, und dann begann die lange Steigung. Nach den ersten vierundzwanzig Kurven erreichten wir schon den unteren Rand der Wolken, und nach weiteren vierundzwanzig hatte der Nebel uns ganz verschluckt. Plötzlich war die Welt nur noch weiß wie Watte, und der Fahrer rief uns zu, daß er kaum noch die Straße erkennen könne. Der Wagen hielt an. Alle außer mir sprangen heraus und flüsterten: »Wie seltsam! Wie seltsam!«

Ich hörte Wen Fu schreien: »Warum halten wir denn an? Hast du nicht gehört, was der Mann gesagt hat? Wir müssen weiterfahren!«

Wen Fu und die anderen trugen wirbelnde Nebelschleier über den Gesichtern und sahen aus wie Geister, wunderschön, doch auch beängstigend. Ai! Ob sie vielleicht alle schon gestorben waren, und nur ich wußte es? Ich blickte hinab und sah keine Straße mehr unter uns.

»Was soll nun aus uns werden?« rief ich. Doch meine Stimme schien sich im Nichts aufzulösen. Und wieder hatte ich das Gefühl, daß wir schon tot seien. Ich stellte mir vor, wie meine Stimme von einer Wolke aufgesogen wurde, die sich mehr und mehr mit den Klagen anderer Geister füllte, bis sie so schwer wurde, daß sie Tränen herabregnen ließ.

Aber dann kletterte Hulan zurück in den Wagen und stolperte dabei über die Koffer. Also waren wir wohl doch noch nicht tot, weil ein richtiger Geist sich nie so tolpatschig angestellt hätte.

»Siehst du, genau wie in der Geschichte von dem Himmlischen Hirtenmädchen, die ich dir erzählt habe«, meinte sie. »Das hier ist die Milch der Himmelsküche, die überläuft.« Und ich dachte nur: Ein richtiger Geist hätte nie so was Dummes gesagt.

Sie klappte ihren Koffer auf, kramte darin und zog schließlich ein zerknülltes Etwas hervor, das wie ein altmodischer roter Hochzeitsrock aussah. Was wollte sie denn damit? Sie warf ihn Jiaguo zu, der ganz ruhig blieb und alle aufforderte, schnell wieder in den Wagen einzusteigen.

Und nun konnte ich sehen, daß Hulan meine Idee von ein paar Tagen zuvor aufgegriffen hatte. Jiaguo tastete sich mit der einen Hand an der rauhen Felswand entlang und hielt mit der anderen den roten Rock hoch, der als leuchtendes Wegzeichen im Wind flatterte. Der Fahrer startete den Wagen und fuhr hinterher, zwar nur im Schrittempo, aber wenigstens ging es wieder vorwärts. Nach einer halben Stunde stieg Jiaguo wieder ein, völlig naßgeschwitzt und erschöpft von dem steilen Anstieg. Wen Fu trat an seine Stelle, und nach und nach wechselten sich alle Piloten mit der Führung ab, bis der Himmel sich langsam wieder aufhellte, die Wolken allmählich dünner wurden und auch die Straße wieder zum Vorschein kam.

So schraubten wir uns immer weiter aufwärts, Kurve um Kurve, und hinter jeder Kurve sah man immer nur wieder die nächste auftauchen. Doch schließlich ließen wir die Wolken ganz hinter uns zurück, und auch der Wind legte sich. Wir seufzten vor Überraschung auf, als wir die Paßhöhe erreichten – es war wie im Märchen: der strahlend blaue Himmel über uns, das weiße Wolkenmeer unter uns, und alle Probleme der Welt vergessen.

Den Rest des Nachmittags fuhren wir oberhalb der Wolken auf dem Paß entlang. Wir waren so glücklich! Als wären wir wirklich gestorben und als Götter wiedergekommen – fröhlich, unbeschwert, wohlwollend, weise und von allen Leiden genesen.

Der Mann, der in Kweiyang krank geworden war, fühlte sich jetzt wieder ganz gesund. Der alte Mann mit der Arthritis hielt seine Handgelenke hoch und sagte, er habe jetzt keine Schmerzen mehr.

»Der Ort hier ist wie der Wunderbrunnen, den ich einmal gesehen habe«, meinte Hulan, »wo man von allem geheilt wird. Da spürt man plötzlich eine Kraft in sich, von der man bisher gar nichts wußte.« Es war die gleiche alberne Geschichte, die sie mir schon in Hangchow weismachen wollte, aber jetzt stimmten alle ihr zu, sogar ich.

Und da offenbarte mir Wen Fu plötzlich einen Winkel seines Herzens, von dem ich bisher noch nichts gewußt hatte.

»Genauso ist es beim Fliegen«, sagte er zu mir. »Dieses Glücksgefühl, wenn man hinabschaut und die Wolken unter sich sieht. Manchmal tauche ich nur so zum Spaß in die Wolken ab und dann wieder auf an die Sonne, als würde ich durch Wellen schwimmen.«

»Wirklich? Ist das immer so wie jetzt?« fragte ich aufgeregt.

»Ja, immer«, sagte er. »Manchmal fange ich sogar vor lauter Freude an zu singen.«

Ich lachte, und da begann er tatsächlich zu singen – das lustige Lied, das er uns damals vorgesungen hatte, als Peanut und ich ihn vor fast einem Jahr auf dem Marktplatz getroffen hatten. Ich war überrascht, wie angenehm seine Stimme klang. Und nun konnte die ganze Welt es hören, wie er für mich sang.

Du kannst dir wohl vorstellen, wie ich mich an jenem Tag in den Bergen fühlte. So glücklich, da zu sein. So glücklich, unter Freunden zu sein. So glücklich, meinen Mann bei mir zu haben. Das Herz wollte mir fast zerspringen vor Glück. Und ich dachte nicht mehr daran, daß ich diesen wunderbaren Ort bald wieder würde verlassen müssen.

Als wir das Dorf erreichten, das »Der Atem des Himmels« hieß, beschlossen wir, heute schon früher Rast zu machen und dort zu übernachten, um die herrliche Landschaft noch etwas länger zu genießen.

Und dann sahen wir den Armeelastwagen, der von der anderen Seite heraufgekommen war und den gleichen Weg hinabfahren würde, den wir gerade zurückgelegt hatten. Warum sollten wir den Leuten nicht ein wenig von der wunderbaren Aussicht vorschwärmen, die sie erwartete? Dann hätten sie doch etwas, worauf sie sich freuen könnten!

Wir kletterten eilig aus dem Wagen. Wen Fu hob mich von der

Ladefläche und meinte lachend, ich sei schon so dick wie zwei Frauen, aber ich nahm es ihm nicht übel.

Die Soldaten hockten neben ihrem Lastwagen auf dem Boden, ganz still und bedrückt. Ein Blick auf ihre Gesichter genügte, um zu merken: Denen war nicht nach fröhlichem Geplauder zumute. Sie erzählten uns, daß sie auf dem Weg nach Chungking waren – um dort die neue Hauptstadt aufbauen zu helfen, da die alte völlig zerstört war. So erfuhren wir, was wir in Kweiyang noch nicht wußten, nämlich, was inzwischen in Nanking passiert war.

Wer weiß, warum die Japaner ihre Versprechen nicht hielten? Vielleicht hatte jemand einen Stein nach ihnen geworfen, vielleicht hatte jemand sich nicht demütig genug vor ihnen gebeugt. Vielleicht hatte eine alte Frau ihren Nachbarn noch ermahnt: »Benimm dich! Willst du uns alle ins Verderben stürzen?«

»Sie haben gelogen«, sagte einer der Soldaten. »Sie haben alte Frauen vergewaltigt, verheiratete Frauen, kleine Mädchen, wieder und wieder, immer abwechselnd, haben sie mit dem Schwert aufgeschlitzt, wenn sie nichts mehr mit ihnen anfangen konnten. Sie haben ihnen die Finger abgehackt, um an die Ringe zu kommen, haben alle kleinen Söhne erschossen, alle Generationen ausgelöscht. Zehntausende vergewaltigt und abgeschlachtet, so viele, daß man sich die Zahlen nicht mal mehr vorstellen kann.«

Ich dachte an die alte Frau, die für uns gekocht hatte, an Wan Betty und den frechen Jungen, der die Steine in den See warf. Ich dachte daran, daß all das geschehen war, während wir es uns auf der Reise mehr oder weniger gutgehen ließen, während ich mich über alle möglichen Kleinigkeiten beschwerte. Und obwohl mir ja nichts mehr passieren konnte, war ich so verängstigt, daß ich es einfach nicht glauben wollte.

»Das kann nicht wahr sein«, sagte ich zu dem Soldaten. »Bestimmt ist es nur ein Gerücht.«

»Glaubt doch, was ihr wollt«, meinte der Soldat und spuckte auf den Boden.

Später fand ich dann heraus, daß ich recht gehabt hatte. Was der Soldat uns erzählte – das war tatsächlich nur ein Gerücht. Denn in Wirklichkeit waren noch viel, viel mehr Leute umgekommen, an die hunderttausend, wie mir einer von der Luftwaffe bestätigte.

Aber wie konnte der das eigentlich wissen? Wie konnte man so viele Leute auf einmal zählen? Hatten sie die Toten gezählt, die sie beerdigten, jede Leiche, die sie verbrannten oder in den Fluß warfen? Und was war mit all den armen Leuten, die nie für jemanden gezählt hatten, selbst als sie noch am Leben waren?

Ich versuchte, es mir vorzustellen, aber dann gab ich es auf und bemühte mich lieber, es aus meinen Gedanken zu verdrängen. Es war ja nicht *meine* Tragödie. Ich war nicht betroffen. Ich war nicht getötet worden.

Und doch hatte ich noch monatelang Alpträume. Ich träumte, wir wären nach Nanking zurückgekehrt und schwärmten der Köchin und Wan Betty von der herrlichen Landschaft um den »Atem des Himmels« vor, und von den köstlichen Aalen in Kweiyang. Und die Köchin sagte: »Dafür braucht man doch nicht extra aus Nanking wegzugehen. Das haben wir hier auch.«

Sie setzte mir einen Teller voll fingerdicker weißer Aale vor, die sich noch quicklebendig hin und her wanden und versuchten, über den Tellerrand wegzuschlüpfen.

*

Helen hat mir erzählt, daß sie kürzlich ein neues Restaurant entdeckt hat, wo man solche Aale bekommt, mit viel Schnittlauch in heißem Öl gedünstet. Sie wollte sie mit mir mal probieren gehen. Doch ich habe abgelehnt. Der Appetit auf solche Aale ist mir gründlich vergangen.

Komisch, mir schmecken nicht mehr die gleichen Sachen wie früher. Sellerie zum Beispiel, den mag ich auch nicht mehr, obwohl ich ihn früher immer so gern gegessen habe. Jetzt kann ich ihn nicht mal mehr riechen. Und dabei weiß ich gar nicht, was mir den Sellerie auf einmal so verleidet hat. Aber bei den Aalen weiß ich es genau.

Merkwürdig, nicht? Warum leben manche Erinnerungen wohl nur auf der Zunge oder in der Nase fort? Und warum bleiben andere einem für immer im Herzen erhalten?

Der böse Blick

Und nun will ich dir erzählen, wie ich allmählich immer tiefer ins Unglück rutschte, vom Regen in die Traufe sozusagen. Ob das meine eigene Schuld war, magst du selbst entscheiden.

Als wir endlich in Kunming eintrafen, war ich fast im achten Monat, und mein Bauch war inzwischen so dick, daß ich fürchtete, das Baby könnte bei dem Geholper im Lastwagen jeden Augenblick herausrutschen. Nun, da das Gebirge hinter uns lag, schien der Fahrer es auf einmal sehr eilig zu haben. Wir preschten die schnurgerade Straße entlang, und ich mußte mir bei jeder Bodenwelle den Bauch festhalten.

»He!« rief Jiaguo ihm zu. »Wenn du noch schneller fährst, fahren wir alle zur Hölle!« Der alte Herr Ma drehte sich grinsend um. »Noch schneller?« schrie er nach hinten, um den Motorenlärm zu übertönen. Und ehe Jiaguo antworten konnte, brausten wir schon in einem wahren Höllentempo dahin.

Aber das machte nichts. Wir konnten es kaum erwarten, die Reise endlich hinter uns zu bringen – nicht mehr jeden Morgen in den Lastwagen zu klettern, keine kleinen Dörfer mehr zu sehen und vor allem kein schlechtes Essen mehr vorgesetzt zu bekommen.

Es war noch immer Winter, aber der Fahrtwind war nicht mehr ganz so kalt. Wir hatten wohl alle das Gefühl, in ein ganz anderes Land gekommen zu sein, wo ewiger Frühling zu herrschen schien.

Hulan drehte sich zu mir um. »Schau mal, da! Kunming ist ja richtig malerisch – lauter grüne Hügel und so viel klares Wasser! Und der Himmel sieht auch recht vielversprechend aus.«

Doch da wußten wir noch nicht, daß die schöne Umgebung sich nur auf die äußeren Vororte beschränkte. Als wir in die Stadt hineinkamen, war davon bald nichts mehr zu sehen.

Der Lastwagen fuhr jetzt langsamer, der Fahrer hupte, und wir kamen an Hunderten von Leuten vorbei, die Säcke auf den Schultern schleppten und sehr erschöpft aussahen. Wen Fu herrschte sie an: »Geht zur Seite! Macht Platz!« Und als sie nicht gleich den Weg freigaben, beschimpfte er sie: *»Louyi!«* Ich fand es sehr gemein von ihm, die armen Leute Ameisen zu nennen.

Hier und da sahen wir auch Arbeiter die Straße aufbuddeln und die Pflastersteine in Schubkarren werfen. Wir kamen an mehreren Armeelastwagen vorbei, und jedesmal winkte Wen Fu ihnen großspurig zu, deutete auf seine Brust und rief: »Luftwaffe, Hangchow, zweite Klasse!«

In der Innenstadt, die viel größer war, als ich sie mir vorgestellt hatte, herrschte geschäftiges Treiben. Wir fuhren am Bahnhof vorbei und eine breite Straße mit grauen, nicht sehr alten Häusern entlang. Nach und nach wurden die Straßen immer schmaler und verwinkelter, und es wurde immer schwerer, zwischen all den Fußgängern, Karren und Fahrrädern durchzukommen. Der Fahrer hupte alle paar Sekunden. Die Luft war so dick und stickig, daß mir der Kopf davon schmerzte. Ich sah dicht zusammengedrängte Lehmhütten, manche sauber verputzt, andere brüchig und verfallen. Viele der Gesichter, die uns anstarrten, wirkten kaum noch chinesisch. Es waren Eingeborene aus den Bergen, die sich auch in der Kleidung von den Städtern unterschieden. Sie trugen nicht die üblichen schäbig-grauen Jacken und Hosen der ärmeren Bevölkerung und auch keine langen Gewänder wie die Kaufleute oder westliche Kleidung wie die Oberschicht. Sie trugen bunte Röcke und Jacken mit farbigen Borten sowie turbanartig gewickelte Tücher auf dem Kopf oder Hüte, die wie eng anliegende Strohschalen aussahen.

Aber alle, ob Chinesen oder nicht, schauten uns mit finsteren Gesichtern an. Sie beobachteten uns so aufmerksam, so mißtrauisch – all diese Vorboten des Krieges, die nun schon bis an ihre Türschwelle kamen und ihre Stadt, die viele Jahrhunderte so still und friedlich gewesen war, in einen Hexenkessel verwandelten.

Die ersten paar Tage wohnten wir im Hotel, bis für uns ein angemessenes Quartier gefunden worden war. Schließlich zogen wir in ein einstöckiges Haus, das auf halbem Wege zwischen dem nördlichen und dem östlichen Stadttor lag. Jiaguo und Hulan wohnten auch dort, und außerdem noch ein anderes Ehepaar, das wir aber erst beim Einzug kennenlernten.

Die Frau war älter als Hulan und ich und furchtbar arrogant. Ihr Mann gehörte der Luftwaffe an, war aber kein Flieger, sondern Inspektor für alles, was mit Transport zu tun hatte: Brücken, Straßen, Bahnstrecken.

Als wir zum ersten Mal vor dem Haus standen, sagte Hulan: »Schau mal, dieses lange Holzgesicht, und die beiden großen Fenster da oben sehen genau wie zwei Augen aus.« Alle Häuser in der Straße hatten solche Holzfassaden mit ein oder zwei Stockwerken – wir nannten sie *yangfang,* Ausländerhäuser.

Es gab keinen Vorhof, der das Haus von der Straße trennte. Man ging nur drei Stufen hinab, und schon stand man mitten auf dem Bürgersteig. Doch wenigstens hatten wir einen Hinterhof, der von einem Zaun umgeben war. Es war allerdings kein hübscher Garten, wo man gerne mit Freunden gesessen hätte, sondern nur ein kahler Zementboden mit kümmerlichen Büschen am Rand und einer Wasserpumpe neben einem langen Waschtrog, über den ein paar Wäscheleinen gespannt waren. Auf der anderen Seite stand ein großer Steinmörser, der zum Schälen von Reis und Sesamsamen diente.

Das Gartentor ging auf eine Gasse hinaus, die gerade so breit war, daß die Jauchesammler mit ihren Schubkarren durchkamen. Wenn man dieser Gasse folgte und links um die Ecke bog, kam man an einen Pfad, der zu einem kleinen See führte. Der sollte angeblich sehr hübsch sein, und vielleicht war er das früher auch, aber als ich ihn sah, wurde er von den ärmsten Leuten der Stadt zum Baden, Wäschewaschen und anderen Dingen benutzt, die ich lieber verschweigen möchte.

Außen wirkte das Haus zwar fremdartig, doch innen war es durch und durch chinesisch. Unten gab es zwei große Gemeinschaftsräume. Einer davon war eine Küche mit zwei langen Kohleherden aus gebranntem Ton. Es gab auch ein Spülbecken mit Abfluß, aber kein fließendes Wasser – das mußten die Dienstboten von der Pumpe holen. So war es eben in China. Die Köchin und das Küchenmädchen mußten täglich viele schwere Wassereimer schleppen, vielleicht sogar bis in die oberen Stockwerke. Das weiß ich nicht mehr so genau. Wenn man so was nie selber machen muß, macht man sich auch keine Gedanken darüber, wer das für einen erledigt.

Jedenfalls muß irgend jemand es die Treppe hochgetragen haben, denn ich hatte immer genug heißes Wasser, um mir morgens die obere und abends die untere Körperhälfte zu waschen. Ich war mit meinem dicken Bauch schon zu unbeweglich, um alles auf einmal machen zu können. Und natürlich mußten die Dienstboten auch jeden Tag die Waschzuber, Schüsseln und Nachttöpfe ausleeren, die dann draußen im Hof gespült wurden.

Der zweite Gemeinschaftsraum war ein großes Wohnzimmer, in dem auch gegessen wurde. Wir hatten dort einen großen Tisch, viele Stühle, zwei billige Sofas und ein altes Trichtergrammophon, das Wen Fu kurz nach unserer Ankunft gekauft hatte. Nicht, daß es uns an elektrischem Strom gefehlt hätte, aber im Krieg war eben kein modernerer Plattenspieler aufzutreiben. Die meisten Leute, die in den ärmeren Stadtvierteln wohnten, hatten allerdings keinen Strom, doch in unserer Straße gab es in jedem Haus einen Anschluß, sogar in jedem Stockwerk. Und wenn der Rest der Stadt abends in stilles Dunkel versank, schalteten wir das Licht ein, stellten das Radio und den Ventilator an und spielten bis spät in die Nacht Mah-Jongg.

Allen Umständen zum Trotz versuchten wir, dem Leben doch noch so viel Spaß zu entlocken, wie es eben ging. Wir kamen uns dabei vor wie die Leute in Berlin, von denen wir gehört hatten, daß sie den Krieg mit allen Mitteln zu vergessen suchten und nur ihr Vergnügen im Sinn hatten – Spielen, Schmausen, schummerige Nachtclubs. So leichtsinnig und unbekümmert wollten wir auch gern sein – nur daß wir natürlich nicht in Berlin waren, sondern am anderen Ende der Welt, in Kunming. Wenn wir von den ewig gleichen verkratzten Grammophonplatten genug hatten, wenn keine Musik mehr im Radio lief, wenn uns die Klatschgeschichten ausgingen und wir so müde waren, daß die Mah-Jongg-Steine uns aus der Hand fielen, was blieb uns dann noch übrig? Wir konnten ja nicht in einen Nachtclub gehen. Also gingen wir ins Bett.

Da Jiaguo Wen Fus Vorgesetzter war, hatten er und Hulan die besten Zimmer bekommen, die im Erdgeschoß lagen. Wir anderen mußten uns die Räume im ersten Stock teilen, was für mich sehr beschwerlich war. Mein Bauch versperrte mir den Blick auf die Füße, so daß ich beim Treppensteigen sehr vorsichtig sein mußte.

Als wir in das Haus einzogen, bekamen Wen Fu und ich die schlechtesten Zimmer zugeteilt, die auch noch nach einer unglücksbringenden Himmelsrichtung lagen. Um das Bett in die richtige Richtung zu stellen, hätten wir es gegen den Wandschrank schieben müssen und damit auch noch die Zimmertür blockiert. Das war also nicht möglich.

Wir mußten uns mit den schlechten Zimmern begnügen, da die Frau des Inspektors die besseren für sich in Anspruch nahm, angeblich, weil ihr Mann von höherem Rang war als meiner. Das stimmte zwar, doch sie hätte es nicht so unhöflich auszudrücken brauchen. Sie hätte mir auch anbieten können: »Hier, such du dir als erste deine Zimmer aus.« Ich hätte dann selbstverständlich die schlechteren genommen, nur eben freiwillig, aus Großzügigkeit, und nicht, weil mir keine Wahl blieb.

So war die erste Woche in diesem Haus sehr schlimm. Ich konnte meine Zimmer nicht leiden. Ich konnte die Frau des Inspektors nicht leiden, vor allem nicht die Art, wie sie Mah-Jongg spielte, wie sie jedesmal die Augenbrauen hochzog und »hnh!« sagte, wenn ich einen Stein abwarf. Und obendrein mußten wir uns jede Nacht durch die Wand die Auseinandersetzungen zwischen ihr und ihrem Mann anhören.

Zuerst hörte man seine tiefe Stimme, dann ihr schrilles Gezeter. Dann fing sie an zu heulen, und Wen Fu nahm seine Schuhe und warf sie gegen die Wand. Aber nach fünf Minuten Ruhe ging die Streiterei von vorn los.

Nach zwei oder drei Tagen beschwerte Wen Fu sich bei ihr, und dann beschwerte sich Hulan darüber, wie die Schuhe an die Wand knallten – »wie eine Bombe« sagte sie, »wir haben uns fast zu Tode erschreckt!« Und schließlich stritt jeder mit jedem, alle ließen ihrem Ärger freien Lauf, bis keiner mehr mit dem anderen reden wollte. Wenn abends das Radioprogramm beendet war, mochten wir nicht länger zusammensitzen. Alle verschwanden in ihren

Zimmern, und es wurde so still, daß man eine Fliege über das Dach hätte laufen hören können.

Doch das Problem löste sich nach kurzer Zeit ganz von selbst. Der Inspektor bekam den Auftrag, den Fortschritt der Bauarbeiten an der Straße nach Burma zu überwachen, und wie wir später hörten, waren die Moskitos dort weit gefährlicher als die Japaner. Schon nach drei oder vier Tagen erlag er der Malaria, und danach hörten wir die Frau nur noch alleine vor sich hin winseln. Diesmal beschwerten wir uns natürlich nicht, und Wen Fu warf auch keine Schuhe mehr an die Wand. Wir bemühten uns alle, nett zu ihr zu sein. Und bis sie dann schließlich fortzog, sah es fast so aus, als wären wir Freunde fürs Leben geworden. Obwohl ich mich nicht mal mehr an ihren Namen erinnern kann, Liu oder Low, oder so ähnlich.

Jedenfalls übernahm ich ihre Zimmer, sobald sie weg war, was mich natürlich auch mehr Miete kostete, die ich aus meiner Mitgift bezahlte. Peanut schickte mir das Geld von meinem Konto, und so erfuhr ich auch, daß sie mir ebenfalls die vierhundert *yuan* nach Nanking überwiesen hatte – das Geld, das ich niemals erhielt.

Inzwischen waren meine Ausgaben gestiegen. Die Luftwaffe konnte es sich nicht mehr leisten, uns Dienstboten zu stellen. Selbst Hulan bekam keine, obgleich sie die Frau eines Hauptmanns war. Also mußte ich meine Köchin – eine alte Witwe – selbst bezahlen, und dazu noch ein junges Mädchen für die Hausarbeit. Und natürlich mußte ich auch für das Zimmer neben der Küche aufkommen, in dem die beiden schliefen.

Du hättest Hulans Gesicht sehen sollen, wenn das Dienstmädchen uns die Wäsche wusch oder unsere Nachttöpfe putzte. Hulan hatte sich mittlerweile sehr verändert, sie war nicht mehr das schlichte, genügsame Mädchen vom Lande, das sich glücklich schätzte, einen Luftwaffenoffizier geheiratet zu haben. Weißt du, was ich glaube? Als Jiaguo seine Beförderung erhielt, beförderte sie sich selbst gleich mit! Sie hielt sich für berechtigt, auf mich herabzusehen. Und so war es ihr natürlich ein Dorn im Auge, daß ich mir Dienstboten leisten konnte und sie nicht.

Natürlich erleichterten meine Dienstboten auch ihr die Arbeit, denn sie putzten die Gemeinschaftsräume und holten das Wasser für uns alle, doch Hulan zeigte sich keineswegs dankbar. Sie suchte den Boden nach Fettflecken ab, und wenn sie einen fand, sagte sie: »Ayo! Schau mal da!« Und wenn ich sie und Jiaguo zum Essen einlud, schlug sie sich genüßlich den Bauch voll und meinte dann: »Das war ja nicht schlecht, aber vielleicht war das Fleisch doch etwas zu lange in der Pfanne.« Oder beim nächsten Mal: »Das war ja nicht schlecht, aber vielleicht hätte das Fleisch besser durchgebraten sein können.«

So konnte ich tun, was ich wollte, ihr war es doch nie gut genug. Sie war immer erst dann zufrieden, wenn ich genauso unzufrieden war wie sie.

Am Ende des neunten Monats war das Baby in mir so angewachsen, daß es schon fast so groß wie zwei Babys schien. Aber es wollte noch immer nicht zur Welt kommen. Ich war darüber nicht allzu besorgt, weil ich fühlen konnte, wie es sich in mir bewegte, sich umdrehte und mich mit den Füßen boxte. Es bewegte sich auch, wenn ich sang oder auf dem Markt irgendwelches Gemüse sah, auf das ich Appetit hatte; das Baby hatte genau die gleichen Vorlieben wie ich.

Jeden Tag nähte ich an Babydecken oder strickte an winzigen Pullovern. Ich weiß noch, wie ich eines Tages gerade mit meinem Nähzeug beschäftigt war und das Baby mich fester als sonst trat. Ich stellte mir vor, wie dieses kräftige Kind bald genauso übermütig die Treppe hinauf- und hinablaufen würde, wie es jetzt in meinem Bauch strampelte.

»Komm doch raus, mein Schatz«, rief ich es zärtlich. »Mama möchte, daß du endlich herauskommst.« Und gerade als ich das sagte, spürte ich einen neuen Tritt und ließ meine Schere fallen. Sie blieb mit der Spitze im Boden stecken und stand kerzengerade da, wie ein kleiner Soldat, der auf Befehle wartet. Erst mußte ich lachen, doch plötzlich – eh! – fühlte ich, wie es seltsam still in mir wurde. Das Baby hatte aufgehört, sich zu bewegen. Ich glaube nicht, daß ich mir das nur einbildete. Genauso ist es passiert: Die Schere fiel herunter, und das Baby rührte sich nicht mehr.

Ich versuchte, die Schere herauszuziehen, aber ich war zu dick, um mich so weit vorzubeugen. Und dann fiel mir ein, wie Alte

Tante einmal gesagt hatte, daß es Unglück bringe, eine Schere fallen zu lassen. An den Grund konnte ich mich nicht mehr erinnern, nur noch an ihre Beispiele: eine Frau, die daraufhin ihren scharfen Verstand einbüßte, eine andere, der über Nacht die Haare ausfielen, eine dritte, deren Sohn sich mit einem Zweig ins Auge stach, worauf sie sich vor lauter Mitleid selbst die Augen ausstach.

Da hatte ich ja etwas Furchtbares angerichtet, als ich die Schere fallen ließ! Ich rief sofort das Hausmädchen und befahl ihr, die Schere in den See zu werfen.

In dieser Nacht bewegte sich das Baby kein einziges Mal. Ich sang ihm vor. Ich ging im Flur hin und her. Es antwortete nicht. Am nächsten Tag ging ich ins Krankenhaus, und der Arzt leitete sofort die Geburt ein. Aber es war schon zu spät.

Hulan war dabei. Als der Doktor hinausgegangen war, sagte sie mir, das Baby sei sehr groß, an die zehn Pfund schwer. Was hatte es jetzt noch für einen Sinn, mir zu erzählen, was es wog, als handelte es sich um ein paar Pfund frischgefangener Fische? Das kleine Mädchen hatte nie einen einzigen Schrei von sich gegeben, nicht einen Atemzug getan.

Wen Fu tätschelte mir die Hand. »Na, wenigstens war es kein Junge.«

Ich weiß nicht, warum, aber kaum hatte er das gesagt, bat ich die Krankenschwester, mir das Baby zu bringen. Hulan und Wen Fu machten erstaunte Gesichter.

»Ich will sie sehen, damit ich ihr einen Namen geben kann«, sagte ich mit fester Stimme. Hulan und Wen Fu sahen sich kopfschüttelnd an.

Ich seufzte. »Das Baby sollte nicht namenlos in die nächste Welt hinübergehen«, erklärte ich. »Es wird dort aufwachsen. Und wenn wir dann selbst in die nächste Welt kommen, können wir unsere Tochter zu uns rufen, und vielleicht kann sie dann in unserem neunen Leben für uns sorgen.«

»Stimmt, das ist praktisch gedacht«, meinte Hulan. Und dann gingen sie und Wen Fu hinaus. Sicher fürchteten sie, ich würde beim Anblick des Babys in Tränen ausbrechen, und wollten mir wohl nicht verlegen dabei zusehen müssen.

Als die Krankenschwester sie hereinbrachte, lag ich im Bett und wandte nicht den Kopf zu ihr um. Erst wollte ich mir ein paar Erinnerungen an sie zurückrufen, und ich dachte daran, wie wir zusammen getanzt hatten und wie lebhaft sie gestrampelt hatte, wenn ich mit ihr redete. Schließlich raffte ich mich dann auf und sah sie an.

Es war wirklich ein großes Baby. So viele Haare auf dem Kopf, und Ohren, die genau wie meine aussahen, nur war die Haut ganz fahl. Die kleinen Hände waren zu Fäustchen geballt, und als ich versuchte, die eine davon aufzubiegen, fing ich an zu weinen. Wäre das Baby doch nur in Shanghai zur Welt gekommen! Wäre es doch nicht im Krieg geboren worden! Hätte ich doch die Schere nicht fallen lassen!

Aber dann scheuchte ich diese traurigen Gedanken eilig fort. In den Dörfern hungerten viele Leute, und Unzählige verloren ihr Leben im Krieg. Wenn also ein Baby tot geboren wurde, konnte man sich nur sagen, daß es wenigstens nie hatte leiden müssen.

Am nächsten Tag fuhren wir in die westlichen Hügel hinaus, die im Volksmund »Schlafende Jungfrauen« hießen. Dort beerdigten wir sie. Ich sprach nur ein paar Worte über ihrem Grab: »Sie war ein liebes Baby. Sie hat nie geweint.« Und ich nannte sie nach dem See in Nanking: Mochou, Kummerfrei, weil sie nie einen einzigen Kummer gekannt hatte.

Lange Zeit rührte ich keine Schere mehr an. Ich wartete mehr als hundert Tage, so schwer es mir auch fiel, aufs Nähen und Stricken zu verzichten. In Kunming gab es sonst ja nicht viel zu tun, vor allem nicht tagsüber. Man konnte nicht einfach sagen: Mir ist so langweilig, gehen wir doch ins Kino. Man konnte sich immer nur weiter langweilen. Schließlich hatte ich das Nichtstun so satt, daß ich beschloß, mir eine neue Schere zu kaufen und wieder mit dem Nähen anzufangen.

Hulan sagte mir: »Ich habe gehört, daß die Leute hier in der Provinz Yunnan die besten Scheren machen, sehr scharf und sehr solide. Und das stimmt auch, ich hab' vor ein paar Wochen selbst eine gekauft.«

Sie sagte, es gebe zwar viele Scherenverkäufer in der Stadt, doch den besten finde man in der Altstadt, in einer der Seitengassen am Markt. Die Scheren dort seien von allerhöchster Qualität und trotzdem ganz billig. Der Laden sei zwar nicht extra durch ein Schild gekennzeichnet, aber leicht zu finden.

Und dann erklärte sie mir den Weg: »Erst gehst du über die nordöstliche Fußgängerbrücke am See. Auf der anderen Seite mußt du nach einem alten Mann an einem Suppenstand Ausschau halten. Von da aus gehst du bis zu dem Stand, wo es Trockenfisch gibt. Dann immer weiter, bis du ein Mädchen mit Körben voll ausländischer Schuhe siehst. Da biegst du ab – es gibt nur eine Seitenstraße – und gehst bis zur nächsten Ecke vor. Dort sind die Häuser schon etwas besser, die meisten weiß verputzt, manche haben sogar ein Ladenschild. Bei dem Laden, wo es die großen Salzklumpen gibt, überquerst du die Straße und gehst in die andere Richtung weiter, und nach fünf Minuten kannst du dann schon den Marktplatz sehen. Das Mädchen mit den Scheren sitzt draußen an einem Tisch.«

Natürlich verlief ich mich. Was war das auch für eine Wegbeschreibung? Der Stadtkern war Tausende von Jahren alt, und in diesen winkeligen Gassen kam es einem vor, als hätte sich hier seit Urzeiten nichts verändert. Schmal und krumm mündeten sie alle ineinander wie in einem Irrgarten, bogen unvermittelt ab oder endeten plötzlich an einer Mauer. Das bucklige Steinpflaster war in der Mitte glatt und blank gewetzt, und die kleinen Häuser zu beiden Seiten standen dicht aneinander. Hier war noch nie ein Auto durchgekommen, soviel war sicher.

Mehr als eine Stunde irrte ich durch jenes ärmliche Viertel. Obwohl ich ganz schlicht gekleidet war, musterten die anderen Frauen mich von Kopf bis Fuß und zeigten tuschelnd auf meine Schuhe. Kleine Kinder rannten hinter mir her, streckten bettelnd die Hände aus und schrien: »Hunger! Hunger!« Ich traf niemanden, den ich nach dem Weg hätte fragen können. Die Leute starrten mich nur stumpf und feindselig an. Und so ging ich weiter und weiter, mit der kreischenden Kinderschar an den Fersen, an Fenstern vorbei, aus denen es nach schlechtem Essen roch. Eine Frau stand halbnackt auf ihrer Türschwelle mit einem Baby an der Brust. Ein alter Mann, der auf einem Brett saß, spähte zu mir hoch und fing so würgend und keuchend an zu husten, daß ich schon fürchtete, er würde den Anfall nicht überleben. Die Kehle war mir vor unterdrücktem Schluchzen wie zugeschnürt.

Endlich kam ich an eine größere, belebte Straße: Es war der Marktplatz. Die Kinder umdrängten mich jetzt von allen Seiten. Ich griff hastig in die Tasche und warf ein paar Münzen über ihre Köpfe. Sofort stürzten sie sich kreischend auf den Boden und balgten sich um dieses kleine bißchen Glück.

Ich beschloß, jemanden zu fragen, wo ich eine Rikscha finden könnte, um wieder nach Hause zu fahren. Ich ging zu einer jungen, barfüßigen Frau mit schmutzigem Gesicht und struppigen Zöpfen hinüber, die hinter einem Bambustisch saß. Noch ehe ich meine Frage stellen konnte, sah ich schon die Scheren auf ihrem Tisch liegen. Doch, wirklich! Hättest du nicht auch das Gefühl gehabt, immer nur das im Leben zu bekommen, was du gerade *nicht* wolltest?

Die Scheren lagen ordentlich auf einem verblichenen roten Tuch sortiert, von der kleinsten bis zur größten, zwei verschiedene Sorten in zwei Reihen. Die eine Sorte war ganz schlicht und ohne Verzierungen an den Griffen. Die andere Sorte dagegen war so hübsch gearbeitet, daß ich mich wunderte, so etwas Elegantes überhaupt in diesem Provinznest zu finden. Die schmalen Scherenblätter sahen aus wie ein Kranichschnabel, mit der Schraube in der Mitte als Auge und den Griffen als Flügeln.

Wer die wohl hergestellt haben mochte? Die Form war bei allen genau die gleiche, sie unterschieden sich nur in der Größe. Ich nahm eine vom Tisch und ließ den spitzen Schnabel auf- und zuklappen – es sah aus, als würde der Kranich zugleich sprechen und fliegen. Wunderschön!

»Wer hat die Scheren gemacht?« fragte ich die Frau.

»Nur Leute aus unserer Sippe«, antwortete sie mit einem breiten Lächeln, und ich sah, daß ihr alle oberen Schneidezähne fehlten. Sofort erschien sie um Jahrzehnte gealtert. Ich nahm eine der größeren Scheren in die Hand. Die Frau zog einen schmutzigen Lumpen hervor, um mich die Schärfe der Schneiden daran ausprobieren zu lassen.

Ein kleiner nackter Junge tauchte hinter ihr im Türrahmen auf. »Ma!« rief er. »Warte doch!« rief sie über die Schulter zurück. »Siehst du nicht, daß ich hier einen wichtigen Gast habe?« Der Kleine verschwand wieder im Haus.

»Das sind die schärfsten Scheren, die man finden kann«, redete sie mit ihrem weichen, zahnlosen Lispeln auf mich ein. »Nirgendwo in der ganzen Stadt gibt es nur halb so scharfe. Alle in unserer Familie sind nämlich Scherenschleifer, seit vielen tausend Jahren schon. Und immer nur die beste Qualität!« Sie reichte mir den Lumpen, und tatsächlich, die Schere glitt wunderbar leicht durch den Stoff.

Die Frau hielt die Hände hoch und ließ die Finger in der Luft spielen. »Diese Geschicklichkeit ist allen in unserer Sippe angeboren, sie liegt uns im Blut, wir vererben sie von einer Generation auf die nächste. Der Rest ist reine Übungssache. Zuerst bringen wir den Kindern bei, dicke Nadeln mit großem Nadelöhr zu machen, dann nach und nach immer feinere, und schließlich die Scheren.«

»Was kostet die?« fragte ich und hielt eine der hübschen Scheren hoch.

»Was glauben Sie, daß sie wert ist?« entgegnete sie, kniff die Lippen zusammen und sah mich gespannt an. »So eine schöne Schere – aus bestem amerikanischen Stahl!«

Die Frau wollte mich wohl zum Narren halten. »Wie kann das denn sein?« sagte ich. »Hier gibt es doch gar keine amerikanische Fabrik.«

»Wir sammeln das Metall im Westen der Stadt auf, unterhalb der Straße nach Burma«, erklärte sie. »Ab und zu kippt da ein ausländischer Lastwagen über die Kante – wah, tausend Fuß tief –, und der bleibt dann im Abgrund liegen. Die Jungs aus verschiedenen Familien klettern an Seilen hinunter und bringen die Leichen rauf und auch alles, was der Wagen an Vorräten geladen hatte, wenn es noch einigermaßen brauchbar ist. Das übrige dürfen wir behalten. Zehn Familien teilen sich die Ausbeute. Zwei Familien behalten alles, was aus Holz ist, zwei weitere die Sitze und die Reifen. Und wir teilen uns mit den anderen das Metall, das wir einschmelzen, um Scheren draus zu machen.« Sie lächelte stolz.

Wie furchtbar das klang – Scheren aus einem ausländischen Geisterwagen! Ich wollte die Schere gerade wieder hinlegen, als sie sagte: »Vier *yuan*. Billiger kann ich's nicht machen.«

Ich schüttelte den Kopf. Umgerechnet wären das etwa zwei Dollar gewesen. Und ich dachte mir: Warum sollte ich so viel für eine Unglücksschere ausgeben?

»Also gut, drei *yuan*. Sagen Sie's aber nicht meinem Mann. Noch billiger geht's wirklich nicht.«

Ich schüttelte wieder den Kopf. Die Frau glaubte natürlich, ich wollte den Preis noch weiter herunterhandeln.

Sie seufzte. »Wenn Sie die Schere haben wollen, brauchen Sie mir nur zu sagen, was Sie dafür zahlen möchten. Na, meinetwegen, dann eben zweifünfzig. Aber sagen Sie's bloß nicht weiter. Das ist doch spottbillig – nur zwei *yuan* fünfzig!«

Eigentlich hatte sie recht. Zwei *yuan* fünfzig war wirklich ein günstiger Preis. Eine so gute Schere würde ich so bald nicht wieder finden. Was machte es schon aus, wo sie herkam? Ich klappte meine Tasche auf und bezahlte.

»Für nächstes Mal kann ich Ihnen aber nicht mehr denselben Preis garantieren«, meinte die Frau und lachte.

Ich beugte mich vor, um die wunderschöne Schere an mich zu nehmen – als meine Handtasche plötzlich herunterrutschte und auf die Tischkante schlug, so daß die leichte Bambusplatte am anderen Ende in die Höhe schnellte und alle vierzig Scheren auf dem Boden landeten!

Ich starrte sie entsetzt an, wie sie da mit offenen Schnäbeln lagen und all das Unglück herausströmen ließen.

»Ai! Wie schrecklich!« rief ich. »Wie konnte mir das nur passieren?«

»Das macht doch nichts, ist ja nichts kaputtgegangen«, sagte die Frau und bückte sich, um die Scheren aufzusammeln. Aber ich hastete bereits davon.

»Warten Sie! Warten Sie!« hörte ich sie noch hinter mir herrufen. »Sie haben Ihre Schere vergessen!«

Ohne zu überlegen, bog ich wieder in die verwinkelten Gassen der Altstadt ein. Alles sah genauso aus wie vorhin, und doch erkannte ich nichts wieder. Es war, als irrte ich in einem bösen Traum umher, ohne zu wissen, wo ich war und wo ich hinwollte, nur von der Angst getrieben, daß irgend etwas Schlimmes mich einholen würde, wenn ich stehenblieb.

Wie du siehst, hatte ich bei dem Geschäft den kürzeren gezogen, gerade so, als hätte ich mich auf einen Handel mit dem Teufel eingelassen. Und wozu? Später fand ich heraus, daß man diese Kranichscheren überall kaufen konnte, und das nicht nur in China. Erst neulich habe ich sie hier im Kaufhaus entdeckt. Unglaublich, aber wahr. Natürlich habe ich keine gekauft.

Wenn du mich jetzt für abergläubisch hältst, frage ich dich: Warum habe ich denn damals all diese Scheren heruntergeworfen? Und warum ist gleich danach etwas Schreckliches passiert?

Hulan hatte zu Hause auf mich gewartet. Sobald ich hereinkam, sprang sie auf, schlug die Hände vor den Mund und gab mir zu verstehen, daß ich sofort ins Krankenhaus eilen mußte. »Ein Unfall!« rief sie. »Wen Fu ist schwer verletzt, vielleicht liegt er im Sterben.«

Ich schrie vor Schreck auf. »Wie kann das sein?« Und schon stürzten wir aus dem Haus, auf den Armeejeep zu, der uns ins Krankenhaus bringen sollte.

Während der Fahrt erzählte mir Hulan, was passiert war. »Er war mit dem Jeep zu den Hügeln der ›Schlafenden Jungfrauen‹ unterwegs, aber auf der Fahrt ist ihm ein Reifen geplatzt, der Jeep hat sich überschlagen, und er ist herausgeschleudert worden.«

»Ai–ya, das ist meine Schuld!« rief ich.

»Red doch nicht solchen Unsinn«, schalt mich Hulan. »Wie kann das denn deine Schuld sein?«

Und dann sagte sie mir, daß Jiaguo veranlaßt hatte, Wen Fu ins Französische Hospital zu bringen, nicht in das einheimische Krankenhaus, das immer mit Patienten überfüllt war, die einen womöglich noch mit anderen Krankheiten ansteckten. Was für ein guter Mensch Jiaguo doch war!

Im Flur konnte ich ihn schon stöhnen und schreien hören wie einen Gefolterten, es klang, als ob er schon den Verstand verloren hätte. Und dann sah ich ihn: den Kopf dick verbunden, das Gesicht über und über geschwollen und lila verfärbt. Ich weiß, das klingt furchtbar, aber wenn man mir nicht gesagt hätte, daß es Wen Fu war, hätte ich ihn nicht erkannt. Ich starrte ihn an und versuchte, ihn an den Augen, der Nase oder dem Kinn wiederzuerkennen. Ob sie sich nicht doch geirrt hatten? Vielleicht war das gar nicht mein Mann?

»Wen Fu?« stammelte ich.

»Er kann Sie nicht hören«, sagte der Arzt. »Er hat eine schwere

Gehirnverletzung. Als sie ihn herbrachten, war er durch den Schock schon klinisch tot. Aber ich habe ihm eine Adrenalinspritze gegeben, und darauf hat das Herz wieder angefangen zu schlagen.« Natürlich mußte ich dem Arzt dafür danken, daß er meinem Mann das Leben gerettet hatte.

Ich wandte mich wieder zu Wen Fu um und rief noch mal leise seinen Namen. Da schlug er plötzlich ein Auge auf! Unwillkürlich entfuhr mir ein erschreckter Japser. Sein Auge war in der Mitte ganz groß und dunkel und außen herum gelblich und blutunterlaufen. Es drückte eine so maßlose Wut aus, daß es mir wie das Auge eines Monsters vorkam.

Ein paar Tage später, als feststand, daß Wen Fu die Verletzung überleben würde, kam Jiaguo zu mir ins Krankenhaus und sagte: »Weiwei–ah, ich muß dir leider etwas Bedauerliches mitteilen.«

Ich hörte mir alles mit unbewegter Miene an. Jiaguo meinte, er würde Wen Fu vielleicht vom Dienst suspendieren, wenn nicht gar ins Gefängnis schicken müssen. Wen Fu hatte keine Erlaubnis, den Jeep zu benutzen. Statt dessen hatte er einen Fahrer bestochen, der jetzt dafür bestraft wurde. Und er hatte sich auch nicht mit dem Jeep überschlagen, weil ein Reifen geplatzt war, sondern weil er zu schnell gefahren war und in letzter Sekunde versucht hatte, einem entgegenkommenden Lastwagen auszuweichen. Schließlich erzählte Jiaguo noch etwas von einer Beifahrerin. Wer weiß, wieso das Mädchen mit ihm in dem Jeep saß? Jedenfalls hatte sie den Unfall nicht überlebt. Sie war unter dem Wagen erdrückt worden.

So hörte ich zum ersten Mal davon, daß mein Mann sich mit anderen Frauen einließ, obwohl ich später erfuhr, daß sie keineswegs die erste war, mit der er mich betrog. Aber damals wollte ich das nicht glauben. Vielleicht war Wen Fu zu den »Schlafenden Jungfrauen« gefahren, um Mochous Grab zu besuchen, vielleicht saß das Mädchen nur im Wagen, um ihm den Weg zu zeigen. Vielleicht hatte er sie nur aus Freundlichkeit mitgenommen, weil sie arm war. Vielleicht hatte sie auch gar nicht im Wagen gesessen, sondern zufällig am Wegrand gestanden, als der Unfall passierte.

Natürlich kamen mir all diese Entschuldigungen aber dann recht unwahrscheinlich vor. Ich konnte mir nur allzu gut vorstellen, wie er viel zu rasant die gewundene Straße entlanggebraust war und ein

Mädchen küßte, das wie Peannut aussah, wie er ihr sein heiteres Lied vorsang und wie sie beide lachten, während er hügelauf, hügelab segelte und in Wolken der Glückseligkeit schwamm.

Diese Bilder gingen mir noch durch den Kopf, als ich Wen Fu das nächste Mal besuchte. Sein Gesicht war nicht mehr so angeschwollen. Er schlief, und am liebsten hätte ich ihn wachgerüttelt und gefragt: »Warum hast du das getan? Jetzt müssen wir alle dafür büßen.« Doch kaum hatte ich das gedacht, stöhnte er wieder zum Erbarmen. Also wischte ich ihm nur den Schweiß von der Stirn und verzieh ihm, ohne daß er mich überhaupt um Verzeihung gebeten hatte.

Als Wen Fu schließlich aufwachte, war er noch sehr schwach, aber unleidlicher denn je. Er beklagte sich unaufhörlich: über die Schmerzen, über sein verletztes Auge, über das Essen, über die Art, wie die Schwestern ihn behandelten, über den Arzt, der nicht oft genug kam, über das Bett, das ihm zu hart war. Alle gaben sich Mühe, ihn zu beschwichtigen. Damals kam mir noch nicht in den Sinn, daß es vielleicht der Unfall war, der diese Verschlimmerung bewirkt haben könnte; ich schob alles auf die Schmerzen.

Doch als er wieder zu Kräften kam, wurde er erst recht unerträglich. Er warf mit seinem Essen nach den Krankenschwestern und nannte sie Huren. Er beschimpfte die Ärzte als Quacksalber, die man noch nicht mal an einen toten Hund heranlassen dürfte. Er warf mit einer Bettpfanne nach dem Doktor, der ihm das Leben gerettet hatte. Er weigerte sich, seine Medizin zu nehmen, und als vier Krankenschwestern versuchten, ihn festzuhalten, fand er trotzdem noch die Kraft, einer von ihnen beinahe einen Zahn auszuschlagen. Eines Abends grabschte er der einen Krankenschwester an den Busen. Am nächsten Abend schickten sie eine alte Krankenschwester, doch die betatschte er genauso, ihm war es einerlei.

Bald wollte keiner mehr etwas mit ihm zu tun haben, und ich schämte mich für ihn. Je besser es ihm ging, desto schlimmer führte er sich auf. Der Arzt meinte, er sei immer noch zu schwach, um entlassen zu werden. Auf einem Auge war er noch immer blind. Sie banden ihn am Bett fest und sagten mir, ich hätte dafür zu sorgen, daß mein Mann sich besser benahm.

Jeden Tag mußte ich mir anhören, wie er mich drängte, ihn loszubinden. Er drängte mich, zu ihm ins Bett zu steigen. Er drängte mich, meine Kleider auszuziehen. Und jedesmal wenn ich mich weigerte, beschimpfte er mich. Er beschuldigte mich, mit anderen Piloten zu schlafen, und schrie absichtlich so laut, daß alle im Flur es hören konnten.

Ich bot alle meine Kräfte auf, um das alles durchzustehen. Immer wieder sagte ich mir, daß es nur die Schmerzen seien, die ihn so aufstachelten. Insgeheim tröstete ich mich mit dem Gedanken, daß Wen Fu ja bald ins Gefängnis mußte und ich dann endlich meine Ruhe haben würde.

Doch Wen Fu mußte nicht ins Gefängnis, denn Jiaguo hatte sich entschlossen, von einer Anklage abzusehen. Das hatte ich Hulan zu verdanken, die ihn überredet hatte, Gnade vor Recht ergehen zu lassen. Sie hatte es mir zuliebe getan, wie sie mir später erzählte.

»Wenn du den Mann bestrafst, bestrafst du seine Frau mit«, erklärte sie. »Mehr habe ich gar nicht zu sagen brauchen.«

Ich dankte ihr natürlich für diesen Bärendienst, den sie mir da erwiesen hatte, was blieb mir auch anderes übrig? Ich sagte, ich sei beschämt, daß sie sich soviel Mühe für mich und meinen Mann gemacht habe.

»Ich hab' nichts getan, Jiaguo hat nichts getan«, meinte sie. »Und jetzt solltest du das Ganze so schnell wie möglich vergessen.« Aber ich wußte schon, daß *sie* es niemals vergessen würde und ich auch nicht. Ich stand nun tief in ihrer Schuld.

Hulan hatte natürlich keine Ahnung, was sie da angestellt hatte und wie gern ich auf ihre Einmischung verzichtet hätte. Ich durfte mir meine Enttäuschung nicht anmerken lassen. Es war genau wie damals, als Alte Tante mich an meinem Geburtstag gefragt hatte, welches von den Hühnern im Hof ich am liebsten mochte. Ich zeigte arglos auf das Huhn, das mir immer aus der Hand fraß, und prompt sah ich es am Abend im Kochtopf wieder.

Jedenfalls war es nun an mir, Hulan meine Dankbarkeit zu beweisen. Ich trug der Köchin auf, ihre Lieblingsspeisen zu kochen, und zwar so, wie sie es bevorzugte, alles Gemüse so lange gedünstet, bis es fade und ohne Biß war. Hulan tat, als merkte sie nichts, und so gehörte es sich auch; es wäre unhöflich gewesen, meinen

Dank zu erwähnen. Ich wies das Hausmädchen an, Hulans und Jiaguos Zimmer gründlich zu putzen. Hulan sagte nichts dazu. Und ein paar Tage später schenkte ich ihr einen sehr schönen Kleiderstoff, mit der Ausrede, die Farbe stünde mir nicht.

Obwohl das natürlich nicht stimmte. Ich hatte den Stoff gerade deshalb ausgesucht, weil er so gut zu meinem Teint paßte. Es war ein sehr fein gewebtes, pfirsichfarbenes Tuch, in Kriegszeiten sehr schwer zu beschaffen und dementsprechend teuer.

»Die Farbe steht mir auch nicht besser als dir«, meinte Hulan stirnrunzelnd, während sie mit den Fingern schon begierig über den Stoff strich.

»Nimm ihn nur, nimm ihn nur«, beharrte ich. »Ich habe doch sowieso keine Zeit mehr zum Nähen, wo ich mich jetzt so viel um meinen Mann kümmern muß.«

Also nahm Hulan das Geschenk ohne weiteren Protest an. Sie wußte, wie es in meiner Ehe aussah, und sie ließ mich die ganze Schande mit einem schönen Stück Stoff zudecken.

Als Wen Fu nach Hause kam, hatte ich ihm dort schon ein eigenes Krankenzimmer eingerichtet. Er war noch immer zu schwach, um aufstehen zu können, und so stellte ich eine Pflegeschwester ein, die ihm den Verband wechseln, das Essen bringen und seine ständigen Klagen ertragen sollte. Diese Pflegerin blieb nur einen Tag und die nächste zwei. Danach mußte ich die Pflege selbst übernehmen.

Jiaguo und Hulan besuchten ihn natürlich täglich, da sie ja im selben Haus wohnten. Einmal kamen auch drei Piloten zu Besuch, die ihn wie einen Helden behandelten. Sie sagten, sobald Wen Fu wieder Einsätze fliegen könnte, würde China sicher den Krieg gewinnen, und was ihnen sonst noch an höflichen Lügen einfiel.

Doch alle wußten, daß Wen Fu nie wieder fliegen würde. Wie hätte er das mit nur einem Auge machen sollen? Trotzdem war es sehr großzügig von den Piloten, das zu behaupten, und Wen Fu war sehr froh, es zu hören.

Sie waren so nett, daß ich sie zum Abendessen einlud, im Glauben, daß Wen Fu das von mir erwartete. Er gab sich ja immer gerne gastfreundlich vor seinen Kameraden. Und tatsächlich sagte er auch: »Ja, bitte bleibt doch da. Meine Frau kocht ausgezeichnet.«

Ich glaube, er dachte dabei an die Festessen in Yangchow zurück, wo ich diese Unmengen von gefüllten Klößen aufgetischt hatte. Die Piloten nahmen die Einladung gern an. Und ich ging nach unten, um der Köchin aufzutragen, ein frischgeschlachtetes Huhn zu besorgen.

Nach dem Essen blieben Hulan, Jiaguo und ich noch mit den Piloten am Tisch sitzen, während die Dienstboten die Küche aufräumten. Zuerst unterhielten wir uns ganz leise, um Wen Fu nicht zu wecken. Ich weiß noch, wie wir mit ernsten Mienen über den Krieg sprachen und uns gegenseitig versicherten, daß wir bestimmt siegen würden, sobald China in der Lage sein würde, mehr Ausrüstung herbeizuschaffen.

Einer der Piloten sagte, er habe von einem Vertrag gehört, amerikanische Flugzeuge aus Indien anzukaufen, mindestens tausend Stück, um es an Kampfstärke wieder mit den Japanern aufnehmen zu können. Ein anderer meinte, in China würden jetzt mehrere Flugzeugfabriken gebaut. Und wir waren uns alle einig, daß dies am besten wäre – die Flugzeuge gleich in China zu bauen, damit man wenigstens sicher sein konnte, daß sie in Ordnung waren und nicht voller Fehler steckten wie die alten russischen oder die neuen italienischen Maschinen. Lauter chinesische Bomber und Jagdflieger bester Qualität, die auch nachts fliegen konnten!

Im Grunde wußten wir aber alle, daß es nichts weiter als leeres Geschwätz war. Und so gingen wir nach einer Weile dazu über, uns von unseren Heimatorten zu erzählen, was ein viel angenehmeres Thema war. Wir gaben abwechselnd alte Geschichten und Bänkellieder zum besten und wurden immer vergnügter.

Einer der Piloten konnte fast so hoch wie eine Frau singen, und mit ihm stimmte ich ein albernes Liebeslied an, das uns so gut gelang, daß wir es gleich noch mal sangen: »Zehntausend Wolken, tausend Vögel, hundert Tränen, meine zwei Augen blicken zum Himmel und sehen nur dich, meine zwei Augen...«

Plötzlich hörten wir jemand mit schweren Schritten die Treppe herunterkommen. Und dann – krach! – wurde irgend etwas umgestoßen. Ich sprang auf, und im selben Moment kam Wen Fu zur Tür hereingewankt, auf einen Stock gestützt, mit verbundenem Kopf. Sein Gesicht war bleich und schweißüberströmt. Er sah aus wie ein Geist. Über dem Pyjama trug er seine Pilotenjacke.

»Du bist doch noch viel zu schwach zum Aufstehen!« rief ich und trat auf ihn zu, um ihn wieder ins Bett zu bringen. Jiaguo und die anderen standen zögernd von ihren Stühlen auf.

Wen Fu fuchtelte mit dem Stock. »Wie kannst du so was singen?« brüllte er. »Ich bin ein kranker Mann, du bist eine gesunde Frau! Ich bin ein Held, du bist eine Hure! Deine zwei Augen sehen andere Männer!«

Ich begriff nicht, wovon er überhaupt redete. »Du hast sicher nur schlecht geträumt«, sagte ich beschwichtigend. »Du redest ja immer noch wie im Traum. Komm zurück ins Bett.«

»Du verlogenes Stück!« schrie er mich an. Er marschierte zum Tisch und fegte die Essensreste mit seinem Stock herunter. »Aber ich werd's dir zeigen. Knie nieder. Beug den Kopf und bitte mich um Verzeihung. Wird's bald!« Er schlug mit dem Stock auf den Tisch.

Sein Gesicht war vor Wut verzerrt, und sein gesundes Auge funkelte in rasendem Zorn. Er sah zum Fürchten aus und so abscheulich – wie hatte ich einen solchen Unmenschen nur heiraten können? Wie hatte ich das nur geschehen lassen können?

Wen Fu muß meine Gedanken wohl erraten haben, denn er holte plötzlich aus und schlug mich ins Gesicht, vor all diesen Leuten. Ich ächzte auf, aber nicht vor Schmerz. Ich glaubte, das Gesicht würde allein vor Scham so brennen. Die anderen starrten uns bestürzt an.

»Knie nieder!« brüllte er wieder. Er hob drohend den Stock, doch da sprang Hulan vor und drückte mich an den Schultern nieder. »Nun knie dich doch hin!« rief sie. Und schon gaben die Beine unter mir nach. »Tu doch, was er sagt. Entschuldige dich bei ihm. Was ist denn schon dabei?«

Ich erinnere mich noch ganz genau: Die anderen Männer, Hulan – keiner versuchte, ihm Einhalt zu gebieten. Sie sahen einfach tatenlos zu, wie ich auf den Knien lag, den Kopf bis zum Boden gebeugt. Sie sagten nichts, als Wen Fu mir befahl, ihm nachzusprechen: »Es tut mir leid. Du hast recht, ich habe unrecht. Bitte vergib mir.« Keiner protestierte, keiner sagte: »Jetzt reicht es aber«, als Wen Fu mich wieder und wieder um Verzeihung bitten ließ.

Und während ich demütig vor ihm kniete und weinend mit der Stirn auf den Boden schlug, dachte ich: Warum hilft mir denn keiner? Warum stehen sie nur so da, als ob ich tatsächlich im Unrecht wäre?

*

Ich trage Helen nicht nach, was sie damals tat. Sie hatte Angst, genau wie die anderen auch. Aber ich kann es noch immer nicht vergessen. Daß sie und die anderen einfach zusahen – das war falsch und gefährlich obendrein. Denn es bestärkte Wen Fu in seiner Machtbesessenheit.

Aber wenn ich sie heute daran erinnern wollte, wüßte sie nicht, wovon ich rede. So war es auch mit dem pfirsichfarbenen Stoff, den ich ihr geschenkt hatte. Als wir neulich in einem Stoffgeschäft waren, habe ich zu ihr gesagt: »Sieht das nicht genau wie der Stoff aus, den ich dir vor langer Zeit in China geschenkt habe?«

»Welcher Stoff?« hat sie gefragt.

»Na, *der* Stoff! Der pfirsichfarbene mit den roten Blumen!« erinnerte ich sie. »Ich hab' ihn dir damals geschenkt, weil du Jiaguo davon abgehalten hast, Wen Fu ins Gefängnis zu schicken. Du weißt schon, wegen des Mädchens, das bei seinem Unfall mit dem Jeep ums Leben kam. Du hast dir dann ein Sommerkleid aus dem Stoff genäht. Und an dem Tag, als der Krieg aus war, warst du zuerst sehr froh und dann sehr verärgert – weil du vor Freude so einen großen Luftsprung gemacht hast, daß dir dabei das Kleid zerrissen ist.«

»Ach so, *den* Stoff meinst du«, hat sie gesagt. »Den hast du mir doch nicht geschenkt, den hab' ich mir selbst gekauft, in der Altstadt, bevor sie zerstört wurde. Genau, jetzt fällt's mir wieder ein. Die Verkäuferin wollte zuviel Geld dafür, und ich mußte den Preis lange runterhandeln.«

Da siehst du's – wie sollte ich je gegen Helens Gedächtnis ankommen? *Ihre* Wahrheit steckt anscheinend in einem völlig verschrobenen Teil ihres Gehirns, wo sie sich alles so merkt, wie sie es gern gehabt hätte.

Manchmal beneide ich sie fast. Manchmal wünschte ich, ich hätte ihr den Stoff nie geschenkt.

Ein Floh auf dem Kopf eines Tigers

Dein Vater hat einmal eine Predigt gehalten, die mit den Worten begann: »Jesus verzeiht. Und du?« Die Predigt hat mir sehr gefallen. Es gab mir so ein friedliches Gefühl, meinen Ärger einfach mal zu vergessen.

Bald darauf hatte ich Gelegenheit, das Rezept anzuwenden, als der Italiener, der den Elektroladen führte, so unverschämt zu mir war. Er schnauzte mich an, nur weil ich das Geld für eine Glühbirne zurückverlangte, die schon kaputt war, als ich sie gekauft hatte. Er tat so, als könnte er nicht verstehen, was ich sagte. Mein Englisch war nicht gut genug, also gab's auch kein Geld zurück.

Ich ärgerte mich natürlich, aber dann sagte ich mir: Verzeih ihm, verzeih ihm. Ich dachte daran, wie dein Vater gesagt hatte, man sollte seinen Zorn von den Tränen des Gekreuzigten fortspülen lassen. Und tatsächlich hörte ich auf, mich zu ärgern.

Ich versuchte noch mal, dem Ladenbesitzer zu erklären, wie ich die Glühbirne eingeschraubt hatte, die dann aber nicht funktionierte. Doch er unterbrach mich sofort: »Sie haben die Birne gekauft, also haben Sie die Birne auch kaputtgemacht.«

Wieder stieg der Ärger in mir hoch, und wieder sagte ich mir: Verzeih ihm, verzeih ihm. Es wirkte. Mein Ärger verflog. Doch dann setzte der Mann noch hinzu: »Lady, ich muß mich weiter um mein Geschäft kümmern.« Und prompt war mein Ärger wieder da. »Sie dürften überhaupt kein Geschäft haben!« schrie ich ihn an. Ich hatte ihm verziehen und verziehen, aber der Kerl wollte einfach nichts begreifen! Was bildete der sich überhaupt ein? Sein Englisch war auch nicht gerade das beste – bei *dem* italienischen Akzent!

Siehst du, so bin ich eben, mit dem Ärger immer schnell bei der Hand, aber mit dem Verzeihen tue ich mich schwer. Ich glaube, das liegt an Wen Fu. Dem kann ich gar nichts verzeihen – weder den Unfall, den er gebaut hat, noch das, was danach passierte. Warum sollte ich auch?

Es tut mir nur leid, daß dein Vater vielleicht denkt, ich sei zu engherzig.

Aber dann sage ich mir auch: Jesus war immerhin der Sohn Gottes. Und ich war nur die Tochter einer pflichtvergessenen Ehefrau, die Schande über die Familie brachte. Als Jesus leiden mußte, haben alle ihn verehrt. Mich hat niemand dafür verehrt, daß ich mit Wen Fu leben mußte. Ich war wie die Frau des Küchengottes. Die hat auch niemand verehrt. Er wurde für seine Reue belohnt. Sie wurde vergessen.

*

Ungefähr ein Jahr nach Wen Fus Unfall, Anfang 1939, ging ich wieder in jenes Krankenhaus, aber diesmal, um noch ein Baby zu bekommen. Hulan begleitete mich. Sie sah, wie ich für ein Einzelzimmer hundert chinesische *yuan* aus meiner Mitgift zahlte, damals eine Menge Geld.

Wen Fu besuchte mich erst zwei Tage, nachdem ich das Baby zur Welt gebracht hatte, wieder ein Mädchen. So war ich am Anfang mit meiner Tochter allein. Als sie das erste Mal weinte, weinte ich auch. Als sie die Augen öffnete, hoffte ich, daß ihre neue, lächelnde Mutter ihr gefiel. Als sie gähnte, sagte ich zu ihr: »Oh, was bist du für ein kluges Baby, daß du das so schnell gelernt hast!«

Und dann tauchte Wen Fu schließlich auf, mit roten Säuferaugen vom übermäßigen Feiern. Er trug seine Fliegeruniform und war von einer Whiskeyfahne umgeben. Er beugte sich über das schlafende Baby und lachte es an: »Mein Kleines, mein Kleines!« Er versuchte, eines ihrer geballten Fäustchen zu öffnen.

»Oh, wie häßlich sie ist!« witzelte er. »Kahl und fett wie ein gefräßiger Mönch. Wie komme ich nur zu so einem häßlichen Kind? Und faul ist es auch, schläft die ganze Zeit! Wach auf, kleiner Buddha.« An der Art, wie seine Augenbrauen tanzten, konnte ich sehen, wie er sich freute. Er versuchte, seine eigene Tochter mit seinem Charme zu becircen, so betrunken, wie er war!

Dann hob er sie hoch, und sofort riß sie die Ärmchen hoch und fing an zu schreien. Er ließ sie im Arm auf- und niederhüpfen, und sie schrie immer lauter.

»Was soll das?« sagte er ungehalten. »Was ist denn los?«

»Du mußt sanfter mit ihr umgehen«, riet ich ihm, doch er hörte gar nicht zu. Er schwenkte sie umher wie ein kleines Flugzeug. Er sang ihr ein lautes Trinklied vor. Doch sie hörte nicht auf zu schreien.

Ich streckte die Arme aus, und er gab sie mir, worauf sie sich gleich beruhigte. Doch Wen Fu wirkte keineswegs erleichtert. Er machte ein beleidigtes Gesicht – als könnte ein Baby, das erst einen Tag alt war, ihn absichtlich kränken, indem es die Mutter bevorzugte. Und ich dachte mir: Wie eitel muß ein Mensch sein, um einem Baby so etwas übelzunehmen? Wie kann man sich selbst wichtiger nehmen als sein eigenes Kind?

Die Krankenschwester kam herein, um mir meine Medizin zu bringen. Und Wen Fu bestellte sich sofort etwas zu essen: eine heiße Nudelsuppe mit viel Rindfleisch, gerade so, als befände er sich in einem Restaurant. Und sie solle gefälligst nicht mit dem Fleisch knausern, setzte er noch hinzu, wie er es immer den Kellnern auftrug. Außerdem bestellte er noch eine Flasche Reiswein, aber keinen von der billigen einheimischen Sorte, wie er extra betonte.

Ehe er noch mehr Wünsche äußern konnte, unterbrach ihn die Krankenschwester: »Tut mir leid, für Besucher gibt es hier kein Essen, nur für Patienten.«

Wen Fu starrte sie einen Augenblick schweigend an. Dann schlug er mit der Faust gegen die Wand. »Du hast doch noch deine zwei Augen im Kopf!« brüllte er die Krankenschwester an. »Siehst du nicht, daß du einen Kriegshelden vor dir hast?« Er zeigte auf sein beschädigtes Auge, das seit dem Unfall im letzten Jahr immer halb geschlossen war.

Am liebsten hätte ich der Krankenschwester erklärt: »Er ist überhaupt kein Held! Ganz im Gegenteil, die Verletzung hat er nur seinem eigenen Leichtsinn zu verdanken.« Aber sie hatte das Zimmer bereits verlassen.

Dann machte ich einen großen Fehler. Ich sagte ihm, er solle sich nicht so unmöglich aufführen. Natürlich wies ich ihn nicht so unverblümt zurecht, das hätte ich mir meinem Mann gegenüber nie erlauben können. Ich sagte nur in etwa: »Die haben hier alle Hände voll zu tun.«

Daß ich sie in Schutz nahm, machte Wen Fu noch wütender. Er verwünschte das Krankenhaus und die Schwestern, natürlich immer noch laut brüllend. Ich bat ihn, sich zu beruhigen. »Denk an das Baby«, sagte ich. »Es ist doch gerade erst zur Welt gekommen. Es sollte solche Sachen noch nicht hören.« Aber das Baby hatte schon wieder angefangen zu weinen. Wen Fu warf seiner kleinen Tochter einen finsteren Blick zu, drehte sich auf dem Absatz um und ging hinaus.

Ein Glück, dachte ich, jetzt haben wir endlich Ruhe. Doch es vergingen keine fünf Minuten, bis die Krankenschwester wieder hereingestürzt kam, und zwar bebend vor Zorn. »Hören Sie mal, Ihr Mann, der ist ja vollkommen übergeschnappt!«

Sie berichtete, daß Wen Fu in die Krankenhausküche gestürmt war, die Köchinnen hinausgeworfen und sich dann eine Axt geschnappt hatte, die zum Zerkleinern von Fleischknochen diente. Damit hatte er wie rasend auf den Tisch, die Stühle und die Wände eingehackt. Er hatte Teller und Schüsseln zerschlagen, an allen Töpfen geschnuppert und sie dann fluchend ausgeschüttet, und als die Axt schließlich zerbrochen war, hatte er den Köchinnen und Küchenmädchen gedroht, die ihn von der Tür aus beobachteten: »Wenn ihr mich anzeigt, komme ich zurück und zerhacke euch alle Knochen im Leib.«

Ich schämte mich entsetzlich. Mir fielen keinerlei Ausreden ein. Ich bat die Krankenschwester, mir für all den Ärger zu verzeihen, den ich ihnen gebracht hatte. Ich versprach, dem Krankenhaus noch mal hundert *yuan* zu zahlen, um den Schaden wiedergutzumachen. Ich versprach, mich so bald wie möglich bei dem Küchenpersonal zu entschuldigen.

Als die Krankenschwester gegangen war, dachte ich noch mal an ihre Frage zurück. War mein Mann tatsächlich verrückt? Wie hatte ich diesen Wahnsinnigen heiraten können? Doch diesmal gab ich nicht mir die Schuld, sondern seiner Mutter – daß sie ihn in die Welt gesetzt hatte, daß sie ihm immer alle Wünsche erfüllt hatte, als wäre sie seine Sklavin, daß sie immer ihren Mann und ihren Sohn zuerst essen ließ und mich erst dann, wenn ich meinem Schwiegervater die Essensreste aus dem Bart geklaubt hatte – kurz, daß sie die Gemeinheit und Selbstsucht ihres Sohnes unterstützte, wo sie nur konnte, bis seine Machtgier geradezu unersättlich wurde.

Vielleicht war es falsch von mir, eine andere Frau für meine Leiden verantwortlich zu machen. Aber so war ich nun mal erzogen worden – niemals weder den Männern die Schuld zu geben noch der Gesellschaft, die sie beherrschten, noch Konfuzius, der diese Gesellschaftsordnung aufgestellt hatte. Ich konnte nur anderen Frauen die Schuld geben, die vielleicht noch mehr Angst hatten als ich.

Ich fing an zu weinen, und mein Baby weinte mit. Ich legte sie an die Brust, doch sie wollte nicht trinken. Ich wiegte sie sanft in den Armen, doch umsonst. Sie schrie so lange, bis sie keine Kraft mehr hatte, von tief unten aus dem Bauch, aus panischer Angst. Eine Mutter merkt gleich, ob ihr Baby hungrig, müde oder naß ist oder ob es Schmerzen hat. Mein Baby hatte Angst. Und ich wußte mir nicht anders zu helfen: Ich log ihr etwas vor.

»Was wirst du für ein schönes Leben haben«, flüsterte ich ihr zu. »Der Mann, der da eben so gebrüllt hat? Den kennen wir gar nicht. Nein, das ist nicht dein Vater. Dein richtiger Vater ist ein guter, sanfter Mann. Er wird dich bald besuchen kommen, darum hör jetzt lieber auf zu weinen.« Bald hatte sie sich beruhigt und schlief ein.

An jenem Abend gab ich ihr den Namen Yiku, Freude über Bitterkeit, zwei gegensätzliche Worte, das gute zuerst, um das schlechte zu verdecken; damals wurden die Schriftzeichen ja übereinander gesetzt. So wünschte ich meiner Tochter ein Leben, in dem das Angenehme über das Beschwerliche siegen würde.

Ich liebte dieses Baby vom ersten Tag an. Sie hatte Mochous Ohren, doch Yiku schlug die Augen auf und suchte nach mir. Sie wollte nur meine Milch trinken und verweigerte die ihrer *sau na-nai,* ihrer Amme, so daß ich die *sau na-nai* bald wieder wegschickte. Siehst du, Yiku wußte gleich, daß ich ihre Mutter war. Sie jauchzte vor Freude, wenn ich sie hoch in die Luft hob. Sie war auch sehr geschickt – noch ehe sie drei Monate alt war, griff sie mir schon mit beiden Händen in die Haare, ohne je dran zu zerren.

Doch jedesmal wenn Wen Fu anfing zu brüllen, brach sie in klägliches Weinen aus und beruhigte sich erst wieder, wenn ich ihr noch mehr Lügen erzählte. »Yiku, sei brav, dann wird dir im Leben nichts Böses geschehen.« Woher sollte ich wissen, daß eine Mutter ihre Tochter auf diese Weise zur Angst erzieht?

Eines Tages, etwa sechs Monate nach Yikus Geburt, kam das Hausmädchen zu mir und bat um ihre Entlassung. Sie war erst vierzehn Jahre alt, klein und zierlich, aber sehr fleißig, so daß Hulan niemals Grund hatte, sie zu schelten. Als ich sie fragte, warum sie uns verlassen wollte, sagte sie, sie sei ein schlechtes Dienstmädchen.

Das war die typisch chinesische Art, sich zu entschuldigen, indem man immer die Schuld auf sich nahm, sich selbst als wertlos bezeichnete, wenn man eigentlich meinte, daß man mehr wert sei. Ich konnte mir schon denken, weshalb sie unzufrieden war. In letzter Zeit hatte Hulan ihr immer mehr Arbeit aufgehalst, so daß sie für den Lohn, den ich ihr zahlte, jetzt doppelt so viel tun mußte wie früher.

Ich wollte sie nicht verlieren. Also sagte ich zu ihr: »Ich finde, du machst deine Arbeit so gut, daß du schon längst mehr Lohn verdient hättest.«

Sie schüttelte den Kopf. Sie wiederholte beharrlich, daß sie nichts tauge. Ich sagte: »Aber ich habe dich doch so oft gelobt, weißt du das noch?«

Sie nickte.

Offenbar hatte Hulan es sich nicht verkneifen können, hinter meinem Rücken auf ihr herumzuhacken, dachte ich ärgerlich. »Hat irgend jemand im Haus dich schlecht behandelt?« fragte ich das Mädchen. »Irgendwer hat doch versucht, dich einzuschüchtern, hab' ich recht?«

Sie fing an zu weinen und nickte hastig, ohne mich anzusehen.

»Jemand macht dir hier das Leben schwer? Ist es so?«

Erneutes Nicken, noch mehr Tränen. Und dann rückte sie endlich mit der Sprache raus. »Tai-tai, ich weiß ja, daß er sehr krank ist, darum will ich ihm nichts vorwerfen.«

»*Wem* willst du nichts vorwerfen?« Trotz der sommerlichen

Hitze lief es mir eiskalt über den Rücken. Ich befahl ihr, mir alles genau zu erzählen, und hörte mit zunehmendem Entsetzen, wie sie mich wieder und wieder um Verzeihung bat, sich selbst ins Gesicht schlug und mir schluchzend gestand, es sei allein ihre eigene Schuld, ihre eigene Schwäche, daß sie meinem Mann nicht besser widerstanden habe. Sie flehte mich an, ihr zu verzeihen und meinem Mann nichts davon zu erzählen.

Ich weiß nicht mehr genau, wie ich es anstellte, um ihr die ganze schreckliche Geschichte Wort für Wort zu entlocken. Jedenfalls fand ich heraus, daß mein Mann schon angefangen hatte, sie zu belästigen, als ich noch im Krankenhaus war, daß sie sich jedesmal verzweifelt gewehrt hatte und jedesmal von ihm vergewaltigt wurde. Sie sagte natürlich nicht »vergewaltigt«, sie war noch viel zu jung und unschuldig, um so ein Wort überhaupt zu kennen. Sie konnte sich nur immer wieder selbst an allem die Schuld geben.

Doch nun wollte ich es genau wissen: Der blaue Fleck im Gesicht, den sie angeblich ihrer eigenen Ungeschicklichkeit verdankte – hatte er sie da geschlagen? Und wenn sie morgens manchmal behauptet hatte, krank zu sein – war das immer dann, nachdem es wieder passiert war?

Bei jeder Einzelheit, die sie mir zögernd gestand, weinte sie noch mehr und schlug sich wieder und wieder ins Gesicht. Schließlich befahl ich ihr, damit aufzuhören. Ich tätschelte ihr beruhigend den Arm und versprach ihr, das Problem für sie zu lösen.

Sie sah mich ängstlich an. »Aber wie denn, Tai-tai?«

»Das braucht dich jetzt nicht mehr zu kümmern«, sagte ich. Und dann fühlte ich mich so erschöpft und verwirrt, daß ich in Yikus Zimmer Zuflucht suchte, wo ich auf einen Stuhl sank und meine friedlich schlafende Tochter betrachtete.

Was für ein Ungeheuer dieser Mann doch war! Wie hätte ich denn wissen können, daß es so einen Ausbund an Gemeinheit auf der Welt gab! Aus dem Unfall im letzten Jahr hatte er überhaupt nichts gelernt!

Dann mußte ich plötzlich daran denken, was die Leute wohl sagen würden, wenn alles herauskäme. Was würden sie von mir denken, wenn ich ein Dienstmädchen gegen meinen Mann in Schutz nahm? Ich konnte schon hören, wie Hulan mir wieder vorwerfen würde, in allem und jedem nur das Schlimmste zu sehen. Ich konnte mir vorstellen, wie man mich von allen Seiten kritisieren würde, weil ich meinen Haushalt nicht besser in Ordnung hielt, wie man mich auslachen würde: der Ehemann, der dem Dienstmädchen nachstellt, weil die eigene Frau ihm nicht genügt – die klassische alte Posse!

Und ich dachte mir: Was er getan hat, war falsch, vielleicht war es sogar ein Verbrechen, aber kein sehr schweres. So etwas kam doch überall vor. Und wer würde einem Dienstboten schon glauben? Mein Mann würde natürlich sagen, daß alles erlogen war. Er würde behaupten, das Mädchen habe ihn verführt – ihn, den großen Helden – oder daß sie schon mit vielen Piloten geschlafen habe. Er konnte alles behaupten, was ihm einfiel.

Und was würden mir die Vorwürfe gegen meinen Mann einbringen? Einen fürchterlichen Krach, mitleidige Blicke von Hulan und Jiaguo, nichts als Schande. Wenn ich dem Mädchen zu helfen versuchte, würde ich doch nicht mehr damit ausrichten, als Ärger in meinem eigenen Bett zu stiften, und was das bedeutete, wollte ich mir lieber gar nicht erst ausmalen.

Ich erinnerte mich an eine Redensart, die Alte Tante gern benutzte, wenn ich mich über ungerechte Vorwürfe beschwert hatte: »Schlag nicht nach einem Floh auf dem Kopf eines Tigers.« Versuch nicht, ein Problem zu lösen, wenn du dir damit nur ein größeres einbrockst.

Also beschloß ich, lieber nichts zu sagen und mich blind und taub zu stellen. Ich verhielt mich genau wie Hulan und Jiaguo an dem Abend, als Wen Fu mir ins Gesicht schlug.

Dem Hausmädchen gab ich drei Monatslöhne als Abfindung und dazu einen guten Empfehlungsbrief. Dann ging sie fort, wohin, weiß ich nicht. Ich glaube, sie war froh, ohne größeres Aufsehen verschwinden zu können. Und als Wen Fu zwei Tage später wissen wollte, wo das Hausmädchen sei, sagte ich: »Die? Ach, die hat von ihrer Mutter ein Angebot bekommen, einen Jungen aus ihrem Dorf zu heiraten, also habe ich sie heimgeschickt.«

Ein paar Wochen später hörte ich, daß das Dienstmädchen tot war. Hulan erzählte es mir, als ich gerade Yiku stillte. Sie sagte, das Mädchen habe bei einer anderen Familie Arbeit gefunden. Und als sie merkte, daß sie schwanger war, hatte sie eines Morgens ein altes Hausmittel dagegen angewandt. Sie zupfte einen Strohhalm aus dem Besen und stach sich damit in den Leib, bis sie blutete, aber die Blutung hatte nicht mehr aufgehört.

»Das war aber auch wirklich zu dumm von ihr«, meinte Hulan. »Und diese Leute, die sie aufgenommen hatten, die waren vielleicht wütend, sich auf die Weise einen Geist ins Haus geholt zu haben. Ein Glück, daß sie nicht bei uns gestorben ist.«

Während Hulan so redete, fühlte ich auf einmal ein Brennen im Gesicht, wie bei dem Schlag damals, als alle auf mich herabsahen und ihre Blicke mir sagten, das sei ganz allein meine Schuld. Ich konnte das Mädchen in ihrem Blut liegen sehen, während die Leute ringsum nur klagten, daß sie so ein Schlamassel angerichtet hatte.

Natürlich wußte Hulan nicht, daß es Wen Fu war, der das Mädchen in diese Lage gebracht hatte. Oder vielleicht wußte sie es auch und sagte es nur nicht. Aber wie konnte sie so hartherzig sein! Über ein hilfloses Dienstmädchen herzuziehen und sich auch noch zu beglückwünschen, sie losgeworden zu sein, bevor sie zu einem Geist wurde! Warum dachte sie nicht an ihre eigene Schwester, die fast auf die gleiche Weise gestorben war? Und ich war auch nicht besser, auch ich hatte kein Mitleid, sondern nur Erleichterung verspürt, daß ich mir den Ärger erspart hatte.

Als Hulan gegangen war, nahm ich Yiku auf den Arm und trug sie nach oben. »Werde nie so wie ich«, sagte ich zu ihr. »Du siehst ja, wie hilflos ich bin. Werde nur nie so wie ich.«

Als Wen Fu an jenem Abend nach Hause kam, ließ ich zum ersten Mal meinem Zorn freien Lauf. Ich hatte bis nach dem Abendessen gewartet, bis das gemeinsame Teetrinken und Kartenspielen vorbei war. »Unser kleines Hausmädchen, du weißt schon«, sagte ich, als wir endlich oben in unserem Zimmer waren, »die ist heute gestorben.«

Wen Fu zog sich gerade die Schuhe aus. »Wo sind meine Pantoffeln?«

Ich konnte Hulan und Jiaguo noch unten in der Küche reden hören. Also machte ich schnell die Tür zu und wiederholte etwas lauter: »Unser Hausmädchen ist heute gestorben.« Und als er noch immer ungerührt nach seinen Pantoffeln fragte, setzte ich hinzu:

»Und zwar daran, daß sie versucht hat, dein Baby loszuwerden, du Dummkopf!«

Er stand auf. »Was redest du da? Was hast du dir für Lügen aufschwatzen lassen?« Er beugte sich zu mir vor und sah mich drohend an, das eine Auge halb geschlossen, das andere weit aufgerissen. Doch ich hielt seinem Blick stand. Ich fühlte eine ungeahnte Kraft in mir, wie eine neue Geheimwaffe.

Plötzlich schleuderte er krachend einen Stuhl zu Boden und fing an zu brüllen: »Wagst du es etwa, mich zu beschuldigen?«

Im Nebenzimmer begann Yiku ängstlich zu schreien. Ich eilte sofort zur Tür. Wen Fu brüllte, ich solle stehenbleiben, doch ich achtete nicht darauf und ging zu ihr. Sie stand in ihrem Bettchen und streckte die Arme nach mir aus. Ich hob sie hoch und tröstete sie. Wen Fu war mir gefolgt, immer noch brüllend, aber diesmal hatte ich keine Angst mehr vor ihm. Ich setzte Yiku wieder in ihr Bettchen zurück. »Ich weiß genau Bescheid!« schrie ich zurück. »Du hast dem Mädchen Gewalt angetan, ihr das Leben ruiniert, und wer weiß, wie vielen sonst noch. Und jetzt sage ich dir, mach deine Schweinereien gefälligst woanders. Von mir aus auf der Straße, aber nicht mehr in meinem Bett!«

Er holte mit der Faust aus. Ich blickte ihn fest an und hob nicht mal den Arm, um mich zu schützen. »Schlag mich doch, ich werde mich trotzdem nicht ändern!« schrie ich ihn an. »Du tapferer Held, du! Höchstens einem Baby kannst du noch Angst einjagen!«

Er machte ein erstauntes Gesicht und schaute zu Yiku hinüber, die heulend hinter mir in ihrem Bettchen stand. Er ließ den Arm sinken und trat schnell auf sie zu. Ich dachte, es täte ihm leid, daß er sie zum Weinen gebracht hatte. Ich dachte, er wollte sie hochnehmen und sie beruhigen. Und da, noch ehe ich überhaupt versuchen konnte, ihn zurückzuhalten, schlug er sie – *kwah!* – so heftig, daß die eine Hälfte ihres Gesichts feuerrot wurde. »Sei endlich still!« brüllte er sie an.

Sie hatte die Augen fest zugekniffen und den Mund weit aufgerissen, doch kein Laut kam mehr heraus. Es hatte ihr vor Schmerz den Atem verschlagen. Ich sehe diesen Ausdruck noch heute vor mir – er traf mich härter als jeder Schlag in mein eigenes Gesicht.

Ich wollte auf sie zulaufen, doch Wen Fu stieß mich weg, und ich stürzte zu Boden. Da hörte ich sie plötzlich wieder schreien. Sie hatte wieder Luft bekommen! Sie schrie noch lauter und schriller als vorher. *Kwah!* Wen Fu schlug sie noch mal – *kwah!* – wieder und wieder. Und bis ich mich aufgerappelt hatte und mich dazwischenwerfen konnte, hatte sie sich schon in der äußersten Ecke ihres Bettchens zusammengerollt und winselte nur noch. Ich flehte Wen Fu weinend an: »Verzeih mir! Ich hatte unrecht! Verzeih mir!«

Seitdem ließ Yiku sich jedesmal fallen und rollte sich zusammen, wenn sie ihren Vater ins Zimmer kommen sah, steckte die Finger in den Mund und winselte. Sie war erst ein halbes Jahr alt, und doch hatte sie schon gelernt, nicht zu schreien. Kannst du dir das vorstellen – ein Baby, das schon so verängstigt war, noch ehe es überhaupt fähig war wegzukrabbeln?

Sie entwickelte sich immer merkwürdiger. Nie blickte sie jemanden direkt an. Sie riß sich büschelweise die Haare aus. Sie schlug mit dem Kopf gegen die Wand. Sie wedelte mit den Händen vor dem Gesicht und lachte. Und nachdem sie gehen gelernt hatte, lief sie wie eine Ballerina auf den Zehenspitzen durchs Zimmer, als wollte sie sich mit jedem Schritt in die Luft erheben. Doch jedesmal wenn ihr Vater hereinkam, ließ sie sich wieder fallen, genau wie als Baby. Sie weinte nie, und sie sprach auch nicht, sie gab nur geisterhafte Laute von sich.

Ihre Stimme klang hell und lieblich, wenn sie den Tonfall nachahmte, in dem ich sie oft ermunterte: »Yiku, sieh mich an, sieh mich doch an.« Und ab und zu klang sie plötzlich rauh und tief, wie ein Grunzen, das an Wen Fus ärgerlichen Tonfall erinnerte, wenn er sie anknurrte: »Yiku, du dummes Ding, geh da weg!«

Sie war die ganze Zeit so merkwürdig, und ich war darüber so besorgt! Aber Hulan versicherte mir immer wieder: »Das gibt sich schon, wenn sie älter wird. Sie ist jetzt nur ein bißchen nervös, wie wir alle. Wenn der Krieg erst vorbei ist, wird sie sich schon noch ändern, wart's mal ab.«

Ich wollte ihr gerne glauben. Warum auch nicht? Ich hatte ja noch nie ein Baby großgezogen. Ich wollte auf keinen Fall denken, daß mein Kind vielleicht den Verstand verloren haben könnte. Darum hoffte ich nur, daß der Krieg bald zu Ende ginge und Yikus Zustand sich dann von selbst bessern würde.

Der siebte Tag des siebten Monats galt eigentlich als Glückstag. Doch für mich wurde er zu einem Tag der Reue. Ich war schon wieder im sechsten oder siebten Monat schwanger, und Yiku war ungefähr siebzehn Monate alt, also muß es wohl im Sommer 1940 gewesen sein. Es war heiß und schwül, und alle waren noch nervöser und reizbarer als sonst.

An jenem Tag erfuhren wir, daß die Briten die Straße nach Burma gesperrt hatten, um den Japanern einen Gefallen zu tun. Jiaguo hatte einen Bahnbeamten zum Mittagessen eingeladen, um andere Transportmöglichkeiten für die Nachschublieferungen mit ihm zu besprechen. Und Hulan hatte auf dem Markt eingekauft und dort jede Menge schlechter Schnäppchen gemacht.

Der Beamte hatte seine Frau mitgebracht, die mich sehr an Alte Tante erinnerte, als sie zu mir sagte: »Oh, Sie sollten jetzt aber keine so scharfen Sachen mehr essen, sonst bekommt Ihr Baby einen schlechten Charakter.« Und dann tat sie sich noch mal eine große Portion von den würzigen Nudeln auf, die ich so gern mochte, und verputzte meinen Anteil gleich mit. Als die anderen mit dem Essen fertig waren, fütterte ich Yiku noch mit dem übriggebliebenen Gemüse. Jiaguo, Wen Fu und der Bahnbeamte tranken Whiskey und redeten über die Geldentwertung. Hulan hörte schläfrig zu und fächelte sich mit trägen Bewegungen Kühlung zu.

»Alles fällt, fällt, fällt«, verkündete der Beamte mit Entschiedenheit. »Das Geld ist nur noch halb so viel wert wie letztes Jahr. Daran läßt sich am besten erkennen, ob wir den Krieg gewinnen oder verlieren. Man braucht sich nur die Preisentwicklung anzusehen. Der Feind kann die Kontrolle über das Land allein schon dadurch an sich reißen, daß er nur das Geld kontrolliert.«

»Dann sollte China eben mehr Geld drucken«, sagte Wen Fu mit typischer Besserwissermiene, offenbar bemüht, dem Bahnbeamten an Arroganz in nichts nachzustehen. »Wenn man allen mehr Geld gibt, geben sie mehr aus, und so verdient auch jeder mehr. Oder, was noch besser wäre, man sollte einfach mehr Geld von den Ausländern fordern.«

Jiaguo schüttelte den Kopf. »Nein, das wäre ganz falsch. Die ganze Einmischung von außen hat China ja überhaupt erst diese Schwierigkeiten eingebracht. So sind wir in lauter kleine Teile aufgesplittert worden, die zu schwach sind, um zusammen zu kämpfen.«

»Genau deswegen sollten die Ausländer ja auch zahlen«, beharrte Wen Fu, »um uns aus der Patsche zu helfen, die sie selbst verschuldet haben. Man muß sie dazu bringen, uns so viel Geld zu geben, daß wir den Krieg gewinnen können.«

Der Beamte lachte. Er wandte sich zu mir und zeigte mit dem Daumen auf Wen Fu. »Eh, Frau Chiang Kai-shek, Ihr Mann hat endlich einen Weg gefunden, unsere ganzen Probleme in den Griff zu bekommen: einfach ausländische Hilfe anfordern! Hey, Mr. Roosevelt, Mr. Churchill, hier ist meine Bettelschale. Gebt mir hundert Millionen Dollar.«

Ich fand es sehr ungehörig von ihm, sich als Gast über meinen Mann lustig zu machen. Aber aus Höflichkeit lachte ich mit. Ich konnte sehen, daß Wen Fu innerlich kochte, und versuchte, seine Stimmung mit einem harmlosen Scherz zu bessern. »Da wirst du aber eine große Bettelschale brauchen!« sagte ich lächelnd. Ein schwerer Fehler!

Wen Fus Gesicht lief rot an. »Vielleicht sollte ich *dich* mit so einer Schale zum Betteln schicken«, knurrte er mich ärgerlich an. »Wie wär's denn damit?« Sofort trat ein verlegenes Schweigen ein. Ich hielt mit Mühe die Tränen zurück.

Plötzlich begann Yiku, auf meinem Schoß hin und her zu wippen. Sie wedelte mit den Händen vor dem Gesicht und sang mit ihrer hohen Piepsstimme vor sich hin, dann gab sie ein paar rauhe Grunzlaute von sich, so, wie sie es immer machte.

Die Frau des Bahnbeamten sprang hastig auf und legte Yiku die Hand auf die Stirn. »Ai, was ist denn mit Ihrer Tochter los? Ist sie krank?«

Das machte Wen Fu natürlich noch wütender. »Yiku!« schrie er und schlug ihr die Hände auf den Tisch. »Laß das! Sei ruhig, du dummes Ding!«

Doch Yiku wippte nur noch heftiger und ahmte in ihrem Singsang die gleichen groben Töne nach: »Yiku! Laß das! Dummes Ding!« Es tat mir in der Seele weh, es zu hören.

Der Bahnbeamte und seine Frau gingen bald. Jiaguo und Hulan zogen sich zum Mittagschlaf zurück. Und als wir allein waren, schimpfte Wen Fu noch lange auf mich ein, was für eine schlechte Mutter ich sei, daß ich Yiku nicht beigebracht hätte, zu gehorchen. Mir war inzwischen schon richtig übel, und ich glaubte, es läge daran, daß ich Yiku zum ersten Mal selbst so sah, wie die Frau des Bahnbeamten sie gesehen hatte.

Doch am nächsten Morgen war die Übelkeit nicht vergangen, und da wußte ich, daß es am Essen vom Vortag liegen mußte. Ich sagte mir: Oh, hoffentlich hat Hulan sich kein billiges Gemüse von den Leuten aus Burma aufschwatzen lassen. Diese Bauern hatten so viele unsaubere Angewohnheiten – sie benutzten ihre eigenen Exkremente als Dünger, so daß sie mit dem Gemüse, das sie auf dem Markt verkauften, auch alle möglichen Krankheiten einschleppten – Cholera, Ruhr, Typhus. Und vor lauter Besorgnis merkte ich noch nicht einmal, daß Yiku auch krank war. Sie weinte nicht, sie war nur sehr schläfrig – woher hätte ich es da wissen sollen?

Am Nachmittag bekam sie dann Durchfall, der am Abend immer noch nicht aufgehört hatte. Sie wollte weder essen noch trinken. Und nachdem Wen Fu zum Mah-Jongg gegangen war, hatte sie die Augen halb geöffnet, schien aber nichts mehr wahrzunehmen.

Ich war ja so dumm! Ich sagte zu Hulan: »Vielleicht sollte ich sie lieber ins Krankenhaus bringen. Was meinst du?«

Wie kam ich nur dazu, Hulan um Rat zu fragen? Ich hätte Yiku sofort hinbringen sollen. Statt dessen glaubte ich Hulan, als sie sagte: »Du brauchst aber erst einen Arzt, der sie ins Krankenhaus überweist. Du kannst da nicht einfach so aufkreuzen.«

Ich erinnerte mich, daß der Arzt bei denselben Leuten Mah-Jongg spielte wie Wen Fu, in einem Haus, das etwa eine Viertelstunde von unserem entfernt lag. Ich rannte hin, so schnell ich konnte.

»Deine Tochter ist krank«, flüsterte ich ihm atemlos zu, als ich dort ankam. »Wir brauchen schnell einen Arzt, damit wir sie ins Krankenhaus bringen können.«

Er tat so, als hörte er mich nicht, und spielte ruhig weiter. Der Doktor, der am selben Tisch saß, blickte mich an. »Was ist los?« sagte er. Ich wiederholte noch einmal, daß es Yiku sehr schlecht gehe.

»Sie ist von dem Durchfall schon arg geschwächt, atmet nur noch mühsam und hat hohes Fieber. Ich mache mir schreckliche Sorgen«, sagte ich. Die anderen Männer hielten im Spielen inne, und der Doktor stand auf: »Ich komme gleich mit.«

Wen Fu sprang auf: »Unsinn! Bleib da! Meine Frau übertreibt mal wieder.« Er lachte. »Wenn sie eine Ameise sieht, macht sie gleich einen Löwen draus. Wenn das Baby mal niest, glaubt sie gleich, es habe sich den Tod geholt. Setz dich ruhig wieder hin, spiel weiter.«

Doch ich ließ mich nicht so einfach verscheuchen. Und der Doktor blieb auch stehen. »Diesmal ist es aber was Ernstes«, sagte ich. »Sie könnte wirklich dran sterben.«

Wen Fu wurde sofort zornig, weil ich ihm vor aller Augen widersprochen hatte. »Meinetwegen, soll sie doch krepieren!« brüllte er mich an. Er setzte sich wieder hin und griff nach einem Mah-Jongg-Stein. »Eh, sie will mich ja bloß nach Hause lotsen, bevor ich meinen ganzen Gewinn verspiele«, sagte er mit einem breiten Grinsen.

Die anderen lachten nervös und begannen ebenfalls weiterzuspielen. Auch der Doktor setzte sich wieder.

Genauso ist es passiert. Ich übertreibe nichts. Er sagte wirklich vor allen Leuten: »Meinetwegen, soll sie doch krepieren.« Und all diese Männer haben es gehört und nichts getan. Ich konnte bloß noch mit offenem Mund dastehen und mich fragen: Wie kommt es nur, daß er solche Macht über sie hat? Wie hat er es nur geschafft, auch ihnen Angst einzujagen?

Ich rannte nach Hause zurück. »Es hat keinen Zweck«, sagte ich zu Hulan. »Der Doktor will nicht herkommen.«

In der nächsten, endlosen Stunde liefen Hulan und ich abwechselnd die Treppe hinauf und hinab, um frisches Wasser für Yiku zu holen. Wir versuchten immer wieder, ihr ein wenig abgekochtes Wasser einzuflößen, doch sie drehte jedesmal abwehrend den Kopf zur Seite.

Eine weitere Stunde verging, und dann wurde ihr kleiner Körper auf einmal von Krämpfen geschüttelt. Ich hob sie hoch, rannte mit ihr die Treppe hinab, zur Haustür hinaus und die dunkle Straße entlang, Hulan dicht auf meinen Fersen.

Die Männer saßen noch immer beim Spiel, tranken, rauchten und lachten.

»Siehst du! Siehst du!« schrie ich meinen Mann an und zeigte ihm Yiku. Und nun hörten sie alle auf zu spielen und standen von ihren Stühlen auf. Im Zimmer war es plötzlich totenstill. Yikus Körper zuckte heftig in meinen Armen. Der Doktor kam sofort auf uns zugestürzt.

»Du dummes Weibsstück!« brüllte Wen Fu. »Warum hast du mir nicht gesagt, daß es so um sie steht? Was bist du nur für eine Rabenmutter!«

Er tat so, als hätte er ganz vergessen, was sich kurz zuvor abgespielt hatte! Und keiner der Männer sagte: »Du lügst. Erst vor einer Stunde hat sie es dir gesagt.« Der Doktor drängte uns zur Eile. »Los, schnell, wer hat einen Wagen?«

Auf dem Weg ins Krankenhaus hörte Wen Fu nicht auf, mich zu beschimpfen. Ich weiß nicht mehr, was er alles sagte. Ich hörte gar nicht hin. Ich drückte Yiku fest an mich, versuchte, ihren Körper ruhig zu halten, sie bei mir zu behalten. Doch ich wußte, daß es hoffnungslos war.

»Jetzt wirst du mich verlassen«, flüsterte ich ihr zu. »Was soll ich nur ohne dich anfangen?« Ich war halb verrückt vor Kummer.

Da sah ich, wie ihre Augen mich anschauten. Zum ersten Mal, seit sie ein Baby war, schaute sie mich mit klarem Blick an, als ob sie mich endlich richtig sehen könne.

Ich dachte, daß ich es mir vielleicht nur einbildete, weil sie nur noch kurze Zeit zu leben hatte. Doch dann sah ich sie noch mal genauer an.

Ihre Augen waren klar. Sie lächelte nicht, und sie weinte auch nicht. Sie wandte nicht den Blick von mir. Sie beobachtete mich und hörte mir zu. Und da fiel mir wieder ein, was ich früher einmal gehört hatte: Kurz bevor Kinder sterben, werden sie so weise, als hätten sie schon ein ganzes, langes Leben hinter sich. Sie verstehen plötzlich alles, was mit ihnen geschehen ist. Und ich wußte, daß sie mir mit ihrem Blick sagen wollte: »Das ist mein kurzes Leben, nicht schlechter und nicht besser als ein langes. Ich akzeptiere es so, wie es ist, niemand hat schuld.«

Am Morgen sah ich Yiku sterben. Wen Fu war schon nach Hause

gegangen, nachdem der Doktor gesagt hatte: »Keine Hoffnung mehr, es ist zu spät.« Doch ich war bei ihr im Krankenzimmer geblieben.

Ich dachte an all die Dinge, die ich falsch gemacht hatte – daß ich sie nicht besser beschützt hatte, daß ich ihr immer vorgelogen hatte, sie würde ein schönes Leben haben. Ich sah zu, wie sie sich langsam aus meinem Leben entfernte, immer kleiner und kleiner wurde. Ich sagte ihr noch, wie leid es mir tat. Und dann streckte sie die Füße wie eine Ballerina, die sich auf die Zehenspitzen stellt, und schwebte davon. Ich weinte nicht. Ich hatte keine Tränen mehr, kein Gefühl mehr übrig.

Ich nahm sie in den Arm. Jetzt brauchte ich ihr nichts mehr vorzulügen. »So ist es besser für dich, mein Kleines«, sagte ich. »Du bist entflohen. Nun bist du frei.«

Sag mir, könntest du noch verzeihen, wenn du so etwas hättest mit ansehen müssen?

Die große Welt

Hätte ich es verhindern können, noch ein Baby in diese Welt zu setzen, dann hätte ich es sicher getan. Aber ich war ja schon im sechsten oder siebten Monat schwanger, als Yiku starb. Und so mußte ich das Baby bekommen, obwohl ich schon wußte, wie schlecht sein Leben sein würde. Ob Junge oder Mädchen, es sollte Danru heißen – »Unbekümmertheit« –, ein guter buddhistischer Name, als sollte dieses Kind niemals sein Herz an etwas hängen, noch nicht mal an die eigene Mutter.

So dachte ich, bevor das Baby geboren war. Doch als Danru dann zur Welt kam, schaute Hulan ihn an und sagte: »Oyo! Er sieht genau wie sein Vater aus.« Wen Fu grinste zufrieden. Und sofort regte sich der Wunsch in mir, für mein Baby zu kämpfen, um es vor diesem Fluch zu bewahren. Als alle gegangen waren, sah ich mir sein kleines Gesicht genau an. Seine Haare standen aufrecht wie junges Gras. Unter meiner Handfläche fühlten sie sich weich und seidig an. Dann schlug er die Augen auf und blinzelte in das grelle Tageslicht, als sei die ganze Helligkeit der Welt etwas sehr Bedrohliches. Er schaute mich an und runzelte die Stirn, aber nicht mit Wen Fus bösem Ausdruck, sondern voll banger Sorge.

Siehst du, und so schloß ich Danru gleich ins Herz, so sehr ich mich auch dagegen gewehrt hatte. Es ist der Drang, ein so vertrauensvolles Wesen zu beschützen und dadurch etwas von seiner eigenen Unschuld zurückzubekommen.

Ich blieb fünf Tage im Krankenhaus, und Wen Fu besuchte mich nur zweimal, weil er angeblich sehr von seinem neuen Job in Anspruch genommen war. Jiaguo hatte ihn im Hauptquartier der Luftwaffe untergebracht, wo er als Funker ausgebildet wurde.

Als der Arzt sagte, ich dürfe jetzt wieder aufstehen, wartete ich nicht, bis Wen Fu mich am Abend abholen käme. Ich trug sofort der Amme auf, meine Sachen zu packen und mir einen Wagen zu bestellen. Zwei Stunden später war ich zu Hause.

Es war noch früh am Nachmittag. Hulans Tür war geschlossen. Ich schickte die Amme nach oben, um Danru in sein Bettchen zu bringen. Dann erkundigte ich mich bei der Köchin nach den Vorräten und gab ihr Anweisungen für das Abendessen. Als ich gerade nach oben gehen wollte, kam mir die Amme entgegen und wisperte: »Oh, Tai-tai, da oben ist ein Geist.«

Wenn Dienstboten behaupten, einen Geist zu sehen, wollen sie damit sagen, daß irgend etwas nicht stimmt, sie sich aber nicht trauen, es einem genauer zu sagen. Ich schickte sie in die Küche und ging hinauf in mein Zimmer, um nachzusehen, was los war.

Kaum hatte ich die Tür geöffnet, sah ich eine junge Frau in einem von meinen Nachthemden auf meinem Bett schlafen. Ich machte die Tür schnell wieder zu und blieb ratlos im Flur stehen. Was sollte das bedeuten? Wie konnte Wen Fu es wagen, eine fremde Frau in unser Haus bringen! Ich ging wieder nach unten und klopfte an Hulans Tür.

»Eh! Da bist du ja schon!« rief sie. »Wo ist denn der kleine Goldschatz, schläft er? Komm rein, komm rein. Du mußt jemanden von meiner Familie kennenlernen.« Über die Frau in meinem Zimmer verlor sie kein Wort.

Und dann sah ich noch eine Frau. Sie saß auf dem Sofa, und ihr Gesicht war so braun und zerfurcht wie ausgedörrte Erde. Hulan stellte mich ihrer Tante vor, Du Ching, die aus dem Norden zu Besuch gekommen war. In meinen Augen wirkte sie wie neunzig, aber später erfuhr ich, daß sie noch nicht mal fünfzig war.

Rate mal, wer die Frau war? Tante Du! Jawohl, deine Großtante Du! So habe ich sie getroffen.

Sie war erst am selben Morgen angekommen.

»Wie viele Tage hat die Reise denn gedauert?« fragte ich sie höflich.

Tante Du lachte, als hätte ich einen guten Witz gemacht. »Weder Tage noch Monate – über sieben Jahre! Aufgebrochen bin ich damals in der Provinz Jehol, nördlich von Peiping.« Ihre Miene wurde sanft und traurig. Sie tätschelte Hulan die Hand. »Ai! Das war, als der Bruder deines Vaters starb. Was für ein guter Mann er mir war! Ich bin nur froh, daß er gestorben ist, ehe er sehen konnte, was aus unserem Dorf geworden ist.«

Hulan nickte, und Tante Du wandte sich wieder mir zu. »Er starb noch, bevor die Japaner von Manchukuo herunterkamen und anfingen, uns alles vorzuschreiben – was wir aussäen sollten, die Preise auf dem Markt, was in den Zeitungen gedruckt wurde, ja sogar, wieviel Eier selbst das magerste Huhn zu legen hatte – einfach alles! Es war entsetzlich. Ich bin aber schon bald mit meiner Tochter fortgegangen und habe erst neulich ganz zufällig erfahren, daß ich eine Nichte in Kunming habe!« Sie lächelte Hulan zu. Hulan schenkte uns Tee nach.

Als Tante Du ihre Tochter erwähnte, wurde mir plötzlich klar, wer das Mädchen war, das oben in meinem Bett schlief. Ich war ja so erleichtert, daß ich mich umsonst aufgeregt hatte! »Was für ein Glück, daß ihr noch rechtzeitig wegkommen konntet«, sagte ich.

»Ja, als ich meinen Mann verlor, verlor ich auch den Willen, mich noch an irgendwas zu klammern. Ich habe alles verkauft. Wozu unser Land für die Japaner aufheben, die es uns sowieso nur gestohlen hätten? Ich tauschte mein ganzes Geld gegen vier kleine Goldplatten ein, die ich auf der Reise dann für vier verschiedene Transportmittel ausgegeben habe: Bahn, Boot, Lastwagen, und zuletzt, schau her – Schuhe!«

Sie hatte feste schwarze Halbschuhe an, wie sie die Lehrerinnen an den Missionsschulen immer trugen. »Ihr solltet mal die Straßen sehen!« sagte sie. »An manchen Stellen werden sie in aller Eile mit den bloßen Händen ausgebaut, und an anderen werden sie mit Dynamit gesprengt, damit die Japaner nicht durchkommen. Und auf den Landstraßen geht es zu wie in den Städten, alles restlos überfüllt, mit armen wie mit reichen Leuten, die alle versuchen, irgendwohin zu flüchten.«

Ich mußte wieder an die junge Frau denken, die auf meinem Bett schlief. Sie war sicher müde von der langen Reise. Natürlich wunderte ich mich auch, daß Hulan ihr einfach mein Bett überlassen hatte. Warum nicht ihr eigenes? Doch es wäre unhöflich gewesen, sie darauf anzusprechen.

Nach ein paar weiteren Minuten höflicher Konversation entschuldigte ich mich, um nach meinem Baby zu sehen.

»Ach ja, der kleine Schatz!« sagte Hulan und wandte sich zu Tante Du: »Er sieht genau wie sein Vater aus.«

»So sehr nun auch wieder nicht«, meinte ich.

»Doch, dieselben Augen, dieselbe Nase, dieselbe Kopfform«, beteuerte sie.

Ich schlug Tante Du vor, mit nach oben zu kommen, um sich das Baby anzusehen. Während wir die Treppe hinaufstiegen, erzählte ich ihr, wie er hieß, wieviel er wog, wie stark sein Hals schon war und wie er dem Doktor auf die Hände gepinkelt hatte, kaum daß er auf der Welt war. Mit unserem Lachen mußten wir wohl das Mädchen in meinem Zimmer geweckt haben, denn sie spähte gerade mit verschlafenem Gesicht durch die Tür, als wir auf dem Treppenabsatz standen, und errötete vor Verlegenheit. Sie schlug die Tür schnell wieder zu, und ich hoffte noch eine Sekunde lang, daß Tante Du sagen würde: »Oh, das ist übrigens meine Tochter.«

Doch statt dessen sagte Hulan: »Wer ist denn das?« Und Tante Du fragte: »Ist sie krank, daß sie so spät am Tag noch schläft?«

Ich kann dir sagen, vor Schreck wäre ich beinah rückwärts die Treppe runtergefallen! Tante Du und Hulan schauten mich an und warteten auf meine Antwort.

»Ein Gast«, sagte ich nur. Mehr fiel mir nicht ein.

Später erfuhr ich dann, daß Tante Dus Tochter sich in Yenan den Kommunisten angeschlossen hatte. Tante Du mißbilligte die Entscheidung ihrer Tochter nicht. »Aber was mich betrifft«, meinte sie, »ich war zu sehr an meine alten Kleider gewöhnt, ich konnte mich nicht mehr ändern und die neuen Ideen anderer Leute überstreifen.«

Als mein Mann am späten Nachmittag nach Hause kam, stellte ich ihn sofort wegen des Mädchens in meinem Zimmer zur Rede. Ich hütete mich allerdings, meinen Ärger zu zeigen. Ich warf ihm nicht vor, eine andere Frau in mein Haus eingeschmuggelt zu haben, während ich im Kindbett lag. Ich beugte mich tief über Danru, damit Wen Fu mein Gesicht nicht sehen konnte.

Ohne auch nur eine Sekunde zu zögern, sagte Wen Fu: »Ach, die da? Das ist die Schwester von einem der Piloten in meiner Klasse.

Sie hatte keine Bleibe und konnte nicht in seinem Schlafsaal übernachten, darum hat sie mich gebeten, sie für ein paar Tage bei uns aufzunehmen. Das konnte ich natürlich nicht ablehnen.« Das erzählte er mir völlig gelassen, als sei es das Selbstverständlichste der Welt.

»Und was hat sie in unserem Bett zu suchen?«

»Das weiß ich auch nicht«, antwortete Wen Fu. »Vielleicht ist sie müde.« Und schon war mir klar, daß er log. Wäre sie wirklich nur ein Gast gewesen, wäre er sofort aufgesprungen und hätte gebrüllt: »Wah! In *meinem* Bett? Schmeiß sie da raus!«

Zuerst war ich empört über die Unverfrorenheit, mit der er seine Schweinereien direkt vor meiner Nase veranstaltete. Er behandelte mich ja wie einen Dorftrampel! Die Frau auch noch in meinem Nachthemd schlafen zu lassen!

Aber dann sagte ich mir: Warum sollte ich ihm die Genugtuung geben, mich darüber aufzuregen, als wollte ich um ihn kämpfen? Was kümmert es mich, ob er mit ihr schläft? Um so besser für mich! Dann läßt er mich vielleicht endlich in Ruhe.

Also erwiderte ich schließlich in freundlichem Ton: »Sag unserem Gast, daß sie im Nebenzimmer auf dem Sofa schlafen kann.« Ich wandte noch nicht einmal den Kopf, um zu sehen, was er für ein überraschtes Gesicht machte.

Am Abend ging ich früh nach oben und machte die Tür zu. Als Wen Fu später ins Bett kam, stellte ich mich schlafend. Und am Morgen hielt ich die Augen geschlossen und tat so, als schliefe ich noch, während er sich ins Nebenzimmer schlich. So ging es dann jeden Abend und jeden Morgen. Und ich schlief so gut! Nie mehr brauchte ich zu befürchten, daß er plötzlich nach mir griff und mir die Knie auseinanderzwang.

So ließ ich also eine Konkubine in unser Haus kommen. Natürlich stellte ich sie Hulan und Jiaguo nicht als solche vor. Ich erzählte ihnen, sie sei ein Gast, die Schwester eines Piloten – dieselbe Lüge, die Wen Fu mir aufgetischt hatte. Und dieses Mädchen, Min, benahm sich tatsächlich wie ein hochgeehrter Gast! Sie blieb abends lange auf, schlief morgens lange aus, kam nach unten und bediente sich reichlich beim Essen, nahm sich von allem eine zweite Portion, ohne eine Aufforderung abzuwarten. Sie war völlig ungebildet. Sie konnte keine Zeitung lesen, sie konnte noch nicht mal ihren Namen schreiben. Sie redete zu laut, und immer auf eine plump-vertrauliche Art.

Bald behandelte Wen Fu sie schon genauso schlecht wie mich, ohne jede Achtung. Er hörte ihr nicht zu, wenn sie redete. Er warf ihr böse Blicke zu, wenn ihre Manieren zu wünschen übrigließen. Schließlich hatte ich sogar Mitleid mit ihr.

Ich dachte mir: In was für einer verzweifelten Lage mußte man wohl sein, um sich meinem Mann als Mätresse anzubieten? Er war nicht zärtlich und zuvorkommend. Mit seinem gemeinen Gesicht und seinem Klappauge konnte er auch nicht mehr als gutaussehend gelten. Ständig zeigte er sich schlecht gelaunt. Und er war ja nicht einmal von besonders hohem Rang, ein ehemaliger Pilot der zweiten Klasse, das ja, aber noch nicht mal Hauptmann. Was hatte er ihr also zu bieten? Nicht mal eine schlechte Ehe!

Nein, aus Liebe blieb sie sicher nicht bei ihm, das war undenkbar. Wahrscheinlich hatte sie sich sowieso schon halb aufgegeben und sah es nur als eine Möglichkeit, ihren Abstieg etwas hinauszuzögern. So hatte sie wenigstens genug zu essen und ein Dach über dem Kopf. Alles andere war nicht so wichtig. So waren die Leute im Krieg, voller Angst und doch von einer zähen Lebensgier getrieben, ohne zu wissen, warum.

In vieler Hinsicht waren Min und ich uns ähnlich: hübscher Teint, törichtes Herz, starker Wille, furchtsame Knochen. Natürlich stammten wir aus ganz verschiedenen Kreisen, aber in Wirklichkeit war ich auch nicht besser als sie. Wir träumten beide davon, schon am nächsten oder übernächsten Tag eine bessere Zukunft für uns anbrechen zu sehen, in der wir endlich unser früheres Glück wiederfinden würden – ein Glück, das es eigentlich nie gegeben hatte.

Also kann ich ehrlich sagen, daß ich keine Abneigung gegen sie empfand. Vielleicht mochte ich sie sogar ganz gern, weil sie so unterhaltsam war.

Trotz ihrer ungeschliffenen Manieren war sie durch und durch ehrlich, auf eine treuherzige Art. Bei den Mahlzeiten häufte sie sich immer große Mengen in die Schüssel, aber dafür lobte sie das Essen auch überschwenglich. Sie bewunderte meinen Ring und meine

Kette und wollte wissen, ob sie aus echtem Gold seien. Auch meine Kleider gefielen ihr sehr – was sie denn gekostet hätten? Das fragte sie mich aber nie mit dem Hintergedanken, daß ich ihr dann vielleicht schenken würde, was sie so bewunderte.

Sie beschwerte sich auch nie und scheuchte die Dienstboten nicht herum, nicht so wie Hulan. Sie dankte ihnen sogar noch für die kleinste Gefälligkeit. Sie erbot sich, Danru umherzutragen, wenn er weinte, und redete beruhigend in ihrem heimischen Dialekt auf ihn ein. Und wenn Wen Fu nicht da war, erzählte sie mir alle möglichen Dinge, über die ein anständiges Mädchen nie sprechen würde – über ihre früheren Freunde, über Partys und Shanghaier Nachtclubs, in denen sie zum Teil auch gearbeitet hatte. Ich muß gestehen, ich hörte ihr gerne zu, und ich fand es lustig, wie sie dramatisch die Augen rollte und alles mit großen Gesten unterstrich.

»Eigentlich bin ich ja Sängerin und Tänzerin«, erzählte sie mir nach etwa zwei Wochen. »Aber eines Tages werde ich noch Filmschauspielerin.«

Ich hielt das natürlich für ein bloßes Hirngespinst. »Wie willst du dich dann nennen?« fragte ich sie aus Höflichkeit. Ich hatte gehört, daß viele Schauspielerinnen sich neue Namen zulegten.

»Ich weiß noch nicht«, sagte sie und lachte. »Jedenfalls nicht so, wie ich in Shanghai genannt wurde, als ich in der ›Großen Welt‹ auftrat – da nannten sie mich nämlich die Gummifee. Weißt du, was das ist, die Große Welt?«

Ich nickte. Peanut und ich hatten mal den Onkel und seine Freunde auf der Veranda darüber reden hören. Es war ein großes Amüsierlokal im Französischen Viertel, wo vor allem Ausländer verkehrten. Anständige Frauen hatten in dieser Lasterhöhle nichts zu suchen. Der Onkel erzählte, es gäbe dort alle möglichen Kuriositäten zu sehen: Krüppel, die sich mit schönen Mädchen vergnügten, Tiere und Akrobaten, die sich gegenseitig durch die Luft warfen, und jeder erdenkliche alte Aberglaube, der zu Unterhaltungszwecken herhalten konnte. Kein Chinese, der auf sich hielt, ließ sich dort blicken, und der Onkel meinte mißbilligend, das Lokal würde den Ausländern einen völlig falschen Eindruck von China vermitteln, als ob alle Chinesen Opium rauchten und mit dem Teufel redeten, als ob alle chinesischen Mädchen halb nackt zu Hause herumliefen und singend und tanzend den Tee servierten. Und jetzt hatte ich sogar ein Mädchen kennengelernt, das tatsächlich dort aufgetreten war!

Min stand auf und ging ans andere Ende des Zimmers. »Meine Nummer kam beim Publikum besonders gut an. Ich trat in einem langen, klassischen Gewand und schwerem Kopfputz auf, wie eine Feenkönigin.« Sie trat ein paar Schritte vor.

»Und dann kam ein Franzose auf die Bühne, der auch mein Arbeitgeber war. Er trug eine runde Gelehrtenkappe und einen langen Mantel, und seine Augen waren an den Seiten mit Klebstreifen hochgezogen, wie die Ausländer es immer machen, wenn sie Chinesen spielen, gräßlich sieht das aus. Außerdem hatte er sich zwei ellenlange Schnurrbartenden ins Gesicht geklebt, die ihm wie Rattenschwänze bis fast zu den Knien hingen.«

Min ging langsam und würdevoll in die andere Richtung und tat so, als streiche sie sich über den Schnurrbart. »Ah, kleine Schwester«, ahmte sie die tiefe Stimme eines alten Mannes nach. »Wo ist das geheime Elixir, das Unsterblichkeit verleiht? Los, sag es mir. Was, du willst nicht reden? Dann werde ich dich wohl ein wenig foltern müssen.«

Min tat so, als schlüpfe sie zögernd aus ihrem Gewand, indem sie erst den einen Ärmel und dann den anderen abstreifte und das Kleid dann langsam heruntergleiten ließ. »Ich hatte nur noch eine kleine Bluse und eine kurze Hose an, die oberhalb der Knie abgeschnitten war. Meine Arme und Beine waren weiß gepudert, wie mit Asche überstäubt. Dazu trug ich leuchtend rote Pantöffelchen und schwarze Handschuhe.« Sie wedelte geziert mit den Händen.

Ich war allein schon bei dem Gedanken schockiert, wie sie wohl ausgesehen haben mochte. Wie konnte man sich nur in seiner Unterwäsche vor einem Saal voller Ausländer zeigen?

»Dann führte der Franzose mich hinter einen Folterkasten, eine speziell angefertigte Trickkiste, die so groß wie diese Wand war. Alle konnten sehen, wie er meinen Kopf durch das Loch an der Vorderseite steckte, und meine Hände und Füße in Querschlitze, die bis zu den Ecken der Kiste reichten.« Sie deutete auf die vier Ecken der Wand.

Min setzte sich auf einen Stuhl, um mir zu zeigen, wie es weiterging. »Die Zuschauer sahen nur meinen Kopf, meine Hände und meine Füße herausragen. Ich schüttelte den Kopf, wand die Hände und Füße hin und her und flehte um Gnade: ›Bitte, habt Erbarmen mit mir, foltert mich nicht!‹ rief ich ins Publikum: ›Helft mir, helft mir!‹ Das konnte ich auf französisch, deutsch, englisch und japanisch sagen. Manchmal regten die Zuschauer sich auf und riefen dem Franzosen zu, er möge mich doch freilassen. Aber die meisten Männer johlten nur: ›Los, mach schon, Alter, bring sie zum Schreien.‹

Dann setzte ein Mann mit einer Geige zu einem nervösen Gefiedel an, die Zuschauer beugten sich gespannt vor, und der Franzose zog langsam an einem Seil, das von dem Folterkasten herabhing. Und meine Hände und Füße wurden in den Schlitzen immer weiter auseinandergezogen.«

Min breitete langsam die Arme und Beine aus, bis sie mit weit abgereckten Füßen auf dem Stuhl balancierte, und riß angstvoll die Augen auf. Ich schauderte.

»Ich schrie lauter und lauter«, wisperte sie. »Die Geige quietschte schriller und schriller, bis meine Hände und Füße zu den Ecken der Kiste hingezerrt waren – vier Meter von meinem Kopf entfernt, und immer noch wedelnd und zappelnd vor unerträglicher Qual. Endlich keuchte ich mit erstickter Stimme: ›Ich will es Euch sagen! Ich will es Euch sagen!‹ Und der Franzose strich sich über den Bart und fragte: ›Nun? Was ist das Geheimnis der Unsterblichkeit?‹

Min hatte die Augen zugekniffen und schwenkte wie gepeinigt den Kopf hin und her. »Schließlich stieß ich mühsam hervor: ›Güte! Etwas, das Ihr niemals besitzen werdet!‹ Und dann sackte ich zusammen und starb.«

Min ließ mit verzerrtem Gesicht den Kopf zur Seite sinken und verharrte mit geschlossenen Augen und offenem Mund in dieser Stellung, genau wie eine Tote. Ich starrte sie entsetzt an. »Ai–ya!« sagte ich. »Das ist ja furchtbar! Und das mußtest du jeden Abend ertragen?«

Plötzlich öffnete sie die Augen wieder und sprang lachend auf. »Das war bloß ein Trick, verstehst du? Das waren ja nicht *meine* Hände in den schwarzen Handschuhen und nicht *meine* Füße in den roten Pantoffeln! In dem Kasten standen noch vier andere Mädchen, die ihre Hände und Füße die Schlitze entlangschoben, während ich schrie. Ich war nur die Schauspielerin, das Gesicht, das man sah, die Stimme, die man kreischen hörte.«

Ich nickte verwirrt.

»Ich machte das natürlich sehr gut. Jede Woche fiel mindestens einer im Publikum in Ohnmacht. Aber mit der Zeit wurde es mir doch zu langweilig. Und es gefiel mir auch nicht besonders, daß all die Leute so begeistert klatschten und johlten, wenn ich schließlich mein Leben aushauchte.«

Sie seufzte. »Darum habe ich da gekündigt, sobald ich einen besseren Job gefunden hatte, und zwar im ›Sincere‹ – du weißt schon, diesem Kaufhaus in der Nanking Road. Ich habe da in den offenen Restaurants gesungen, die es auf jeder Etage gab. Nur verlor ich den Job leider schon nach zwei Monaten, als das Kaufhaus bombardiert wurde. Ich bin an dem Abend sofort hingelaufen.«

Ich wußte gleich, daß sie die Bomben meinte, die von unserer Luftwaffe aus Versehen abgeworfen worden waren.

»Oh, das hättest du sehen sollen«, sagte Min. »Ich stand auf der anderen Straßenseite in einer großen Menschenmenge, und drüben schien es Hunderte von Toten gegeben zu haben. Ein grauenhafter Anblick! Doch die Menge wurde gleich von Polizisten auseinandergetrieben. ›Alles unter Kontrolle!‹ riefen sie. ›Niemand ist getötet worden! Diese Leichen? Was denn für Leichen? Das sind doch nur verstreute Kleidungsstücke!‹ Das haben sie wirklich behauptet. Nur Kleider, die von den Bomben über die Straße verstreut wurden.«

Min wandte sich zu mir um. »Doch was ich gesehen hatte, stimmte nicht mit dem überein, was ich da hörte. Sollte ich nun meinen Augen oder meinen Ohren Glauben schenken? Am Ende ließ ich mein Herz entscheiden. Ich wollte einfach nicht glauben, daß ich so viele Leichen gesehen hatte. So hielt ich es lieber für eine Illusion, genau wie das, was ich den Leuten in der ›Großen Welt‹ vormachte.«

Ich dachte: Diese Min ist wirklich so wie ich. Wir sehen eine Sache, hören eine andere und folgen beide nur unserem törichten Herzen.

»Warte mal«, sagte Min plötzlich. »Ich habe etwas, da wirst du deinen Ohren nicht trauen.« Sie lief schnell die Treppe hoch.

Kurz darauf kam sie mit einer Schallplatte wieder, legte sie auf das Grammophon, zog es hastig auf, und schon schallte eine beschwingte Tanzmusik aus dem Trichter. Min begann sofort, sich in den Hüften zu wiegen und mit den Fingern zu schnippen. »Das habe ich damals im ›Sincere‹ gesungen, bevor es zerstört wurde.«

Und dann sang und tanzte sie mir vor, als hätte sie ein Publikum von hundert Leuten vor sich. Es war ein sentimentaler amerikanischer Schlager, und ich hörte gleich, daß sie eine sehr liebliche Stimme hatte, die so klang, als wäre ihr schon oft das Herz gebrochen. Ihre Arme schwankten im Takt wie Blütenzweige in einer sanften Brise, immer langsamer, als die Musik zu Ende ging. Es war wirklich recht eindrucksvoll.

»Steh auf, Faulpelz!« rief sie plötzlich. Sie zog das Grammophon wieder auf und drehte die Platte um. Dann zog sie mich vom Stuhl hoch. »Jetzt werde ich dir zeigen, wie man Tango tanzt.«

»Das kann ich doch gar nicht!« protestierte ich. Doch in Wirklichkeit wollte ich es sehr gern lernen. Ich hatte Filme mit Ginger Rogers und Fred Astaire gesehen, und es gefiel mir sehr, wie Ginger herumwirbelte, fast schwerelos übers Parkett fegte und die kompliziertesten Steppschritte mit so selbstverständlicher Anmut vollführte, wie ein Vogel mit den Flügeln flatterte.

Aber so tanzten wir natürlich nicht. Sie machte ein paar Schritte vorwärts, ich ein paar rückwärts, erst schnell, dann langsamer. Sie ließ mich hintenüber kippen, hielt mich fest und schwenkte mich herum, und ich kreischte und lachte. Wir ließen die Platte immer wieder laufen. Und später, an anderen Nachmittagen, brachte sie mir noch weitere Tänze bei, Walzer und Foxtrott. Die Köchin und das Hausmädchen sahen uns zu und klatschten Beifall.

Ich brachte ihr ebenfalls einiges bei: ihren Namen zu schreiben, einen Riß im Kleid so zu vernähen, daß er nicht mehr zu sehen war, und sich etwas gewählter auszudrücken. Sie hatte mich sogar selbst gebeten, ihr bessere Manieren beizubringen, nachdem sie mit Hulan in Streit geraten war.

Hulan hatte Min gefragt, wo sie hinziehen würde, wenn ihr Besuch bei uns beendet sein würde. Und Min hatte nur patzig erwidert: »Das geht dich nichts an!« Den ganzen Abend würdigte Hulan sie keines Blickes mehr und tat so, als sei sie Luft. Sie schniefte so lange gereizt vor sich hin, bis ich sie schließlich fragte: »Hulan, riechst du vielleicht irgendwas Verfaultes?«

Später erklärte ich Min: »Wenn jemand dir eine Frage stellt, kannst du nicht einfach sagen: ›Das geht dich nichts an.‹ Das ist kein gutes Benehmen.«

»Warum sollte ich ihr denn antworten? Es ist doch auch kein gutes Benehmen von ihr, mich so was zu fragen«, begehrte Min auf.

»Trotzdem, wenn sie dich das nächste Mal etwas fragt, lächelst du nur und sagst: ›Was das betrifft, solltest du dir um mich keine Sorgen machen.‹ Das bedeutet dasselbe wie ›geht dich nichts an‹, klingt aber nicht so schroff.«

Sie wiederholte den Satz ein paar Mal. »O ja, das klingt gut«, meinte sie lachend. »Jetzt komme ich mir schon vor wie eine richtige Dame.«

»Und wenn du lachst«, sagte ich, »dann halte dir dabei die Hand vor den Mund, schau her, so. Es sieht nicht gut aus, wenn man beim Lachen den Mund wie ein Affe aufsperrt, so daß alle hineingucken können.«

Sie lachte wieder, diesmal mit der Hand vor dem Mund.

»Weißt du, wenn du Schauspielerin wirst – ich finde, dann solltest du dich Fräulein Goldkehle nennen. Das klingt doch gut, sehr gebildet.« Sie nickte. Und dann brachte ich ihr bei, ihren neuen Namen zu schreiben.

Eines Tages, nachdem Min schon drei oder vier Wochen bei uns wohnte, blieb Tante Du im Türrahmen meines Zimmers stehen und schien auf der Schwelle Wurzeln schlagen zu wollen. Sie erkundigte sich nach meiner Gesundheit, nach Wen Fus Gesundheit, nach Danrus Gesundheit. Schließlich mußte ich sie zum Tee hereinbitten.

Wir saßen lange am Tisch und unterhielten uns höflich über Tante Dus Gesundheit, Hulans Gesundheit, Jiaguos Gesundheit. Als das Thema restlos erschöpft war, schlürfte sie nur noch schweigend ihren Tee.

»Jetzt muß ich dir mal etwas sagen«, ließ sie sich plötzlich vernehmen.

Dann seufzte sie und schwieg wieder.

»Du hast ein gutes Herz«, begann sie erneut, hielt inne und dachte noch einmal nach.

»Du bist wirklich zu vertrauensvoll.« Und wieder wußte sie nicht weiter.

Endlich gab sie sich einen Ruck und sagte klagend: »Ai–ya! Du bist einfach viel zu naiv, so naiv, daß es schon an Dummheit grenzt. Weißt du denn nicht, was dein Mann mit dieser Min treibt?«

Wie hätte ich das zugeben können? Ich sah sie nur an, als hätte ich keine Ahnung, wovon sie redete.

Tante Du seufzte wieder. »Ich sehe schon, daß ich mich klarer ausdrücken muß. Wie kann man nur so naiv sein! Also hör zu, *syau ning*. Die beiden haben etwas miteinander, und zwar schon die ganze Zeit über. Sobald du aus dem Haus gehst, steigt er zu ihr ins Bett. Du schläfst ein, er schleicht sich zu ihr. Du machst die Augen zu, sie macht die Beine breit. Jetzt ist das Mädchen schwanger, und selbst das hast du nicht bemerkt. Sie glaubt, er will sie zur Konkubine nehmen. Sie behauptet, er habe es ihr schon versprochen. Sie hat es bereits allen verkündet, nur dir nicht. Und was wirst du dann tun, willst du es einfach widerspruchlos hinnehmen, wenn es zu spät ist? Willst du dich dann auch noch um das Baby der Konkubine deines Mannes kümmern? Nimm endlich Vernunft an, *syau ning*, mach die Augen auf.«

»Aber wenn es nun mal so ist«, sagte ich, »was kann ich denn dagegen tun? Ich kann meinen Mann doch nicht dran hindern. Du weißt ja, wie er ist.«

»Wenn du deinen Mann schon nicht daran hindern kannst, kannst du aber wenigstens etwas gegen dieses Mädchen unternehmen.« Sie stellte ihre Teetasse ab und stand auf. »Es tut mir leid, daß ich es dir sagen mußte. Doch ich bin eine alte Frau, und manche Dinge können eben nicht warten, bis ich gestorben bin.«

Als Tante Du gegangen war, dachte ich darüber nach, daß alle schon über die Sache Bescheid wußten. Sie erwarteten jetzt sicher von mir, daß ich mich zur Wehr setzte, daß ich auf Min losging und sie anschrie: »Eine Schande ist das! Mach, daß du aus meinem Haus kommst!«

Aber dann dachte ich: Vielleicht ist es ja ganz gut, daß Min ein Baby bekommt. Jetzt habe ich endlich einen Grund, Wen Fu zu sagen, daß ich ihn verlassen will. Wenn du Min zur Konkubine willst, werde ich ihm sagen, dann kannst du sie auch gleich zur Frau nehmen! So kommen alle noch gut dabei weg.

Ich überlegte mir, wie ich es Wen Fu am geschicktesten beibringen könnte. Auf jeden Fall ohne Streit, ohne Vorwürfe. Ich würde ihn einfach bitten, sich von mir loszusagen, vor zwei Zeugen ein Papier zu unterschreiben, das uns für getrennt erklärte. Dann würde ich Danru und den Rest meiner Mitgift nehmen, mit dem Zug nach Süden fahren, das Boot nach Haiphong nehmen und so bald wie möglich nach Shanghai zurückkehren. Vielleicht war es inzwischen keine solche Schande mehr. Der Krieg hatte die Moralvorstellungen der Leute verändert. Keiner fragte mehr so genau nach, warum eine Frau, die im Vorjahr mit ihrem Mann fortgegangen war, auf einmal ohne ihn wieder auftauchte. Was für ein Glück für mich, daß Min mir eine so gute Ausrede geliefert hatte!

Als Wen Fu nach Hause kam, sagte ich zu ihm: »Ich muß dir etwas am See zeigen.« Das sagten wir immer, wenn wir etwas Privates zu besprechen hatten.

Wir setzten uns auf die Bank am See, und ich zeigte ihm das Scheidungspapier, das ich vorbereitet hatte. Dazu sagte ich nur, ohne lange Erklärung: »Ich gehe, und du kannst hierbleiben und sie heiraten. Hulan und Jiaguo können das Papier als Zeugen unterschreiben.«

Ich dachte, er würde mir dankbar sein. Immerhin gab ich ihm ja meine Erlaubnis, sie zu heiraten. Und weißt du, was er tat? Er sah sich das Papier stirnrunzelnd an. »Das habe ich nicht geschrieben«, sagte er ruhig. »Ich will überhaupt keine Scheidung.« Und damit zerriß er den Zettel und warf die Schnipsel in den See. Ich wußte, daß er das keineswegs aus Liebe zu mir tat oder weil er sein Benehmen bereute. Er tat es nur, um mir zu zeigen, wer der Herr im Haus war. Nachdem er das Papier zerrissen hatte, zeigte er mit dem Finger auf mich und knurrte: »Wenn ich eine Scheidung von dir will, werde ich es dir schon sagen. Du hast mir nicht vorzuschreiben, was ich tun soll.«

Am nächsten Morgen beglückwünschte Tante Du mich zu meiner Geschicklichkeit. Sie sagte, Min habe das Haus bereits verlassen. Es tat mir so leid, das zu hören! Am liebsten wäre ich sofort hinterhergelaufen, um Min zu versichern, es sei nicht meine Schuld, ich hätte sie nicht hinausgeworfen, ich haßte sie nicht. Ich saß einsam in meinem Zimmer und war traurig, daß sie fort war, und noch trauriger, daß ich meine Chance verloren hatte, Wen Fu loszuwerden.

Am Nachmittag erzählte mir Hulan etwas über den Schnitt eines Kleides, das sie sich gerade nähte, und Tante Du redete über die Cholera–Epidemie, daß alle Flüchtlinge sich dagegen impfen lassen müßten und daß ein Mann gestorben sei, weil er sich gegen Bezahlung für zwanzig Leute hatte impfen lassen. Ich saß stumm da, strickte und tat so, als hörte ich ihnen zu. Doch ich dachte an etwas ganz anderes. Mein Blick fiel auf das Grammophon, dann auf Mins Schallplatte. Schließlich sagte ich: »Diese Min hat hier etwas vergessen. Zu dumm, daß wir nicht wissen, wo sie hingegangen ist.«

Sofort ließ Hulan mich wissen, wie schnell der Klatsch sich weiterverbreitet. »Auf dem Markt hat Zhangs Frau mir gesagt, daß sie in das Gasthaus am Bahnhof gegangen ist, ›Zu den neun Drachen‹.«

Und dort traf ich sie am nächsten Tag auch an, in einer billigen Absteige, wo sie nur eine schmale Pritsche und ein Brett als Tisch hatte. Sie war sehr still, vielleicht ein wenig verlegen, mich zu sehen. Sie entschuldigte sich für die Mühe, die ich mir ihretwegen gemacht hatte, und dankte mir für die Platte. Dann sagte sie achselzuckend: »Manchmal meint man, eine Sache geht gut, aber dann geht sie eben doch schief. Künstlerpech.«

Ich fragte sie, im wievielten Monat sie sei. Sie sah noch verlegener drein. »Was das betrifft, solltest du dir um mich keine Sorgen machen.«

»Den Satz habe ich dir doch selbst beigebracht«, sagte ich. »An *mir* brauchst du ihn nicht auszuprobieren.«

Ich hielt ihr etwas Geld hin, und sie sagte: »Das Problem habe ich schon gelöst, heute morgen. Es ging ganz glatt, keine Blutung mehr, alles in Ordnung.« Ich bot ihr das Geld trotzdem an. Sie nahm es lächelnd, bedankte sich und verwahrte es gleich in einem Kästchen. Bevor ich ging, sagte ich ihr noch, daß mir ihr Singen und Tanzen immer gut gefallen hatte.

Eine Woche später sagte Hulan zu mir: »Weißt du noch, diese

Min? Die ist schon wieder mit einem anderen Mann auf und davon und hat allen Leuten weisgemacht, sie wären Bruder und Schwester. So eine Schlampe ist das! Was glaubt die eigentlich, mit wem sie alles verwandt ist?«

Doch ich verachtete Min deswegen nicht. Was ging mich ihr lokkerer Lebenswandel an? Ich dachte nur: Um so besser, jetzt brauche ich mir keine Sorgen mehr um sie zu machen. Ihr Herz heilt schnell.

So war die Sache doch noch gut für sie ausgegangen. Sie hatte Glück gehabt, ich nicht. Ich mußte bei Wen Fu bleiben. Manchmal träumte ich, ich sei Min und wieder nach Shanghai zurückgekommen, um in der »Großen Welt« aufzutreten. Es war wieder das gleiche Leben wie früher, die gleiche Tortur, die mich langsam, Stück für Stück auseinanderriß, bis ich mich selbst nicht mehr wiedererkannte.

Die vier Tore

Im Lauf der nächsten Jahre änderte Wen Fu sich nicht. Doch ich änderte mich ganz allmählich, auch wenn es Hulan und den anderen nicht auffiel, weil ich meine Gefühle zu gut verbarg. Ich tat so, als ginge ich ganz in meiner Mutterrolle auf, als bliebe mir gar keine Zeit, mich noch um etwas anderes zu sorgen.

Im Sommer 1941 saß ich oft mit Danru auf dem Schoß in unserem Hof, wo wir dann zusammen auf das Gewitter warteten. Ich sagte zu ihm: »Horch – bum! – der Donner. Und jetzt, schau – wah! – ein Blitz!« Er war erst zehn Monate alt, aber er konnte schon vor Begeisterung in die Hände klatschen.

In jenem Sommer war es vormittags immer sehr heiß, doch bevor es zu schwül wurde, zog am Nachmittag immer ein Gewitter auf, der Regen ließ würzige Düfte aus der Erde steigen, und das Dienstmädchen kam herausgerannt, um die Wäsche von der Leine zu nehmen.

Das klingt vielleicht, als wäre mein Leben nach und nach friedlicher geworden, aber in Wirklichkeit waren die Nachmittagsstunden mit Danru das einzig Schöne, was mir noch blieb. Diese beschaulichen Momente halfen mir, alles andere zu vergessen.

Danru war so ein braves, aufgewecktes Kind. Das sagt wohl jede Mutter von ihrem Baby, aber stell dir nur vor: Als er noch nicht mal ein Jahr alt war, konnte ich ihn schon fragen: »Wo ist Mama?« Dann zeigte er auf mich und lachte mich an. »Wo ist Danru?« Er klopfte sich lachend auf den Bauch. »Wo ist Baba?« Er zeigte auf Wen Fu, aber dabei lachte er nicht.

Danru vertraute mir, immer. Wenn er hungrig aufwachte und weinte, eilte ich zu ihm und sagte: »Nicht weinen, nicht weinen. Mama geht gleich runter und holt dir etwas zu essen.« Und wenn ich dann zurück in sein Zimmer kam, stand er aufrecht in seinem Bettchen und wartete geduldig, ohne zu weinen.

Siehst du, ich wußte, daß Danru zu einem guten Menschen heranwachsen würde, einem Menschen, der freundlich und rücksichtsvoll war. Er war überhaupt nicht wie Wen Fu, in keiner Weise. Daher war es egal, daß Wen Fu sein Vater war.

Nachdem Wen Fu Min fortgejagt hatte, kam er zurück in mein Bett. Doch mittlerweile schlief er noch mit vielen anderen Frauen: Eingeborenen, Prostituierten, sogar mit einer Lehrerin. Ich glaube, wir waren für ihn alle gleich, wie irgendwelche Möbel oder Eßstäbchen zum alltäglichen Gebrauch. Wenn ich es wagte, etwas dagegen einzuwenden – oder gegen irgendwas anderes, das ihm zusagte –, gab es sofort Krach, und zwar immer beim Abendessen. So versuchte ich, den Mund zu halten, nur um des lieben Friedens willen. Aber innerlich kochte ich vor Zorn. Und manchmal begehrte ich dann doch auf.

Einmal war es nur ein einziges Wort, das den Streit auslöste. Wen Fu hatte sich bei der Köchin sein Leibgericht bestellt, Schweinefleisch mit süßem Kohl. Ich mochte es auch sehr gern, doch im Sommer schmeckte der Kohl nicht, weil er mit schlechtem Wasser gegossen war. Als Wen Fu mich fragte, wie ich das Gemüse fände, sagte ich ehrlich: »Bitter.« Am nächsten Abend befahl er der Köchin, mir noch mal dasselbe hinzustellen, und sonst nichts.

Er fragte mich lächelnd: »Und wie findest du's jetzt?« Ich antwortete das gleiche wie am Abend zuvor. Und so ging es dann Abend für Abend, die gleiche Frage, die gleiche Antwort, und am nächsten Tag wieder das gleiche Gericht. Ich mußte den bitteren Kohl essen, oder gar nichts. Aber ich gab nicht auf. Ich wartete, bis Wen Fu seines Spielchens von selbst überdrüssig würde. Und nach zwei Wochen zeigte es sich, daß mein Magen tatsächlich widerstandsfähiger war als Wen Fus Launen.

Es mag dir ja lächerlich vorkommen, sich wegen dieses bitteren Kohls so stur zu stellen. Ich hätte ja nur zu sagen brauchen: »Heute abend schmeckt es aber köstlich.« Doch wenn ich mich nicht gewehrt hätte, wäre das nicht wie ein Eingeständnis gewesen, daß ich mich aufgegeben hatte?

Und so wurde unsere Ehe immer schlimmer. Aber soweit ich mich erinnere, wurde ohnehin alles schlimmer, im ganzen Land. Ich hörte die Piloten immer darüber reden, wenn sie nach dem Essen bis spät in die Nacht beim Mah-Jongg saßen. Sie redeten über den Krieg wie über eine Epidemie, ein Virus, der von allen Leuten Besitz ergriff und sie dazu brachte, sich gegenseitig zu belügen, zu betrügen und zu hassen.

Meiner Ansicht nach hatte das schon im Vorjahr begonnen, als die Straße nach Burma plötzlich gesperrt wurde und kein Nachschub für die Kriegsausrüstung mehr durchkam. Die Leute fingen an, aufzubegehren: Wie konnte die Luftwaffe ihre Flugzeuge ohne Benzin einsetzen? Wie konnte die Armee uns ohne Waffen beschützen? Alle fühlten sich hilflos und im Stich gelassen. Und wir waren wütend, weil es die Engländer waren, die die Straße gesperrt hatten. Sie kontrollierten die Verbindungsroute und sperrten sie einfach ab, als sie sich nicht entscheiden konnten, wen sie nun eigentlich unterstützen sollten – die Chinesen oder die Japaner? Sie brauchten drei Monate, um sich zu entscheiden. Und als sie schließlich sagten: »Wir unterstützen China«, wer mochte ihnen da noch glauben? Obwohl wir natürlich vorgaben, sie mit offenen Armen zu empfangen. Was blieb uns auch anderes übrig? Wir wollten ja nicht riskieren, daß sie die Straße noch einmal absperrten.

Und die Amerikaner waren auch nicht besser. Gerade hatten sie noch behauptet, unsere Verbündeten zu sein – unsere chinesischen Freunde, so nannten sie uns. Chennault kam im Sommer sogar zurück und versprach, uns bald neue Flugzeuge zu liefern. Doch kurz darauf hörten wir, daß amerikanische Firmen den Japanern Benzin und Stahl verkauften – für die Flugzeuge, die überall in China Bomben abwarfen. Was würdest du davon halten, wenn du so etwas hören müßtest? So viele von unseren Fliegern kamen ums Leben, und viele davon waren unsere Freunde. Die Hälfte der dritten Klasse war schon gefallen, und fast alle aus den Klassen, die danach kamen, waren ebenfalls tot – die sechste und die siebte Klasse, lauter blutjunge Männer. Jeden Abend berichteten die Piloten von neuen Opfern, die alle den Heldentod gestorben waren. Und wir weinten vor Trauer um die Freunde, aber auch vor ohnmächtigem Zorn.

Doch selbst das war noch nicht das Schlimmste. Das Schlimmste kam erst, als unsere eigenen chinesischen Befehlshaber sich den Japanern beugten. Der stellvertretende Kuomintang-Führer – der hatte das angezettelt. Er hatte gesagt, China solle aufgeben und sich der neuen japanischen Regierung unterordnen. Das war, als sollten wir die Gräber unserer Vorfahren öffnen und ihre Knochen den Hunden vorwerfen. Wie konnte man so etwas verlangen? Aber viele taten es. Und jedesmal wenn sich wieder jemand geschlagen gab, verloren wir ein bißchen von unserer Hoffnung und fragten uns, ob wir denn nur für diese Demütigung gekämpft hatten.

Natürlich wurden weiterhin große Versammlungen auf dem Marktplatz abgehalten, um die Verräter anzuprangern und den Leuten Mut zu machen. Ich war eines Tages zufällig auf dem Markt, als gerade so eine Versammlung stattfand. Ein Offizier verkündete über den Lautsprecher, daß die Chinesen niemals aufgeben würden. »Wir müssen weiter gegen die Japaner kämpfen«, rief er, »und sollte es uns den letzten Tropfen unseres Han-Blutes kosten!«

Das kam mir sehr merkwürdig vor, denn außer Hulan und mir hatte wohl keiner in der ganzen Zuhörermenge auch nur einen Tropfen Han-Blut in sich. Es waren alles Eingeborene aus den Stämmen der Provinz – Miao, Bai, Yi, Hui, dazu noch Burmesen und andere Flüchtlinge. Die meisten Leute hatte man gezwungen, aus ihren Bergdörfern und den Vororten in die Stadt zu kommen, um als Soldaten und Arbeiter Kriegsdienst zu leisten. Sie wurden wie Abschaum behandelt, wie Tiere, die nur zum Lastenschleppen da sind. Und trotzdem standen sie jetzt auf dem Marktplatz, hörten sich patriotische Phrasen über Han-Chinesen an, in einer Sprache, die nicht die ihre war – und klatschten johlend Beifall.

Wahrscheinlich hatten diese Leute dort oben in den Bergen ein sehr schweres Leben gehabt. Ich mußte an eine Redensart denken, mit der jeder in China aufwuchs: »Wenn du dein Schicksal nicht ändern kannst, ändere deine Einstellung.« Vielleicht war es das, was diese Leute hier taten, sie beklagten nicht mehr ihr schweres Schicksal und bildeten sich lieber ein, sie wären jetzt auch Han-Chinesen und hätten etwas, für das es sich zu kämpfen lohnte. Und ich sagte mir: Sieh dir diese Leute an. Versuch, von ihnen zu lernen.

Nach jenem Tag auf dem Marktplatz änderte auch ich allmählich meine Einstellung. Nicht, daß ich schon bereit gewesen wäre, zu sterben, aber ich überlegte mir: Wenn ich bald sterben muß, dann muß ich wenigstens meine Ehehölle nicht länger ertragen. Wenn ich aber noch nicht so bald sterben muß, dann kann ich vielleicht einen Weg finden, dieser Ehe zu entrinnen.

Etwa zur gleichen Zeit begann auch Hulan, ihre Einstellung zu ändern – oder jedenfalls ihre Eßgewohnheiten. Sie stopfte jeden Tag mehr und mehr in sich hinein.

Zuerst glaubte ich, sie sei vielleicht schwanger und wolle das noch geheimhalten. Ich wußte, daß sie sich nach einem eigenen Kind sehnte. Immer wenn ich mich bei ihr über irgend etwas beklagte, sagte sie nur: »Wenn ich so einen Sohn hätte wie du, würde ich alles andere mit Freuden schlucken, so dankbar wäre ich dann.«

Es kam aber kein Sohn, und trotzdem schluckte Hulan unersättlich, was sie nur kriegen konnte. Sie hatte nicht etwa nur einen Heißhunger auf bestimmte Speisen wie scharfgewürzten Tofu oder fettes Schweinefleisch, sie war einfach die ganze Zeit hungrig. Zu jener Zeit war die Stadt voll von hungernden Bettlern, die nur noch Haut und Knochen waren, und Hulan dachte wohl, daß sie bald genauso aussehen würde, wenn sie nicht möglichst viel zu essen bekam.

Ich weiß noch, wie sie einmal ein junges Bettelmädchen anschaute, das an einer Hauswand lehnte und ihren Blick herausfordernd erwiderte. Hulan sagte: »Was starrt die mich denn so an? Sie sieht aus wie ein hungriges Raubtier, als würde sie mich am liebsten verschlingen, um sich selbst zu retten.«

Jedesmal wenn wir an dem Mädchen vorbeikamen, behauptete Hulan, ihr Schatten an der Wand würde dünner und dünner. Ich glaube, in Wirklichkeit erkannte Hulan sich selbst darin wieder, wie sie als Kind in ihrem Dorf oft Hunger gelitten hatte.

»Der Fluß trat jedes Jahr über die Ufer«, hatte Hulan mir mal erzählt. »Meistens stieg das Wasser nicht sehr hoch, aber einmal sah es aus, als wäre ein riesiger Kessel umgekippt. Und als die schlammige Brühe unsere ganzen Felder überschwemmte, hatten wir nichts mehr zu essen außer trockenen Kaoliang–Fladen. Es gab noch nicht mal genug sauberes Wasser, um sie anzufeuchten, wir mußten sie hart und trocken essen und sie nur mit unserem Speichel aufweichen. Meine Mutter teilte sie immer genau auf, erst gab sie den Jungen ein Stück, und die Mädchen bekamen nur die Hälfte. Eines Tages war ich so hungrig, daß ich einen ganzen Fladen stahl und ihn allein aufaß. Als meine Mutter das herausbekam, ohrfeigte sie mich und schrie mich an: ›So was von selbstsüchtig! Einen ganzen Fladen allein zu essen!‹ Und dann bekam ich drei Tage lang überhaupt nichts. Ich weinte und krümmte mich vor Bauchweh – und das alles nur für einen kleinen, steinharten Kaoliang–Fladen, an dem man sich fast die Zähne ausbiß.«

Man hätte meinen sollen, daß Hulan sich an diese harten Zeiten erinnern und dem Mädchen ein paar Münzen oder etwas zu essen in die Bettelschale legen würde, so wie ich es tat, wenn auch nicht jeden Tag. Aber Hulan dachte gar nicht daran. Statt dessen stopfte sie sich lieber selbst voll. Sie legte sich Fettreserven an wie jemand, der Goldstücke hortet oder Geld auf ein Sparkonto einzahlt – etwas, worauf sie zurückgreifen konnte, falls es zum Schlimmsten kam. Das habe ich damit gemeint, als ich sagte, daß Hulan ihre Einstellung änderte. Sie war früher großzügiger gewesen. Aber jetzt, da sie all das Elend um sich herum sah, erblickte sie darin nur das, was sie selbst einst war – und was ihr in Zukunft vielleicht wieder drohte.

In jenem Sommer wurden Wen Fu und Jiaguo nach Chungking versetzt. Jiaguo sagte, sie sollten dort frisch eingezogene Rekruten für die Verteidigung der neuen Hauptstadt ausbilden. Er wußte noch nicht, wann sie wiederkommen würden, vielleicht in zwei oder drei Monaten.

Vor der Abreise prahlte mein Mann, wie wichtig sein neuer Job beim Ausbau des Funkwarnsystems sei, das der Armee und der Luftwaffe im voraus den Anflug japanischer Bomber melden sollte. Und ich dachte nur: Wie kann die Luftwaffe ihn mit einer so wichtigen Aufgabe betreuen – einen Mann, der ständig lügt? Ich war froh, ihn für eine Weile los zu sein.

Kaum waren sie fort, fing Hulan schon an, sich Sorgen zu machen und allen möglichen Gerüchten zu glauben: »Ich hab' gehört, die Japaner sollen einen großen Bombenangriff auf Chungking planen, vielleicht sogar auf Kunming«, sagte sie eines Tages. Und dann kochte sie sich ein üppiges Mittagessen. Beim ersten Donnergrollen rannte sie nach draußen und blickte in den Himmel, als erwartete sie, jeden Augenblick feindliche Flugzeuge aus den dunklen Gewitterwolken auftauchen zu sehen.

»Benutz doch lieber erst mal deine Ohren, bevor du dir die Augen aus dem Kopf schaust«, sagte ich. »Der Donner kommt immer von Westen, von den hohen Bergen in Burma her. Falls hier Bomber auftauchen, können sie nur von Norden oder Osten kommen.«

»Bei den Japanern kann man nie wissen«, widersprach sie prompt. »Die denken ja nicht so wie wir Chinesen.« Und jedesmal wenn es donnerte, rannte sie wieder hinaus und starrte in den Himmel, als könnte sie dort den Beweis finden, daß ich unrecht hatte.

Einmal, als ich Danru gerade in der Küche badete, hörte ich sie plötzlich schreien: »Sie kommen! Wir sind schon tot!«

Ich riß Danru hoch, in einem Wasserschwall, der sich vorne über mein Kleid ergoß. Und dann rannte ich nach draußen und schaute ebenfalls hoch. Aber dort, wo sie hinzeigte, sah ich nur schwarze Vögel, die in der gleichen Anordnung wie ein Flugzeuggeschwader flogen.

Ich lachte erleichtert auf. »Das sind doch bloß Vögel«, sagte ich. »Die können uns höchstens ihren Dreck auf den Kopf fallen lassen.«

Hulan machte ein gekränktes Gesicht. »Was lachst du mich denn aus?«

»Ich lache dich gar nicht aus!«

»Doch, du hast eben gelacht.«

»Natürlich habe ich gelacht. Du sagst mir, ich bin schon tot, ich renne hinaus und bin nicht tot. Statt dessen sehe ich bloß Vögel. Darüber habe ich gelacht.«

»Aber die sehen genau wie Flugzeuge aus, auch jetzt noch, schau doch hin. So ein Irrtum könnte jedem passieren.«

Für mich sahen die Vögel eindeutig wie Vögel aus. Da fiel mir zum erstenmal auf, daß Hulan offenbar kurzsichtig wurde. Das erklärte auch ihre merkwürdigen Anfälle von Zerstreutheit in letzter Zeit.

Einmal hatte sie ihre Stricknadeln verlegt, und als ich sie wiederfand, lachte sie und meinte, ein Geist müsse sie wohl verschluckt und wieder ausgespuckt haben. Aber das nächste Mal, als sie ihre Nadeln verlegte, runzelte sie unwirsch die Stirn und sagte: »Dein Sohn hat sie bestimmt da weggenommen und irgendwo anders liegenlassen.«

Ich fragte mich, wie es wohl sein mochte, durchs Leben zu gehen, ohne jemals klar zu sehen, ohne je seine eigenen Fehler zu erkennen. Was gab sie denn meinem Sohn die Schuld für ihre eigene Schusseligkeit? Was fiel ihr ein, *mich* zu kritisieren, *sie* war es doch, die Vögel mit Flugzeugen verwechselte. Als Hulan, Danru und ich das nächste Mal zum Markt gingen, führte ich sie in einen Brillenladen.

Es war ein kleiner Laden in dem neuen Geschäftsviertel am Markt, wo sich seit Kriegsanfang viele Händler niedergelassen hatten. Der Verkäufer hatte eine kleine Auswahl seiner Brillen vor sich auf dem Tisch ausgebreitet, und ringsumher lagen noch viele andere in verschiedenen Körben. Die Brillen auf dem Tisch, erklärte uns der Verkäufer, seien nur zum Anprobieren gedacht, um herauszufinden, welche Gläserstärke am besten paßte.

Hulan setzte die erste Brille auf, sah mich und Danru an und lachte: »Oh, das ist ja wie in den Wolken auf der Paßstraße! Die hier macht mich ganz schwindlig.«

Danru beobachtete Hulan still und besorgt. »Wo ist die Tante?« sagte ich. Er lächelte mich an und grabschte Hulan die Brille von der Nase.

Wir lachten und wiederholten das Spiel auch mit den drei nächsten Brillen. Doch als sie die vierte aufsetzte, wurde Hulan plötzlich ernst und ließ sie sich nicht mehr von Danru abnehmen. Sie schaute hinauf und hinunter, erst mit Brille, dann ohne. Sie ging zur Tür, um über die Straße zu blicken. »Ich sehe einen schönen Schal«, verkündete sie. »Ich sehe ein paar Bohnen, die ich kaufen will.«

Hoch erfreut zeigte der Verkäufer ihr den Korb, aus dem sie sich nun eine Brille aussuchen sollte, die ihr gefiel. Manche hatten vergoldete Rahmen, andere sahen aus wie aus billigem Blech. Doch manchen fehlte ein Bügel, und andere waren so abgewetzt, daß man das graue Metall unter der Goldschicht sehen konnte.

»Das sind ja lauter alte Brillen«, sagte ich zu dem Verkäufer.

»Natürlich sind sie schon getragen«, antwortete er. »Wo kriegt man heutzutage schon neue Brillen her? Das ganze Metall wird ja für den Krieg gebraucht, nicht für solche Luxusgegenstände.« Er wandte sich wieder Hulan zu. »Wie wär's mit dieser hier, die ist besonders gut, britischer Herkunft. Die, die Sie gerade aufhaben, ist billiger, aber ehrlich gesagt ist es ein japanisches Modell.«

Das schien Hulan und Danru nicht weiter zu stören. Sie waren eifrig damit beschäftigt, verschiedene Gestelle aus dem Korb hervorzusuchen und anzuprobieren. Doch mir waren diese Körbe voller Brillen von Toten äußerst unheimlich. Hulan entschied sich schließlich für runde, rahmenlose Gläser, nur mit einem schmalen Steg über der Nase und gebogenen Goldbügeln, die sich hinten um die Ohren schmiegten. Es war ein sehr altmodisches Gestell, alles andere als kleidsam. Ich sagte ihr, sie sähe damit aus wie ein Gelehrter, was sie anscheinend für ein Kompliment hielt.

Während wir durch die Straßen gingen, nahm sie immer wieder die Brille ab, blickte umher und setzte sie wieder auf.

»Kannst du das da sehen?« fragte sie.

»Ein Korb mit roten Pfefferschoten«, sagte ich.

»Und das da hinten?«

»Ein Mann, der Holzkohle verkauft.«

»Und noch weiter hinten?« Gerade so, als wollte sie mich einem Sehtest unterziehen!

»Ein Armeelastwagen mit Soldaten davor.«

So schaute sie sich weiter auf dem Marktplatz um und betrachtete alles auf zwei verschiedene Arten, mit und ohne Brille. Doch als wir dem Lastwagen näher kamen, fiel mir auf, wie Danru die Soldaten anstarrte, und ich fragte mich, was es für ein so kleines Kind da wohl Besonderes zu sehen gab.

Es waren lauter ganz junge Kerle, offensichtlich gerade erst zum Kriegsdienst eingezogen, da sie alle in neuen Uniformen steckten. Viele von ihnen wirkten rührend stolz und aufgeregt, musterten begeistert ihre neuen Schuhe und den Lastwagen, der sie bald an ferne Orte bringen würde, die sie sich noch nicht einmal vorstellen konnten. Wie Danru waren sie alle noch voller kindlichem Vertrauen.

Ein älterer Soldat bellte ein paar scharfe Befehle, und die Rekruten nahmen Haltung an und bemühten sich, ernsthafte Gesichter zu machen. Dann sprangen sie auf die Ladefläche und stellten sich an den Seitenplanken auf, während der Fahrer bereits den Motor anließ.

Sie blickten zur anderen Straßenseite hinüber, wo die Mütter, Großmütter und Schwestern standen und ihnen weinend zuwinkten. Die Frauen trugen leuchtende Turbane und buntgemusterte Röcke, sicher ihre Festtagskleidung. Sie waren aus den Bergen heruntergekommen, um die Jungen zu verabschieden. Die meisten der frischgebackenen Soldaten winkten und lachten, doch ich sah auch einen, der ängstlich dreinschaute und mit zitternder Unterlippe versuchte, die Tränen zurückzuhalten – wie ein kleiner Junge, der er ja eigentlich noch war. Ich sah ihm nach, als der Lastwagen losfuhr, und fragte mich, wo er wohl hingebracht wurde, was wohl mit ihm geschehen würde.

»Und das da?« fing Hulan wieder an. Sie zeigte auf einen Korb mit Pilzen, die ich besonders gern mochte. Und bald hatte ich die Soldaten und ihr ungewisses Schicksal schon ganz vergessen.

An jenem Vormittag mauserte Hulan sich plötzlich zu einer großen Pilzkennerin. Jetzt, da sie alles klar sehen konnte, fand sie überall etwas auszusetzen: hier einen Fleck, da eine schwammige Stelle, dort einen brüchigen Stiel. Doch zum Glück gab es auch jede Menge makelloser Pilze, alle taufrisch. In Kunming wuchsen sie das ganze Jahr über, in den feuchten, schattigen Hügeltälern rings um die Stadt. Ich suchte mir welche mit langen Stielen und großen Hüten aus – wie sie hießen, habe ich vergessen, aber ich weiß noch, wie gut sie in heißem Öl gedünstet schmeckten, so zart und aromatisch, daß man nicht das geringste davon wegzuschneiden brauchte. Mir lief schon auf dem Marktplatz das Wasser im Mund zusammen, als ich daran dachte, wie ich sie am Abend mit scharfen, eingelegten Pfefferschoten zubereiten würde. Ich griff gerade nach einem Glas davon, als plötzlich die Sirenen und Lautsprecher losgellten: »*Dang! Dang! Dang!* Achtung, Achtung!«

Alle reagierten genauso wie Hulan und ich auf dem Markt in Nanking, als die Papierwarnungen vom Himmel schneiten. Ich hielt Danru fest, doch alles andere ließ ich augenblicklich fallen – die Pilze, das Glas mit den Pfefferschoten –, und alle anderen machten es ebenso. Und dann drängten wir uns alle schreiend durcheinander, stoben in alle Richtungen davon, auf die Stadttore zu, wie die Lautsprecher es uns befahlen: Lauft zum nächsten Tor und aus der Stadt heraus!

»Das nächste! Das nächste! – Welches ist denn das nächste?« schrien die Leute aufgeregt.

Hulan rückte ihre Brille zurecht. »Hier entlang!« rief sie und deutete nach Süden.

»Da lang ist es näher!« rief ich zurück und zeigte nach Norden.

»Wir haben keine Zeit mehr zum Überlegen.«

»Darum sage ich ja, wir müssen zum Nordtor. Wenn wir uns beeilen, schaffen wir's noch.« Und damit rannte ich nach Norden los, ohne mich weiter mit Argumenten aufzuhalten.

Kurz darauf sah ich, daß Hulan neben mir herlief. Wir rannten immer noch, als die japanischen Flugzeuge auftauchten, sowohl Bomber als auch Jagdflieger. Wir konnten sie vom Boden aus näher kommen sehen, und wir wußten, daß sie uns von dort oben wie Hasen um unser Leben laufen sehen konnten. Sie konnten sich aussuchen, auf welchen Teil der Stadt sie ihre Bomben werfen, welche Leute sie abschießen wollten.

Die Flugzeuge kamen immer näher. Wenn ich nicht so außer Atem gewesen wäre, hätte ich Hulan zugerufen: »Siehst du, sie kommen von Osten, wie ich's dir gesagt habe.«

Und dann sahen wir sie plötzlich abdrehen und in eine andere Richtung fliegen. Kurz darauf hörten wir den ersten Bombeneinschlag, und dann noch einen. Der Boden bebte ein wenig – und das war es auch schon. Wir waren am Leben geblieben. Im Südosten der Stadt sah ich Rauch- und Staubwolken aufsteigen. Danru klatschte in die Händchen.

Als die Sirenen schwiegen, gingen wir zum Marktplatz zurück. Die Leute um uns her redeten aufgeregt durcheinander und beglückwünschten sich gegenseitig, noch am Leben zu sein. Auf dem Markt herrschte ein regeres Treiben als sonst. Denn all die Leute, die davongekommen waren, hatten sich entschlossen, noch mehr einzukaufen – ein zusätzliches Stück Fleisch, ein Paar Schuhe oder sonst irgendwas, das ihnen jetzt nicht mehr als unnötiger Luxus erschien, da ihr Leben beim nächsten Sirenenschrillen schon zu Ende sein konnte.

Hulan und ich gingen zu dem Pilzverkäufer zurück, der uns erzählte, daß ihm nichts abhanden gekommen war. All seine Waren standen noch unangetastet da, nichts war gestohlen oder zerstört worden. Wir beglückwünschten ihn, und er gab uns Rabatt. Alle fühlten sich zu neuer Großzügigkeit verpflichtet.

»Ihr Sohn hier ist so ein schlaues Kerlchen«, sagte Hulan und zeigte auf Danru. »Noch nicht mal ein Jahr ist er alt, aber als die Sirenen losgingen, hat er gar nicht geweint. Als dann die Bomben einschlugen, hat er es für Donner gehalten und sich nach dem Blitz umgesehen, und als alle durcheinanderschrien, hat er sogar Beifall geklatscht.«

Ich war sehr stolz, Hulan so über Danru reden zu hören. Ich warf ihn hoch in die Luft, und er quietschte vor Freude. »Was für ein guter Flieger du bist!«

»Und so ein braver Junge!« sagte Hulan.

»So klug!«

»So ein Schatz!«

In bestem Einvernehmen gingen wir nach Hause und versicherten uns immer wieder, was für ein Glück wir hatten, heil davongekommen zu sein und dann auch noch so günstig eingekauft zu haben.

Am Abend feierten wir den ersten Bombenangriff mit einem großen Essen und sehr viel gutem Tee. Tante Du und die Dienstboten erzählten uns mindestens zehnmal, wo sie sich gerade aufgehalten hatten, als die Alarmsirenen ertönten. Beim zehnten Mal kam uns das Ganze schon so komisch vor, daß wir alle Tränen lachten.

»Ich trug gerade den Nachttopf nach unten«, erzählte das Hausmädchen. »Dang! Dang! Dang! – und dann Bamp! Bamp! Bamp! – polterte der Nachttopf die Stufen runter, und die ganze Treppe war voller Stinkbomben!«

»Ihr meint, ihr habt Angst gehabt?« rief Tante Du. »Na, und ich erst! Ich rannte gerade mit der Axt hinter einem Huhn her – und im nächsten Augenblick rannte das Huhn hinter *mir* her!«

Und Hulan erzählte: »Weiwei und ich standen auf der Straße und konnten uns nicht entschließen, in welche Richtung wir laufen sollten. Aber ich sage euch, mit einer Bombe über dem Kopf ist es den Füßen egal, wohin sie rennen!«

Zwei Tage später kamen die Bomber wieder. Und wieder rannten wir zum Stadttor und kehrten unversehrt zurück, mit dem Gefühl, noch mal glücklich davongekommen zu sein. Und doch waren wir nicht mehr ganz so erleichtert wie beim ersten Mal. Als wir an jenem Abend feierten, waren wir nicht mehr ganz so übermütig. Unsere Geschichten waren immer noch lustig, aber wir lachten nicht mehr so lange, bis uns die Tränen in den Augen standen.

Ein paar Tage später gab es noch einen Bombenangriff. Diesmal war uns das Lachen vergangen. Wir waren still und bedrückt. Tante Du hatte gehört, daß die Frau eines Bekannten schwer verletzt worden sei. Hulan wunderte sich, weshalb unsere Luftwaffe die Bomber nicht abwehrte. Sie hoffte, daß unsere Männer bald aus Chungking zurück sein würden. Ich meinte, es sei doch merkwürdig, daß die Flugzeuge immer von Osten kämen.

Und das taten sie auch weiterhin, etwa dreimal pro Woche, immer vormittags. Ich weiß nicht, warum die Japaner sich immer den Vormittag dafür aussuchten, vielleicht ohne besonderen Grund. Für sie war es nichts weiter als ein Job: Vormittags warfen sie Bomben auf Kunming, nachmittags auf Chungking. Und auch für uns wurden die Angriffe zu einem Teil unseres Alltags.

Natürlich hatten wir trotzdem noch Angst, wenn wir die Sirenen hörten. Aber inzwischen ließen wir nicht mehr panisch alles fallen, was wir gerade in den Händen hielten, sondern setzten es sorgsam irgendwo ab, wo wir es später wiederfinden konnten. Tante Du kümmerte sich darum, die Töpfe vom Herd zu nehmen, bevor wir aus dem Haus liefen.

»Es hat ja keinen Sinn, sein Leben zu retten, nur um dann zu Hause alles in Schutt und Asche wiederzufinden«, meinte sie.

Hulan nahm jetzt immer einen Proviantkorb mit, der griffbereit neben der Tür stand. Und Danru streckte beim ersten Sirenenton die Arme nach mir aus, um sich hochheben zu lassen. Dann gingen wir hastig, aber gefaßt zum nächsten Stadttor, wie zu einer Beerdigung, und hofften unterwegs die ganze Zeit, daß es nicht unsere eigene Beerdigung sein möge.

Manchmal gingen wir zum Nordtor, manchmal zum Osttor. Manchmal kamen wir an zerstörten Häusern vorbei, wo letzte Woche eine Bombe eingeschlagen hatte: Ein paar Häuser lagen in

Trümmern, während die Gebäude ringsumher nur ihre Strohdächer verloren hatten, wie Hüte, die von einem Windstoß weggeblasen worden waren.

Beim Stadttor angekommen, sprangen wir in eine Grube oder stellten uns hinter einen Baum. Dort schwatzten wir immer mit denselben Leuten, die wir alle paar Tage wiedersahen, und tauschten Tips aus, wo es die besten Nudeln gab, das beste Garn, das beste Hustenmittel.

Ich entschied mich jedesmal für das richtige Tor. Doch, wirklich! Dreimal die Woche hätten wir sterben können, aber nicht ein einziges Mal gingen die Bomben über uns nieder. Ich begann schon zu glauben, ich hätte ein angeborenes Talent, den Bomben aus dem Weg zu gehen. Ich suchte immer die richtigen Straßen aus und die richtigen Tore, um uns in Sicherheit zu bringen.

Und so wurde ich allmählich leichtsinnig und hörte auf, mir Sorgen zu machen.

Eines Tages wollte Hulan nach dem Mittagschlaf mit mir auf den Markt gehen. Danru schlief noch, also ließ ich ihn zu Hause bei Tante Du. Wir gingen zuerst zu den Gemüseständen und suchten nach frischen *mao-do,* den köstlichen Zuckererbsen, die es nur selten gab. Sie waren sehr teuer, aber ich kaufte trotzdem welche. Ich hatte natürlich Glück, daß ich mir solche Sachen leisten konnte. Die meisten Leute waren so arm, daß sie kaum das Nötigste zum Überleben kaufen konnten. Doch wenn man in Kriegszeiten das Glück hatte, genug Geld zu besitzen, dachte man nicht ans Sparen. Die Gelegenheit, einen seltenen Leckerbissen zu ergattern, konnte man sich nicht entgehen lassen, es war, als sagte man sich: »Iß, trink, mach das Beste draus, so lange es noch geht.« So konnte man sich immer noch auf etwas freuen, selbst wenn man morgen vielleicht schon sterben mußte.

Auf die Weise schwand meine Mitgift schnell dahin. Oft machte ich mir noch nicht einmal die Mühe, die Preise herunterzuhandeln, weshalb ich bei den Verkäufern immer gern gesehen war. »Fräulein, Fräulein!« riefen sie mir zu, sobald sie mich sahen. »Schauen Sie her, die zartesten Sojasprossen, die frischesten Enteneier!«

Als wir zu den Fischständen weitergingen, erzählte mir Hulan, daß sie endlich einen Brief von Jiaguo bekommen habe. Sie zog ihn hervor und zeigte mir den Umschlag.

Obgleich Jiaguo sie lesen und schreiben gelehrt hatte, beherrschte sie es noch immer nicht. Nach vier Jahren Unterricht konnte sie nicht viel mehr als die Preise auf dem Markt entziffern, mit den Schriftzeichen für »Fisch«, »Schweinefleisch« und »Nudeln«, all den Sachen, die sie gerne aß.

Natürlich hatte sie das vor Jiaguo immer verheimlicht. Sie tat bloß so, als könnte sie alles lesen! Wenn ich eine Ankündigung las, die auf dem Marktplatz aushing, fragte sie mich, was darauf stand. Und abends hörte ich sie dann zu Jiaguo sagen: »Eh, was hat es mit dieser Ankündigung über den Bahnverkehr auf sich, die ich heute auf dem Markt gelesen habe?«

Also mußte Jiaguo wohl glauben, daß er ein guter Lehrer sei, und nun hatte er ihr einen langen Brief geschrieben, sicher in der Annahme, daß sie ihn ganz allein würde lesen können.

Aber natürlich konnte sie es nicht. Hulan reichte mir den Brief und behauptete, ihre Brille sei heute nicht stark genug, um eine so kleine Schrift zu entziffern. Das war blanker Unsinn. Jiaguo hatte alles in großen, sorgfältigen Pinselstrichen geschrieben, wie ein Kind es in der Schule lernt, genauso wie er es auch Hulan beigebracht hatte.

»Meine liebe Frau«, las ich ihr vor. »So viel Zeit ist inzwischen schon vergangen, seit ich mir vornahm, dir zu schreiben, doch nun will ich es endlich tun. Heute mußte ich an unser Gespräch am See denken, an deine vorwurfsvollen Worte, kurz bevor ich abfuhr.«

»Wah!« Hulan riß mir den Brief aus der Hand. »Das kann er doch nicht geschrieben haben!« Sie lachte, als sei der Brief als Scherz gemeint. Sie spähte angestrengt auf die Schriftzeichen, als könnten die Augengläser ihr helfen, sie zu entziffern.

»Soll ich ihn dir jetzt vorlesen oder nicht?« sagte ich.

Zögernd gab sie mir den Brief zurück.

Ich überflog ihn schnell und las dann weiter vor: »Ich hoffe, daß deine Tränen nun längst getrocknet sind. Herz und Leber brennen mir seitdem vor Reue, obwohl du es sicher noch mehr bereust, einen so unwürdigen Mann geheiratet zu haben.«

»Das reicht!« rief Hulan hastig, schlug die eine Hand vor den

Mund und streckte die andere nach dem Brief aus. Ich reichte ihn ihr langsam, und sie drehte mir den Rücken zu und verstaute ihn wortlos in ihrer Handtasche. Als sie sich wieder umwandte, war ihre Miene abweisend.

Wir gingen ein paar Minuten schweigend nebeneinander her. Mir fielen keine passenden Worte ein. Ich war verlegen – denn ich wußte bereits, was sie vor mir zu verbergen suchte. Bevor ich ihr den Brief zurückgab, hatte ich schnell noch die nächsten Zeilen gelesen. Und nun kannte ich das Geheimnis: daß es Jiaguo leid tat, seine ehelichen Pflichten noch immer nicht erfüllt zu haben. Daß er ihr gelobte, nun endlich wirklich ihr Ehemann zu werden, falls er überlebte. Er hoffte, schrieb er weiter, daß sie schon im nächsten Jahr sein Kind zur Welt bringen würde.

Ich war natürlich schockiert, dies über ihre Ehe zu erfahren. Sollte das heißen, daß sie wie Bruder und Schwester zusammenlebten, wie Mönch und Nonne? Lag es daran, daß Hulan keine Kinder hatte? Bedeutete es, daß Jiaguo kein Verlangen nach ihr hatte? Hielt er vielleicht dem Geist ihrer toten Schwester die Treue? Oder ging er zu anderen Frauen, wie Wen Fu?

Endlich verstand ich auch, weshalb sie mich so streng zurechtgewiesen hatte, als ich mich über Wen Fus Gelüste beklagte, und warum sie mich oft so neidisch ansah, wenn ich Danru auf dem Schoß hielt.

Augenblicklich verzieh ich ihr und bereute all meine boshaften Gedanken über sie.

Doch ich beneidete sie auch um ihre geschlechtslose Ehe, die mir viel besser schien als meine lieblose. Ich fragte mich, wie viele Geheimnisse Hulan wohl noch vor mir verborgen halten mochte.

»Du mußt nicht denken, daß Jiaguo sich irgendwas hat zuschulden kommen lassen«, sagte Hulan plötzlich mit fester Stimme. »Wir hatten nur einen kleinen Streit, um etwas ganz Alltägliches, so unwichtig, daß ich es längst wieder vergessen habe.«

»Natürlich habe ich nichts dergleichen gedacht«, gab ich zurück. »Ich habe schon immer gefunden, daß Jiaguo der beste, der gutmütigste...«

Weiter kam ich nicht. Auf einmal gellten die Alarmsirenen los.

Hulan runzelte die Stirn. »Wie kann das sein?« meinte sie. »Dafür ist es doch schon viel zu spät.« Sie schlug die Richtung zu unserem Haus ein.

Ich rief sie zurück. »Mach keine Dummheiten! Die anderen werden nicht zu Hause auf uns warten. Sie sind bestimmt schon auf dem Weg zum Stadttor.«

Ich entschied, was am besten zu tun sei. Hulan sollte zum Nordtor laufen, ich zum Osttor. Wenn alles vorbei war, würden wir sofort nach Hause gehen und unterwegs gegenseitig nach uns Ausschau halten. Und praktisch, wie ich war, setzte ich noch hinzu, daß wir später vielleicht noch mal zum Markt zurückkehren könnten, um den Fisch fürs Abendessen zu besorgen. Wir wünschten uns viel Glück und trennten uns mit einem Lächeln.

Während ich die Straße entlangeilte, spähte ich aus den Augenwinkeln nach allen Richtungen, für den Fall, daß Tante Du und Danru plötzlich irgendwo auftauchten. Ich schlug eine Abkürzung durch eine Seitengasse ein und überlegte mir dabei, was ich später noch auf dem Markt einkaufen könnte: Ach ja, ich brauchte noch etwas Tofu als Beilage für die Zuckererbsen.

Während ich so dahintrabte und mein Abendessen plante, wurde der Flugzeuglärm immer lauter, und ich wunderte mich, daß sie noch nicht zu einem anderen Stadtteil abgeschwenkt waren. Schließlich war ich von dem Brummen über mir so verwirrt, daß ich mitten auf der Straße stehenblieb. Ich war so wütend, die Flugzeuge direkt über mir zu sehen! Wie dumm die sind, dachte ich noch, die müssen sich wohl verirrt haben.

Plötzlich sah ich eine Maschinengewehrsalve in die weißgekalkte Wand vor mir einschlagen – eine lange Reihe von Löchern, wie Nadelstiche, wenn man einen Faden aus dem Saum reißt. Das Stück Wand unter diesen Einstichen bröckelte weg, und dann brach der Rest der Wand ein, wie ein ausgeleerter Mehlsack. Und genau in diesem Augenblick verschwand jeder vernünftige Gedanke aus meinem Kopf. Ich schrie auf, und sofort drang der Staub mir in die Kehle und brannte mir in den Augen.

Ich hustete und rang keuchend nach Luft. Ich rieb mir die Augen und versuchte, mich umzusehen. Die Sirenen heulten noch immer. Ich hörte noch mehr Gewehrsalven, dazu das stetige Brummen der Flugzeuge, die über uns kreisten. Als ich endlich wieder klar sehen konnte, fiel mein Blick auf eine Frau, die mit einem Strohbesen in der Hand vor mir stand und mit angstgeweiteten Augen in den Himmel starrte. Dann riß sie den Mund auf, so weit es nur ging, aber kein Laut drang heraus.

Ich blickte ebenfalls hoch. Zwei dunkle Schatten, die wie Fische aussahen, kamen auf uns heruntergetaumelt, wurden immer größer und größer. Und ehe ich mir noch sagen konnte: »Bomben«, lag ich auch schon am Boden, der unter mir mit einem ohrenbetäubenden Krachen erzitterte, und dann hörte ich ringsum das Klirren von zerborstenem Glas.

Als ich meine fünf Sinne wieder beisammen hatte, fand ich mich mit dem Gesicht in den Staub gedrückt. Ich wußte nicht, ob ich von selbst hingefallen oder von der Druckwelle umgerissen worden war, ob eine Sekunde oder ein Tag vergangen waren. Dann hob ich den Kopf. Die Welt um mich her sah ganz verändert aus. Sand regnete vom Himmel. Ich fragte mich, ob ich wohl träumte; die Leute auf der Straße schienen sich so langsam wie Schlafwandler zu bewegen. Oder waren wir alle schon tot und warteten nur darauf, in die nächste Welt hinüberzugehen? Doch dann mußte ich husten und fühlte den beißenden Staub in meiner Kehle.

Als die Sirenen verstummten, stand ich auf und ging langsam weiter. Zu meiner Linken sah ich hinter den nächsten Dächern Rauch aufsteigen. Auf den Dächern und in der Straße lagen all die Dinge verstreut, die über die Häuser geweht worden waren: Stücke von Decken und Stühlen, ein Fahrradreifen, ein Kochherd und ein Topf, Kleiderfetzen – nur waren es nicht bloß Kleider, sondern ein Ärmel mit einem verkrümmten Arm, ein Schuh mit einem Fuß, und noch anderes mehr, das ich lieber nicht genau erkennen wollte.

Ich ging langsam an all dem vorbei. Und dann sah ich die Frau mit dem Besen wieder, die kurz vor dem Bombeneinschlag noch geschrien hatte. Sie saß nun am Boden, rang die Hände zum Himmel und heulte: »Wo bist du? Ich habe dir doch gesagt, du sollst nicht rausgehen. Wirst du jetzt endlich auf deine Mutter hören?«

Da schoß es mir durch den Kopf: »Danru! – Wo ist er?«

Ich rannte nach Hause. Ich rannte an Leuten vorbei, die humpelten, an Kindern, die weinten, an einem lächelnden Mann, dem das Blut aus dem Ohr lief. Je näher ich unserem Haus kam, desto normaler sah es in den Straßen aus, und die Leute standen fröhlich schwatzend herum, wie jedesmal, wenn wieder ein Alarm überstanden war.

Als ich nach Hause kam, trank Hulan schon Tee und begutachtete gerade mit kritischem Blick einen getrockneten Fisch, der zum Einweichen in einer Schüssel lag. »Oyo! Keine halbe Stunde war ich weg, und jetzt schau dir das an – mindestens zehn Fliegen schwimmen in unserem Abendessen!«

»Wo sind sie?« fragte ich atemlos.

»Hier in der Schüssel, bei dem Fisch.«

»Ai! Danru, Tante Du – wo sind sie?«

»Ach, die!« lachte sie. »Die sind noch nicht zurück. Oder vielleicht kommen sie da gerade.«

Die Tür ging auf, und ich stürzte schon vorwärts – aber es waren nur die Köchin und das Hausmädchen, die lachend hereinkamen. Ich trat vor die Tür und blickte die Straße hinab.

»Mach dir keine Sorgen!« rief Hulan mir zu. »Die werden schon noch kommen. Trink erst einmal eine Tasse Tee. Deine Sorgen bringen sie auch nicht schneller her.«

»Wie soll ich mir denn keine Sorgen machen?« schrie ich zurück. »Mir ist beinah eine Bombe auf den Kopf gefallen, ich habe viele Tote und Verwundete gesehen und entsetzliche Sachen, Schuhe ohne Füße, Füße ohne Beine –«

»Was sagst du da?« unterbrach mich Hulan. »Das hast du gesehen? Wo denn?«

Und schon rannten wir beide aus dem Haus und die Straße hinab. Bald fing es an zu donnern, und der Regen ließ nicht lange auf sich warten. Hulan mußte sich immer wieder die Brille abwischen.

In den Straßen, wo die Bomben eingeschlagen hatten, wimmelte es jetzt von Menschen. Die Polizei, die Armeehelfer, die amerikanischen Sanitäter – alle waren schon zur Stelle. Feuerwehrwagen und Ambulanzen versperrten die Straße. Und dann kamen wir an einen kleinen Schutthügel, über den sich viele durchnäßte Rücken beugten.

»Was ist das?« fragte Hulan und wischte sich mit dem Finger über die Brille. »Was siehst du da?«

Wir traten näher heran. Die Leute knieten auf den Trümmern eines Hauses und trugen den Schutt ab, so schnell sie nur konnten – mit Schaufeln und Kochtöpfen.

Und dann sah ich die Frau wieder, die vorher heulend auf der Straße gesessen hatte. Sie drehte sich um und sah mich erstaunt an. Mir war, als schaute ich in einen Spiegel, aus dem mir meine eigene Angst entgegenstarrte.

Sie wandte sich wieder zu den anderen um. »Nicht so! Ihr seid viel zu grob!« rief sie, aber niemand nahm von ihr Notiz.

»Vorsichtig, vorsichtig«, flehte sie. »Seht her, so.« Sie kniete sich hin und scharrte mit ihren blutiggeschundenen Händen Backsteine, Bretter und Mörtelklumpen aus dem Schutt. Und jedesmal wenn sie etwas entfernt hatte, beugte sie sich dicht zum Boden hinunter und spähte mit zärtlichem Blick auf die Stelle, die sie freigelegt hatte.

Ich habe mich immer gefragt, was wohl aus der Frau geworden ist, die sich so geduldig auf diesem Schutthügel abmühte. Ich weiß nicht, ob sie einen Jungen oder ein Mädchen verloren hatte, denn als sie das Kind schließlich fanden, konnte ich nicht mehr hinschauen. Sie schrie nur noch: »Meine Schuld! Meine Schuld!« Und ich wollte nicht sehen, wie das Kind zugerichtet war, denn wir suchten ja noch immer nach Danru.

Doch wir fanden weder ihn noch Tante Du in dem Schutthaufen und auch in keinem der eingestürzten Häuser nebenan. Hulan und ich blieben noch stundenlang in jenem Stadtteil, hörten andere Mütter nach ihren vermißten Kindern rufen, sahen zu, wie Schicht für Schicht die letzten Hoffnungen abgetragen wurden.

Jedesmal wenn eine andere Mutter die Hoffnung aufgeben mußte, machte ich mit lauter Stimme ein Gelöbnis, immer eins nach dem anderen, zu jedem Gott und jeder Göttin, die mir in den Sinn kamen: meinem Sohn Danru eine aufmerksamere Mutter zu sein; immer ehrlich und loyal zu meiner lieben Freundin Hulan zu sein; meinem Mann Wen Fu immer mit Langmut und Nachsicht zu begegnen und ihm alles zu verzeihen; meine verehrte ältere Freundin Tante Du zu respektieren und stets ihrem Rat zu folgen; mein Leben ohne Klage hinzunehmen.

Nach diesem letzten Gelöbnis sah ich mein Dienstmädchen auf

uns zugerannt kommen. Sie weinte und schrie: »Da seid ihr ja endlich«, als ob *wir* verlorengegangen seien. Oh, wie ich vor Erleichterung schluchzte, als ich hörte, daß Tante Du und Danru längst zu Hause saßen – keine zwei Minuten, nachdem wir so kopflos davonstürzten, waren sie schon wiedergekommen.

Danru war also nichts passiert, und ich mußte meine Versprechen halten. Hulan hatte sie ja alle gehört, besonders das, wo ich gelobte, immer ehrlich zu ihr zu sein. Und natürlich dachte ich auch gar nicht daran, irgend etwas davon zurückzunehmen. Hätte ich nur ein Gelöbnis weniger gemacht, wäre Danru vielleicht gestorben. Oder vielleicht hätte man ihn noch gefunden, aber mit einem fehlenden Bein oder Auge. Wer könnte das sagen? Wer weiß, wie Hoffnungen erfüllt werden?

Zum Glück fiel mir später allerdings wieder ein, daß Danru und Tante Du ja schon längst zu Hause waren, als ich das alles gelobte.

Die amerikanische Party

Ich habe meine Versprechen nicht gebrochen. Ich habe nur eins zurückgenommen, nämlich das, Wen Fu immer alles zu verzeihen. Ein Versprechen zurücknehmen heißt nicht, es zu brechen. Das ist, wie wenn man etwas bei Macy's kauft und es dann zurückbringt, um sein Geld wiederzukriegen. Das habe ich nämlich letzte Woche getan: Ich hatte mir Schuhe für Bao-Baos Hochzeit gekauft, und zwei Tage später sah ich dieselben Schuhe um zwanzig Prozent heruntergesetzt. Also brachte ich sie zurück, bekam mein Geld wieder und kaufte sie gleich noch mal, aber diesmal billiger.

Damit habe ich niemandem geschadet, schließlich habe ich sie ja gleich wiedergekauft. Siehst du, hier sind sie, in diesem Karton. Der Stil ist fast der gleiche wie bei den Schuhen, die ich damals im Krieg hatte. Sie hatten die gleichen, nicht allzu hohen Absätze, und die Farbe war eher rötlich-braun. Sie waren auch vorne am Zeh so ausgeschnitten, aber von viel schlechterer Qualität.

Diese Schuhe trug ich auf dem ersten amerikanischen Tanzabend, zu dem ich eingeladen war. Ich tanzte in diesen Schuhen, als ich mich zum ersten Mal verliebt habe.

Das war, als die »Fliegenden Tiger« nach Kunming zurückkamen. Damals nannten wir sie allerdings noch die »Ah-vuh-gees«, als Abkürzung für American Volunteer Group. Manche Leute nannten sie auch die »Fliegenden Haifische«, weil ihre Flugzeuge vorne Haifischzähne aufgemalt hatten, was sehr aggressiv und gefährlich aussah. Und später hielt man die Haifischzähne dann für Tigerzähne, daher waren sie schließlich allgemein als »Fliegende Tiger« bekannt – wie du siehst, stammte der Name also nur aus einer Verwechslung.

Na, kurz und gut, bei diesen Amerikanern waren wir jedenfalls zu einem Tanzabend eingeladen, einer Siegesparty. Und an dem Tag, als die Party stattfand, erzählte Hulan mir von einer chinesischen Lehrerin, die so verrückt nach Amerikanern war, daß sie ihren Mann verlassen hatte und nun mit der ganzen amerikanischen Luftwaffe schlafen wollte, jedem einzelnen, egal ob jung oder alt.

»Das sagt sie sogar ganz offen, stell dir vor, eine Chinesin!« entrüstete sich Hulan. »Die Leute behaupten, sie sei gleich nach dem Sieg der Amerikaner krank geworden und habe ihren Mann dann in der Öffentlichkeit angeprangert. Wer weiß, was das für eine Krankheit war? Jetzt hat sie jedenfalls einen Sex-Fimmel und kann über nichts anderes mehr reden. Dabei ist sie ziemlich alt – vielleicht schon dreißig – und noch nicht mal hübsch.«

Diese verrückte Lehrerin würde auch zu dem Tanzabend im American Club kommen, sagte Hulan. Die Amerikaner hatten die chinesischen Piloten samt Ehefrauen oder Freundinnen eingeladen, und natürlich wollten wir sehr gerne hingehen. Es sollte dort ein Grammophon und viele Platten mit Tanzmusik geben, jede Menge zu essen und ein Whiskey-Punsch, der die Leute in die ausgelassenste Stimmung versetzte.

Ich erinnere mich noch gut an jene Party, Weihnachten 1941. Drei Tage zuvor waren wieder die japanischen Flugzeuge gekommen, um Bomben über Kunming abzuwerfen, aber diesmal waren die Amerikaner zur Stelle, um sie fortzujagen. Unser erster großer Sieg in all den Jahren! Alle Leute waren auf die Straße gelaufen, um den amerikanischen Jagdfliegern mit den Haifischzähnen zuzujubeln. Überall krachten die Feuerwerkskörper, Trommeln wurden geschlagen, und Autohupen lärmten, als wäre es schon Neujahr. Es sah ganz so aus, als wären wir alle verrückt vor Begeisterung für die Amerikaner, genau wie jene Lehrerin.

Als wir in den American Club kamen, empfing uns laute Tanzmusik, die ich gleich wiedererkannte. Es war der Song, den Min mir einst vorgespielt hatte, Chattanooga Choo Choo. Wen Fu schnippte mit den Fingern und lächelte gutgelaunt. Die Tanzfläche war schon voller herumwirbelnder Paare, die Mädchen klapperten mit ihren hohen Absätzen, und die Amerikaner schlurften in ihren großen Schuhen lässig über den spiegelblanken Boden.

Ob besagte Lehrerin auch unter den Tanzenden war, konnte ich nicht erkennen. Es waren so viele verrückte chinesische Mädchen da: Studentinnen, Lehrerinnen, Krankenschwestern und Flüchtlinge aus allen Teilen des Landes – und sie alle schienen ganz wild darauf, mit den Amerikanern zu tanzen. Wer weiß, wie sie von der Party Wind bekommen hatten. Wer weiß, wie sie zu ihren modernen Partykleidern gekommen waren – rosa, grüne und gelbe, manche mit aufgenähten Blumen, viele mit weiten, gebauschten Röcken, und alle ärmellos oder gar schulterfrei. Jedenfalls tanzten diese Mädchen jetzt hier mit den hochgewachsenen Ausländern, setzten sich deren Fliegermützen auf die frisch gewellten Haare und schienen völlig außer Rand und Band.

Natürlich war der American Club kein richtiger Nachtclub, sondern nur ein leerstehendes Lagerhaus, das die Amerikaner tagsüber als Versammlungsraum benutzten. Für die Party war der Zementboden auf Hochglanz gebohnert worden, so daß er jetzt wie feuchter Marmor schimmerte. Die Bänke waren an die Wände gerückt, und auf den langen Tischen standen lauter kleine Eimer mit billigen Kerzen, wie man sie im Sommer benutzte, um Insekten zu verjagen; das waren die einzigen Kerzen, die damals aufzutreiben waren.

An den Wänden und Deckenbalken hatten die Amerikaner bunte Papierdekorationen aufgehängt – Bäumchen, gestreifte Zuckerstangen, Kerzen, Girlanden in allen möglichen Formen und Farben. Sie sahen nicht besonders aus, aber Jiaguo erklärte uns, es seien spezielle weihnachtliche Glücksbringer, von Missionarinnen und Rotkreuzhelferinnen in Rangun hergestellt und dann über die hohen Bergketten in Burma zu uns eingeflogen. Wir wußten, daß jeder dieser Flüge ein großes Wagnis war, selbst wenn es darum ging, wichtige Kriegsausrüstung heranzuschaffen, und so betrachteten wir diese amerikanischen Glücksbringer mit neuem Respekt. Das Rote Kreuz hatte sogar einen Weihnachtsbaum mitgeschickt, original amerikanisch, wie Wen Fu meinte, der schon mal einen Weihnachtsbaum auf einem Zeitschriftenfoto gesehen hatte. In meinen Augen war es aber nur irgendein einheimischer Busch, fremdländisch zurechtgestutzt. Der Baum war mit Weihnachtskarten, roten Schleifen, weißen Baumwollbällchen und langen Ketten geschmückt, die wie aufgefädelte, getrocknete weiße Lotussamen aussahen. Unter dem Baum lagen Hunderte von roten Wollsokken, und in jedem davon steckte ein Stück Schokolade oder eine Zuckerstange, in Glanzpapier verpackt und mit einem farbigen Band umwickelt. Das wußte ich aber nur, weil Hulan sich gleich vier Socken genommen hatte und behauptete, die Amerikaner hätten sie ihr förmlich aufgenötigt.

Wen Fu sagte, er habe vor vielen Jahren in Shanghaier Nachtclubs tanzen gelernt, und ich konnte sehen, daß er darauf brannte, seine Fertigkeiten vorzuführen. Doch ich fand bald heraus, wie weit es damit her war: Er konnte überhaupt nichts! Kein Rhythmus, keine Technik, keine korrekten Tanzschritte. Er schwenkte mich so heftig herum, daß ich schon Angst hatte, er würde mir die Arme ausreißen, bis mir bei einer besonders tolpatschigen Drehung ein Absatz vom Schuh brach. Plötzlich tanzte ich wie ein Krüppel, das eine Bein länger als das andere. Wen Fu ließ mich gnädig davonhumpeln.

Von meinem Stuhl aus beobachtete ich, wie mein Mann auf eine Gruppe junger Mädchen in hübschen Kleidern zutrat. Er zeigte auf seine Uniform, und eins der Mädchen fing an zu kichern. Ich wandte mich ab. Sollte er doch ruhig flirten, wenn es ihm Spaß machte, mir war es egal.

Dann sah ich Hulan und Jiaguo beim Tanzen zu. Ihre Schultern waren aneinandergedrückt, doch Hulan hielt die Füße weit gespreizt, als wollte jeder Fuß für sich allein eine andere Richtung einschlagen. Ab und zu drückte Jiaguo ihre füllige Taille fester an sich und schüttelte sie ein wenig, als könnte er ihren Füßen damit zu etwas mehr Disziplin verhelfen. Er schien sie zu ermahnen, doch sie lachte nur. Während ich sie so beobachtete, fragte ich mich, ob Hulans Wünsche wohl endlich in Erfüllung gegangen waren, ob Jiaguo mittlerweile ihr wirklicher Ehemann geworden war. Dann sah sie mich plötzlich, winkte mir zu und ließ ihren Mann einfach stehen.

»Wenn ich tanzen müßte, um unser Leben zu retten – das wäre vielleicht eine Katastrophe!« prustete sie, ließ sich auf einen Stuhl sinken und fächelte sich mit einem der Papierbäumchen Kühlung zu. »Hast du sie schon gesehen?«

»Wen denn?« fragte ich zerstreut. Ich war gerade damit beschäftigt, den Absatz wieder in den Schuh zu klopfen, und stampfte dann ein paarmal fest mit dem Fuß auf, um den Nagel tiefer hineinzutreiben.

Hulan beugte sich zu mir vor. »Die Lehrerin natürlich! Sie trägt ein blaues Kleid und hat sich die ganzen Augenbrauen ausgezupft und wieder drangemalt.«

»Wo ist sie?« fragte ich und sah mich nach allen Seiten um.

»Eben stand sie noch am Buffet und hat sich mal wieder an irgendeinen Amerikaner rangeschmissen. Komm, laß uns doch mal nachschauen gehen.«

Aber wir fanden die verrückte Lehrerin nicht mehr am Buffet vor. Statt dessen fand Hulan etliche amerikanische Leckerbissen, die sie probieren wollte, und auch ich war neugierig darauf, wie solche Sachen wohl schmeckten, die über eine so lange, gefährliche Strecke herbeigeschafft worden waren. Also probierte ich von allem etwas: zuerst einen weichen, dunkelbraunen Kuchen, der so hieß, wie er aussah – Brownie. Er war so süß, daß mir die Zähne weh taten. Als nächstes die weißen Kerne, die in Ketten am Weihnachtsbaum hingen – Popcorn. Es schmeckte nach nichts und war so trocken, daß es mir im Hals kratzte. Dann biß ich noch in ein salziges Plätzchen mit einem gräßlichen Belag. Hulan probierte es auch gleich, da sie glaubte, meins sei vielleicht aus Versehen verdorben gewesen. Aber es war kein Versehen. Es war das erste Mal, daß wir Käse aßen.

Auf einmal bemerkten wir beide etwas sehr Ungewöhnliches. Ein Chinese ging von Tisch zu Tisch, redete sowohl mit den Amerikanern als auch mit den chinesischen Piloten und schüttelte jedem nach westlicher Manier die Hand. Er war fast so groß wie die Amerikaner und hatte dieselbe energische und freundliche Umgangsart. Und das Seltsamste war, daß er eine amerikanische Uniform trug. Als er zu uns hinüberkam, fragte Hulan ihn unhöflich: »He, wo hast du denn die amerikanische Uniform her?« – Als ob er sie gestohlen hätte!

Doch der Mann lächelte nur. »Ich bin Amerikaner«, sagte er auf chinesisch. »In Amerika geboren.« Und dann setzte er noch in fließendem Englisch irgend etwas über seine Eltern und seinen Geburtsort hinzu. Hulan lachte verblüfft und meinte, sein Englisch klinge tatsächlich ganz echt, wie bei einem Cowboy. Das sagte sie natürlich auf chinesisch.

Doch ich setzte sie beide in Erstaunen, indem ich plötzlich auch etwas auf englisch sagte: »Früher, in Shanghai, ich lernen Englisch.«

Er begann sofort, mir eine Menge Fragen in schnellem Englisch zu stellen. »Nein, nein«, sagte ich, diesmal auf chinesisch. »Daß ich es mal gelernt habe, heißt noch lange nicht, daß ich es auch sprechen kann. Ich war leider eine sehr faule Schülerin. Die Nonnen mußten immer viel für mich beten.«

Er lachte. »Und hat Gott deine Gebete erhört?« fragte er auf chinesisch.

Ich schüttelte lächelnd den Kopf. »Aber immerhin kann ich genug Englisch, um festzustellen, daß du dich genau wie ein Ausländer anhörst, obwohl du wie ein Chinese aussiehst.«

Der Mann lachte wieder. »Alle Achtung«, sagte er auf englisch, dann dankte er mir auf mandarin für das Kompliment, und dann – hah! – sagte er noch etwas auf kanton-chinesisch, dann in irgendeinem einheimischen Dialekt und schließlich auf japanisch.

»Du wechselst ja die Sprachen so leicht wie ein Grammophon die Platten!« sagte ich.

»Oyo!« neckte Hulan ihn. »Vielleicht bist du ein Spion, obwohl es natürlich schwer zu sagen ist, für welche Seite du arbeitest.«

Der Mann zog seinen Ausweis aus der Brieftasche und erklärte uns, er sei beim amerikanischen Informationsdienst als Dolmetscher tätig. »Die Arbeit ist nicht weiter schwierig«, sagte er bescheiden. »Einer eurer Piloten wollte zum Beispiel von mir wissen, wie er den Amerikanern danken könnte.« Er zeigte auf ein Plakat an der Wand. »Und ich habe das dann für ihn formuliert.«

»Was steht denn da drauf?« wollte Hulan wissen.

»Hurra Yankees.«

»Und was bedeutet das?« fragte ich.

Da sah dieser Mann, der gleichzeitig Chinese und Amerikaner war, mich ernst an und schwieg einen Augenblick, als müsse er sich die Übersetzung erst genau überlegen. Schließlich sagte er: »Das bedeutet, daß man von seinem Glück so überrascht ist, daß man das Gefühl nicht in alltäglichen Worten ausdrücken kann.«

Damit hatte er meinen tiefsten Herzenswunsch ausgesprochen, daß auch ich eines Tages vom Glück eingefangen werden möge, wie ein Fisch im Netz. Auf einmal hatte ich das Gefühl, zu dicht neben ihm zu stehen. Als ich versuchte, mich an die Wand zurückzulehnen, brach mein Absatz von neuem ab, und der Mann fing mich auf, bevor ich zu Boden stürzte.

So traf ich also Jimmy Louie – jawohl, deinen Vater! Kannst du dir das vorstellen? Ich hatte nur nach einer Lehrerin Ausschau gehalten, die verrückt nach Amerikanern war, und statt dessen einen Amerikaner gefunden, der verrückt nach mir war.

Viele Jahre später erzählte dein Vater dann seinen amerikanischen Freunden: »Ich war ihr gleich von Anfang an verfallen. Aber Winnie – die ist bloß hingefallen. Na, Hauptsache, ich konnte sie auffangen.« Du weißt doch, wie witzig und charmant er immer war, mit seinem trockenen Humor? So war er auch damals schon, gleich vom ersten Augenblick an.

Und es stimmte, was er sagte. Ich kann nicht behaupten, daß ich mich auf den ersten Blick in ihn verliebt habe. Solche romantischen Vorstellungen lagen mir fern. Ich war eine verheiratete Frau, ich hatte schon genug Ärger in meiner Ehe und war nicht darauf aus, mir noch mehr aufzuhalsen.

Obwohl ich gestehen muß, daß ich fasziniert davon war, wie locker Jimmy Louie mit den Amerikanern umging. Als diese großen Kerle ans Buffet kamen, traten Hulan und ich schüchtern zur Seite, um ihnen Platz zu machen. Doch Jimmy Louie schlug ihnen jovial auf die Schulter und rief sie alle beim Namen – »Hey, Smitty«, »Hey, Jonny«, »Hey, Hank«.

Ehrlich gesagt genierte ich mich auch mehr und mehr wegen meiner hausbackenen Aufmachung. Ich trug an jenem Abend ein schlichtes braunes Kleid mit langen Ärmeln, in dem ich wie eine Landpomeranze ausgesehen haben muß, zumal ich inzwischen die Schuhe ausgezogen hatte und barfuß dastand. Was sollte so ein gebildeter Amerikaner wohl davon halten! Um mich herum wimmelte es von Mädchen, die schick angezogen und elegant frisiert waren und keine Spuren vom Krieg oder einer unglücklichen Ehe im Gesicht trugen.

An jenem Abend kam es mir vor, als kämen nach und nach sämtliche hübsche Mädchen im Raum zu Jimmy Louie gelaufen, immer fünf oder sechs von ihnen auf einmal. Er sah natürlich sehr gut aus, aber er flirtete nicht mit ihnen, wie Wen Fu es tat. Er war so beliebt, weil er ihnen amerikanische Namen geben konnte, mit denen sie sich dann bei ihren neuen Yankee-Freunden vorstellten.

Jimmy Louie musterte ihre albern kichernden Mienen, als könnte er in wenigen Sekunden ihren Charakter darin ablesen, um ihnen dann einen passenden Namen auszusuchen. Den meisten gab er einfache Namen, die leicht auszusprechen waren: Donna, Dotty, Patty, Peggy, Sally, Susie, Maggie, Mattie, Jeanie, Judy. Doch wenn ein Mädchen zu aufdringlich oder anspruchsvoll war oder einen Namen wollte, der hübscher klang als der ihrer Freundin, gab er ihr extra einen Namen, der für Chinesen ein Zungenbrecher war: Gretchen, Faith, Theodora. »Das sind die vornehmsten amerikanischen Namen«, machte er den Mädchen weis und blinzelte uns zu.

»Und ihr beide?« fragte er uns schließlich. »Ihr solltet auch amerikanische Namen bekommen.« Er erkundigte sich nach unseren chinesischen Namen, kniff ein Auge zusammen und zog den Mundwinkel hoch, als schaute er durch eine Kamera, um das, was er sah, in einem einzigen treffenden Wort zusammenzufassen.

So wurde Hulan zu Helen. Jimmy Louie meinte, Helen sei ein sehr eleganter Name, aber ich glaube, er suchte ihn nur aus, weil er so ähnlich klang wie Hulan. Und aus mir wurde Winnie – ein glückbringender Name, mit dem man nur gewinnen könne, wie er sagte. Dann schrieb er die beiden Namen auf einen Zettel.

In diesem Augenblick kamen unsere Männer dazu. Jimmy Louie schüttelte Wen Fu und Jiaguo nach amerikanischer Manier die Hand und verbeugte sich leicht, wie Chinesen es bei der Begrüßung tun. Falls er enttäuscht war, als er erfuhr, daß ich verheiratet war, ließ er sich nichts davon anmerken – obwohl er bald einen Weg fand, mir zu zeigen, was er von meinem Mann hielt.

Hulan zeigte Jiaguo ihren neuen amerikanischen Namen. Sie fuhr mit dem Finger die Buchstaben entlang – als könnte sie neuerdings sogar schon Englisch lesen! »Hu-lan, Hu-lan«, sagte sie langsam und mühevoll, sprach es aber genau wie ihren chinesischen Namen aus.

»Und deiner?« fragte Wen Fu.

»Winnie«, sagte ich.

»Nicht schlecht, nicht schlecht«, meinte er und wandte sich an Jimmy. »Da du heute abend schon so großzügig bist, wie wär's denn mit einem Namen für mich und meinen Freund hier?« Also benannte Jimmy sie ebenfalls. Jiaguo nannte er Jack – »Jack, wie Jack London«, erklärte er. »Ein berühmter Amerikaner, der viele Abenteuer erlebt hat.«

»Jock! Jock!« wiederholte Jiaguo ein paarmal. »Der Name gefällt mir.« Und ohne ihn zu verbessern, schrieb Jimmy Jiaguos neuen Namen als Jock auf. So war Jimmy immer, sehr höflich, nie brachte er jemanden unnötig in Verlegenheit. Für Wen Fu schlug er den Namen Victor vor. »Ein glückbringender Name für einen Flieger, der gut zu dem von deiner Frau paßt«, erklärte er.

Doch Wen Fu wollte natürlich einen besseren Namen als meinen haben, einen ausgefallenen, den sonst keiner hatte.

»Vielleicht einen Heldennamen?« schlug Jimmy vor.

»Nein, einen, der noch mehr hermacht!« verlangte Wen Fu.

»Vielleicht jemand, der den Lauf der Geschichte für immer verändert hat?« meinte Jimmy.

»Genau!« erwiderte Wen Fu. »Das wäre der beste für mich.«

»Judas«, sagte Jimmy. »Dein Name ist Judas. Ich kenne keinen, der so heißt.«

»Ju–dassa! Ju–dassa!« wiederholte Wen Fu abwägend. »Ja, das klingt gut.« Jiaguo und Hulan stimmten ihm zu.

Ich biß mir auf die Lippen. Ich erinnerte mich, was die Nonnen mir damals über diesen bösen Namen erzählt hatten. Als Jimmy Louie merkte, wie ich mir das Lachen verbiß, grinste er wie ein Schuljunge vor Freude, daß ich die Anspielung verstanden hatte.

Er schrieb Wen Fus Namen auf und sagte dann: »Die Musik, die da gerade läuft – Moonlight Serenade, das ist die Lieblingsmelodie der Amerikaner. Gestattest du mir, daß ich mit deiner Frau tanze?«

Und bevor Wen Fu etwas dagegen einwenden konnte, ehe ich protestieren konnte, daß ich doch keine Schuhe anhätte, wirbelte ich schon in Jimmy Louies Armen davon, fort von Wen Fus stirnrunzelnder Miene, mitten unter die anderen Paare auf der Tanzfläche. Er war ein guter Tänzer, fast so gut wie Min.

»Das war aber sehr frech von dir, das mit dem Namen eben«, schalt ich ihn scherzhaft. »Jetzt werde ich Ärger mit meinem Mann bekommen.«

Jimmy Louie lachte. »Hat er denn keinen Sinn für Humor?«

»Nur wenn er sich über andere Leute lustig machen kann«, sagte ich.

»Ich gebe zu, das war nicht recht von mir«, meinte Jimmy Louie.

»Sehr ungezogen«, bekräftigte ich. Dann sah ich, wie er mir lächelnd zublinzelte, und ich gab ihm einen Klaps auf die Schulter. Er bog lachend meinen Kopf zurück, und ich stimmte in sein Lachen ein. Das war noch nicht Liebe, aber schon gefährlich nahe dran. Er schwenkte mich sanft herum, und da sah ich plötzlich etwas so Schreckliches, daß mir das Lachen verging.

Es war die verrückte Lehrerin in dem blauen Kleid. Ihre eine Augenbraue war schon halb weggewischt, und sie tanzte wie eine Schlafwandlerin, mit halbgeschlossenen Augen, den Kopf an die Schulter eines amerikanischen Piloten gelehnt. Der Pilot schwenkte sie herum, direkt in die Arme eines anderen Piloten, der sie lachend auffing und an den nächsten weitergab. Ich sah wie gebannt zu, sah mit eigenen Augen, was Hulan mir erzählt hatte, sah mich selbst in ihrem verlorenen Blick widergespiegelt. Das war nun aus ihr geworden, eine Frau, die ihren chinesischen Ehemann öffentlich bezichtigt hatte und nun weniger wert war als all die Schimpfworte, mit denen sie ihn überschüttet hatte. Und war ich vielleicht mehr wert? Ich hatte meinen Mann von einem Amerikaner zum Narren halten lassen – demselben Amerikaner, mit dem ich nun barfuß tanzte, von dem ich mich herumschwenken ließ, wie es ihm beliebte.

Also entschuldigte ich mich bei Jimmy Louie mit der Ausrede, ich sei leider eine alte verheiratete Frau, und ließ ihn mitten auf der Tanzfläche stehen. Ich glaubte nicht, daß ich ihn jemals wiedersehen würde.

Als ich Wen Fu wiederfand, war es natürlich schon zu spät.

Kaum waren wir zu Hause, ließ Wen Fu seinem Zorn freien Lauf. Es lag nicht an dem Namen, den Jimmy Louie ihm gegeben hatte; er fand erst Jahre später heraus, was Judas bedeutete. Nein, er war nur wütend, weil ich mit einem Amerikaner getanzt hatte. Ein anderer Pilot hatte Wen Fu damit aufgezogen, daß die Yankees wohl nicht nur die Japaner besiegt, sondern auch die Frauen erobert hätten.

Also war ich nicht überrascht, als das Donnerwetter losbrach. Ich war schon darauf vorbereitet. Oben in unserem Zimmer beschimpfte er mich mit sämtlichen Ausdrücken, die ich in unserer Ehe schon oft zu hören bekommen hatte: »Hure! Fuchs-Teufelin! Verräterin!« Er stank nach Whiskey. Ich stand ruhig da und ließ die Beleidigungen über mich hinwegrollen, ohne mich zu wehren.

Plötzlich riß er mich an den Haaren zu Boden. »Du willst eine Hure sein!« brüllte er mich an. »Das kannst du haben.« Er stürmte zum Tisch, zog die Schublade auf und warf mir ein Blatt Papier und einen Stift zu.

»Jetzt sage ich mich von dir los«, sagte er. »Schreib das auf. Mein Mann ist hiermit von mir geschieden.«

Als ich aufblickte, sah ich ihn mit der Pistole auf meinen Kopf zielen. Sein Gesicht war von einem verrückten Grinsen verzerrt. »Keine Widerrede!« sagte er. »Unsere Ehe ist aufgelöst. Wenn du das nicht schreibst, erschieße ich dich!«

Wie konnte er mich für so dumm halten? Er bildete sich ein, mir angst zu machen. Ich hatte keine Angst. Er bildete sich ein, mich zur Scheidung zu zwingen. Ich brauchte dazu nicht gezwungen zu werden, ganz im Gegenteil. Ich wagte mein Glück kaum zu fassen. Ich schrieb, so schnell ich konnte. Mein Herz klopfte vor Freude, meine Gedanken überschlugen sich. Bald würde ich frei sein! Ich schrieb unsere Namen und das Datum hin, setzte meine Unterschrift darunter und ließ genug Platz frei, damit er und zwei Zeugen noch unterschreiben konnten. Nachdem ich alles noch mal genau überprüft hatte, reichte ich ihm das Papier und bemühte mich, weder meinen Zorn noch meine Freude zu zeigen. »Du unterschreibst hier«, sagte ich und deutete auf den unteren Rand des Zettels.

Er las, was ich geschrieben hatte, und sah mich dann haßerfüllt an. Hastig kritzelte er seine Unterschrift hin und drückte die Feder dabei so fest auf, daß er fast das Papier zerriß. Dann warf er es mir verächtlich hin. Ich hob das kostbare Dokument schnell auf.

»So, jetzt bist du geschieden«, sagte er in schneidendem Ton. »Jetzt bist du nichts mehr wert. Du hast keinen Mann mehr, kein Heim und keinen Sohn.«

Ich blickte erschrocken auf. Daran hatte ich nicht gedacht. Was würde nun mit Danru geschehen? Wie dumm von mir! Zu glauben, daß ich nur für mich selbst verantwortlich war. Meinen Sohn konnte ich niemals verlassen. Ich konnte ihm nicht antun, was meine Mutter mir angetan hatte.

Er fuchtelte mit der Pistole vor meinem Gesicht. »Jetzt fleh mich an, dich nicht zu verlassen«, befahl er. »Fleh mich an, das Scheidungspapier da zu zerreißen.« Er hielt mir die Pistole an den Kopf. Sein Mund war zu einer wütenden Grimasse verzerrt, wie bei einem Verrückten, doch sein Blick war klar und voller Grausamkeit. »Runter, auf die Knie!« brüllte er. »Fleh mich an!«

Da merkte ich, daß er mich nur quälen wollte. Er würde mich so lange in die Enge treiben, bis ich nicht mehr die Kraft hatte, mich zu widersetzen. Und er würde sich nicht eher zufriedengeben, als bis er sich wieder und wieder bewiesen hatte, daß mein Wille vollständig gebrochen war.

Ich gab auf. Mit einem verzweifelten Schrei brach ich zusammen, und mit dem Gesicht am Boden flehte ich ihn an, wie er es befohlen hatte.

»Lauter!« forderte er. »Sag, daß es dir leid tut, so eine wertlose Hure zu sein.« Ich sagte es.

»Beug den Kopf und versprich mir, von nun an immer eine gehorsame Ehefrau zu sein.« Ich beugte den Kopf und versprach es.

Er lachte. »Sag, daß du nicht ohne mich leben kannst.« Ich sprach auch diese verhaßten Worte nach.

Wen Fu lachte noch lauter. »Das gefällt mir, das gefällt mir ganz außerordentlich.« Er trat auf mich zu und riß mir das Scheidungspapier aus der Hand. Ich glaubte schon, die Quälerei sei zu Ende. Er wartete schweigend, bis ich aufblickte. Kopfschüttelnd, mit trauriger Miene, schaute er abwechselnd auf mich und auf das Papier.

»Zu spät«, sagte er. »Ich nehme die Scheidung nicht zurück. Du bist und bleibst geschieden.« Dann warf er mir plötzlich das Papier an den Kopf. »Los, ins Bett mit dir!«

»Bring mich doch um, wenn du willst«, flehte ich.

»Natürlich bringe ich dich um«, sagte er. »Dich und alle anderen im Haus, wenn du nicht auf der Stelle gehorchst. Marsch, ins Bett!«

In jener Nacht vergewaltigte er mich mit dem Revolver in der Hand. Er sagte, ich hätte alle Privilegien einer Ehefrau verloren und hätte jetzt nur noch die Pflichten einer Hure. Er zwang mich zu den gräßlichsten Sachen. Er zwang mich, ihm zu danken und um mehr zu betteln. Ich tat alles, was er sagte, bis ich kaum mehr wußte, was ich tat, gleichzeitig lachte und weinte und zu keiner Empfindung mehr fähig war.

Als Wen Fu am nächsten Morgen zum Dienst gegangen war, hob ich das Scheidungspapier vom Boden auf, holte meinen Koffer und packte eilig die nötigsten Sachen ein. Ich steckte alles Geld ein, das ich finden konnte, etwa zweihundert chinesische *yuan*. Dann nahm ich Danru auf den Arm und ging nach unten. Hulan und Tante Du standen im Flur, als ich die Treppe herabkam. Ich konnte ihnen ansehen, daß sie unseren Streit gestern abend gehört hatten.

»Jeder Ehemann ist doch mal schlechter Laune«, versuchte Hulan mir zuzureden. »Bei dir ist es auch nicht schlimmer als bei anderen.«

Ich zeigte ihnen meine Scheidungsurkunde.

»Was ist das?« fragte Hulan.

»Meine Scheidung. Letzte Nacht hat mein Mann sich von mir losgesagt. Also bleibt mir gar nichts anderes übrig, als zu gehen.«

»Ai!« rief Tante Du. »Was für eine Katastrophe!«

»Wer waren denn eure Zeugen?« wollte Hulan wissen. Sie rückte die Brille zurecht und spähte auf das Papier. »Ich sehe hier keine Namenssiegel.«

»Es gibt keine Zeugen«, sagte ich. »Dazu blieb uns letzte Nacht keine Zeit.«

Hulan klatschte vor Freude in die Hände. »Dann bist du ja gar nicht geschieden! Er kann dich nicht rauswerfen. Jetzt komm erst mal zum Frühstück. Hör auf, dir Sorgen zu machen. Das ist alles bloß ein Mißverständnis. Du wirst sehen, heute abend tut's ihm schon wieder leid. Er wird es sicher bereuen.«

»Du verstehst aber auch gar nichts!« rief ich gereizt. »Ich will doch die Scheidung! Warum sollte ich diese Ehe denn noch länger aushalten!« Ich fing an zu zittern. »Es ist ja nicht nur seine schlechte Laune. Er ist ein Ungeheuer. Er ist noch viel bösartiger, als du dir überhaupt vorstellen kannst.« Dann hatte ich einen glänzenden Einfall. »Hier, ihr könnt ja meine Zeugen sein«, sagte ich schnell. »Wo sind eure Namenssiegel? Wenn ihr mir den Gefallen tut, werde ich für immer in eurer Schuld sein.«

»Wie könnte ich so was tun!« wehrte Hulan ab und wich zurück.

»Sie hat recht, *syau ning*«, sagte Tante Du. »Wie kannst du von deiner Freundin verlangen, dein Unglück zu besiegeln? Überleg es dir noch mal. Denk an deinen kleinen Sohn.«

»Natürlich denke ich an meinen Sohn, deshalb will ich ja weg! Wir gehen auf jeden Fall, mit oder ohne Scheidung.«

Tante Du fing laut an zu jammern: »Ai-ya! Ai-ya! Wo willst du denn hin? Wo willst du denn unterkommen? Nimm doch Vernunft an, *syau ning,* denk nach. Die Straße nach Burma, die Bahnlinie – alles ist doch schon wieder gesperrt. Überall lauern Gefahren, eine schlimmer als die andere – Banditen, Moskitos, Japaner!«

»Das ist alles nichts gegen meinen Mann«, gab ich zurück.

»Es hat keinen Zweck!« rief Tante Du und breitete hilflos die Arme aus. »Sie will einfach nicht auf uns hören. Ein böser, zorniger Wind bläst ihr durch den Kopf und macht sie für alles andere taub. Wir können sie nicht aufhalten.«

Da sagte Hulan mit ruhiger Stimme: »Also gut, dann müssen wir ihr eben helfen, was bleibt uns anderes übrig.« Sie wandte sich zu mir um. »Ich werde deine Scheidung nicht bezeugen. Jiaguo wäre sicher nicht damit einverstanden. Aber ich kann dir bei der Flucht helfen, wenn wir es beide geheimhalten.«

Ich umarmte Hulan und brach vor Dankbarkeit in Tränen aus, was sie sehr in Verlegenheit brachte. »Dafür haben wir jetzt keine Zeit«, wehrte sie ab. »Wir müssen uns überlegen, wo du dich verstecken kannst.« Sie trat zu ihrem Nähkorb, holte etwas Geld heraus und stopfte es mir in die Tasche. Tante Du seufzte und ging in die Küche, um mir ein paar Vorräte einzupacken, getrockneten Fisch, Pilze, Nudeln und Tee, die sie sorgfältig in sauberes Papier wickelte.

An jenem Vormittag halfen mir die beiden, ein Zimmer in einer Pension auf der anderen Seite des Sees zu finden, nahe dem Marktplatz. Es war nur ein schmutziger Raum in einer ärmlichen Lehmhütte mit Strohdach, aber ich beklagte mich nicht. Ich war froh, in Sicherheit zu sein.

Hulan sagte, ich sollte mich ganz auf sie verlassen und in Ruhe abwarten, bis sie mir eine Mitfahrgelegenheit in einem Lastwagen besorgt hätte.

Am Nachmittag spielte ich mit Danru Wanzenjagen. Ich grub sie mit meinen Stäbchen aus dem Strohsack, und Danru krabbelte hinter ihnen her und erlegte sie mit der Unterseite einer Schüssel. Das machten wir so lange, bis unser Unterschlupf von Ungeziefer befreit war und schon viel freundlicher wirkte. Als wir fertig waren, beglückwünschte ich Danru zu unserem Sieg, und dann aßen wir eine Kleinigkeit und schliefen ein, sein kleiner Körper vertrauensvoll an meine Seite gekuschelt.

Ich schreckte hoch, als ich draußen Wen Fus wütende Stimme hörte. »Wo ist sie?« Er klang wie ein wildgewordener Bulle, als sei er drauf und dran, die Tür einzurennen. Ich setzte mich hastig auf und verkroch mich in einen dunklen Winkel.

»Psst, gib jetzt keinen Laut von dir«, wisperte ich Danru zu. Er war ja so brav! Er blieb mucksmäuschenstill auf meinem Schoß sitzen und schmiegte sich an mich.

»Wo ist sie?« hörten wir ihn wieder rufen. Danru drückte sich noch fester an mich.

Und dann hörte ich Hulans verzagte Stimme. »Aber du hast versprochen, nett zu ihr zu sein.«

Wie du siehst, hatte Hulan Wen Fu mein Versteck verraten. Später tat es ihr dann natürlich leid, als sie sah, daß er sein Versprechen nicht hielt. Er war alles andere als nett zu mir. Du kannst dir wohl vorstellen, was passierte.

So viele Jahre sind seitdem vergangen, aber mein Zorn darüber hat sich noch immer nicht ganz gelegt. Ich bin auch jetzt noch wütend, wenn ich daran zurückdenke. Aber wenn du glaubst, das sei der schlimmste Moment meines Lebens gewesen, irrst du dich. Das Schlimmste war immer das, was als nächstes kam, und dann danach und wieder danach. Das Schlimmste war, nie zu wissen, wann es endlich aufhören würde.

Ein Monat später stellte ich fest, daß ich wieder schwanger war. Ich ging zum Arzt, und das Baby kam heraus, bevor es geboren werden konnte. Zwei Monate später war es wieder soweit, ich ging noch mal zum Arzt, und zwei Monate darauf schon wieder. Wir wußten damals nichts von Geburtenkontrolle. Wen Fu war es völlig gleichgültig, ob ein Baby kam oder nicht.

Vielleicht denkst du jetzt, daß ich viele Babys umgebracht habe, ohne daß es mir etwas ausmachte. So habe ich das nicht gemeint. Ich wollte diese Babys nicht töten – aber dieser gemeine Mensch benutzte meinen Körper, jede Nacht, wie eine Maschine.

Heutzutage bringt man seinen Töchtern bei, sich zu wehren: »Mein Körper gehört mir, rühr mich nicht an.« Jedes Kind kann das heute sagen. Aber ich, obschon eine erwachsene Frau, ich konnte es nicht. Ich konnte nur verhindern, daß die Babys auf die Welt kamen.

Ich sagte mir: Es ist eine Sünde – einem Kind so ein übles Leben zuzumuten. Armer Danru. Er vertraute mir. Also ließ ich diese anderen Babys sterben. In meinem Herzen habe ich es gut mit ihnen gemeint.

Schau dir an, wie mein Gesicht jetzt aussieht. Damals war ich eine junge Frau. Ich hatte keine Hoffnung mehr, kein Vertrauen. Wie oft war ich nahe dran, mich umzubringen, und wie oft habe ich mich gehaßt, weil ich es nicht fertigbrachte.

Also frage ich dich: Was siehst du jetzt? Was ist noch übrig? Warum wollte ich so unbedingt am Leben bleiben?

Schwach und stark

Ich habe dir so viel aus meinen ersten Ehejahren erzählt, damit du verstehst, warum ich gleichzeitig so stark und so schwach war. Deinem westlich geprägten Verstand mag das widersprüchlich erscheinen, aber wie die Dinge nun einmal lagen, mußte ich beides zugleich sein; es war die einzige Möglichkeit, mein Leben zu meistern.

Solange der Krieg noch währte, lebte ich gänzlich ohne Hoffnung. Doch gerade diese Hoffnungslosigkeit bewahrte mich vor der Verzweiflung. Ich kämpfte nicht mehr gegen meine Ehe an, aber ich resignierte auch nicht. Ich lebte in einer Art Zwischenzustand – ohne Hoffnung, aber auch ohne Verzweiflung, ohne Widerstand, aber auch ohne Resignation. Schwach und dennoch stark. Das sage ich jetzt nicht, damit du mich bewunderst. Ich befand mich nicht in Harmonie mit dem Fluß der Dinge, ganz und gar nicht. Ich lebte eher wie ein Huhn im Käfig, willenlos, ohne je von der Freiheit zu träumen, aber auch ohne Furcht vor dem Tod.

Doch selbst das dümmste Huhn flattert aus dem Käfig, wenn die Tür aufgesperrt wird. Und das passierte schließlich auch in meinem Fall.

Ich mußte bis zum Sommer 1945 warten, bis der Tag der Befreiung kam. Ich kann mich noch an jede Einzelheit jenes Tages erinnern, was ich aß, was Tante Du sagte, was Hulan anhatte. Merkwürdig, wie genau man die Momente im Kopf behält, die einer grundlegenden Veränderung vorangehen. Wir saßen alle an unserem kleinen, quadratischen Küchentisch beim Frühstück – Hulan und Jiaguo, Wen Fu und Tante Du, und Danru neben mir auf seinem Kinderstuhl. Es gab dasselbe wie sonst auch: Reisbrei, süß-sauer eingelegte Gemüsestücke, die wie kleine Schnecken aussahen, kalte Salatherzen, die noch vom Abendessen übrig waren, aromatischen Tofu und süße rote Bohnen, so klein wie Babyzähnchen. All das war so alltäglich, daß wir uns gar nicht damit aufhielten, das Essen zu loben oder zu kritisieren, wie wir es sonst immer taten, wenn etwas Interessantes aufgetischt wurde.

Heute würde ich so ein Essen allerdings ausgiebig loben – wenn ich es hier in Amerika bekommen könnte, was leider ganz unmöglich ist. Diese Salatherzen zum Beispiel – dick und fest wie weiße Rüben, dazu süß und knackig und leicht zu kochen. Den Tofu konnte man in kleinen runden Laiben bei einem Straßenhändler kaufen, der jeden Morgen an unserem Haus vorbeikam und rief: *»Cho tofu! Cho tofu!«* Die frischen Tofulaibe waren knusprig in Öl ausgebacken, und wenn man sie aufbrach, stieg einem aus ihrer cremig-weichen Mitte ein strenger, würziger Duft in die Nase, einfach köstlich.

Doch das war damals gar nichts Besonderes, wie hier die Cornflakes, die man in jedem Supermarkt bekommt. Und damals im Hochsommer – im August, nach dem westlichen Kalender – hatten wir ohnehin nicht viel Appetit.

Ich weiß noch, wie Hulan langsam und bedächtig eine rote Bohne nach der anderen von ihrem Teller fischte und sie mit einer weit ausholenden Armbewegung in den Mund steckte. Sie war mittlerweile schon richtig fett geworden, und ihr Kleid aus dem pfirsichfarbenen Stoff, den ich ihr geschenkt hatte, spannte über dem Busen.

»Als junges Mädchen«, sagte sie, »war ich in unserem Dorf die einzige, die hundert von diesen Bohnen nacheinander vom Teller picken konnte, ohne je eine fallen zu lassen.«

Ich wußte natürlich, daß sie damit auf die alberne alte Gewohnheit anspielte, den anvisierten Schwiegermüttern seine eleganten Tischmanieren vorzuführen, indem man seine Geschicklichkeit im Umgang mit den dünnsten, glattesten Stäbchen zur Schau stellte. »In eurem Dorf«, neckte ich sie, »hatten die Frauen wohl nichts anderes zu tun als mitzuzählen, wie viele Bohnen sie verspeisten?«

»Glaubst du mir etwa nicht?« entgegnete sie pikiert und nahm sich noch eine Bohne vom Teller.

»So habe ich das nicht gemeint«, gab ich zurück. »Aber vielleicht hattet ihr doch gar nicht die Zeit, jede Bohne einzeln zu zählen, vielleicht waren es auch nur fünfzig...«

»Wenn ich's dir doch sage, es waren hundert!« Sie steckte sich in schneller Folge drei Bohnen in den Mund, als könnte sie damit beweisen, daß sie recht hatte.

»Laßt doch die dumme Streiterei«, mischte Tante Du sich ein. »Vielleicht waren es sogar zweihundert, na und? Auf jeden Fall ist es nicht einzusehen, warum man den Wert einer Person daran messen soll, wieviel Bohnen sie zwischen den Stäbchen balancieren kann!«

Plötzlich ertönte ein hastiges Klopfen an der Tür, und ehe wir die Stäbchen hinlegen konnten, klopfte es nochmals. Dann flog die Tür auf, und ein Mann kam in unser Haus gestürmt, ein Pilot der dritten Klasse. Er strahlte über das ganze Gesicht und rief: »Es ist vorbei! Der Krieg ist aus!« Zuerst glaubten wir ihm gar nicht. Da wir immer wieder gehört hatten, daß diese gute Nachricht erst in frühestens einem Jahr zu erwarten sei, trauten wir unseren Ohren kaum, als er uns verkündete, daß China tatsächlich den Krieg gewonnen und die japanischen Imperialisten endgültig hinausgeworfen hatte!

Alle weinten vor Erleichterung – Hulan, Tante Du, die Köchin, ja selbst unsere Männer. Du hättest die Freudentränen und Begeisterungsschreie erleben sollen! Wir sprangen jubelnd in der Küche umher, und Hulan warf die Arme hoch, um den Göttern zu danken – das war natürlich der Augenblick, in dem sie sich das Kleid aufriß, unter beiden Armen, was sie aber erst später bemerkte. Nach und nach kamen immer mehr Piloten zu uns ins Haus, und jedesmal mußte der erste von neuem berichten, wie er die Nachricht erfahren hatte.

So redeten alle aufgeregt durcheinander, nur ich sagte nichts. Ich weinte und lachte zwar auch und tat so, als hörte ich zu, doch in Wirklichkeit war ich mit meinen Gedanken schon weit weg. Das Herz klopfte mir zum Zerspringen, mir war ganz schwindlig im Kopf – denn plötzlich hatte ich wieder begonnen, von der Freiheit zu träumen. Jetzt hatte ich wieder die Wahl. Jetzt konnte ich nach Shanghai zurückkehren. Ich würde meinem Vater sofort einen

Brief schreiben. Ich würde den Onkel, Alte Tante oder Peanut um Hilfe bitten. Irgend jemand würde mir sicher helfen. Und bald schon würde ich dieser Ehe entrinnen und ein neues Leben anfangen.

Am Nachmittag war schon alles entschieden. Wir würden Kunming bereits am nächsten Morgen verlassen und nicht einmal versuchen, vorher noch unsere Möbel zu verkaufen. Dazu hatten wir es viel zu eilig, endlich fortzukommen. Sieben Jahre hatten wir in Kunming festgesessen, sieben lange Jahre war ich in meiner Ehe eingesperrt gewesen.

Also begannen wir sofort, unsere Sachen zusammenzupacken und auf die Schnelle zu entscheiden, was mitgenommen und was zurückgelassen werden sollte. Danru, der schon fünf Jahre alt war, weinte bitterlich, als er hörte, daß er sein Kinderbett aus geflochtenen Hanfschnüren nicht mitnehmen durfte.

»Hör auf zu heulen!« fuhr Wen Fu ihn an. Danru, der große Angst vor seinem Vater hatte, war augenblicklich still. Doch Wen Fu war so guter Laune, daß er gleich freundlicher hinzusetzte: »In Shanghai kaufen wir dir ein viel schöneres Bett und außerdem noch ein feines Holzauto. So, jetzt kannst du wieder lächeln.« Danru zog den Mund in die Breite, so weit er konnte. Armer kleiner Danru!

Am nächsten Morgen verließen wir Kunming. Diesmal mußten wir nicht auf der Ladefläche eines Lastwagens mitfahren. Wir nahmen den Bus, zusammen mit Hulan, Jiaguo und anderen Piloten. Wen Fu und ich hatten eine Bank für uns, und ich saß mit Danru auf dem Schoß am Fenster. Diesmal konnten wir auch so viel Gepäck mitnehmen, wie wir wollten, nicht nur den einen Koffer, der uns bei der Hinreise gestattet war. Wir hatten sogar unsere Steppdekken mit Wachstuchunterlagen dabei, für den Fall, daß wir irgendwo übernachten müßten, wo es keine ordentlichen Betten gab.

Als der Bus anfuhr, blickten alle außer mir ein letztes Mal auf unser Haus zurück. Wozu mich nach diesem Ort umdrehen, wo ich all meine Hoffnungen verloren hatte? Ich war siebenundzwanzig Jahre alt – und wollte doch schon alles vergessen, was mir im Leben zugestoßen war. Also hielt ich den Blick entschlossen nach vorn gerichtet.

Die Straßen waren überfüllt mit Bussen, Lastwagen und Fußgängern, die ihre Bündel an Stöcken über der Schulter trugen. Aber schließlich ließen wir das Stadttor hinter uns, durchquerten zügig die Vororte, fuhren durch kleine Dörfer und dann in die Berge hinein. Ich hatte noch immer Herzklopfen vor Angst, daß wir nicht schnell genug vorwärtskämen. Es war wie damals auf der Flucht, als ich tagelang befürchtete, die Japaner würden uns noch einholen. Diesmal fürchtete ich, daß jederzeit jemand aufstehen und verkünden könnte: »Das ist alles ein Irrtum! Der Krieg ist noch gar nicht aus, wir müssen umkehren.«

Und prompt sprang wirklich einer der Piloten auf und rief: »Halt!« Er lief nach vorn zum Fahrer, redete beschwörend auf ihn ein und deutete auf den Straßenrand. Ich biß mir in die Hand, um nicht aufzuschreien. Tatsächlich, der Bus hielt mit lautem Bremsenquietschen an. Drei Piloten stürzten zur Tür. Ich stand auf und spähte aus dem Fenster, um zu sehen, woher der Angriff kam – und lachte erleichtert auf, als ich sah, was die drei dort draußen machten: Fotos!

Einer von ihnen hatte sich in einer albernen Pose aufgepflanzt und deutete pathetisch in den Himmel – als würde der Himmel hier einen anderen Anblick als sonstwo bieten. Doch als ich ebenfalls hochschaute, überkam mich ein seltsames Gefühl. Mir war, als wachte ich aus einem langen, verwirrenden Traum auf, als hätte ich Kunming niemals zuvor richtig wahrgenommen. Denn was ich plötzlich sah, war nicht der gewöhnliche Himmel mit seinen alltäglichen Wolken, sondern ein atemberaubendes, leuchtendes Saphirblau, in dem drei vollkommene, blütenweiße Wolken schwebten – wie riesige Ruhekissen für die Götter. Und dann sah ich einen großen, majestätischen Vogel, dessen ausgebreitete Schwingen an der Unterseite in allen Regenbogenfarben schillerten. Ich sah grüne Hügel voller Bäume, deren Äste sich bis zum Boden neigten. Und weit in der Ferne sah ich die alte Stadt liegen, mit ihren friedlichen, winkeligen Gassen und weißgekalkten Mauern, die von weitem freundlich und einladend wirkten.

Das alles sah ich zum ersten Mal, und obwohl es sehr schön war, hinterließ es doch ein Gefühl von Bitterkeit – daß ich diese Schönheit nie hatte wahrnehmen können, bis jetzt, da es zu spät war.

Auf der Fahrt nach Wuchang sahen wir am Wegrand überall Spuren des Krieges. In fast jedem Dorf waren die ärmlichen Lehmhütten gleich reihenweise dem Erdboden gleichgemacht oder standen ohne Dächer da. Manche der weniger beschädigten Hütten waren schon wieder notdürftig repariert, mit alten Tischplatten, Matratzen oder Autotüren vor den Mauerlöchern. Einmal schaute ich in ein saftiggrünes Tal hinab, wo ein Dutzend schwarze Klumpen im hohen, wildwuchernden Gras verstreut lagen, wie achtlos weggeworfene Kohlenstücke. Erst später ging mir auf, daß die schwarzen Klumpen einst Häuser gewesen sein mußten, die vor Jahren schon niedergebrannt waren.

Doch vor allem sah man in jedem Dorf, an allen Straßenrändern unzählige hungrige Gesichter, junge wie alte, alle von zuviel Leid und Entbehrungen ausgezehrt. Die Leute wühlten in Schutthaufen und sammelten die mageren Überreste des Hausrats in zerschlissene Lumpensäcke. Sobald sie unseren Bus herankommen hörten, ließen sie eilig die Säcke fallen und streckten uns bettelnd die Hände entgegen. »Kleines Fräulein, seht unser Elend! Habt Erbarmen!« Und jedesmal verhallten die klagenden Stimmen bald wieder, während der Bus weiter die Straße entlangbrummte und all das Elend ungerührt zur Seite drängte. Der Magen tat mir weh, diese Szenen hilflos mit ansehen zu müssen.

Wir im Bus hatten allerdings auch unsere Sorgen, denn wir hatten gehört, daß die Bergstraßen häufig von Räuberbanden heimgesucht wurden und daß es auf dem Tungting-See, den wir mit dem Boot überqueren mußten, jede Menge Piraten gab, die nicht zögern würden, uns die Kehle durchzuschneiden. Die Kuomintang-Leute behaupteten natürlich, die Mordbuben stammten aus den Reihen der Kommunisten, aber Tante Du versicherte uns hinter vorgehaltener Hand, das sei gar nicht wahr. Ihre Tochter habe ihr geschrieben, daß den Kommunisten nun jedes Verbrechen in China angehängt würde. Wie du siehst, hatte das Kriegsende noch längst nicht alle Streitigkeiten im Land beendet.

Erst, als wir wohlbehalten in Wuchang angekommen waren, wo wir für eine Nacht im Hotel absteigen sollten, wurde Hulan und mir plötzlich bewußt, daß unsere Wege sich hier trennen würden. Sie und Tante Du würden nach Harbin weiterfahren, hoch hinauf in den Norden, wo Jiaguo hingeschickt wurde, um dafür zu sorgen, daß die Japaner sich den Kuomintang und nicht den Kommunisten ergaben. Wen Fu, Danru und ich würden mit dem Zug nach Osten bis Nanking fahren, und von dort aus mit dem Boot weiter nach Shanghai.

Hulan und ich hatten uns in den letzten acht Jahren zwar oft gestritten, doch jetzt tat es uns leid, auseinandergehen zu müssen. An jenem letzten Abend im Hotel saßen wir noch bis tief in die Nacht zusammen, und am nächsten Morgen tauschten wir nach dem Frühstück unsere Adressen aus. Ich schrieb ihr die Adresse meines Vaters und meines Onkels auf. Sie schrieb mir die Adresse in Harbin auf, die Jiaguo auf einem Zettel notiert hatte. Und dann gingen wir beide in unsere Zimmer, um in unserem Gepäck nach einem Abschiedsgeschenk zu suchen.

Hulan schenkte mir zwei Paar Stricknadeln, jeweils für dicke und für dünne Wolle. Ich schenkte ihr meinen schönsten Pullover, einen blauen, hübsch gemusterten, den ich selbst gestrickt hatte. Wir lachten vor Überraschung, daß wir beide an das gleiche gedacht hatten. Jiaguo schenkte Wen Fu einen Füllfederhalter, und Wen Fu gab ihm eine Flasche Whiskey.

Da fiel mein Blick auf Tante Du, die mit Danru spielte. Sie war die ganze Zeit wie eine Großmutter zu ihm gewesen. Ich ging nochmals zu meinem Koffer, um auch für sie etwas Passendes zu finden. Ich erinnerte mich, wie sehr sie immer die blaue Parfumflasche bewundert hatte, die ich Danru manchmal zum Spielen überließ. Ich hielt die Flasche ein letztes Mal gegen das Licht, dann ging ich zu den anderen zurück und reichte sie ihr. Tante Du rief abwehrend: »Was soll ich denn damit?« Doch als ich sie ihr einfach in die Hand drückte, brach sie in Tränen aus und gestand verlegen: »Ich habe nichts, womit ich dein Geschenk erwidern könnte!«

»Aber das hier ist doch auch nichts, nur eine Farbe zum Anschauen, damit du noch manchmal an eine törichte Frau und ihren Sohn zurückdenkst«, sagte ich.

Als wir uns schließlich verabschieden mußten, hielten Hulan und ich uns fest bei den Händen. Ich wollte mich noch entschuldigen, daß ich so oft mit ihr gestritten hatte, aber ich fand nicht die richtigen Worte. Also sagte ich nur: »Ich glaube, es waren tatsächlich hundert Bohnen.« Hulan begriff sofort, daß ich auf unsere letzte Auseinandersetzung in Kunming anspielte.

Sie weinte und lachte gleichzeitig und schüttelte den Kopf. »Nein, nein, du hattest schon recht, es waren nur fünfzig, nicht eine mehr.«

»Hundert«, beharrte ich.

»Nur fünfzig, vielleicht sogar noch weniger«, sagte sie entschieden. Und dann setzte sie schüchtern hinzu: »Unsere Familie war damals ja so arm. Ich mußte die kleine Menge Bohnen jeden Morgen abzählen und sie zwischen meiner Schwester und mir aufteilen, eine für sie, eine für mich, und so weiter. Und so habe ich mir immer nur gewünscht, es wären hundert.«

*

Als wir im Hafen von Shanghai ankamen, fuhren wir nicht sofort zu Wen Fus Eltern, obgleich das schicklich gewesen wäre. Doch als die Japaner Shanghai besetzt hatten, waren seine Eltern weiter ins Inland gezogen, und bis zu ihrem neuen Wohnort war es noch eine ganze Tagesreise mit dem Zug. Also bestand Wen Fu darauf, zuerst meinen Vater aufzusuchen. Ich glaube, er machte sich Hoffnungen, gleich in das schöne große Haus einziehen zu können. Er wäre gern in Shanghai geblieben, weil er sich dort einträglichere Geschäfte versprach als auf der Insel oder den kleinen Dörfern des Inlands. Was für Geschäfte er im Sinn hatte, sagte er mir nicht, und ich stellte ihm auch keine Fragen.

»Dein Vater wird dich, seine eigene Tochter, sicher gern in seinem Haus aufnehmen wollen«, meinte er. Er trug noch seine Uniform, und er bildete sich wohl ein, überall als großer Sieger mit offenen Armen empfangen zu werden.

Ich war damit einverstanden, als erstes meinen Vater zu besuchen, und zwar nicht allein deshalb, weil ich mir Hilfe von ihm erhoffte. Ich hoffte auch, er würde sich freuen, mich wiederzusehen.

Wir nahmen uns ein Taxi, und Wen Fu summte die ganze Fahrt über gutgelaunt vor sich hin. Danru schaute aus dem Fenster und drehte den Kopf nach allen Seiten, um keine der vielen Sehenswürdigkeiten dieser großen, fremden Stadt zu verpassen.

»Mama, sieh mal, da!« rief er und zeigte auf einen Inder im roten Turban, der an einer Straßenkreuzung den Verkehr regelte. Als Kind hatte ich immer geweint, wenn ich diese indischen Verkehrspolizisten sah. Eine der Frauen meines Vaters hatte mir nämlich angedroht, mich den »Rotmützen« zu übergeben, wenn ich ihr nicht gehorchte.

»Vor denen brauchst du keine Angst zu haben«, sagte ich zu Danru. »Siehst du, was der da auf dem Kopf trägt? Das ist nur seine Wäsche, die er in der Sonne trocknen läßt.« Danru versuchte, auf den Sitz zu klettern, um besser zu sehen.

»Red dem Jungen kein dummes Zeug ein«, knurrte Wen Fu. Danru setzte sich schnell wieder hin.

In den Straßen herrschte großer Betrieb, gerade so, als ob sich durch den Krieg gar nichts verändert hätte. Autos und Taxis hupten um die Wette, Fahrräder schlängelten sich durch den Verkehr, und auf den Gehsteigen wimmelte es von verschiedensten Leuten: reiche, gut gekleidete Kaufleute und Bauern mit Gemüsekarren, untergehakte Schulmädchen, elegante Damen mit modischen Hüten und hohen Absätzen, denen man anmerkte, wie sie die neidische Bewunderung der anderen genossen. Natürlich sah man auch noch Ausländer, aber nicht mehr so viele wie vor dem Krieg, und sie wirkten auch nicht mehr so selbstherrlich wie früher; sie gingen jetzt vorsichtiger über die Straße, als hätten sie inzwischen gelernt, daß nicht die ganze Welt für sie stehenblieb.

Als wir uns dem Haus meines Vaters näherten, begann ich mir zu überlegen, wie ich meinem Vater klarmachen könnte, daß ich meinen Mann verlassen mußte.

Ich zwang mich, daran zurückzudenken, was mit Yiku passiert war. »Vater«, würde ich schluchzen, »er hat gesagt, es sei ihm egal, wenn sie stirbt. Er hat sie einfach sterben lassen!« Ich dachte daran, wie er fast meine ganze Mitgift verspielt hatte: »Als er kein Geld mehr von mir stehlen konnte, hat er beim Spiel meinen Körper als Einsatz geboten und den anderen Männern gesagt, sie könnten mit mir schlafen, falls er verlöre!« Ich dachte an die vielen Nächte zurück, in denen er sich meines Körpers bedient hatte, nachdem er schon bei einer anderen Frau gewesen war: »Eine von diesen Frauen hat er sogar in unser Bett mitgenommen und mich gezwungen, ihnen zuzusehen. Ich habe natürlich die Augen geschlossen, aber meine Ohren konnte ich nicht verschließen!«

Je mehr ich darüber nachdachte, desto größer wurde der Haß, der wieder in mir hochstieg. Wie könnte mein Vater mir da noch seine Hilfe verweigern? Sicher würde er mir beistehen! Wer wollte schon einen so verkommenen Schwiegersohn unter seinem Dach dulden – einen Kerl ohne Gefühle, ohne Anstand, ohne Scham? So weit war ich in meinen Überlegungen gekommen, als wir vor dem Haus meines Vaters vorfuhren. Doch eines hatte ich nicht bedacht – daß sich vielleicht auch sein Leben in den letzten acht Jahren sehr geändert hatte.

Als ich durch das Hoftor auf das Haus zuging, merkte ich sofort, daß etwas nicht stimmte. Es war alles so seltsam still, und die Fensterläden waren geschlossen, als wäre das Haus schon für den Winter zugesperrt – dabei war es erst September und noch ziemlich warm.

»So ein großes Haus!« krähte Danru. »Wer wohnt denn da?«

»Still!« zischte Wen Fu.

Da das Haus meines Vaters mir nicht sehr vertraut war, fielen mir zunächst keine weiteren Veränderungen auf. Doch später sah ich, daß das Hoftor eingeschlagen und nur sehr nachlässig repariert worden war, daß die Statuen im Hof fehlten und daß der untere Teil der Hauswand mit einer Farbe überstrichen war, die nicht zum Rest des Hauses paßte. Außerdem waren im Erdgeschoß hinter den Fensterläden alle Scheiben zerschlagen.

Nach langer Wartezeit öffnete eine Dienerin die Tür und beäugte uns mißtrauisch, bis wir ihr erklärten, wer wir waren, nämlich Jiang Sao-yens Tochter, sein Schwiegersohn und sein Enkel.

»Aiyi« – ich redete sie höflich mit »Tante« an, da ich ihre Stellung im Haus nicht kannte –, »ich bin gekommen, um meinen Vater zu besuchen.« Sie war eine kleine, rundliche Person, schon etwas älter, in schlichter Arbeitskleidung. Sie sah ganz und gar nicht so aus, wie man es von einem Dienstmädchen erwartete, das in einem so vornehmen Haus die Tür zu öffnen hatte – eher wie jemand, der für die gröbere Schmutzarbeit zuständig war.

»Anh!« sagte sie. »Kommen Sie rein, kommen Sie rein.«

Doch sie rief nicht etwa die Haushälterin, um uns in gebührender Form zu empfangen, sondern führte mich selbst ins verdunkelte Arbeitszimmer, wo mein Vater saß und ins Leere starrte.

Er drehte sich in seinem Sessel um – und blickte an mir und Danru vorbei auf Wen Fu, die eine Augenbraue weit hochgezogen, aber nicht vor Freude, sondern vor Angst, wie jemand, der in der Falle saß. Er stand hastig auf, und ich sah, wie krumm sein Rücken geworden war. Wie war er in diesen acht Jahren gealtert! Ich wartete auf seine Begrüßung, doch er schwieg. Er starrte nur immer weiter Wen Fu an.

»Vater«, sagte ich schließlich. Ich stupste Danru ein wenig an, und er trat vor und flüsterte: »Wie geht es dir, Großvater?«

Mein Vater blickte schnell von Danru zu mir, von mir zu Wen Fu und zurück zu mir. Seine Augenbraue senkte sich wieder, die Erleichterung war ihm deutlich anzusehen. Er sank in den Sessel zurück.

»Hast du meinen Brief erhalten? Dies ist dein Enkel, er ist schon fünf Jahre alt.« Mein Vater verbarg das Gesicht hinter der Hand und schwieg noch immer. Ich wagte nichts mehr hinzuzusetzen. Doch im stillen fragte ich mich, ob jemand im Haus gestorben war und wo all die anderen waren?

Die Dienerin rief leise von der Tür aus: »Kommen Sie, kommen Sie. Ihr Vater braucht seine Ruhe.« Kaum hatten wir den Raum verlassen, begann sie laut und freundlich auf uns einzureden, was mich ein wenig tröstete: »Sie müssen ja selbst zu Tode erschöpft sein. Kommen Sie hier herein, trinken Sie erst mal Tee.« Sie wandte sich an Danru: »Und was ist mit dir, mein Kleiner? Du hast doch sicher Hunger!«

Wir traten in den großen Salon, in dem ich damals mit den Tanten gesessen hatte, als sie meinen Vater um die Zustimmung zu meiner Heirat baten. Doch nun sahen die Sofakissen und Vorhänge alt und zerschlissen aus, und in allen Ecken hatte sich der Staub angesammelt. Die Dienerin hatte wohl meine schockierte Miene und Wen Fus Stirnrunzeln bemerkt; sie fing gleich an, die Sofakissen aufzuschütteln, aus denen kleine Staubwolken aufstiegen, und wischte mit dem Ärmel über die schmutzige Tischplatte. »Ich hatte soviel anderes zu tun«, entschuldigte sie sich verlegen.

»Das macht doch nichts«, sagte ich schnell. »Wir haben schließlich alle unter dem Krieg zu leiden gehabt. Die Dinge sind nicht mehr so, wie sie waren, das ist uns schon klar.«

Die Dienerin sah mich dankbar an. »Ja, ja, so ist das eben, nicht wahr?« Wir blickten uns alle in dem vernachlässigten Raum um.

»Wo sind die anderen?« wollte Wen Fu wissen.

»Und wie geht es ihnen?« fragte ich. »San Ma, Wu Ma – sind sie bei guter Gesundheit?«

»Ja, es geht ihnen bestens«, antwortete die Dienerin mit einem breiten Lächeln. »Jetzt sind sie aber gerade nicht da, sie sind bei Freunden zu Besuch.« Sie warf Wen Fu einen ängstlichen Blick zu. »Leider kann ich nicht genau sagen, wo sie hingefahren sind«, erklärte sie hastig. »Das heißt, ich weiß es nicht. Ich bin nur eine dumme alte Frau, ich kann mir einfach nichts mehr merken.« Sie lachte ein wenig befangen und schien zu hoffen, daß wir in ihr Lachen einstimmen würden.

Unsere Heimkehr war also sehr seltsam. An jenem ersten Tag hatte ich noch keine Ahnung, was passiert sein mochte. Ich nahm nur an, daß es der Krieg war, der meinen Vater so verstört und seinen Haushalt so zerrüttet hatte. Erst am nächsten Morgen, als Wen Fu ein paar Freunde besuchen gegangen war, erfuhr ich, was meiner Familie zugestoßen war und warum mein Vater so erschrak, als er Wen Fu in seiner Kuomintang-Uniform erblickte.

Es stimmte, was die Dienerin gesagt hatte: Unser Haus hatte durch den Krieg viel Schaden genommen. Doch es waren nicht die Bomben oder Gewehrkugeln, die diesen Schaden verursacht hatten, sondern die Willensschwäche meines Vaters. Diese Seite seines Charakters war mir neu; ich kannte ihn nur als kraftvolle, überlegene Persönlichkeit, der sich alle unterzuordnen hatten. Selbst heute fällt es mir noch schwer zu glauben, daß er solche gegensätzlichen Wesenszüge in sich trug. Doch so etwas offenbart sich wohl erst in Extremsituationen, wie eben im Krieg. Das war auch San Mas Ansicht, als sie mir nach ihrer Heimkehr schilderte, was geschehen war. Sie war immer noch voller Zorn, als sie es mir erzählte.

»Weißt du, als der Krieg ausbrach, ging es mit den Fabriken deines Vaters schnell bergab«, sagte sie. »Und so ging es natürlich allen Leuten, nicht nur ihm. Es war eine Verkettung von Umständen, die nicht zu kontrollieren war. Die Leute verloren ihr Geld und konnten sich nichts mehr kaufen. Die Tuchläden mußten schließen, so daß wir unsere Abnehmer verloren. Der Überseehandel wurde eingestellt, also konnte dein Vater seine Waren auch nicht mehr ins Ausland schicken.

Wir hatten aber immer noch genug Geld. Und daher machten wir uns am Anfang nicht allzu viel Sorgen. Doch der Krieg zog sich immer länger hin, und die Rübenköpfe rissen immer mehr Geschäfte an sich.«

»Rübenköpfe?« fragte ich.

»Rübenköpfe!« bekräftigte San Ma. »So haben wir die Japaner genannt. Weil man sie ständig ihre eingelegten Rüben fressen sah, weil sie überall – bbbbbbttt! – ihren penetranten Gestank hinterließen!

Na, jedenfalls tauchten sie nach und nach in allen Fabriken und Werkstätten auf, angeblich, um Sicherheitskontrollen vorzunehmen oder die sanitären Verhältnisse zu überprüfen. Hnh! Jedermann wußte natürlich, daß sie nur nachsehen kamen, was es da für sie abzustauben gab. Und wir wußten auch, daß man Gefahr lief, alles zu verlieren, sogar sein Leben, wenn man sich zur Wehr setzte. Also nahmen alle sich in acht, bemühten sich, nicht aufzufallen, um sich keinen zusätzlichen Ärger aufzuhalsen. Doch ab und zu hörte man auch von Leuten, die klein beigegeben hatten und sich ganz den Japanern unterordneten, die sich mit Verräterhänden an ihrem Geschäft festklammerten und sich sogar schriftlich verpflichteten, die Japaner als neue Landesherren anzuerkennen. Und die anderen hatten dann darunter zu leiden, da die Rübenköpfe durch diese Überläufer natürlich noch in ihrer Macht bestärkt wurden. Deshalb spuckten die Leute aus, wenn sie die Namen solcher Verräter hörten. Und nachts gingen sie heimlich zu den Grabstätten dieser Familien und zerstörten ihre Ahnengräber.

Eines Tages – irgendwann im Sommer 1941 – kreuzte ein japanischer Offizier mit ein paar Ordonnanzen bei uns auf. Als die Dienerin ihnen die Tür öffnete, wären wir fast in Ohnmacht gefallen. Die japanischen Soldaten wollten Jiang Sao-yen sprechen. Sie gingen in sein Arbeitszimmer. Da keiner von den Dienstboten sich aus der Küche herauswagte, um den japanischen Offizieren den Tee zu bringen, mußte ich es tun. Aber ich setzte ihnen natürlich ein schwaches, lauwarmes Gebräu vor, das schauderhaft schmeckte.

Der Offizier bewunderte die Möbel deines Vaters und pries mit Kennermiene den Wert einzelner antiker Stücke. Dann wandte er sich deinem Vater zu – genau so, als ob er ein weiteres Objekt beäugte, das er sich gerne unter den Nagel gerissen hätte. ›Jiang Sao-yen‹, sagte er, ›Ihre Lebensart und Ihr guter Geschmack lassen auf einen scharfen Verstand schließen. Sie wissen, wie Sie mit der Situation in Shanghai umzugehen haben, um Ihrer Stadt wieder zu normalen Bedingungen zu verhelfen.‹

Dein Vater schwieg. Er saß völlig regungslos in seinem Sessel, sehr selbstbewußt und würdevoll. Der japanische Offizier schlenderte weiter durch das Zimmer, ließ die Finger über die polierte Schreibtischplatte gleiten, über die goldgeprägten Bücherrücken im Regal, über die Rollbilder an der Wand. Er ließ auch durchblikken, daß er solche Wertgegenstände gern in seinem eigenen Haus hätte.

›Jiang Sao-yen‹, sagte er, ›Wir bedürfen Ihrer Mithilfe, um auch andere dazu zu bewegen, sich so vernünftig zu verhalten wie Sie. Leute mit Ihrer Einstellung können dazu beitragen, daß der Krieg schneller zu Ende geht. Das würde ganz China zugute kommen. Es wäre ein patriotischer Akt. So hätten weniger Familienunternehmen unter den Kriegsumständen zu leiden. Alles würde unangetastet erhalten bleiben.‹ Der Offizier wies mit einer großzügigen Geste auf die vier Rollbilder an der Wand. ›So wie diese Gemälde‹, setzte er hinzu.

Da stand dein Vater auf und warf seine Teetasse gegen eins der Bilder! Über zweihundert Jahre waren diese Rollbilder alt, und dein Vater ruinierte einfach eines davon mit einem Schwall Tee!

Ich war sehr stolz auf seine mutige Reaktion.

Aber ich weiß nicht, was sonst noch in dem Zimmer geschah; als ich hinausging, hatte dein Vater nur die Teetasse auf das Bild geworfen, als wollte er den Japanern damit sagen: ›Lieber will ich meinen Besitz zerstören, als ihn euch zu überlassen.‹

Am nächsten Tag sah er sehr besorgt drein. Ich dachte, er sei bedrückt, weil wir nun das Haus verlieren würden. Mir machte das nicht so viel aus, ich stammte ja aus kleinen Verhältnissen; ich machte mich schon darauf gefaßt, wieder so arm wie früher zu sein.

Doch zwei Tage später wurde plötzlich ein Banner an der Hausmauer zur Straße hin aufgehängt, und ein großes Plakat wurde ans Hoftor genagelt. Auf beiden stand zu lesen, daß Jiang Sao-yen, Eigentümer dieses Hauses und der Fünf-Phönixe-Textil-Handelsgesellschaft, die neue chinesische Regierung von Kaiser Hirohito anerkenne. Die gleiche Anzeige erschien auch in allen Lokalblättern, mit dem Zusatz, Jiang Sao-yen rufe alle Mitbürger auf, sich am Aufbau des neuen China zu beteiligen, um gemeinsam mit den Japanern den ausländischen Imperialismus zu bekämpfen.

Fast alle unsere Dienstboten kündigten. Auch meine Söhne verließen mit ihren Familien das Haus. Wu Mas Söhne und deren Frauen und Kinder blieben da, aber die waren ja schon immer wie die Hühner, die im Hof herumpicken und sich nicht darum kümmern, wer ihnen die Körner hinstreut. Ich stellte deinen Vater zur Rede, doch er wollte mir nicht antworten. Da habe ich ihn angeschrien – es war das erste Mal, daß ich das gewagt habe! –, und danach sind wir uns alle im Haus aus dem Weg gegangen.

Bald lief die Produktion in den Fabriken wieder auf Hochtouren, die Textilien wurden wieder nach Übersee exportiert, und dieser neue Geschäftsaufschwung wurde ebenfalls in den Zeitungen gemeldet.

Wieder schrie ich deinen Vater an: ›Dafür bist du also zum Verräter geworden! Dafür hat man nun unsere Ahnengräber verwüstet! Dafür werden wir bis in alle Ewigkeit in der Hölle braten!‹ Dein Vater wurde so zornig, daß er ausholen wollte, um mich zu schlagen. Doch sein Arm gehorchte ihm nicht mehr, er baumelte schlaff wie ein umgedrehter Entenhals an seiner Seite. Dein Vater fiel in seine Sessel zurück. Er konnte nicht mehr sprechen. Er hatte einen Schlaganfall erlitten.

Nach vielen Monaten konnte er zwar wieder die Arme und Beine bewegen, aber er brachte noch immer kein Wort heraus – obwohl ich ja den Verdacht habe, daß er seitdem absichtlich schweigt, um nicht über seine Schande sprechen zu müssen. Er konnte noch die eine Seite seines Mundes bewegen, doch sein Gesicht war wie in zwei Hälften geteilt, mit jeweils verschiedenem Ausdruck. Die eine Hälfte war noch das Gesicht, das er der Welt immer gezeigt hatte. Die andere Hälfte war das Gesicht, das er verloren hatte und nicht länger vor der Welt verbergen konnte.

Und als der Krieg zu Ende war – na, du kannst dir ja vorstellen, was dann passierte. Kuomintang-Soldaten kamen in alle Häuser und Werkstätten der Kollaborateure. Unsere Fabriken wurden sofort geschlossen, bis man entschieden hatte, was man mit diesem Verräter anfangen würde. Und eine Menge Leute kamen wutentbrannt zu unserem Haus gestürmt, schmissen Steine und schmierten Parolen an die Wände: ›Wer dem Esel in den Hintern kriecht, wird selbst zu stinkendem Eselsmist.‹

Kurz darauf tauchten dann die Kuomintang-Soldaten bei uns auf. Dein Vater konnte natürlich nichts mehr sagen, also übernahm ich die Erklärungen.

Ich sagte, dein Vater habe die Japaner immer aus tiefster Seele gehaßt. Doch er sei schon durch den Schlaganfall gelähmt gewesen, als die Japaner sich seiner Fabriken bemächtigten. So habe er sich natürlich nicht mehr wehren können – was er sonst zweifellos getan hätte. Er sei hilflos gewesen, unfähig, etwas zu sagen, wie sie ja selbst sehen könnten. Trotzdem, fuhr ich fort, habe er noch getan, was er konnte, um gegen die Japaner aufzubegehren – und ich zeigte ihnen das ruinierte Bild an der Wand.

Die Kuomintang sagten, das sei keine ausreichende Entschuldigung, denn in der Öffentlichkeit würde er für alle Zeit als Verräter dastehen. Doch einstweilen würden sie ihn verschonen und ihn nicht wie die anderen erschießen. Später würden sie dann entscheiden, welche Strafe er verdiente.«

»Was für ein guter Mensch du bist!« sagte ich zu San Ma.

Oben im Zimmer meiner Mutter dachte ich noch mal über San Mas Eröffnungen nach. Was mochte meinen Vater wohl bewogen haben, seine Einstellung zu ändern? War es die Angst oder die Geldgier? War es vielleicht nur die fehlgeleitete Hoffnung, daß er dann endlich seine Ruhe hätte?

Doch im Grunde spielte es keine Rolle, warum er es getan hatte. In den Augen der anderen gab es dafür sowieso keine Entschuldigung. Was mein Vater getan hatte, war nicht nur falsch – es war das

Schlimmste, was es gab: Er hatte seine Ehre weggeworfen, er war zum Verräter geworden, um sich selbst zu schützen.

Doch andererseits, sagte ich mir, wie kann man einem Menschen seine Feigheit und Schwäche vorwerfen, wenn man nicht selber das gleiche empfunden und dennoch anders gehandelt hat? Man kann doch nicht von jedem verlangen, heldenmütig den Tod zu wählen, wo es doch unserer menschlichen Natur entspricht, im letzten Augenblick den Mut zu verlieren und sich an die Hoffnung zu klammern, mit dem Leben davonzukommen!

Damit wollte ich sein Verhalten nicht entschuldigen. Doch ich verzieh ihm von ganzem Herzen. Ich wußte, wie einem zumute ist, wenn man überzeugt ist, keine andere Wahl zu haben. Wenn ich meinem Vater dies verübelt hätte, dann hätte ich auch meiner Mutter verübeln müssen, daß sie mich damals verließ, um ihr eigenes Leben zu finden. Und später hätte ich mir selbst dann die Entscheidungen verübeln müssen, die ich traf, um es ihr gleichzutun.

Als Wen Fu erfuhr, was mein Vater sich hatte zuschulden kommen lassen, plusterte er sich zuerst furchtbar auf. Einen japanischen Kollaborateur zum Schwiegervater zu haben! Einen Verräter des Han-Volkes! Als ob er selbst nicht genauso schlimm wäre! Hatte er mit seinem Flugzeug nicht stets das Weite gesucht, vor lauter Angst, von den Japanern abgeschossen zu werden? Hatte er sich nicht immer in Sicherheit gebracht, als so viele seiner Kameraden ums Leben kamen?

Du hättest Wen Fu in seinem selbstgerechten Zorn sehen sollen, wie er meinen hilflosen Vater beschimpfte, der stumm in seinem Sessel saß. »Ich sollte dich eigentlich gleich selbst den Kuomintang ausliefern!«

Mein Vater riß entsetzt das rechte Auge auf, während das linke gleichgültig geradeaus starrte.

Doch dann setzte Wen Fu hinzu: »Aber du hast Glück, daß deine Tochter so einen gutherzigen Mann geheiratet hat.«

Ich sah Wen Fu mißtrauisch von der Seite an.

»Dein Vater braucht jetzt meine Hilfe«, wandte er sich an mich. »Dein Vater hat Ärger mit den Kuomintang. Ich als Kuomintang-Held kann ihn beschützen.«

Am liebsten hätte ich geschrien: »Glaub ihm kein Wort, Vater! Er lügt, sobald er den Mund aufmacht!« Doch mein Vater blickte mit einem dankbaren Lächeln zu Wen Fu auf.

Mein Vater war mittlerweile schon so senil, daß er bereitwillig schluckte, was Wen Fu ihm an Lügen auftischte – daß all seine Schwierigkeiten spurlos verschwinden würden, wenn er seinem Schwiegersohn erlaubte, sich um seine Finanzen zu kümmern. Das einzige, was daraufhin verschwand, war natürlich das Geld meines Vaters!

So zogen wir also im Haus meines Vaters ein, und mit uns Wen Fus Eltern und noch einige seiner Verwandten. Ein paar unserer früheren Dienstboten kehrten zurück, doch Wen Taitai stellte trotzdem neue ein. San Ma und Wu Ma spuckten natürlich Gift und Galle, denn Wen Fus Mutter übernahm die Haushaltsführung und stellte alles auf den Kopf.

Dem Gärtner trug sie auf, die Teppiche zu klopfen. Der Köchin befahl sie, die Wäsche zu waschen. Das Mädchen, das die Nachttöpfe ausleerte, wurde plötzlich zum Gemüseputzen abkommandiert. Kaum hatte sie eine Anweisung gegeben, widerrief Wen Taitai sie auch schon mit der nächsten. Und wenn sie alle so verwirrt hatte, daß sie nicht mehr wußten, was sie überhaupt tun sollten, drohte sie in maßlosem Zorn, ihnen die Köpfe abzuschneiden und sie den Fliegen zum Fraß vorzuwerfen! Sie war genauso aufbrausend und unverschämt wie ihr Sohn. Nach kurzer Zeit zogen die meisten Dienstboten es vor, wieder zu gehen.

Offenbar hatte Wen Fu auch seine Raffgier von ihr geerbt. Einerseits kaufte sie sich Pelzmäntel und Juwelen, andererseits geizte sie mit dem Haushaltsgeld, wo sie nur konnte. Einmal sah ich, wie sie die Dienerin mit hundert *yuan* zum Markt schickte. Mittlerweile waren hundert *yuan* nicht mehr viel wert, soviel wie heute ein paar Dollar. Und als das Dienstmädchen zurückkam, mußte sie Wen Taitai auf Heller und Pfennig vorrechnen, was sie ausgegeben hatte. »Was hat das hier gekostet? Bist du sicher? Und dies hier? Bist du auch ganz sicher?« Sie ließ die Dienerin immer wieder nachzählen, was sie bezahlt und wieviel sie herausbekommen hatte, und als sie dann meinte, daß zehn *fen* – nicht mal ein Zehntelpenny! – fehlten, hackte sie so auf ihr herum, daß die arme Frau nach fast vierzig Dienstjahren im Haus meines Vaters noch am selben Morgen kündigte.

Gleichzeitig verloren Wen Fu und sein Vater jede Menge Geld beim Pferderennen. Und jeden Abend lud Wen Taitai sich Gäste zum Mah-Jongg ein. Es waren noch nicht mal Freunde, sondern nur irgendwelche Leute, die auch gern mit ihrem Reichtum protzten und so taten, als sei es ihnen egal, ob sie die Stapel von Geldscheinen auf dem Tisch gewannen oder verloren.

Und woher nahmen sie das ganze Geld, das sie mit vollen Händen herauswarfen? Aus unserem Haus! Die ganze Familie war von einer unersättlichen Habgier besessen. Unser Haus wurde zu einer Art Supermarkt – vorne kamen die Leute herein, und zur Hintertür schleppten sie die Möbel, Teppiche, wertvolle Vasen und Standuhren heraus. Was all diese Dinge meiner Familie bedeuteten, war den Wens völlig gleichgültig. Schließlich wurde der Schrank meiner Mutter fortgetragen, auf dem sie immer die englischen Kekse vor mir versteckt hatte, und am nächsten Tag war auch ihr kleiner Hocker verschwunden, auf dem sie sich immer die Haare gekämmt hatte.

Eines Tages beobachteten mein Vater und ich, wie jemand sich abmühte, seinen schönen Schreibtisch mit den geschnitzten Beinen fortzuschaffen. Der Tisch gehörte der Familie meines Vaters schon seit Generationen, mindestens zweihundert Jahre. Ich konnte sehen, wie mein Vater sich zusammennahm, um nicht lauthals zu protestieren. Und der Tisch wehrte sich ebenfalls dagegen, abtransportiert zu werden; er paßte nicht durch die Tür. Die Träger kippten ihn nach allen Richtungen, mal längs, mal quer, doch immer standen die Tischbeine im Weg. Schließlich verlangte der Käufer sein Geld zurück. Mein Vater ließ ein halbes Lächeln der Erleichterung sehen. Aber Wen Fu weigerte sich, das Geld herauszurücken. »Ich bringe ihn nicht heraus, der blöde Tisch steckt fest!« schimpfte der Mann.

»Das Problem müssen Sie schon selbst lösen«, erwiderte Wen Fu kalt.

»Das läßt sich doch gar nicht lösen!«

Der Wortwechsel zog sich noch eine ganze Weile hin, bis Wen Fu plötzlich nach einem Stuhl griff und die Tischbeine damit entzweischlug. »So, jetzt habe ich es für Sie gelöst«, meinte er. Die eine Gesichtshälfte meines Vaters spiegelte blankes Entsetzen wider.

Niemand konnte Wen Fu daran hindern, unsere Sachen zu verkaufen und das Geld zu verschleudern – weder die Frauen meines Vaters noch seine anderen Töchter oder ihre Männer. Alle waren ihm hilflos ausgeliefert. Wenn irgendwer es wagte, sich zu beschweren, brüllte Wen Fu: »Soll ich euch alle mit diesem Verräter hier ins Gefängnis werfen lassen? Noch ein Wort, und ihr sitzt hinter Gittern!« Darauf erstarb jeder Protest.

Obwohl auch ich mich genau wie die anderen still verhielt, fand ich doch ab und zu Gelegenheit, mich zu wehren, wenn auch nur heimlich und verstohlen, um meine Selbstachtung nicht ganz zu verlieren.

Einmal stahl ich einen Mah-Jongg-Stein vom Brett. Als Wen Fus Mutter und ihre Freunde sich das nächste Mal zum Spielen hinsetzten, fiel ihnen bald auf, daß sie ohne den fehlenden Stein nicht weiterspielen konnten. Ich hörte Wen Fus Mutter rufen: »Seid ihr ganz sicher? Zählt sie noch mal!« Und ich mußte die Luft anhalten, um nicht laut aufzulachen.

Ein anderes Mal ärgerte ich mich schrecklich über Wen Fu, weil er die zerschlagenen Fensterscheiben nicht reparieren lassen wollte. »Überall kommt das Ungeziefer herein!« hielt ich ihm vor. Er zuckte nur die Achseln. Also ging ich am nächsten Tag mit einer kleinen Schachtel in den Garten und stocherte unter den Steinen. Und dann ging ich in Wen Fus Zimmer, das er meinem Vater weggenommen hatte, und verstreute das eingesammelte Ungeziefer in seinem Bett. Ich schlief zu jener Zeit im Nebenzimmer, und am Abend konnte ich ihn fluchend mit seinem Pantoffel auf die Jagd gehen hören. Aber natürlich ließ er die Fenster trotzdem nicht reparieren.

Später fand ich dann eine Möglichkeit, das Zimmer meiner Mutter für mich zu bekommen. Als Wen Fus Mutter bei uns einzog, hatte sie das Zimmer nämlich gleich mit Beschlag belegt, und ich ärgerte mich jeden Tag darüber. Doch eines Tages beklagte sie sich: »Letzte Nacht habe ich so gefroren, es war, als würde der Wind da oben durch alle Wände wehen.« Ich entgegnete sofort: »Ai, ich habe gehört, daß in dem Zimmer mal eine Frau gestorben sein soll.« Ich wandte mich San Ma zu. »Nicht wahr?« Und Sa Ma leistete mir bereitwillig Schützenhilfe.

»Ob es Mord oder Selbstmord war«, sagte sie, »ist nie eindeutig geklärt worden, aber das ist natürlich schon lange her, das braucht einen jetzt nicht mehr zu kümmern.«

Noch am selben Tag zwang Wen Fus Mutter mich, das Zimmer mit ihr zu tauschen.

Doch selbst der Geist meiner Mutter konnte Wen Fu nicht davon abhalten, nach seinen Nachtclubbesuchen noch in mein Zimmer zu kommen, in eine widerliche Wolke aus Zigarettenqualm, Whiskey und Parfum gehüllt. Er drehte mich auf den Rücken und klappte mir die Arme und Beine auseinander, als wäre ich ein Liegestuhl. Und wenn er sich auf mir befriedigt hatte, stand er auf und ging in sein Zimmer, ohne daß auch nur ein Wort zwischen uns gefallen war.

Ich stand dann ebenfalls auf. Genau dafür hatte ich immer eine Schüssel mit Wasser bereitgestellt. Ich feuchtete einen rauhen Lappen an und rubbelte mich gründlich überall ab, wo er meine Haut berührt hatte. Und wenn ich damit fertig war, schüttete ich das Schmutzwasser in hohem Bogen aus dem Fenster. Pwah!

Vier Töchter auf dem Tisch

Du erinnerst dich doch an Edna Fong? Sie geht in unsere Kirche, hat drei Töchter und zwei Söhne, einer davon ist Arzt. Sie war auch auf Bao-Baos Verlobungsfeier, in einem roten Kleid.

Helen hat mir erzählt, Edna habe kürzlich erst erfahren, daß einer ihrer Söhne einen psychischen Knacks hat. Ednas Sohn, wohlgemerkt, nicht Helens. Obwohl Helen dann zugegeben hat, daß sie sich auch um Frank Sorgen macht, weil er noch immer keinen ordentlichen Job hat. Aber als sie das von Ednas Sohn hörte, fand sie, daß sie ja eigentlich noch dankbar sein müßte: »Wenigstens bleiben mir solche Sorgen erspart«, hat sie zu mir gesagt.

Doch ich dachte mir: Das ist keine Dankbarkeit, das ist doch bloß eine Ausrede! Genauso haben die Leute in China auch immer auf das Unglück der anderen geschielt, um sich von ihren eigenen Problemen abzulenken.

Warum sollte man sein Leben denn ständig mit dem von anderen vergleichen? Dadurch wird man doch nur noch ängstlicher, denkt dauernd daran, was man noch alles verlieren könnte, statt zuversichtlich auf etwas Besseres zu hoffen.

Wenn ich damals auch so gedacht hätte, wäre ich nie aus China weggekommen. Denn dort sah ich eine Menge Leute, denen es noch viel schlechter ging als mir.

In Shanghai konnte man nach dem Krieg viele Bettler an den Straßen hocken sehen, und viele davon waren Frauen. Manche hielten eine Papptafel hoch, auf der die Ursache ihres Elends beschrieben war, fast wie auf einem Reklameschild: Eine war von ihrem Mann verlassen worden, eine andere hatte im Krieg ihre ganze Familie verloren, eine dritte hatte einen opiumsüchtigen Mann, der all ihr Hab und Gut verkauft hatte, sogar die Kinder.

Vielleicht waren manche dieser Bekenntnisse ja übertrieben, aber du kannst dir vorstellen, wie mir zumute war, wenn ich so etwas las. Schließlich hatte ich mir ja selbst vorgenommen, aus meiner Ehe auszubrechen und lieber betteln zu gehen!

Und so begann ich, mich zu fürchten. Wenn ich gewußt hätte, daß mich nach meiner Flucht etwas Besseres erwartete, hätte ich sicher nicht gezögert. Aber woher hätte ich diese Hoffnung nehmen sollen?

Ich dachte lange darüber nach. Und weißt du, was ich dann beschloß? Ich wollte trotzdem ausbrechen! Ja, das schwor ich mir hoch und heilig, eines Nachts in meinem Bett, und der Vollmond vor dem Fenster war mein Zeuge.

Vielleicht lag es auch nur an meinem Starrsinn – aber jedenfalls war mir klar, daß ich so nicht mehr weiterleben konnte. Wie du siehst, stand meine Entscheidung schon längst fest, als ich schließlich doch noch etwas fand, worauf ich hoffen konnte.

Bevor ich Wen Fu verließ, wollte ich meinen Tanten auf der Tsungming-Insel noch einen Besuch abstatten; das war ich ihnen schuldig.

Doch ehe ich dorthin aufbrechen konnte, wurde Danru krank. Er bekam hohes Fieber und schließlich Gelbsucht, die mich dann ebenfalls heimsuchte. Ich glaube, wir hatten uns schon auf der Reise damit angesteckt. Jiaguo schrieb uns nämlich einen Brief, in dem er uns von der neuen Wohnung in Harbin und von seinem neuen Job berichtete. Und Hulan hatte unten auf der Seite noch ein paar Worte in ihrer kindlichen Handschrift angefügt: Jiaguos Eltern seien ganz reizende alte Leute, sie habe sich einen wundervollen neuen Tisch gekauft, und sie befinde sich bei guter Gesundheit, obgleich sie vor kurzem krank gewesen sei. Jiaguo hatte noch hinzugesetzt, sie sei gelb wie ein Weizenfeld gewesen und so dünn geworden wie ein Sensenblatt.

Wahrscheinlich stammte der Virus von den kleinen Flußkrebsen, die Hulan in Changsha unbedingt essen wollte. Wir hatten die Krankheit so lange in uns getragen, bis sie eines Tages schließlich ausgebrochen war.

Na, auf jeden Fall mußte ich der Alten Tante dann eine Absage schicken. Kurz nach dem Krieg gab es noch immer keine Telefonverbindung zu der Insel.

Eine Woche später bekam ich einen Antwortbrief von der Alten Tante, der in schlechtem Umgangschinesisch abgefaßt war; wie Hulan hatte Alte Tante nie eine Schule besucht und erst als Erwachsene schreiben gelernt. So hatte sie auch nie gelernt, sich in dem förmlichen Stil auszudrücken und die richtigen Ausdrücke zu benutzen, mit denen man seine Bildung zu erkennen gab. Statt dessen schrieb sie einfach hin, was ihr gerade in den Sinn kam.

»Denk dir nur«, schrieb sie, »beinah hätte ich deinen Brief zerrissen, vor lauter Aufregung, als ich den Postboten an meiner Tür stehen sah. Wie kannst du sagen, es ist nur eine harmlose Krankheit, nichts Wichtiges? Die Gesundheit ist das Wichtigste, was es überhaupt gibt, alle müssen gesund bleiben, nicht so wie Miao Taitai. Du weißt schon, die, die damals deine Hochzeit arrangiert hat? Erst letzte Woche ist das passiert. Gerade stand sie noch da und beklagte sich über eine lästige Fliege, und im nächsten Moment lag sie schon am Boden. Eine Katastrophe! Ihr Mann ist gleich losgerannt, um den Doktor anzurufen. Er wählte und wählte, aber er kam nicht durch! Also lief er nach draußen und rief einem Jungen zu: He, hol schnell den Doktor her, beeil dich, hier hast du etwas Geld. Der Junge rannte sofort los, so schnell wie ein Rennpferd, das hat mir die Nachbarin gesagt. Wer weiß, warum der Doktor so lange auf sich warten ließ? Wer weiß, wen er gerade behandelte? Zwei, drei Stunden später kam er dann schließlich zu den Miaos und fand die Frau in Tränen aufgelöst neben ihrem Mann vor, der kalt und starr am Boden lag, mausetot. Laß dir das eine Lehre sein. Er hat sich zu Tode geängstigt, nur weil er dachte, sie ist tot. Und so ist nicht sie, sondern er gestorben, für nichts und wieder nichts. Siehst du, habe ich zu deinem Onkel gesagt, jetzt glaubst du mir vielleicht, daß wir endlich das Telefon reparieren lassen müssen. Es ist nämlich im Krieg kaputtgegangen, gerade als ich deinen Onkel in der Fabrik anrufen wollte, da war die Leitung tot. Dein Onkel meint, wir brauchen kein Telefon. Er weiß, daß ich kerngesund bin. Aber was ist, wenn ich plötzlich hinfalle? Weiwei, mach dir nicht zuviel Sorgen um mich, aber wenn du herkommst, mußt du deinem Onkel sagen, daß ich recht habe, daß wir ein funktionierendes Telefon brauchen. Was ist dir wichtiger, mußt du ihn fragen, kein Telefon oder keine Frau? Wie ich schon sagte, die Gesundheit geht vor. Erhole dich nur recht bald. Trink viel Heißes, wenn dir zu kalt ist, und viel Kaltes, wenn dir zu heiß ist. Schreib mir, wann du herkommen kannst. Jetzt muß ich aufhören zu schreiben und zur Beerdigung von Miaos Mann gehen. Grüße alle anderen von mir.«

Als Danru und ich endlich zur Tsungming-Insel fuhren, war schon das neue Jahr angebrochen: 1946.

Ich habe dir ja erzählt, wie die Tanten mich als Kind behandelten. Daher glaubte ich, daß sie sich nie viel aus mir machten, daß ich ihnen eher zur Last fiel. Und ich meinte auch, daß ich ebensowenig für sie empfände.

So kannst du dir wohl vorstellen, wie überrascht ich war, als mir beim Anblick der Insel die Tränen in die Augen traten. Ich redete mir ein, es läge nur an dem beißenden Wind, der mir ins Gesicht fegte. Doch als ich sie dann alle – den Onkel, Alte Tante, Neue Tante – winkend am Hafen stehen sah, da wußte ich, daß es nicht der Wind war, der mir die Tränen in die Augen trieb.

Sie sahen sehr gealtert und zerbrechlich aus, besonders die Alte Tante, deren Gesicht ganz eingefallen war. Selbst ihre schwarzbraunen Augen waren seltsam verblaßt. Neue Tante hatte viele weiße Haare bekommen und viele feine Fältchen, die sich wie ein Spinnennetz über ihre lächelnden Wangen zogen. Und der Onkel bewegte sich wie ein Schlafwandler und schien nur aufzuwachen, wenn jemand ihm zurief: »Paß auf! Komm hierlang!«

Auf einmal konnte ich deutlich sehen, daß er und mein Vater aus dem gleichen weichen Holz geschnitzt waren. Sie waren beide gleich unentschlossen und willensschwach, ließen sich beide von den Ansichten anderer beeinflussen. All die Jahre hatten sie wohl immer nur so getan, als wüßten sie, wo es langging, hatten nur aus Wehrlosigkeit keinen Widerspruch geduldet und ihre Umgebung so oft mit lauter Stimme eingeschüchtert, weil sie eigentlich selber Angst hatten.

Alte Tante streichelte mir die Wange: »Ai! Wie blaß und dünn du geworden bist! Und so einen großen Jungen hast du schon?«

Danru trat vor und überreichte der Alten Tante das Geschenk, das ich für sie gekauft hatte, ein paar Unzen wertvoller Ginsengwurzel. »Für dich«, sagte er und sah sie stirnrunzelnd an, bis ihm wieder einfiel, was er eigentlich hatte sagen sollen: »Damit du ewig lebst und immer gesund bleibst.« Er runzelte wieder die Stirn und drehte sich zu mir um: »Ist das alles?« Ich nickte.

Alte Tante tätschelte ihm lachend den Kopf. »In deinem letzten Brief hast du geschrieben, daß er gerade erst sechs geworden ist – und dabei ist er schon so gescheit! Sieh mal, er hat die gleichen Augen wie Gong.«

Offenbar war sie mit den Jahren sanftmütiger geworden, oder vielleicht sah ich sie jetzt auch mit anderen Augen, weil ich selbst inzwischen so viel durchgemacht hatte.

»Wo sind denn Gong und Gao?« fragte ich. »Die müssen jetzt auch schon so um die sechzehn sein, oder?«

»Fast neunzehn und zwanzig!« sagte Neue Tante.

»So alt schon! Und was machen sie? Sind sie an einer guten Universität?«

Die Tanten sahen sich an, als wüßten sie nicht recht, was sie antworten sollten. »Sie arbeiten da vorne im Dock«, sagte Neue Tante schließlich.

»Ja, im Augenblick reparieren sie Schiffe«, setzte Alte Tante hinzu. »Aber bald werden sie zur Hochschule gehen.«

»Allerdings reparieren sie die Schiffe nicht selbst«, sagte Neue Tante schnell. »Sie schaffen nur das Metall für die anderen Arbeiter heran. Der eine lädt es auf, und der andere schiebt die Schubkarre, eine furchtbare Plackerei ist das!«

Ich konnte mir diese beiden verwöhnten Jungen bei einer so harten Arbeit gar nicht vorstellen.

»Ai, Weiwei, siehst du, das ist nämlich so«, versuchte Neue Tante zu erklären. »Mit der Fabrik deines Onkels ist es im Krieg immer mehr bergab gegangen. Viele der Maschinen sind verrostet, und es war nicht mehr genug Geld da, um sie zu reparieren. Und so ist es auch mit dem Haus und der Familie gegangen. Wenn der Baum stirbt, vertrocknet auch das Gras darunter.«

»Ai!« rief ich. »Das ist aber traurig!«

»Noch viel trauriger, als du dir vorstellen kannst«, meinte Alte Tante trocken. Und dann zeigten sie mir und Danru das Haus, den

Alten Osten und den Neuen Westen, die beide arg heruntergekommen waren.

Überall blätterte die Farbe von den Wänden, und die Fliesen hatten Risse, durch die man den nackten Erdboden sah. Alle Betten sackten in der Mitte tief ein, da noch nicht einmal genug Geld übrig war, um die Unterlagen aus geflochtenen Hanfgurten zu reparieren. Doch den allertraurigsten Anblick bot das Gewächshaus.

Die kleinen Fenster waren fast alle zerbrochen, der Lack splitterte von den Holzrahmen, und innen war alles verrottet und verschimmelt. Mein einstiger Zufluchtsort war nicht mehr wiederzuerkennen.

Angesichts all dieser Veränderungen, all dieser bitteren Armut – wie hätte ich meinen Tanten da noch vorwerfen können, mich in eine so schlechte Ehe geschickt zu haben? Wie konnte ich sie da noch bitten, mir zu helfen, meinem eigenen Elend zu entrinnen? Sie konnten sich ja nicht einmal selbst helfen.

Wir standen noch vor dem Gewächshaus, als ich sie schließlich nach Peanut fragte. »Und wie geht es deiner Tochter?« wandte ich mich an die Neue Tante. »Wohnt sie immer noch in dem Haus an der He De Road? Es ist schon wieder zwei Jahre her, daß ich zum letzten Mal von ihr gehört habe. In jedem ihrer Briefe hat sie sich entschuldigt, daß sie mir nicht öfter schrieb, und dann hat sie sich wieder ewig nicht gemeldet – typisch Peanut!«

Als er ihren Namen hörte, schien der Onkel plötzlich aufzuwachen. Er schnaufte verächtlich, drehte sich auf dem Absatz um und ging zum Haus zurück. »Peanut ist schon gestorben!« rief er uns über die Schulter zu. Danru und ich zuckten erschrocken zusammen.

»Was! Ist das wahr?« rief ich. »Peanut – tot?«

»Dein Onkel ist immer noch sehr wütend auf sie«, erklärte Neue Tante.

»Danru«, sagte Alte Tante. »Hast du Hunger?«

Danru schüttelte den Kopf.

»Geh mit dem Onkel zurück ins Haus, und laß dir von der Köchin eine Schüssel Nudelsuppe geben«, befahl sie.

Danru sah mich an. »Gehorch deiner Großtante«, sagte ich.

Als Danru davongetrottet war, setzte Neue Tante ihre Erklärung fort: »Peanut hat ihren Ehemann verlassen. Sie hat sich einer üblen Clique angeschlossen, die den Frauen angeblich helfen will, aus ihren Zwangsehen auszubrechen.«

»Hnh! Das war überhaupt keine Zwangsehe!« sagte Alte Tante entrüstet. »Sie hatte doch selbst zugestimmt! Sie wollte doch heiraten! Und diese Leute, die ihr da geholfen haben, die haben ihr nicht die Wahrheit gesagt, jedenfalls nicht gleich. Ich hätte sie als Kind öfter schlagen sollen, dann wäre das nicht passiert.«

»Sie haben sie hinters Licht geführt«, ergänzte Neue Tante. »Sie haben ihr die Wahrheit erst gesagt, als es zu spät war. Wir meinen, es sind Kommunisten. Ja, da staunst du wohl!«

»Ihr Mann hat sich natürlich von ihr losgesagt. Hnh! Weshalb hätte er sie auch zurücknehmen sollen?« sagte Alte Tante. »Und dann hat er eine Anzeige in alle Zeitungen von Shanghai gesetzt: ›Hiermit bin ich von Jiang Huazheng geschieden, die aus ihrer Ehe ausgebrochen ist.‹ Dein armer Onkel wäre fast an einem Radieschen erstickt, als er das zufällig beim Mittagessen las.«

»Und jetzt glaubt dein Onkel, sie hätte es mit Absicht getan, um uns alle umzubringen«, setzte Neue Tante hinzu. »Das stimmt aber nicht, sie hat ein gutes Herz, aber leider nur verfaultes Stroh im Kopf. Allerdings hat sie uns damit wirklich in Gefahr gebracht. Du weißt ja selbst, wie es ist. Dieses ganze Gerede von Zusammenhalt unter den Parteien ist doch Unsinn. Wenn die Kuomintang Wind davon bekommen, daß wir eine Tochter bei den Kommunisten haben – ssst! –, könnten unsere Köpfe bald die Straße hinunterrollen.«

»Was für ein dummes Ding!« warf Alte Tante ein. »Hat sie denn alles vergessen, was ich ihr beigebracht habe? Ich hätte es ihr wirklich besser einbleuen sollen!«

»Sie ist jetzt also nicht mehr verheiratet? Das tut mir leid«, sagte ich.

Aber gleichzeitig fragte ich mich im stillen, wie sie es wohl angestellt hatte, aus ihrer Ehe auszubrechen, und ob ich mit ihrer Hilfe nicht einen Weg finden könnte, es ihr gleichzutun.

Aus Höflichkeit mußte ich den Besuch im Haus meines Onkels auf zwei Wochen ausdehnen, sonst hätten sie gedacht, ich würde sie nicht hoch genug schätzen. Bevor ich zu der Insel fuhr, war ich zur

Bank gegangen und hatte den Rest meiner Mitgift abgehoben. Insgesamt besaß ich noch ein paar tausend *yuan*, aber durch die Geldentwertung waren es nicht viel mehr als zweihundert amerikanische Dollar. Und dieses Geld gab ich zum größten Teil für meine Verwandten aus.

Jeden Tag ging ich mit den Tanten zum Markt, um frisches Fleisch und Gemüse zu besorgen, teure Leckerbissen, die sie sich schon lange nicht mehr leisten konnten. Jeden Tag kam es vor den Verkäufern zu einem lautstarken Gerangel zwischen mir und der Neuen Tante, wer die Sachen nun bezahlen sollte, und schließlich zahlte immer ich.

Bei einem dieser Spaziergänge zum Markt sagte ich meinen Tanten dann auch, daß ich Peanut gern besuchen wollte.

»Unmöglich«, entgegnete Neue Tante sofort. »Viel zu gefährlich.«

»Ich würde es dir nicht erlauben«, sagte Alte Tante streng. »Das dumme Ding verdient es nicht, daß man sie besucht.«

Am Tag meiner Abreise kam Neue Tante schon frühmorgens in mein Zimmer und schickte Danru mit den Worten hinaus, er solle sich von seinem Großonkel verabschieden gehen.

Als wir allein waren, begann sie, mir wegen Peanut ins Gewissen zu reden, als wüßte sie genau, daß ich sie noch immer besuchen wollte. »Vielleicht weiß ja noch niemand, daß sie zu den Kommunisten übergelaufen ist«, sagte Neue Tante. »Aber sie ist auf jeden Fall ein schlechter Umgang für dich, sie könnte einen schlechten Einfluß auf dich ausüben. Deshalb mußt du sie unbedingt meiden.«

Ich hörte ihr wortlos zu. Schließlich seufzte sie und meinte resigniert: »Ich sehe schon, daß es keinen Zweck hat, dir gut zuzureden. Aber wenn ich dich nicht davon abhalten kann, dann mach mich wenigstens nicht dafür verantwortlich!« Sie warf einen Zettel aufs Bett und ging hinaus. Es war eine Adresse mit einer Wegbeschreibung und dem Vermerk, mit welcher Buslinie man dorthin kam.

Plötzlich steckte Neue Tante nochmals den Kopf durch die Tür. »Sag aber der Alten Tante nichts davon«, flüsterte sie hastig und verschwand wieder. Auf die Weise erfuhr ich, daß sie ihre Tochter selber schon heimlich besucht hatte.

Kurz darauf kam Alte Tante herein. »Ich möchte dich um einen Gefallen bitten«, sagte sie und legte ein kleines Päckchen aufs Bett. »Das habe ich mir vor langer Zeit mal von einer Freundin ausgeliehen. Ich schäme mich so, daß ich es ihr noch immer nicht zurückgegeben habe. Vielleicht kannst du es ihr bei Gelegenheit hinbringen.« Auf dem Päckchen stand die Adresse, die Neue Tante mir gegeben hatte, und dazu der Name »Frau Li.«

»Ich schäme mich ja so«, sagte Alte Tante mit Tränen in den Augen. »Sag es bloß niemandem weiter.«

Als ich zurück in Shanghai war, wartete ich eine Woche, ehe ich Peanut besuchen ging. Ich erzählte niemandem davon. Ich ging einfach aus dem Haus, als wollte ich zum Markt, und an der nächsten Querstraße sprang ich schnell in einen Bus.

Ich habe dir ja schon von Peanut erzählt. Als junges Mädchen legte sie den größten Wert auf ihre Bequemlichkeit und hatte nichts anderes als Kleider und Schminke im Kopf. Du kannst dir also vorstellen, wie sehr ich mich wunderte, als der Bus mich immer weiter in einen der ärmlichsten Stadtteile entführte.

Ich stieg an der San Ying Road aus und ging von dort aus durch enge Gassen weiter, in denen es von Radfahrern und Rikschas wimmelte. Peanut wohnte im Japanischen Viertel, wo die Häuserzeilen sich wie ein Drachenschwanz um die Ecken wanden. Es waren meist einstöckige Ziegelbauten mit hohen, spitzen Dächern. In diesen krummen Gassen gab es keine Gehsteige, nur grobes, mit Kohlenstaub bedecktes Straßenpflaster.

Man hätte eigentlich meinen sollen, daß dies das beste Stadtviertel sei, da die Japaner Shanghai so viele Jahre besetzt gehalten hatten. Sicher gab es dort auch einige weniger ärmliche Ecken, doch dieser Teil war schon lange vor dem Krieg erbaut worden, und ich fand das Viertel reichlich abstoßend, schmutzig und überfüllt. Jedenfalls war es kaum besser als der chinesische Teil der Altstadt.

Ich weiß nicht, warum so viele Studenten, Schriftsteller und Maler sich hier angesiedelt hatten; sie fanden es wohl romantisch. Es gab auch jede Menge Prostituierte, aber keine von der teuren Sorte, die in den Nachtclubs an der Nanking Road verkehrten. Diese hier waren nur einfache Straßenmädchen, die alle paar Meter in den

Eingängen kleiner Imbißstuben, Weinschänken oder Teehäuser standen.

In einer der Gassen gab es eine lange Reihe von Ständen, an denen alte Bücher, Landkarten und Zeitschriften feilgeboten wurden.

»Verbotene Geschichten!« rief einer der Händler mir zu. Er holte eine Zeitschrift unter seinem Tisch hervor und hielt sie mir hin. Das Titelbild zeigte eine junge Frau, die sich schreiend aus der Umarmung eines schattenhaften Mannes zu befreien versuchte. Ich blieb stehen, um es mir genauer anzusehen. Es waren sicher solche Geschichten, wie Peanut und ich sie immer heimlich im Gewächshaus gelesen hatten – von Mädchen, die gegen den Willen ihrer Eltern aus Liebe heirateten, was immer ein schlechtes Ende nahm. Jede dieser Geschichten endete mit einer drohenden Mahnung: »Wer sich gehen läßt, wirft sein Leben weg!« – »Wer sich verliebt, versinkt in Schande!« – »Wer die Werte seiner Familie mißachtet, verliert sein Gesicht!« Ich wußte noch, wie mich diese Geschichten früher zum Weinen brachten, denn ich mußte dabei immer an das Leben meiner Mutter denken, das genauso traurig verlaufen war.

Doch erst jetzt kam mir der Gedanke, daß diese Geschichten ja bloß erfunden waren. Wie Peanut und alle anderen hatte ich immer geglaubt, das Leben meiner Mutter habe ein böses Ende genommen. Wie Peanut hatte ich mir von diesen Gruselmärchen Angst einjagen lassen. Und was hatte ich am Ende davon? Ich hatte das Unheil doch nicht abwehren können, ganz im Gegenteil. Also sagte ich mir auf einmal, daß das Leben meiner Mutter jetzt vielleicht voller Glück und Zufriedenheit war! Vielleicht konnte ich so etwas auch noch finden. Ich hoffte es von ganzem Herzen.

Wirklich, genau das ging mir in jenem Augenblick durch den Kopf, und darum konnte das, was dann geschah, auch kein Zufall sein. Es war ein Zeichen, daß ich endlich zu einem wahren, eigenen Gedanken gelangt war.

Da tippte mir jemand von hinten an die Schulter. Ich drehte mich um. Zuerst erkannte ich jenes lächelnde Gesicht nicht wieder. »Winnie?« sagte er. »Erinnerst du dich noch?«

Komisch, dachte ich mir, dieser Name »Winnie« kommt mir irgendwie bekannt vor. Ich glaubte nämlich, er habe sich selbst damit gemeint. Aber ich kam nicht drauf, wer der Mann sein könnte.

Und dann sagte er: »Ich habe nie den Ärger vergessen, den ich dir eingebrockt habe.«

Was? Wovon redete er überhaupt?

Doch plötzlich erkannte ich seine Stimme wieder – die Stimme des chinesisch-amerikanischen Soldaten, Jimmy Louie, der mir den Namen Winnie gegeben hatte.

Jawohl, dein Vater, einfach so! Ganz plötzlich stießen unsere Vergangenheit und unsere Zukunft auf einer fremden Straße in Shanghai zusammen. Unglaublich, nicht wahr? Wenn ich Peanut nicht besuchen gegangen wäre, wenn ich nicht stehengeblieben wäre, um mir ein albernes Schundheft anzuschauen, wenn er nicht just in dem Moment eine Zeitung hätte kaufen wollen – nur eine Minute später, und unsere Leben hätten sich auf immer verfehlt. Wenn das nicht Schicksal war!

Das sagte ich deinem Vater auch viele Jahre später, nach unserer Hochzeit: was für ein Glück wir hatten, daß das Schicksal uns zusammengeführt hatte. Doch dein Vater war nicht der Ansicht, daß es das Schicksal war, zumindest nicht nach der üblichen chinesischen Auffassung von *ming yuan*.

»Schicksal«, meinte er, »bedeutet eigentlich nur, daß man jemand anderen über sein Leben entscheiden läßt. Unsere Liebe bedeutet viel mehr.« Er erklärte mir, in Amerika nenne man es »Vorsehung« – etwas, das unvermeidlich geschehen mußte.

Also, mir schien das ja genau dasselbe wie Schicksal. Doch er beharrte darauf, daß es da einen bedeutenden Unterschied gebe. »Na, vielleicht siehst du die Dinge eben aus dem amerikanischen Blickwinkel und ich aus dem chinesischen«, gab ich zurück. »Du sagst: ›Schau mal, die hübschen Fische in dem Aquarium‹, und ich sage: ›Schau mal, das hübsche Aquarium mit den Fischen drin.‹ Doch egal, wie wir es nennen, es ist dasselbe Aquarium mit denselben Fischen.«

Aber dein Vater hielt unbeirrt an seinem Standpunkt fest: »Wir hatten uns auf den ersten Blick ineinander verliebt, darum haben dein Wille und mein Wille zusammen bewirkt, daß wir uns wiederfanden.«

Darauf sagte ich nichts mehr. Wie hätte ich deinem Vater gestehen können, daß ich mich gar nicht auf den ersten Blick in ihn verliebt hatte? Jedenfalls nicht an jenem Abend in Kunming. Ich wußte ja nicht mal, daß es so etwas wie Liebe auf den ersten Blick überhaupt gab. Bei mir passierte es wohl eher auf den zweiten Blick, als ich ihn in Shanghai wiedertraf – dann allerdings sehr schnell.

Wahrscheinlich hatten wir also beide recht: Für mich war es das Schicksal, für ihn die Vorsehung, was uns zusammenbrachte.

Als dein Vater später Pfarrer wurde, nannte er es nur noch Gottes Fügung. Letzten Endes war es wohl alles ein und dasselbe. Wie auch immer: Ich stand auf einer kleinen Straße in Shanghai, und dein Vater war im richtigen Augenblick zur Stelle.

Nachdem wir uns also wiedergetroffen hatten, blieben wir einen Augenblick stehen und wechselten ein paar höfliche Worte. Jimmy Louie schlug mir vor, mit ihm in dem Lokal auf der gegenüberliegenden Straßenseite Tee zu trinken, um mich ein wenig auszuruhen. Ich nahm die Einladung an, aber nur aus Höflichkeit. Ich hatte wirklich nicht vor, mich näher mit ihm einzulassen.

Wir setzten uns in eine kleine, im ersten Stock gelegene Teestube, die mir sehr schmuddelig vorkam. Ich sah, wie die Kellnerin die gebrauchten Tassen von einem anderen Tisch abräumte, sie kurz in schmutziges kaltes Spülwasser tauchte und dann unseren Tee hineingoß. Ich mußte meine Tasse zweimal mit heißem Tee nachspülen, bevor ich daraus trinken konnte. Mit Jimmy Louies Tasse machte ich es ebenso. Siehst du, schon damals machte ich mir Sorgen um seinen Magen.

Ein paar Minuten tranken wir schweigend unseren Tee. Schließlich erkundigte er sich nach Wen Fu. »Nennt er sich immer noch Judas?«

Ich lachte und sagte dann mit gespielter Strenge: »Da hast du vielleicht was angerichtet! Mein Mann war furchtbar böse auf mich.«

»Aber ich habe ihm doch den Namen gegeben, nicht du.«

Ich war zu verlegen, um ihn daran zu erinnern, wie wir zusammen getanzt hatten und wie Wen Fu deshalb von seinen Freunden geneckt wurde. Und ich konnte ihm auch nicht von der wüsten Szene erzählen, die Wen Fu mir daraufhin gemacht hatte, obwohl schon der bloße Gedanke daran mich immer noch aufbrachte. Jimmy Louie hatte mir wohl angesehen, was ich empfand, denn er sagte schnell: »Das war wirklich ein übler Scherz von mir. Es tut mir leid.«

»Aber nein«, wehrte ich ab. »Ich dachte nur gerade daran, wie viele Jahre inzwischen vorbeigegangen sind, wie alles sich verändert hat, ohne daß irgend etwas besser geworden ist.« Jimmy Louie begriff, daß ich nicht weiter darüber sprechen wollte. Also unterhielten wir uns über andere Leute. Ich erzählte ihm, daß Jiaguo einen neuen Job in Harbin hatte und daß Hulan noch immer kinderlos war. Er berichtete, daß die meisten seiner Freunde von der amerikanischen Luftwaffe in den Norden des Landes geschickt worden waren, nach Peking, um den Abzug der Japaner zu überwachen. Er war immer noch für den U.S.-Informationsdienst tätig, als Presseattaché beim amerikanischen Generalkonsulat.

»Sicher eine wichtige Aufgabe«, sagte ich.

»Ach, es klingt großartiger, als es ist«, sagte er. »Ich lese jeden Tag die Zeitungen und achte darauf, was alles gemeldet wird.« Und dann setzte er noch hinzu: »Siehst du, ich bin also doch ein Spion.« Aber das war natürlich nicht ernst gemeint! Du weißt ja, wie gern er die Leute immer aufgezogen hat. Ich begreife nicht, wie Helen immer noch glauben kann, er sei wirklich ein Spion gewesen. Das ist doch Unsinn! Hör nicht auf sie. Wenn er tatsächlich einer gewesen wäre, warum hätte er dann so offen darüber Witze gemacht?

Jedenfalls blieben wir noch lange in der Teestube sitzen, bestellten uns noch mehr Tee, und ich erzählte ihm von der traurigen Lage meiner Verwandten, von der heruntergekommenen Fabrik und den Vettern, die jetzt so hart arbeiten mußten. Und Jimmy Louie zeigte weder Verachtung noch Mitleid, nur Verständnis. Er sagte, der Krieg sei wie eine böse Seuche, und wenn sie endlich überwunden sei, heiße das noch lange nicht, daß alle plötzlich wieder gesund wären.

Dann erzählte ich Jimmy Louie von Peanut. Ich sagte ihm nicht, daß sie angeblich bei den Kommunisten gelandet war – sondern nur, daß sie sich von ihrem Mann getrennt hatte. Und Jimmy Louie sagte darauf nicht etwa: »Was für eine ehrlose Person diese Peanut sein muß.« Er bemerkte nur, viele Ehen gingen im Krieg auseinander.

Schließlich erzählte ich ihm noch von meinem Vater, sagte, in was für einer trostlosen Lage er sich jetzt befinde, weil er mit den Japanern zusammengearbeitet habe. Jimmy Louie meinte ruhig, das sei eine furchtbare Tragödie; im Krieg würden die Menschen oft zu Fehlern verleitet, die sie sonst nicht begangen hätten.

Siehst du, wie mitfühlend er war? Was ich auch sagte, er fand immer ein paar tröstende Worte. Und trotzdem wagte ich nicht, ihm auch von meiner Ehe zu erzählen. »Und was ist mit dir?« fragte ich ihn. »Wie geht es deiner Familie? Deine Frau und deine Kinder müssen dich doch sicher sehr vermissen?«

»Keine Frau, keine Kinder«, sagte er trocken. »Leider.« Dann zog er ein kleines Foto hervor. Es zeigte vier junge Frauen, die in einer Reihe nebeneinandersaßen, von der jüngsten bis zur ältesten, in modischen Kleidern und hübsch frisiert. Es waren die Töchter der alten Schulfreundin seiner Tante, einer gewissen Frau Liang. Er sagte, diese Frau Liang habe ihm angeboten, eine ihrer Töchter zu heiraten, er könne sich aussuchen, welche. »Alle vier Töchter haben eine gute Schulbildung«, erklärte Jimmy Louie. »Sie können sogar Klavier spielen und die Bibel auf englisch lesen.«

»Sie sind alle sehr attraktiv«, meinte ich. »Schwer zu entscheiden, welche die richtige ist. Welche möchtest du denn zur Frau?«

Er lachte. »Dich«, sagte er. »Aber du bist ja schon verheiratet.«

Doch, wirklich! Genau das hat er gesagt. Er hätte die Wahl zwischen vier hübschen Mädchen gehabt, alle noch jung und unschuldig, keine von ihnen vorher schon mal verheiratet. Und doch zog er mich vor. Kannst *du* das verstehen?

Ich wußte jedenfalls nicht so recht, ob er es ernst meinte oder mich nur necken wollte. Ich fühlte, wie ich rot wurde. Ich wagte nicht aufzublicken. Statt dessen blickte ich auf die Uhr.

»Oyo!« rief ich erschrocken. »Wenn ich jetzt noch zu Peanut gehe, habe ich kaum noch Zeit, mit ihr zu reden!«

»Dann besuch sie doch lieber morgen«, schlug er vor.

»Ja, das ist wohl das beste«, stimmte ich zu.

»Dann treffen wir uns morgen bei den Bücherständen, und ich begleite dich dorthin, um sicher zu sein, daß dir nichts zustößt.«

»Nein, nein, zuviel Umstände«, sagte ich verlegen.

»Gar keine Umstände. Ich komme hier jeden Tag her, um Zeitungen zu kaufen.«

»Jeden Tag?«

»Natürlich, das ist doch mein Job.«

»Ich wollte so gegen halb elf hingehen, aber das ist ja vielleicht noch zu früh für dich.«

»Ich werde noch früher da sein, für den Fall, daß du auch schon früher kommst.« Als wir aufstanden und zur Treppe gingen, sah ich, daß er das Foto von den vier hübschen Mädchen auf dem Tisch liegengelassen hatte.

Am nächsten Morgen wachte ich früh auf, voller Vorfreude. Ich war mir sicher, daß mein Leben sich nun bald ändern würde, auch wenn mir noch nicht klar war, wie das genau vor sich gehen sollte.

Doch diese angenehmen Gedanken wurden jäh unterbrochen. Danrus schrille Schreie tönten durch das Haus, und kurz darauf brachte das Dienstmädchen ihn zu mir und berichtete, daß er kopfüber die Treppe heruntergefallen war. Während ich ihn noch tröstete, kam San Ma weinend herein und sagte, mein Vater habe Fieber und scheine nicht mehr recht bei sich zu sein. Also lief ich schnell in sein Zimmer, und kurz darauf kam die Köchin hereingestürzt und erklärte zornbebend, sie wolle auf der Stelle kündigen, weil sie Wen Taitais Beleidigungen keinen Augenblick länger ertragen könne. Und um das Maß voll zu machen, hörte ich auch noch Wen Fu unten losbrüllen und dann das Klirren von zerbrochenem Geschirr. Ich rannte die Treppe hinunter und sah das ganze Frühstücksgeschirr in Scherben am Boden liegen und die Nudeln über sämtliche Stühle verteilt.

Mir war zum Heulen zumute. Mein Leben würde sich niemals mehr ändern. Immer würde ich mich mit den Sorgen der anderen herumschlagen müssen, nie würde ich Zeit finden, mich um meine eigenen Probleme zu kümmern. All diese kleinen Katastrophen waren sicher ein Zeichen, daß es mir heute nicht gelingen würde, das Haus zu verlassen.

Doch wie das Leben so spielt, kaum hatte ich mich damit abgefunden, meine Pläne für heute aufzugeben, sah alles schon wieder ganz anders aus. Als ich nach oben ging, um noch mal nach meinem Vater zu schauen, war er bereits in seine Zeitung vertieft und wollte nicht mehr gestört werden. »Wahrscheinlich war es nur ein böser Traum, der ihm so zugesetzt hat«, meinte San Ma.

Als ich wieder herunterkam, war Wen Fu schon zur Rennbahn aufgebrochen. Und die erboste Köchin hatte sich inzwischen wieder beruhigt und war zum Markt gegangen. Sogar die Scherben und die verschütteten Nudeln waren schon beseitigt. Danru rief mir von seinem Bett aus zu, er wolle aufstehen. Er hatte seine Beule vergessen und dachte jetzt nur noch daran, daß Wen Fus Mutter ihm versprochen hatte, ihn zu Freunden der Familie mitzunehmen, die einen Enkel in seinem Alter hatten.

Endlich konnte ich das Haus verlassen! Aber dann sah ich, daß es schon zu spät war, um mein Leben zu ändern, fast elf Uhr. Ich versuchte, all meine Gedanken auf das Wiedersehen mit Peanut zu konzentrieren. Ich wollte ihr das Päckchen bringen, das die Alte Tante mir mitgegeben hatte, und dazu noch fünf Paar Strümpfe, beste Importware. Bestimmt würde Peanut sich darüber freuen.

Doch natürlich konnte ich es nicht lassen, immer wieder an die Bücherstände zu denken, wo Jimmy Louie sicher schon ungeduldig auf die Uhr schaute. Ich überlegte, ob ich ein Taxi nehmen sollte, aber dann stellte ich mir vor, wie Jimmy Louie sich nach einem letzten Blick auf die Uhr enttäuscht abwandte und davonging. Also beschloß ich, mich gar nicht erst unnötig zu hetzen, nur um ihn dann doch nicht mehr anzutreffen. Ich drängte all meine Hoffnungen zurück und wartete auf den Bus.

Als ich schließlich an der San Ying Road ankam, war es schon fast Mittag. Ich zwang mich, ohne Hast zu gehen, und als die Bücherstände in Sichtweite kamen, zwang ich mich, nicht hinzuschauen. Geh weiter, dachte ich nur, geh weiter.

Das Herz klopfte mir im Halse, ich konnte kaum noch atmen. Mach dir nichts vor, sagte ich mir, er ist nicht mehr da. Geh einfach weiter.

Ich erlaubte mir keinen Blick zur Seite. Ich hielt die Augen starr auf die Straße gerichtet und setzte wie ein Automat einen Fuß vor den anderen. Schau nicht hin. Geh weiter.

So ging ich an den Bücherständen vorbei, ohne ein einziges Mal den Kopf zu drehen. Ich ging weiter, bis ich zur nächsten Straßenecke kam. Dort blieb ich stehen und seufzte tief auf. Das Herz tat mir weh, und ich merkte, daß ich wohl doch ein wenig von der verdrängten Hoffnung hatte hervorsickern lassen. Ich seufzte noch mal, voll bleischwerer Trauer. Und darauf folgte sofort ein Seufzer der Erleichterung, der aber nicht von mir kam. Ich drehte mich um.

Ach, diese Freude in seinem Gesicht, wie er mich anstrahlte!

Wir sagten nichts. Er nahm meine Hände und hielt sie fest. So standen wir uns auf der Straße gegenüber, mit Tränen in den Augen, und wußten auch ohne Worte, daß wir beide dasselbe empfanden.

Hier muß ich kurz unterbrechen. Denn jedesmal wenn ich daran zurückdenke, muß ich ein bißchen weinen. Ich weiß auch nicht, warum etwas, das mich damals so glücklich machte, mich heute so traurig stimmt. Vielleicht ist es immer so mit den schönsten Erinnerungen.

Yus Mutter

Das Haus, in dem Peanut wohnte, lag ganz in der Nähe. Während wir dorthin gingen, blieb uns daher nur noch wenig Zeit, um ein paar Worte zu wechseln.

»Warum hast du so lange gewartet?« fragte ich. »Ich war doch so spät dran.«

»Ich dachte, dir ist sicher wieder was mit den Schuhen passiert«, sagte er. »Du hättest dir ja wieder den Absatz abbrechen können, wie damals bei der Party in Kunming.«

Ich lachte, und er stimmte mit ein. Doch dann wurde er wieder ernst. »Ich liebe dich schon seit jenem Abend. Mir gefällt deine Art, wie du mit allem fertig wirst, wie du dich damals nicht gescheut hast, barfuß zu tanzen. So zart, wie du aussiehst, so stark bist du innerlich. Du läßt dich durch nichts ins Bockshorn jagen.«

Ja, wirklich, das hat dein Vater gesagt. Er hielt mich für stark und widerstandsfähig. So hatte ich mich selbst nie gesehen. Ich weiß nicht, warum er das glaubte. Sein ganzes Leben lang war er davon überzeugt. Ist das nicht merkwürdig?

Ich erzählte Jimmy Louie dann, was ich in meiner Ehe hatte durchmachen müssen, wie ich versucht hatte, Wen Fu während des Krieges zu verlassen, und wie es mir wegen Danru nicht gelungen war.

»Aber jetzt will ich meine Kusine fragen, wie sie es angestellt hat, ihren Mann zu verlassen«, setzte ich hinzu. »Ich werde meine Scheidung auch bekommen.«

»Siehst du, wie stark du bist?« sagte Jimmy Louie.

»So stark bin ich gar nicht«, gab ich zurück. »Ich habe nicht mehr die Kraft, mich gegen ihn zu wehren. Manchmal weiß ich gar nicht, wie ich es noch einen Tag länger mit ihm aushalten soll.«

»Genau das ist deine Stärke«, erklärte Jimmy Louie.

Und dann waren wir bei dem Haus angelangt, wo Peanut wohnte. Jimmy Louie sagte, er würde bei den Bücherständen auf mich warten.

»Es kann aber lange dauern«, warnte ich ihn.

»Zwei, drei, vier Stunden, was macht das schon«, meinte er. »Ich werde auf dich warten. Schließlich habe ich ja schon über fünf Jahre gewartet.«

Siehst du, wie romantisch er war? Es fiel mir sehr schwer, ihn zu verlassen, wo ich ihn doch gerade erst gefunden hatte.

Ich trat in eine kleine, ärmliche Küche. Auf dem Boden krabbelten zwei kleine Kinder, und am Herd stand eine Frau, die gerade ihr Mittagessen briet. Ich fragte sie, ob Jiang Huazheng bei ihr wohne. »Anh!« rief sie. »Wen willst du besuchen?« Ich stellte mich neben sie und wiederholte meine Frage etwas lauter, um das Zischen des heißen Öls zu übertönen. Sie nickte lächelnd, wischte sich die Hände an ihrem fleckigen Kittel ab, faßte mich am Ellbogen und führte mich zur Treppe. »Da oben, kleine Schwester, im dritten Stock, Tür Nummer zwei. Klopf lieber an, sie hat schon einen Besucher.«

Sie ging zu ihrer Pfanne zurück, und ich hörte sie noch vor sich hinmurmeln: »So viel Besuch!«

Während ich die dunkle Treppe hinaufstieg, fragte ich mich immer beklommener, was mich dort oben wohl erwartete. Wenn Peanut nun ein Straßenmädchen geworden war? War das nicht das Los der meisten Frauen, die ihren Mann und ihre Familie verloren hatten? Wie sollten sie sich sonst über Wasser halten?

Schließlich stand ich vor der Tür Nummer zwei. Drinnen konnte ich eine Stimme hören, eine Männerstimme, wie mir schien. Und dann eine Frauenstimme, mit Peanuts altbekanntem klagenden Tonfall. Ich klopfte, und die Stimmen verstummten.

»Wer ist da?« rief Peanut brüsk.

»Jiang Weili!« rief ich zurück. »Deine Kusine!«

Und ehe ich noch etwas hinzufügen konnte, wurde die Tür aufgerissen, und Peanut zog mich ins Zimmer. Sie zerzauste mir die Haare, kniff mich in die Wangen und schrie: »Na so was! Endlich läßt du dich mal blicken! Warum hast du so lange gewartet?«

Auf den ersten Blick sah sie genauso aus wie früher: das gleiche schmollende Lächeln, die gleichen übermütig blitzenden Augen. Ich war erleichtert.

Doch auf den zweiten Blick war sie völlig verändert. Hätte ich sie zufällig auf der Straße getroffen, ich hätte sie nicht wiedererkannt. Die kurzgeschnittenen Haare fielen ihr unordentlich in die Stirn, und sie trug eine schäbige, hochgeknöpfte Baumwolljacke, die nicht erkennen ließ, ob sie inzwischen dicker oder dünner geworden war. Und ihr Gesicht erst! Nicht nur, daß sie keinen weißen Puder mehr trug – sie, die früher so stolz auf ihren hellen Teint gewesen war, war jetzt fast so dunkelhäutig wie ein Kantonese!

»Hey! Das hier ist mein Freund Wu«, sagte sie und drehte mich an den Schultern herum. Ich erblickte einen jungen Mann mit einer runden Brille und glatt zurückgekämmten, dichten schwarzen Haaren. Er hielt einen Pinsel in der Hand. Große Papierbögen lagen über den ganzen Boden verstreut, hingen über den Stuhllehnen und waren über Peanuts schmales Bett gebreitet. Sie trugen alle die gleiche Inschrift, ein Aufruf zu einer Studentenversammlung, zum Protest gegen die neue Landreform. Also mußte es wohl stimmen. Peanut war unter die Kommunisten gegangen.

»Die da sind schon trocken«, sagte sie zu dem jungen Mann. »Nimm sie gleich mit. Die anderen machen wir dann heute abend fertig.« Der Mann schien sich an ihrem knappen Kommandoton nicht zu stören. Er rollte schnell ein paar der Plakate zusammen, sagte im Vorbeigehen, er freue sich, meine Bekanntschaft gemacht zu haben, und verließ das Zimmer.

Ich wußte nicht recht, was ich sagen sollte, also reichte ich ihr erst mal die eingewickelten Geschenke. Sie machte ein ärgerliches Gesicht und nahm sie mir seufzend aus der Hand. Ich erwartete, daß sie die Päckchen weglegen und erst später öffnen würde, wie Chinesen es aus Höflichkeit immer tun, damit niemand ihre enttäuschte Miene sehen muß, falls ihnen das Geschenk nicht gefällt. Aber Peanut wartete nicht mit dem Auspacken.

Zuerst wickelte sie das Geschenk der Alten Tante aus. Es war ein kleiner, altmodischer Handspiegel mit einem ziselierten Silberrahmen und einem kurzen Griff.

»Ai! Schau dir das an«, sagte Peanut stirnrunzelnd. »Als sie das letzte Mal hier war, hat sie mich gefragt: ›Was ist aus dem hübschen Mädchen geworden, das ich von früher kenne, gibt es das überhaupt noch?‹ Und ich habe ihr geantwortet, ich hätte keinen Spiegel, in dem ich mich betrachten könnte, aber ich wüßte sehr gut, daß es mich noch gibt, ob hübsch oder nicht. Hnh! Sie glaubt wohl immer noch, sie könnte mich dazu bewegen, zu meinem früheren Leben zurückzukehren.«

Peanut blickte in den Spiegel. Ihre frühere Eitelkeit hatte sie anscheinend doch nicht ganz verloren. Sie strich sich über die Wangen, riß die Augen auf und lächelte ihrem Spiegelbild zu. Und in gewisser Weise war sie auch wirklich ganz hübsch. Ihre Haut war glatt und straff, ihre Augen groß und glänzend. Obwohl ihr Gesicht eigentlich zu breit war. Daran konnte ihre neue Gesinnung auch nichts ändern. So war es auch schon, als sie noch ein verwöhntes junges Mädchen war, das sich nicht im geringsten um die Armen scherte. Sie legte den Spiegel wieder hin und griff nach dem anderen Päckchen.

»Ich fürchte, mein Geschenk ist auch nicht ganz das richtige«, sagte ich.

Sie riß hastig das Papier auf, so ungeduldig wie ein Kind. Als sie die Strümpfe in der Hand hielt, fing sie schallend an zu lachen.

»Ich kann sie ja auch wieder zurücknehmen«, sagte ich verlegen. »Komm, ich packe sie gleich wieder ein.«

»Nein, nein!« rief sie und drückte die Strümpfe an die Brust. »Die sind doch sehr wertvoll. Ich kann sie auf dem Schwarzmarkt teuer verkaufen. Das ist ein sehr gutes Geschenk.« Sie sah mich an und sagte geradeheraus: »Ich habe nichts für dich. Heutzutage habe ich nicht mehr die Zeit, mich um solchen höflichen Firlefanz zu kümmern.«

»Aber natürlich«, sagte ich schnell. »Du konntest ja gar nicht wissen, daß ich dich besuchen komme. Wie hättest du dann –«

»Nein«, unterbrach sie mich. »Ich meine, selbst wenn ich es gewußt hätte, selbst wenn ich das Geld dazu hätte, würde ich mich mit solchen unnötigen Gesten nicht mehr aufhalten. Wozu die Mühe? Das hat doch keinen Zweck!«

Ich fragte mich besorgt, ob Peanut vielleicht verbittert sei. Sie legte die Strümpfe in ein Regal, doch als sie sich umwandte, streckte sie mir die Hand hin und sagte: »*Tang jie,* ›Zuckerschwester‹«, den Kosenamen, bei dem wir uns früher gerufen hatten.

»*Tang jie*«, wiederholte sie lächelnd und drückte mir die Hand. »Ich bin so froh, daß du hergekommen bist. Und das ist keine leere Höflichkeitsfloskel.«

An jenem Nachmittag unterhielten wir uns wie früher. Wir saßen auf dem Bett und tauschten Geheimnisse aus. Nur mußten wir jetzt nicht mehr dabei flüstern. Wir redeten ganz offen über alles. Vor neun Jahren hatten wir darum gewetteifert, wer die beste Ehe eingehen würde. Neun Jahre später kabbelten wir uns darum, wer die schlechteste hatte.

»Weißt du noch«, sagte ich, »wie du dich geärgert hast, daß Wen Fu mich geheiratet hat und nicht dich? Jetzt siehst du, was dir erspart geblieben ist.«

»Trotzdem ist deine Ehe immer noch besser als meine«, widersprach Peanut. »Meine war die schlimmste!«

»Du hast ja keine Ahnung«, gab ich zurück, »was Wen Fu für ein gräßlicher, selbstsüchtiger, bösartiger Ehemann –«

Peanut unterbrach mich: »Mein Mann war *zi-bu-yong*.«

Ich glaubte ihr nicht. Ich weiß nicht, wie man es hier nennt, aber in Shanghai bedeutete *zi-bu-yong* so etwas wie Hühner-Küken-Hähne, alle männlichen und weiblichen Zutaten, die nötig sind, damit ein Ei zu einem Küken wird. Früher hatten wir die Alte Tante einmal von einer entfernten Verwandten erzählen hören, die einen *zi-bu-yong* zur Welt gebracht hatte, ein Baby, das gleichzeitig weiblich und männlich war. Alte Tante sagte, die Mutter des Babys habe nicht gewußt, ob sie es als Sohn oder als Tochter aufziehen sollte. Sie brauchte sich dann aber doch nicht zu entscheiden, weil das Baby starb. Alte Tante war der Meinung, die Mutter habe es selbst getötet, denn selbst wenn sie ihren *zi-bu-yong* als Sohn aufgezogen hätte, hätte er niemals Kinder zeugen können.

»Wie konnte dein Mann denn *zi-bu-yong* sein?« wandte ich ein. »Ich erinnere mich noch, daß du mir mal geschrieben hast, er habe fünf Söhne aus der ersten Ehe.«

»Die hat er sich alle als Babys in irgendwelchen Dörfern zusammengekauft, jedes Jahr eines«, erklärte . »Du solltest sie mal sehen –

sie sehen sich überhaupt nicht ähnlich. Der eine ist dunkelhäutig, der andere ganz blaß. Einer ist rundlich und lebhaft, ein anderer mager und schüchtern. Jeder, der Augen im Kopf hat, sieht sofort, daß diese Söhne gekauft sind.«

»Aber wie konnte Miau-miau dich dann mit so einem Menschen verkuppeln?«

»Sie wußte es ja selbst nicht. Seine Mutter hatte ihn immer als Sohn aufgezogen. Und ich wußte es auch lange nach meiner Hochzeit noch nicht. Er hat mich nie angerührt. Ich dachte, er sei mit mir unzufrieden.«

»Und dann hast du irgendwann mal die beiden Geschlechtsteile gesehen?«

»Ich habe ihn im Bett mit einem anderen Mann gesehen! Seine weibliche Seite hatte einen Mann verführt. Ich bin gleich zu seiner Mutter gelaufen und habe ihr erzählt, was ich gesehen hatte. Und weißt du, was sie getan hat? Geschlagen hat sie mich! Angeschrien hat sie mich und mir gesagt, ich solle solche Lügen über ihren Sohn nie mehr wiederholen!«

»Aber wenn du nicht gesehen hast, wie er wirklich aussah, woher willst du dann wissen, ob er ein echter *zi-bu-yong* war?«

Peanut seufzte. »Weil ich seiner Mutter ins Gesicht gesagt habe, ihr Sohn sei *zi-bu-yong*, und sie mich daraufhin so lange geohrfeigt hat, als wollte sie mir diese peinliche Tatsache aus dem Kopf schlagen.«

Ich erzähle dir die Geschichte so, wie ich sie von Peanut gehört habe. Ich weiß nicht, ob ihre Behauptung stimmte, oder ob sie ihn nur so nannte, weil wir damals keine Bezeichnung für Homosexuelle hatten. Wenn ein Mann nicht heiratete, tuschelten die Leute sich zu: »Vielleicht ist er *zi-bu-yong*.« Das sagten sie aber nicht über Frauen, die ledig blieben. Dafür gab es ein anderes Wort, doch das habe ich vergessen.

Jedenfalls erzählte Peanut mir dann ausführlicher von ihrer Scheinehe: »Nach einem Jahr zwang mich seine Mutter, mich fünf Monate vor aller Welt zu verbergen. Schließlich zeigte sie dann ein neues Baby herum, und ich mußte so tun, als wäre es mein eigenes. Ich kann dir sagen, dieses Baby hat mich eiskalt gelassen. Ich interessierte mich für gar nichts mehr, noch nicht mal für meine schönen Kleider. Es hatte ja alles keinen Sinn mehr. Ich lebte in einer Welt, in der alles falsch und verlogen war. Warte mal, was habe ich neulich in einem Manifest gelesen? Diese ganze Gesellschaft sei wie ein angemaltes Stück morsches Holz, außen bunt, innen verrottet. Ja, genauso war es.«

Oyo! Das klang ja schon richtig revolutionär! Und dennoch war sie noch die gleiche Peanut, die ich damals als Mädchen kannte: stolz und dickköpfig, mit einer Schwäche für Ideen, die nicht ihrem eigenen Kopf entstammten.

»Wie hast du es dann geschafft, dort wegzukommen?« wollte ich wissen.

»Erinnerst du dich noch an die kleine Yu, die mit uns zur Schule gegangen ist?«

Ich nickte. »Natürlich, das freche Mädchen, das uns mal nachts die Schuhe vertauscht hat. Was für ein Chaos das am nächsten Morgen gab! Jede hatte plötzlich einen großen und einen kleinen Schuh, oder zwei rechte, oder zwei linke. Und dann kamen wir auch noch zu spät zum Unterricht, weil es so lange dauerte, die ganzen Schuhe auseinanderzusortieren. So ein Biest!«

»Sie hat mir geholfen, aus meiner Ehe herauszukommen«, sagte Peanut. »Ich war inzwischen schon vier Jahre mit diesem Huhn-Hahn verheiratet, und seine Mutter hackte ständig auf mir herum. Ich dachte nur noch, wie leicht man sein Leben doch ruinieren kann, ohne je die Chance zu bekommen, es wiedergutzumachen.«

»Genau das habe ich auch so oft gedacht!« rief ich.

»Ich dachte an meine Jugend zurück, an meine ganzen Träume«, fuhr Peanut fort.

»Deine ganzen Hoffnungen, deine Unschuld«, setzte ich hinzu.

»Laß mich doch ausreden! So kam ich jedenfalls auf den Gedanken, unsere alte Schule zu besuchen, um unsere Lehrerinnen mal wiederzusehen. Ich fuhr also hin, und Schwester Momo – du erinnerst dich doch? Das war die mit dem großen und dem kleinen Nasenloch.«

Ich nickte. »Ja, die war immer sehr streng.«

»Schwester Momo war mittlerweile die Schulleiterin. Sie wollte mir zeigen, wieviel Spendengeld die Schule erhalten hatte. Sie zeigte mir die neue Bibliothek und das neue Kirchenfenster mit dem Jesuskind in der Kapelle.

Und dann führte sie mich zu dem kleinen Friedhof hinter der Schule. Weißt du noch, wie sie uns früher immer auf den Friedhof schickte, wenn wir uns schlecht benommen hatten? Sie dachte, sie könnte uns damit das Gruseln lehren. Auf dem Friedhof gab es einen neuen Brunnen, mit einem Wasserstrahl, der aus einem Kindermund sprudelte. Und während ich den Brunnen noch bewunderte, sah ich plötzlich eine Gedenktafel mit Yus Namen drauf. Das war vielleicht ein Schock!

›Was ist denn mit ihr passiert?‹ fragte ich Schwester Momo. Und sie sagte: ›Ach, das ist eine traurige Geschichte. Sie war kaum ein Jahr verheiratet, als sie ganz plötzlich gestorben ist. Sie hatte einen Unfall.‹

Was für einen Unfall, hat sie mir nicht erzählt. Aber ich war sofort mißtrauisch. Wieso war sie denn auf dem Schulfriedhof begraben? Sie hätte doch in das Familiengrab ihres Mannes gehört. Als ich Schwester Momo das fragte, meinte sie nur: ›Ach, sie war hier so viele Jahre lang glücklich. Darum fand ihre Mutter, sie sollte inmitten von anderen glücklichen Mädchen begraben liegen.‹

Ich dachte mir nur: Das ist zwar ein frommer Wunsch, aber kein vernünftiger Grund. Und wie ich so darüber nachgrübelte, hörte ich plötzlich eine Stimme, die mir ins Ohr flüsterte: ›Geh und find es heraus.‹ Ich habe Schwester Momo dann sofort um die Adresse von Yus Eltern gebeten, um ihnen mein Beileid auszusprechen. Ich weiß gar nicht, wie ich dazu kam. Irgend etwas trieb mich förmlich dorthin.

Ich ging gleich zu dem Haus, wo Yus Familie wohnte. Und das war der zweite Schock. Die kleine Yu stammte nicht aus einer wohlhabenden Familie wie die meisten Mädchen in der Schule. Das Heim ihrer Familie war nur eine Zweizimmerwohnung im zweiten Stock eines ärmlichen Hauses. Und die Familie bestand nur noch aus einer alten, verwitweten Mutter. Die arme Mutter hatte das Schulgeld für Yu aus einer kleinen Erbschaft bezahlt und den Rest für eine bescheidene Mitgift zurückgelegt. Sie hatte ihre ganzen Hoffnungen in diese eine Tochter gesetzt, die dann schon im ersten Ehejahr gestorben war.«

»Ai-ya!« rief ich. »Das ist wirklich traurig.«

»Paß auf, die Geschichte wird noch viel trauriger«, sagte Peanut. »Die Mutter hat sich allerdings sehr gefreut, mich zu sehen. Der Name ihrer Tochter wurde nämlich von niemandem mehr erwähnt. Denn ihre Tochter war gar nicht bei einem Unfall ums Leben gekommen. Sie hatte Selbstmord begangen.«

»Selbstmord!«

»Sie sagte, die Familie des Ehemanns habe sie dazu getrieben. Der Schreck fuhr mir durch alle Glieder, als ich das hörte. Gerade an jenem Morgen hatte ich noch daran gedacht, mich selbst umzubringen, wenn ich nicht bald eine Möglichkeit fände, meiner Ehe zu entkommen.«

»Daran habe ich auch schon manchmal gedacht«, flüsterte ich.

»Die Mutter fühlte sich auch mitschuldig«, fuhr Peanut fort. »Sie hatte die Ehe selbst arrangiert. Der Ehemann war der Neffe einer Freundin ihrer Kusine. Angeblich hatte er eine gute Stellung im Unternehmen seines Vaters.

Yus Mutter hat ihn aber erst bei der Hochzeit kennengelernt. Er wirkte sehr nervös und unsicher, sagte sie. Man mußte ihn dauernd daran erinnern, in welche Richtung er gehen sollte, was er sagen sollte. Er kicherte und lachte immer im unpassendsten Augenblick, und Yus Mutter dachte, er sei betrunken. Er war aber nicht betrunken. Er war schwachsinnig. Er machte noch ins Bett und weinte vor Angst, wenn der Wind zu heftig blies. Und Yu hielt er für seine große Schwester.

Als Yu ihre Mutter bat, die Ehe auflösen zu dürfen, meinte die Mutter, so schlimm sei es doch gar nicht. Immerhin werde sie gut behandelt und bekomme reichlich zu essen. Und obgleich der Ehemann schwachsinnig sei, habe sie gehört, er sei durchaus zeugungsfähig. Das habe er schon an einem Mädchen aus dem Dorf bewiesen. Also ermahnte sie ihre Tochter: ›Versuch, ihm eine gute Frau zu sein, gib dir noch mehr Mühe.‹ Und Yu ging zum Haus ihres Mannes zurück, kletterte im Garten auf einen Baum, band ein Seil an einen Ast, legte sich die Schlinge um den Hals und sprang hinunter.

›Ein ganzes Jahr lang‹, sagte die Mutter, ›habe ich nur daran gedacht, das gleiche zu tun.‹ Sie weinte, als sie mir das erzählte, und ich weinte auch. Ich griff mir an den Hals und sagte wie im Traum: ›So entkommt ein Mädchen also der Ehe.‹

Und Yus Mutter rief: ›Nein, so nicht, das war falsch – daß sie keinen anderen Weg fand, daß niemand ihr geholfen hat!‹

An jenem Nachmittag hatte ich jedenfalls endlich eine mitfühlende Seele gefunden, der ich mein Herz ausschütten konnte. Ich glaube, es muß Yus Stimme gewesen sein, die mich zu ihrer Mutter schickte. Denn später half Yus Mutter mir, aus meiner Ehe auszubrechen.«

»Aber wie denn?« fragte ich begierig.

Peanut stand auf. »Frag sie doch selbst.«

»Was?«

»Geh doch und frag Yus Mutter. Sie kocht unten gerade das Mittagessen für all die Frauen in diesem Haus, die ihrer Ehe schon entkommen sind.«

So erfuhr ich, daß jenes Haus ein geheimer Zufluchtsort voller Frauen und Kinder war. Ich war sehr aufgeregt, als ich das hörte, und auch ein wenig ängstlich. Ich hatte ja nicht vor, mich den Kommunisten anzuschließen, ganz und gar nicht! Doch es war ein aufregender Gedanke, daß hier neun Frauen wohnten, die eine schlimme Ehe hinter sich hatten, neun Frauen, die ihren Männern und Schwiegermüttern nicht mehr gehorchen mußten.

Als ich herunterkam, stand Yus Mutter noch am Herd. So wurde sie von allen im Haus genannt, Yus Mutter. Wenn man sie so sah, hätte man nie gedacht, daß diese kleine Frau, die da ihren Trockenfisch mit Bittermelonen briet, einer Untergrundorganisation angehörte. Allerdings trugen die Kommunisten damals ja noch keine Uniformen. Es hätte den sicheren Tod bedeutet, sich offen zu den Aufständischen zu bekennen.

Die anderen Frauen kamen nach und nach von ihren verschiedenen Arbeitsplätzen zum Mittagessen heim. Die eine gab Studenten Französischunterricht, eine andere arbeitete in einer Schuhfabrik, eine dritte stellte Strohbesen her und verkaufte sie auf der Straße. Sie kamen aus den unterschiedlichsten Bevölkerungsschichten, nicht anders als die Leute, die man überall in Shanghai in den Straßen sah.

Keine von ihnen sagte zu mir: »Ich bin Kommunistin. Und du?« Aber man merkte es an der Art, wie sie miteinander umgingen. Als wir uns zum Essen hinsetzten, sagte Yus Mutter zum Beispiel zu mir: »Ich hoffe, es macht dir nichts aus, daß es heute Bittermelonen gibt. Ich esse sie ja nicht sehr oft, aber sie erinnern mich jedesmal daran, wie dankbar ich sein kann, daß ich noch andere Sachen zu essen bekomme.« Sie lachte, und die anderen Frauen stimmten mit ein.

Sie mochten alle diese Bittermelonen – nicht etwa, weil sie ihnen schmeckten, sondern weil sie so ein gutes Gesprächsthema abgaben. »Ach, ihr wißt ja nicht, was wirklich bitter ist«, sagte die eine, »bis ihr mal einen ganzen Winter lang mit einem einzigen Brikett zum Heizen und zum Kochen auskommen müßt.« Und eine andere sagte: »Diese Melonen sind zuckersüß, verglichen mit dem, was ich als Sklavin einer reichen Familie alles schlucken mußte.«

Ich für meinen Teil habe Bittermelonen immer verabscheut. Und ich war auch nicht für revolutionäre Ideen zu haben. Aber ich hätte mich ihnen sofort angeschlossen und sogar jeden Tag Bittermelonen gegessen, wenn ich nur dadurch meiner Ehe hätte entkommen können. Hätte ich die Welt auf den Kopf stellen müssen, um mein Leben zu ändern, hätte ich es mit Freuden getan. Und so dachten wohl die meisten der Frauen in jenem Haus.

Als wir unser einfaches Mal beendet hatten, bestürmten sie mich mit Fragen. Und obwohl ich die anderen Frauen doch gar nicht kannte, erzählte ich ihnen alles – über Wen Fus Familie, über meine Familie, über die Art, in der Wen Fu alles an sich gerissen hatte.

»Dann wird er wohl kaum mit einer Scheidung einverstanden sein«, sagte eine der Frauen am Tisch. »Ich stamme auch aus einer reichen Familie, und mein Mann wollte mich nicht aufgeben, weil er nicht auf den Besitz meiner Familie verzichten wollte.«

»Und was ist mit deinem Sohn? Willst du ihn mitnehmen?« fragte Yus Mutter,

»Natürlich! Mein Mann hat nichts für unseren Sohn übrig. Er benutzt ihn nur als Druckmittel, um mich am Fortgehen zu hindern.«

»Und wie steht's mit dem Geld?« fragte eine andere. »Hast du etwas zurückgelegt?«

»Nein, meine Mitgift ist fast aufgebraucht. Ich habe nur noch einen kleinen Rest.«

»Vergiß nicht deinen Schmuck«, warf Peanut ein. »Hast du noch die goldenen Armreifen, die du zur Hochzeit bekommen hast?«

Ich nickte. »Und zwei Ketten, zwei Ohrringe und einen Ring.«

»Hat dein Mann eine Geliebte?« wollte Yus Mutter wissen.

»Jede Menge!« sagte ich. »Er ist wie ein Hund, schnüffelt an jedem Hintern.«

»Aber hat er eine, die er immer wieder trifft?« fragte eine der Frauen. »Manchmal kann eine Geliebte den Ehemann zwingen, sich von seiner Frau zu trennen, wenn sie ihm wirklich etwas bedeutet.« Sie lächelte bitter.

»Dem hat noch nie jemand was bedeutet«, sagte ich. »Früher hat er die Frauen nur so aufgelesen, sie ein paar Wochen benutzt und dann wieder weggeworfen. Jetzt, wo seine Eltern bei uns wohnen, kann er sich nicht mehr erlauben, seine Schweinereien bei uns im Haus zu treiben. Darum weiß ich nicht, mit wem er sich alles einläßt.«

»Und du? Hast du einen Liebhaber?« fragte eine Frau, der ein Vorderzahn fehlte.

»Natürlich nicht!« antwortete ich empört. »Das Ehebrechen überlasse ich meinem Mann! Wie kannst du mich nur...« Doch dann schwieg ich verwirrt, und meine Verwirrung machte mich verlegen. Ich dachte an Jimmy Louie. Er war nicht mein Liebhaber, und doch empfand ich zum ersten Mal eine Art Scham und das Bedürfnis, diese Scham zu verbergen, als hätten wir schon ein heimliches Verhältnis.

Yus Mutter tätschelte mir beschwichtigend die Hand. »Die Frage war nicht beleidigend gemeint«, erklärte sie. »Manchmal ist es ganz nützlich, wenn man einen Liebhaber erfindet.«

»Vor allem, wenn dem Ehemann sehr viel daran liegt, sein Gesicht zu wahren«, setzte Peanut hinzu.

»Das haben wir im Fall deiner Kusine gemacht«, sagte Yus Mutter. »Wir haben ihr einen Liebhaber angedichtet. Dann war die Scheidung bald perfekt.«

»Aber warum sollte ich so tun, als sei es meine Schuld?« wandte ich ein.

»Na gut«, zischte die Frau mit dem fehlenden Zahn. »Wenn dir so viel an deiner Ehre gelegen ist, kannst du ja gleich in deiner miesen Ehe hockenbleiben! So hübsche, eingebildete Damen wie du wollen sich ja sowieso nicht von den alten Bräuchen lösen. Jedenfalls bist du dann selbst an deinem Unglück schuld!«

»Hört auf zu streiten«, sagte Yus Mutter. »Wir versuchen doch nur, so viel wie möglich herauszufinden, damit wir uns auf den besten Plan einigen können.«

Sie wandte sich zu mir. »Inzwischen mußt du deinen ganzen Schmuck und soviel Geld einstecken, wie du auftreiben kannst. Und wenn der Moment günstig ist, mußt du mit deinem Sohn hierherkommen, ohne daß euch jemand folgt. Dann werden wir schon sehen, was weiter zu tun ist. Schaffst du das bis dahin allein, oder brauchst du Hilfe?«

»Das schaffe ich«, sagte ich entschieden. Obwohl ich noch keine Ahnung hatte, wie es mir gelingen sollte.

Nur eine Jahreszeit

Als ich mich von Peanut und den anderen verabschiedete, war es schon spät am Nachmittag. Ich beeilte mich, zu dem Buchladen zu kommen, wo dein Vater wartete. Den ganzen Weg über konnte ich nicht aufhören zu lächeln. Und die Leute auf der Straße schienen meine Freude zu bemerken und lächelten, wie um mich zu beglückwünschen.

Sobald ich deinen Vater traf, sagte ich zu ihm: »In ein bis zwei Wochen werde ich meinen Ehemann verlassen.« Ich zitterte vor Aufregung.

»Ist das wirklich wahr?« sagte er, und ich sah, daß auch er zitterte.

»Ja, es ist wirklich wahr«, nickte ich. Wir hielten uns bei den Händen und lachten uns mit Tränen in den Augen an.

Von jenem Augenblick an wußten wir, daß wir für immer zusammenbleiben würden. Ich kann dir nicht erklären, woher wir diese Gewißheit nahmen, obgleich wir uns doch kaum kannten. Aber vielleicht kam das so: Als er das Foto der vier Töchter auf dem Tisch zurückließ, war es, als hätte er mich damit gebeten, ihn zu heiraten. Und als ich zu ihm zurückgelaufen kam und sagte, ich würde Wen Fu verlassen, war es, als hätte ich seinen Antrag angenommen. Und von da an waren wir ein Paar, zwei Menschen, die sich einig waren, aus tiefstem Herzen verbunden.

»Und nun?« fragte er. »Was müssen wir als nächstes tun?«

»Wir müssen abwarten«, sagte ich, »bis ich eine Gelegenheit finde, mit Danru fortzugehen, ohne daß jemand Verdacht schöpft.«

Und dann überlegten wir uns einen Plan. Sobald der Moment gekommen war, würde ich ihn nachts anrufen, wenn alle anderen schon schliefen, und ihm nur schnell ankündigen: »Morgen ist es soweit.«

Doch dein Vater fand das nicht romantisch genug, und er schlug mir vor, einen Geheimcode zu vereinbaren. So beschlossen wir, daß ich sagen würde: »Öffne die Tür, man kann schon den Berg sehen« – ein klassisches Sprichwort, das bedeutet, man solle die Gunst der Stunde nutzen. Und dein Vater würde mir antworten: »Laß uns bis hinter den Berg gehen.« Am nächsten Tag würde er mich und Danru am Hafen treffen, vor dem Schalter, wo es die Fahrkarten zur Tsungming-Insel gab. Von dort aus würden wir dann sofort mit dem Taxi zu Peanuts Haus fahren.

Als ich an jenem Tag nach Hause kam, sah ich meine Zukunft schon in rosigem Licht vor mir liegen. Ich blickte mich im Haus um und dachte: Bald werde ich diese Wände und all das Unglück, das sie umschließen, nicht mehr sehen müssen.

Ich hörte Wen Fus Mutter auf die Köchin einschimpfen, und ich stellte mir vor, wie ich mich demnächst in Ruhe zu einem schlichten Mahl hinsetzen würde, ohne daß mir die ständige Gereiztheit ringsum auf den Magen schlug. Ich sah Wen Fu zur Tür hereinkommen und dachte: Bald werde ich mir nicht mehr die Haut wundreiben müssen, um mich von seiner Besudelung zu reinigen. Ich sah, wie Danru seinen Vater aus den Augenwinkeln beobachtete, und dachte: Bald kann mein Sohn endlich unbeschwert lachen und spielen und seine Angst vergessen.

Doch dann sah ich meinen Vater mit gebeugtem Rücken in sein Arbeitszimmer schlurfen. Noch nie war er mir so schwach und gebrechlich erschienen.

Und plötzlich fiel es mir siedendheiß ein: Mein Vater! Wenn ich fortgehe, wird Wen Fu ihn als Verräter erschießen lassen! Er wird keinen Augenblick zögern, meinen Vater als Waffe gegen mich einzusetzen!

Ich zog mich in mein Zimmer zurück, um ungestört das Für und Wider meiner Entscheidung abzuwägen. Sollte er doch ruhig ins Gefängnis gehen, dachte ich trotzig. Schließlich hatte er es sich ja selbst zuzuschreiben. Sollte er doch auch einmal sehen, wie es war, echte Not zu leiden.

Mir fielen immer mehr Gründe ein, weshalb er keine Rücksichtnahme verdiente: Hatte er meine Mutter nicht in die Verzweiflung getrieben? Hatte er mich nicht meine ganze Kindheit lang ignoriert? Hatte er mich nicht bewußt eine schlechte Ehe eingehen lassen? Warum sollte ich jetzt mein Glück für ihn opfern? Er hatte mich nie wie ein Vater geliebt.

Doch je mehr Argumente mir einfielen, desto selbstgerechter kam ich mir vor, fast schon wie Wen Fu. Also drängte ich meine Rachegefühle zurück und suchte statt dessen nach Entschuldigungen für mein Vorhaben: Er ist schon so alt. Er ist schon nicht mehr ganz bei sich. Warum soll ich denn dafür verantwortlich sein, was Wen Fu ihm antut?

Nein, so leicht konnte ich mich nicht aus der Affäre ziehen. All diese Ausreden dienten doch nur dazu, den wahren Grund zu verschleiern, und der hieß Jimmy Louie.

Und so versuchte ich, den Tatsachen ehrlich ins Auge zu sehen: Ich würde meinen Vater verraten. Dafür gab es keine Entschuldigung. Was ich vorhatte, war gleichzeitig richtig und falsch. Ich hatte keine andere Wahl, als mich für beides zugleich zu entscheiden: Wenn ich leben wollte, mußte ich in Kauf nehmen, daß mein Vater sein Leben verlor.

Ist es nicht immer so, wenn du eine Entscheidung mit dem Herzen triffst? Es geht nicht darum, was besser oder schlechter ist. Es geht darum, was du selber willst, auch wenn du dich damit für etwas entscheidest, was ein anderer nicht will. Du magst dir dann zwar sagen, das geht mich nichts an, doch dadurch ist das Dilemma nicht aus der Welt geschafft. Es kann dich nicht daran hindern, an deinem Entschluß festzuhalten, doch es bleibt dir als Stachel im Herzen haften. Als mir an jenem Nachmittag klargeworden war, was ich wirklich wollte, weinte ich bitterlich wie ein kleines Kind, das nicht sagen kann, warum es so traurig ist.

Die ganze nächste Woche war von Trauer überschattet. Mir war, als hätte ich meinen Vater schon verloren, und damit einen Teil meiner selbst. Ich wollte getröstet werden. Ich konnte nicht getröstet sein. Und eines Tages folgte ich meinem Vater in sein Arbeitszimmer, aus einem plötzlichen Impuls heraus, ohne recht zu wissen, warum. Vielleicht wollte ich ihm nur irgendwie mitteilen, daß es mir leid tat.

»Vater«, rief ich ihm zu. Er blickte ausdruckslos zu mir hoch. Ich setzte mich ihm gegenüber in einen Sessel. »Vater«, wiederholte ich. »Weißt du, wer ich bin?«

Er wandte den Blick von mir ab und starrte auf das Rollbild an der Wand, das er einst mit einer Tasse Tee ruiniert hatte, als die Japaner im Haus waren.

Das Bild zeigte eine Frühlingslandschaft mit blühenden Bäumen auf einem Berghang über einem dunstverschleierten See. Am unteren Rand wurde es von einem schwarzlackierten Rohrstock straff gehalten. Früher hatte es in einer Reihe mit drei anderen Bildern gehangen, die jeweils eine andere Jahreszeit darstellten. Doch die drei anderen Jahreszeiten waren inzwischen von Wen Fu verkauft worden und hatten nur drei leere, helle Schatten an der Wand hinterlassen, die wie Geisterbilder wirkten. Es war leicht zu erkennen, warum das vierte Bild hängen geblieben war – mittendrin prangte ein großer Teefleck, als ob der See über die Ufer getreten sei.

»Ist es nicht merkwürdig«, sagte ich zu meinem Vater, »daß jemand sich mit drei Jahreszeiten begnügt? Wie ein Leben, das sich nie vollenden wird.«

Mein Vater antwortete natürlich nicht. Und da ich glaubte, er könne ohnehin nichts verstehen, sprach ich offen und ohne Scheu aus, was ich dachte: »Mein ganzes Leben war bisher wie dieses Bild, das keiner haben will, immer die gleiche Jahreszeit, jeden Tag das gleiche Elend, ohne Hoffnung, daß sich je etwas ändert.« Ich brach in Tränen aus. »Darum muß ich einen Weg finden, meinen Ehemann zu verlassen. Ich weiß, ich kann nicht erwarten, daß du mir verzeihst.«

Mein Vater richtete sich kerzengerade im Sessel auf. Er fixierte mich mit einem traurigen und einem zornigen Auge. Ich erschrak: Er hatte alles begriffen! Er stand auf, schien verzweifelt um Worte zu ringen, brachte jedoch nur ein rauhes Krächzen hervor. Sein Gesichtsausdruck machte mir angst. Er fuchtelte krampfhaft mit den Händen und keuchte, als müßte er an den Worten ersticken, die ihm in der Kehle festsaßen.

Mit zitternder Hand packte er meinen Arm, und ich war erstaunt, wie stark sein Griff noch war. Er zog mich aus dem Sessel hoch, zu dem Rollbild hin. »Ich muß es tun«, flüsterte ich ihm zu.

»Du kannst dir nicht vorstellen, wieviel ich durchgemacht habe.« Doch er winkte nur ungeduldig ab.

Dann ließ er meinen Arm los. Seine zitternden Hände umklammerten den Rohrstock, und ich dachte, er wollte ihn herausziehen, um mich damit zu schlagen. Doch statt dessen zog er plötzlich den Knauf am einen Ende ab, hob das Lackrohr am anderen Ende an und ließ drei kleine Goldklumpen auf seine ausgestreckte Handfläche kullern.

Er drückte sie mir in die Hand und starrte mich eindringlich an. Was wollte er mir nur zu verstehen geben? Ich sehe seine zwiegespaltene Miene noch deutlich vor mir – als mir plötzlich aufging, was sie bedeutete! Die eine Hälfte drückte versteinerten Schmerz aus, die andere freudige Erleichterung, als wollte er sagen: »Du törichtes Mädchen, endlich hast du den richtigen Entschluß gefaßt.«

»Ich kann sie jetzt noch nicht nehmen«, flüsterte ich. »Wen Fu würde sie bestimmt finden. Ich hole sie mir später, kurz bevor ich gehe.« Mein Vater nickte und schob die Goldklumpen schnell wieder in ihr Versteck zurück.

Ich habe seitdem oft darüber nachgedacht. Ich glaube nicht, daß mein Vater mir damit sagen wollte, daß er mich liebte. Ich glaube, er meinte, wenn ich diesen schrecklichen Menschen verlassen würde, dann würde dieser schreckliche Mensch sein Haus ebenfalls verlassen und meinen Vater und seine Frauen nicht länger tyrannisieren. Meine Flucht war ihre einzige Chance. Aber vielleicht wollte er außerdem auch andeuten, daß er mich doch ein wenig gern hatte.

Der nächste Morgen war für mich sehr verwirrend. Alle kamen wie üblich zum Frühstück herunter: Wen Fu, Danru, Wen Fus Eltern, mein Vater und seine zwei Frauen, San Ma und Wu Ma. Die Dienerin brachte eine dampfende Suppenschüssel herein.

Man hätte meinen können, daß nichts sich verändert hatte. Mein Vater schien mich nicht wiederzuerkennen. Er starrte nur geistesabwesend in seine Suppenschale, ohne irgendeinen von uns zu beachten. Wen Fus Mutter nörgelte wie üblich, die Suppe sei nicht heiß genug und wieder mal zu salzig. Wen Fu aß hastig und wortlos. Hatte ich mir die Szene in dem Arbeitszimmer vielleicht nur eingebildet? Gab es die Goldklumpen in Wirklichkeit gar nicht? Ich zitterte vor Aufregung, doch ich nahm mir fest vor, meinen Entschluß in die Tat umzusetzen, mit oder ohne Gold.

Ich schöpfte Wen Fus Mutter Suppe nach. »Mutter«, sagte ich dabei, »du mußt mehr essen, du mußt auf deine Gesundheit achten.« Und während sie ihre Suppe schlürfte, fuhr ich fort: »Die arme Alte Tante! Mit ihrer Gesundheit steht es nicht zum besten. Ich habe gestern einen Brief von ihr bekommen.«

Das stimmte sogar. Sie hatte mir geschrieben und sich wie gewöhnlich über ihren Gesundheitszustand beklagt. Darauf konnte man sich bei ihr immer verlassen.

»Was hat sie denn?« wollte Wen Fus Mutter wissen.

»Eine kriechende Kälte in den Knochen, und das Atmen fällt ihr immer schwerer. Sie meint, sie fühle schon ihr Ende nahen.«

»Die Alte klagt doch ständig über irgendwelche Zipperlein«, bemerkte Wen Fus Mutter ungerührt. »Für jedes Heilkraut der Welt hat sie eine passende Krankheit parat.«

Wen Fu lachte zustimmend.

»Ich glaube, diesmal geht's ihr tatsächlich schlecht«, sagte ich. »Das letzte Mal, als ich sie sah, war sie schon sehr blaß und gebrechlich. Der Kreislauf macht nicht mehr mit.«

»Vielleicht solltest du sie lieber noch mal besuchen«, meinte San Ma.

»Hm.« Ich tat so, als wäre ich noch gar nicht auf den Gedanken gekommen. »Vielleicht hast du recht.«

»Sie ist doch gerade erst dagewesen!« warf Wen Fus Mutter ärgerlich ein.

»Ich könnte ja trotzdem kurz hinfahren, nur für ein paar Tage, und gleich wiederkommen, wenn es ihr besser geht.«

»Hnh!« schnaubte Wen Fus Mutter nur.

»Aber falls sie wirklich krank ist, müßte ich vielleicht auch etwas länger bleiben.«

Doch inzwischen hatte die Köchin die gefüllten Klöße aufgetragen, und Wen Fus Mutter war zu sehr mit der kritischen Begutachtung des Essens beschäftigt, um noch weitere Einwände vorzubringen.

Sie hatte zwar nicht ja gesagt, aber auch nicht nein. Und so wußte ich, daß niemand mich zur Rede stellen würde, wenn ich morgen mit dem Koffer in der einen Hand und Danru an der anderen das Haus verließ. Und wenn ich nach ein paar Tagen noch nicht zurückgekehrt war, würden sie nicht nach mir fahnden, sondern höchstens sagen: »Die arme Alte ist wohl kränker, als wir dachten.«

Nachdem alle sich zum Mittagsschlaf hingelegt hatten, schlüpfte ich schnell ins Arbeitszimmer meines Vaters und schloß die Tür hinter mir. Ich trat zu dem Frühlingsbild und schüttelte das Lackrohr. Und tatsächlich klapperten die Goldklumpen darin hin und her und rutschten mir dann hell aufblitzend in die Hand. Ich hatte es mir also doch nicht nur eingebildet, was gestern in dem Zimmer geschehen war.

Herzlichst viele Grüße

Ich besitze keine Fotos mehr von mir aus der Zeit, als ich noch mit Wen Fu verheiratet war. Die habe ich alle weggeworfen. Aber dein Vater hat dieses Album hier angelegt, und er hat viele, viele Bilder von mir gemacht. Schau, wie schwer es ist!

Hier am Anfang, das sind die amerikanischen Piloten, die er damals kannte. Und diese Frauen, das sind keine speziellen Freundinnen von ihm, nur irgendwelche Leute, die er vor meiner Zeit kannte. Ich weiß nicht, warum er ihre Bilder hier eingeklebt hat. Vielleicht hat er ihnen auch nur einen amerikanischen Namen gegeben und zum Dank dafür die Fotos bekommen. Schau dir an, was hier drauf steht. »Herzlichst viele Grüße, Peddy.« Was soll denn das heißen? Die konnte noch nicht mal ihren Namen richtig schreiben. Und daß man entweder »Herzlichst« oder »Viele Grüße« schreibt, aber nicht beides zusammen, das wußte sie auch nicht. Außerdem ist sie gar nicht besonders hübsch.

Hier, auf der nächsten Seite, da fangen meine Bilder an. Manchmal kommt es mir vor, als habe mein ganzes Leben da erst angefangen.

Schau mal, hier kannst du sehen, wie jung ich einmal war. Da staunst du, was? So hat dein Vater mich immer gesehen, jung und lieblich, wie er sagte. Selbst als ich schon weiße Haare bekam, fand dein Vater, ich sähe noch aus wie früher. Und in meinen Träumen habe ich auch immer so ausgesehen wie auf diesen Fotos, jung und lieblich. Erst kürzlich hat sich das geändert.

An meinem vorigen Geburtstag habe ich geträumt, dein Vater wäre gar nicht gestorben. Er wäre nur ein paar Straßen weiter gezogen und hätte vergessen, es mir zu sagen. Erst war ich sehr ärgerlich. Wie konnte er mich einfach umsonst trauern lassen? Aber dann vergaß ich meinen Ärger und wurde ganz fröhlich. Ich wollte ihn besuchen gehen. Doch als ich in den Spiegel schaute, erschrak ich: Ai-ya! Was war denn da passiert? Wie war ich denn auf einmal so alt geworden? Und mein Spiegelbild schaute mich an und sagte: »Das ist deine eigene Schuld. Du hast zuviel vergessen.« Da fühlte ich mich plötzlich sehr alt. Plötzlich wurde mir klar, daß alle anderen mich auch so sahen, als alte Frau von fünfundsiebzig Jahren.

Na, 1946 war ich jedenfalls noch jung und hübsch, wie du siehst.

Das Foto hier ist etwas verwackelt, aber schau dir mein Lächeln an und meine geschwollenen Augen. Das lag an den Freudentränen. Dein Vater hat das Foto gemacht, als ich Wen Fu schon seit einem Monat verlassen hatte. Wir gingen an dem Tag im Park spazieren, und ich hatte ihm gesagt, daß Yus Mutter mich und Danru aus Shanghai wegschicken wollte. Sie kannte Leute in Tientsin, bei denen ich mich verstecken konnte, bis ich endlich meine Scheidung bekam.

Dein Vater bat mich: »Fahr nicht weg, fahr nicht weg!«

»Aber was soll ich denn sonst machen?« sagte ich.

»Ihr bleibt alle beide bei mir. Wir nehmen uns zusammen eine Wohnung.«

Ich hatte gehofft, daß er das vorschlagen würde. Das Leben in dem Haus mit den vielen anderen Frauen war nicht gerade angenehm. Glaubst du, die hätten sich nicht gestritten, nur weil sie alle Genossinnen waren? Ganz im Gegenteil. Aber das sagte ich Jimmy nicht.

Als er mich bat, mit ihm zusammenzuziehen, meinte ich nur: »Aber geht denn das überhaupt?« Ich stellte ihn zwei Stunden lang mit immer neuen Einwänden auf die Probe. Wenn jemand dir anbietet, dir deine Lasten abzunehmen, mußt du ganz sicher sein, daß er es wirklich ernst meint und es nicht nur aus Höflichkeit und Mitgefühl tut. Höflichkeit und Mitgefühl nutzen sich bald ab.

Als er mich schließlich überredet hatte, machte er dieses Foto.

Ach, warum er das Bild hier eingeklebt hat, weiß ich auch nicht. Ich habe ihm immer wieder gesagt, er soll es rausnehmen, es sieht doch schrecklich aus. Was will er denn mit einem Bild von mir im

Nachthemd, mit ganz verstrubbelten Haaren? Aber dein Vater behauptete, es sei sein Lieblingsbild. »Winnie und der Sonnenschein wachen zusammen auf«, sagte er immer. Wenn ich morgens aufwachte, war er immer schon wach, schaute mich an und sagte mir das, sobald ich die Augen aufschlug.

Vielleicht schickt es sich ja nicht, daß ich dir das erzähle, aber dein Vater – wie soll ich es ausdrücken? –, er hat mich wirklich selbstlos geliebt. Als wir dann zusammenwohnten, hat er mich nie zu irgend etwas gezwungen, nie etwas gefordert. Er war sanft und zurückhaltend. Er wußte, daß ich Angst vor Sex hatte.

In den ersten Nächten hat er mich nur auf die Stirn geküßt, mir über die Haare gestrichen und leise mit mir geredet. Er sagte mir immer wieder, daß er mich liebte, bis ich mich wie auf Wolken fühlte. Nach einer Woche habe ich ihm dann gesagt, ich sei jetzt bereit für ihn. Ich wollte das Opfer auf mich nehmen, um ihn glücklich zu machen. Das habe ich so natürlich nicht gesagt, aber ich habe es gedacht. Ich schloß die Augen und wartete auf jene beschämenden Gefühle, doch er sprang nicht einfach auf mich drauf. Statt dessen tat er genau das, was er jeden Abend getan hatte. Er küßte mir die Wangen und die Stirn, immer wieder, sanft und zärtlich, und er streichelte mir langsam den Rücken, bis ich wieder wie auf Wolken schwebte. Und plötzlich erkannte ich, was er da machte, aber es war gar nicht dasselbe wie sonst immer, es war ein völlig anderes Gefühl. Ich öffnete die Augen und weinte vor Freude, sein Gesicht über mir zu sehen, seinen liebevollen Blick. Er weinte auch. Und danach hielt er mich noch lange in den Armen, als hätte er Angst, mich wieder zu verlieren.

Darum gefiel das Bild deinem Vater so gut. Am Morgen war ich immer noch da. Ich war sein Sonnenschein.

Schau her, dieses Bild, da wohnten Danru und ich schon drei Monate bei ihm. Wir stehen hier vor unserer Haustür, und die Frau neben mir, das ist die Hauswirtin, die uns zwei Zimmer im ersten Stock vermietet hatte. Dein Vater nannte sie »Lau Tai Po«, alte Dame. Das galt in China als höfliche Anrede, ganz anders als hier. Wenn die Leute einem hier zurufen: »He, alte Dame, paß gefälligst auf, wo du hinläufst«, dann ist das alles andere als höflich gemeint.

Und auf diesem Bild hier, schau mal, da strahle ich richtig vor Glück. Deinem Vater ging's genauso, er hat auch immer nur gelacht. Jeden Tag, wenn er von der Arbeit heimkam, hat er mich hoch in die Luft gehoben, und dann kam Danru angelaufen und rief: »Ich auch, ich auch!« Dein Vater versuchte dann, ihn hochzuheben, und ächzte: »Oh! Du bist mir aber zu schwer. Wie bist du denn nur so schwer geworden?« Er sagte, Danru solle mal ganz tief einatmen und sich mit Luft füllen wie ein Ballon. Und dann – hui! – stemmte er ihn plötzlich mit ausgestreckten Armen hoch, hoch, hoch!

In jener Zeit machte ich mir nicht allzu viele Sorgen wegen Wen Fu. Peanut hatte den Tanten schon erzählt, daß ich mit einem anderen Mann zusammenlebte. Die sagten es dann natürlich dem Onkel weiter, und er sagte es Wen Fu. Inzwischen hatte Wen Fu eine andere Frau zu sich ins Haus genommen, die schon ein Kind von ihm erwartete. So war ich mir sicher, daß Wen Fu bald in die Scheidung einwilligen würde. Sogar seine Eltern hatten ihm dazu geraten. Von dem Geld meines Vaters war ohnehin nicht mehr viel übrig, das konnte also kein Streitpunkt mehr sein. Wen Fu hatte dem Befehl der Regierung gehorcht und alles, was noch an Gold und Wertpapieren da war, in Papiergeld umgetauscht. Und jede Woche schien der Wert dieses Geldes um die Hälfte zu sinken.

Wir hatten Glück, daß dein Vater sein Gehalt in U.S.-Dollar ausgezahlt bekam. Doch ohne Geld wären wir genauso glücklich gewesen.

Dieses Bild hier habe ich noch mal für Hulan abziehen lassen. Sie und Jiaguo wohnten noch immer in Harbin. Ich schrieb ihr dazu: »Rate mal, wen wir getroffen haben? Rate mal, mit wem wir zusammenleben? Jemand, der englisch spricht und mich Winnie nennt. Ich sag' dir dann im nächsten Brief, ob du richtig geraten hast.«

Auf diesem Bild spielt Danru mit dem Hund unserer Wirtin. Sieht der nicht aus wie ein Lamm, mit dem lockigen Fell und den Puschelohren? Eigentlich war es aber ein Wolf im Schafspelz, er hat nämlich meine Hausschuhe zerfetzt. Ich war vielleicht sauer! Die Wirtin hat mir dann zwar ihre eigenen Hausschuhe angeboten, aber sie wußte genau, daß ich sie nicht nehmen würde, weil sie Fußpilz hatte.

Trotzdem war sie ganz nett. Ich weiß noch, einmal hat sie mir ihr ganzes Leben erzählt. So erfuhr ich, daß sie mit einem Chinesen aus den Vereinigten Staaten verheiratet war. Er hatte sie verlassen und war nach Amerika zurückgegangen, wo er jemand anderen geheiratet hatte, ohne sich auch nur die Mühe zu machen, sich vorher von ihr scheiden zu lassen. Aber wenigstens schickte er ihr noch Geld, darum nahm sie es nicht so tragisch.

»Das ist eben Schicksal«, sagte sie. Ich fand es merkwürdig, daß sie es so unbekümmert hinzunehmen schien, alles, wie es gerade kam, auf die altmodische Art. Doch dann sagte sie noch: »Paß auf, daß dir nicht dasselbe zustößt!«

Dieses Bild hier ist im Frühling aufgenommen. Schau, da im Hintergrund, die blühenden Bäume. Wie du siehst, trage ich die Haare da kürzer. Mein Lächeln wirkt hier etwas gezwungen. Das hat aber nichts mit der neuen Frisur zu tun.

Ich fing damals allmählich an, mir Sorgen zu machen. Zwei meiner Goldklumpen hatte ich schon für einen guten Anwalt ausgegeben, der meine Scheidung vorantreiben sollte. Er hatte eine Anzeige in die Zeitung setzen lassen, daß ich bereits geschieden sei, seit dem Tag nämlich, als Wen Fu mich mit vorgehaltener Waffe die Scheidungsurkunde aufsetzen ließ. Am nächsten Tag, nachdem die Anzeige erschienen war, kamen zwei Männer in das Anwaltsbüro, schlugen dort alles kurz und klein und zerrissen meine Scheidungsurkunde. Der Anwalt bekam es mit der Angst zu tun, und natürlich war er auch sehr zornig auf mich. »Ist Ihr Mann etwa ein Gangster?« fragte er mich, und von da an wollte er mit meinem Fall nichts mehr zu tun haben.

Ich glaubte allmählich selbst, daß mein Mann ein Gangster war. Tante Du hat das auch immer gemeint. Ich weiß nicht, warum, aber nun kann ich sie ja auch nicht mehr fragen.

Das hier ist ein komisches Foto. Schau mal, wie ich in der Schürze am Herd stehe! Das ist in unserer neuen Zweizimmerwohnung aufgenommen, in der Chiao Chow Road. Dein Vater und ich hatten den Mietvertrag als Herr und Frau James Louie unterschrieben, und ich hatte noch zusätzlich meinen Namensstempel daruntergesetzt, Jiang Weili.

Dein Vater hatte das Foto noch schnell am Morgen geknipst, bevor er zur Arbeit ging. Ich bin dann wahrscheinlich später mit Danru ins Kino gegangen, wie fast jeden Tag. Ich mochte nicht den ganzen Tag über zu Hause bleiben, für den Fall, daß Wen Fu uns doch einmal aufspüren könnte.

Auf dem Foto koche ich eigentlich gar nichts, ich stehe nur so am Herd, weil dein Vater immer gerne »lebendige« Aufnahmen machen wollte, damit es nicht so gestellt wirkt. »Baby-ah«, sagte er zu mir – er redete mich immer mit diesem amerikanischen Kosenamen an – »Baby-ah, bitte mal freundlich lächeln, aber nicht in die Kamera schauen.«

Hier sind noch ein paar Bilder von mir und Danru. Siehst du, wie glücklich er aussieht? Auf diesem da ist sein Gesicht ein bißchen verwischt, weil er sich gerade bewegt hat, als dein Vater das Foto machte. Man kann einen Sechsjährigen nicht zum Stillhalten zwingen, wenn er lieber Steine in einen Teich werfen will.

Dieses Foto ist in einem Tempelgarten aufgenommen, und das da im Park vor einem Karussell mit lauter Tieren aus Zeichentrickfilmen. Hier lehnen wir uns an einen Baum bei einem See. Der See ist nicht mit drauf, aber ich erinnere mich, daß es da einen gab.

Ich erinnere mich auch, daß wir das Foto gemacht haben, bevor wir Danru nach Harbin schickten, zu Hulan, Jiaguo und Tante Du. Die Hauswirtin hatte uns nämlich erzählt, daß zwei Männer sich bei ihr nach Danru und mir erkundigt hatten. Ich wollte eigentlich mitfahren und Jimmy ebenfalls. Aber dann beschloß ich, noch ein paar Wochen zu warten. Ich hatte einen neuen Anwalt gefunden, der mich meinen letzten Goldklumpen kostete, und der meinte, ich sollte in Shanghai bleiben, bis die Scheidungssache geregelt sei, was nicht mehr lange dauern könne. Also versprach ich Danru, bald nachzukommen, im Glauben, damit das Richtige zu tun, um ihn zu retten.

Spät abends, als Danru schon schlief, brachten wir ihn zum Bahnhof. Unsere Wirtin hatte sich erboten, ihn nach Harbin zu bringen, wo sie eine Kusine besuchen wollte. Doch gerade als sie mit ihm in den Zug stieg, wachte Danru auf und fing an, jämmerlich zu schreien: »Wo ist meine Mutter? Ich will nicht wegfahren! Ich will hierbleiben!«

Ich lief schnell zu ihm hin. »Wie kannst du dich so aufführen? Deine Mutter vor all den Leuten zu beschämen!« Es zerriß mir das Herz, ihn so schluchzen zu sehen, doch ich konnte ihn nur ermahnen: »Nicht weinen, nicht weinen, du bist doch schon so ein großer Junge. Ich komme dich auch ganz sicher holen, sobald ich frei bin.«

Ich sagte das natürlich ganz sanft, aber es tut mir heute noch leid. Ich hätte ihn festhalten sollen. Ich hätte ihn dafür loben sollen, daß er mich nicht verlassen wollte. Ich hätte ihn niemals wegschicken dürfen.

Aber schau mal, wie fröhlich er auf den Bildern lacht. Man sieht es selbst noch auf dem verwackelten Foto. Die meiste Zeit habe ich dafür gesorgt, daß er glücklich war.

Hier ist ein Bild von mir und Tante Du, als sie schon ein paar Wochen bei uns in Shanghai war. Es macht mich immer ganz traurig, es anzuschauen. Ich erinnere mich noch an den Tag ihrer Ankunft, wie geduldig sie auf uns wartete, bis wir nach Hause kamen.

Ich sah eine alte Frau im Flur sitzen, die langsam vom Boden aufstand, als ich näher kam. So eine Überraschung! Tante Du – den ganzen langen Weg von Harbin hergekommen! Ich lief auf sie zu und fragte gleich, warum sie mir denn nicht geschrieben habe, wir hätten sie doch vom Bahnhof abholen können. Aber dann sah ich ihr Gesicht, wie sie die Lippen zusammenpreßte, wie ihr die Tränen in den Augen standen – und schon wußte ich, was passiert war.

Ich versuchte, sie wegzustoßen. »Geh zurück! Geh zurück!« schrie ich sie an. Jimmy mußte mich an den Armen festhalten, damit ich aufhörte, sie von mir fortzuschubsen. Und als sie mir sagte, weshalb sie gekommen war, heulte ich: »Wie kannst du so was sagen? Soll das ein dummer Scherz sein? Wie kannst du einer Mutter sagen, daß ihr kleiner Sohn tot ist? Er ist nicht tot! Ich habe ihn doch in Sicherheit gebracht! Ich habe ihn nach Harbin geschickt!«

Doch sie nahm es mir nicht übel. Sie hatte die lange Reise auf sich genommen, wohl wissend, daß ich sie hassen würde, wenn sie mir die Nachricht brachte. Sie erzählte uns, daß die Japaner Tausende von Ratten gezüchtet hatten, die mit der Pest infiziert waren. Als der Krieg vorbei war, vernichteten sie die Ratten nicht, sondern ließen sie laufen. Und ein Jahr später hatte sich die Seuche mit rasender Geschwindigkeit ausgebreitet, von den Rattenflöhen auf die Menschen übertragen. Der arme Danru war an einem einzigen Tag dahingerafft worden.

Damit nicht genug; Jiaguo war ebenfalls tot.

Ich wollte sofort nach Harbin eilen, um meinen kleinen Sohn noch einmal in die Arme zu nehmen, um sicherzugehen, daß es kein Irrtum war. Schließlich hatte er ja nie viel geweint. Er hatte einen so festen Schlaf. Das konnten die anderen doch nicht wissen; sie wußten nicht, wie sehr er mir vertraute.

Doch Tante Du sagte, Danru und Jiaguo seien noch am selben Tag beerdigt worden, noch ehe man sich überhaupt fragen konnte: Wie ist das bloß passiert? Sie hätten alles im Haus verbrennen müssen, Danrus Kleider, sein Spielzeug, einfach alles, für den Fall, daß irgendwo noch ein Floh saß. So hatte ich nicht mal mehr ein Andenken an ihn zurückbehalten. Er war für immer verschwunden.

Erst am nächsten Tag fragte ich Tante Du nach Hulan. »Wo ist sie? Warum ist sie nicht mitgekommen?«

Tante Du erklärte, Hulan sei in Harbin geblieben, um für die Toten zu sorgen. Sie bringe jeden Tag Essen zu den Gräbern und sage zu Jiaguo und Danru, sie hoffe, daß sie im Jenseits schön dick würden. »Sie bestand darauf, das zu tun«, meinte Tante Du. »Sie sagte, sie würde später nachkommen und mich in Shanghai treffen. Sie hat keinen Grund mehr, noch länger in Harbin zu bleiben. Aber wenigstens ist sie jetzt wieder bei Vernunft. In den ersten Tagen, nachdem die beiden gestorben waren, konnte sie nicht mal weinen. Sie war wie vor den Kopf geschlagen. Sie hat immer nur gemurmelt: ›Wie können sie denn tot sein? Der Krieg ist doch längst vorbei.‹ Und dann hat sie angefangen, wie wild das ganze Haus zu putzen, sie hat sogar den Boden und die Wände mit Terpentin abgeschrubbt. Als sie damit fertig war, wollte sie dir einen Brief schreiben, um dir so schonend wie möglich beizubringen, was mit Danru geschehen war.

Aber sie blieb schon beim ersten Satz stecken, weil sie nicht wußte, wie sie ›dein geliebter Sohn‹ schreiben sollte. Sie wollte Jiaguo fragen gehen und konnte ihn nirgends finden. Ich sah, wie sie weinend in ihrem Schlafzimmer stand und zornig nach ihm rief: ›Jiaguo! Jiaguo! Du darfst nicht sterben! Was soll ich denn ohne dich machen? Ich weiß ja noch nicht mal, wie ich ›dein geliebter Sohn‹ schreiben soll!‹ «

Auf diesem Foto hier kannst du sehen, wie mager ich damals war. Siehst du, wie der Pullover mir von den Schultern hängt? Er war dunkelrot, und die Borte um den Ausschnitt und auf den Taschen war mit Goldfäden bestickt. Dein Vater hatte mich extra gebeten, den Pullover für das Foto anzuziehen. Er hatte ihn mir zum neunundzwanzigsten Geburtstag geschenkt, im Frühjahr 1947. Ich hatte noch nie zuvor ein Geburtstagsgeschenk bekommen. Das ist in China nicht üblich. Ich hätte mich eigentlich freuen sollen, aber ich war noch immer sehr traurig wegen Danru. Ich hörte nicht auf, mir vorzuwerfen, daß ich ihn fortgeschickt hatte. Darum hat dein Vater mich auch nicht aufgefordert zu lächeln; ich hätte es nicht fertiggebracht.

Wie du siehst, gibt es hier keine weiteren Fotos von mir aus dieser Zeit. Denn kurz darauf sah jemand mich in einen Friseurladen gehen, und als ich wieder herauskam, wurde ich von zwei Polizisten verhaftet und ins Gefängnis gebracht.

*

Niemand sagte mir, warum ich festgenommen worden war. Sie brachten mich in ein Frauengefängnis, das von einer hohen Mauer umgeben war. Sobald ich es betrat, wurde mir übel. Es stank fürchterlich – als würde man die Nase in eine Jauchegrube stecken! Eine Wärterin führte mich an langen Holztischen und Bänken vorbei durch eine düstere Halle mit einer Reihe von Zellentüren auf der anderen Seite. In jeder der Zellen waren fünf Frauen eingesperrt, Frauen, die man auf der Straße nicht anzuschauen gewagt hätte, so trostlos sahen sie aus. Eine dieser stinkenden Zellen mußte ich mir dann mit vier anderen Frauen teilen.

Ich glaube, die anderen Frauen merkten gleich, daß ich aus Versehen im Gefängnis gelandet war. Sie musterten mich weniger mitleidig als neugierig. Vier Augenpaare starrten abschätzend auf mein *chi-pao,* das schlichte Sommerkleid einer Dame aus besseren Kreisen, und auf meine frischfrisierten Locken. Die anderen hatten alle nur schmutzige lange Hosen und Jacken an. Sie hatten grobe Gesichter und strähnige, fettige Haare.

Eine der Frauen rief mit rauher Stimme: »He, kleine Schwester, setz dich doch, leiste uns eine Weile Gesellschaft!« Alle lachten, aber nicht unfreundlich. Ich glaube, sie neckten mich nur, um mir über meine Verlegenheit hinwegzuhelfen. Eine jüngere Frau sprang von einem Holzschemel auf und sagte: »Hier, nimm Platz«, und alle lachten wieder, als sie sich schnell die Hose hochzog. Der Holzschemel in der Ecke war ein Toilettenkübel, ohne Deckel oder Spülung! Kein Wunder, daß es in den Zellen so stank.

In einer anderen Ecke lag eine dünne Matte auf dem nackten Zementboden, auf der mit knapper Not drei Leute Platz hatten. So konnte man sich nur abwechselnd zum Schlafen hinlegen, die beiden übrigen mußten inzwischen auf dem harten Boden sitzen.

Ich blieb die ganze Nacht an die Wand gelehnt stehen. Die ganze Nacht lang machte ich mir Sorgen, nicht um mich selbst, sondern um Jimmy. Ich stellte mir vor, wie er überall nach mir suchte, wie er durch den Park lief und in allen Kinos nachschaute. Er war ein guter Mensch, freundlich und rücksichtsvoll, aber nicht sehr widerstandsfähig. Er hatte ja keine Erfahrung mit den Härten des Daseins. Also machte ich mir große Sorgen und konnte nur hoffen, daß Tante Du ihm raten würde, was zu tun sei.

Am Morgen zitterten mir die Knie vor Erschöpfung. Eine Wärterin kam herein und rief meinen Vornamen: »Jiang Weili!« Und ich rief zurück: »Hier! Hier!« Ich dachte, sie wollten mich freilassen. Doch statt dessen bekam ich Handschellen angelegt, wie eine gemeingefährliche Verbrecherin, und wurde mit anderen an den Händen gefesselten Frauen in einen Lastwagen gepfercht. Wollten sie uns vielleicht irgendwohin aufs Land fahren, um uns zu erschießen? Wir wußten nicht, was mit uns geschehen sollte. Wie Schlachtvieh, das zum Markt transportiert wird, waren wir auf der Ladefläche zusammengedrängt und fielen jedesmal fast hin, wenn der Wagen um eine Kurve bog.

Doch dann hielten wir schließlich vor einem großen Gebäude,

dem Provinzgerichtshof, wie sich herausstellte. Als ich in den Gerichtssaal gebracht wurde, fiel mein Blick gleich auf Wen Fu, der ein breites Siegerlächeln zur Schau trug, vor Freude, mich so gedemütigt zu sehen. Meine Frisur war zerzaust, mein Kleid verknautscht, und der Gestank der Zelle haftete mir noch an.

Dann hörte ich jemanden laut wispern: »Da ist sie!« Und ich sah Tante Du, Peanut und Jimmy, der mir mit schmerzlicher Miene zulächelte. Wie ich später hörte, war genau das passiert, was ich gehofft hatte. Tante Du war zum Haus meines Vaters geeilt und hatte eine Erklärung für mein Verschwinden gefordert. Und so erfuhr sie, was Wen Fu getan hatte.

Der Richter las mir die Anklage vor. Ich wurde beschuldigt, den Sohn meines Mannes entführt zu haben, der daraufhin gestorben sei; der Familie meines Mannes Wertgegenstände gestohlen zu haben; meinen chinesischen Ehemann verlassen zu haben, um mit einem amerikanischen Soldaten zusammenzuleben, den ich während des Krieges getroffen hatte.

Ich bebte so vor Zorn, daß ich kaum sprechen konnte. »Das sind nichts als Lügen«, sagte ich schließlich so ruhig wie möglich. Ich schilderte dem Richter, wie mein Mann mich schon vor Jahren zur Scheidung gezwungen hatte, indem er mir eine Pistole an den Kopf hielt und mich ein Scheidungspapier unterschreiben ließ. Ich sagte, ich hätte nichts aus dem Haus meines Vaters gestohlen, ich hätte nur mitgenommen, was mir gehörte. Wie konnte man mich beschuldigen, meinen Mann wegen eines anderen verlassen zu haben, wo mein Mann sich selbst von mir losgesagt hatte und jetzt mit einer anderen Frau zusammenlebte? Ich sagte, der andere sei nun mein rechtmäßiger Ehemann. Wir hätten uns bereits als Ehepaar angemeldet.

Ich sah, wie Jimmy nickte und wie jemand ihn fotografierte. Und dann hörte ich plötzlich ein Raunen und Flüstern im Saal und bemerkte erst jetzt, daß er voller Leute war, die zu Gerichtsverhandlungen gingen wie ins Kino, weil sie anscheinend nichts Besseres zu tun hatten. Sie zeigten abwechselnd auf mich und Jimmy und steckten eifrig tuschelnd die Köpfe zusammen.

Tante Du erzählte mir später, sie hätten sich zugewispert: »Schaut nur, wie hübsch sie ist, genau wie eine Filmschauspielerin.« – »Hört nur, wie sie selbstbewußt redet, sie ist sicher ein anständiges Mädchen.« – »Der Mann, mit dem sie davongelaufen ist, das ist überhaupt kein Ausländer, jeder kann doch sehen, daß er Chinese ist.«

Doch nun wandte Wen Fu sich mit gewinnendem Lächeln an den Richter: »Es hat nie eine Scheidung gegeben. Meine Frau ist ein bißchen verwirrt. Vielleicht hatten wir früher mal einen Streit, bei dem ich sagte, ich könnte sie verstoßen, falls sie sich nicht besser benehme.«

Der unverschämte Kerl wollte mich in aller Öffentlichkeit als eine dumme Gans hinstellen, die sich noch nicht mal erinnern konnte, ob sie nun geschieden war oder nicht!

»Wenn wir tatsächlich geschieden sind, wie sie behauptet«, fuhr Wen Fu fort, »wo sind dann unsere Scheidungspapiere? Wo sind die Zeugen?«

Tante Du sprang auf. »Hier! Ich habe die Scheidung bezeugt. Und meine Nichte, die zur Zeit im Norden lebt, war ebenfalls Zeuge.« Wie gescheit von Tante Du, so schnell auf diesen Einfall zu kommen! Und es war ja eigentlich nicht gelogen. Sie hatte unseren Streit mit angehört und das Scheidungspapier gesehehen. Die Leute im Raum begannen noch aufgeregter zu tuscheln.

Wen Fu warf Tante Du einen giftigen Blick zu. Er wandte sich wieder an den Richter: »Diese Frau lügt. Wie hätte sie irgend etwas bezeugen können? Sie kann weder lesen noch schreiben.« Und der Richter konnte an Tante Dus unglücklicher Miene sehen, daß es stimmte.

»Haben Sie das Scheidungsdokument noch?« fragte er mich.

»Ich habe es letztes Jahr einem Anwalt gegeben«, antwortete ich. »Doch nachdem er eine entsprechende Anzeige in die Zeitung gesetzt hatte, hat dieser Mann, Wen Fu, das Büro des Anwalts demoliert und alle Urkunden zerrissen, meine auch.«

»Das ist eine freche Lüge!« brüllte Wen Fu. Und dann redeten plötzlich alle durcheinander. Ich betonte noch einmal, daß Wen Fu mich gezwungen habe, das Papier zu unterschreiben. Tante Du beteuerte, daß sie sehr wohl gewußt habe, was auf dem Papier stand, auch wenn sie es nicht lesen konnte: »Ich habe es mit meinem Namenssiegel bezeugt!«

Der Richter gebot uns allen, still zu sein. »In Fällen wie diesem«, sagte er, »wo alle sich gegenseitig widersprechen, muß ich mich nach dem Beweismaterial richten. Niemand hat eine Scheidungsurkunde vorzuweisen. Also liegt auch keine Scheidung vor. Und ohne rechtskräftige Scheidung hat der Ehemann das Recht, seine Frau der Eigentumsentwendung und der Kindesentführung anzuklagen. Die Frau streitet nicht ab, sowohl gewisse Wertobjekte als auch den Sohn mitgenommen zu haben. Darum verurteile ich Jiang Weili hiermit zu zwei Jahren Gefängnis.«

Der Richter begann, den Urteilsspruch niederzuschreiben. Die Leute im Saal protestierten. Wen Fu lächelte triumphierend. Tante Du brach in Tränen aus. Jimmy und ich sahen einander bestürzt und hilflos an.

Ich war ganz benommen. Ich hatte nicht damit gerechnet, wieder ins Gefängnis zurückzumüssen. Ich hatte geglaubt, Wen Fu wollte mich nur demütigen, mich für eine Nacht im Gefängnis schmoren lassen, um sich für meine Flucht zu rächen. Mir war, als sei das alles nur ein böser Traum: die Wärterin, die mir wieder Handschellen anlegte, irgend jemand, der angelaufen kam und mich fotografierte, der Richter, der sein Schriftstück in aller Ruhe mit einem roten Siegel versah.

Plötzlich trat Wen Fu auf den Richter zu und verkündete mit lauter Stimme: »Vielleicht hat meine Frau ihre Lektion jetzt gelernt. Wenn sie sich bei mir entschuldigt, will ich ihr noch einmal verzeihen, und sie kann mit mir nach Hause kommen.« Er lächelte mir großmütig zu.

Aller Augen waren auf mich gerichtet, alle warteten gespannt, wie ich reagieren würde.

Ich glaube, sie hofften alle, Jimmy und Tante Du eingeschlossen, ich würde auf die Knie fallen und um Vergebung flehen. Doch der Haß in meinem Herzen loderte so übermächtig, daß für ihre Hoffnungen kein Platz mehr war. Ich sah nur noch Wen Fus siegessichere Miene vor mir, und ich konnte mir schon ausmalen, wie er mich verspotten würde, wie er mich wieder zwingen würde, ihm zu Willen zu sein, wie er mich Tag für Tag quälen würde, bis alles in mir zerbrach.

»Ich würde lieber auf dem Zementboden im Gefängnis schlafen«, hörte ich mich in entschiedenem Ton sagen, »als in das Haus dieses Mannes zurückzukehren!« Das Publikum brach in überraschtes Gelächter aus. Siehst du, so war zum Schluß doch Wen Fu der Dumme. Und als sie mich hinausführten, war es an mir, triumphierend zu lächeln.

Nach drei Tagen besuchte Tante Du mich im Gefängnis. Wir saßen in einem kleinen Besuchszimmer, mit einer Wärterin in der Ecke, die alles mithörte.

Tante Du legte ein Bündel auf den Tisch, das in ein Tuch gewikkelt war. Darin fand ich zwei Unterhosen, einen weiten Kittel, einen Kamm, Seife und eine Zahnbürste, Stäbchen und ein Amulett, das der Glücksgöttin geweiht war.

»Mit dem Tuch behältst du stets einen sauberen Platz auf dem Bett, und mit dem Amulett ein reines Herz«, erklärte Tante Du.

Dann zog sie eine zusammengefaltete Zeitungsseite aus dem Ärmel. »Schau, was die Schmutzfinken zusammengeschmiert haben«, wisperte sie. »Es steht in allen größeren Zeitungen. Jimmy Louie sagt, es ist sehr, sehr scheußlich, was sie da schreiben.«

Ich faltete die Zeitungsseite auseinander und begann zu lesen. Jimmy hatte recht. Es war scheußlich, wie sie die ganze Sache in der Öffentlichkeit breitgewalzt hatten, als handele es sich um irgendeine zwielichtige Skandalaffäre. Mein Gesicht brannte vor Zorn.

»Amerikanische Romanze endet als Tragödie«, las ich. Und daneben sah ich ein Foto von mir, auf dem ich mutig und selbstbewußt aussah wie eine Revolutionärin. »›Ich gehe lieber ins Gefängnis!‹ ruft liebestolle Ehefrau.«

Daneben war ein Schnappschuß von Wen Fu zu sehen, auf dem er die Augen zur Seite gewandt hatte, als blickte er wütend, aber siegessicher zu mir hinüber. »›Ihre Selbstsucht kostete meinem Sohn das Leben‹, erklärt Kuomintang-Held.«

Unten auf der Seite gab es auch noch ein kleines Bild von Jimmy Louie, der wie beschämt die Augen senkte. »Amerikanischer GI sagt: ›Ich will sie trotzdem zurück.‹«

Ich las weiter, lauter Lügen von Wen Fu, der behauptete, ich hätte mutwillig mein ehrbares Leben aufgegeben, meinen eigenen Vater verlassen, meinen eigenen Sohn sterben lassen – und das alles nur aus Gier nach amerikanischem Sex. Wen Fu wußte genau, was die Presseleute hören wollten.

Tante Du spähte hastig nach der Wärterin, die eingenickt zu sein schien. »Es tut mir so leid«, flüsterte sie mir zu, »daß ich damals so dumm war, das Papier nicht zu unterschreiben.« Wir seufzten beide tief auf. Wir verstanden einander.

»Wo ist Jimmy Louie?« fragte ich schließlich. »Wann kommt er mich besuchen?« Tante Du schlug die Augen nieder. »Ai, meine Kleine«, sagte sie. »Warum muß ausgerechnet ich dir immer die schlechten Nachrichten bringen?«

*

Das hier ist ein Foto von dem Schiff, mit dem dein Vater nach Amerika zurückgefahren ist. Siehst du, was daruntersteht? S. S. Marine Lynx. Siehst du das angekreuzte Fenster da? Das war seine Kabine in der Touristenklasse.

Schau mal, wie viele Leute auf der Rückseite unterschrieben haben: Alles Gute, Lee Wing Chin. Alles Gute, Mary Imagawa. Alles Gute, Raisa Hamsson. Herzlichst, Johnnie Ow. Gott schütze dich, Maxima Aspira.

Dieser Gruß hier ist der beste: »Lieber Jimmy, als ich dich zuerst an Bord traf, hielt ich dich für einen galanten Windhund, aber als ich dich besser kennenlernte, hat es mir leid getan, daß ich so was von dir denken konnte, weil du nämlich ein ganz prima Kerl bist. Deine kleine ›Winnie‹ kann sich glücklich schätzen, daß sie einen Mann wie dich hat. Alles Liebe und Gute von deiner aufrichtigen Freundin, Mary Moy.«

Dein Vater erzählte allen, sogar wildfremden Menschen auf dem Schiff, daß ich seine Frau war. Das trug er sogar in die Einreisepapiere ein: verheiratet. Tante Du hat es mir dann erzählt. Sie erzählte mir auch, warum dein Vater nicht länger in Shanghai bleiben konnte.

Nachdem ich wieder eingesperrt worden war, lief Wen Fu zum amerikanischen Konsulat, um Jimmy dort Ärger zu machen: »Seht her, was ihr Amerikaner angerichtet habt! Meine Familie habt ihr auseinandergerissen!« Das hat er natürlich auch in den Zeitungen verbreiten lassen – ein gefundenes Fressen für die Öffentlichkeit, die ohnehin nicht mehr gut auf die Amerikaner zu sprechen war, nachdem viele GIs chinesische Mädchen verführt und sitzengelassen hatten.

Also untersagten die Leute vom Konsulat Jimmy erst einmal jeglichen Kontakt mit mir, bis etwas Gras über die Sache gewachsen wäre. Aber statt dessen wurde alles nur noch schlimmer. Die Geschichte wurde zu einem richtigen Fortsetzungsroman, alle paar Tage stand wieder in den Zeitungen, was ich alles gesagt haben sollte, was Wen Fu behauptete, was ich darauf erwidert hätte, und so weiter. Und ständig wurden Fotos abgedruckt – Fotos von mir im Gefängnis, an einem langen Arbeitstisch mit zwanzig anderen Frauen, Fotos von Wen Fu und seiner neuen Frau, beide hochzufrieden lächelnd, mit einem kleinen Pekinesen an der Leine, Fotos von Jimmy, im Krieg aufgenommen, zusammen mit amerikanischen Fliegern, ja selbst ein Foto von Danru als Baby.

Manche der Geschichten stellten mich als leichtsinnig und vergnügungssüchtig dar, andere als bemitleidenswertes Opfer, das unschuldig im Gefänignis schmachten mußte. Tante Du erzählte mir, daß ich für die jungen Mädchen in Shanghai schon ein richtiges Idol war. Einmal hatte sie gehört, wie zwei Mädchen im Bus über mich redeten: Wie hübsch, und wie tragisch!

Doch die Leute vom Konsulat interessierte es nicht, ob ich hübsch war und ob ich ein tragisches Schicksal hatte. Dein Vater verlor schließlich seinen Job und wurde aufgefordert, nach Hause zurückzufahren und keinen weiteren Ärger zu stiften. Er durfte mich nicht besuchen, und er war in Shanghai unerwünscht. Was konnte er da noch tun? Er fuhr nach San Francisco zurück.

Er schrieb mir natürlich viele Briefe, die er an Tante Du schickte, und dazu amerikanische Dollar, damit sie in Shanghai bleiben und sich um mich kümmern konnte. Das hätte sie auf jeden Fall getan, mit oder ohne Geld. Aber wir konnten es natürlich gut brauchen, da die chinesische Währung ja nicht mehr viel taugte.

So kam Tante Du mich jeden Monat besuchen und brachte mir jedesmal drei oder vier Briefe von Jimmy mit. Er schrieb mir immer wieder, daß er mich spätestens in zwei Jahren holen kommen würde, ich solle mich nur ganz fest darauf verlassen; daß er mich ewig lieben würde, daß nichts seiner Liebe im Weg stehen könne; daß er jeden Tag, jede Minute bete, ich möge bald zu ihm kommen. Ich glaube, von dem vielen Beten ist er dann so religiös geworden, daß er schließlich in den Dienst der Kirche getreten ist. Aber ich glaube kaum, daß er seinen Vorgesetzten dort von seiner Frau in China erzählte, die von ihrem anderen Mann ins Gefängnis gebracht worden war. Das hätte wohl nicht so gut geklungen.

Die anderen Frauen im Gefängnis waren alle nett zu mir, sogar die Wärterinnen. Wahrscheinlich glaubten sie mir, als ich ihnen erklärte, wie ich dorthin gekommen war. Sie sahen wohl auch ein wenig zu mir auf, weil ich nicht auf sie herabsah. Ich war eine gebildete Frau und trotzdem jetzt nicht anders als sie. »Wenn ich deinen Charakter hätte, wäre ich nicht hier«, sagte eine der Frauen zu mir. Eine andere wusch mir immer die Haare. Ich hatte sie nicht darum gebeten, sie bot es mir von selbst an.

Und ich tat auch alles mögliche für die anderen. Ich bat Tante Du, mir eine Holzplatte mitzubringen, mit der wir unser Zellenklo abdecken konnten. Ich fand Wege, unsere Zelle halbwegs sauber und frei von Ungeziefer zu halten. Als zwei der Frauen mich baten, sie lesen und schreiben zu lehren, ließ ich mir von Tante Du alte Zeitungen und ein paar Stücke Holzkohle mitbringen, mit denen wir die Schriftzeichen üben konnten. Und nach den Lektionen rissen wir die Zeitungen in Streifen, um sie als Klopapier zu verwenden.

Ich brachte ihnen auch bei, sich etwas gewählter auszudrücken, so wie damals in Kunming der Sängerin Min. Habe ich dir eigentlich schon erzählt, was aus ihr geworden ist? Ach, das ist eine traurige Geschichte. Eines Tages stieß ich plötzlich auf ein Foto von ihr in einer der Zeitungen, die ich gerade in Streifen riß. »Fräulein Goldkehle« stand darunter, »gestorben im Alter von dreiunddreißig Jahren.« Ich war natürlich sehr überrascht, ihr Bild zu sehen – überrascht, daß sie sich tatsächlich so genannt hatte, wie ich es ihr damals vorschlug, und noch überraschter, daß sie schon so alt war. Und nun, da ich sie wiedergefunden hatte, tat es mir leid zu erfahren, daß sie tot war.

Sie hatte als Nachtclubsängerin in Shanghai Karriere gemacht – vielleicht keine besonders große Karriere, aber immerhin. Ich glaube allerdings, ihr Bild war nur deshalb in der Zeitung erschienen, weil sie auf so tragische Weise gestorben war, in einer klirrend kalten Winternacht.

Sie war in einem dünnen, ärmellosen Ballkleid den Hafenkai entlanggelaufen, und die Fischer und Dockarbeiter hatten ihr verblüfft nachgestarrt. Plötzlich hatte sie dann angefangen zu singen. Die Leute dachten wohl, sie sei nicht ganz richtig im Kopf, aber zum Schluß klatschten sie doch höflich Beifall. Sie verbeugte und bedankte sich lächelnd, trat ein paar Schritte zurück, als wollte sie durch einen Bühnenvorhang abgehen – und sprang über das Geländer in den eisigen Fluß.

In der Zeitung hieß es, sie habe es aus Verzweiflung getan, aber warum sie verzweifelt war, stand nicht dabei. Als ich das las, sah ich mich selbst in ihr widergespiegelt. Einst hatte ich gedacht, sie sei genau wie ich, nur stärker. Doch wenn sie ihr Leben schon nicht ausgehalten hatte, konnte es mir dann nicht genauso gehen? Viele Tage grübelte ich noch darüber nach.

Ich hatte ja viel Zeit zum Nachdenken. Jeden Tag saß ich mit vielen anderen Frauen acht Stunden lang an einem Arbeitstisch, wo wir Streichholzschachteln anfertigten – ausschneiden, falten, zusammenkleben, immer wieder dieselben Handgriffe. Bevor ich ins Gefängnis kam, hatte ich nie einen Gedanken daran verschwendet, wer diese kleinen Schachteln wohl herstellen mochte. Ich hätte mir nie träumen lassen, wieviel Mühe und Elend mit diesen nichtigen Alltagsgegenständen verbunden waren. Es war eine unglaublich stumpfsinnige Tätigkeit!

Ich versuchte, mir die Langeweile zu vertreiben, indem ich die Reihenfolge der Arbeitsschritte immer wieder änderte – so faltete ich zum Beispiel erst alle Schachteln, um sie dann nacheinander zu kleben, oder ich stapelte sie in verschiedenen Mustern – egal wie, Hauptsache, meine Gedanken waren beschäftigt. Sonst konnte es nämlich nur allzu leicht passieren, daß sie sich auf ungute Weise im Kreis zu drehen begannen.

Wie zum Beispiel einmal, als ich für ein paar Minuten die Arbeit unterbrach, um den anderen einen Brief von Jimmy vorzulesen. Sie waren immer sehr gespannt darauf, was Jimmy mir schrieb, weil sie selbst nie Briefe bekamen, sie konnten ja nicht lesen.

»Meine liebe kleine Frau«, begann ich, und die anderen seufzten wehmütig. Ich las ihnen die üblichen Dinge vor, die in jedem Brief standen.

Wie sehr er mich liebte. Alle kicherten.

Wie er die ganze Zeit für mich betete. Alle seufzten wieder.

Wie er meinte, ihm würde vor lauter Büffeln noch der Kopf platzen. Alle lachten.

Wie viel Spaß ihm die Volkstanzkurse im YMCA machten. Ich hielt inne. Volkstanzkurse?

Die anderen schwiegen diskret und wandten sich wieder ihrer Arbeit zu.

Ich blickte auf meine schwieligen Fingerspitzen hinab. Ich stellte mir vor, wie Jimmy die weiche Hand eines hübschen Mädchens festhielt. Wie konnte er mich lieben und gleichzeitig mit einer anderen tanzen? Wie konnte er die Augen schließen und für mich beten, wenn er damit beschäftigt war, in die Hände zu klatschen und im Takt mit den Füßen zu stampfen? Wenn er sich als »verheiratet« bezeichnete – sollte das etwa heißen, daß er schon mit einer anderen verheiratet war? Und bald sah ich Jimmy immer schneller und schneller von mir forttanzen, eins-zwei-drei, eins-zwei-drei, mit einer lachenden neuen Frau im Arm!

Solche Gedanken schlichen sich langsam in meinen Kopf ein, und da es keine Ablenkung gab, konnte ich sie auch nicht verjagen. Ich konnte immer nur abwarten. Und ich dachte oft: Vielleicht warte ich umsonst. Aber dann bemühte ich mich, die Zweifel zurückzudrängen und mich an die schöne Erinnerung zu klammern, wie Jimmy mich nachts immer an sich drückte, als wollte er mich nie wieder loslassen.

Abgesehen von Tante Du bekam ich nicht viel Besuch. Meine Tanten konnten es sich nicht leisten, häufig nach Shanghai zu fahren. Peanut kam nur einmal, bevor sie mit Yus Mutter aus dem Frauenhaus fortlief und untertauchte. Mein Vater besuchte mich natürlich nie. Vielleicht wußte er nicht einmal, wo ich mich befand. Ich hatte gehört, er habe sich inzwischen ganz in seine eigene Traumwelt zurückgezogen, liege nur noch im Bett und starre blicklos vor sich hin.

Doch eines Tages kamen die beiden Frauen meines Vaters zu Besuch, San Ma und Wu Ma. Erst war ich freudig überrascht, aber als ich sah, daß sie ganz in Weiß gekleidet waren, wußte ich gleich, weshalb sie gekommen waren.

»Mein Vater?« fragte ich.

San Ma nickte, und Wu Ma wandte den Kopf ab.

»Tot?«

Sie fingen beide an zu weinen, und ich weinte auch. Ich dachte an den Tag zurück, als er mir die Goldklumpen geschenkt hatte.

»Er starb bei klarem Bewußtsein«, sagte Wu Ma. »Am Ende war er wieder ganz er selbst.«

Ich nickte. Das waren die üblichen pietätvollen Worte, die sich bei einem solchen Anlaß schickten. Ich dankte ihnen, daß sie gekommen waren, um mir die Nachricht zu überbringen.

Doch dann sagte San Ma: »Es war wirklich so. Kurz bevor er starb, war sein Geist plötzlich wieder ganz klar.«

»Es war wie ein Wunder«, bekräftigte Wu Ma.

»Vielleicht hat er uns all die Jahre auch nur zum Narren gehalten«, sagte San Ma, »indem er so tat, als könnte er nicht mehr sprechen. Das sähe ihm ähnlich, so stur, wie er war.«

»Nein, ich bin sicher, es war ein Wunder«, meinte Wu Ma.

»Jedenfalls passierte folgendes«, fuhr San Ma fort. »Ich bin wie jeden Morgen in sein Zimmer gegangen, um ihm etwas Reisbrei einzuflößen. Er hat ja zum Schluß kaum noch etwas zu sich genommen. Jeden Tag mußte ich ihm die Zähne auseinanderzwingen, es war immer ein richtiger Kampf, ihn zum Essen zu bewegen. Er machte wirklich mehr Arbeit als ein Baby, wie er jegliche Nahrung verweigerte und ständig sein Bett beschmutzte. An dem Morgen war ich schließlich so gereizt, daß ich rief: ›Göttin der Barmherzigkeit, laß ihn doch den Mund aufmachen!‹ Und auf einmal sah er mich mit klarem Blick an. Ich dachte: Hnh? Kann er mich etwa hören? Ich sagte zu ihm: ›Komm, iß doch ein wenig!‹ Und er schaute mich an und sagte: ›Dann gib mir wenigstens etwas Ordentliches.‹ Einfach so – plötzlich konnte er wieder reden! Sieben Jahre lang kein einziges Wort, und jetzt – ›Gib mir wenigstens etwas Ordentliches.‹ Ich rannte die Treppe hinunter, so schnell meine alten Beine mich tragen konnten.«

Wu Ma nickte. »Sie hat es mir dann gleich erzählt. Ich wollte es zuerst gar nicht glauben. ›Du spinnst‹, sagte ich, ›du bist ja schon genauso schlimm wie er.‹«

»Als ich es gerade der Köchin erzählte, hat Wen Taitai es mitbekommen und wollte sich selbst davon überzeugen. Also liefen wir alle zusammen die Treppe hinauf, die eine mit einem Teller Fleischklöße, die andere mit einer Schüssel Nudelsuppe, die dritte mit einem Stück Kuchen – nur für den Fall, daß er wirklich etwas essen würde. Als wir in sein Zimmer kamen – hnh! –, war er schon wieder eingeschlafen.«

»Und ich habe ihr wieder gesagt«, warf Wu Ma ein, »›Siehst du, das hast du dir nur eingebildet.‹ Aber dann sah ich das Fenster weit offenstehen, und der Wind blies ins Zimmer, also wollte ich es schnell zumachen – da wachte er auf und sagte: ›Laß es offen!‹«

»Wir alle sperrten vor Staunen den Mund so weit auf wie das Fenster, das kannst du mir glauben«, sagte San Ma. »Und dann gab ich ihm einen Fleischkloß, den er auch tatsächlich aß. Die Köchin gab ihm ein Stück *da bing*. Er aß es ebenfalls. Dann rannte Wen Taitai die Treppe hinab, um ihren Mann und ihren Sohn herbeizurufen.«

»Und schließlich standen wir alle um sein Bett herum«, fuhr Wu Ma fort. »Dein Vater sah sich im Zimmer um und blickte uns stirnrunzelnd an. ›Was ist denn hier passiert?‹ sagte er. ›Warum sieht hier alles so schäbig aus? Wo sind meine Bilder, meine Teppiche?‹«

»Er war wieder ganz der alte«, ergänzte San Ma. »Genauso arrogant und herrisch wie früher.«

Wu Ma nickte. »Ich sagte zu ihm: ›Die Sachen sind längst fortgebracht worden. Wir haben kein Geld mehr, die Räume neu herzurichten.‹ Und er fragte: ›Kein Geld mehr? Wie kann das sein?‹ Ich erklärte ihm: ›Mit dem Geld sieht es zur Zeit überall schlecht aus, nicht nur bei uns. Das Papiergeld ist mittlerweile nicht mehr wert als die Lumpen, mit denen die Matratzen ausgestopft sind.‹

Und er sagte: ›Vom Papiergeld rede ich ja gar nicht. Ich meine das Gold, das Gold, du dumme Gans!‹«

San Ma klatschte in die Hände. »Rate mal, was dann geschah? Wen Fu horchte sofort auf: ›Welches Gold? Wo ist es?‹ wollte er wissen. Und dein Vater schaute Wen Fu an, als sei sein Schwiegersohn nicht ganz bei Trost. ›Hier, natürlich!‹ sagte er. ›In diesem

Haus. Goldbarren so dick wie dein Finger, so viel Gold, wie du selber wiegst.‹

›Pah! Hier im Haus gibt es kein Gold‹, sagte Wen Fu.

Und dein Vater antwortete lächelnd: ›Das glaubst du, weil du nicht weißt, wo ich es versteckt habe, vor vielen Jahren schon.‹ Er kratzte sich nachdenklich die Wange. ›Laß mich mal überlegen – war es hinter dieser Wand hier? Oder unter dem Boden? Bloß unter welchem?‹ «

»Oyo!« rief Wu Ma. »Da wußten wir plötzlich, was dein Vater im Schilde führte. Dieses Katz-und-Maus-Spiel hatte er früher schon gerne getrieben. Er zog ganz sachte an einem Knäuel, zog und zog, und Wen Fu war die Katze, die vergeblich danach haschte! ›Wo? Wo?‹ drängte Wen Fu, doch dein Vater winkte ab. ›Ich bin jetzt zu müde‹, sagte er. ›Komm in ein paar Stunden wieder, dann sage ich es dir.‹ Dann schloß er die Augen und war nicht mehr ansprechbar. Was konnte Wen Fu da noch tun? ›Pah! Der Alte ist doch total übergeschnappt‹, sagte er abfällig und verließ mit seinem Vater das Zimmer. Doch unten hörten wir sie dann die Wände und Böden abklopfen. Sie hatten schon auf den Köder angebissen.«

»Drei Stunden später«, sagte San Ma mit zitternder Stimme, »gingen wir wieder nach oben, aber da war dein Vater leider schon tot. Ich rüttelte ihn noch ein wenig an der Schulter und sagte: ›Was? Jetzt bist du gerade erst wieder zu dir gekommen, und schon willst du uns verlassen? Nimmst du denn gar keine Rücksicht auf deine alte Ehefrau?‹ «

»Wir waren beide in Tränen aufgelöst«, setzte Wu Ma hinzu. »Und dieser Wen Fu, nein, so was Gemeines, so was Herzloses! Dein Vater war noch nicht mal kalt, da fing er schon an, ein Loch in die Wand neben dem Bett zu schlagen, dieser Schuft!«

»Und nun«, ergänzte San Ma, »fünf Tage später, hat er im Zimmer deines Vaters alle Wände aufgeschlagen, alle Bretter aus dem Boden gerissen und ist drauf und dran, sämtliche Zimmer im Haus zu verwüsten!«

»Nur zu«, meinte Wu Ma. »Uns kann es egal sein, ob er das ganze Haus niederreißt. Wir fahren morgen ab, zu meinem Bruder nach Yentai. Er hat uns angeboten, bei ihm zu wohnen.« Sie machte ein zufriedenes Gesicht.

San Ma und Wu Ma blickten mich erwartungsvoll an, gespannt, was ich zu den Neuigkeiten sagen würde. Ich war so gebeutelt von all den Gefühlen in mir – die Trauer um meinen Vater, der Zorn auf Wen Fu, der Kummer, San Ma und Wu Ma nun auch noch zu verlieren –, daß mir alles nur noch von unendlicher Hoffnungslosigkeit erfüllt schien.

»Ai!« sagte ich. »Das ist einfach zu bitter. Daß euch nichts anderes mehr übrigbleibt, als fortzugehen! Daß unser ganzes Gold nun diesem gemeinen Kerl zufällt!«

San Ma runzelte die Stirn. »In dem Haus gibt es gar kein Gold. Hast du uns denn nicht zugehört? Wir kannten deinen Vater genau. Warum hätte er einem Mann, den er haßte, sein Gold hinterlassen sollen? Er ist nur ganz zuletzt noch einmal aufgewacht, um uns einen kleinen Scherz zu hinterlassen und Wen Fu einen Fluch, der ihn ewig verfolgen wird.«

»Dann wird das Haus ja umsonst abgerissen!« rief ich entsetzt.

»Umsonst?« sagte San Ma. »Glaubst du, wir hätten nicht auch unter Wen Fu zu leiden gehabt? Glaubst du, du wärst die einzige, die seine Willkür erdulden mußte? Aber jetzt kommandiert dein Vater ihn herum. Jetzt jagt Wen Fu den Träumen deines Vaters nach. Jetzt stürzt das Haus über ihm zusammen. Nicht umsonst!«

*

Hier ist das Telegramm, das ich deinem Vater geschickt habe, um ihn zu fragen, ob ich zu ihm nach Amerika kommen sollte. Siehst du, er hat es aufgehoben, so sehr hat er sich gefreut, es zu erhalten. Aber sein Antworttelegramm ist nicht dabei.

Warum, will ich dir nun erzählen. Vor diesem Teil meiner Erinnerungen habe ich mich immer gefürchtet. Den habe ich immer vergessen wollen.

Ein Gefallen

Eines Tages brachte Tante Du mir eine Überraschung mit – Hulan, mit einem Baby im Bauch! Ich weinte vor Freude, sie wiederzusehen. Sie weinte vor Kummer, mich hinter Gittern zu sehen. Es war im Februar oder März 1949, als ich schon seit über einem Jahr im Gefängnis saß.

Wir hatten uns ab und zu geschrieben, ich fünfmal, sie vielleicht dreimal. Sie entschuldigte sich immer damit, daß sie seit Jiaguos Tod nun nicht mehr so gut schreiben könne, und aus Rücksicht auf ihre Trauer beschwerte ich mich auch nicht, daß ihre Briefe so rar waren, und ziemlich wirr obendrein. In ihrem letzten Brief hatte sie angedeutet, sie habe eine wichtige Neuigkeit für mich, aber sonst nichts weiter verraten, außer, daß sie glücklich sei.

Das war also die große Neuigkeit: Sie hatte wieder geheiratet – einen netten Mann, Kuang An. Das war Onkel Henrys Name, bevor er ihn dann später zu Henry Kwong umwandelte. Damals sah er aber noch ganz anders aus als heute: hager und mit dichten schwarzen Haaren. Auch seine Brille war noch nicht so dick. Er war vielleicht kein besonders schöner Mann, aber sympathisch, mit guten Manieren. Helen wird dir sicher gern erzählen, wie sie sich kennengelernt haben, nur ein halbes Jahr nach Jiaguos Tod. Sie wird wahrscheinlich behaupten, es sei Liebe auf den ersten Blick gewesen. Vielleicht für ihn, aber ich glaube, für sie war es eher eine Notlösung. Eine Chance, die sie flugs ergriff, warum auch nicht.

Das sage ich nur, weil ich weiß, wie sehr Hulan an Jiaguo gehangen hat. Sie war richtig verliebt in ihn, wie ich in deinen Vater. Es hat ihr wohl immer sehr leid getan, daß Jiaguo nicht das gleiche für sie empfand; er hatte sie erst im Lauf ihrer Ehe nach und nach schätzen gelernt.

Aber Kuang An – der war ganz verschossen in sie! Er las ihr jeden Wunsch von den Augen ab. Und ihr größter Wunsch war, daß er versuchen sollte, mich aus dem Gefängnis freizubekommen. Er hatte im Norden irgendeinen Posten bei der Militärverwaltung, den er jedoch verlor, als die Kommunisten dort die Macht übernahmen. So zog er dann erst mit Hulan nach Tientsin, und als die Stadt ebenfalls von den Kommunisten eingenommen wurde, zogen sie weiter nach Shanghai. Hier hatte er einen alten Schulfreund, der ein hohes Tier war, der Leiter der Schulbehörde für die gesamte Provinz. Und dieser Mann hatte natürlich gute Verbindungen. Hulan meinte, Kuang An bräuchte diesem Schulfreund nur ein Wort zu sagen, und das würde dann so lange weitergeleitet, bis es zu meiner Entlassung aus dem Gefängnis führen würde.

Ich glaubte ihr natürlich nur zu gern. Ich fragte nicht: Ist Kuang An wirklich so einflußreich? Wird sein Freund ihn auch wirklich anhören? Wenn du im Gefängnis sitzt und jemand dir einen Strohhalm der Hoffnung hinhält, klammerst du dich sofort daran fest, ohne lange nachzufragen, wo er herkommt.

Nach weiteren zwei Monaten kam dann tatsächlich jemand zu mir und sagte: »Jiang Weili, Sie können gehen.« Das war alles. Ich stellte keine Fragen, und niemand gab mir irgendeine Erklärung. Ich drückte meinen Zellengenossinnen zum Abschied die Hand und wünschte ihnen eine bessere Zukunft. Als ich noch mehr sagen wollte, scheuchten sie mich gutmütig fort und meinten, ich solle mich beeilen, bevor meine Chance sich in Luft auflöse.

Ehe ich durch das Tor ging, mußte ich noch meine Entlassungsurkunde unterschreiben. Darauf war als Grund für meine Entlassung angegeben: Justizirrtum. Kannst du dir vorstellen, wie mir zumute war, als ich das las? Mehr als ein Jahr meines Lebens im Gefängnis vertan, nur wegen eines Irrtums!

Tante Du wartete draußen schon auf mich. Wir stiegen in einen Bus und fuhren gleich nach Hause – zu der Wohnung, die ich einst mit Jimmy geteilt hatte. Unterwegs konnte ich sehen, wie sehr die Stadt sich inzwischen verändert hatte. Viele Banken, Geschäfte, Schulen und Restaurants waren geschlossen. Auf den Straßen sah ich viele Autos, die so vollgeladen waren, daß die Gepäckstücke zu den Fenstern herausquollen.

Früher hieß es immer, jeden Tag gingen hunderttausend Leute die Nanking Road entlang. An dem Tag, als ich aus dem Gefängnis kam, schien jeder dieser Hunderttausend einen Karren vor sich her zu schieben, mit den unterschiedlichsten Sachen beladen, wie zum Beispiel Reissäcken und Pelzmänteln. Tante Du erklärte mir, die Leute seien alle auf dem Weg zum Bahnhof oder zum Hafen, um nach Kanton oder Hongkong zu flüchten, bevor die Kommunisten kämen.

Als ich in die Wohnung trat, sah ich Hulan am Herd stehen. Sie lief auf mich zu, kniff mich in die Wangen und rief: »Vielleicht werde ich ja nie so eine gute Köchin wie du. Aber heute wird dir mein Essen bestimmt besser schmecken als das, was du die ganze letzte Zeit gekriegt hast!« Ihr Mann führte mich zum Sofa und forderte mich fürsorglich auf, die Beine hochzulegen und mich ein wenig auszuruhen. Ich begann, ihm von ganzem Herzen zu danken.

»Kuang An«, sagte ich, »ohne deine Hilfe –«

Er winkte ab. »Keine Ursache, keine Ursache.«

»Doch, allerdings«, beharrte ich. »Vielleicht hätte ich die nächsten sechs Monate drin nicht mehr überlebt.«

»Aber jetzt bist du hier«, sagte er. »Nur darauf kommt es an. Alles andere ist vorbei.«

Er war wirklich zu höflich. Also versuchte ich erst recht, ihm meine Dankbarkeit auszudrücken. »Ich weiß, daß du keine Mühe gescheut hast, um mir zu helfen«, meinte ich. »Vielleicht hat es dich sogar noch Geld gekostet. Ich werde jedenfalls für immer in deiner Schuld stehen. Wenn ich dir jemals einen Gefallen tun kann, mußt du es mich wissen lassen. Das würde mein Glück noch vollkommener machen.«

Er errötete. Wie kann man nur so bescheiden sein, dachte ich.

Doch nun mischte sich Hulan mit fröhlichem Geplapper ein: »Hab' ich's dir nicht gesagt? Nur ein Wort, mehr war gar nicht nötig. Aber ich mußte ihn natürlich immer wieder dazu drängen. Was soll das lange Zögern, habe ich gesagt. Bring sie doch schnell heraus!«

»Wir sollten jetzt lieber essen«, mahnte Tante Du. »Das arme kleine Ding ist ja schon so dünn, daß sie uns fast davonfliegt.« Das stimmte. Ich hatte in den letzten zwei Jahren gut zehn Pfund abgenommen, und ich war ja vorher schon recht mager.

Mein Begrüßungsmahl war sehr schlicht: Spinat, mit einer einzigen, feingehackten Morchel gewürzt, ein Eierpudding mit Schweinefleisch, ein paar dünne Streifen gebratenen Fisch und eine Suppe aus dem Fischkopf. Das war alles, nur drei verschiedene Gerichte und eine Suppe für vier Personen. Und von allem nur kleine Portionen. Tante Du bemerkte wohl meine Überraschung, daß die Mahlzeit so kärglich ausfiel.

»Dieses Essen ist heute etwas ganz Besonderes«, erklärte sie.

»Aber ja!« versicherte ich. »Es ist zu gut, um wahr zu sein, alles ganz köstlich.«

»Du solltest aber trotzdem wissen, daß wir so etwas schon seit vielen Monaten nicht mehr bekommen haben.«

»Das neue Papiergeld ist wertlos«, meinte Hulan. »Wenn du einen Sack Reis kaufen willst, mußt du heutzutage etwa sechs Millionen *yuan* dafür hinlegen. Lächerlich! Das Geld wiegt ja mehr als der Reis!«

»Wie habt ihr dieses Essen dann bezahlt?« wollte ich wissen.

»Ich habe meinen Jadearmreifen dafür verkauft«, sagte Tante Du. Als sie meine betroffene Miene sah, setzte sie hinzu: »Anders ging es nicht. Jade ist das einzige, was man noch eintauschen darf. Wenn sie dich mit Gold oder US-Dollars schnappen, kann es dich das Leben kosten. Die Kuomintang jagen dir gleich eine Kugel in den Kopf. Und wenn die Kommunisten kommen, machen die es vielleicht genauso.«

»Haben wir denn gar kein Geld mehr?« fragte ich sie.

»Das habe ich nicht gesagt. Ich habe nur gesagt, man darf sich auf der Straße nicht mit Gold oder Dollars erwischen lassen. Wir haben immer noch einen der kleinen Goldbarren, die du damals für das Geld auf deinem Konto bekommen hast. Und wir besitzen fast zweihundert Dollar, die Jimmy Louie uns geschickt hat. Und dann hast du ja noch deine Goldarmreifen, deinen Ring und die Ohrringe. Eigentlich sind wir also gar nicht so arm dran.«

»Vielleicht sind wir sogar noch besser dran, als du denkst«, sagte ich. »Wo ist mein Koffer?« Wir gingen ins Schlafzimmer. Ich öffnete den Koffer und klappte den doppelten Boden hoch. Ich hatte sie so gut versteckt, daß ich sie schon fast selbst vergessen hatte. Doch da lagen sie noch, so schimmernd wie eh und je: zehn Paar silberne Stäbchen, jedes Paar mit einer feinen Kette verbunden.

Hulan und Kuang An wohnten jetzt bei uns. Sie schliefen im Wohnzimmer, und ich teilte mit Tante Du das Bett im Schlafzimmer. In der ersten Nacht glaubte ich, ich würde nicht einschlafen können. Ich dachte an die glückliche Zeit zurück, die ich vor zwei Jahren mit Jimmy Louie und Danru in dieser Wohnung verbracht hatte. Doch schon im nächsten Moment, wie mir schien, rüttelte Tante Du mich wach. Es war schon wieder Morgen, und sie lachte, weil ich mich im Schlaf flach an die Wand gedrückt hatte, wie ich es vom Gefängnis her gewohnt war.

Nach dem Frühstück schenkte ich Hulan meine Ohrringe. Als ich sie neben ihren Teller legte, versuchte ihr Mann sofort, das Geschenk an ihrer Stelle zurückzuweisen.

»Nein, nein!« sagte er hastig. »Das ist wirklich nicht nötig. Nimm die Ohrringe zurück. Ich kann das nicht zulassen.«

Ich tat so, als hätte ich nichts gehört. »Probier sie doch an«, sagte ich zu Hulan. »Ich möchte nur mal sehen, wie sie an dir aussehen.« Sie zögerte – vielleicht fünf Sekunden lang – und legte die Ohrringe dann wortlos an.

Du weißt doch, welche Ohrringe ich meine? Die, die Tante Helen zu allen festlichen Gelegenheiten trägt? Sie haben eine hübsche Form, wie zwei breite, goldgefaßte Halbmonde. Wir nennen es kaiserliche grüne Jade. Solche Jade findet man heutzutage kaum noch, sie ist sehr selten und sehr teuer. Ich schenkte ihr die Ohrringe dafür, daß sie mir geholfen hatte, aus dem Gefängnis freizukommen.

Und nun rate mal, was ich kurz darauf erfuhr.

Als Tante Du und ich an jenem Tag zum Markt gingen, sagte sie zu mir: »Mach Hulan jetzt aber keine weiteren Geschenke mehr. Kuang An möchte nicht an seine Hilfe erinnert werden.«

»Ich weiß, er ist sehr bescheiden, aber ich glaube, er ist doch stolz darauf, daß ich Hulan die Ohrringe gegeben habe«, meinte ich.

»Keine weiteren Geschenke«, wiederholte Tante Du in entschiedenem Ton.

»Aber Tantchen«, wandte ich ein, »sie haben doch bloß aus Höflichkeit so abwehrend getan.«

»Hulan vielleicht, aber nicht Kuang An.« Und dann erzählte sie mir, wie Kuang An ihr vor einem Monat, als ich noch im Gefängnis war, ganz beschämt gestanden hatte, sein früherer Schulfreund habe ihn gar nicht zu sich vorgelassen. Er hatte also nichts für mich erreichen können. Er wagte nicht, Hulan zu sagen, daß sein Schulfreund ihn offenbar für zu unbedeutend hielt, um ihn überhaupt zu empfangen.

»Ich schäme mich so, meiner Frau zu gestehen, daß ich nichts für ihre Freundin tun kann«, hatte er gesagt.

Und Tante Du hatte nur geantwortet: »Denk nicht mehr dran. Laß das mal meine Sorge sein.«

»Er hat mir gar nicht geholfen?« fragte ich verblüfft.

Tante Du schüttelte den Kopf. »Er wollte es natürlich gern, aber zum Schluß bin ich dann selbst zur Gefängnisverwaltung gegangen«, erklärte sie. »Es war eigentlich gar nichts dabei, man mußte sich nur ein bißchen was einfallen lassen. Du siehst ja selbst, wie die Dinge in Shanghai liegen, wer hier demnächst das Sagen haben wird. Ich erzählte dem Verwalter, du seist mit einem hohen kommunistischen Funktionär verwandt – den Namen dürfe ich allerdings nicht verraten. Ich sagte nur: ›Wenn die Kommunisten hier nächsten Monat die Macht übernehmen und Jiang Weili im Gefängnis vorfinden – oyo!‹«

»Das hast du tatsächlich gesagt?«

Tante Du lachte. »Da kannst du mal sehen, was Macht bedeutet – man braucht nichts weiter zu tun, als den Leuten ihre eigenen Ängste vorzuhalten! Außerdem stimmt es vielleicht sogar: Wer weiß, ob Peanut und Yus Mutter nicht schon wichtige Posten bei den Kommunisten innehaben?«

Tante Du nahm mir das Versprechen ab, Hulan nichts davon zu sagen. Siehst du, wie rücksichtsvoll sie war? Sie wollte, daß Hulan stolz auf Kuang An sein konnte. Kuang An habe schließlich die ehrliche Absicht gehabt, mir zu helfen, und nur darauf komme es an, meinte sie. Sie hatte es nicht nötig, allen unter die Nase zu reiben, daß sie eigentlich die wahre Heldin war. Ich wußte es ja nun, und das genügte ihr.

Doch ich mußte mich oft zusammennehmen, um nicht mit der Wahrheit herauszuplatzen, wenn Helen mich wieder einmal auf den Gefallen hinwies, den ich ihr schuldete. Ich wußte natürlich, auf welchen Gefallen sie anspielte, und Henry wußte es auch, nur daß es ihm jedesmal peinlich war, daran erinnert zu werden. Manchmal verlangte sie eine ganze Menge, zum Beispiel, daß ich ihr 1953 zur Einreise in die Vereinigten Staaten helfen mußte, nachdem sie und Onkel Henry nach Formosa geflüchtet waren. Dieser Gefallen kostete deinen Vater und mich eine schöne Stange Geld. Aber was hätte ich denn sagen können? – »Ich habe dir die Ohrringe gar nicht schenken wollen, gib sie mir zurück?«

Eigentlich bin ich ja auch ganz froh, die beiden hierzuhaben, sie und Henry. Sie haben ein gutes Herz. Ich ärgere mich nur, wenn Helen so tut, als ob sie alles besser wüßte. Dazu hat sie keinen Grund.

*

An dem Tag, als ich aus dem Gefängnis kam, setzte ich mich gleich hin, um Jimmy einen Brief zu schreiben. Ich schrieb ihm, ich würde auf eine Nachricht von ihm warten, was ich tun sollte. Sollte ich zu ihm fahren? Sollte ich warten, bis er mich holen käme? Ich schrieb, die Kommunisten würden wohl bald bis nach Shanghai vorgedrungen sein, vielleicht schon in ein oder zwei Monaten. Dann las ich den Brief noch mal durch und zerriß ihn.

Ich dachte daran, wie seine Briefe sich im Laufe des letzten halben Jahres geändert hatten. Er nannte mich zwar noch seine liebe kleine Frau, doch er schrieb nicht mehr drei Seiten voll, um mir seine Liebe zu beteuern. Es waren eher zwei Seiten über seine Liebe zu mir und eine Seite über seine Liebe zu Gott – und schließlich blieb nur noch eine Seite für mich übrig, und zwei für Gott.

Also beschloß ich, mich ebenfalls kurz zu fassen. Ich ließ ihn wissen, daß ich jetzt aus dem Gefängnis entlassen sei. »Die Lage in Shanghai hat sich sehr verändert«, schrieb ich, »mehr, als du dir vorstellen kannst.« Ich teilte ihm mit, die Kommunisten seien im Anmarsch, die Kuomintang schon auf dem Rückzug. Man könne nicht wissen, ob sich die Dinge zum Guten oder zum Schlechten entwickeln würden.

Als ich Tante Du den Brief zeigte und meinte, ich müsse nun Jimmys Antwort abwarten, sagte sie: »Was? Du willst einfach nur abwarten? Hast du im Gefängnis denn nichts anderes gelernt als stillzusitzen? Jeder, der auch nur die geringste Chance hat zu entkommen, versucht es jetzt oder nie.«

Sie zog mich vom Stuhl hoch. »Wir gehen sofort zum Telegrafenamt«, sagte sie. »Sonst kriegt er deinen Brief erst in sechs Monaten, und was hat seine Antwort dann noch für einen Zweck? Bis dahin sind deine Chancen längst dahin.«

Im Telegrafenbüro herrschte ein fürchterliches Gedränge. Alle Welt hatte anscheinend irgendwelche brandeiligen Botschaften zu versenden. Nach drei oder vier Stunden hatten wir uns schließlich bis zur vordersten Reihe vorgekämpft. Ich hatte Jimmys Adresse schon auf einem Zettel notiert, und dazu die Nachricht: »Bin endlich frei. Kann jederzeit kommen. Bitte um Anweisungen. Deine Frau Jiang Weili.«

Als ich der Telegrafistin den Zettel gab, las sie ihn kurz durch und schüttelte den Kopf. »Nein, das geht nicht«, sagte sie. »Das ist nicht dringend genug. Schreib noch dazu: Es eilt, wir sind bald *taonan*.«

Was hat die Person mir denn vorzuschreiben, wie ich mein Telegramm aufsetzen soll? dachte ich. Doch als sie dann lächelnd aufblickte – rate mal, wen ich da erkannte? Wan Betty! Die schöne Betty!

Sie war also doch nicht in Nanking umgekommen. Sie erzählte mir, meine vierhundert Dollar seien am Tag nach meiner Abreise eingetroffen, und da sie das Geld nicht zurückschicken konnte, habe sie es dazu verwendet, ihre Flucht nach Shanghai zu finanzieren. Dort lebte sie nun mit ihrem Sohn, der schon elf Jahre alt war und prächtig gedieh.

Wir konnten uns in dem überfüllten Telegrafenbüro nicht allzu lange unterhalten. Sie versprach, mir Jimmys Antwort zu Hause vorbeizubringen, sobald sie eingetroffen sei.

Am übernächsten Abend kam sie und überreichte mir einen Umschlag. Ich ging damit sofort ins Schlafzimmer und schloß die Tür hinter mir. Ich zitterte vor Aufregung; ich brauchte das Telegramm gar nicht erst zu lesen, um zu wissen, was drinstand. Ich wußte, was mir bestimmt war, ob nun vom Schicksal, der Vorsehung, oder dem Willen Gottes.

Das Telegramm lautete: »Gott sei Dank. Einreisegenehmigung beantragt für Jiang Weili Winnie Louie, Ehefrau von James Louie, US-Bürger. Papiere und siebenhundert Dollar schon unterwegs. Komm sofort.«

Am nächsten Tag tauschten wir das Gold und einiges von meinem Schmuck auf dem Schwarzmarkt gegen Bargeld ein. Und dann gingen Tante Du und ich uns ein Visum besorgen. Auf dem Amt ging es noch schlimmer zu als im Telegrafenbüro! Die Leute standen dicht an dicht, schrien alle durcheinander und schwenkten Geldscheine, drängelten wie wild nach verschiedenen Richtungen, sobald ein neues Gerücht aufkam, an wen man sich wenden müsse. Ständig änderten sich die Vorschriften, wie viele Visa man zur Ausreise benötigte. Man brauchte eine Aufnahmegarantie für drei Länder, falls man nicht mehr nach China zurückwollte, und ich hatte bisher nur die für die Vereinigten Staaten vorzuweisen. Irgend jemand behauptete, Frankreich nehme heute ebenfalls Einreiseanträge an, also ergriff ich die Chance und zahlte zweihundert Dollar für mein zweites Visum. Nun brauchte ich nur noch eins. Doch als ich mir am nächsten Tag das Formular abholen wollte, sagte der Mann am Schalter: »Das zweite Land war nur ein Gerücht. Tut mir leid, wir können den Antrag nicht bearbeiten.« Aber mein Geld war trotzdem weg.

Ich weiß nicht mehr, wie lange ich warten mußte, bis ich meine Visa schließlich beisammen hatte; insgesamt dauerte es wohl etwa zwei Wochen. Die Warterei machte mich so nervös, daß ich am ganzen Körper einen Ausschlag bekam. Dann begannen meine Beinmuskeln zu zucken, als liefen kleine Spinnen unter der Haut auf und ab, um irgendwo einen Durchschlupf zu finden. Die schöne Betty mußte noch viele Telegramme losschicken, in denen ich Jimmy die Verzögerung erklärte. Doch schließlich war der Papierkrieg durchgestanden. Nun brauchte ich nur noch eine Gelegenheit, das Land baldmöglichst zu verlassen.

Ich besorgte mir zur Sicherheit drei Tickets. Das erste war ein Flugticket vom Schwarzmarkt, für einen Flug nach San Francisco, der in zehn Tagen fällig war, am 15. Mai. Das zweite und dritte waren Schiffstickets nach Hongkong, das eine für den 26. Mai, das andere für den 3. Juni. So hatte ich drei Chancen.

Zu Tante Du sagte ich, sie könne die übrigen Tickets dann entweder selbst benutzen oder weiterverkaufen. Sie meinte, sie wolle es erst später entscheiden. Hulan hatte schon beschlossen, vorerst noch dazubleiben. Sie wollte ihr Baby unbedingt in China zur Welt bringen. Das mag dir vielleicht albern vorkommen, aber so dachten damals viele: in China geboren zu werden und zu sterben, nur darauf kam es ihnen an. Hulan glaubte jedenfalls, sie könnte erst in Ruhe ihr Baby bekommen und dann immer noch ohne Probleme entscheiden, ob sie fortgehen sollte oder nicht. Aber sie irrte sich natürlich. Sie bekam jede Menge Probleme. Warum hätte ich ihr sonst helfen müssen?

*

So war eigentlich alles geregelt. Doch dann machte ich zum Schluß noch eine große Dummheit. Ich wollte noch immer meine Scheidung von Wen Fu erzwingen. Das verlangte mein Stolz; ich weiß selbst nicht, warum ich es nicht einfach gut sein lassen konnte. Warum konnte ich nicht einfach nach Amerika fahren und alles andere vergessen? Aber nein, ich mußte mir ja einreden, ich würde niemals Frieden finden, bis ich diese letzte Sache auch noch zum Abschluß gebracht hatte.

Ich kam nicht auf den Gedanken, daß ich mich damit irgendeiner Gefahr aussetzte. Ich hatte ja meinen Entlassungsschein aus dem Gefängnis, mit dem Vermerk, daß ich zu Unrecht verurteilt worden war. Ich hatte meine Visa und das Telegramm, das mich als Ehefrau von James Louie auswies. Und ich hatte mir einen sorgfältigen Plan zurechtgelegt.

Also ließ ich Wan Betty ein Telegramm an Wen Fu schicken: »Wertsendung für Herrn und Frau Wen Fu eingetroffen. Nur gegen Unterschrift beider Adressaten abzugeben. Die Betreffenden werden gebeten, sich am 10. Mai um 14.00 Uhr mit Telegramm und Namenssiegeln am Ausgabeschalter des Telegrafenamts an der Guanshi Road einzufinden.«

Glaubst du, dieser habgierige Mensch hätte einer solchen Aufforderung widerstehen können? Pünktlich um zwei Uhr kam er herein und drängte sich mit seiner neuen Frau durch die Warteschlangen. Hulan, Tante Du und ich standen im Büro hinter dem Schalter und beobachteten heimlich, wie Wan Betty den Zettel in Empfang nahm und das Päckchen vom Regal holen ging, wobei sie uns verstohlen zuzwinkerte. Dann stellte sie das Päckchen auf dem Schalter ab und forderte Wen Fu und seine Frau auf, die Quittung mit ihren Namenssiegeln abzustempeln. Doch wie sie sich gerade dazu anschickten, zog sie ihnen plötzlich die Quittung vor der Nase weg und warf noch mal einen Blick auf den Namen. »Wen Fu?« sagte sie. »Kenne ich Sie nicht noch aus Nanking? Waren Sie damals nicht mit Jiang Weili verheiratet?«

Wen Fu hatte nur Augen für das Päckchen. »Jetzt nicht mehr«, antwortete er.

»Ist diese Dame denn nun Ihre Frau?« fragte Wan Betty mit einem Blick auf die füllige, hochmütig dreinschauende Person neben Wen Fu. »Ich darf dieses Päckchen nur an Wen Fu und seine rechtmäßige Ehefrau abgeben.«

»Ja, ja, das ist meine Ehefrau«, gab Wen Fu ungeduldig zurück. »Von der anderen bin ich längst geschieden.«

»Natürlich bin ich seine Frau!« mischte die hochmütige Person sich ein. »Was haben Sie überhaupt für ein Recht, uns so auszufragen?«

Nun trat ich aus dem Hintergrund vor, Tante Du und Hulan dicht hinter mir. »Also gibst du es endlich zu!« rief ich. »Jetzt haben wir unsere Zeugen.« Sämtliche Leute in der Schalterhalle schauten neugierig zu uns herüber.

Wen Fu starrte mich an wie einen Geist.

Ich legte ihm die Scheidungsurkunde vor, auf der ich bereits säuberlich vermerkt hatte, daß ich seit 1941 von Wen Fu geschieden sei, daß die Scheidung in Kumming stattgefunden habe und daß alle ehelichen Rechte und Pflichten zwischen uns nunmehr hinfällig seien. Unten waren bereits drei Unterschriften mit Namen und Siegel aufgeführt: meine, Hulans und Tante Dus.

»Du unterschreibst hier«, sagte ich.

Die hochmütige Person schien alles andere als erfreut, mich zu sehen. »Was sollen diese faulen Tricks bedeuten?« fauchte sie mich an.

»Das sind keine faulen Tricks«, sagte ich. »Wenn er nicht unterschreibt, ist das seine Sache. Ich habe den Beweis in der Tasche, daß meine Verurteilung ein Irrtum war. Und nächste Woche fliege ich nach Amerika, um die Frau eines anderen zu werden. Aber ohne die Scheidungsurkunde ist Ihr Ansehen in China keinen Pfifferling wert. Sie werden immer nur seine ordinäre Konkubine bleiben.«

Die Leute in der Schalterhalle lachten, und die Frau schnaubte vor Zorn!

»Unterschreib endlich, damit die Sache ein Ende hat«, drängte sie Wen Fu. Er rührte sich nicht. Er starrte mich nur stumm und finster an. Doch plötzlich grinste er breit, beugte sich auflachend über das Papier und unterschrieb mit Namen und Siegel.

»Da, fertig«, sagte er und gab mir das Papier zurück. Dann drehte er sich, immer noch lachend, auf dem Absatz um und ging hinaus. Die Frau schnappte sich das Päckchen und folgte ihm mit einem letzten zornigen Aufschnauben. So eine dumme Person! Das Päckchen enthielt nichts anderes als trockenen Eselsmist, den ich am selben Morgen aufgesammelt hatte.

Also hatte ich nun endlich meine Scheidung. Muß ich mir wirklich vorwerfen, daß mir so daran gelegen war? War es wirklich meine Schuld, was danach passierte?

*

Er mußte unser Haus schon seit Stunden, vielleicht sogar seit Tagen beobachtet haben, denn er wartete, bis ich allein war. Als es plötzlich an der Tür klopfte, kam ich nicht auf die Idee, mich vorzusehen. Ich ging hin und öffnete. Und da stand er, schob die Tür auf, stieß mich zu Boden und hielt mir eine Pistole an den Kopf.

Er verfluchte mich und brüllte, ich würde ihm niemals entkommen, nie und nimmer, auch wenn ich bis zum Mond vor ihm davonliefe. Dann fiel sein Blick auf den Koffer, den ich gerade gepackt hatte. Er warf ihn quer durch das Zimmer, und meine ganzen Kleider, Tickets und wichtigen Reisedokumente fielen heraus. Er hob ein zusammengerolltes Blatt Papier auf und zog an dem Band, das es zusammenhielt. Es war mein Scheidungspapier, mit dem ich ihn vor allen Leuten gedemütigt hatte. Er riß es in kleine Fetzen und sagte: »Jetzt bist du wieder die Hure, die du schon immer warst.«

Er hob noch ein Blatt Papier vom Boden auf. Es war das Telegramm deines Vaters, das er in höhnischem Ton vorlas. Er zerriß es ebenfalls und sagte, Jimmys Versprechen seien so null und nichtig wie die Schnipsel, die vor mir zu Boden flatterten.

Und dann bückte er sich nach meinen Visa und Flugtickets, die auf den nächsten Tag ausgestellt waren. Ich schrie auf und flehte ihn an, sie nicht zu zerreißen. Er ließ sie auf der Handfläche hüpfen, als wäge er Goldstücke ab. »Warum sollte ich sie zerreißen? Sie sind ja ein Vermögen wert.«

Ich flehte ihn schluchzend an, mich gehen zu lassen. Er legte die Tickets und Visa neben sich auf den Tisch, riß meinen Kopf an den Haaren hoch und sagte: »Ja, fleh mich nur an, fleh mich an, meine Frau sein zu dürfen.« Er schwenkte die Pistole vor meinem Gesicht. Neben mir auf dem Tisch sah ich all meine Lebenschancen liegen, und vor mir sah ich die Pistole, die meinem Leben jeden Augenblick ein Ende setzen konnte. Ich wußte, daß er wahrscheinlich nur wieder log. Wenn ich ihm gehorchte, könnte er mir immer noch die Tickets nehmen, wenn nicht gar das Leben.

Was hatte ich für eine Wahl? Ich war schwach. Ich war stark. Ich klammerte mich an die letzte Hoffnung. Also flehte ich ihn an, wie er es befohlen hatte.

Und am Ende behielt ich recht. Er hatte gelogen. Er sagte, er würde die Tickets trotzdem mitnehmen. Er steckte sie in seine Hosentasche. Und dann ging er ins Bad und ließ mich weinend am Boden zurück. Doch auf einmal sah ich die Pistole auf dem Tisch liegen. Ich sprang auf und griff danach. Ich hielt sie mit beiden Händen fest und rief ihm zu, er solle zurückkommen.

Er starrte mit schreckgeweiteten Augen auf die Waffe in meinen Händen. Dann runzelte er die Stirn: »Du weißt doch gar nicht, wie man eine Pistole abfeuert«, feixte er.

»Dann werde ich's eben lernen, indem ich dich erschieße«, gab ich zurück.

»Ich habe nur geblufft«, sagte er. »Die Pistole ist nicht geladen. Ich wollte dir nur Angst einjagen.«

»Und wieso hast du dann solche Angst?« fragte ich, immer noch auf ihn zielend. Ich keuchte vor Wut. Ich wollte ihn tatsächlich umbringen. Ich dachte keine Sekunde an Alibis, ans Gefängnis, an

Fluchtwege. Ich wollte ihn nur töten. Und vielleicht hätte ich es auch getan, wenn Hulan nicht zur Tür hereingekommen wäre. Sie brach den Bann.

»Ai-ya!« rief sie. »Was ist hier los?«

»Er hat meine Tickets gestohlen«, sagte ich. Ich sagte nichts von der Vergewaltigung, obwohl jeder halbwegs gescheite Mensch es hätte sehen können: an meinem zerrissenen Kleid, meinen zerzausten Haaren, an Wen Fu, der sich gerade die Hose zuknöpfte.

»Wo sind sie denn?« fragte Hulan.

»In seiner Hosentasche«, sagte ich. Und dann hatte ich einen glänzenden Einfall. Ich wandte mich an Wen Fu, die Pistole noch immer im Anschlag. »Zieh die Hose aus und gib sie Hulan«, befahl ich.

Wen Fu starrte mich ungläubig an. Ich drückte ab, um ihm mit einem Schuß in den Boden zu beweisen, daß ich es ernst meinte. Doch die Pistole ging so schnell los, daß mir der Rückstoß in die Hand fuhr und die Kugel an seinem Kopf vorbei in die Wand einschlug.

»Bist du verrückt?« brüllten er und Hulan gleichzeitig.

»Jawohl!« brüllte ich zurück. »Zieh die Hose aus.«

Ich drückte noch mal ab, und diesmal traf ich den Boden vor seinen Füßen. Er schlüpfte hastig aus der Hose und warf sie Hulan zu. Hulan zog die Tickets hervor und hielt sie triumphierend hoch.

»Und jetzt wirf die Hose aus dem Fenster«, befahl ich Hulan. Sie zögerte eine Sekunde, doch da sie vielleicht meinte, ich könnte sonst auch auf sie schießen, ging sie schnell zu dem Fenster hinter mir, riß es auf und warf die Hose hinaus.

»So, jetzt lauf deiner dreckigen Hose nach!« sagte ich zu Wen Fu. Er rannte fluchend zur Tür und drohte mir zuletzt noch einmal, ich würde ihn niemals los sein. Sobald er verschwunden war, fing Hulan laut an zu lachen.

*

Helen hat mich später oft an jenen Tag erinnert, bis ich sie schließlich bat, das zu lassen. Warum sollte ich noch an die Szene zurückdenken wollen? Warum sollte ich so tun, als sei es nur ein witziger Zwischenfall gewesen?

»Ach, weißt du noch«, fing sie immer wieder an, »wie Wen Fu versucht hat, deine Flugzeugtickets zu stehlen? Weißt du noch, wie du ihn mit der Pistole bedroht hast, damit er sie dir zurückgibt? Und dann ist die Pistole plötzlich losgegangen, und er ist zu Tode erschrocken! Ich sehe noch sein Gesicht vor mir – beinah wäre er mit der Hose aus dem Fenster gesprungen! Und am nächsten Morgen hast du zum Glück schon im Flugzeug gesessen.«

Das stimmt. Ich hatte Glück. Fünf Tage später war ich schon bei deinem Vater in Amerika. Und nach weiteren fünf Tagen durfte niemand mehr Shanghai verlassen, weder mit dem Flugzeug noch mit dem Schiff. Ich hatte es gerade noch geschafft.

In Amerika sah ich dann, daß dein Vater und ich uns verändert hatten, und doch auch wieder nicht. Unsere Liebe war die gleiche wie früher, doch nun hatte er auch noch seine Liebe zu Gott. Er konnte immer schon englisch sprechen, ich konnte es noch immer nicht.

Nachts hielt er mich genauso in den Armen wie damals in Shanghai, so dankbar, daß wir niemals mehr getrennt sein würden. Und doch schrie ich oft im Traum auf: Er hat mich gefunden! Er hat mich gefaßt!

Dein Vater sagte dann: »Baby-ah, sch-sch, denk nicht mehr daran, du bist jetzt in Amerika.«

Und so habe ich es ihm niemals erzählt. Keinem habe ich es erzählt. Und neun Monate später bekam ich ein Baby. Ich bekam dich.

Pearl

Bao-baos Hochzeit

Ich wäre fast vom Stuhl gefallen, als sie so trocken sagte: »Ich bekam dich.«

»Und?« fragte ich und machte mich auf die gefürchtete Bestätigung gefaßt, nämlich daß Wen Fu mein Vater war.

»Und«, sagte sie nach einer kurzen Pause, »nun ist dieser Mann endlich gestorben.« Sie nickte zufrieden. »Jetzt muß ich mir keine Sorgen mehr machen. All die Jahre bin ich nie ganz die Angst losgeworden, er könnte plötzlich aus einem Schrank rausspringen oder unter dem Bett hervorkommen.« Sie riß unwillkürlich die Arme hoch und zuckte mit den Beinen, als wollte sie noch immer in einem panischen Fluchtreflex aufspringen und davonlaufen. »Aber dann hat die schöne Betty mir diesen Brief hier geschickt. Siehst du? Mach dir keine Sorgen mehr, hat sie geschrieben, er ist tot. Am Weihnachtsabend gestorben, stell dir das vor! Selbst als Toter bringt er es noch fertig, mich zu ärgern!«

»Das war aber gar nicht meine Frage«, wollte ich antworten. Doch vielleicht, weil ich selbst nicht recht wußte, was ich hatte fragen wollen, lachte ich, obwohl mir eher zum Weinen zumute war.

»Was für ein furchtbares Leben du gehabt hast«, hörte ich mich statt dessen sagen. »Und du hast immer geglaubt, du müßtest es vor allen verschweigen?« Sie nickte. »Sogar vor mir?« flüsterte ich.

Sie nickte wieder. Nun konnte ich die Tränen nicht länger zurückhalten. »Jetzt weißt du ja, warum«, sagte sie seufzend. Und ich dachte: Also ist es wahr. Wen Fu, der schreckliche Mensch, den sie so gehaßt hat, war mein Vater. Sein Blut läuft durch meine Adern. Bei dem Gedanken erschauerte ich.

»Frierst du?« fragte sie. »Ich kann die Heizung höher drehen.«

Ich schüttelte den Kopf. Im stillen versuchte ich, ein schnelles Inventar meiner körperlichen Merkmale aufzustellen. Ich hatte immer gemeint, ich sähe vor allem meiner Mutter ähnlich: die Augen, die Nase, das Kinn, die Wangenknochen, die kleinen, ebenmäßigen Zähne und die ersten grauen Haare, die ich schon ab Dreißig bekam. Meine Größe, meine schlanken Hände und großen Füße – die glaubte ich von meinem Vater zu haben, das heißt von dem, den ich bisher für meinen Vater hielt.

»Erklär mir doch noch mal«, bat ich sie schließlich, »warum du so ein Geheimnis daraus gemacht hast.«

Sie blickte nachdenklich zur Seite. »Weil du es sonst erfahren hättest«, meinte sie zögernd, »wie schwach und hilflos ich war. Du hättest mich für eine schlechte Mutter gehalten.«

»Niemals!«

»Doch, bestimmt«, erwiderte sie. »Du hast mich ja schon für eine schlechte Mutter gehalten, obwohl ich dir nichts von meiner Vergangenheit erzählt habe. Aber was hättest du dann erst von mir gedacht!«

»Ich habe dich nie für eine schlechte Mutter gehalten«, sagte ich entschieden.

»Doch, das hast du.«

»Habe ich *nicht.*«

»Hast du *wohl*!«

Worum streiten wir uns eigentlich? dachte ich. Was will sie mir damit sagen? Will sie etwa andeuten, daß Wen Fu in Wirklichkeit doch nicht mein Vater war? Hat sie das alles tatsächlich nur verschwiegen, damit ich nicht schlecht von ihr denke?

»Moment mal. Wer ist denn nun eigentlich mein Vater?«

»Dein Vater?« wiederholte sie und blinzelte überrascht, als verstünde sich das von selbst. »*Daddy* war dein Vater!«

Ich atmete erleichtert auf.

»Natürlich«, setzte sie schnell hinzu, »hätte ich es nie zugelassen, daß dieser Unmensch dich als seine Tochter beansprucht. Das hätte er niemals von mir erreicht.« Mit trotziger Miene preßte sie die Lippen zusammen.

Jetzt war ich noch verwirrter als vorher. Ich überlegte, wie ich die Frage noch klarer formulieren könnte, um jedes Mißverständnis auszuschließen: Wie stand es mit der Blutsverwandtschaft, den

Erbanlagen, der genetischen Prägung, der Blutgruppe, den Vaterschaftstests – all den unumstößlichen Fakten, an denen es nichts zu deuteln gab?

Meine Mutter tätschelte mir beschwichtigend die Hand. »Ich weiß, was du denkst«, sagte sie ruhig. »Natürlich wird jedes Baby mit bestimmten Anteilen von *yin* und *yang* geboren. Das *yin* stammt von der Frau, das *yang* vom Mann. Als du zur Welt kamst, versuchte ich herauszufinden, wessen *yang* du mitbekommen hattest. Ich versuchte, deinen Daddy in dir wiederzuerkennen. Ich sagte mir: Sie hat das gleiche Lächeln wie Jimmy Louie. Und alles andere habe ich nicht sehen wollen. Aber im Grunde meines Herzens wußte ich es besser.«

Sie streichelte mir die Wange, strich mir eine lose Haarsträhne hinters Ohr. »Du sahst aus wie Mochou. Du sahst aus wie Yiku. Du sahst aus wie Danru, vor allem wie Danru. Du sahst aus wie alle zusammen, all die Kinder, die ich nicht behalten konnte, aber auch nie vergessen habe.«

Meine Mutter war in die Küche gegangen, um noch mehr Teewasser aufzusetzen. Ich saß am Tisch und zerknackte Wassermelonenkerne zwischen den Zähnen. Der besondere Reiz dabei liegt weniger am Geschmack als an der Geschicklichkeit, die es erfordert, sie aus der Schale zu lösen, ohne sie zu zerbeißen.

»Du hast also nie gefunden, daß ich Ähnlichkeit mit Wen Fu habe«, überlegte ich laut.

Meine Mutter kam mit der dampfenden Teekanne herein. »Na ja, um ehrlich zu sein, vielleicht doch, ab und zu.« Vor Schreck biß ich den Melonenkern glatt durch.

»Was?«

»Na, sagen wir, höchstens ein- oder zweimal.«

Ich hielt den Atem an. Sie schenkte gelassen den Tee ein.

»Das war kurz nach Daddys Tod«, fuhr sie fort. »Da warst du auf einmal gar nicht mehr zu bändigen.«

Sollte das etwa heißen, ich hätte Wen Fus Charakter geerbt?

Meine Mutter sah mich mit gerunzelter Stirn an, als wäre ich wieder vierzehn Jahre alt. »Bei der Beerdigung wolltest du einfach nicht weinen. So was von störrisch! Du hast mich angeschrien, Daddy sei nicht dein Vater. Ai! Etwas Schlimmeres hättest du nicht sagen können. Das wollte ich niemals hören!« Sie verzog das Gesicht, als hätte sie die schmerzliche Erinnerung bis heute nicht verwunden. »Darum habe ich dich so geschlagen«, setzte sie leise hinzu. »Ich konnte mich nicht mehr beherrschen. Und ich konnte dir nicht erklären, warum.«

»Aber so hatte ich es doch gar nicht gemeint«, wandte ich ein. »Es war nur, weil –«

»Ich weiß«, lächelte sie sanft. »Jetzt weiß ich ja, daß du es nicht so gemeint hast, wie ich dachte.« Dann verdüsterte sich ihre Miene wieder. »Aber das andere Mal, dafür gibt es keine Entschuldigung! Weißt du noch, wie du unbedingt an den Strand gehen wolltest?«

Ich schüttelte den Kopf. Ich hatte keine Ahnung, worauf sie anspielte.

»Du hast dich aufgeführt wie eine Verrückte«, sagte sie. »Du hast mit den Füßen aufgestampft und mich angeschrien: ›Beach! Beach!‹ Und ich dachte: Wo hat sie nur diesen Jähzorn her? Dann fiel es mir plötzlich wieder ein: Ai-ya! Wen Fu!« Sie schüttelte seufzend den Kopf.

»Ich konnte es dir nicht übelnehmen. Ich gab ihm die Schuld. Immer wenn du so ausfällig wurdest, habe ich gedacht, daran ist nur dieser schreckliche Mensch schuld. Doch bald darauf begann dein kleiner Bruder, sich genauso wüst aufzuführen. Er schrie mir das gleiche Wort entgegen, aber diesmal wußte ich, daß er nicht den Strand meinen konnte. Und so kam ich drauf, was ihr beide mir da für ein Schimpfwort an den Kopf geworfen habt: ›Bitch‹ habt ihr mich genannt, du und Samuel, ›Bitch!‹«

»Nein!« rief ich entsetzt. »So frech war ich nicht!«

»Allerdings!« erwiderte meine Mutter. »So frech wart ihr zu mir, du und Samuel.« Sie lächelte, hochzufrieden, mir nach all den Jahren noch beweisen zu können, daß sie recht hatte. »Und ich war froh, daß ich Wen Fu dafür nicht mehr die Schuld zu geben brauchte. Das kam ganz allein von dir. Hast du etwa gedacht, ich hätte es nie mitgekriegt? Ich habe auch das andere schlimme Wort verstanden, das mit dem ausgestreckten Mittelfinger. Denselben Ausdruck gibt es auch auf chinesisch, und noch viel schlimmer. Meinst du, Großtante Du sei nur eine harmlose alte Dame gewesen? Ha! Wenn jemand sie beleidigte – oyo! –, da bekam er vielleicht was zu hören! Ein Glück, daß sie es nicht mehr laut sagen konnte, als das Banner bei der Trauerfeier auf sie draufgefallen ist.«

Wir lachten beide. »Tante Du war einfach nicht unterzukriegen!« sagte sie. »So eine großartige Person! Was haben wir zusammen für Spaß gehabt!« Meine Mutter lächelte mich verschmitzt an wie ein Schulmädchen. So mußte sie damals wohl geschaut haben, als sie und Peanut im Gewächshaus Geheimnisse austauschten. »Vielleicht solltest du dich aber trotzdem noch entschuldigen«, meinte sie.

»Bei Großtante Du? Wofür denn?«

»Nicht bei Großtante Du, sondern bei mir! Für das schlimme Wort damals.« Sie lächelte noch immer.

»Aber das ist doch schon fünfundzwanzig Jahre her!«

»Das ist keine Entschuldigung.«

»Laß uns doch einfach wieder Wen Fu die Schuld zuschieben.«

»Was, daß du zum Strand wolltest, das war auch Wen Fus Schuld?«

Wir prusteten wieder los. Mir war schon ganz schwindelig. Gerade erst hatte meine Mutter mir die Tragödie ihres Lebens erzählt, gerade hatte ich erfahren, daß Wen Fu mein Erzeuger war, und trotzdem kicherten wir so albern und vergnügt wie zwei Backfische.

Da wußte ich, daß nun der richtige Moment gekommen war, um auch meinerseits mit der Wahrheit herauszurücken.

Ich holte tief Luft und sagte so beiläufig wie möglich: »Vielleicht gibt es noch etwas, wofür wir ihm die Schuld zuschieben können.« Und dann erzählte ich ihr von meiner Krankheit.

Ich hatte mir schon seit Jahren ausgemalt, wie sie die Nachricht aufnehmen würde: Erst würde sie sehr erschrocken sein, dann sehr ärgerlich, daß ich es ihr nicht früher gesagt hatte, und schließlich würde sie anfangen, nach Gründen zu suchen, warum die Krankheit ausgerechnet mich getroffen hatte.

Doch es kam alles noch viel schlimmer. Augenblicklich verwandelte sie sich in eine Furie.

»Warum bist du auch zuerst zu Doug gegangen? Der ist doch gar kein richtiger Arzt – ein Sportarzt! Warum glaubst du alles, was andere Leute dir sagen? Warum schluckst du es einfach, wenn sie behaupten, daß es keine Heilung gibt? Was soll das überhaupt heißen, ein ›milder Fall‹? Wenn du so leicht ermüdest, dann ist es doch etwas Ernstes! Warum macht dein Mann sich denn nicht mehr Sorgen um dich?«

Ihre Stimme wurde schriller und schriller. Sie fuchtelte wild mit den Armen, als versuchte sie, einen unsichtbaren Angreifer abzuwehren. Sie ließ sich lang und breit über all die Aspekte meiner Krankheit aus, die ich seit Jahren zu verdrängen versuchte. Ich konnte das Donnerwetter nur hilflos über mich ergehen lassen und ab und zu resigniert nicken: »Ich weiß, ich weiß.«

»Ai-ya! Wen Fu hat dir diese Krankheit eingepflanzt!« rief sie erbittert. »Er ist schuld dran, daß es passiert ist. Und der Mikrowellenherd. Ich hab' dir doch gesagt, du sollst nachschauen lassen, ob er undicht ist. Hast du das getan?«

»Hör doch auf, Ma«, bat ich sie. »Es ist nichts Erbliches. Es liegt nicht an der Mikrowelle. Es ist einfach so passiert, und damit basta. Keiner ist dran schuld. Du kannst auch nichts dagegen tun.«

Aber sie war nicht zu bremsen. Sie funkelte mich zornig an: »Wie kannst du so was sagen! Nichts dagegen tun! Wer hat dir das eingeredet? Wie kannst du nur so denken? Wie heißt die Krankheit noch gleich? Schreib's mir auf. Morgen gehe ich zu Tante Dus Kräuterdoktor. Und danach wird mir schon noch was einfallen.« Sie kramte in der Schublade nach einem Zettel und einem Bleistift.

Ich wollte schon protestieren, ihr klarmachen, daß sie sich umsonst aufregte. Doch auf einmal merkte ich: Ich wollte gar nicht, daß sie aufhörte. Ich fühlte mich seltsam erleichtert. Das heißt, vielleicht nicht so sehr erleichtert, denn der Schmerz war immer noch da – aber befreit. Sie hatte mir den Schutzpanzer vor all den zurückgestauten Ängsten, der verdrängten Wut, der Verzweiflung weggerissen, die sie bereitwillig in ihrem eigenen Herzen aufnahm. So konnte ich endlich sehen, was letzten Endes noch übrig war: Hoffnung.

*

Auf dem Weg zu Bao-baos und Mimis Hochzeitsfeier wollte Cleo unbedingt das Geschenk tragen helfen, während Tessa darauf bestand, es allein zu tragen. Inzwischen hört das Martini-Set in der Schachtel sich eher wie ein Glaspuzzle an. Die beiden Mädchen waren so erstarrt vor Schreck, daß sie sich noch nicht mal gegenseitig beschuldigten.

Phil seufzt ergeben, deutet auf einen der Tische und sagt den beiden, die wie begossene Pudel dastehen, sie sollen sich hinsetzen gehen. Er schüttelt die Schachtel, grinst verschwörerisch und stellt sie dann ganz vorsichtig am äußersten Rand des Geschenktischs ab. »Bao-bao und Mimi können es ja dann umtauschen und sich was Besseres aussuchen«, flüstert er mir boshaft zu.

Ich gebe ihm lachend einen Klaps auf den Arm. »Das kannst du doch nicht machen!« Dann sehe ich meine Mutter mit ihrem Geschenk ankommen. Sie reckt sich hoch und setzt die Schachtel oben auf den anderen Geschenken ab, so daß sie nun gut sichtbar auf der Spitze des ganzen Stapels thront. Ihr Geschenk ist in rotes Glanzpapier eingewickelt, das gleiche Papier, in dem wir ihr bereits unser Weihnachtsgeschenk überreicht hatten. Die Knickfalten sind deutlich zu sehen.

»Ma«, sage ich und drohe ihr scherzhaft mit dem Finger.

»Rot ist eine gute Farbe für eine chinesische Hochzeit«, meint sie unschuldig. »Außerdem kommt's ja nur auf den Inhalt an. Was habt ihr ihnen geschenkt?«

»Ein Martini-Set«, antwortet Phil.

»Was ist denn das?« fragt sie.

»Sechs Gläser, ein Shaker und ein Mixstab. In acht Teilen verpackt, in achthundert ausgepackt.«

Meine Mutter scheint mit Phils Antwort zufrieden. »Ich hätte ihnen fast ein sechsteiliges Kochtopf-Set geschenkt. Das hatte ich in einer Anzeige vom Emporium Capwell gesehen, spottbillig, nur neunundvierzig Dollar. Doch als ich's dann kaufen wollte, stellte sich raus, daß es nur zwei Töpfe und eine Bratpfanne mit Deckeln waren. Eine Frechheit, die Deckel als Extrateile anzugeben! Also hab' ich ihnen statt dessen Salz- und Pfefferstreuer gekauft. Echt Kristall.«

Nun schieben wir uns in der langen Schlange der Gäste langsam zum Festsaal des Restaurants vor. Meine Mutter mustert mich stirnrunzelnd. »Ai-ya! Dein Kleid ist aber viel zu dünn.« Sie reibt den Stoff zwischen den Fingern. »Du darfst dich nicht zu dünn anziehen. Das hab' ich dir doch schon mal gesagt. Du solltest wirklich auf mich hören.« Sie zupft Phil am Ärmel. »Zieh das aus. Gib ihr deine Jacke. Du mußt dich besser um sie kümmern. Wenn du nicht auf sie aufpaßt, wie kannst du ihr dann helfen, besser auf sich selbst aufzupassen?«

Ich stupse ihn mit dem Ellbogen an. »Na, mach schon, Phil.« Er seufzt resigniert – aber anscheinend ganz damit einverstanden, daß es nun mal sein Schicksal ist, ständig an seine Pflichten mir gegenüber erinnert zu werden.

Meine Mutter zupft Phil abermals am Ärmel. »Du solltest ihr auch so was kaufen«, sagt sie und nickt zu einer Dame im Nerzmantel hinüber.

»Das ist aber ökologisch nicht vertretbar«, meint Phil.

»Damit würde sie wenigstens nicht frieren«, sagt meine Mutter.

»Damit würde sie sich nur Ärger einhandeln.«

»Hauptsache, sie friert nicht«, beharrt meine Mutter.

Während des Festessens müssen wir uns gegenseitig anschreien, um uns über den Lärmpegel hinweg zu verständigen. Zum vierten Mal schon klopft einer von Bao-baos College-Kumpeln, wie er seine Trauzeugen nennt, ans Mikrophon und ruft in den Saal: »Meine Damen und Herren, ich bitte um Ihre geschätzte Aufmerksamkeit!«

Worauf das Mikrophon mit einem schrillen Quietschen verstummt, alle Anwesenden aufstöhnen und ihre unterbrochenen Gespräche wieder aufnehmen. Doch kurz darauf dröhnt die näselnde Stimme erneut durch den Saal.

»Ist das jetzt an? Meine Damen und Herren, wie Sie wissen, heiße ich Gary. Als ich Roger am College traf, war ich nur ein unbedarfter Junge aus Brooklyn, der noch nichts von der Welt gesehen hatte. Doch als ich dann Rogers Zimmernachbar wurde – mehr aus Versehen als aus Neigung, um der Wahrheit die Ehre zu geben –, erweiterte unser beider Horizont sich auf ungeahnte Weise. Ich machte ihn mit so exquisiten Delikatessen wie der Götterspeise bekannt, und er revanchierte sich mit – hätten Sie's erraten? – Hühnerklauen und Haifischflossen!«

Während der Trauzeuge sich weiter mit flauen Witzen auf Bao-

baos Kosten produziert, strahlt dieser glücklich in die Runde, ohne an den Bosheiten seines Kumpels Anstoß zu nehmen. So hat er auch als kleiner Junge immer gestrahlt, wenn Mary und ich ihn an unseren Doktorspielen teilnehmen ließen; schon damals machte es ihm nichts aus, daß er nur der Patient sein durfte, der brav alles über sich ergehen lassen mußte.

Phil rollt die Augen und murmelt etwas zu deutlich: »Habt ihr auch wirklich die Pointe kapiert?« Ich sehe, wie meine Mutter lacht, wenn auch vielleicht nur, um in das höfliche Gelächter der anderen mit einzustimmen. Vielleicht lachen sie aber auch gar nicht aus Höflichkeit. Die Witze scheinen ihnen tatsächlich zu gefallen.

»Sei kein Spielverderber«, ermahne ich Phil augenzwinkernd.

»Wer, ich? Ein Spielverderber?« zwinkert er zurück, ganz der unschuldig zurechtgewiesene Ehemann.

»Auf einer Hochzeit muß man sich halt gutgelaunt geben«, erkläre ich, aus einem merkwürdigen Drang, Bao-bao in Schutz zu nehmen.

»Und dann machte ich Roger mit so wunderbaren Ausdrücken wie ›oy vay‹ bekannt«, hörten wir Gary fortfahren, »und er mich im Gegenzug mit – ›ai ya‹. Aber was soll ich Ihnen sagen, eins ist der gute Roger mir doch noch schuldig geblieben. Denn ich habe ihn auch mit der liebreizenden jungen Dame bekannt gemacht, die nun seine glückliche Braut ist. Meine hochverehrten Damen und Herren, darf ich Ihnen Mimi Kwong vorstellen!«

Mimi steht schwankend auf, rosig angehaucht vom überreichlichen Champagner. Ihr Brautkleid sieht aus wie ein Kostüm aus *Les Misérables,* eine Kaskade aus elfenbeinfarbenen Tüllfetzen. Bao-bao blickt anbetend zu ihr auf.

»Ha-bu?« höre ich Tessa meiner Mutter zurufen. »Was ist denn mit der Dame da passiert?« Sie zeigt auf Mimi.

»Sie hat geheiratet!« ruft meine Mutter zurück.

»Nein, *das* doch nicht«, sagt Tessa. »Ich meine, warum trägt sie einen Ring in der Nase? Das sieht so *gruselig* aus.«

Meine Mutter betrachtet die Braut mit kritischem Blick. »Ach, das«, sagt sie und denkt einen Augenblick nach, um schließlich zu verkünden: »Sie ist so gruselig, weil sie nicht auf ihre Mutter gehört hat.«

»Das stimmt«, nickt Phil. »Schau dir deine Mutter an. Sie hat immer auf Ha-bu gehört. Darum sieht sie jetzt auch gar nicht gruselig aus.« Tessa mustert mich mit neuem Respekt.

Der Trauzeuge fährt mit seiner Ansprache fort. »Und nun möchten wir Sie mit der näheren Familie des Brautpaars bekannt machen. Neben Mimi haben wir den Vater der Braut, Mr. Thomas C. Y. Wong, Eigentümer der Friendly-Adventure-Reisebüros, und seine reizende Gattin Maggie.« Die Gäste klatschen.

»Wie jung sie noch aussieht«, meint meine Mutter.

Nun folgt eine endlose Reihe von Namen, jeweils von höflichem Applaus unterbrochen, während Mimis zahlreiche Onkel und Tanten vorgestellt werden, die anscheinend alle aus Arizona, dem Kaktusparadies, angereist sind. Dann kommt Rogers Verwandtschaft an die Reihe.

Onkel Henry, etwas beengt in seinem gemieteten Smoking, steht auf, verbeugt sich in die Runde und setzt sich schnell wieder hin. Tante Helen erhebt sich lächelnd, deutet einen Knicks an und wirft Küßchen nach rechts und links. Offensichtlich genießt sie die Gelegenheit, ihr bauschiges, hellgrünes Chiffonkleid zur Geltung zu bringen, zu dem sie die Ohrringe aus kaiserlicher Jade trägt.

Nun springen Doug, Mary und die Kinder auf und winken den Gästen zu. Ich klatsche und klatsche und frage mich entnervt, wann die Quälerei endlich ausgestanden sein wird.

Plötzlich ruft der Trauzeuge: »Und hier haben wir die Tante des Bräutigams – Winnie Louie! Wie ich höre, haben wir ihr den wunderbaren Blumenschmuck auf den Tischen zu verdanken.« Meine Mutter steht auf und nickt schüchtern. Heute morgen hat sie sich noch lauthals über die Mehrarbeit wegen der Hochzeitsfeier beklagt. »Helen wollte unbedingt Rosen! Gelbe, weiße und rosa Rosen!« beschwerte sie sich ärgerlich. »Warum nicht bloß gelbe, hab' ich gefragt. Warum nicht Nelken?«

»Dank dir, Tantchen!« ruft Roger, und meine Mutter winkt zu ihm hinüber. Sie wirkt jetzt richtig geschmeichelt.

»Rogers Lieblingskusine ist heute abend auch unter uns.« Wir erheben uns ebenfalls. So ein Affenzirkus, denke ich, und in dem Moment bleibt mein linker Absatz an der Teppichkante hängen, und Phil kann mich gerade noch auffangen, bevor ich hinfalle. Die Gäste johlen und klatschen begeistert, und ich sinke verlegen auf meinen Stuhl zurück.

»Ist alles in Ordnung?« flüstert Mary atemlos hinter mir. Erst in dem Augenblick wird mir klar, daß ich *es* tatsächlich völlig vergessen hatte.

»Ja, ja«, versuche ich unwirsch, sie abzuwimmeln. Doch sie starrt mich noch immer besorgt an. »Wirklich«, sage ich. »Und mit meiner Krankheit hat es gar nichts zu tun. Es war bloß mein Absatz, der sich im Teppich verfangen hat. Siehst du?« Ich zeige ihr den Schuh.

»Ach so.« Sie lächelt ein wenig gezwungen.

»Mary«, sage ich mit so viel Geduld, wie ich gerade noch aufbringen kann, »auch wenn ich M. S. habe, werde ich doch wohl mal ein bißchen tolpatschig sein dürfen, wie alle anderen auch.«

Sie lacht. »Ja, sicher, unbenommen. Ich wollte auch nur mal kurz checken, ob alles okay ist.« Sie lächelt immer noch tapfer. »Weißt du, ich hätte mir neulich selber fast den Hals gebrochen, als ich im Einkaufscenter ein paar Stufen –«

Ich hebe die Hand, um ihren Redeschwall zu stoppen. »Hör zu, Mary, es ist wirklich alles okay. Du brauchst dir nicht immer solche Mühe zu geben.«

»Wie meinst du das?«

Ich sehe meine Mutter zu mir herüberschauen, und ich kann es mir nicht verkneifen, in gestelztem Tonfall zu zitieren: »Was das betrifft, solltest du dir um mich keine Sorgen machen.« Meine Mutter droht mir lächelnd mit dem Finger, und Mary sieht mich verwundert an, als ich anfange zu kichern. Doch dann komme ich mir selber gemein vor, mich so über sie lustig zu machen.

»Entschuldige«, sage ich zu ihr. »Vielleicht können wir ja später noch darüber reden.«

Da höre ich ein Rascheln von Chiffon und Satin hinter mir, und Tante Helen legt mir die Hand auf die Schulter.

»Habt ihr auch genug zu essen?« fragt sie mit einem schnellen Blick auf unsere halbvollen Teller und die Unmengen von kaum angerührten Speisen in den Schüsseln und Servierplatten. Eine Serviette liegt über den Entenkopf drapiert, worauf Cleo dringend bestanden hatte.

»Viel zuviel«, klagt meine Mutter. »Alles verschwendet.«

Tante Helen scheint das als Kompliment aufzufassen. Sie strahlt. »Daran sind Mimis Eltern schuld. Sie wollten unbedingt zwölf Gänge haben. Wir machen es auf die amerikanische Art, haben sie gesagt, die Brauteltern zahlen alles. Was konnte ich da noch einwenden? Ai! Wer hat denn diese letzte Muschel liegenlassen? Die kann man doch nicht einfach wegwerfen! Winnie-ah, nimm du sie noch.«

»Ich bin pappsatt«, wehrt meine Mutter ab, ohne aufzublicken. Sie ist gerade damit beschäftigt, Cleos Haarschleife neu zu binden.

»Sei doch nicht so höflich.« Tante Helen angelt sich die Muschel mit den Stäbchen und hält sie meiner Mutter über den Teller.

»Ich will sie nicht.«

»Nimm sie ruhig«, insistiert Tante Helen.

Meine Mutter verzieht angewidert das Gesicht. »Die ist nicht mehr frisch!«

Tante Helen runzelt die Brauen und ißt die verschmähte Muschel schließlich selbst.

»Na?« fragt meine Mutter, während sie Tante Helen beim Kauen zuschaut. »Schmeckt nicht besonders, was?«

Tante Helen kaut nachdenklich weiter.

»Siehst du, viel zu zäh«, setzt meine Mutter befriedigt hinzu.

»Deine Mutter ist eine fabelhafte Köchin«, wendet Tante Helen sich an mich. »Darum weiß sie andere gute Sachen oft nicht zu schätzen. Ich habe sie schon gewarnt: Wenn wir nach China fahren, ist das Essen dort vielleicht nicht mehr so, wie du es in Erinnerung hast. Da hat sich inzwischen doch alles verändert.«

»Ihr wollt nach China fahren? Ma, das hast du mir ja noch gar nicht erzählt.«

»Ahh! Bisher ist es auch nur so eine Idee«, sagt meine Mutter. »Ich weiß noch nicht, ob wir's wirklich machen.«

»Ich hab' deine Mutter gebeten, mit mir hinzufahren – mir noch diesen letzten Gefallen zu tun«, erklärt Tante Helen und wirft mir einen Blick voll stoischer Ergebenheit zu. »Mimis Eltern haben ja ein Reisebüro, da können wir bestimmt Rabatt bekommen.«

Sie pickt eine ölig glänzende Erbse aus der Schüssel und rollt sie zwischen den Stäbchen hin und her. »Dann kann ich meinen Geburtsort noch mal wiedersehen«, sagt sie, »und meine ganze Verwandtschaft zu einem Bankett einladen. Ich hab' gehört, daß man da fünfzig Leute mit zwölf Gängen bewirten kann, alles vom Feinsten – und nur für zweihundert Dollar. Das ist doch geschenkt!«

»Tz, tz! Dreihundert!« widerspricht meine Mutter. »Die Preise sind inzwischen gestiegen.«

»Na gut, dann eben dreihundert!« entgegnet Tante Helen gereizt. »Immer noch geschenkt.« Sie wendet sich wieder an mich. »Das ist aber nicht der einzige Grund, weshalb wir hinfahren.« Sie wartet auf meine Gegenfrage.

»Warum also noch?«

»Wir wollen chinesische Medizin besorgen«, erklärt Tante Helen. »Seltene Heilkräuter, die man hier nicht bekommt.«

»Medizin gegen was?«

»Tante Helen möchte sehen, ob sie vielleicht etwas für ihr Gehirn haben«, erinnert meine Mutter mich mit Pokerface.

»Ach so.«

»Chinesische Medizin hilft gegen alles«, verkündet Tante Helen. »Ich kannte mal eine Frau, die hatte irgend so 'ne Art Frauenkrebs. Die Ärzte hier konnten nichts mehr für sie tun. Sie lief in die Kirche und betete, umsonst. Dann fuhr sie nach China, trank jeden Tag eine bestimmte Medizin – und der Krebs ging weg. Später bekam sie dann Lungenkrebs, nahm noch mal dasselbe und wurde wieder geheilt.«

»Was hat sie denn für ein Wundermittel genommen?«

»Ach, das weiß ich leider nicht. Sie hat mir nur erzählt, daß es furchtbar bitter schmeckte. Und jetzt ist es auch zu spät, um sie zu fragen. Sie ist an einem Schlaganfall gestorben.«

Tante Helen steht unvermittelt auf. »Pearl«, befiehlt sie mit strenger Miene, »komm mit und hilf mir den Kuchen schneiden.« Und ehe ich noch protestieren kann, hat sie mich schon vom Stuhl hochgezogen.

Also stehen wir nun in der Küche vor einer weißen Hochzeitstorte, die mit einem kleinen Plastikbrautpaar geschmückt ist. Und schon folgt die unvermeidliche Ankündigung: »Jetzt muß ich dir ein Geheimnis mitteilen.«

»Nein, Tante Helen«, wehre ich lachend ab. »Keine Geheimnisse mehr! Das habe ich mir zum chinesischen Neujahr fest vorgenommen: Mit Geheimnissen ist für immer Schluß.«

Sie runzelt die Stirn. »Wir Chinesen machen keine Neujahrsbeschlüsse«, belehrt sie mich. »Das ist bloß eine amerikanische Angewohnheit.« Sie lächelt verschmitzt. »Außerdem ist das hier ein ganz besonderes Geheimnis, über meinen Gehirntumor.«

Wie hätte ich mich da noch weigern können, ihr zuzuhören?

»Ich wollte dir nur sagen, daß deine Mutter und ich nicht wegen *meiner* Krankheit nach China fahren.«

»Was, ihr fahrt doch nicht?«

»Nein, nein, so meine ich das nicht. Aber wir fahren nicht für mich, sondern für *dich.*«

Als sie meine verständnislose Miene sieht, setzt sie schnell hinzu: »Weißt du, deine Mutter wollte eigentlich nach China fahren, um eine Medizin für dich zu finden. Sie fühlt sich für deine Krankheit verantwortlich. Sie glaubt, daß die Krankheit aus einem Ungleichgewicht in ihrem Wesen kommt und daß die Wurzel dafür in China liegt. Doch sie wollte auf keinen Fall allein fahren. Also habe ich gesagt, ich müßte auch nach China fahren, wegen meines Gehirntumors. Und deine Mutter sagte nur: Ja, ja, dein Gehirntumor. Ich bat sie, mir zuliebe mitzufahren, und das konnte sie mir natürlich nicht abschlagen. Aber weißt du was?«

»Was?«

»Ich habe überhaupt keinen Gehirntumor.«

»Was?«

»Jawohl, so ist es. Ich habe nur so getan, als ob. Das heißt, zuerst habe ich mir schon Sorgen gemacht. Als ich die Röntgenaufnahmen sah, habe ich gedacht: Was ist, wenn ich bald sterben muß? Was habe ich vergessen zu tun? Und dann fiel es mir ein. Ich hatte all die Jahre vergessen, deiner Mutter zu danken. Dafür, daß sie eine so gute Freundin ist!«

»Ich komme da nicht ganz mit. Wieso mußt du dich bei meiner Mutter bedanken?«

»Nun, du hattest ein Geheimnis, und deine Mutter auch. Ich sagte, ich müßte bald sterben, damit ihr euch gegenseitig euer Geheimnis erzählt. So war es doch? Du hast mir doch geglaubt, hanh?« Sie kichert zufrieden in sich hinein.

Ich nicke, ohne recht zu verstehen, worauf sie hinauswill.

»Jetzt seid ihr beide euch schon nähergekommen, wie ich bemerkt habe. Und ich habe das eingefädelt, um deiner Mutter für ihre Freundschaft zu danken. Du weißt ja, wie schwierig es ist, ihr zu danken oder ihr einen Rat zu geben.«

Langsam dämmert es mir, was sie meint. »Weiß meine Mutter denn, daß du selber nie an deinen Gehirntumor geglaubt hast?«

Tante Helen schüttelt lächelnd den Kopf. »Wenn wir nach China fahren, mußt du vor deiner Mutter natürlich so tun, als ob ich von der Wunderquelle geheilt worden sei – derselben Wunderquelle, die auch dir helfen kann. Sonst würde sie sich ärgern, daß ich ihr die ganze Zeit etwas vorgeschwindelt habe.«

»Was soll das heißen, *ich* muß so tun, als ob?«

»Na, du kommst doch natürlich mit! Warum sollte deine Mutter denn ohne dich nach China fahren? Sie fährt doch nur wegen dir, nicht wegen mir! Ich komme ja nur mit, um ihr als Ausrede zu dienen. Und du mußt so tun, als kämst du mir zuliebe mit. Aber eigentlich solltest du es ihr zuliebe tun. Das schuldest du ihr für all die Sorgen, die sie sich deinetwegen gemacht hat. Nur darfst du ihr das natürlich nicht weitersagen. Das muß unser Geheimnis bleiben.«

Ich lache verwirrt, als ich mich auf einmal in dieser endlosen Lügenspirale gefangen sehe. Oder sind es vielleicht keine Lügen, sondern nur ganz eigenartige Loyalitätsbeweise aus einer innigen Ergebenheit, die weit tiefer geht, als Worte es auszudrücken vermögen?

»Na, was hältst du von dem Geheimnis?« fragt Tante Helen stolz. »Nicht schlecht, hanh?«

Ich drohe ihr mit dem Finger. »Also meinetwegen, ich bin dabei«, sage ich schließlich. Ich weiß zwar nicht, wozu ich mich eigentlich bereit erkläre, doch mein Gefühl sagt mir, daß es richtig ist.

Phil hat die Mädchen schon nach Hause gebracht, und Tante Helen wird meine Mutter und mich auf dem Rückweg dort absetzen. Vorerst sind wir noch damit beschäftigt, die Überreste des Festmahls einzupacken.

»Den Fisch brauchst du nicht mitzunehmen«, sagt meine Mutter zu mir. »Gedünsteter Fisch schmeckt am nächsten Tag nicht mehr.«

»Nimm ihn ruhig, nimm ihn ruhig«, mischt Tante Helen sich ein. »Wir können dann morgen immer noch entscheiden, ob er wirklich nicht mehr schmeckt.«

»Er ist doch gedünstet!« protestiert meine Mutter.

»Aber außen ist er gebacken«, gibt Tante Helen störrisch zurück.

Ich kümmere mich nicht weiter um ihr Gerangel und packe wortlos die Hühnchen- und Bratenreste ein. Zwischendurch gieße ich mir noch eine Tasse von dem Chrysanthementee ein, ehe die Kellner ihn abräumen. »Der Tee ist wirklich gut«, bemerke ich schließlich, um meine Mutter und Tante Helen auf ein neutraleres Terrain zu manövrieren.

»Ach, du weißt gar nicht, wie gut Tee schmecken kann, bevor du nicht in Hangchow gewesen bist«, meint meine Mutter. »Da gibt es den besten Tee der Welt.«

»Oh!« ruft Tante Helen mit leuchtenden Augen. »Wir müssen dann unbedingt auch zu der Wunderquelle gehen, die wir mal besucht haben. Winnie-ah, weißt du noch, damals in Hangchow?« Sie wendet sich an mich, um zu erklären: »Das Wasser dort war so schwer wie flüssiges Gold. Deine Mutter hat auch davon gekostet.«

»Sehr süß war es vor allem«, sagt meine Mutter. »Sie haben zuviel Zucker reingetan.«

»Ach wo, doch kein Zucker!« ereifert sich Tante Helen. »Das waren ganz besondere Blumensamen, von einer sehr seltenen Blume, die nur alle neun Jahre blüht oder so. Die Samen wurden zerdrückt und dem Wasser beigegeben.«

»Darum war es wohl auch so teuer«, sagt meine Mutter. »Für einen Fingerhut voll mußte man schon eine Menge Geld hinlegen.«

»Mehr war auch gar nicht nötig«, setzt Tante Helen hinzu. »Von dem kleinen Schluck wurde einem innerlich schon ganz warm – und plötzlich fühlte man sich vollkommen glücklich und entspannt.«

»So friedlich«, nickt meine Mutter. »Alle Sorgen, aller Kummer auf einmal verschwunden.«

»Du mußt es unbedingt selbst probieren«, ergänzt Tante Helen.

»Falls wir überhaupt hinfahren«, wirft meine Mutter ein.

»Stimmt«, lacht Tante Helen. »Falls wir hinfahren können, und falls wir die Quelle überhaupt finden. Vielleicht können wir uns nicht mehr dran erinnern, wo sie war.«

»Ich weiß es noch«, sagt meine Mutter.

»Wirklich?« Tante Helen runzelt zweifelnd die Stirn.

»Ja, natürlich, ich erinnere mich genau.«

»Wie kann das sein? *Ich* habe dich doch hingeführt.«

»Ich werde den Ort wiederfinden«, beharrt meine Mutter.

Ich beobachte sie, wie sie wieder zu streiten anfangen – obwohl es eigentlich weniger ein Streit ist als ein gemeinsames Erinnern, ein gemeinsames Zurückträumen in die Vergangenheit. Sie können jenen Bergpfad schon wieder vor sich sehen und die Zeit ihrer Jugend, als all ihre Hoffnungen noch unverbraucht waren, als alles noch möglich schien. Und das Quellwasser ist genauso, wie sie es sich vorgestellt haben, schwer wie Gold, süß wie seltene Blumensamen.

Ich kann es ebenfalls schmecken. Ich fühle die Wirkung. Eine winzige Menge genügt schon, um sich zu erinnern. Alles, was man vergessen zu haben meinte, war doch niemals vergessen, all die verloren geglaubten Hoffnungen nie ganz verloren.

Winnie

Kummerfrei

Heute kam eine neue Kundin in den Blumenladen und gab eine große Bestellung auf, viele Blumensträuße und Mandarinenbäumchen für eine Restauranteröffnung. Heute rief Pearls Mann mich an und fragte mich, ob ich nächstes Wochenende die Kinder hüten könnte, sie möchten sich mal einen erholsamen Ausflug zu zweit gönnen. Heute haben Helen und ich die Reste von Bao-baos Hochzeitsmahl gegessen, und sie meinte: »Du hattest recht. Dieser Fisch – der schmeckt am nächsten Tag wirklich nicht mehr.«

Ich dachte: Heute ist mein Glückstag.

Dann sagte Helen noch: »Eins muß ich doch mal zugeben. Ich habe dir oft etwas Falsches gesagt.« Und ich dachte: Das ist ja kaum zu glauben, so viel Glück an einem Tag.

»Ich habe dir immer gesagt, Wen Fu sei gar nicht so schlecht, wie du meintest«, fuhr sie fort. »Und dabei habe ich es die ganze Zeit gewußt, wie schlecht er war – durch und durch verdorben!«

Sie wedelte mit der Hand vor der Nase, als wollte sie einen widerlichen Gestank vertreiben. Aha, dachte ich, jetzt will sie mir also alles beichten. Sie meint wohl, weil sie bald sterben muß, sei endlich die Stunde der Wahrheit gekommen!

»Ich habe immer versucht, dir einzureden, daß er eigentlich nichts dafür kann, wie er sich benimmt«, sagte Helen. »Ich hab' es immer auf seinen Unfall geschoben, und weißt du auch, warum?«

»Weil du nicht richtig mitbekommen hast, was los war«, antwortete ich. »Du wußtest nicht, was ich alles ertragen mußte, all die Demütigungen, die ich nie vergessen konnte. Aber jetzt hast du es plötzlich eingesehen!«

»Ich habe das alles nur gesagt, damit du es Pearl nicht verübelst.«

»Was soll das heißen? Was sollte ich Pearl denn verübeln?«

»Nun, wenn du dachtest, Wen Fu sei von Grund auf schlecht, hättest du dasselbe ja auch von Pearl denken können. Doch jetzt weiß ich endlich, daß dies nie der Fall war. Ihn hast du immer gehaßt. Sie hast du immer geliebt. Und sie hat keinerlei Ähnlichkeit mit ihm. Jetzt brauche ich mir also keine Sorgen mehr zu machen. Jetzt kann ich ehrlich sein. Er war ein ganz gemeiner, heimtückischer Mensch.«

»Und das hast du immer schon gewußt?« fragte ich. »Daß Wen Fu vielleicht Pearls –«

»Aber natürlich habe ich das gewußt!« unterbrach mich Helen. »So dumm bin ich nun auch wieder nicht. Ich komme in das Zimmer, er steht da, du hast eine Pistole in der Hand, und dein Gesicht ist wutverzerrt. Und später, in all den Jahren danach, habe ich doch immer sehen können, wie du um Pearl gekämpft hast, um sie ganz zu deiner Tochter zu machen. So hart bist du mit Samuel nie umgesprungen. Mit Töchtern hat man es natürlich immer schwerer – aber trotzdem, ich wußte, was dir keine Ruhe ließ.«

»Hat Tante Du es auch gewußt?« Helen nickte.

»Ai, wie konntet ihr es beide wissen und mir nichts davon sagen?«

Helen tätschelte mir beschwichtigend den Arm. »Das fragst ausgerechnet du?«

Nach dem Mittagessen sagte ich zu Helen, daß ich noch ein paar Einkäufe machen wolle. Und sie fragte: »Wo? Vielleicht komme ich mit.«

»Ich weiß noch nicht genau, wo«, meinte ich.

»Gut, da wollte ich auch hingehen«, lachte sie.

Also gingen wir dann gemeinsam nach nebenan, zur Sam Fook Trading Company. Als wir in den Laden kamen, ließ Mrs. Hong gleich die Kasse aufspringen, weil sie dachte, wir wollten wie üblich einen Zwanzig-Dollar-Schein wechseln.

»Nein, nein«, sagte ich. »Diesmal möchte ich hier etwas kaufen für meine Tochter.« Mrs. Hong lächelte erfreut. Helen ebenfalls. Ich sah mir die Porzellanfiguren an: Buddha, die Göttin der Barmherzigkeit, der Gott des Geldes, der Kriegsgott, alle möglichen Glücksgötter.

»Wollen Sie etwas zur Dekoration oder für religiöse Zwecke?« fragte Mrs. Hong. »Für religiöse Zwecke kann ich Ihnen dreißig Prozent Rabatt geben, für dekorative muß ich den vollen Preis verlangen.«

»Für religiöse Zwecke«, sagte Helen sofort.

»Jedenfalls nicht nur zur Dekoration«, meinte ich und wandte mich Helen zu. »Das ist wahr. Es ist für Pearl bestimmt. Ich möchte etwas finden, das ich in den roten Altarschrein setzen kann. Das habe ich Tante Du versprochen. Ich habe schon lange darüber nachgedacht, noch ehe Pearl mir von ihrer Krankheit erzählt hat.«

Ich dachte noch einmal daran zurück, wie sie mir das von der M. S. gestanden hatte. Oh, wie zornig war ich da, wie verzweifelt. Als sie gegangen war, habe ich so geweint! Ich gab mir selbst die Schuld dafür, und auch Wen Fu. Und dann fiel mein Blick plötzlich auf das Bild des Küchengottes, der mich mit einem lauernden Grinsen zu beobachten schien, als machte es ihm Vergnügen, mich so unglücklich zu sehen. Ich riß sein Bild aus dem Rahmen und hielt es über die Herdflamme. »Pack dich, geh zu Wen Fu, fahr zur Hölle, wo du hingehörst!« Ich sah zu, wie seine grinsende Miene von den Flammen aufgezehrt wurde. Da ging plötzlich mein Rauchalarm los. Wanh! Wanh! Wanh! Der Schreck fuhr mir durch alle Glieder. Wen Fu – jetzt kommt er mich holen, dachte ich.

Doch dann hörte ich noch mal genauer hin. Und ich wußte: Das war nicht Wen Fus Geist, o nein! Ganz im Gegenteil – das war die Frau des Küchengottes, die rief: Ja! Ja! Ja!

»Was macht Ihre Tochter beruflich?« wollte Mrs. Hong wissen.

»Sie hat einen wichtigen Job in einer Schule«, antwortete ich.

»Eine sehr gute Stellung, sehr verantwortungsvoll«, setzte Helen hinzu.

»Dann wäre dieser hier vielleicht das richtige: Tzu Tung, der Gott der Literatur. Der ist bei Lehrern sehr beliebt.«

Ich schüttelte den Kopf. »Ich dachte eher an etwas, das sie in allen Lebenslagen brauchen kann.«

»Dann nehmen Sie doch die Göttin der Barmherzigkeit«, sagte Mrs. Hong. »Viel Glück, wohlgeratene Kinder, alles, was man sich nur wünschen kann. Wir haben sie in allen verschiedenen Größen da. Diese hier ist recht hübsch, zu dreißig Dollar. Diese hier ist ganz besonders hübsch, kostet allerdings auch zweihundertsechsundfünfzig Dollar. Was wollten Sie denn so anlegen?«

»Nein, die Göttin der Barmherzigkeit ist auch nicht geeignet«, meinte ich. »Ich suche noch etwas Spezielleres.«

»Vielleicht eine Gottheit, die gegen Geldsorgen hilft?« schlug Mrs. Hong vor.

»Nein, es geht nicht nur um Geld, und es geht nicht nur um Glück«, erklärte Helen. Wir sahen einander ratlos an. Sie fand nicht die richtigen Worte. Und ich wagte es nicht, sie auszusprechen.

»Wie wär's denn mit den Acht Unsterblichen«, sagte Mrs. Hong. »Warum nicht gleich alle acht, dann hat sie alles auf einmal.«

»Nein«, entgegnete ich. »Ich hätte lieber eine Gottheit, die keiner kennt. Vielleicht gibt es sie noch gar nicht.«

Mrs. Hong seufzte. »Tut mir leid, damit kann ich nicht dienen.« Wir standen alle drei mit enttäuschten Gesichtern da.

Doch plötzlich klatschte Mrs. Hong in die Hände. »Wo habe ich denn heute nur meinen Kopf?« Sie ging zu einem der hinteren Regale und rief mir zu: »Hier haben wir genau das Passende für Sie. Eine Fehlanfertigung der Fabrik. Natürlich ist es trotzdem eine sehr hübsche Statue, ohne Risse oder schadhafte Stellen. Aber man hat vergessen, ihren Namen drunterzuschreiben. Mein Mann war ja so ärgerlich darüber. ›Was sollen wir damit anfangen?‹ hat er gesagt. ›Wer wird uns denn schon einen Fehler abkaufen?‹«

Also kaufte ich den Fehler und brachte ihn in Ordnung. Mit meiner Goldfarbe malte ich einen neuen Namen darunter. Und Helen kaufte noch gute Räucherstäbchen, nicht von der billigen Sorte, sondern die beste Qualität. Ich konnte die Göttin schon in ihrem neuen Haus sitzen sehen, dem roten Schrein mit den Kerzen davor, die ihr Gesicht von beiden Seiten beleuchteten. Dort würde sie wohnen, aber niemand würde sie Mrs. Küchengott nennen. Warum sollte sie sich auch so nennen lassen, wo sie doch längst von ihrem Mann geschieden war?

*

Als Pearl am Wochenende vorbeikam, um mir die Kinder zu bringen, sagte ich zu ihrem Mann: »Geh mit den Mädchen fernsehen, ich muß meiner Tochter eine Medizin geben, die ich für sie gefunden habe.«

Ich führte sie nach oben in mein Schlafzimmer. »Pearl-ah«, sagte ich, »das hier ist eine chinesische Medizin. Du legst dir diese Kompressen auf die Arme und Beine, und die Kräuter ziehen dann durch die Haut ein. Und drei- bis viermal am Tag solltest du eine Tasse heißes Wasser trinken, um deine Energie anzuheizen. Nur heißes Wasser, ohne Kaffee oder Tee drin. Hörst du mir zu?

Wo schaust du denn hin? Ach, diese Statue, ja, die ist neu. Schönes Porzellan, eine gute Arbeit, sehr stilvoll. Siehst du, wie bequem sie da in ihrem Sessel sitzt? Und schau dir mal ihr Haar an – rabenschwarz, keine graue Strähne, keine Sorgen. Obwohl sie sich früher wohl doch viele Sorgen machen mußte. Ich habe gehört, sie hätte einst viel gelitten. Vielleicht hat sie ihr Haar jetzt gefärbt.

Doch ihr Lächeln ist echt, zugleich weise und unschuldig. Siehst du, wie sie die Hand hebt? Sie will dir etwas sagen, oder vielleicht will sie dich zum Sprechen auffordern. Sie ist bereit, dir zuzuhören. Sie versteht Englisch. Du solltest ihr ruhig alles erzählen.

Ja, natürlich ist sie für dich! Weshalb sollte ich so was denn für mich selbst kaufen? Du mußt nicht weinen. Ich habe nicht allzuviel dafür ausgegeben.

Aber manchmal, wenn du Angst hast, dann kannst du mit ihr reden. Sie wird dich anhören. Sie wird alles Traurige mit ihren Tränen fortspülen. Und mit ihrem Stock wird sie alles Böse fortscheuchen. Schau her, wie sie heißt: Lady Kummerfrei – Freude, die über die Bitterkeit siegt, ohne Reue in dieser Welt zu hinterlassen.

Jetzt hilf mir mal, diese drei Räucherstäbchen anzuzünden. Der Rauch wird unsere Wünsche zum Himmel tragen. Natürlich ist es nur ein Aberglaube, nur Spaß. Aber schau nur, wie schnell der Rauch hochsteigt – ja, und sogar noch schneller, wenn wir lachen, wenn wir unsere Hoffnungen höher und höher emporheben.«

Ich bin auch den anderen Müttern dieses Buches zu Dank
verpflichtet:
Sandra Dijkstra, Molly Giles und Faith Sale.
Als Schriftstellerin schätze ich mich glücklich, daß ihr mir
euer Wissen und euren Rat geschenkt habt.
Als Freundin fühle ich mich selig. Und Dank auch
an Robert Foothorap, Gretchen Schields und Lou De Mattei
für ihre menschliche Wärme, ihren Humor und das viele
chinesische Essen zum Mitnehmen – alles
wesentliche Voraussetzungen für das Entstehen dieses Buches.